博客思出版社

現代文學25

湖村裡的夢幻

卷三

柯美淮 原著

目次

卷三

第五十五回　搞改革官吏們「先富」　行獨裁「黨天下」餘威

寫到這裡，中國的歷史出現了轉折，帝位下移，毛澤東時代結束了，鄧小平時代到來了，本書的故事也隨之轉折。

翻開柯和貴的讀書筆記，有一篇《論鄧小平改革開放》。為了奇文共欣賞，現擇其與本書內容有關部份抄錄如下：

人類社會歷史，在冷兵器時期，是力氣大的戰勝力氣小的，是野蠻彪悍民族戰勝文明善弱民族，即武力打天下、武力坐天下，是地痞流氓、土匪強盜輪流坐莊的帝王專制恐怖歷史，沒有什麼輝煌燦爛的文明，即使在古希臘出現過暫短的雅典文明，很快被野蠻滅亡。所謂的「得民心者得天下」和「仁義道德」之類的說辭，都是帝王及其御用文人來美化帝王專制恐怖和愚弄民眾的謊言。但是，野蠻彪悍民族和專制恐怖統治者，命運註定他們不會擁有天生的善心和自然智慧，也就不會擁有科學發明和科學發展，科學發明和科學發展在善弱人的心裡和手裡。熱兵器的出現，使力量被顛倒過來，善弱文明人成為了善強文明人，力氣大的人和野蠻彪悍者都會死在遠距離射殺中，專制恐怖統治也會被埋葬在熱兵器裡，民主法治社會在熱兵器時期出現了。所以，在第一次世界大戰時，善力量與惡力量第一次被平衡了；在第二次世界大戰，善力量第一次大於惡力量。民主法治社會與專制恐怖統治的較量，隨著善理論的完善和科學的發展，惡勢力會逐漸衰弱，地盤會越來越小，最後就徹底覆滅，成為歷史陳跡；而善力量會越來越強大，順著人類歷史的善回向運動而進入到更高級的人類社會。

且看專制恐怖統治者與新生民主法治國家的較量的運動過程。

在英國、法國出現民主法治政體不久，就遭到奧斯曼帝國的入侵，被英法聯軍打敗。接著，歐洲的帝國力量聯合起來，去攻打法國，造就了拿破崙。拿破崙節節勝利，把民主價值推向整個歐洲。後來，拿破崙在軍事上失敗了，路易帝國專制復辟了，但是民主價值得到宣傳，《拿破崙法典》在起作用，英聯邦在擴大，美國的民主法治政體的出現，增強了民主政體的力量。

拿破崙的失敗，使帝國陣營擴大，勢力增強。但是，帝國主義者是最不講信譽的，只講獨裁者個人意志和帝國領土擴張。德意志帝國在俾斯麥首相的「鐵血」經營下強盛起來，野心勃勃。俄羅斯帝國、奧匈帝國、奧斯曼帝國都是如此。於是出現了「同盟國」和「協約國」兩大陣營，爆發了第一次世界大戰。在開始時民主法治國家勢力弱小，英國和美國則採取遠交近攻的策略，加入俄羅斯帝國聯盟。第一次世界大戰使德意志帝國、俄羅斯帝國、奧匈帝國、奧斯曼帝國一齊覆滅，英國和美國得到發展，並且歐洲民主法治國家增多，中國的軍閥政權被削弱，北伐戰爭取得勝利，中華民國獲得穩定。

第一次世界大戰之後，德國在希特勒的領導下，出現了強盛的納粹德國，又野心勃勃起來；日本軍國主義趁機而起，義大利法西斯也強大起來，德意日結成聯盟，發動第二次世界大戰，妄圖瓜分世界。蘇聯帝國開始時保持中立，從中漁利，與德國簽訂互不侵犯條約，瓜分波蘭；又與日本簽訂條約，妄想瓜分滿洲。英國、法國與一些民主國家聯盟，抗擊德意日。美國政府受到美國憲法制約，開始時不能參戰，只能對英國、法國給予道義和物質支援。後來，瘋狂的德國侵犯蘇聯帝國，瘋狂的日本轟炸美國珍珠港，使蘇聯和美國參戰，不可一世的德意日很快覆滅。第二次世界大戰後，歐洲、亞洲民主法治國家如雨後春筍出土了，形成了強大的世界民主陣營。同時，蘇聯帝國也強大起來。在成立的「聯合國」裡，民主陣營力量顯然大於蘇聯帝國陣營。世界從此進入兩大陣營敵對的冷戰時期。

在冷戰時期，唯一強大的蘇聯帝國內部不斷發生變化，政府高層爾虞我詐，相互殘殺；帝國陣營內部也你爭我奪，「老大哥」不斷欺負和侵犯「小弟弟」；並且還窮兵黷武。蘇聯帝國種種專制暴虐行徑，使國內民不聊生，使帝國陣營貌合神離。在民主法治國家的強大輿論攻勢下，帝國陣營內國家民眾逐漸覺醒，開展各種各樣的抗議活動。很顯然，在冷戰中，蘇聯帝國已經外強中乾，成了強弩之末，滅亡是必然的。

在冷戰後期，蘇聯帝國高層領導中出了一個保持了「天生善心和自然智慧」的人，他叫戈巴契夫。戈爾巴喬修改蘇聯帝國的對外政策，首先對「小弟弟」們的國內政治不予干涉，讓其自生自滅。於是，東歐各國，民主運動興起，首當其衝遭到滅頂之災的是最殘暴的羅馬尼亞的27年不退位的齊奧塞斯庫，齊奧塞斯庫殘酷地鎮壓國內民眾的和平示威，引發七天內戰，被送上首都廣場的絞刑架。接著，東歐寡頭政權一個個倒臺，民主法治政權建立。其中，最值得一提的是東德的德里昂總書記，自動放棄專制統治，讓東德和平過渡到民主法治政體。戈巴契夫放棄反美外交政策，與美國政府交好；放棄冷戰政策，簽訂削減和禁止核武器生產，緩和了國際緊張局勢。但是，蘇聯帝國的殘渣餘孽們是不甘心情願地失去權力的，他們發動了軍事政變，囚禁戈巴契夫，攻打首都莫斯科。被戈巴契夫提拔起來的莫斯科第一書記葉利欽，面對槍林彈雨，在危難之中挺身而出，號召莫斯科和全國民眾反抗軍事政變。莫斯科市民蜂擁而至，勸說政變官兵調轉槍口，活捉政變頭目。蘇聯帝國覆滅，蘇聯被解體。

至此，現代世紀最強悍的帝國主義者滅亡了，冷戰時代結束，民主法治陣營擴大，歐洲基本實現了民主政體。「歐盟」的出現，標誌著民主法治大型聯邦國家時代到來，標誌著新帝國主義者的殘渣餘孽的時日不多了。

當今世界，邪惡的專制恐怖統治者，在一個個倒楣：薩達姆、塔利班、卡扎菲等等。專制恐怖統治者的出路只有一條：垮臺；方式只有兩個：或者自動退位，落得個晚年安寧；或者負隅頑抗，製造內戰，就像齊奧塞斯庫、薩達姆那樣上絞刑架。人類社會運動到民主法治社會，是轉折到「善回向」的善道軌跡來運動。民主法治國家一個接著一個地形成，帝國徹底覆滅了，全世界一體化了，地球村出現了，世界和平安寧了。

第二次世界大戰後，給了中國一個很好的和平發展機遇。如果中國當權者順著世界民主潮流，從國計民生考慮，中國在五十和六十年代變為工業國是不成問題的。可是，以毛澤東為首的中國共產黨跟在史達林的蘇聯屁股後轉，捍衛和加強中國落後的農耕社會，強化獨裁專制，向國民灌輸落後的反動的帝王傳統思想、馬列主義和民族主義，專一與農耕社會的獨裁政權結盟，搞「民族要獨立，人民要解放」的反帝反殖運動，抵制世界民主潮流，使中國政府成為邪惡的獨裁政權，使中國倒退到了兩千多年前，失去了三十多年的發展時間。中國的專制恐怖統治者妄想守住陣腳，那是不可能的。

鄧小平上臺了。鄧小平有現代人的思維方式嗎？他要把中國引向何處呢？現在我們來看鄧小平幹了些什麼。

鄧小平本是毛澤東的忠實信徒。在井岡山時，博古反毛澤東，鄧小平擁護毛澤東，被當作毛路線份子而「下水」；毛澤東奪權了，就重用鄧小平。在設有兩個主席的六十年代，鄧小平想在黨的主席毛澤東和國家主席劉少奇之間左右逢源，觸怒了毛澤東，被當作「另一個最大走資派」而下水；後來，毛澤東啟用鄧小平為實現「家天下」服務。鄧小平卻堅持「黨天下」，與搞「家天下」的江青「四人幫」作對，被當作「右傾翻案風」頭子而「下水」；七十年代末期，毛、江集團垮臺了，鄧小平又起水了。鄧小平的「三起」，使他敬佩和感激毛澤東，決定在政治上舉毛澤東旗幟搞「黨天下」獨裁專政；鄧小平的「三落」，使鄧小平怨恨和反對毛澤東，決定在經濟建設上與毛澤東「對著幹」（注：「對著幹」是當時的時髦語）。

鄧小平作為一個新起的中國獨裁者，其思維方式是無法跳出中國歷史的帝王專制思想巢臼的。中國帝王專制傳統文化源遠流長，博大精深，勺一瓢足可使某個獨裁者使用一輩子，也足可以蒙蔽住貧窮愚昧、受帝王文化薰陶幾千年的國民和深受中共歪曲了的歷史教科書的教育、毛澤東思想麻醉的中國大學生和中下層知識份子。鄧小平去「勺」了哪「一瓢」呢？他還是有自知之明的：1.不如毛澤東資歷老、威望高，在老帥老將中是「小」字輩，在朝廷上不能指鹿為馬，不能「把自己放在爐火上烤」，要搞「四項基本原則」，舉起毛澤東旗幟，變「領袖一人獨裁」為「寡頭政治」。2.不如毛澤東文化水準高，讀書太少，寫文章連語法、邏輯也不大懂，詞語修飾不當，不敢自己直接反對毛澤東思想，只敢提「解放思想」的口號，讓改革派理論家去攻擊毛澤東的僵死教條，他從中即興講話，推波助瀾。3.比毛澤東懂經濟建設。在這方面，鄧小平敢大膽反對毛澤東，放棄「階級鬥爭為綱」，提出「以經濟建設為中心」，搞改革開放。鄧小平有了這種知己知彼的認識，就去「勺」了「慈禧垂簾聽政」和李鴻章、張之洞洋務運動那「一瓢」，把那「一瓢」與自己的「貓論」、「先富論」揉合起來，用馬列主義、毛澤思想的片言隻語來包裝修飾，就成了「具有中國特色的社會主義」的「鄧小平理論」。鄧小平的這種思維方式的主要特徵是：死死控制住中國人的大腦，使其中樞神經麻木，不能獨立思考；開放中國人的小腦，使其運動神經活躍，手腳靈活運用，爭著去做捉老鼠的「白貓、黑貓」。說得藝術形象一點是：腦袋戴皇冠，上身穿紫袍，左手執笏，右手提手機，下身穿西褲，足蹬洋皮鞋，既具有中國帝王傳統特色，又具有西洋時髦風度，使中國成為地球上的一個畸形兒。

鄧小平為什麼要搞這種「三不像」的改革開放設計方案呢？究其宗旨就清楚了。鄧小平搞改革開放的宗旨是：不是從廣大工人、農民、中下層知識份子的利益出發，而是從維護「黨天下」的特權階層利益出發，讓有特權階層在改革開放中有權錢交易的優先權，成為「先富起來」的那「一部份人」，從而挽救中國共產黨。就這一點來說，鄧小平改革比不上王安石變法和康有為維新，只能和李鴻章的洋務運動相比。

我如此評說鄧小平，有人會感到太小看鄧小平了，把鄧小平看著是一個跟毛澤東鬧情緒的小孩子。其實沒有什麼偉人，人都是「個中人」，都是小孩子，特別是中國的獨裁者，更是愛發脾氣的鬧情緒的人，只是御用文人把他們吹捧為英明天子而已。鄧小平是改革開放的發起者，也是改革開放深入下去的絆腳石，是無法與胡耀邦、趙紫陽相提並論的。

鄧小平就是這樣按照獨裁者的思維方式對改革開放進行總設計的，其主要黑箱操作和結果如下：

一、改革開放的主要操作

〈一〉為所謂的革命老幹部平反冤假錯案，恢復「黨天下」，穩定政治局勢

鄧小平一上臺，利用和扶上胡耀邦。凡是受毛澤東、林彪、「四人幫」打擊的老帥、老將、高層官吏一律平反昭雪，活著的複職、升職，死了的安撫家屬。同時，胡耀邦從「救民」的立場出發，連帶著在民眾中摘了「五類份子」的帽子。這樣，鄧小平就贏得了高層政治勢力的支持和知識份子的擁護，孤立和打擊毛派死硬分子，維護和擴大了黨天下的特權階層的權力和利益。

〈二〉建樹自己的思想理論旗幟——「四項基本原則」和「貓論」

現代的每個獨裁者有一個通行的主要的統治術——精神麻醉術，把自己的胡說八道吹成偉大的主義或思想理論，用槍炮、監獄等強制野蠻工具，逼著國人承認、學習、洗腦，對學生進行奴化教育，害怕和不允許民眾有思想言論自由。譬如：馬列主義、史達林主義、毛澤東思想，本來都是一堆胡言亂語，卻被吹成神聖不可侵犯的真理，要黨徒和民眾信奉，就像伊斯蘭恐怖組織的頭子麻醉強迫其成員信奉其精神領袖的咒語一樣。鄧小平當然要採用這種思想麻醉術，強迫國人信奉他的理論。

鄧小平的具體操作方法和步驟是：〈1〉反「左」。所謂「左」，是指堅持僵死毛澤東思想、反對改革開放的保守派。在鄧小平新的獨裁政權剛建立的時候，這種「左」的政治勢力和宣傳迷惑力最大，威協性最大。鄧小平要想穩住政治局勢，必須反「左」。鄧小平提出「解放思想，改革開放」，「全面、準確地把握馬列主義、毛澤東思想」的口號，來鼓勵改革派反駁保守派。改革派先用「實踐是檢驗真理的唯一標準」，批駁了「兩個凡是論」，重彈「實事求是」老調，確立「以經濟建設為中心」的方針，放棄了「階級鬥爭為綱」。這樣，把最有勢力、最頑固的毛份子汪東興、華國鋒等趕下了台。後來，他

又不斷地批判鄧力群等人反對改革開放的「左」的思想。鄧小平反「左」，卻容「左」。他和老帥老將們把「左」派看成是「黨天下」內的一家人，有不同意見，通過「批評——團結——再批評——再團結」的模式團結起來。在組織處理上只不過是降職、退居二線、退休，但要保住共同的特權既得利益。這就比毛澤東對高幹的殘酷打擊寬容多了。〈2〉反右。所謂「右」，是指民間要求政治民主、新聞言論自由的民主活動人士。鄧小平主張「解放思想」，反「左」，對外開放而打開國門後，這就難免世界民主潮流的湧入和國內民眾出現民主需求。一批先知先覺的民主人士就站出來為民眾的民主需求說話。這些民主人士，老年的有五七年的右派份子，中年的有文化大革命的造反派紅衛兵學生，青年的有八十年代的大學生。這些民主人士把人民的利益放到最高處。憂國憂民，要求經濟改革必須有政治制度改革與之相配套，要求摘去皇冠，脫掉紫袍，甩落笏子，使中國人成為正常的個人，使中國成為完全的現代化中國，融入現代世界社會。這種民主呼聲當然是人民的心聲，得到多數人的回應，於是就出現了：西單民主牆、異化論、《苦戀》、《將軍，請不要這樣……》、《河殤》、「一二•九運動」、「六•四運動」……鄧小平和老帥、老將們立即敏感到，這股「右」的民主勢力主要來自黨外、民間，還得到一些黨內開明領導人如胡耀邦的縱容、支持，來勢兇猛，在挖社會主義牆腳，在侵犯特權階層利益，在摧毀「黨天下」。鄧小平和老帥、老將們，把「右」當作是「黨天下」中家奴犯上作亂，是叛逆，是階級敵人，必須堅決反對，無情鎮壓。用王震的話說：「老子們打下了天下，養活了那些教授們、學生們。現在，他們還要反對老子們，想奪天下。」一副純粹的山大王嘴臉，一種純粹的黑社會拐子大哥的口吻。鄧小平和老帥、老將們採取兩手：一手是文鬥，欺騙廣大民眾，誣衊民主言論和文章是「精神污染」，要清除；誣衊民主活動是「資產階級自由化」，要反對；誣衊「六•四運動」是反革命暴亂，要鎮壓；另一手是血腥鎮壓，抓一批，趕一批，殺一批。這就比毛澤東兇惡多了。毛澤東還說：「凡是鎮壓學生運動的人都沒有好下場！」可是鄧小平和老帥、老將們可沒有那麼多奸巧，只知道赤裸裸地殺，殺，殺！

鄧小平在反「左」、反「右」中，在經濟建設改革中，頭腦發熱，情緒錯亂，即興講話，說了許多自相矛盾的話，也說了許多生動有用的話。譬如：「實踐是檢驗真理的唯一標準」、「實事求是」、「堅持改革開放」、「反對右傾保守」、「堅持四項基本原則」、「清除精神污染」、反對「資產階級自由化」，「『六・四』是要建立一個完全西方附庸的資產階級共和國」、「平息反革命暴亂」、「建設具有中國特色的社會主義國家」、「不管白貓黑貓，捉到老鼠的就是好貓」、「摸著石子過河」、「一部份人先富起來」、「為什麼社會主義老是窮?」、「科學技術是第一生產力」、「發展是硬道理」……鄧小平這些雜亂無章的應急即興講話，把馬列主義、毛澤東思想體系打得七零八落，粉碎了神聖不可侵犯的所謂革命經典著作的唯物辯證法，撕開那些裝著正經八百、故弄玄虛的革命大師門的神聖面紗，打破了史達林——毛澤東的僵死的一統的計劃經濟模式，把中國拉回到「社會主義初級階段」，把中國經濟納入了市場經濟軌道，與民國政府的經濟建設接軌起來。一方面，鄧小平的不成體系的講話，使思想僵化的中國知識份子衝破了思想牢籠，推倒了思想崇拜的偶像，解放思想，認識到：「三起三落」、說話沒有邏輯性、不通語法的鄧小平如此大膽，一反馬列主義毛澤東思想，就成了思想理論家，可見馬克思、恩格斯、列寧、史達林、毛澤東也不是什麼鴻學聖哲，是靠槍炮監牢樹起來的理論權威。另一方面，鄧小平的講話，極大地刺激了國人的生產積極性，國人都大膽地爭著去做抓老鼠的白貓黑貓，使國民生產發展起來了，出現「胡趙中興」的國民經濟繁榮景象。可見要治好國家，必須拋棄精神領袖，打破「放之四海皆准的真理」的主義和戰無不勝的思想，只需要領導人在他的任期內，做出臨時治國方案和應急指示，就可以使國家強盛，國民富足。可惜的是，鄧小平不願和不敢在政治制度改革方面作應急的即興講話，又不讓別人有思想言論自由，致使他的改革開放走進死胡同。鄧小平的講話不是什麼偉大的理論，不應束縛後人思想。可是，鄧小平和他的黨徒們，卻把鄧小平的應急即興的零亂講話，吹捧為鄧小平理論，還要「高舉鄧小平理論偉大旗幟」，強迫國民和學生們學習，進行洗腦，這不僅「是個大笑話」，而且是個大悲劇。

（三）組建畸形的最高權力機構

鄧小平改革在政治上搞的是曹操、慈禧似的政權模式。以鄧小平、王震、陳雲、李先念、鄧穎超等一小撮軍人、遺老為權力核心，抓住軍權不放，凌駕於黨、政之上，不受《黨章》、《憲法》的約束，將黨中央、中央人民政府、全國人大、全國政治玩弄於股掌之中，任意擺弄總書記、國家主席、國務總理、人大委員長、政協主席的人選。五、六個軍人老朽一嘀咕，把總書記胡耀邦給撤了，把無才無德的李鵬扶上臺；五、六個軍人老朽一嘀咕，把總書記趙紫陽監禁了，把人大委員長萬裡軟禁了，出兵鎮壓「六．四」運動，把第三代甚至第四代黨政接班人也給確定了。他們無法無天，把中央政治局、黨代會、人代會當成擺設，使《黨章》、《憲法》成為廢紙。就這一點而言，他們還不如毛澤東來得規矩，毛澤東雖然獨裁，但還按《黨章》、《憲法》的基本原則行事，在形式上要通過黨代會、人代會來選舉黨、政領導人，即使是在文化大革命通過《十六條》時，也召開政治局擴大會議投票表決，沒有出現不通過選舉而當了再說的江總書記那樣的怪現象。

二、改革開放的成果（略去簡論）

（一）實行農村土地承包責任制——租賃制

毛澤東學史達林，用人民公社制把中國幾千年的土地租賃制給廢除了，用戶籍制把農民困死在人民公社裡，把自由農民變成了農奴，使農民失去耕種自由、遷徙自由、人身自由，大肆壓迫和盤剝農民，使農民「缺吃少穿」（注：林彪語），餓死了幾千萬農民。鄧小平就與毛澤東「對著幹」，支持萬里在安徽、趙紫陽在四川實行的土地承包制，撤銷了人民公社，恢復了中國幾千年的土地租賃制，農民能租賃國有土地，有土地使用權，有種植自由，有進城打工自由，逐漸放寬戶籍制，使農民有遷徙的自由。

農民的生產積極性被調動起來了，農業連年大豐收，糧油副食品市場供應豐富了，農民解決了吃飯問題，各種供應票證隨之消失。這是改革開放初期的一大碩果。這一改革成績應歸功於萬里、趙紫陽，鄧小平只是給予支持。

〈二〉把農業承包制擴大到工業、企業中去

搞政企分開，制定《破產法》，砸了「大鍋飯」，破了「鐵飯碗」，減少了黨政幹部對企業的控制權力，增強了企業領導人的業務領導權力和責任感，把工企推進了市場競爭經濟中去，促進了工企業管理制度的改革和技術更新，使現代化工企業蓬勃發展起來。在中國工商業界湧現出各種形式的企業，如：有限責任公司、股份公司、中外合資、個體戶、私有企業……（略）

〈三〉打開國門，對外開放經濟

這一政策，使世界商品流入中國，外資外商湧進中國，中國商品也出了國門，促使中國私營企業發展，促使中國國有和集體企業的轉型和解體，使中國經濟與世界經濟逐漸接軌。同時，西方的思想文化也隨之向中國滲透，中西方文化發生了碰撞和交匯，使國人大開眼界，重新認識和評價美國佬和歐美文化價值，反思中國傳統文化和統治中國二十多年的馬列主義、毛澤東思想，形成了較為完整的民主政治和市場經濟價值觀，加速了「黨天下」獨裁滅亡。

〈四〉人才和勞務市場出現

允許人才自由流動，打破了毛澤東時代「統一分配」、「戶籍」限制人才流動的圈圈套套，廢除了「知識青年上山下鄉」、學術權威進「五．七幹校」等強制制度，使人才急劇流動起來，農民湧入城市和沿海發達地區打工，人才得到充分利用，提高了人才素質。

〈五〉有了環保意識和環保組織

……停止了毛澤東時代「圍湖造田」、「燒山墾荒」、「治山治水」等破壞大自然的環境的大生

產運動，注意了工業生產污染……（略）

〈六〉出現了保險公司（略）

〈七〉在經濟管理上出現了法治。制訂了種種相應的經濟法規（略）

〈八〉重視教育

廢除了毛澤東時代的推薦升學制、開門辦學制和批判教師運動，恢復了科舉考試制，穩定了教學秩序，提出了「尊師重道」口號，促進了教育事業發展。（略）

〈九〉重視自然科學技術在生產上的研究和運用

毛澤東時代只重視軍事科學技術，不重視生產科學技術，打壓社會科學。鄧小平時代既重視軍事科學技術，又重視生產科學技術，說「科學技術是第一生產力」，繼續打壓社會科學。（略）

〈十〉交通業蓬勃發展（略）

〈十一〉提出了「一國兩制」，停止了「解放臺灣」口號（略）

三、改革開放的惡果

鄧小平改革開放在八十年代初期生氣勃勃，碩果累累，農民和知識份子都歡呼：「小平，你好！」到了中期，改革開放成果很快被大官僚吞噬和破壞。到了後期，改革開放成果已蕩然無存，工人、農民、下層知識份子的生活貧困起來，種種社會醜惡氾濫起來，怨聲載道。普通工人、農民罵起鄧小平，罵起改革開放，甚至懷念毛澤東。有歌謠曰：「毛澤東培養的幹部是傻瓜蛋，鄧小平培養的幹部是貪汙犯，甯要傻瓜蛋，不要貪汙犯。」

上文已述鄧小平改革開放宗旨：政治上繼承毛澤東獨裁遺產，變領袖獨裁為寡頭政治；經濟上的改革開放是為了維持和待續「黨天下」獨裁制度生命。這就不但沒有侵犯和打擊大官僚，反而讓大官僚握有改革開放的大權，在改革開放中搞權錢交易，把改革的經濟成果變為自己的私有錢財而「先富起來」。這才是一切社會醜惡現象和改革開放衰敗的根本原因。一部份先知先覺的民主人士的認識當然要高些，透徹些，認識到：八十年代末的社會性衰敗和社會惡現象，並不是改革開放的過錯，而是政治制度沒有配套改革的過錯，是毛澤東獨裁專制遺留下來的惡果，中國絕不能回到毛澤東時代，只能在經濟改革開放基礎上同時促進政治改革開放。有救國救民的先知先覺的知識份子、大學生和市民就掀起了「六・四運動」：反對腐敗無能，懲辦貪官汙吏，擁護改革開放，實行政治民主法治。但是，「六・四運動」遭到支持「黨天下」的特權既得利益寡頭政治的軍人老朽們的血腥鎮壓。「六・四運動」是塊金試石，是面照妖鏡，照出了寡頭政治們的真面目，試出了鄧小平搞的改革開放的真實意圖，宣告了「黨天下」末日到來。

經濟改革開放的惡果有以下幾個主要方面。

〈一〉「一部份人先富起來」的惡果

「一部份人先富起來」，當然是有權力的官吏先富起來，官吏們利用手中的權力，公開或暗中侵佔改革開放的經濟果實。其主要手段有：

1.「拿」

「拿」是沒有風險、安全無恙的「貪」，只有握有大權的人才能「拿」。老帥老將和中央大員們把國庫、銀行當作私家保險箱，隨意地「拿」。這種「拿」法的始作蛹者是葉劍英大帥、鄧小平總設計師、李先念主席。於是眾將眾官效法，「拿」風卷起。正部級以上以億元為單位地「拿」，正廳級以上以千萬元為單位地「拿」，縣市以上以百萬元為單位地「拿」，鄉鎮級以十萬元為單位地「拿」，村級以萬元為單位地「拿」。大官們「拿」不需講任何理由，小官們「拿」要找藉口，反正比從老婆那裡「拿」方便得多。他們「拿」去的錢一般不是為了家用（他們的家用錢不愁）；不是進行正常消費，提高國內需求，刺激經濟；不是去私自開發專利，促進私營企業發展，減少失業人數；不是存在國內銀行，有利國家資金周轉；更不是去救貧救苦，辦慈善企業……他們「拿」了錢，是去大吃大喝、嫖賭玩樂，污染街道水域，製造賭場妓院，傷風敗俗；是去包二奶，修別墅，破壞計劃生育，製造離婚案和單身漢；是去秘密儲存起來，在職時揮霍不完，退休後繼續揮霍，還要留給子孫揮霍，製造大批惡少、紈絝子弟；是去招集地痞流氓，組織黑惡集團，聲張自己權威；是去澳門和國外豪賭風光，促進賭博業的發展；是去存到瑞士、美國等保險係數大的銀行，使外國銀行資金充足，使國內銀行資金匱乏；……他們不是「拿」了一兩次就罷手，而是在「拿」上爭相攀比，「拿」欲無限膨脹。他們「拿」得無憂無慮，使和珅伸舌，慈禧生畏，和珅「拿」時心存恐懼，慈禧「拿」時亦有顧忌。有人曾憤慨而痛心地作了三種假設：假設毛澤東死於一九五五年，就不會有反右運動、三年災害、文化大革命了；假設鄧小平、王震、陳雲、李先念死於一九八五年，就不會有「六·四慘案」；假設孫中山多活十年，共產黨就不敢作亂了，毛澤東就成不了事業了，三民主義在中國實現了，中國早就成了繁榮民主的強國。可見，搞獨裁專制的共產黨領袖、老帥老將們是禍國殃民的惡魔，死得越早越好，越利國利民；搞民主體制的政治家是救國救民的大善人，活得越長越好，越利國利民。

2.「占」

經濟改革開放的成果被「拿」得差不多了，還有一些，就由具有「拿」的權力的官的家屬親戚去「占」。「占」，是有些小風險的「貪」，必須有保護傘，內外勾結，巧立名目，侵佔國家資金和資產。皇娘、妃子、貴夫人、太子、公主們「大占」，辦大公司，搞大走私，販賣軍火；太太、姨太、徧內、千金們就「中占」，辦中等到公司，搞一般走私，販賣毒品；夫人、二奶、公子、小姐們就「小占」，辦一般公司，偷稅漏稅，販賣增殖稅發票，占教師編制（一字不識，一課不上，拿中、高級職稱工資）；……這樣，大、中、小地「占」，無孔不入，經濟改革開放的成果又被「占」去好幾成，所剩無幾了。

3.「貪」

「貪」是無中央背景的能繩之以法的風險很大的地方官的「拿」和「占」。這些地方貪官汙吏，利用手中部份權力和職務之便，搜刮民脂民膏，截流下撥資金，中飽私囊；以做工程、提幹等名目，貪汙受賄。他們當然應該繩之以法。但是，他們比起那些「拿」、「占」得安全無恙的大官僚和有中央背景而不受法律追究的貪官汙吏，又顯得可憐兮兮：一方面，他們要為「拿」、「占」大款的大官僚們向老百姓強征暴收，充實國庫，得罪了老百姓，受到老百姓的上告上訪；另一方面，他們又要做「拿」、「占」大款的大官僚們的替罪羔羊，他們的人頭經常被拿去用來表現大官僚為民除害和英明偉大。中國的老百姓目光如豆，認為葉大帥、鄧總設計師拿兩個億，李主席拿一個億，是應該的，不是貪，拿的也不是我們村、我們鎮的錢。村支書拿占一萬，鎮書記拿占兩萬，是不應該的，是貪，拿占的是我們村、我們鎮的錢。中國民間有句俗話：「聖上英明，奸臣作佞；大官是好人，小官打煞人。」所以，民告官，告的都是地方小官小吏。老百姓並不理解「六・四運動」的意義。

4.賣官買官之風盛行

在毛澤東時代，官吏們之間已結成了一張關係網，「盤根錯節」（毛澤東語），「一榮俱榮，一損俱損」（《紅樓夢》語）。但是，由於國窮民窮大家窮，官吏之間關係無錢來維繫，只靠對上忠誠馴服，對下鬥殺兇悍的使權耍威的榮耀和階級鬥爭關係維繫，官吏是惡官酷吏，即所謂「廉法奉公」的「傻瓜蛋」。到鄧小平時代，改革開放了，一時間，國家有了錢，民間也有了錢，這本是件好事。但是，政治體制仍然是毛澤東時代的那張「盤根錯節」的網，仍然是「一榮俱榮，一損俱損」的那張「護官符」。官吏握有管錢用錢大權，官位權力也就成了撈錢賺錢的資本。於是，出現了：「無官無權難賺錢，有官有權就有錢；小官小權賺小錢，大官大權賺大錢；官位越高，權力越大，拿占貪就越安全。」大家就爭著去買官買權，無職的買公職，公職人員買小官，小官買大官，在職官員坐著賣職賣官收受賄賂。一個不合格的民師轉正收一萬至一萬三千元；一個合格的中級職稱收三千元，一個不合格的中級職稱收五千元；一個中學校長收三萬元，一個教育組長收五萬元；一個鎮委書記收二十萬元；一個縣長收百萬元；調進城關收一萬元，調進富裕鄉鎮收四千元……這還是清水衙門的教育部門。其他部門要價更高。試問，哪有那麼多的職和官去賣去買呢？有幾千年的帝王思想文化傳統作底蘊，中國現代的官員們在買官方式的創造力上是驚人的，比企業家創造各種商品牌子還多姿多彩，比廣告商創造的各種廣告還眼花繚亂，使正常人的想像力跟不上來。這裡僅列幾項：〈1〉機構越精減越多越複雜。中央提出精減機構，下面馬上增設「精減機構辦公室」、「精減機構領導小組」、「精減機構監查組」、「清減機構審查組」……五花八門，在「精減」中拼命地「增設」。只要中央下來一個政策，下面就相應地增設執行那個政策的機構。分支機構越來越多，原機構越來越升位。就像翻烙鍋巴一樣兩面黃，就像發酵麵包那樣膨脹起來。〈2〉人員越裁越冗雜。（略）〈3〉巧妙整頓財政編制。買職買官的人多了，財政編制不夠，賣官的總得於錢於情過得去吧，總得給人家一個說法吧。「眉頭一皺，計上心來」：讓不花錢的小氣鬼提前退休，讓「不入流」的清官退職退位，找個藉口讓對上不恭的開除出去，讓恃才傲物的下崗，該轉正的民師不給轉正，該分配的大專學生不給分配……於是就空下了不少編制。〈4〉設立國家編制外的編制。什麼集體編制（有縣級、鎮級、管理區級）、借用編制、臨時編制、合同編制，等等，這種編制不受上頭約束，能隨心所欲地無限擴大。例一：一個鎮派出所只有正式民警七人，而臨時民警卻有十一人，各種執法隊、巡邏大隊、稽查隊，等等多得驚人，一般是正式民警的三、五十倍。例二：一個鎮中學，本來只需公辦教師三十二人，卻有教師一百一十五人，掛個名不上班的文盲或半文盲的拿中教一級工資的官吏家屬有二十七人；有的女兒只七歲、老婆有六十二歲就拿中教一級工資；支書和副支書五人，校長和副校長九人，主任和副主任十三人，工會主席和副主席四人，花錢賣的民師、雜工三十六人，骨幹教師被領導強迫下海的十三人，本來有分配編制卻只能代課的大專師範生五人，真正能任課的骨幹教師只

有十四人，這十四人還在受排擠之中。例三：（略）（以下均略）

花錢買到的「官」，那花去的錢是資本投資，要成千成百成萬倍地賺回來的。一個不斷花錢、不斷升位的半文盲局級黨委書記向同行自白：「我爬了十幾年，花了那麼多錢，撈到個正局委書記，不撈回本錢，不成百倍地賺回來，我這一生不就虧了嗎？要是有哪個狗入的敢告落我的官位，老子活著還有什麼意義？老子就要先砍下他的狗頭！」這是現代官吏心理狀態的真實寫照。說實在的，他們爬了那麼多年，太辛苦了；花了那麼多錢，太痛苦了，應該向別人索取，向社會討回。他們應該吃好點，讓自己肥頭大耳、肚子挺起來，像個官相；他們應該穿好一點，衣錦還鄉顯榮耀；他們應該住好一點，房子像官廳；他們應該行好一點，乘高級小車兜威風；他們應該氣派一點，前護後擁；他們應該大方一點，去賭場一擲千金；他們應該瀟灑一點，到高級舞廳賓館玩玩；他們應該享受男女之樂，嫖嫖娼，包包二奶；他們應該「胸懷祖國，放眼世界」，到祖國各地遊一遊，出國觀光觀光；他們應該著眼未來，再花大錢買更大的官；他們應該望子成龍，讓兒女上大學，出國留洋，或給兒子一筆大款；……他們的行為有哪一樣不符合帝王傳統思想呢？有哪一樣無正當理由呢？

這樣，買官賣官，就在不斷周而復始，社會就「螺旋式地迴圈上升」（馬克思語）。

5. 官商勾結，詐騙猖獗。（略）

6. 個體工商戶怕「五虎」

「五虎」指工商虎、稅務虎、市容虎、員警虎，執法隊虎。地痞流氓夠不上「虎」。（略）

〈二〉「貓論」和「特區」方法的惡果

1.「貓論」是謬論。

「貓論」是鄧小平理論的基石：「不管白貓黑貓，抓到老鼠就是好貓。」這就是說，有本領先富起來的貓就是好貓。貓捉老鼠本來是為了生存，吃飽了就滿足了。每一隻貓都有捉老鼠的天生本領，用不著別人去教會，只要給予貓捉老鼠的自由。如果貓捉老鼠是為了「先富起來」，那就是要求貓把捉到的老鼠當著財富貯藏起來。那就會出現強貓和弱貓，強貓就要去統治弱貓，限制弱貓，侵犯弱貓，役使弱貓。只有大多數弱貓貧窮，強貓才能先富起來。誰是強貓呢？當然是具有統治地位的貓，具有權錢交易權力的貓，具有獲得優惠條件的貓，是「一部份」貓，是極少數貓；而不是具有自由平等競爭的所有的貓或大多數貓。至於「共同富裕」，那就是遮羞布或修飾品。所以，官吏先富起來了，貪汙腐敗盛行起來。因此，「貓論」不是市場經濟理論，而是官僚經濟理論，是謬論。

2.「特區」方法是作惡方法

依據「貓論」，在經濟工作中就有了個「特區」方法。鄧小平在深圳「劃了一個圈」，成為經濟特區。李鵬也就在珠海「劃了一個圈」，江澤民也就在上海「劃了一個圈」。於是，官吏們都爭著在自己所管轄的地方「劃了許多個圈」。這種工作方法並不新鮮，是毛澤東所推行的「蹲點」、「以點帶面」的工作方法。在毛澤東時期，「蹲點」的內容是「階級鬥爭」和「高產放衛星」，受害的首先是「點」上的群眾。歷史事實證明，這是一種幹部胡作非為的作惡方法。鄧小平採用這種方法，在內容上有所變動，主要是給予「特區」經濟優惠政策，讓一部份地區先富起來。於是事情就反過來了，「點」的群眾獲得了好處。那麼其他地區的群眾就要承受巨大的稅費任務，作出巨大的經濟犧牲，甚至更加貧窮起來。所以，「特區」工作方法仍然是作惡方法。

「貓論」和「特區」方法的惡果是：大肆破壞生產，製造地區經濟發展不平衡。其主要表現形式有：

3.大搞形象工程。

搞形象工程的始作俑者是鄧小平。鄧小平在深圳「劃了一個圈」，成為經濟特區，就是形象工程。官吏們都爭著在自己所管轄的地方「劃了許多個圈」，形象工程就層出不窮。

官吏把「形象工程」稱為「民心工程」，意思是得民心。其實是從「官心」來，歸到「官心」去，是違反民意的。為什麼要搞「形象工程」呢？目的有三：建樹政績，施耍權威，從中撈錢。上級評估和提升幹部有一個重要標準：看「形象工程」。搞形象工程能前呼後擁，吆三喝四；搞形象工程能向上要撥款，向下暴征，撈到大錢。這真是一舉三得的大好事，何樂而不為呢？（下面略去事例）民間有口曰：「小車一響，農民恐慌；書記下廠，工人遭殃。一說減負，準備增負；一提工程，就輸家當。安全生產，非法挖礦；五虎下山，搗亂市場。」那些又「傻」又「貪」的幹部只要一插手生產，一下廠下鄉指揮，生產就被破壞，生產者就遭殃。在毛澤東時代的破壞生產，因為破壞的屬於國有、集體所有，民眾感覺不痛不癢。到了鄧小平時代，實行了承包制、個體制，破壞生產是直接使生產者遭難，所以民眾有切膚之痛。

4.製造東富西窮，經濟發展不平衡。

形象工程的特區，不是市場經濟的產物，而是官僚經濟的產物，是依靠政府財政扶植起來的，美其名曰「經濟傾斜政策」。特區能夠獲得無息貸款和免稅優惠，而國家稅費徵收不能少，就轉移給內地。於是東富西窮現象出現了。

5.出現了文盲老闆和知識打工仔等等怪現象。

「特區」一時間暴富，有權的成了大富人，無權的成了小富人，所謂「富經濟，窮文化」。內地的知識份子只好「下海」到特區去打工。嚴重地制約了中國經濟的正常發展。

6.製造交通災難。

富在東部沿海，廣大內地貧困不堪，絕大多數人成年人只好去特區做工。一時間，汽車、火車擁擠不堪，「春運」現象出現了，接著是「倒票」、「假票」、搶劫、擠死人、暫住證，等等怪現象接踵而來。

7.「農民工」苦不堪言。

特區繁榮的真正建設者是背井離鄉的農民。他們得不到正式「工人」的名分，只有一個遭到侮辱和歧視的名字「農民工」。髒活、累活、危險活都是他們幹，低工資和不給工資都是他們，發生事故和車禍的都是他們，得不到賠償和生命最不值錢的都是他們，遭受搶劫和拘留懲罰的都是他們，被迫賣淫和做二奶的都是他們，被迫做小偷的都是他們，等等，一切厄運都落到他們身上。他們是經濟改革的奴隸，叫天天不應，入地地無門。

8.教育出現危機

在毛澤東時代，學校是無產階級專政的工具，信奉「讀書無用論」、「知識越多越反動」，教育遭到極大破壞。在鄧小平時代的初期，恢復了教育秩序，國民開始「尊師重教」、「讀書做官論」、「知識越多越有能力」，教育出現生氣。可是，到了八十年代後期，清水衙門的教育界成了油水豐厚、貪汙安全區，教育危機重重。〈1〉腐敗無能的學校領導。毛澤東時代是工人、貧下中農管理學校，無知管有知，野蠻治文明。改革開放的八十年代後期，是買官賣官的貪官汙吏管理學校，不但繼承了無知管有知，又增加了金錢治校。（略去例證）〈2〉為了學校創收入，學校與學校爭生源，競升學率，造成有的學校每班九十至一百人，有的學校每班只有十幾人。每班九十至一百個學生，教師只抓二十到三十個學習好的學生，其餘學生隨其自由，只要交費，混個畢業證，教學秩序混亂，誤人子弟。（略）〈3〉學校為了創收，出賣文憑。一個小學畢業學生，花錢買到高中、中專文憑，一個初中畢業生花錢買到大專、本科文憑，都是正規學校頒發的。於是，社會就出現買賣假文憑的生意。（略）

如此種種，教育能不出現危機嗎？

9.員警土匪成一家，白道黑道是一窩

公檢法部門大搞「依法創收」，為了「貓捉老鼠」而「先富起來」，警匪一家，白黑一夥。愈「嚴打」，歹徒愈多，愈「打黑」，黑道愈黑。（略）

10.貧富分化愈呈兩極化

老帥老將是首富，大官大富，小官小富，無官無富，工人農民是赤貧；沿海富，內地窮，東邊富，西邊窮，南方富，北方窮，點上富，面上窮。富的愈富，窮的愈窮。（略）

11.創造假典型，假模範

俗話說：「應遠不應近。」說的是搞迷信活動巫術的人在本地不顯靈，到了遠方就顯靈，因為本地人知其根底，遠方人只知其說神說鬼。這種道士、術士、仙姑、巫婆的巫術被黨政官吏拿去變成了政治巫術，創造出許多假典型，假模範，到遠處作「模範事蹟報告」，用來欺騙老百姓，宣傳共產黨好，幹部一心一意為人民。永安縣有三個全國級別的模範典型，《人民日報》、《中央電視臺》、《半月談》都作了事蹟報導，中央首長也接見了，還組成了「模範事蹟報告團」到全國各地作報告，聽者感動得流淚，高唱：「沒有共產黨就沒有新中國。」可是當地人知道，一個半真，一個全假，一個無中生有。就說那個半真的吧，那個半真的是一個鎮的農技站技術員，得罪了站長，被開除了，編制被站長的女兒占去了。那個技術員回家，向村支書申請承包了一片荒山，種植柑桔。五年後，柑桔大豐收，他發家了，村支書也得了好處。這事被他的一個當記者的同學在縣報上報導了。這篇報導受到了以政治巫術見長的縣宣傳部長的注意，向縣委書記彙報。縣委書記也深諳政治巫術，帶著電視臺記者去了一大群人，考察了柑桔山，見到旁邊有座水庫，指令村支書在水庫裡放兩萬斤成魚；山下做十幾個豬圈，放進三十多隻大肉豬；又在山下立了塊大水泥碑，上書「縣委書記 XXX 蹲點示範區」。一盤新聞記錄片出來了。技術員被解說為縣委派下去帶領農民致富的特產局副局長。接著上省、中央電視臺。這下子全國轟動，技術員突擊入黨，調去當特產局副局長，成了全國模範，到外作事蹟報告。縣委書記成了農業轉型的好幹部，調到一個市當市委書記。宣傳部長升為縣委書記。那柑桔山也荒了，水庫的魚也沒了，被借來的豬也牽去了。村裡有個高中生，有一股正氣和勇氣，寫了匿名信上告到省委書記那裡。省委書記把匿名信批復給永安縣新上任的書記，批復說：「紅旗已經樹起來，不能讓它倒下去。」縣委書記派公安人員偵查，就逮捕了那個高中生，又株連了一批人。還是那技術員天良未滅，請求縣委書記放人，說是逼得太急，會有人上中央告狀，雙方不利。高中生和被抓的一些人才被釋放回家。

（略）

可見，這種不對獨裁制度傷筋動骨，單在經濟方面動手術的改革開放，走了幾步，必然面臨「地雷陣」、「萬丈深淵」（朱鎔基語），也就走到頭了。

摘抄了那麼長的論文段落，會令讀者惱火：「寫小說是說人物故事，寫那麼多論文，是壞了小說家的規矩。」不過，這不影響讀者去看人物故事。不願看論文，就動手多翻幾頁紙，跳過去就是了。也許有些對論文感興趣的讀者，可以在看故事的空閒喘一口氣，玩味一下議論文章。

現在書歸正傳，且看下文人物故事。

第五十六回　直性漢死裡逃生命　罪社員婚後得貴子

現在回過頭來講述李氏一家人的故事。

卻說三年災害中，毛主席發出了「水利是農業的命脈」的偉大指示，全國響應，幹部們大興水利工程，建功升官。水利工程越大，功績就越大，名利也就越大。

永安縣在五九年下半年，就在貴河中游攔河築壩，建大水庫。全縣動員，大肆宣傳，省報和《人民日報》也作了報導。

對做這貴河水庫，柯和義心懷不滿。他對知心人說：「貴河全長兩百多里，最富饒的是中上游，中下游是天然湖泊、蘆葦蕩。把貴河攔中截斷，庫內被淹沒的就不只一百里，包括支河水泊有兩百多里，良田五十多萬公頃，集鎮二十多座，村莊不知其數，林場無數個，移民五十萬人口。在下游來攔湖圍墾的田地不到五萬公頃，要移民建鎮。這不是勞民傷財、製造災害嗎？這是什麼抗旱排澇的水利？我看是水害。再說，庫內每年汙積泥沙十幾米厚，那大壩壽命只有三、五十年，三、五十年後，水壩沒了，庫內泥沙五、六十米高，貴河要重造河床，將泥沙帶到下游，不是泥沙災害嗎？水利不可不興，但要計算利弊，從長計議呀。這些無知愚昧的共產黨官僚，根本不會、也不能計算建設水利的利弊，只求個人政績，逆天理，造人禍，遺患幾代人呀！聽說還要什麼『高峽出平湖』，攔截長江，那豈不是患禍整個中華民族嗎？」

柯和義的感嘆只能是感嘆，更感動不了革命幹部求功心切、興建水利的狂熱的心。永安縣全縣勞動力都集中到水庫土地上去了，民工們按軍、師、團、營、連、排、班組織起來勞動。柯和義、柯和仁都被迫去了。一連四年，還沒完工。

工地上，民工們做繁重的勞動，生活很單調，休息時就說說笑話，互相講故事。柯和仁讀了幾年私塾，愛看通俗演義小說，喜歡談經白古。在排長的命令下，他給排裡人講《隋唐演義》，每日講一回，民工們都很高興地聽。一天中午，柯和仁講到了「李元霸錘打十八路諸侯」。這一回說的是，隋煬帝在全國征民工開鑿運河，乘龍舟沿運河游蘇杭，遇上了十八路反王劫駕，護駕的第一條好漢李元霸揮動雙鐵錘，第二條好漢裴元慶擋了李元霸一錘後敗下陣來，十八路諸侯被殺得落花流水。柯和仁講得手舞足蹈，忘乎所以。誰知南柯連指導員柯業章恰好路過，停步聽了。

柯業章是階級覺悟很高的革命幹部，聽了柯和仁講的故事，進行了階級分析。他認為柯和仁講隋煬帝開運河是影射黨建築水庫，講十八路反王是煽動民工造反，借古諷今。這是階級鬥爭的新動向。柯業章回到連部，立即寫了彙報材料，又添了一些言語，上綱上線分析一回。他把材料向南湖營長、南湖黨委副書記劉耀武彙報。那劉耀武是老志願軍轉業的營長，階級鬥爭覺悟很高。劉耀武聽了柯業章彙報，立即召開全營批鬥柯和仁大會。還邀請了團部負責人和其他營的代表參加。大會上，柯業章作主體發言，大顯鬥爭才華和鬥爭精神，還打了柯和仁一頓。柯業章的名字走出了南柯村，響亮了全區。

柯和仁遭批鬥後，被趕到五類份子的勞動隊伍裡。柯業章指派兩個心腹民兵監管柯和仁。勞動改造隊伍和普通民工在勞動、待遇上不同，幹危險活，重累活，加班加點，沒有報酬，還減口糧。

柯和仁到團部勞改營的第八個月是「十・一」國慶日，水利工地放假一個上午。八十多萬民工都集中到大壩北邊大山谷裡參加國慶大會，接受指揮部首長檢閱和接見。

大會主席臺搭在東邊山腰的的幾棵大樹下，台後掛著巨幅毛澤東肖像，台前橫拉大條幅：熱烈慶祝中華人民共和國建國十周年。台柱是兩棵大樹，刨去了一邊樹皮，寫上紅色油漆對聯：功績輝煌的十年人民幸福的時代。台的兩旁插滿了紅旗、彩旗；岩石、大樹貼滿了標話，無非是「打倒」、「鬥爭」、「好」、「萬歲」之類。台前有一塊草坪，坐著一百個受表彰的土改根子、勞動模範、革命積極份子。谷裡、坡上，人山人海，每人拿著一面紅紙糊的三角小旗，呼喊口號時，三角小旗一升一降，一片紅色波濤。

大會第六項是貴河水利工地總指揮長周雷霆將軍檢閱民工。在一片雷鳴般掌聲中，周雷霆將軍走出來。他身材魁梧，一身將軍服。這時，四周的高音喇叭響起了，主席臺上傳出的聲音：「周將軍好！」「祝周將軍身體健康！」山谷裡響起了人們跟著主席臺呼喊的聲音，揚起了三角小紅旗，真是：紅色熱浪洶湧，驚濤拍岸。周將軍先是正面向人群招手，接著轉動身軀，向四周人群招手，最後面在台前站定，用大嗓門對著擴音器吼起來：

「治山治水就是打仗，打仗就要死人。我們消滅了蔣介石八百萬軍隊，打垮了美國野心狼，死了成千上萬的人，才換來今天的光榮和幸福。今天，我們要繼續與階級敵人打仗，與高山河水打仗，這是一個大仗。階級敵人死在工地上活該，人民死在工地上是犧牲。我們要不怕犧牲，去爭取勝利！共產黨人是常勝軍，我們一定能治服貴河，取得這一仗的偉大勝利！」

周將軍講話很簡短，大吼幾句就完了。

大會第七項是授獎。周將軍和幾位首長發獎。在領導的指揮下，坐在台前草坪上的一百號人齊刷刷地站起來，列隊走在台前下接獎品。獎品是一套白細布衣褲和一條白色手巾，得獎人當場把白衣服穿起來，把白毛巾裹在頭上，在草坪上載歌載舞起來。他們只露出面孔，那面孔瘦骨嶙峋，蠟黃蠟黃的，像在骷髏上蒙上一塊烤熟的黃牛皮。他們劃手提腳地跳，哰聲哇聲地叫唱，像一群原始部落的巫師。他們十分歡樂，饑腸裡灌滿了毛澤東思想的蜜汁，額頭上套上了黨組織給的光環。

大會直開到主席臺上有了陽光才散會。已是中午一點多了，山谷裡、山坡上的人們被熾熱的陽光曬了個半死。

中飯時，每桌十二人，有兩葷一湯，一盤青野菜，一盤十二小塊的紅燒豬肉，一缽能見底的蛋湯，每人一碗白米飯。柯和仁所在的五類份子勞改隊，少了那盤紅燒豬肉，只有一碗野菜飯。吃了中飯，民工們又冒著烈日勞動。

柯和仁在勞改隊裡挨了幾次鬥爭，在最近一次挨鬥中，右踝骨被打破了，潰爛了；在傍晚挑土上堤時，右踝骨著力不準，跌了一跤，把一擔土灑在壩中，被監管民兵毒打了一頓。柯和仁就在兩個民兵竹鞭下被罰挑重擔。他挑到第三擔時，支撐不住身子，倒下了，挨了一頓打，便昏死過去了。

柯和仁甦醒時，聽到「咿啞」的劃槳聲，彷佛自己躺在南湖自家的木船裡，柯和義在划船。柯和仁有知覺了，感到渾身疼痛。他睜開眼睛，圓月西斜，就想起了中秋節過去只兩天。他透過水霧，看到兩邊的山影特別高，特別陡；在東邊有一條長黑影，黑影中燈火點點。柯和仁能辨出，這不是南湖，而是貴河水庫，那長黑影是大壩，那划船的不是柯和義，是紅石區聶家山的地主份子聶為福，但在水利工地上一直沒見到聶為福的身影。船頭上還坐著一個人，是紅石區畢家灣的富農份子畢恭敬。柯和仁感到身旁還睡有人，就伸手去摸，身體都冰冷的，是死人。他目數了一下，有七個。他猜到這是運死屍，自己也被當死人了，但不知道要運到哪裡去。柯和仁心中一陣悲傷：「就死去吧，免得受活罪了。」他又轉念一想：「這樣也好，柯業章一夥以為我死了，我正好趁機跑掉，跳出那火坑。」他繼續想：「跑到哪裡去呢？全民皆兵，全國軍管，深山湖汊都革命化了。」他急了，拿不定主意。「跑回家去躺幾天，睡個足，再看情況。」他拿定主意了，只想改變眼前的困境，顧不得後果了。

木船從貴河水庫轉進了銀河港口，在港口西岸停下。岸上有間土磚屋，亮著燈。

畢恭敬向著那屋裡叫：「員警領導，請檢查。」

屋裡亮出兩盞手電筒，兩個背槍的民警走到船邊。畢恭敬立在船頭上，躬著身子，遞上一張紙條，說：「共八個，請過目查數。」

民警沒上船，用手電筒照著船艙數著。一個民警訓斥畢恭敬說：「聽著，前夜胡天良、梁松盛運來九具屍體，第二天復活了一個，爬到河邊喝水，被我們巡邏看見了，補了兩槍才死。胡天良、梁松盛被抓住給槍決了。你知道嗎？」

畢恭敬連連點頭說：「知道，知道。那邊領導給我們開過會，教育過。」

「你們這些四類份子，就是不老實。」那民警繼續教訓，「你送來的屍體要是有人復活跑了，就是犯了死罪。」

「你們把屍體搬上岸了，不管死沒死，給每具屍體多打幾棍，免得出事。懂嗎？」數數的民警說。

畢恭敬又是連連點頭，說：「懂，懂，是，是。」

船又劃動了。走了五、六里水路，來到一片曠野，船靠西岸停下。聶為福、畢恭敬把屍體搬上岸，拖到一塊龜裂的田地上，擺好。兩人忙了一陣子，就坐在田埂上喘氣。

「畢恭敬，算到今夜，我倆這只船共運了一萬二千六百零九具屍體了。是吧？」聶為福說。

「是這個數。照這個數計算，五隻運屍船應該運了六萬三千零四十五具了。這水庫不知要做到哪年哪月，要死多少人呀。」畢恭敬說。

「早點死也好，人總是要歸天的。」聶為福仰天嘆息。

「可是死了不能運回家入土，成了野鬼，魂不能歸祖呀。」畢恭敬悲哀起來。

「祖墳都被挖了，哪裡還有魂呀？」聶為福說。

「這些人活著受罪，死了也受罪，遭烈日曝曬，蛆蟲蛀咬。說不定，我倆也會被拋屍在這裡。」畢恭敬低泣起來。

「是呀，人作孽，老天也作孽。連年乾旱，連月不下雨，苦了活人，也苦了死人。我只希望早點下雨，早點做完水庫，讓死者入水，讓活人早點回家。」聶為福說。說著，跪在地上，向著月亮一邊拜，一邊祈禱。

畢恭敬也跪著拜起來。畢恭敬拜完，說：「老聶，我不忍心給這些死鬼打棍子，你去幹吧。」

「人死了，還要罰棍子，太狠毒了呀！」聶為福說，「老畢，我們走吧，遲到了，會挨鬥的。」兩人起身上船，劃著船走了。

柯和仁聽不見劃槳聲了，就兩手支撐在地上坐起身子。四周一片白茫茫，那本來不很遠的高山，顯得遙遠飄渺。這月夜死一般沉寂，沒有蝙蝠飛穿，沒有野獸尋食，地上沒有蟲鳴聲，水裡沒有魚打浪花，只有一股股死屍的腥臭味撲鼻，彷彿動物死絕了。柯和仁向四周看了一遍，辯出了這是原來的金銀鎮所在地。土改時，他跟著柯和義划船到過金銀鎮，賣苧蔴，買乾竹筍，住了兩天，對這塊地方熟悉。

原來的金銀鎮比紅石鎮大多了，有三條石板街，是永安縣最大的鎮，是三省五縣商貿區，是魚米之鄉，是山貨豐產之地。它三面臨水，北面是貴河，東面是銀河，西面是金河，南面是寬廣的田畈。在河水的外面是高山，所以，金銀鎮又四面環山。有兩條馬路向東、向西通向外界，兩條水路通向貴河，崎嶇的山路有很多條，伸向四面八方。現在，建貴河水庫，大壩使貴河、銀河、金河水位上漲，金銀鎮南邊的田畈成了一口湖。如果下了一場暴雨，銀河、金河就沒有了，整個金銀鎮沒入水中，與貴河連成一個大水庫，北邊大大小小的山就成了大大小小的島嶼。一年前，金銀區八萬多居民全被移民到貴河下游的蘆葦蕩和荒湖裡，圍湖造田。房屋全被撤毀了，磚石運去築河水庫大壩。現在，這金銀鎮高處土地沒上水，成了一片荒蕪人煙的四面環水的孤島。貴河水庫指揮部真是一個有作戰經驗的智囊司令部，在四個港口處設置哨崗，把這孤島變成拋棄死屍的場地，挑選老實怕事的四類份子運送屍體，工程一完，就槍斃送屍的四類份子，也丟在這孤島裡，等庫水上漲，屍體全沒入到水中，成了魚食。真是人不知、鬼不覺，一切罪惡和骯髒被淹沒到水中去了。貴河水庫就只剩下一片輝煌、千秋功績了。

柯和仁看到帶著暈圈的月亮移到西邊山尖上，啟明星亮了。他想：「我必須在天亮前逃離這裡。」他又饑又渴，就吃力地站起身，右腳踝不能著力，就跛到河邊，趴在岸邊，喝河水。那水腥味很濃，他顧不上，只知喝。他喝了一肚子水，有些氣力了，就想沿著河岸，一招一腐地走。他剛邁開步子，就被絆倒了，身子壓在一堆肉體上。他猛想起了聶為福、畢恭敬說的有六萬多具屍體拋在這裡，悟到這裡是個大死屍場。他連忙掙扎起來，瞧腳下，望四周。腳下是一具具屍體，沿著河岸，看不到頭；那乾裂的田野滿是屍體，從河岸鋪向茫茫的遠方。那屍體有乾屍，有白骨。那白骨是以前運來的，經過了冬雪春雨，腐爛了只剩骨頭；那乾屍是近時運來的，連月乾旱，陽光曝曬，連露水也不下一滴，蛆蟲也活不下來，就成了乾屍。柯和仁一陣驚顫：「我在鬼魂堆裡。」他恐懼了一陣，又想：「我本是死人，僥倖活下來了，還怕鬼嗎？再說，我與這些鬼魂同類，他們不會害我。他們若有英靈，應該去害那些加害他們的人。」柯和仁這樣一想，膽子壯起來。他全神貫注地瞧著地下，小心翼翼地提腳揀路，盡可能不碰著死屍。柯和仁跨步在屍體堆裡，看清了屍體各種駭人的模樣：大都赤膊，肌膚有紫紅的，有枯黃的；有的肚皮緊貼著背脊，有的腮肉沒了露出尖尖的顴骨，有的胸肌沒了，只有肋骨；有的額骨被敲破，有的腰肋被打斷，有的背心被刺穿，有的肚子被挖破；還有一排黑糊糊的屍體，像燒焦的樹幹，柯和仁知道，那是工棚起了大火被燒死的民工。

柯和仁走了約兩里路，東方露出晨曦。他心慌了：「這樣慢走，天亮前肯定走不出死屍場。」他停下步子，向銀河兩頭望了望，估摸這裡是兩個港口的中間，再向前走就離那頭港口崗哨近了，說不定還會遇上巡邏民警。他決定在這裡游過河去。他知道過了河，走兩里湖路，就到了東山，翻過山就是牛山公社。柯和仁連忙脫光衣服，把衣服盤纏在頭頂上，下水，踩水過河。河水平緩，沒有流動；河寬也只有一百多米。柯和仁過了河，光著身子急跛，天濛亮時上了山；身上的河水乾了，就穿上衣服，向山上爬。這山原來有暗林茂草，經常出沒豺狼虎豹；現在被治了幾遍，沒有密林長草了，野獸也都被消滅了。柯和仁用不著擔心野獸的襲擊，放心地走。

柯和仁翻過山，天大亮了，看到了牛山公社。柯和仁下到半山，不想走了。他趁著社員們還沒出工，就在一塊紅薯地裡，掏了幾個紅薯，扯了一把嫩藤葉，躲進一個山洞裡，吃了紅薯，嚼了藤葉，睡起來。

他一直睡到天黑，才下山，又走到天剛亮時，到了家。他向母親說了緣由，就到柴樓裡睡。

李氏看到兒子這副模樣，心疼地哭泣。她連忙去燒熱水，給兒子洗抹，用菜油擦傷口，換上乾淨衣服。李氏又煮了一升麥粒飯，一個雞蛋湯，炒了一盤野青菜，讓柯和仁吃飯再睡。

第二夜寅時，柯和仁的大門被「砰砰」踢開，一陣子手電筒光，一陣叫喊聲，柯業章帶著四個民兵衝屋裡，滿屋地抄搜，抓住了柯和仁，綁到大隊部。

柯鐵牛鐵青著臉，站在柯和仁面前，左手扣住柯和仁衣領，右手左右開弓，給柯和仁一陣耳光。他罵道：「入你娘的十八代！反動崽子！好大的狗膽，敢煽動民工造反，敢裝死逃跑。好！今天黨就與你鬥一鬥，看誰勝誰負！我看你是死路一條！」柯鐵牛又提腳踢打柯和仁。

「支書呀，你教育和仁是應該的。和仁不是四類份子，不能當階級敵人打呀。」李氏跟來了，站在辦公室門壩外求情。

「把那老東西也綁起來，一起遊行！」柯鐵牛看到李氏敢前來辯理，十分惱怒，命令柯業章。

「住手！」柯和仁發瘋了，狂叫，「你敢動我老母一下子，老子就和你拼了，要你和你那獨生子都死！」

兩個民兵便扭住狂動的柯和仁。

柯業章沒有動。他還沒喪心病狂去凌辱照顧過自己的叔婆李氏。

柯鐵牛被柯和仁的瘋狂弄得心裡虛了半截，擔心起自己和獨生兒子的生命安全來。但他仍然色厲內荏地叫：「把那老婆子攆走，把這反動崽子戴鐵鍋遊鬥，押回工地去處置。」

李氏出了大隊部，急忙去找尹苦海。尹苦海聽了李氏的敘述，說：「和仁被押到工地去，就是死路一條。」趙月英催尹苦海快想法子救柯和仁一命。尹苦海就趕到南柯大隊部，對柯鐵牛說：「區裡知道柯和仁性質嚴重，變成了壞份子，讓我把他押走，交給瞿特派處理。」尹苦海就與瞿思危商量，把柯和仁交給區翻砂廠勞動管制，做燒鍋爐的重活，倖免一死。

卻說柯業章，階級鬥爭覺悟很高，雖然把柯和仁交給了團部五類份子勞改大隊，但還經常去查問。他聽說柯和仁被運屍船運走了，就警惕起來，不相信柯和仁真的死了。第三天上午，他帶著兩個民兵去驗屍，發現柯和仁不見了，就追查起來。他沒有向營、團部報告，想一個人自立新功。柯業章查遍了水庫周圍的地方，沒查著。他就趕回南柯大隊，向柯鐵牛作了彙報。兩人決定在下半夜突襲柯和仁的家，就抓著了柯和仁。柯業章在階級鬥爭中幾次立功，這一次又立了大功，就被劉耀武提拔到南湖公社當團委書記。後來，劉耀武又把柯業章當作「革命接班人」培養，送去搞「社教」運動。柯業章在「社教」運動中又幾次立功。「社教」結束後，升到縣團委當書記，直當到副縣長。

柯和仁勞改一年後，翻砂廠垮了，農村實行了「三級所有，隊為基礎」制度，就回到了生產隊。柯和仁從屍體堆裡爬出來，死裡逃生，肉體受盡了折磨，臉面受盡了羞辱，但他心中還有一根精神支柱：只有二十七歲，要結婚生子，承接香火，孝順老母。就忍受著熬過來了。在他從翻砂廠回來後，他的未婚妻不肯進門，解除了婚約。這給柯和仁的精神打擊勝過了肉體上所受的痛苦，使他對生活一下子失去希望。他認為自己是死過了一回的人，那些被拋屍在荒野中的死屍也是那麼一回事，活著有什麼意義，死了又有什麼意義，死不可怕，活著才可怕。柯和仁本來對社會不滿，性直，脾氣急，現在，發展到仇視社會，漠視生命，暴躁兇狠起來。他經常沒大沒小地與人爭吵，與幹部打鬥，也經常挨批鬥，去別隊勞動改造。柯和仁對母親、弟弟說：「人要惡，心要毒，性要狠，拳要硬，才不受欺壓。」人處在這種心理狀態下，是什麼事都能幹出來的。

對那改天換地的水利建設，柯和貴有詞一首：

不是路

詠水利建設

秦築長城，孟姜女哭範喜良。（今）攔河水，女人抱嬰上戰場。鬥爭會，農奴死屍不回鄉。土匪流氓為官吏，瞎指揮，治山治水造民殤。（賤民）生路無望！生路無望！

注：《不是路》，曲牌名，中呂宮，平韻。定格句式為：四七。三七，三七。七三七，四四。末四字二句聯繫上文內容發出重複感嘆或者疑問。

卻說柯和仁性子變得暴烈，漠視人生，仇恨社會，吊兒浪蕩地混日子。

到了第二年夏天，一日中午，他不跟生產隊長請假，拿了鹽票，跟著柯和義、張愛清一起去五里外的區供銷社買鹽。

太陽正當頂，白光刺刺，樹葉蒙灰，路面沙石滾燙。柯和仁光著臂膀，赤著腳板，一步一個塵圈地走。三人走到箭山塂，有一位二十出頭的婦女坐在路邊一棵白楊樹下，披頭散髮，低聲哭泣。

「大姐，你有什麼傷心事，能對我說嗎？」張愛清走上前，同情地問。

那婦女抬起淚眼，看見一個大嫂問她，又看見一個面善的中年大哥，在那大哥後面，有個近三十歲的青年，中等到身材，大手腳，短茬平頭，全身黑黝溜溜的，性情老實。她感到這三個人不可怕，就說：「我有心臟病，沒錢治療，不能幹重活。『三基本』完不成（注：三基本，指基本勞日，基本工分，基本口糧），公婆罵我，丈夫打我。回娘家又沒口糧，哥嫂不容。我想，我活著有什麼意思，不如死了倒乾淨。所以傷心。」

張愛清看那婦女，左眼青腫，是被打的，看來沒有說謊。那婦女身材中等，黑髮圓臉，有幾分資色，老實本分。張愛清想到了身邊的柯和仁，想做好事。張愛清說：「大姐，你只二十多歲，絕不能想走絕路，蟲蟻也怕死呀。東方不亮有西方，人總會有活路的。你如果相信我，就到我家避一避，我托人去勸說你丈夫。我現在去買鹽，你在這裡等我。」

張愛清說完，三人走了。張愛清買鹽回來，那婦女真的在等候。張愛清就把她帶回家了。

那婦女叫石小春，今年二十一歲，石碗村人，嫁到邱家灣一年多了，沒生小孩。張愛清到邱家灣找到了石小春婆家，勸他們把石小春接回家。公婆說養不起石小春，丈夫說要和石小春離婚。過了幾天，石小春丈夫到張愛清家，拉著石小春一起去區裡離婚了。張愛清又留石小春住下。在張愛清和柯和義的撮合下，柯和仁和石小春同意結合。張愛清就陪石小春一起去石小春娘家說媒。石小春父親立即同意了，說只要女婿不打石小春就行了，還說石小春是改嫁的，不要什麼彩禮，帶幾個雞蛋上門認親就行了。

在柯和仁這邊，李氏認為兒子是新婚，不能失了窮氣，要葷腥上門，要給石小春做冷熱兩套衣服。但是，到哪裡去弄葷腥和布票呢？那時，不管買什麼東西都憑票供應。國家幹部每月有半斤肉票，社員每年只在「五一」、「十一」、「春節」時每人能吃一頓肉。布票每人每年一丈五尺，小孩六尺。李氏就東跑西竄，借了兩丈布票，加上家裡還有一丈多布票。張青柏、王熾興老師答應稱兩斤肉來。柯和仁心裡另有打算，沒肉就用魚；買不到魚，就偷。南湖本是南柯村人的，歸公社了，住在湖邊吃不上魚，他不服這口氣。在一個月黑頭的深夜，柯和仁赤身鑽進湖裡，捉到三條鯉魚，每條兩斤多重。他趁黑夜送給岳母兩條，自留一條用鹽醃著。

七月二十日，柯和仁接親了。柯和義主張不接三親六眷，一來免得親戚破費、罰工分；二來柯和仁也少花錢。上午，柯和義、張愛清帶著柯和仁，提著兩斤豬肉和二十個雞蛋去迎接石小春。石小春娘家給了一床半舊棉被，算是嫁妝。石小春的哥哥石教冬陪妹妹來到柯家。

不知柯和仁用什麼法子弄來兩斤白酒，李氏炒了三盤菜，熬了一缽魚湯，四個人喝了起來。喝了斤把酒後，柯和義說：「和仁，你不能再喝了。新郎醉酒，生下的孩子就愚頑兇猛。」

「義哥，我快三十歲了，從沒有快樂過，你就讓我喝個夠吧。」柯和仁說。他哭了起來。哭了一陣，他拍桌大叫：「我受夠氣了，真想生下一惡崽來，為我出口氣哩。」他叫著，倒了一大碗酒，仰面咕嚕咕嚕地喝了。

「哎——」柯和義嘆了一口氣。

「砰隆，砰隆隆」，兩聲炸雷，電光閃閃。已經快八月了，還有雷雨。這正應著一句俗話：湖邊頭莫誇嘴，八月有個蓮花水。要下暴雨了，要發大水了。

「有了，酒也沒了，快進洞房去。」柯和義說著，扶起柯和仁進了房。

石教冬也和柯和貴睡去了。

柯和義、張愛清出門回家。

「愛清，我覺得和仁今夜結婚兆頭不好。」柯和義說。

「這是什麼意思？」張愛清問。

「今夜，天有雷電。和仁結婚的房子有地下陰溝，地土潮濕，陰濁氣太重。和仁又醉酒，心態不好。如果今夜小春不懷孕那就好，如果懷孕，那小孩子一定性情陰濁，兇狠惡毒。」柯和義一本正經地說。

「那是什麼原因呢？」

「我對人的相貌、性格有同有異很感興趣，看了不少書，研究了十幾年，形成了自己的看法。你看，世上萬人、億人沒有相貌性格完全重合的，雙胞胎也有差別。同時，人的相貌卻又酷似父母的某些部份，哥哥像父母的這部份，弟弟又像父母的那部份，有的像父親的多些，有的像母親的多些。父母相貌都美的，兒女卻有醜的；父母相貌都醜的，兒女卻有美的。性格也有同樣的現象。我想，這裡有大自然的拼揍組合藝術暗藏於其中。俗話說：『一娘養九子，九子九個樣。』為什麼一娘所生卻不一樣呢？這就有『生』的不同和『教』的不同。一個人的生成和成長決定於『生一半，教一半』的不同。『教一半』是後天的，人們看得見，摸索得著的，所以研究者眾多，看法也大體一致。我就不多說了。那『生一半』

是先天的，人們看不見，摸不著，研究者極少，看法也不一致。孔子只有嘆惜：『不知生，焉知死？』中國的風水學、算命學、相學是最早的研究『生一半』的。風水學偏重註定的是人出生前的環境，如陽宅，陰宅的影響，帶有很玄的迷信災異成份。算命學、相學偏重於出生時間，生辰八字，放棄了出生前的情況，也是很玄的迷信災異說。中國儒家有『氣』說，說氣清生聖賢，濁氣生兇惡，清濁之氣相交生平凡之人。在隋朝出現了『胎教』說，有科學性。外來的佛教有『因果』、『輪迴』說，基督教有『上帝造人』說。現在，有『遺傳學』，『優生學』，當然很科學，但探討不深刻。我把以上學說有用的部份抽取出來，加上自己的看法，認為這『生一半』有這麼幾個階段：受精卵形成期，懷孕期，嬰兒生辰期。受精卵形成期是關鍵階段。起決定作用的是父母本身的基本因素的遺傳，父母是何種人，這就很重要了，這是『優生學』的首要問題。俗話說：『揀針揀鼻孔，揀親揀娘種。』說的是這個道理。父母把何種基本因素遺傳給嬰兒，這又決定了嬰兒的基本相貌和性格特徵。這是受父母當時生理心態和外部自然環境的影響的。在受精卵形成期，父母的身體健康狀況、生理心態情況是很重要的。有疾病，悲傷、狂喜、醉酒等都不宜受精卵形成。在受精卵形成期，又受著自然環境的影響，如季節、天氣、光線、空氣、風景、地形、土質等。暑熱、嚴寒，雷雨、風雪、強光、黑暗、濁氣、惡臭、陰森恐懼、危樓險地、肥腐、放射物等都不宜受精卵形成。」

「你說得太玄虛了，舉例說。」張愛清說。

「就說和仁和小春吧。和仁頭大額小，臉窄頷尖，眼圓鼻長；小春頭尖額平，腮胖頷圓，眼眯鼻短，兩人各自相貌不美不醜，算是一般。如果生的孩子像和仁的頭、眼、頷，又像小春的額、鼻、腮，那不是個醜八怪嗎？如果像和仁的頭、額、眼，又像小春的腮、鼻、頷，那不是個俊男美女嗎？就性格來說，和仁性真善良，聰明浮躁，小春老實愚鈍，如果那孩子像和仁的聰明善良和小春的老實，那小孩就是個聰明、善良、老實、心寬的人。再說那影響的外部環境。這是個夏末季節，今夜雷電交加，和仁的洞房地下有陰溝，土潮濁氣重，和仁醉酒，如果小春懷孕，那小孩子一定性情陰濁、兇狠惡毒。但願意今夜小春不懷孕。當然，還要看那『教一半』怎樣？」

「你這樣內行，我們的小柳又是個什麼東西？」張愛清問。

「小柳當然是個體格健壯、聰明、善良的男子漢。」柯和義很自信地說，「我早就注意到了優生優育。我為什麼不娶李紅，而要娶你這樣的女人呢？其中有揀『娘種』的原因呀。我們結婚後，就把老屋改建了，就把環境變好呀。在三年災害時，我不讓你生小孩，生活一好轉，我就想你生小孩。你應該記得，前年清明節，我把房子打掃乾淨，換上乾淨被褥。晚上，月光清明，我點上紅燭，室內光線柔和，空氣新鮮。我倆都心情愉快，做那事時十分自然快活。你就懷孕了。你懷孕時，我特別照顧你，讓你吃了安胎中藥，使你身心健康。謝天謝地，小柳在十月二十二日卯時出生了，那是個小陽春的好季節呀。天氣也好，紫微星又明又亮，晨曦朝霞燦爛。我敢斷定，小柳的『生一半』是良好的。剩下的是『教一半』，這就要看你做娘的本事。『教一半』的責任重大呀！」

張愛清聽了柯和義這番話，咯咯大笑，用手捶打著柯和義的肩膀，覺得這個「木頭人」好玩可愛。

這時，又是一道雪白的閃光，一聲炸雷，狂風大作，落起了大滴雨點。

卻說柯和仁進了洞房。房裡點著大紅蠟，紅光柔和。柯和仁斜躺在床沿上，口裡呼呼喘著，酒氣彌漫。石小春給柯和仁退掉鞋襪，脫下衣服。柯和仁喉頭咕嚕，兩腮脹鼓，坐起來，頭向床外，「嘩啦」一聲，吐了一地。頃刻，餿氣酒味滿屋，嗆得石小春打了兩個噴嚏。石小春連忙上床，拿了毛巾給柯仁擦臉，舀了一碗冷水給柯和仁喝下壓酒。石小春又去打掃了地下。

雷鳴電閃，風吹雨打。瓦上叮噹，簷下呼啦，紅蠟搖晃幾下熄了。

石小春劃根火柴，點燃了桌上有罩的柴油燈，那烏黑燈煙向上冒。

柯和仁迷迷糊糊，好像在抱著石小春狂奔，雷霆暴雨在後面追，洪水在前面洶湧，嘭咚嘭咚，天塌了，地陷了，黑洞洞的，柯和仁抱著石小春沉陷下去。

「和仁，我怕。」石小春抱著柯和仁說。

柯和仁醒來了，在朦朧中，看見石小春一絲不掛，肥白的肌膚，烏黑的頭髮，鼓鼓的胸脯，圓渾的弧線。他抱緊石小春，狂吻起來。

「我不怕，只要有你就行了。」柯和仁舌頭打翹地說。突然，他嚎嘶起來：「打雷吧，下雨吧，洪水衝呀，山崩地裂，天翻地覆，一切完蛋！」

柯和仁叫著，重重地撲壓在石小春身上，抓，咬，衝，扭，動作了一陣，疲軟了，倒伏在石小春身旁，呼嚕嚕地睡了。

柯和仁結婚的第二個月，石小春斷月經了，懷孕了。

這年雙搶後，生產隊要派人到對面山塭守山植樹。治山治水時，樹木都給砍光了，隊裡制農具和給死人做棺材沒材料，就想到植樹。能種莊稼的山坡不能植樹，對面山塭是墳山，墳空中可以植樹。晚上，隊裡開社員大會，除開五類份子，都可報名去守山。社員們都不報名，害怕墳山活鬼出現。隊長把守山條件說得很優惠：守山人按同年勞力在隊裡記「三基本」，允許在樹苗間種自留地。柯和仁想到石小春完成不了「三基本」，又想到活都活不下去，還怕什麼鬼？他就報名了。

柯和仁夫婦上了山，在高坡處築土牆，蓋了兩間山屋。柯和仁不分晝夜地在山上挖地，開溝，栽樹，種蔬菜莊稼。柯鐵牛查山時表揚說：「這才像個以山為家的樣子。」

要冬播了，一天大早，柯和仁到十里外的岳母家去借麥種豆種，直到中午才回家。他走到山至大門外，大門關著，屋裡傳出一個男人和石小春的說話聲。柯和仁站住了，聽著。

「老子照顧你家看守山林，是心疼你，不讓你日曬雨灑，長得白嫩肥胖，供老子享受。今日果然長成一塊好肥肉，老子要嘗個夠。」這是柯鐵牛的聲音。接著「吧吧」的接吻聲。

「支書呀，使不得呀。我是個改嫁人，身子不穩就立不了家。」石小春在哀求。

「你玩兩個男人了，還說什麼身子穩不穩？我是代表黨的，入你，是看得起你。」

「和仁那暴性子，會殺人的。」

「和仁在我面前算雞巴？我要他死，他敢不死？我要他站床邊扶著我的雞巴入你。」

「不行呀，不行……」

柯和仁聽到這裡，無名業火從腳根升起，一腳踹開大門，衝進去，看到柯鐵牛在按著石小春剝衣裳，揮拳上前，怒吼：「入你娘的！畜牲！」

「站住！」柯鐵牛如虎咆哮，沒起身，雙目圓睜柯和仁：「你敢反我？你敢反黨？」

「老子就反你，就反黨！」柯和仁叫著，不顧一切地一拳打過去。

柯鐵牛看柯和仁來得兇猛，畢竟做賊心虛，放開石小春，揚手拔開柯和仁的拳頭，閃開身子，一個箭步跳到房門外，邊跑邊罵：「你敢反黨？壞份子，等著瞧！」

柯和仁從房裡操起一把柴刀去追，兩腳卻被石小春抱住。

「和仁，你殺了我吧，我不願讓你去坐牢。」石小春哭著說。

柯和仁舉刀要砍石小春，手卻軟了，丟下刀子，一腳踢開石小春。他又扯起石小春頭髮，發瘋似地揍打石小春。柯和仁打了兩下，全身疲乏，住手了，看著癱在地上的石小春，臉上烏腫，嘴角流血。柯和仁一屁股坐在地上，抱起石小春痛哭。

從這以後，柯和仁的脾氣又暴躁起來，經常打石小春，打了又抱著石小春哭。

後來，柯和義知道了那件事，來到山屋，狠狠地教訓柯和仁：「這年頭，缺吃少穿的，家人要和氣。

小春是個雙身人，要安靜保健，你胡鬧什嗎？」

柯和仁聽了柯和義的勸告，不打石小春了，但還是經常發火。

第二年端午節卯時，天空打了一個閃雷。柯和仁感到全身燥熱，醒了。石小春在小聲哼著。柯和仁問石小春哪兒不舒服。

石小春感到腹中脹痛，那脹痛由稀到密，由小到大，就說：「和仁，我要生了，你快去叫大隊衛生員來。」

柯和仁聽說石小春要生了，又驚又喜，急忙起床點燈。他打開大門，一陣狂風迎面撲來。他出了門，把門扣帶緊，摸黑向家裡跑。他叫醒了母親，又去叫衛生員李紅。

那時，每個大隊一個赤腳醫生，一個衛生員。衛生員的職責是接生小孩，打防疫針，檢查社員病情，和赤腳醫生一起決定社員到哪級醫院治病。南柯大隊衛生員由婦女主任李紅兼職。

柯和仁來到李紅家門口，急急敲門。李紅醒了，不耐煩地罵人亂敲門。柯和仁隔門說明瞭情況。

「不用慌。孩子最早要在太陽出山後才生出來。你先回去燒鍋開水。」李紅沒起身，大聲教訓柯和仁。

這正是「急中風遇著慢郎中」。柯和仁待要發火，又不懂分娩知識，無話對辯，只好忍了。他想去叫老接生婆邱伯娘，但不敢去，怕挨批鬥。他只好離開李紅家，回到山屋。

柯和仁回到山屋時，母親李氏在燒開水，石小春不斷呻吟。李氏叫柯和仁幫著小春穿好衣服，抱石小春坐在床邊踏凳上，從背後摟住石小春。李氏拿了澡盆，盛了一盆開水，放在地上涼著，拉過一條小木凳，坐在石小春面前。

天濛亮了。突然，山頭上連響了三個炸雷，劃過三道閃光，震得山屋抖動。接著，一陣龍捲風掀起屋頂茅蓋，大雨點夾著雞蛋大、蠶豆大的冰雹從屋頂上落下來。幸虧柯和仁做了隔樓，樓上放柴草，那冰雹才沒打傷人。雨水從樓上漏下，有時也蹦下一兩顆冰雹。柯和仁連忙扯了尼龍把床頂蓋住，身子向前，護住石小春。

石小春一陣陣地痛，一陣陣地慘叫。過了半個時辰，「哇──」的一聲，一個男嬰出世了，落在澡盆上。那男嬰大概受到雷電驚嚇，一脫娘胎，本能地一手抓緊臍帶，一手抓住李氏坐著的小木凳的一隻凳腳。石小春昏厥過去了。還是李氏有經驗，連忙一手帶穩臍帶，一手撫住男嬰，低下頭，用牙齒把臍帶咬斷，一家人才鬆了口氣，轉驚為喜。這時正是辰時。

太陽出來了，暴風雨過去了，李紅背著紅十字箱，邊走，邊哼著：「社會主義好，社會主義好，社會主義國家人民地位高，反動派被打倒，帝國主義夾著尾巴跳跑了……」

「我說要到太陽出山才生吧。」李紅來到山屋，見沒有石小春哼聲，以為沒生，自己有先見之明，說。

「等你來接生，我怕死人了。」柯和仁沒好氣地說。

「什嗎？生了？誰接生的？」李紅注意的不是柯和仁生氣，而是一個嚴重的階級鬥爭問題：誰敢私自接生？

李氏聽到李紅問話，怕惹出禍來，連忙陪笑，說明情況，還說仍算李紅接生的。

李紅聽了，這才坐下，說了恭喜吉利話，吃了糖蛋，作了登記，裁了票子，出門走了。

這場暴雨是喜雨，正是江南插紅薯苗時節。五月有三個「八」：初八是頭八，十八是二八，二十八是三八。頭八有大雨搶插紅薯苗就高產，二八插的產量就少一半，三八更差。柯和仁本想在頭八插紅薯苗的，現在小孩出世了，石小春不能幫著剪薯藤，自己又要忙著去為小孩辦手續，拿票子，買紅糖。柯和仁看著社員們在忙插紅薯，望著自己在樹苗間挖的土地鬆軟濕漉，不免嘆了一口氣：「這小孩不遲不早，偏偏出生在這個時辰，少了我一千多斤紅薯了。」但是，他立即轉憂為喜，有了兒子，不是大喜事嗎？他忙著辦事去了。

柯和義、張愛清在隊裡插紅薯苗，直到傍晚才來山屋賀喜。柯和義幫柯和仁撿了屋頂，張愛清教導石小春餵小孩和保健身體知識。月亮升起時才離開山屋回家。

「這孩子是個收債闖禍的孽種。他一出世，和仁就不能搶頭八插紅薯苗了。」柯和義邊走邊對張愛清說。

「我和你的看法正好相反。」張愛清故意逗著柯和義說，「這孩子是出生在辰年辰時，出生時山洞起飛龍，落的冰雹是龍珠龍鱗。這孩子是龍王投胎，是大貴人。」

「你怎麼相信那一套呀？」柯和義不滿地問。

「那一套是中國幾千年的傳統，不信它信你？」張愛清反問。她說：「到三朝時，和仁要去找陳瞎子算命的。看陳瞎子怎麼說，就知道你我誰對誰錯了。」

「亮眼不信，去信瞎眼，真是愚昧之極！」柯和義嘟囔著。

三朝時，按當地風俗，柯和仁偷偷地去找大名鼎鼎的十分靈驗的算命先生陳瞎子給兒子算命運。陳瞎子問了小孩生辰八字，又問了柯和仁祖父母、父親墳墓向旨，掐指一算，神秘地說：「你家是積善德之家，墳地是大風水先生董美鐘按的龍脈，點的穴地，應該有大運，出大貴人。沒想到這大運、大貴人應在你兒子身上。你這兒子帶雙辰八字，兼著二龍之運。我活到六十七歲了，還沒算著這樣的大運來。我不能對你說明，只能說這孩子『貴不可言』。你要順著孩子，不然就上違天命、下壞綱常了。」

柯和仁聽著，聽出了陳瞎子的弦外之音，內心狂喜不已。他又求陳瞎子給兒子取名字。

陳瞎子沉思一陣，說：「『天將降大任於斯人也』。這孩子乳名叫子龍，學名叫天任，號斯人。」

柯和仁出了一個大手，給陳瞎子一元錢。

柯和仁在狂喜中，忍不住把陳瞎子的話對柯和義說了。柯和義聽了，心裡好笑，但口裡不能說不吉利的話。他只是嚴肅地對柯和仁說：「陳瞎子說這孩子有出息，名字也取得好，我為老弟高興。但是，陳瞎子有一句話說得不妥當，『你要順著孩子』。人『生一半，教一半』，生得好不能肯定就好，教得好才是真好。俗話說：『玉不琢，不成器；人不學，不成才』，『嚴教是明君，不教是昏君』。老弟，命越貴，教越嚴。你對子龍的教育不能放鬆呀。」

柯和仁認為柯和義說得有些道理，但他心裡一直害怕「上違天命，下壞綱常」。

欲知柯和仁的兒子命運如何金貴，且聽下回分解。

第五十七回　嬌子龍妒愛捶親弟　善小柳含冤讓房弟

卻說柯和仁自從得了貴子，心情舒展，眉開眼笑，與人交往，心平氣和，植樹種地，幹勁衝天。他還把一些被平掉的墳墩恢復起來，把拋在外面的屍骨掩埋起來，說是積陰德。他恢復了談經白古的習慣，只是吃一塹、長一智，特別警惕小心。子龍出生的這一年，雖然紅薯少收了十幾擔，但也收二十多擔，小麥兩百多斤，隊裡的基本口糧照發，家中不愁吃飽。石小春也大方，勤燒茶水供人喝，紅薯一煮一大鍋，讓人吃。那時，社員的口糧特別緊，肚子特別鬆，就經常借些理由到山屋走動，喝一杯茶，吃一碗紅薯。山屋因此熱鬧起來。有時屋裡坐不下，人們就坐在屋外場地上。石小春就把子龍放到人群中，讓人們逗著玩。人們為了討好柯和仁、石小春，爭著抱子龍。

子龍一天一個樣，半歲能說些單音詞，八個月能站立，還能走兩步。

人們都誇讚子龍了不起。

「這孩子兩條眉毛彎連在一起，像條龍。」有人說。

「你知道嗎？二郎神三隻眼，朱洪武紅癩殼，相貌怪，是神仙下凡。」

「子龍出生時，起了龍，落了龍珠，我們南柯村裡不是出了……」有人神秘地把一句話說一半，咽一半。

「來，我抱你。」一個絡腮鬍子中年人張開雙臂，引得子龍一擺一擺地走。絡腮鬍子蹲在地上，摟著子龍說：「南柯人歷代練武保湖，我來都你兩招。」絡腮鬍子抓著子龍雙手，邊說邊教：「左擺手，右一拳；右攔手，左一拳；當胸一個雙鐵拳。黃蛇吐尖，鶴立彈腿；上有去疾明燈，下有挖樹盤根。好不好玩？」

「好——玩——咯，咯，咯。」孩子又笑又叫。

「去打他。」絡腮鬍子指著一個坐在身旁的老人對子龍說。

子龍就去打那老人。

「不准打老人！」老人瞪著子龍說。

子龍有點怕，轉臉望著絡腮鬍子。

「不怕，學武就是要打人。」絡腮鬍子扶著子龍的手，打著老人膝蓋。

子龍快活極了。

「去打你娘。」絡腮鬍子摟著子龍走到石小春面前。

石小春伸過臉來，笑著，讓子龍打。

「要你爸當馬給你騎。」鬍子抱著子龍走到柯和仁面前。柯和仁笑站趴在地上，讓子龍騎上。鬍子給了子龍一根小樹枝，教子龍打馬動作，嘴裡喊：「嘿——起——，嘿——起——。」柯和仁爬著圈子。

子龍每天有人逗著玩，漸漸地，膽子大了，不怕大人，要大人順著他。大人如果不順著他，他就哭鬧，直到大人屈服為止。

轉眼過了三年，山上的樹有一丈多高了，成林了，毛竹和烏堤竹也青青成片，荒草坪被柯和仁改造成熟地，墳山上也不鬧鬼了。

一天上午，民兵連長柯國慶和生產隊長來到小屋。

「和仁，大隊黨支部決定，你不能住山屋了，快搬回去。」隊長說。

「這是為什嗎？生產隊與我簽的是五年契約呀。」柯和仁吃驚地問。

「你在這山屋搞什麼鬼名堂？成天聚眾談神說鬼，想起反革命集團嗎？你是搞資本主義的典型。

什麼雞巴毛的契約，快滾回去！」柯國慶吼道。

柯和仁一聽就火了，站起來要和柯國慶打架。

隊長連忙把柯和仁按在位上，說：「這三年，你守山有成績。這次黨來了政策，要割資本主義尾巴，支部就決定把你撤回去。和仁，你不能反黨呀，不能讓民兵來抓你呀。回去吧，我給你兩天的搬家時間。」

柯和仁悶了好一會，說：「隊長，那今年山上的莊稼收入和柴草應該歸我吧。」

「那都是你搞的資本主義，統統沒收歸大隊。」柯國慶說。

「和仁，不要多說了，連長說了算。」隊長說。

柯和貴忍住了，沒與柯國慶爭辯。在柯國慶和隊長走了後，柯和仁叫石小春把子龍送回家，自己去收拾東西。

山屋的東西並不多，不到半天，柯和仁就搬完了。夜晚，柯和仁偷偷去挖了兩分地的不成熟的紅薯，把紅薯包在被子裡，裝在壇罐內，挑回家。他又把薯藤裹在柴草裡挑走。第二天深夜，柯和仁拿了一塊大石頭，把山屋土牆牆腳狠狠地砸爛一圈。

柯和仁走後第三天中午，柯鐵牛的房弟搬進了山屋。第四天早上，天下暴雨，山屋倒塌了，幸好沒打死人。

柯和仁回家了，李氏幫石小春收拾東西。

「入他娘的十八代！秋收了，要老子回家，今年白乾了。」柯和仁叫罵，「這天下是共產黨的，是柯鐵牛一個人的嗎？什麼為人民服務，雞巴毛的，是為共產黨幹部服務！」

「算了，我們不能反黨反人民呀，不能當階級敵人呀。」石小春說著每個社員都會說的話。

「小春，怎麼只有二十多斤小麥、十幾斤乾薯絲了？」李氏問。

「和仁好客，每天一大桌子人吃，還能剩多少呢？」石小春說。

「這就不能怪男人了。你是內當家，應該精打細算。現在山屋住不成了，你又有身孕，『三基本』完不成，明春青黃不接，怎麼過呀？」李氏教訓著石小春。

「哇——哇——」子龍哭泣著跑回來，抹著眼淚叫，「爹呀，有人打我。」

「哪個狗入的打你？我帶你去打他。」柯和仁正在憋著一肚皮氣，拉著子龍出屋去。他看見一群小孩在屋場上玩，就叫罵：「哪個娘賣屄的打我子龍？老子打死他！」

一群孩子被嚇得飛跑。

「老子遭人欺，兒子遭人打，不行！子龍，別人用手腳打你，你就用石頭木棍打他，用嘴咬他幾口，不能懦弱！」柯和仁教導子龍。

「那你打我呢？」子龍天真地問。

「你也打我，六親不認！」柯和仁氣忿忿地說。

過了三個月，石小春又分娩了，生的又是一個男嬰，取名虎子。別人都說，石小春在田地上生產不行，在肚子裡生產比人強，晚年一定幸福。

俗話說：娘疼晚子，婆疼長孫。石小春有了虎子，只給虎子餵奶，逗虎子玩；斷了子龍的奶，還打罵子龍。子龍用哭鬧反抗，沒有效果。子龍本能地感到，虎子奪走他的母愛，就經常小聲罵虎子，暗暗地打虎子的屁股。

二十天的產期過了，石小春出工了。一天，石小春餵了虎子的奶，放在搖籃裡，讓母親照看。李氏怕虎子被被頭壓著嘴鼻，就用一根竹片在搖籃裡拱起被頭，搖了一陣子，虎子睡著了，就去洗衣。

子龍在外面玩了一陣子，回家找奶奶要吃的。他走進房裡，看見虎子睡在搖籃裡，就掀開被頭，那根竹片彈落在地上。子龍瞧那虎子，閉著眼，鼻息均勻。子龍拍了拍虎子的圓臉，叫著：「虎子，虎子。」

虎子沒答應。

「五類份子，還不答應老子，你是死人呀！」子龍火了，罵起來。他想起平日母親只疼愛虎子，不疼愛自己，更氣憤了。子龍就揮拳向虎子鼻樑、眼睛打起來。他一邊打，一邊喊：「左一拳，右一拳，當胸一個雙鐵拳。」

虎子哭了兩聲，鼻孔出血，眼睛發烏，不哭了。

子龍很解恨，笑了，拉上被頭，玩子去了。

李氏洗衣回來，沒聽到虎子哭，知道虎子還在睡，就做中飯去了。

中午，石小春回來了。她兩奶脹得疼，急著先給虎子餵奶。石小春掀開被子，抱起虎子。虎子的頸項支不起頭顱，扭擺著，臉上有血，眼睛青腫，手足冰涼，原來死了。

「娘呀，虎子死了！」石小春哭叫起來。

李氏慌忙趕進屋裡，看見竹片在地上，就問：「你抱虎子時，竹片在哪裡？」

「我記不清了。」石小春哭著說。

柯和仁回家了，抱著虎子哭起來。

子龍回家了，看到爹娘、婆婆在哭，不知道發生了什麼事，呆站著。

「子龍，你打虎子嗎？」石小春厲聲問。

「我——」子龍看見母親的淚眼露出凶相，又看到虎子像死人一樣，心裡害怕，不敢承認打虎子，吱唔著說：「沒——沒有呀。」

「虎子死了，你不要怪子龍呀。這是我們沒福呀。」柯和仁說鬧了一陣子，虎子被人用破籃子裝著，提到對面山坳丟了。

卻說子龍捶死了親弟虎子，爸爸、媽媽、奶奶更疼愛他了。柯和仁還給子龍做了一支竹根鞭，鞭尖上纏了一圈紅纓。子龍成天揚著竹鞭甩響，騎著竹鞭到處橫撞直衝，晴天一身灰，雨天一身泥。

子龍五歲了，眉毛又黑又濃，兩條眉毛彎曲相連，好像三條，又好像一條小黑龍。子龍好動，喜歡練拳腳，又喜歡奔跑，力氣比同齡的孩子大。這一年五月，出現了紅衛兵，子龍又要爸爸給他做一支紅纓槍。這樣，子龍就有兩件武器了：竹根鞭，紅纓槍。

夏天的一日，子龍吃過早飯，只穿條開襠褲衩，左肩扛著紅纓槍，右手執著竹根鞭，腆著裝滿稀粥的大肚子，雄糾糾地出門了。他甩著竹根鞭，喊著：「一、二、一，一、二、三、四……」他向下頭林一棵大楓樹走去。那棵大楓樹的一條粗根破皮處流出樹脂，黃橙橙的，濕粘粘的，能搓成各種顆粒形狀。子龍每次去取樹脂做子彈頭。

這時，大楓樹下坐著兩個人，一個白髮婆婆邢氏，一個六、七歲女孩金竹。她們的身旁放著一堆用木棍錘過的苧蔴絨，正在一把一把地往樹皮上揉搓。

這苧蔴殼是社員唯一能拿回家製成蔴絨出賣的商品。揉搓苧蔴殼是件又累又髒的勞動，灰塵厚，腰背酸，手掌破皮，手背紅腫，一般是沒有「三基本」任務的老人和小孩幹。當時有個教師寫了一首《揉蔴殼》的詩，被打成了現行反革命份子。現在摘下那詩的兩段如下：

老太婆揉蔴殼，蔴殼圍在身旁。

揉呀揉呀，

一兩蔴絲四兩血，白髮揉成蒼黃。

小姑娘揉蔴殼，蔴殼圍在身旁。
揉呀揉呀，
一兩蔴絲四兩血，穿起花衣裳也不像花姑娘。

注：「白髮揉成蒼黃」，蔴殼灰是淺黃色的。

可見這揉蔴殼的辛苦和那蔴殼對社員的重要了。

子龍來到楓樹下，那段流著樹脂的樹根坐著那揉蔴殼的小姑娘金竹。

「滾開！我要取樹脂。」子龍對那小姑娘吼道。

「這樹又不是你家的。」金竹噘著嘴說。

「這樹根是老子的！」子龍用槍尖挑開蔴殼。那樹脂蒙上了蔴殼灰。子龍憤怒了，用槍尖頂住金竹的後頸窩，喝道：「你這富農份子，把老子的樹脂弄髒了，老子要槍斃你！」

旁邊的老婆婆邢氏就是柯和仁隔壁的富農份子柯善良的母親，看見子龍來得凶，就把孫女金竹拉過來，打了一巴掌，說：「你沒長眼睛呀，把子龍的樹脂弄髒了。」邢氏又向子龍道歉：「子龍，對不起，我們下次不到你的樹下來了。」

子龍氣平了，高傲地昂著頭，腳尖不停地閃動，說：「我今天少你們一頓打。」子龍沒去取樹脂，說完，就向下頭林裡正步走去。

樹林裡很熱鬧，孩子們東一群，西一夥，玩得熱火朝天。透過樹林，子龍看見小柳帶著一群孩子在大荒坪玩「殺羊」遊戲。

那小柳是柯和義和張愛清的兒子，大子龍一歲。柯和義根據《昔時賢文》中「無意插柳柳成蔭」一句，給兒子取名小柳，學名成蔭。他認為柳樹雖不能成大材，卻是無性繁殖，生命力強，適應性大，有自我犧牲的善良品質。在教養孩子方面，柯和義和張愛清研究出五個基本點和五種義務。五個基本點是：一、不能拿別人的東西，撿到東西要還人；二、不能欺負弱小，遇事讓人三分，遭到強惡人欺負，忍讓到第三次就堅決反抗；三、尊重老人師長；四、不能擇衣擇食，少吃零食，不吃獨食；五、好好讀書，養成好學的習慣。五種義務是：讓孩子吃飽，穿暖，治病，讀書，避禍。柯和義、張愛清根據小柳的具體情況進行教養，常常言傳身教，讓小柳耳濡目染，潛移默化，養成良好的習慣和優秀的品質。

子龍看見小柳他們玩得歡，就徑直走過去。子龍來到小柳面前喊：「重來，我來參加。」

「好，重來，讓子龍也來。」小柳對孩子們喊。

「殺羊」遊戲，孩子們可多可少，只有三個人難演：殺羊的，羊頭，羊尾。子龍要演「殺羊的」，小柳就演「羊頭」，一個比較靈活的女孩小梅演「羊尾」。孩子們重新排好縱隊，每個小孩拉住前面的那個人的後衣或一隻手。

遊戲開始了。子龍把兩掌當刀，吐了一口唾液在掌心，兩掌搓了搓，算是磨刀。他一手叉腰，一手揚起，大叫：

「殺羊頭。」

「羊頭有角，觸你。」小柳唱著，孩子們齊聲陳附和著。

「殺羊二。」

「羊二有魚刺，刺你。」

「殺羊三。」

「羊三有扁擔，揍你。」

「殺羊尾。」

「羊尾有鬼，捉你。」

應答唱完了，子龍就開始向前衝去捉「羊尾」。小柳揚起雙手做羊角，保護羊尾。子龍右進，小柳右迎，小梅左擺，整個隊伍隨著「羊頭」和「羊尾」擺動。

一次，兩次，到了第八次，子龍還沒有突破小柳的防線抓到小梅。子龍急了，心想：「到了第十次捉不到羊尾，我就輸了，被罰唱歌，別人就看不起我了。」子龍心裡盤算著，想到了一個主意。他喘了一口氣，突然直撞。小柳挺胸來擋，子龍身子一歪，右腳掃地一橫，把小柳打倒。「羊頭」倒地了，「羊二」、「羊三」也倒地了。隊列散了，「羊尾」小梅沒倒，站著不動。子龍衝過去抓住小梅的髮辮大叫：「捉到了，我贏了！」

「你犯規了，不算數。」小梅嘟著嘴說。

「什麼犯規不犯規？捉到羊尾就贏了。」子龍扯住小梅的辮子不放。

小梅反抗。子龍就把小梅打倒，用腳踢小梅，小梅哭起來。

「你犯規了，還打人嗎？」小柳從地上爬起來，跑過去，拉住子龍。子龍住了手腳。小梅還在啼哭，小柳不斷安慰小梅。

「我們不殺羊了，我教你們唱歌好不好？」小柳說。

「好喲！」孩子們叫起來。小梅不哭了。

小柳就指揮孩子們在草坪上坐成一圈。子龍站在旁邊，不入圈。小柳坐在圈子中央，教唱起來。

小柳教一句，孩子們唱一句：

白獅子花，紅獅子花，有女沒嫁李官家。要那男囝會寫字，要那女囡會刺花。
洗白手，擀白麵，擀那麵來一張紙，切那麵來一根絲，倒那耳鍋滔滔轉。
公一碗，婆一碗，妯娌兩個共半碗。肚沒飽來鍋沒麵，偷吃剩飯婆看見。

公又打，婆又罵，眼淚滂沱回娘家。娘家說我沒福氣，押我又回李官家。

小柳教了一遍，又教。子龍卻用竹根鞭指著小柳叫：「支書說只能唱語錄歌，不能唱反動歌。」

小柳爭辯道：「我娘說，這支歌教孩子長善心，同情人，能唱。」

「不能唱，就是不能唱。」子龍命令道。他又挑戰地說：「你會唱語錄歌嗎？我倆來比一比。」

「好，就和你比唱語錄歌。」小柳應戰了。

比賽開始了，子龍唱一個，小柳唱一個。子龍唱了三個就沒了，小柳又加唱了三個。

「小柳贏了，小柳贏了！」孩子們拍手叫起來。

子龍氣得要哭了。

「不，我沒贏。」小柳看子龍傷心的樣子，就說，「我大子龍一歲，一歲十二個月，我沒多唱十二首歌，是子龍贏了。」

子龍咧著嘴笑了。

「子龍，我們來『腳腳攀攀』好嗎？」小柳問。

「好。」子龍高興了。

小柳把孩子們帶到樹林中，爬上拱翻的小木船底，坐成一排，將腳背比齊。小柳拿著子龍的竹根鞭，用鞭柄按順序敲孩子們的腳背，唱一個字敲一隻腳背：

腳腳攀攀，腳踩南山。南山百斗，二十港口。港口不見，四十河岸。

上馬蹄蹄，下馬蹄蹄。甲魚烏龜，狗腳一縮。

小柳唱詞的最後一個字，鞭子敲在子龍右腳背上，就由子龍接著唱敲。子龍每次唱敲到小梅腳背時，唱的字音大，敲的很重，一連三次，把小梅的腳背敲破了皮，出血了。小梅哭了，縮回腳背。子龍就敲小梅的額頭。

「這是玩子，你怎麼能真的打人？」小柳批評子龍。

「我是你弟弟，你不護。小梅是你媳婦嗎？你護她。」子龍沖著小柳說。

「胡說！」小柳憤怒了，說，「小梅比你小，你敢打她。你敢打比你大的人嗎？」

「你比我大，我敢打你。」子龍也憤怒了，揚起竹根鞭，打起小柳。

小柳連連閃過三鞭，警告說：「你打第四鞭，我就還手了。」

子龍不理會，端起紅纓槍來刺小柳。小柳身子一歪，順手抓住紅纓槍的一頭，一拉，子龍撲倒在地。

「小柳打死人呀。」子龍倒在地上，哭叫起來。

小柳慌了，放下紅纓槍，去扶子龍。子龍順勢一翻身，把小柳打倒，掄起紅纓槍來刺小柳。小柳在地上一揚手，又抓住紅纓槍的一頭，一拉，順力站起來，把子龍打了兩耳光，把紅纓槍放靠在船邊，用腳板一蹬，那槍幹折成兩段。子龍趁機舉起竹根鞭，朝小柳背上打了一鞭，拔腿就跑了。

子龍一直跑回家，哭喊著「奶奶」。

李氏正在堂前納鞋底，問子龍為什麼哭。

「小柳打我，還把我的槍踩斷了。」

這時，小柳拿著兩段槍來了。

「小柳，你站好。」李氏嚴肅地說，「你打子龍了嗎？」

「他打我兩巴掌。」子龍搶著回答。

「小柳，是不是？」李氏問。

「是。」小柳說。

「槍是他踩斷的。」子龍指著小柳說。

「是不是？」李氏問。

「是。」小柳答。

「他把我打在地，用腳踢我。」子龍捏造狀詞。

「是不是？」李氏問。

「……」小柳沒回答，因為沒那回事。

「奶奶，我要小柳賠槍。」子龍說。

「我賠。」小柳沒等奶奶說，就搶先答應了。

「我要你賠打。」子龍說著，就去打小柳耳光。

「住手！子龍，小柳打你錯了，你再打小柳不也錯了嗎？」李氏教訓說，「小柳，你比子龍大一歲，是哥哥，不能以大壓小，要愛護弟弟。子龍，你不能記小柳的仇，兄弟要和氣。」

正在這時，柯和仁回家了。子龍見了爸爸，又哭訴了一遍。柯和仁揪住小柳的耳朵，在小柳頭上輕輕地敲了兩下手指。子龍才消氣了，笑了。

柯和義也來了，看見小柳低頭流淚，子龍得意洋洋，心裡明白了一大半。柯和義詳細問著兩個孩子，在一問一答一辯中，事情真相大白了。

「小孩子都不懂事，需要大人教育。對小孩的事不能簡單粗暴，要問清楚情況再處理。處理時不能偏心，要公正。這樣，才能使小孩口服心服，明白道理。和仁，我勸你不要為了子龍把左鄰右捨得罪光了。」柯和義對柯和仁說了一番話，拉著小柳回家了。回家後，柯和義對小柳說：「你沒有錯，保護弱小，打擊強蠻。你應該向奶奶說清楚。奶奶是公正的。」

欲知後事如何，且聽下回分解。

第五十八回 笨媽媽教子偷公糧 狡主任貪欲建奇功

卻說柯和仁剛從隊裡算賬回來，心裡有氣。他知道了兩個孩子打架的詳情，知道子龍不對，又被柯和義教訓了一頓，發火了，拉住子龍的耳朵轉了一圈，喝道：「你這傢夥，餓得你肚子沒氣力了，看你還淘氣不淘氣。」柯和仁放下子龍，向著石小春說：「種壞莊稼一年窮，討錯老婆一輩窮。這個月又要餓肚子了。」

石小春聽了，不敢作聲。

李氏問這個月能拿回多少口糧。柯和仁就把隊裡的結算說了。柯和仁是十個底分的一等男勞力，基本勞日二十九天。這個月，柯和仁共得工分三百十四分，超額二十四分。石小春是七個底分的二等女勞力，基本勞日二十七天。這個月，石小春只出二十二日工，七除八扣，做工分共八十八分，差額八十六分。每差一分，倒賠一分，只剩下工分兩分。差勞日六個，每個倒賠十四分，計倒賠八十四分。石小春差額加倒賠分共計一百七十分，減去所做工分八十八分，總計差工分八十四分。每八個工分一斤稻穀，石小春的基本口糧是二十五斤稻穀。石小春的基本口糧沒了，還要倒賠口糧十斤半稻穀。石小春的基本工分、基本勞日、基本口糧就在她丈夫柯和仁的三基本來退賠。柯和仁的工分三百十四分扣去石小春的八十四分只有二百三十分，柯和仁應完成的工分二百九十分，下差六十分，又要每分倒賠一分，倒賠一百二十分，柯和仁只有一百一十分。柯和仁的基本口糧是三十六斤稻穀，這樣算，就只能拿回二十三斤八兩稻穀。子龍每月基本口糧二十二斤稻穀，不加不減。這個月柯和仁家只能拿回三十五斤八兩稻穀。其餘雜糧都已折算到稻穀裡去了。三十五斤八兩稻穀七折成大米為二十五斤零六錢。三人每天八兩三錢大米，每人每天二兩七錢大米。

「這日子怎麼過呀？我命真苦呀！」柯和仁算了這筆閻王賬，抱頭痛哭起來。

「哭有什麼用？」李氏批評說，「你跟隊長求求情，說小春有心臟病，降到三等勞力去，少倒賠些呀。」

「婦女隊長說小春身體好，一拳一斤肉，不頭痛，不發燒，不紅不腫，怎叫人相信有病呢？」柯和仁無奈地說。

石小春聽了，不怪和仁發脾氣，只怪她得了看不見、摸不著的怪病，做不得重活，害了一家人。今日，她本來腿肚水腫，心裡發慌，頭發暈，不想出工的，但她不願說出口了，照樣打著蠻勁出工。晚上收工回來，石小春做了晚飯麥渣粥。她心裡清楚，只有兩天口糧了，這個月的口糧還要過十幾天才能秤回。萬事皆小，餓肚皮子事大。石小春真感到「這日子怎麼過呢？」採野菜嗎？行不通。第一沒時間，一日三勤工，一月二十八日，要在田地裡混，不能開小差；第二不敢扯，在上工收工的路上，誰扯了能吃的青草，誰就是搞資本主義，要割資本主義尾巴，遭批鬥；第三沒地方扯，田塍、地頭、路邊鏟了「三光」。石小春想到沒有外來的補助，一家三口要被餓死了。

俗話說：水急魚跳，人急智生。在面臨被餓死的時刻，最愚蠢的人也會不擇手段地去尋找食物，生存下去。石小春在條條明路求不到食物的情況下，想出了一個暗路：偷隊裡的糧食。石小春就謀劃了偷稻穀的整個步驟。

吃了晚飯後，石小春叫子龍把屎屙在一塊尼龍膜上。她包好了尼龍膜的屎，把子龍叫到廚房裡。

「子龍，你想吃白米飯嗎？」

「想。」子龍點頭回答。

「今晚，你和我一起去拿稻穀。」

「到哪裡去拿？」子龍問。

「今天隊裡翻曬稻穀，晚上收到倉庫堂屋裡。保管睡在房裡，看倉庫的大黃狗被人打死了，倉庫裡只有一隻小白狗，你就從狗洞裡進去，我在洞口接穀。」

「那不是做賊嗎？」

「沒法子了，不能餓死呀。」

「小狗會咬我的。」

「你進洞時，手裡揚著那屄龍包，小狗聞到屄臭，不吠不咬，還喜歡你哩。」石小春小聲教著，「這事不能對奶奶、爸爸講，明白嗎？」

子龍領悟了，點點頭。

這夜，石小春沒睡。下半夜，人靜了。石小春悄悄起床，把子龍抱下床，不敢驚醒柯和仁。在廚房裡，石小春給子龍洗了冷水臉，讓子龍清醒過來。石小春教子龍，不能說話，不能出粗氣；如何把小狗穩住，如何把穀一籃一籃地送到狗洞口；每籃不能裝得太滿，不要讓穀落在洞口；如果保管翻身咳嗽，不用害怕，停一下再裝穀；如果保管起來撒尿，就伏在穀堆不動，等保管睡了再裝穀；如果被保管發現了，就說是捉小白狗玩子兒，不能說媽媽在外面，不能承認偷穀；當媽媽抓住手不放時，就出洞回家。石小春教得子龍十分明白了，才放心地拿了扁擔和化肥袋，帶著子龍出門。

月亮已經下山，星星在閃爍，螢火蟲在飛，林中的牛在喘氣。石小春拉著子龍穿過下頭林，走過大荒坪，來到隊裡的倉庫。石小春繞倉庫走了一周，站在窗戶下貼耳聽了聽，保管鼾聲如雷。石小春帶著子龍來到大門狗洞邊，把屄包和小提籃給子龍。

子龍一進洞裡，向前揚著屄包。小白狗跑過來，嗅到屄包，搖著尾巴。子龍摸了摸狗頭，進到倉庫。穀堆就在堂屋中間，子龍一小籃一小籃地向狗洞外送。提了十三、四籃子，子龍的手被媽媽抓住了，就出洞了。石小春挑著兩化肥袋穀回家了。石小春看到第一擔平安無事，就又去偷了第二擔。兩擔大約有一百五、六十斤。

石小春讓子龍上床睡了，自己把兩擔稻穀都挑到娘家。天濛亮時，石小春弄妥了一切，在床上躺了一會，按時出早工。第二天晚上，石小春去娘家挑四、五十斤大米。半夜，石小春煮了一鍋白米飯，叫醒柯和仁和子龍吃了。

「倉庫昨夜稻穀被偷了，是你幹的？」柯和仁吃著白米飯問。

「沒有，這是我從娘家帶來的大米。」石小春害怕，就扯謊。

「你娘家也缺糧，哪有大米給你？你不要瞞我，我不怪你的。」柯和仁說，「人餓急了，不吃人肉還是好的，偷糧食怕什嗎？你偷的是我家沒有拿回來的口糧。」

石小春聽了，就放心地把偷糧經過說了。

「從前，瓦崗山上的好漢就是殺官軍，劫官庫，開倉分糧的。」柯和仁說起故事來。他摸著子龍的後腦勺笑著說：「我的兒子成了單雄信、程咬金那樣的英雄了。」

子龍不懂得爸爸說了些什麼，只覺得爸爸在誇獎他偷稻穀。以後，子龍就經常偷些東西回來，石小春笑眯眯地收起來了。

石小春和子龍偷稻穀的第二天早晨，保管發現狗洞口撒有穀粒，大門角有小白狗吃的尼龍膜屎包，稻穀堆的一角用漏斗打的石灰印沒了幾個，有一個穀洞。保管知道昨夜有人從狗洞裡爬進來偷了稻穀。保管隨即去找來隊長，貧協組長、會計看了現場。上午翻曬稻穀，下午秤進倉，兩千三百斤稻穀少了二百七十六斤。憑經驗，這堆稻穀最多損耗一百斤，說明被偷去了一百六、七十斤。隊長向大隊支書柯鐵牛作了彙報。柯鐵牛就派柯國慶配合貧協組長破案。柯國慶抓了幾個五類份子，打得死去活來，沒有結果。柯鐵牛說要追查到底。

做賊心虛。在大隊查偷稻穀案時，石小春提心吊膽，反覆叮囑子龍不要對任何人說家裡吃白米飯，不要到倉庫邊去玩。石小春十幾天不敢做白米飯，吃野菜麥渣粥。

石小春受驚害怕，挨到陽曆元旦，村裡發生了一件驚天動地的大事。柯和貴回家，發動南柯村社員批鬥了柯鐵牛，偷稻穀案才沒人去查了。

話說那年柯和貴回家鬧造反，組織了柯和丁等人，鬥垮了柯鐵牛，就返校了。柯和貴並不覺得在家鄉幹了什麼大事件，而他五歲的侄兒子龍卻因此神氣起來。子龍把柯和貴給自己的十枚毛主席像章派起大用場來。他把像章分發給同齡孩子們，要孩子們服從他。他又把經常不聽話的孩子的像章收回來，再發給別的孩子。他動不動就說孩子們把像章弄髒了，用竹根鞭打孩子。這樣，子龍手下總有八、九個兵。子龍六歲時，父親要他上學，取名柯天任。那時學校只能教讀《毛主席語錄》，並且要學生像舊時私塾的蒙童死背「人之初」、「學而」那樣死背《毛主席語錄》。對一年級新生，教師每天視「語錄」的長短教二至三條，頭天教讀，第二天早上背誦。柯天任雖然頑皮，但好勝心強，記憶力好，也不像別的孩子那樣放牛和做家務事，所以，他總是在背「語錄」時得一、二名，受到老師的表揚。

柯天任每天一放學回家，就扛著紅纓槍，握著竹根鞭，挎著祖母用黃布縫的書包，包裡放著《毛主席語錄》和十枚毛主席像章，把那八、九個孩子集合在太荒坪上，教讀《毛主席語錄》。

一天傍晚，大隊革委會主任、公社革委會副主任柯和丁路過太荒坪，看到了驚人的一幕：八、九個孩子席地而坐，擺成四排，雙手背在身後，直腰昂頭，隨著柯天任的聲音，齊聲朗誦《毛主席語錄》；柯天任把紅纓槍插在孩子們面前，手握竹根鞭，在孩子們的行列間走動，一邊教讀，一邊用鞭子抽打沒有坐正或聲音小的孩子。

「真是一條龍！」柯和丁心裡在稱頌柯天任。因為他由此想到了朱洪武小時組織牧童殺牛、毛主席小時組織孩子們放牛的事蹟，認為柯天任有朱洪武、毛主席的天才。

柯和丁望著，心裡突然一亮，有了更偉大的發現：「如果指導柯天任把孩子們組成紅小兵，每天背誦《毛主席語錄》，再把這個經驗向全社推廣，召開全社紅小兵背誦《毛主席語錄》，召開背語錄競賽大會。這就證明我在活學活用《毛主席著作》中有了兩個革命創舉，自己就為革命立了新功，可以向上升一級。」柯和丁越想越高興，心中就有了個計畫。

柯和丁走向孩子們，摸著柯天任的頭說：「好樣的，自覺革命，有組織能力。」柯和丁又向孩子們說：「今天，我代表公社革委會宣佈，你們成立南柯大隊紅小兵，柯天任同志為司令員。你們要學習柯天任，服從柯天任領導。你們的隊伍還要發展壯大，每個紅小兵發展三個，我過幾天來檢查。」

柯和丁給孩子們作了番演說和佈置後就走了。

柯天任得到了柯和丁主任的表揚和任命，很是自豪，當即命令孩子們喊他「司令」，互相稱呼「紅小兵」，每人要發展三個孩子入紅小兵。他還規定，不聽他的話，就開除，挨批鬥。

卻說柯和丁回到公社，立即找公社革委會主任、社武裝部長劉耀武，說了自己的建議。劉耀武很贊成。晚上，劉耀武主持召開了公社革委會常委會議。會上柯和丁講了自己的新發現，講了成立紅小兵組織和舉行全社紅小兵背誦《毛主席語錄》競賽大會的必要性，說明這兩項工作能掀起學習毛主席著作的新高潮。劉耀武在講話中，高度讚揚了柯主任的高度的階級鬥爭和路線鬥爭覺悟，讚揚了柯主任發現了新生事物，說這兩項工作是「抓革命，促生產」的突擊性任務，是「關鍵的關鍵」、「重中之重」。會議擬定了《通知》，要求各大隊在三天之內都成立「紅小兵組織」，在十天之內每大隊選出七歲以下的紅小兵三名，參加公社紅小兵背誦《毛主席語錄》競賽大會。《通知》強調全社社員都要參加競賽大會，掀起學習毛主席著作新高潮。

開完了常委會，柯和丁精神特別爽朗，好像自己已經連升了三級，禁不住用手去摸了摸頭上的紅癩殼和李得紅活埋他時給他留的那個紅疤，歪著嘴笑了。

柯和丁，家裡很貧苦，五歲時母親去逝，父親是個大傻，體力也差。他搭「反右派」和「一大二公」的福，小學畢業後上了突擊創辦的縣簡易師範學校第二屆。可是在「調整」中，第二屆畢業生不分配工作，他只好回家當社員。他又吃了「一大二公」的大虧，在創高產時，險些被李得紅活埋死了。在常人看來，柯和丁能接個媳婦成個家就了不起了，談不上有多大出息。可是，柯和丁一直忘不了陳瞎子給他摸的相：頭戴金盔，嘴向右歪，是朱洪武之相。這就不由得他不去想入非非了。他沒被李得紅活埋死，認為是天子落難，大難不死，必有後福。這是天意。他後來遇上了文化大革命，在柯和貴幫助下組織了紅旗農民軍，造反起家，當上了公社副主任，大隊革委會主任，這是他的起步。人一入了那官場，就得了「官迷症」，老想著向上爬，直爬到坐龍庭。這就是雄心壯志，是英雄氣概。他懂得「無毒不丈夫」的道理，認為李得紅活埋他是大丈夫行為，不毒，李得紅怎麼當官呢？他也要毒，才能升官。這就是偉人胸懷和硬心腸。柯和丁知道自己知識不多，學問不高，但很自信：朱洪武沒上過學，登基了；魏忠賢大字不識一個，權傾朝野，被吹得學問高於孔子、孟子，還立生祠；毛主席也是個中師生，比自己高不到哪裡去。照此理來衡量，柯和丁尋機創造革命功跡，以求升發，是無可非議的。誰也不能肯定柯和丁不會像毛主席一樣「偉大」起來。

柯和丁想到這裡，不覺有些飄飄然了，吟誦起毛澤東詩詞的佳句來：「紅旗卷起農奴戟，黑手高舉霸王鞭」，「俱往矣，數風流人物，還看今朝！」

柯和丁一邊想入非非，一邊真打實幹起來。他親自去輔導柯天任背《毛主席語錄》，了解柯天任背得最熟的條款，鼓勵柯天任一定要在競賽中奪第一名。

南湖公社紅小兵背誦《毛主席語錄》競賽大會定時在公社大禮堂召開。十個大隊一萬三千多人扶老攜幼，手拿「紅寶書」，從四面八方湧向大禮堂。

寫到這裡，作者要提醒讀者：請耐煩一點，作者要把這個大會的全過程記錄下來，以免毛澤東時代的特色被時間的流逝沖洗得無蹤無影了。如果你羨慕毛澤東時代，你就經常去參加這樣的大會。

在會場附近的所有牆壁上，刷寫了紅色的、白色的大標語。會場大門外，豎起了兩塊高大的用混凝土建成的毛主席語錄牌坊，每個牌坊有兩個民兵，荷槍成立正姿勢守衛著。大門兩側，又有同樣的兩個民兵守著。一隊荷槍民兵在會場四周巡邏。

會場裡，主席臺上方一條寬大的紅色橫幅懸掛著，上書：

南湖公社首屆紅小兵背誦《毛主席語錄》競賽大會

兩旁柱子上貼著仿林彪字體的對聯：

讀毛主席的書，聽毛主席的話，照毛主席的指示辦事，做毛主席的好學生。

會場上劃好了十一個長方形白灰線格子，十個大隊革委會主任帶著社員進入各自的方格內，席地而坐。在場地後邊右角方格裡，站的都是「五類份子」，有民兵監管著。

主席臺上，主任劉耀武坐在第一位上，第一副主任柯和丁坐在第二位上，其餘領導依次而坐。台前左角站著手持關公大刀的蕭己巳，就是本書第五回所寫的那位蕭瘋子。群眾專政隊繞主席臺而立。高聲喇叭播著《東方紅》和《大海航行靠舵手》。

會場上人聲鼎沸：小孩啼哭聲，媽媽餵奶聲，前面的爭坐位聲，後面的爭立腳聲，吆喝聲，踢打聲……像一鍋煮滾的稀粥。只有「五類份子」的那個方格裡十分安靜。

喇叭裡歌曲聲停了，宣佈開會了，但人聲仍是嘈雜。

劉耀武走到台前，左手叉腰，右手揚起，高喊：「馬上開會了，安靜下來。」

那劉耀武，身子高，鷺鷥腳，馬臉，虎背，蛇腰，嗓粗，人稱大炮，其實工於心計，官場老練。他是轉業軍人，公社武裝部長，在「三結合」中理所當然地任了第一主任，是第一批結合進革委會的「寶貴財富」。

劉耀武高喊了幾聲，仍壓不下那鼎沸之聲。他惱怒了，拿出了殺手鐧，右手指著一個吵鬧處，怒喝：

「那裡有吵鬧，一定有現行反革命份子，再吵，就抓到會場的右角去！」

這一招很有效，會場一下子安靜下來了。

「大會開始，全場肅立！」坐在第三位的副主任邱勇宣讀儀式。

「第一項，宣讀毛主席最高指示和林副主席指示。」

劉耀武走到講桌旁，轉過身，向毛主席肖像三鞠躬，三敬祝，又轉過身，筆直站著，「咳咳」兩聲，一字一句地讀了三條毛主席語錄和兩條林副主席指示。讀完後，劉耀武左手舉起紅色《毛主席語錄》本，領著大家高呼十幾個革命口號，又轉身，三鞠躬，三敬祝，回到位上。

「第二項，高唱《東方紅》。」

臺上的人一齊轉身面向毛主席肖像，由劉耀武領唱一句，全場歌聲參差不齊地唱起來。

「第三項，主持人講話。歡迎公社革委會主任，人民武裝部部長劉耀武同志講話。大家坐下。」

全場掌聲，夾雜著坐地聲，吵嘈聲。

劉耀武走到講桌旁，轉身，向著毛主席肖像，三鞠躬，三敬祝；又轉身，讀了幾條「最高指示」，坐下，鋪開稿紙，講起來。他開始照稿子念，念不成句，心裡在罵寫稿子的秘書是反革命份子，寫了些他認不來的字，侮辱革命幹部。他乾脆不要稿子了，直腰昂頭，邊講，邊「他媽的」起來。他講國際形勢，高喊「打倒美帝國主義」、「打倒蘇修帝國主義」，高喊毛主席詩詞：「四海翻騰雲水怒，五震盪風雷急。」他講全國大好形勢，高喊：「打倒劉少奇！」「打倒反革命份子」，「把一打三反運動進行到底」。他講全省、全縣、全區、全社大好形勢，高喊：「敢上九天攬月，敢下五洋捉鱉」。

他最後說（由於劉主任說的不成句子，作者整理如下）：

「我們這次大會，是史無前例的一次偉大創舉。五、六歲的孩子來比賽背《毛主席語錄》，在這之前沒有過。這說明無產階級後繼有人，說明學習毛主席著作的又一個高潮到來了，我們要把這個經驗推到全區、全縣、全國、全世界去。我要求：全社青壯年要全本包背《毛主席語錄》，老年要背《毛主席語錄一百條》，學生要背《毛主席語錄》、《老三篇》、《新三篇》。社員們要學習柯天任同志，自覺地讀毛主席的書，自覺地組織別人學習毛主席著作。黨員、團員、革命幹部要學習柯和丁同志，活學活用毛主席著作，緊綳階級鬥爭這根弦，善於發現群眾中的偉大創舉，善於發現新生事物。我們這次大會，是一次具有偉大、深遠意義的大會，是一次偉大、勝利的大會。」

劉耀武的報告不長，只講兩個多小時。他講完後，高呼十幾個革命口號，轉身向毛主席肖像三鞠躬，三敬祝，回到座位。眾人熱烈鼓掌。

「第四項，主辦人講話。歡迎公社革委會第一副主任柯和丁同志講話。」

又是一陣掌聲，吵聲。

柯和丁走到講桌前，轉身，三鞠躬，三敬祝，轉身，讀「最高指示」，坐下，鋪稿子，講起來。

柯和丁的開頭是一段抒情散文：

「東風吹，戰鼓擂，紅旗飄，紅霞飛。全國形勢一派大好，革命熱浪滾滾洶湧。我的血在沸騰，我的細胞在跳舞，……（作者注：那時有知識的幹部都是這個開頭）

柯和丁講了國際反帝反修的大好形勢，講了國內、省內、縣內、區內、社內的文化大革命大好形勢，悲憤地發洩了對「走資派」和一切反革命份子的仇恨。他詳細介紹了發現柯天任這個「五好接班人」和紅小兵自覺學《毛選》這兩個新生事物，他說這兩個發現不是偶然的，是經過一年多觀察的結果。他最後說：

「我為什麼能有這兩個發現呢？是因為我有兩個覺悟。首先，我一直仇恨舊社會，仇恨階級敵人。其我讀書不多，深受『封資修』的毒害；我一直站在貧下中農一邊。這是我階級鬥爭覺悟較高的根源。其次，我出身貧寒，是毛主席和共產黨解放了我的家庭，影響了我，我熱愛毛主席，熱愛林副主席，一直站在無產階級司令部一邊。這些是我路線鬥爭覺悟較高的根源。為什麼有人對新生事物視而不見、而對舊事物戀戀不捨呢？是因為他們兩個立場、兩個覺悟有問題。今天，我們開這個大會，就是要掀起學習毛主席著作新高潮，就是要提高兩個覺悟。我們還要多開這樣的會，把學習毛主席著作運動長期開展下去，向外推廣我們的經驗，讓子孫萬代永不變色，讓『封資修』無藏身之地！」

柯和丁講了三個多小時，講完了，喊了一陣革命口號，三鞠躬，三敬祝，回到座位。眾人鼓掌。

「第五項，紅小兵選手上臺。」

各大隊革委會主任領著孩子們上臺，共三十名。劉耀武、柯和丁一個個地審查了紅小兵選手的家庭成份、社會關係和年齡。柯和丁把孩子們分為五横排、六縱隊，站好，領著孩子們向毛主席肖像三鞠躬，三敬祝。

「第六項，比賽開始。」

柯和丁站在台的左側，高喊：「第一排，向前三步——走！」

五個孩子走出來。

比賽是這樣進行和評分的。柯和丁領讀每條毛主席語錄的開關「三個字」或「五個字」，孩子們就搶背，領導人監聽。根據「不錯、不顛倒、音準、聲響、流利、速度快」的標準，連背五條，每組取出第一名。第一名站在台左角，被淘汰的由各大隊革委主任領下臺。

由於是五、六歲的孩子背書，引起人們的興趣，台下議論紛紛，有吵嘈聲。

劉耀武走到台前，左手叉腰，右手指著吵鬧處喝道：「那裡有反革命份子，給我找出來！」

幾個群眾專政隊員衝向劉主任指的地方，又轉回來彙報，說是有個老師批評學生不該大聲說話。

劉耀武沒作聲。可是，那個兩個覺悟最高的柯和丁副主任聽了，大聲命令：

「蕭己巳，去把那個臭老九抓來！」

蕭己巳正想找事幹，聽到命令，在一個專政隊隊員帶領下，把那個叫王熾興的老師提起，用大刀把朝背脊打了兩下，用刀背按著王熾興的頭，押上臺來。

柯和丁趕緊上去，把王熾興拉到台的右角，按下王熾興的頭，打正王熾興的雙腳，使王熾興像個被罰站的小學生一樣站著。柯和丁喝道：「我說是個臭老九，原來是個臭老五——右派份子。你鎮壓紅小兵，我就鎮壓你。蕭己巳，看好，不要讓他亂說亂動！」

王熾興是柯和丁小學時四年級語文老師，曾為柯和丁出過書本費，沒想到柯和丁這樣翻臉不認人。這其實也不能責怪柯和丁一個人，人都是這樣，一進了官場就與平頭百姓不同了，只行為官之道，不行做人之道。當官的人總是昂首向上的，上一等的官是拐子大哥，兄長，再上一等是爹娘，毛主席在最上等，歌詞就唱：「爹親娘親不如毛主席親。」由於頭是昂著的，對那老百姓就看不見了，什麼爹娘、師長等六親朋友都不在眼下。即使要偶爾俯首看一下，那是為了來整鬥人，叫做「為了黨的事業，六親不認，大義滅親」。用兩句俗話說，是：「把別人當人梯，踩著屍體向上爬。」「無毒不丈夫，不能有婦人之仁。」

柯和丁整頓了王熾興，又去組織比賽。五組賽完，最後剩下五名決賽，第一名被柯天任奪走。

「第七項，發獎。」

劉耀武、柯和丁親自把獎品授給前三名。第一名是一個鍍金邊的大鏡框和十本《毛主席語錄》。第二名是一張紅紙獎狀和五本《毛主席語錄》，第三名是一張紅紙獎狀和三本《毛主席語錄》。

柯天任拿了獎品，喊父親柯和仁幫著拿。柯天任從父親手裡要了竹根鞭，又上臺，指著王熾興，對柯和丁說：「我要鬥爭那個階級敵人。」

「行。」柯和丁、劉耀武異口同聲。

柯天任整整一天沒打人了，手心發癢了好幾次。現在，柯天任找到了被打的對象了，又當著公社領導和萬人的面打人，感到特別自豪。他使勁地沒頭沒腦地抽打王熾興，一邊打，一邊罵：「打死你，階級敵人！」柯天任的手打得發軟了，聽到父親不斷喊他下臺來，才走到台邊，讓柯和仁抱下臺。

「第八項，總結。由柯和丁主任作總結報告。」

柯和丁照例走到講桌旁，轉身，三鞠躬，三敬祝，又轉身，讀了五條「最高指示」，坐下，講起來。這個報告準備得很充分，詳細具體地有證有據地論證了國際國內大好形勢，證明美帝、蘇修必敗，資本主義末日已經到來，以中國為世界革命中心的無產階級革命必勝，共產主義即將實現。報告談了十三次黨內路線鬥爭，指出了這次路線鬥爭是與修正主義的最後決戰，毛主席路線必勝，修正主義路線必敗。報告重點講了這次大會的歷史的、現實的、深遠的、偉大的意義。報告對今後學習毛主席著作、「抓革命，促生產」任務作了細緻的規定。柯和丁講了四個小時，最後，宣佈了一項英明決定：

「王熾興是沒有被改造的頑固的右派份子，不准任教，交柯天任同志所在生產隊勞改。」

柯和丁講完後，劉耀武主任作了補充講話，指出柯和丁主任的報告是公社有史以來最好的政治報告，充滿了馬列主義、毛澤東思想，報告所引用的偉大導師的語錄指明了是那部書、那一頁、那一行，說明瞭柯和丁同志很用功地研讀了馬、恩、列、斯、毛的經典著作，對經典著作十分熟悉，值得大家學習。他號召全社好好學習和執行柯和丁同志的報告。劉耀武還十分謙虛地說：「我三天不學習，就會被柯和丁同志超過。」

「第九項，高唱《大海航行靠舵手》。全體起立。」

會上哄哄唱起歌來。

「第十項，散會。」

這個十全十美的具有偉大歷史和現實意義的、團結的勝利的大會，開了整整一天。天黑盡了，與會者餓得眼發黑了，渴得嘴唇發裂了，聽到「散會」，就一哄而散，大門口擠得人仰馬翻，叫爹喊娘。半個小時後，會場空了，路上火把點點，像螢火，像鬼火，向四面八方遊去，消失在無邊的黑夜裡。

南湖公湖紅小兵學習《毛選》的先進經驗，被縣軍管會、革委會定為典型經驗，進行推廣。劉耀武、柯和丁因此而受到表彰，被邀請到各區、社巡迴作先進事蹟報告。「九大」後，劉耀武升為紅石區黨委第一書記，柯和丁升為紅石區黨委常委、區革委會副主任，兼南湖公社第一副主任，轉為正式國家幹部，脫離了大隊，跳出了「農門」。此是後話。

欲知後事如何，且聽下回分解。

第五十九回 小毛孩明稱萬歲爺 老前輩秘傳革命訣

卻說大會散後，柯天任回到家裡，要父親連夜把獎狀掛在堂屋毛主席肖像下面。

第二天，南湖學校召開全校師生學習柯天任大會。會上，柯和丁代表公社革委會授予柯天任「五好接班人」光榮稱號，宣佈柯天任為南湖學校革委會副主作。從此，柯天任有了特權，拿著竹根鞭在教室轉動，抽打坐位不端正和背《毛主席語錄》不認真的同學。教師們不敢批評這個「五好接班人」。

柯和丁又在太荒坪召開了柯天任領導的「紅小兵」會議，講了「一打三反」、「清理階級隊伍」的要旨，講了群眾專政，要求紅小兵擦亮眼睛，警惕階級敵人的破壞活動。柯和丁給紅小兵作了規定：每天中午或傍晚集中一次，學習《毛主席語錄》，彙報敵情；每個星期日集中半天，批鬥階級敵人。柯和丁還給紅小兵們發了紅袖章，給柯天任一套黃軍裝：軍衣、軍帽、軍鞋，一個口哨。

柯天任成了正式司令員：一身戎裝，肩扛紅纓槍，手握竹根鞭，肩挎軍包，項掛口哨。柯天任封最好的朋友李建樹為參謀長。李建樹大柯天任一歲，是他父親到南柯村招親生的。

這個星期日到了，柯天任把紅小兵集合到太荒坪，佈置今日搞階級鬥爭的任務。柯天任在紅小兵呼喊的革命口號中增加了一個：「柯天任萬歲！」柯天任說：「司令都是萬歲的。」還說這是革命創舉。柯天任指揮紅小兵在太荒坪練步伐，高唱「造反歌」：

「馬克思主義的道理千條萬緒，就是一句話：造反有理！造反有理！！造反有理！！！」

歌聲一停，就高呼口號：「階級鬥爭萬歲！」、「毛主席萬歲！」、「柯天任萬歲！」、「萬歲！萬歲！萬萬歲！」

紅小兵進攻的第一個階級敵人是富農份子柯善良，徵收了十斤大米。第二個階級敵人是歷史反革命份子柯慶如，徵收了油鹽。第三個階級敵人是兩個五類份子的菜園，徵收了蔬菜，破壞了菜苗。第四個階級敵人是右派份子王熾興，徵收了二元錢。中午，紅小兵隊伍在柯天任家休整，站在獎狀鏡框前，聽柯天任訓話。

柯天任母親石小春給紅小兵們做中飯，生產隊給記「一勤」工分。

吃了中飯，紅小兵的戰鬥任務是鬥爭王熾興。柯天任的隊伍又出發了，高歌，呼口號。隊伍前進到下頭林中部，柯天任突然高喊：「立——正！」隊伍停下了，前頭有人擋路。

擋路的人有三個，其中一個叫小柳，入學後叫柯成蔭。本書前文第二十三回已敘述過柯天任與柯成蔭的第一次鬥爭。柯成蔭在學校比柯天任高一級，對《毛主主見語錄》不但能背，還能默寫，只是因為七歲了，才沒資格參加紅小兵背《毛主席語錄》競賽。柯成蔭看到柯天任組織紅小兵，心裡很羨慕，認為紅小兵遊戲比「殺羊」、「腳腳攀攀」、「打磚頭菩薩」好玩得多，也想組織紅小兵。柯成蔭把自己的想法跟隨媽媽說了。張愛清聽了兒子的話，很為難，心想：讓兒子參加紅小兵，會使孩子純潔善良的心靈上滋生仇恨、鬥殺的惡性；不讓兒子參加，又不能對兒子明說紅小兵的壞話，使兒子心裡產生反黨、反社會主義、反毛主席思想，使兒子在這險惡的社會裡不能安身。張愛清就與柯和義商量對策。夫婦倆商量了很久，決定不讓兒子參加紅小兵，把兒子的興趣和好勝利心引導到學科學和行善上來。夫婦倆作了分工：柯和義給兒子講毛主席說的「好好學習，天天向上」的道理，講雷鋒做好事的行善故事，講孟子、王冕、愛迪生、愛因思坦等人的故事。張愛清給兒子想出一些簡單有趣的智力遊戲。柯成蔭的課餘時間被爸爸媽媽安排得很有趣了，也就不去想那紅小兵的事了。

這天中午，當柯天任的紅小兵隊伍衝過來時，柯在蔭和同班兩個同學蹲在地上正在用樹枝杆做數學智力遊戲。柯成蔭三人準備挪動身子讓紅小兵隊伍過去，紅小兵隊伍卻在他們面前停住了。柯成蔭三人很好奇地望著紅小兵隊伍。

再說柯天任，心中的真正敵人只有一個：柯成蔭。可是他又打不過柯成蔭。今日，柯天任看到自己的隊伍有三十八人，柯成蔭那邊只有三個人，要打倒柯成蔭是很有把握的，所以，柯天任向隊伍喊了「立正」，準備戰鬥。

「你們搞什麼反革命?給老子滾開！」柯天任走到隊伍前頭，向柯成蔭挑釁起來。

那兩個孩子見柯天任來得凶蠻，就向旁邊讓開。柯成蔭聽了柯天任的惡言惡語，很生氣，瞪著柯天任，身子不動。

「戰友們，柯成蔭是階級敵人，應該打倒。忠不忠，看行動，衝呀！」柯天任揚著鞭子喊。

隊伍沒有衝，紅小兵們都喜歡柯成蔭，柯天任一個人也不敢沖。

「李建樹，你是參謀長，能不衝嗎?」柯天任的命令失靈了，氣急敗壞地批評李建樹。

李建樹走到柯成蔭面前，說：「成蔭表兄，你讓一下吧。」

「大路一條線，各人走一邊。你們為什麼不彎一下?偏要衝著我來。」柯成蔭像大人一樣辯理。

「革命隊伍勇往直前，不能拐彎！」柯天任叫喊。

「成蔭，你不讓，我們就動手了。」李建樹威協著說。

「隨便你。」柯成蔭毫不畏懼，蹲著不動。

李建樹一頭撞過去，柯成蔭一側身子，起腳一橫，李建樹栽過去倒下了。柯成蔭準備站起來，柯天任揚鞭打來。柯成蔭一伸右手，接住竹鞭順勢起身，伸出左手，抓住竹根鞭中段，一折，那乾枯的竹根「喳」的一聲，斷成兩截。柯成蔭一揚手，把自己抓著的一截甩出老遠，說：「我早就要折斷這根打人的鞭子。」

柯天任看准柯成蔭甩竹鞭的空當，一頭撞過去，正遇著柯成蔭轉身過來，撞了個空，跌出好幾尺遠。柯天任從地上抓起兩塊石頭，想扔出打擊柯成蔭，卻被柯成蔭趕上前，騎在身上，扭住了右臂，奪下磚頭，丟掉。兩人在地上扭打起來。

孩子們被嚇懵了，看見柯和丁路過下頭林，發喊起來：「柯主任，快來呀，打架了。」

柯和丁飛跑過來，推開柯成蔭，扶起柯天任。

柯天任看到柯和丁，高興了，指著柯成蔭告狀說：「柯主任，柯成蔭打擊紅小兵，是反革命份子，應該打倒。」

「你才是反革命份子，喊『柯天任萬歲』是不是反動口號？蠢豬，你能『萬歲』嗎？」柯成蔭指著柯天任訓斥。

柯和丁本來是要支持柯天任、教訓柯成蔭的，聽柯成蔭的話，猶豫了。他問紅小兵們喊沒喊「柯天任萬歲」，紅小兵們點了點頭。柯和丁心裡產生了兩難：「柯天任萬歲」的確是反革命口號，把柯天任抓起來，自己樹的「五好接班人」的典型就垮了，自己的「兩個覺悟」到哪裡去了？自己被縣裡嘉獎的功績不就沒了嗎？弄不好，自己會栽到「一打三反」的對象裡去了。包庇柯天任，說柯成蔭是造謠誣陷，把柯成蔭抓緊起來，柯成蔭不服，要揭發，上頭來人一調查，紅小兵們不會扯謊，又加上柯和義不好惹，說不定，柯和貴要出面干涉，弄不好就畫虎成狗了。柯和丁想了好一陣子，才想出個兩全其美的解決辦法：「柯成蔭，柯天任，你們都是革命小將，要團結對敵，為點小事爭吵什嗎？柯天任，你是司令員，姿態要高，胸懷要寬，看到柯成蔭在前面，指揮隊伍彎一下，不就沒事了嗎？你們回家後各人作自我反省。今天，紅小兵活動就到這裡，解散回家。」

柯成蔭這一鬧，無意中救了王熾興教師，使王老師免了一次挨批鬥。

柯成蔭和孩子們都散去了。柯和丁留下了柯天任，指出「柯天任萬歲」是反動口號，再不能喊了。柯天任只好認錯。但是，柯天任心裡不服：「毛主席是無產階級司令部的司令，能萬歲，我也是紅小兵的司令，也應該萬歲。這有什麼錯的？」柯天任不承認自己有錯，只怪柯成蔭那個反革命破壞了自己，使自己不能萬歲。他恨透柯成蔭了，決心想法子去打倒柯成蔭。

從此，柯成蔭家不安寧了：兩隻母雞不見了一隻，新栽的菜苗被連根拔去，水缸裡出現了死老鼠，曬在外面的柯成蔭衣服不見了，……弄得柯成蔭母親昏頭轉向。

一轉眼過去了三年，柯天任上了四年級，柯成蔭上了五年級，駐校貧宣隊撤退了，只留下管校代表。南湖學校新來了個管校代表，叫尹苦海。

對於尹苦海，南柯人有人說是好人，有人說是壞人。說尹苦海是好人的人，認為尹苦海做官是愛民的清官，不像柯鐵牛、瞿思危、李得紅等人那樣為了自己升官去害民，而是為了愛民而降官位，從區委書記連連兩次降為區貧協主任。尹苦海是個傻官，心不毒，手不辣，不是做官的料，為了使老百姓不餓死，犯右傾，不鎮壓搶湖蓮的饑民，使自己成不了偉人。說尹苦海壞的人，認為尹苦海殺叔父，娶嬸娘，道德敗壞，不仁不義。為了忠於黨的事業而大義滅親。無毒不丈夫，不毒，他怎麼能從一個遊民升為區委書記呢？不管是說好還是說壞的人，也不恨尹苦海，尹苦海就成了一個中間性格的複雜人物。這樣倒好，在文化大革命中，保皇派沒去批鬥尹苦海，造反派也沒打倒他，「三結合」也沒他的份兒。尹苦海是永安縣唯一沒有愛皮肉之苦的老幹部，唯一在文化大革命中「靠邊站」的老幹部。

尹苦海是好是壞，別人說不清楚，尹苦海自己也說不清楚。作者認為，尹苦海之所以成為一個性格複雜的中性人，是因為有兩股力量在推拉他，使他忽左忽右，忽好忽壞。一股力量是中國共產黨的引誘和教育，另一股力量是表面老實轉化了、而實際上本質反動的假黨員、真地主份子趙月英的腐蝕。

卻說尹苦海雖然人沒直接參加文化大革命，可思想參加了文化大革命。正如毛澤東所言：「文化大革命是觸及人們靈魂的革命。」文化大革命的每個大事件都在觸及尹苦海的靈魂。在文化大革命初期，尹苦海認為是第二個反右運動，但他對保守紅衛兵的破「四舊」、打死五類份子、亂抄家亂破壞感到不滿，也不解。造反派紅衛兵起來了，揪鬥黨政領導幹部，一些五類份子子弟參加進造反派，他受到震動，認為文化大革命與五七反右運動相反。他看到劉少奇、鄧小平被打倒了，看到黨政高、中級幹部惰落、腐化的生活和罪行的內幕，震驚了。他憑自己的經歷和經驗來判斷十七年來的各種政治、經濟運動，得出結論：劉少奇、鄧小平這些人是奸臣，十七年來是奸臣當道，製造了清匪反霸、肅反、合作化運動、反右運動、三年災害等禍國殃民的大事件。毛主席是英明天子，受了奸臣蒙蔽，或者權力被奸臣架空了。毛主席終於看清了奸臣的嘴臉了，給當代的奸臣取了個新名字，叫「走資派」。毛主席為了救國救民，發動了文化大革命，號召和指揮造反派紅衛兵和人民群眾起來造「走資派」的反，清除身邊的奸臣。尹苦海得出了這個結論，就贊同造反派了，就更忠於毛主席了。他完全贊同林彪的話：「讀毛主席的書，聽毛主席的話，照毛主席的指示辦事，做毛主席的好學生。」這樣尹苦海就自覺地在靈魂深處鬧革命了，自覺地學習毛主席著作，自覺地在腦海裡鬥私批修、淨洗「封資修」殘餘思想了，自覺地在行動上參加「三忠於」的「早請示，晚彙報」了。在區裡，他第一個來到會議室，站在最前排，與區裡幹部一起向毛主席肖像「早請示，晚彙報」，他對毛主席的「三忠於」像基督教徒對耶穌、對上帝那般虔誠，發自內心，沒有虛榮心，沒有私心雜念。尹苦海十年如一日地「早請示，晚彙報」，已成了習慣，直到一九八三年，才痛苦地丟掉這個習慣。

尹苦海對毛主席肖像和石膏塑像那種虔誠膜拜的樣子，曾遭到趙月英的冷嘲熱諷，引起夫妻倆的爭吵。

趙月英說：「所有的菩薩都被砸了，孔夫子、孟夫子的碑位也沒了，祖人的墓碑也被抬去鋪路了，只剩下毛主席這尊活菩薩了。毛主席還活著，你每天去祭拜，是想把毛主席祭死嗎？」

尹苦海一聽氣惱了，連連反問：「世上有哪一尊菩薩有毛主席大慈大悲、為人民著想？有哪一尊菩薩像毛主席除惡揚善？沒有毛主席，日本鬼子、蔣匪幫、美帝國主義能被趕跑嗎？沒有毛主席，那些惰落腐化、無惡不作的『走資派』奸臣能在文化大革命中被打倒嗎？沒有毛主席，天下能太平統一嗎？沒有毛主席，我和你能有今天嗎？」

趙月英聽了，冷冷地諷刺：「沒把毛主席說得那麼嚇死人的。毛主席那麼慈善，肅反時就不殺那麼多人了，反右時就不把好老師都押去勞改了，三面紅旗時就不搞也三年災害了，餓死那麼多人了。再說文化大革命吧，有什麼好的，『走資派』一個也沒被打倒，都起來了，打死的是老百姓，猖狂的是軍人，是趙來鳳那樣的瘋子。你的愛妻趙來鳳還剖人屍體，喝活人血哩。我看，毛主席不是英明天子，不知是從哪個山洞混進人間的魔頭！」

「住口！你這個蠢貨，連神仙和妖魔都分不開！」尹苦海被趙月英的話氣得火冒三丈，居然破口大罵起來。

趙月英被尹苦海那突如其來的粗暴叫罵驚呆了，盯著尹苦海的臉。尹苦海滿臉通紅，腮肉抽搐，雙牙緊咬，眼圓目睜；同時，那眼眶裡痛苦地流出了淚水，實在比自己的祖墳被別人挖了還氣憤痛心百倍。趙月英心裡在想：「懷德瘋了嗎？」她不由得向後退了兩步，怕被這個瘋子咬上兩口，

尹苦海的心裡實在是又恨又痛：恨的是眼前的這個蠢貨竟然無知地惡毒攻擊和誣衊起偉大的毛主席來，他恨不得用雙手去撕開那蠢貨的胸脯，掏出心來，看看怎樣的黑。痛的是這個蠢貨是他的愛妻趙月英，被攻擊的是他心中膜拜的偶像毛主席。漸漸地，那個可恨可愛的蠢貨又露出了可憐相，像受過巨大驚嚇的小孩子，目光呆滯，一臉恐懼，向後退步。尹苦海因此心潮平緩下來，收了兇狠的目光，鬆了咬緊的牙齒，身子往下一沉，重重地坐在椅上。過了好一會，他軟軟的說：「月英呀，文化大革命這樣史無前例的國家大事，一時也難分清大是大非，非怪你了。毛主席說：『文化大革命把群眾真正發動起來了，父子之間，夫妻之間，辯論起來了。』說的就是這個現象。」尹苦海給趙月英講了歷史上聖上受蒙蔽、奸臣當道的故事，聯繫到現在，講了從清匪反霸以來出現的禍國殃民的都是劉少奇、鄧小平這些

「走資派」幹的，也就是奸臣矇騙了毛主席，講毛主席發動文化大革命就是除奸救民。尹苦海最後飽含感情地說：「神與妖，忠與奸，是大是大非，我們要分清。我們不能把國家出現的災難加在英明、偉大的毛主席身上，也不能加在大忠臣林副主席身上。『走資派』才是妖，是奸臣。你分不清這些卻亂說，怎不使人生氣傷心呢？今後，凡是不忠於毛主席的話，我們不說；不忠於毛主席的事，我們不作；全心全意忠於毛主席，為毛主席爭氣。」

「好了，我不與你爭了，你就全心全意地去『三忠於』吧，但不要拉上我。」趙月英罷戰了，說。趙月英心裡不服尹苦海的話，但的確也分不清這大是大非，就不願意再爭了。

夫妻爭論國家大事，在家庭生活上還是和睦的。尹苦海安靜了，朝如斯、夕如斯地去全心全意搞自己的「三忠於」。

最令尹苦海驚訝和痛心的事件發生了，林彪背叛了毛主席，摔死在外蒙古。林彪事件的發生，周恩來、葉劍英、鄧小平等老幹部歡天喜地，毛主席是什麼心態至今不大清楚。毛主席的大忠臣、芝麻小吏尹苦海卻如喪考妣，哭了三天三夜。尹苦海痛哭，不是為了那個沒良心的辜負了毛主席精心栽培的林彪，林彪是死有餘辜的。尹苦海痛哭，是為了毛主席。多麼慈善的毛主席呀，實心實意地對待林彪，全心全意地為了人民選擇好接班人，可是沒想到林彪的良心被狗叼去了，恩將仇報，還要謀害毛主席去搶班奪權。毛主席寬恕林彪的鬼魂，可他尹苦海為毛主席鳴不平，為毛主席而痛心疾首。尹苦感慨萬千，心想：「毛主席呀，培養接班人真是你老人家為國為民的大憂事呀，我怎樣來為你分憂呢？」

「培養革命接班人，為毛主席分憂。」尹苦海念念不忘這件事，就像杞人憂天一樣。

在柯天任讀四年級的時候，尹苦海找到了為毛主席分憂的機會，他做全區貧下中農管校代表主任，來培養無產階級接班人了。尹苦海把代表們分別分配到了各個學校，他本應蹲點紅石高中的，卻沒去，去了社級的南湖學校——南湖小學已是戴帽中學。

尹苦海為什麼偏偏要去南湖學校呢？因為南湖學校有個學生叫柯天任。

尹苦海對柯天任比較了解。柯天任是表孀李寡婦的孫子，表弟柯和仁的兒子。這些倒不重要，培養接班人不能顧及私情。更重要的是，柯天任八字帶「雙龍」，自小就聰明勇敢，有組織能力，是紅小兵司令員，在背《毛主席語錄》中得第一名，六歲就做南湖學校革委會副主任，成了「五好接班人」，是個好苗子，好料子。只要好好培養，加工，就能成為毛主席的大忠臣，說不定毛主席活到一百歲後，柯天任到了「三十而立」時，能接好毛主席的班。到那時，他尹苦海就為毛主席分大憂了，成為國師了。

尹苦海精神很亢奮，卷起被蓋到南湖學校住下了。尹苦海沒有急於找柯天任談話，一邊觀察，一邊在想可行的教育內容和教育方法。尹苦海看到柯天任還只十一歲，革命道理講深了他不懂，行為準則太細了，又束縛了他。尹苦海動了一個多星期的腦筋，終於根據毛主席提出的「接班人的五個條件」想出了五點秘訣，用淺顯易懂、簡潔明瞭的話概括出來了。

一天早操後，尹苦海走到柯天任身旁，大聲說：「柯天任，馬上到我房裡來。」說完，尹苦海先回房去了。

柯天任聽到尹苦海用那粗重的語氣叫他，不覺膽怯起來。儘管柯天任在家裡、在學校不可一世，但他害怕尹苦海。柯天任早聽說過尹苦海是大官，在省裡、在中央開過會，與毛主席握過手。尹苦海是「紅半天」，說一不二，會打架，會破案。紅衛兵不敢批鬥尹苦海，柯天任害怕的柯鐵牛卻怕尹苦海，所崇拜的柯和丁主任見了尹苦海畢恭畢敬，小聲說話。尹苦海來校後，老師們見了尹苦海點頭哈腰，聽到尹苦海一聲「咳嗽」就停止了說笑聲。尹苦海住在西邊走廊北頭那間房裡，老師們和一些大同學轉彎離尹苦海的房門走路。柯天任也不敢從那間房門過，只敢從窗戶外好奇地偷窺尹苦海。現在，柯天任聽到尹苦海粗聲粗氣的命令，不知是吉是凶。柯天任做賊心虛地胡猜是柯成蔭告了自己的狀，說柯成蔭家出現的那些怪事是他幹的，因為柯成蔭的父親柯和義與尹苦海玩得好。柯天任這樣一想，心裡更恐慌了。

不去是不行的。柯天任只好硬著頭皮，拖著腳板，低頭慢騰騰地沿著走廊向那個使人畏懼的房門走去。柯天任走到門口，房門開著。

「進來。」尹苦海坐在一把舊木椅上，說。語氣仍然很粗重。

柯天任走進房，靠門牆站著，低頭斜瞄尹苦海的下身：那雙大腿比水牯的大腿還粗壯，那很大的腳板踏在地上，膝蓋在搖動。

「坐到床邊上。」

柯天任稍抬眼光，看到一張木床橫在房中間，褪了色的紅條被單，加了補釘的印花藍面被子，被蓋折成條形，放在床中間。柯天任細步走過去，在床沿坐了半個屁股，低頭，用牙齒咬著指甲，不敢出粗氣。

尹苦海看那柯天任：光頭，臉瘦黃，額邊皮膚有小白點；又小又緊的太布短袖褂，肚臍硬挺著；很寬鬆的灰褲子，是用大人的褲子改做的；沒穿襪子，半截布鞋。這是一個貧窮的農家孩子，營養不良，肚內有蛔蟲，有疳積病。與一般窮孩子不同的是：兩條眉毛向下連在一起，成為「3」字形，看相的說是「臥龍眉」。那眉毛的跳動和眼光的閃爍露出聰明氣，那咬指甲的小動作顯出頑皮勁，那不停地微微蠕動的小腳板顯出不安定的急性子。

「柯天任，有人說你是小老虎，一條龍，我看是小老鼠，一隻蟲。你怎麼沒勇氣了？膽子小了？怕我嗎？我有什麼好怕的？只不過我是個大人，比你高大。其實，我沒你聰明，沒你有出息。你將來要做革命的大接班人！在你眼裡，沒什麼可怕的。你抬起來頭來，與我說話。」尹苦海鼓勵著說。

柯天任聽了這番話，覺得親切悅耳，是鼓勵和支持自己，不是要整自己。柯天任抬起頭來笑了。他現在看清了尹苦海的形象：腦殼又大又圓，滿是白髮茬，臉龐又寬又大，像塗了一層豬血；脖項有肉輪。「那顆頭割下來肯定有兩個九斤半。」柯天任心裡好笑。他再看那胸脯，又寬又高，胸溝很深，滿是長毛；肚子高聳，雙臂粗壯如大樹根。「那肚裡的板油肯定有二、三十斤，那力氣鬥得過一頭水牯。我要是有這大身軀和力氣就好了，就能提起柯成蔭的兩腳撕成兩瓣。」柯天任又想。柯天任這樣一看一想，覺得尹苦海蠻好玩的，心中一陣快活，野性就來了，不怕尹苦海了。

「柯天任，你瘦弱有病，我給你治病，你要長得棒棒的，身體是革命的本錢嘛。」

「我聽大伯的。」柯天任聽了這話，很受感動，立即答應。他覺得尹苦海比柯和仁好多了。他對尹苦海肅然起敬，不願去想那「九斤半」、「板油」之類的好玩的話了。

「那好。」尹苦海臉露笑容了，說，「今天我給你講五點革命秘訣。你坐到我這裡來，我說，你記。」

兩人交換了坐位，桌上有尹苦海給柯天任準備好的日記本和鋼筆。尹苦海說，柯天任記：

「五點革命秘訣：第一，要貧窮，不要貪財；第二，要讀毛主席的書，不要讀雜書；第三，要忠於在位的上級領導，不要忠於離位的上級領導；第四，要階級親，不要骨肉親；第五，要狠鬥階級敵人，不要對階級敵人心慈手軟。」

柯天任記完了。尹苦海說：「再不用記了。現在我向你講解這五點，你心領神會，去運用就行了。第一，越窮越革命，富了就變修了，富人總是革命的對象。你去勤儉積財，變富了，也是一場空，被窮人革了命。做官，做得不貪財，好官。人民不怕窮，就怕貧富不平均，就恨貪官汙吏。第二，讀毛主席的書不怕多，不僅要背《毛主席語錄》，還要讀通讀懂《毛澤東選集》。讀了就要活學活用。毛主席說的話一句頂一萬句，句句是真理。其他的書要讀一點，那是為了作報告。其他的書絕莫多讀，多讀了就中毒，就反毛澤東思想，這就是『知識越多越反動』的道理。你看，反胡風，反右派，都是反大知識份子。文化大革命的『文化』也是知識，說是打『走資派』，實際上是打倒有知識的奸臣，打倒學術權威。你不要入那個知識份子的隊伍。第三，忠於毛主席、忠於黨，忠於人民，怎麼『忠』呢？毛主席那麼遠接觸不上，『黨』和『人民』看不見，摸不著，所以，只有忠於自己眼前的上級黨的領導人——第一書記。上級領導發生變動了，你就不要去講私情還去忠於老領導，要忠於新來的第一書記。這就叫做立場堅定、路線鬥爭覺悟高。第四，共產黨人只講階級親，不講『四舊』的父母、兄弟、姊妹、親戚朋友親。這就叫做『天大地大不如黨的恩情大，爹親娘親不如毛主席親』。你一旦發現了反毛主席、反黨、反人民的言行，就要六親不認，揭發鬥爭。這是立場堅定、階級鬥爭覺悟高。第五，只要是階級敵人，不管是親人還是別人，都要猛揭狠鬥，鬥爭時寧可過火些，不可軟和些。這就叫做立場堅定、鬥爭性強。我說的這五點，是符合毛主席的接班人的五個條件的，是我總結自己的革命經驗得出的革命秘訣，現在傳給你。我自己對第四、第五點執行得不徹底，所以犯錯誤，沒升上去。你要全面地堅持這五點，就能當好『五好接班人』，不斷地升上去，做大接班人，甚至升到天安門去，接毛主席的班。」

「升到天安門去，能喊『柯天任萬歲』嗎？」柯天任問。

尹苦海聽了一怔：「這小傢夥真是一條龍，小小年紀有這大志向。」尹苦海的臉立即浮起笑容，點了點頭，告誡柯天任說：「你這句話不能對外人講，藏在心裡就行了。到那時候，自然會有人那樣喊的。還有，我說的那五點革命秘訣也不能對外人講，只能你自己暗記著，去辦就行了。」

從此，尹苦海讓柯天任與自己住在一起，有時給柯天任吃中餐。尹苦海給柯天任治了蛔蟲病和疳積病，使柯天任身體像入春的芥菜，一日一個相，茁壯地成長起來。尹苦海時時處處指導柯天任的言行，使他按著「五點革命秘訣」去思索，去行動。柯天任本來有革命接班人的基礎，尹苦海的指導，使他在性格上和思想上迅速成形起來。如果說柯和丁是柯天任搞階級鬥爭和獨裁專政的啟蒙塾師，那麼尹苦海就是教會柯天任搞階級鬥爭和獨裁專政的「經館」導師。他還教給柯天任的權謀之術，使柯天任能走通革命幹部的「仕途」之路——入黨、入政、當第一書記。

柯天任的身體和思想成長得越快，就越想解開心中那個「結」：打倒柯成蔭。柯天任每次看到柯成蔭津津有味地讀書，大聲大氣地給同學講解數學題，就妒火如焚，氣得咬牙切齒，增加了對柯成蔭的仇恨。柯天任心中的這個「結」不能告訴尹苦海，只能一個人煞費苦心，運用尹苦海傳授給他的謀略來尋找打擊柯成蔭的機會。一句很時髦的話說：「機會總是留給有準備的頭腦的。」老天作美，柯天任終於等到了打擊柯成蔭的時機了。

欲知柯天任想到了什麼法子去打倒柯成蔭，且聽下文分解。

第六十回　柯天任毒設鐵耙案　柯和貴善訓嫡侄兒

卻說柯天任終於等到了打擊柯成蔭的時機了。

這年元宵節，天氣特別冷。屋瓦上殘留著前天下的雪，簷口上掛滿亮晶晶的冰條，水塘上光亮一片，路面上硬潔滑溜，一不小心，就會跌倒。大隊文藝宣傳隊晚上在南柯村大堂前上演革命樣板戲《智取威虎山》。大隊革委會規定：男女老少都要去看戲受教育，不去的是思想反動，要受批鬥。

天黑時，人們都湧向大堂前。柯天任玩了一陣，戲還沒有開演，就回屋加衣服。柯天任加好了衣服，轉身走。他走到柯成蔭家大門口，看到大門虛掩著，裡面黑洞洞的，靜悄悄的。柯天任想進去幹點害柯成蔭的事。他走到門檻邊，停住了，心想：「柯和義病了的，可能在家吧。」他就向門裡輕輕地喊：「大伯，大伯。」沒人應。他又想：「可能去應付點名，點了名會回來的。」柯天任就推門進屋裡去了。他心裡不覺有些緊張，就像原來趁黑進這屋裡把死老鼠放進水缸裡時一樣，心跳急劇。這次，他沒事先準備，不知做什麼事。他劃了根火柴，看見堂屋靠牆放著一輛鐵耙，靈機一動，一個惡作劇念頭跳出腦海。他背起鐵耙，出大門，順手去帶上門扇。他正要走，巷頭傳了腳步聲，一把蔴骨火晃動著，有人走到巷口下臺階。柯天任連忙把鐵耙放在大門旁，走到巷子中間。

「誰？」柯天任向來人喝問。

「噠——」那人受了一驚，一下子跌到臺階下。

柯天任走上前，劃了根火柴一看，是富農份子柯善良。柯天任厲聲質問：「你為什麼偷跑回家？」

「點名了，我怕冷，回家加件衣服再去。」柯善良爬起來，哆嗦著身子，說。

「我大伯大門外有輛鐵耙橫著，會絆倒人的。你把鐵耙搬到對面廁所去放好。」柯天任很機智地說。

「好，好。」柯善良應著，晃動著蔴骨火，把鐵耙拿到廁所裡去了。

柯天任上了石臺階，來到一棵大樹下，等著。他看著加了衣服的柯善良，晃動著蔴骨火，上了石階，看戲去了。柯天任急忙下石階，進廁所，背起鐵耙，把鐵耙翻放在石階下面，耙齒尖向上。他上石階，吹著口哨，看戲去了。

戲已開演了。少劍波、楊子榮的小分隊都是英雄好漢，穿林海，踏雪原，飛梭疾行；都是鋼鐵戰士，身上連中數彈，還能跑能滾，快死了，還能指著紅旗說：「紅旗呀，飄呀，飄呀。」樂得柯天任拍手叫好。座山雕的土匪兵真入她娘的都是狗熊，見了小分隊戰士下跪；都是臭皮蛋，一槍就完蛋了，一聲不響地死了。樂得柯天任揮拳叫罵。柯天任最愛看打得死去活來，最討厭說多了、唱長了。他看到楊子榮和小常寶一個勁地對唱，就沒勁了，想起了去找大伯柯和義。

柯天任看到柯和義、張愛清、柯成蔭、祖母、父親、母親都坐在一塊兒，就擠過去，坐在祖母旁。柯和義經常咳嗽吐痰。

「大伯，天太冷了，你請個假，早點回家睡吧。」柯天任很懂事地說。

「怕隊長不批准吧。」柯和義說。

「我去找隊長說，肯定會批准。」柯天任說著，站起身。

「用不著你去，我去找隊長。」柯成蔭顯然不服氣，說著，去找隊長。

一會兒，柯成蔭回來了，對柯和義說：「爸爸，隊長批准了，我送你回去吧。」

「不用你送，你看戲，我能走。」柯和義起身，彎腰緊衣，擠出去。

大約過了半個小時，隊長把張愛清、柯成蔭、柯和仁喊出戲場。又過了五、六分鐘，下頭林那邊傳來了哭聲。柯天任扶著祖母趕回去。原來柯和義回家時被石階下一輛鐵耙絆倒，連人帶耙滾進深深的陰溝裡。柯和義的右腰被耙齒尖刺穿兩個洞，人跌閉了氣，昏過去了。幸好巡邏的民兵發現。赤腳醫生在給柯和義急救。柯和丁和隊長打著手電筒在察看現場。石板上有許多血塊。張愛清、柯成蔭哭在一片。

「火速送區衛生院。」赤腳醫生說。

「送縣人民醫院。」有人說。

「不行，沒有區衛生院批准，縣醫院不能接受。」赤腳醫生提醒說。

隊長急忙派柯和仁帶三個青年社員把柯和義抬去區衛生院。

柯天任回到家裡，睡在床上，心裡樂滋滋的：「入你娘的十八代，老傢夥一死，你柯成蔭就讀不成書了。開心！」柯天任樂著，做著好夢睡了。

第二天上午，區特派員大神探瞿思危在柯和丁陪同下來查案。瞿神探看了現場，了解到巷口石階下的地形和住戶。入巷口下石階，右旁第一戶是柯和義，第二戶是柯善良，第三戶是柯和仁；左旁是一排廁所豬欄。過了柯和仁家，石板巷就拐彎了。瞿神探稍作分析，就把柯善良抓走了，關押在大隊部裡。瞿神探召開了六生產隊貧下中農大會，說：「你們六生產隊在一九六六年五月公糧遭到偷盜，文化大革命了，沒有破案，我這裡留有懸案。這次出現了鐵耙傷人案，可見六生產隊階級敵人很猖狂。我分析是富農份子柯善良的破壞。現在辦案是群眾辦案，你們要揭發階級敵人。」貧下中農就七嘴八舌地說了柯善良和邢氏的情況。

瞿神探開完貧下中農會，就去提審柯善良。提審了柯善良，又派人去南湖學校叫來柯天任。

柯天任來到大隊會議室，看到瞿神探一身警裝，頭戴大蓋帽，帽徽閃光，桌角放著手槍，一臉正經，雙目凶光。在瞿神探旁邊坐著個記錄員。

「立好！」瞿神探威嚴地向柯天任喝道。

柯天任聽到喝聲，身子一顫，原來是審問他，不是叫他揭發柯善良。「難道那瞿神探偵破了案子、知道是我幹的嗎？」柯天任心想，不覺恐懼起來。他比齊雙腳，成罰站姿勢；兩手下垂，手指搓著兩胯下的褲子，低頭落眼，側耳聽著瞿神探發話，猜測著話中意思。

「叫什麼名字？」口氣嚴厲。

「柯天任，還叫子龍。」

「出生年月？」

「龍年龍月。」

「報出生年月日！」瞿神探對柯天任回答不滿，火了，喝道。

「……」

柯天任一時記不起具體年月日了，急得額頭沁出汗珠，思索起來。

正在這緊急時刻，尹苦海風風火火地闖進門來，向瞿神探大叫起來：「小瞿，搞什麼鬼名堂？審起五好接班人來了？叫柯天任來，為什麼不讓我知道？」

「老書記，我這是在辦案呀。」瞿神探的威風沒了，說，「請坐。」

「辦案？關起門來了？不相信群眾了？不分敵我了？」尹苦海一連串質問後，就大大咧咧地坐在瞿神探身旁。他又對柯天任說：「天任，你是五好接班人，不會犯罪的，不要害怕。對這案子，我心中有八、九了。那巷口是你出入的地方，階級敵人最害怕革命後繼有人，要謀害你，結果讓柯和義做了替身。」

「柯天任，你就坐在凳子上吧。」瞿神探口氣軟和了，對柯天任說。

柯天任坐在牆邊一個方木凳上。

「柯善良交待，那天晚上是你叫他搬鐵耙的。你把事情經過說清楚。」瞿神探險說。

有尹苦海在場，瞿神探不敢兇狠了，柯天任的膽子大起來了，頭腦也靈活起來了。柯天任從學說話時，母親石小春就教他對外人不要說她偷東西的真話，要說假話，柯和丁又教他為革命說假話，那個會吹牛的牛經紀尹苦海又教他如何耍權術，如何說謊。柯天任學得一身說謊的本領。他稍加思索，就編出一個謊言故事來：

「那晚，我經過大伯的門，看見門開著，屋裡有個黑影，晃動著麻骨火。我喊：『誰？』那人沒應。我劃根火柴一看，是富農份子柯善良背著鐵耙。我問他：『這晚背鐵耙幹什嗎？』善良說：『明早要耙地，現在要準備好。』我說：『別把耙放在大門邊呀，會絆倒人的。』柯善良說：『放到對面廁所裡去，明早好拿些。』我沒說什麼，就看戲去了。後來，就發生了大伯被絆倒的事。」

「柯善良與你大伯吵過架嗎？」瞿神探問。

「沒有。據說在舊社會，他父親剝削過我大伯。」柯天任信口說。

「那年，你隊的稻穀被人偷盜了。你那時四歲了，仔細回憶一下。發現柯善良家有什麼可疑的地方嗎？比如曬過稻穀，吃白米飯一類的事。」瞿神探由此及彼。

柯天任聽了，心裡撲通兩下，又馬上鎮靜下來，裝著認真的樣子，沉默了一會，說：「我沒有發現他家那時曬稻穀、吃白米飯。但有一些事，不知道有用沒用？」

「說出來。」尹苦海說。

「稻穀被偷盜的第二天早晨，我看見兩隻老母雞在柯善良門檻邊啄穀。」

「這個情況很重要。」瞿神探高興了，就像又玩了個美女一般。他表揚了柯天任階級鬥爭覺悟高，叫柯天任回校後，好好聽尹老書記的教導，做好接班人。

柯天任隨著尹苦海一起返校了。

要知道，這時的柯天任只十二歲，初中一上的學生（那時小學五年，初中兩年，高中兩年），就如此心腸狠毒，如此詭計多端，如此臉不紅、心不跳地說謊，如此沉著應戰，如此有膽略，實在比曹操兒時誣陷叔父的本領還強，是個搞政治陰謀的神童，將來必是大英雄。尹苦海真是慧眼識英雄。

過了十來天，在南湖公社召開了公審反革命犯柯善良大會。柯善良被兩個員警拖著上臺。柯善良滿身衣服破得不成形，露出大一塊、小一塊的烏紫肉，門牙沒了，左腿斷了，跪在台前。柯天任第一個上臺揭發，說到憤怒處，就打柯善良一頓。土改根子、黨員、團員都上臺鬥爭了柯善良。

鬥爭完了，瞿思危宣佈柯善良的反革命罪行：「根據群眾揭發，柯善良供認不諱，其主要罪行有二：第一、於某年某月某日夜裡，盜竊南柯大隊生產隊倉庫上交國庫稻穀 208 斤；第二、某年某月某日晚製造鐵耙凶案。其罪惡目的有三個：一是破壞黨的糧食政策，抵抗上交公糧企圖餓死黨的幹部和人民解放軍戰士，推翻黨的領導，顛覆無產階級政權；二是破壞革命樣板戲，反對無產階級文化大革命，抵制毛澤東思想宣傳，使黨變修，國變色；三是謀害『五好接班人』柯天任同志，致使柯和義同志誤傷，妄想消滅無產階級接班人，使革命後繼無人，達到復辟資本主義的罪惡目的。今宣判如下：判處現行反革命份子柯善良有期徒刑二十年，剝奪政治權利二十年。」

瞿思危說完，台下柯和仁大叫起來：「柯善良，你好歹毒呀，要謀殺我獨生兒子。」

台下議論紛紛：

「真是知人知面不知心，柯善良那麼老實忠厚，心子這般黑。」

「我看柯善良不會做出那種惡事。」

「會的，瞿神探每案必破。柯善良不是坦白了嗎？」

「階級敵人真是屋簷下掛的蔥，根枯葉爛心不死！」

……

柯善良被判刑後，瞿思危因破案迅速被公安局記了功，柯天任因揭發有功，也記了功。

柯和貴得到了這個消息趕回家，對案件疑點叢生，決定調查清楚。

柯和貴回家，聽了母親、哥嫂和柯成蔭說了鐵耙案的經過和細節，他又去調查柯善良的母親邢氏、生產隊長、柯和丁。他掌握了基本情況後，就去衛生院探望柯和義。

柯和義腰部的傷口已癒合，連同感冒一起被治好了，準備出院。柯和義見到柯和貴很高興，帶著柯和貴到醫院外後山坡上，兩人坐在一個橫碑石上談起活來。

「是不是有人去偷鐵耙，見到有人來了，就慌張地把鐵耙放在石階下？」柯和貴關心著案件的中心部份。

「一切歸公了，偷鐵耙有什麼用呢？」柯和義說，「我懷疑是子龍搞的惡作劇。」

「子龍沒有作案動機，也沒有那份心計呀。」柯和貴說。

「你還不了解子龍。子龍愛記仇，好鬥殺，把聰明都用到害人鬥殺中去了。子龍恨小柳，就設計陷害小柳和我。在南柯村，再沒有別人會害我了。」柯和義說。他接著，把那晚柯天任勸他早點回家的話說了。柯和義又流著淚水說：「可憐老實的善良被冤枉去坐二十年牢，說不一定死在勞改場裡。」

「我一定要查清案子，救出善良。」柯和貴很激憤地說。

「即使你查清了案子，也救不出善良。」柯和義說。

「案子清楚了，證明善良是無罪的，怎麼救不出呢？」

「老弟，你還沒看清這個社會嗎？『黨天下』比『家天下』還殘酷混帳。在帝王的『家天下』只有罪犯，沒有階級敵人。除了謀反案是皇家公案外，其餘案子都是某個官吏去辦。一個官吏辦錯了案子，另一個官吏來重新偵破，就平反了，皇帝是贊成平反昭雪的。而『黨天下』就不一樣了，案子一定下來，犯人都是階級敵人，案子都是公案，辦案人都代表黨和政府辦案。案子立錯了，也不會平反；一平反，就有損於黨和政府的形象。即使要重新處理，也只是在內部保密處理，不會公開平反昭雪。汪金界『劫財殺人案』，槍斃了人，我被冤枉坐牢，李成才把案子全翻過來了，也不作平反昭雪。你看到過共產黨搞過平反昭雪嗎？再說，柯善良本是富農份子，坐牢和不坐牢都是一樣，談不上冤枉不冤枉。被打死了，也只是死了一個階級敵人，誰敢為階級敵人鳴冤叫屈呢？你去為紫金山地下復國軍翻案，結果呢？趙來鳳毫髮無損，又冤枉陪進牢裡幾個五類份子。你要查案可以，查清楚是子龍幹的，教育一下子，絕莫去為柯善良翻案。」柯和義說。

「嗯。」柯和貴點了點頭。

「等你把案子查清楚了，我倆去勞改場看望善良，關照一下他的老娘和女兒。」

「就這樣。」柯和貴同意柯和義的看法。

柯和貴告別了柯和義，往回家的路走。他一邊慢騰騰地走，一邊想著找子龍談話的方法和步驟。柯和貴想好了，就到南湖學校，避開尹苦海，找了柯天任的班主任和任課老師，了解柯天任在學校的表現。他了解到：柯天任與尹苦海住宿在一起，是學校的特殊學生；只聽尹苦海一個人的話，別的老師都管不著；經常打罵同學，批鬥教師；指揮別人做事，自己不做具體事；強迫女生不上課給自己和尹苦海洗衣服；從不蒸飯菜，要別的同學輪流供給飯菜，洗臉洗腳水由別的同學端來倒去；只讀毛主席的書，也學點語文，從不上數學課……柯和貴了解到柯天任這些情況，一陣心酸，一陣痛苦。他想到如不及早教育柯天任，家裡就會出個妖怪，地方就會出個惡棍，社會就會出個禍害。

柯和貴回家裡，已是傍晚時分。他召集母親、哥嫂開個家庭會。柯和貴談了子龍在學校的種種不良表現，說再不好好管教子龍，將來會成為柯鐵牛一樣的人。

柯和仁一聽弟弟對子龍的評價，很反感。他說子龍不過是調皮些，在農村，就是要調皮些，要惡狠些，才不受人欺負。說子龍在學校有尹苦海照看，他很放心。說子龍是全區學生的榜樣，經常得獎，不會成為柯鐵牛那樣的人。

在談到鐵耙案時，柯和貴說柯善良是受冤枉的，子龍很值得懷疑。

柯和仁一聽這話，就發脾氣了，大聲說：「這案子是瞿神探和四級政府定的，哪會有問題？柯善良恨子龍打他女兒，徵收他家的大米，才陡起毒心害子龍。子龍為什麼要去做那惡事？他只十二歲，想做也想不出那樣的法子。你現在來為別人翻案、坑害自己的侄兒，有良心嗎？我讓你讀書讀到牛肚裡去了嗎？」

柯和貴平靜地聽著哥哥說混帳話，在想：「有這樣粗暴無理的父親和那樣愚昧的自私母親，難怪子龍會成為那個樣子的。」柯和貴等哥哥說完，笑著說：「你一直罵共產黨的幹部沒一個好傢夥，罵瞿思危又蠢又惡，罵尹苦海忘恩負義，罵柯業章黑了心腸，罵柯鐵牛又蠻又畜。今日，事情有利於你了，你就轉變了看法，誇瞿思危是神探了，相信尹苦海教育子龍了，相信四級政府了。看來，尹苦海不但教育了子龍，還教育了你。」

「你不要在我面前說這些文皺皺、奸術術的話，有話就直說。」柯和仁說。

「憑良心說，柯善良是我家鄰居，又是親房，為人忠厚善良，會因為子龍打了他女兒和徵收了幾斤大米就起毒心去害子龍嗎？他會有那大膽子去偷隊裡的公糧嗎？善良把鐵耙放在石階下，怎能料定子龍第一個回家踩著鐵耙呢？哥哥，你太疼愛子龍了，被弄糊塗了。」

「和仁呀，善良那孩子不會起毒心害子龍。」母親說話了。

「是呀，善良不是惡人，我也不相信他會害人。」石小春說。她說這話時，心裡在打鼓，想起偷稻穀的事栽贓到善良身上，於心不忍。

柯和仁低頭不語了。他原先暗自慶幸：瞿思危把偷稻穀的事加罪給柯善良了，石小春和子龍沒事了。現在，良心上受到責備。他由此推想到那鐵耙案也是瞿思危加罪給柯善良的，就憤恨地在心裡罵起來：「瞿思危那賊在專門製造冤案。」

「哥哥，嫂子，我也像你們一樣疼愛子龍，越是疼愛就越要管教。現在，子龍被教養得不是一個正常的孩子了。本來，背《語錄》得獎不是壞事，可是只背《語錄》，不學數學就不是好事。當學校革委會副主任不是壞事，可是成天拿著根鞭子打罵學生、揪鬥老師就不是好事。尹苦海關心子龍不是壞事，可是教子龍六親不認、專搞階級鬥爭就不是好事。子龍十二歲了，我們再不把他的那些壞品質扔掉，到了十八、九歲就難教育過來了。到那時，受害的首先是你們做父母的，再輪到我、母親和三親六眷。尹苦海、瞿思危、柯鐵牛那些人不是先害親人再害旁人的嗎？這個社會，什麼樣的惡人都能被製造出來，趙來鳳一個老女人了，還敢殺人、戳屍、喝人血，被表彰為革命的老媽媽。今天，我想把鐵耙案弄清楚，如果是子龍幹的，我們要共同教育他；如果不是子龍幹的，我們也要教育他好好讀書，不要去當尹苦海、瞿思危、柯鐵牛、趙來鳳那樣的革命英雄。」柯和貴耐心地說。

「那好，我去把子龍叫來，你審一下。」柯和仁情緒平靜了，說。

「哥哥，你到學校去叫子龍，不要讓尹苦海知道，悄悄地對子龍說我叫他，他不敢不來。」柯和貴叮囑著。

柯和仁出去約一個小時，帶著柯天任來了。柯天任跟柯和貴打了個招呼，就氣虎虎地拉把小椅子坐下。

「你這傢夥，我看你做了什麼好事？你不從實說來，老子就打死你。」柯和仁看著兒子那個傲慢樣子，心裡火了，指著柯天任叫喊。

「你憑什麼打我？」柯天任瞪著柯和仁，質問。

「我是你老子，有權管教你。」柯和仁拿出傳統思想武器。

「你懂什麼？你以為我怕你嗎？你打我，就是打五好接班人，就是階級敵人，我就不認你是爸爸，就敢批鬥你。」柯天任拿出毛澤東思想武器。

「造反造到父母頭上來了，老子今天就揍你。」柯和仁要去打柯天任，被石小春抱住。

「階級鬥爭，六親不認。」柯天任憤怒了，站起身，擺出打架姿勢。

柯和貴冷靜地看著這父子倆演戲，現在，輪到自己說話了，就說：「子龍，你還真的學了兩下子哩，敢與你父親鬥。我問你，你剛才說的觀點是誰教你的？」

「《毛主席語錄》，尹代表。」柯天任回答很簡潔明瞭。

「你聽尹代表的教導嗎？」

「那當然。」

「尹代表教你一些什麼，你說給我聽聽，我也想受些教育。」

柯天任聽了這話，就眉飛色舞地說起來了，把尹苦海傳給的「五點革命秘訣」背出來了，說尹代表經常給他講革命鬥爭故事和鬥爭策略，教他如何當黨的領導，鼓勵他要當革命的大接班人。柯天任講了大半個小時，才停住嘴。

「尹代表教你怎樣才能當革命的大接班人呢？」柯和貴在引誘。

「入團，入黨，當革命領導，一級一級地升上去。」柯天任就背《語錄》一樣熟悉。

「憑什麼功勞升上去？」

「想法子與階級敵人作鬥爭嘛。」

「我家有沒有階級敵人？」

「說不清楚，也許以後會有。」

「我們這條巷子有沒有階級敵人？」

「有，柯善良。」

「有沒有隱藏的階級敵人？」

「有。」

「是不是小柳？」

「是。」

「那就應該挖出來，打倒他。」柯和貴鼓勵著。

「叔父，你支持我呢，還是支持小柳呢？」

「那要看誰是階級敵人，我不會支持階級敵人。」

「我是五好接班人，小柳反對我，小柳當然就是階級敵人。」

「所以，你就在元宵節那晚把鐵耙放在石階下，去打倒小柳和他爸爸，是不是？」柯和貴引到了本題。

「這……我沒有。」柯天任吱唔了一下，警惕起來。

「牆有風，壁有耳。有人在暗處看到，你到小柳堂屋裡劃了根火柴，搬出鐵耙，看到柯善良回家換衣服，就要柯善良把鐵耙搬到廁所裡去。等柯善良走後，你轉身到廁所，又劃了根火柴，把鐵耙放到石階下。你又劃了根火柴，上石階看戲去了。看了一會兒，你勸你伯父早點回家休息，使你伯父踩著了鐵耙受重傷。你心裡高興了，因為你伯父一死，小柳就讀不成書了。」柯和貴根據已掌握的材料，進行連貫推理，說出事情經過。

柯天任聽著，那臉上紅一陣，白一陣，直到全發白了。

「子龍，我說的這些，是有人向我彙報的，那個人說要去揭發你，讓你成為階級敵人，去坐牢。

我連忙向那個人求情，說好話，說你是我嫡侄，說你害了柯和義是我們一家人的事，說讓我來處理這件事，來教育你，不能讓你去坐牢。那人就答應給我保密，我就回家了。我回家是為了救我家的侄兒子龍。現在，你就如實說給我聽，不然，我走了，救不了你了。」柯和貴說。

「這……」柯天任恐慌起來，向爸爸瞥了一眼。

「這樣吧，我倆單獨談談。」柯和貴發現柯天任害怕當面講。

叔侄倆進了裡房，談了半個小時，又回到堂屋。柯和貴就把柯天任的交待說了。

「你這畜牲！小小年紀竟做出這種喪天害理的事來了。」柯和仁憤怒了，抓起木扁擔要去打柯天任，被柯和貴拉住。柯和仁蹲在地上，雙手抓住自己的頭髮，悲痛地哭喊：「善良侄呀，對不住你呀。天雷呀，你打死我和這畜牲！」

「子龍呀，我們家祖子幾代人，一直好心地，做善事。你可不能作惡呀！你以後要聽你叔父的話，做個好人。」李寡婦也哭了，摸著孫子的頭說。

「子龍，你坐正。」柯和貴嚴厲起來了，說，「你已經是階級敵人了。我是國家幹部，共青團團員，革命造反派，革命接班人，按尹苦海教你的五點革命秘訣來辦事，我就應該六親不認，不認你這個侄兒了，應該批鬥你，送你去坐牢。你說是不是？」

「叔父呀，你千萬別送我去坐牢呀。」柯天任一下子跪在柯和貴面前，求饒起來。

「這麼說，尹苦海教你的五點革命秘訣就不對了，是不是？」

「是。」

「子龍，我告訴你，尹苦海教你的五點革命秘訣是胡說八道。尹苦海本不是個好東西。他年輕時是個遊手好閒的地痞，後來是個專吹牛皮的牛經紀。他為了自己當官過好日子，揭發鬥爭一直疼愛他的叔父尹安定。他自己是壞蛋，還想培養你做壞蛋。你可千萬別聽他的胡說八道。你是我的嫡侄，是祖母的疼愛的孫子，是你們父母的獨生兒子，你還小，不懂事，我這次就包庇你，不去告發你。我現在教你五點做人的訣竅。」

「我聽叔父的。」

「我這裡有紙筆，我說，你記。」柯和貴把紙筆放在小方桌上。

柯天任坐到桌邊，記起來：

「一、自己學會料理自己，自己爭工分。自己洗臉洗腳、洗衣服、蒸飯菜，放學回家幫父母做家務事，做自留地，假日參加生產隊勞動，暑寒假到湖裡摘蓮蓬、菱角、挖藕賣錢。二、讀書有用，知識有力量，爭取做個大知識份子。努力學好各門功課，完成老師佈置的作業，數學不好，自覺補課，請教學習好的同學，上高中，上大學，一級一級地升上去。三、與人為善，尊重師長，友愛同學。不能對師長、同學仇恨，不能對師長說謊話。在家裡，孝順祖母、父母，不能頂撞老人，只能與老人和氣細聲地說理；在外，尊敬老師和其他老人，不准批鬥老師，不准虐待五類份子；與同學、夥伴要友好，不准打罵夥伴、同學，不准虐待小孩。四、忠於黨，忠於人民，做革命接班人，要有為人民服務的善心，不是要忠於上級某個領導人。上級領導也有壞人，有『走資派』，革命接班人不能忠於上級的蛻變腐化份子和『走資派』，革命接班人要敢於反對壓制人民的上級壞領導，革命接班人要有善心、有知識才能辨別出領導好與壞。五、不管怎麼窮，不准偷東西，撿到東西要還人。」

柯和貴說完了，柯天任也記完了。柯和貴把柯天任記的拿過來審閱，看到柯天任記得完整，寫得一筆好字，認為柯天任有天分，記憶力好，是個人才。柯和貴又逐條向柯天任作了一些講解，把記的紙還給柯天任。柯和貴又叮囑說：「我說的五點，符合毛主席接班人的五個條件。你要記在心裡，照著做，我經常回來檢查。你回校後，不要與尹苦海住在一起，一心去學習。如果尹苦海責怪你，你就說是我強迫你這樣做的，叫他找我。你知道，我是不怕尹苦海的。你可再不能聽尹苦海的教導。」

「嗯。」柯天任連連點頭。柯天任心裡清楚，柯和貴比尹苦海厲害。他還記得去冬柯和貴把尹苦海氣得昏了過去。

在這之前，柯和貴與尹苦海有過幾次接觸。柯和貴整趙來鳳得到了尹苦海的支持，柯和貴同情尹苦海與趙月英結婚，同情尹苦海被李信群劃分右傾份子。柯和貴告訴尹苦海辯證法是與權力捆綁在一起的。可是，這一老一少因幾句話不投機就鬧翻了。

那是去冬的一個上午，柯和貴去南湖學校探望張青柏老師。在課間操時，在操場的北頭，柯和貴與張青柏等五、六個老師閒談。在談到開門辦學時，柯和貴大放厥詞，說學生應該「以學為主」，這「學」就是學書本知識，不是成天到生產隊和水利工地去做苦工。柯和貴一說起來，就沒完沒了。忽然間，他感到老師們面有驚恐神色，好像有股威懾力量在壓迫著老師們。柯和貴也感到身後有粗重的氣息，扭頭一看，尹苦海站在身後。柯和貴心裡知道了尹苦海對教師的壓力，很反感。但是，柯和貴還是很禮貌地與尹苦海打招呼。誰知尹苦海嗡聲嗡氣地指責柯和貴說：

「柯和貴，我警告你，你不要在我管轄的地方來散佈資產階級思想。」

柯和貴本來就有不滿情緒，聽尹苦海這麼一說，就嘲諷起尹苦海來，說：「尹代表，我說的『以學為主』是毛主席的『五・七』指示，你怎麼這樣肆無忌憚地把『五・七』指示誣衊成資產階級思想呢？這可不是鬧著玩的，不是你往日看著牛的牙齒、吹牛皮的事哩。」

「你是看不起摸牛尾巴出身的貧下中農嗎？不錯，我是摸牛尾巴出身的。」

「你不要曲解我的話，給我扣大帽子。我是真正的摸牛尾巴出身的，你不是，你是牛販子，假貧下中農。現在，你來管校，可不能用牛販子的脾氣在學校裡胡吹起牛皮經來。」柯和貴口齒伶俐，語尖傷人。

這句話，狠狠地戳到了尹苦海的痛處。尹苦海頓時臉色發烏，嘴唇翕動，顫抖著手指著柯和貴喊：

「你……你小子狠，看不起大老粗了，反對……貧下中農管校了！」

尹苦海知道說不過柯和貴了，準備就此收場。可是，那不知進退的柯和貴又向尹苦海殺去一槍：「『大老粗』就值得光榮嗎？野蠻無知光榮，那學校就不用開了。管理學校，首先管好你自己的言行！」

尹苦海氣得說不出話來，身子不穩重了。兩個老師向前攙住，走了。這邊，張青柏老師批評柯和貴不尊重老人，推著柯和貴出了校門。

這一幕，柯天任和許多在場的同學都看得真切。弱者戰勝強者，小的戰勝大的，人們都會為之拍手稱快。柯天任雖然聽不大懂，但心裡有一股自豪感，認為叔父真厲害，連自己一直害怕的尹代表也不放在眼裡。

現在，柯和貴又教給柯天任「五點」，柯天任在心裡權衡一陣，決定聽柯和貴的「五點」，不要尹苦海的「五點」。

柯和貴對柯和仁說：「過了年後，子龍上初一了，是不是讓我帶子龍去鳳凰中學讀書，只不過我在鳳凰高中，初中離高中有兩里遠，子龍每月要回家帶一次糧油。」

柯和仁說：「讓子龍在南湖學校把初中讀完吧。子龍還小，你又經常被抽到區裡去工作，照顧不過來。讀高中了，你再帶去。」

「我不去那麼遠讀書。我從今以後改正缺點。」柯天任害怕在叔父身邊。

「我相信你會改正缺點。改正缺點是要有耐力的，一時說得好是不行的。如果你重犯錯誤，我就去告發你。」柯和貴說。

從此以後，柯天任在學校裡變成了另一個人了。他不到尹苦海房裡去了，也不管校革委會的事，一心撲在課桌上用心讀書。

尹苦海看到了這些，很惱火，就把柯天任叫去發出一連串質問：「你為什麼不到我房裡來？為什麼不參加革命活動？為什麼沒一點革命小將的氣魄了？為什麼變成了一個書呆子？」

柯天任站著，愣著，一言不發。

「你不說，我也猜著了幾分。我聽說，柯和貴回家教訓你，你爸爸還打了你，罵你不該揭發柯善良，不該參加革命鬥爭，強迫你一心讀死書，要你去做柯和貴那樣的臭老九。我告訴你，柯和貴是資產階級知識份子，你聽了他的話，就做了資產階級接班人，看你站在哪一邊？」尹苦海拿出了解放轉變自己思想的殺手鐧，來轉變柯天任的立場和思想。

這段話的確有威力，威脅著柯天任的命運和前途，使柯天任的思想激烈鬥爭起來。一個星期以來，柯天任按照柯和貴教導的「五點」去做，收住了野性，自己料理自己，用功讀書。他自己端水洗臉洗腳，洗衣服，忙忙碌碌，沒一點時間玩了，沒一點樂趣。他數學一竅不通，低聲下氣地去請教別的同學，威風掃地。他感到柯和貴的教導是要自己找罪受，折磨自己，不僅讀書難，而且做人也難。他有些承受不了了。這時，經尹苦海一教唆，他又想起了一個星期前的快樂的日子：威風凜凜地役使別人，趾高氣揚地批鬥別人。他感到尹苦海的教導是要自己把苦罪加給別人去受，折磨別人，不但不讀書快活，而且做人也快活。兩個對比，動物的求樂排苦的天性當然使柯天任會選擇尹苦海的教導。更何況，尹苦海又把話挑明瞭，如果按柯和貴的教導去做，柯天任就沒有眼前的一切，也沒有光明的前途。柯天任本是一艘駛向惡性彼岸的航船，雖然柯和貴一時來撥轉航向，但那慣性力是頑強的，加上尹苦海緊緊地操縱，柯天任很快恢復了習慣的航向。

「跟著尹苦海鬧革命，不能聽柯和貴的。」柯天任下了決心。

柯天任準備向尹苦海傾訴苦情，但話到喉頭又咽下去了。因為柯天任的耳邊響起了柯和貴的話：「我是不怕尹苦海的」，「如果你重犯錯誤，我就去告發你」。他感到柯和貴威懾力量存在。「怎麼說才好呢？」柯天任在問自己。

「天任，你要看清形勢，現在升大學也不用考試了，由黨組織推薦。推薦的第一條，就是看學生的革命性強不強，不是看讀書好不好。柯和貴教導你的那條路子是走不通的。」尹苦海再次打動柯天任的心。

「我聽表伯的。」柯天任表態了，他又說：「叔父也是為我好。不過，他說的那一套不行。」柯天任沒有把柯和貴教導的「五點」說出來，怕引起麻煩。

「這就好嘛。」尹苦海勝利地笑了。他心裡在說：「我為無產階級爭奪了柯天任，為毛主席分了憂。」

柯天任又和尹苦海住在一起了。石小春因為柯天任少到家裡拿糧油，少來找自己吵鬧，鼓勵柯天任與尹苦海住在一起。柯和仁是「一把茅草火」的性子，對柯天任不滿，就發一陣火，打罵一頓，事過了也就火滅灶冷了，不去管教柯天任了。柯和貴相隔遠了，只寫信教導柯天任，信也落到尹苦海手裡，反而使尹苦海提前給柯天任打了免中柯和貴毒害的防疫針。柯天任就按著尹苦海的教導，順著自己的惡性成長著，私慾和惡性迅速膨脹起來，竟然為了功名利祿，被陳繼烈、尹苦海鼓動起來去鬥爭叔父柯和貴。

欲知柯天任得到了什麼，且聽下文分解。

第六十一回　柯天任初作真龍夢　義兄弟大顯福神功

接著第四十九回的敘述，卻說柯天任那天自覺上臺鬥爭了叔父柯和貴，得到了陳繼烈書記的表揚和鼓勵，心中樂不可支。

散會後，柯天任唱著歌，邁著輕快的步子，回到家裡。家裡卻哭哭啼啼，亂成一片。這種悲哀的氣氛和柯天任愉快的心情不協調。他火了，叫罵起來：「死了人呀？哭喪嗎？」

「你這孩子，怎麼能去鬥爭叔父呢？」祖母擦著眼淚批評柯天任。

「柯和貴是階級敵人，我不認他是叔父。」柯天任橫著眼，斬釘截鐵地說。

「什嗎？你說你叔父是階級敵人？他是最疼愛你的人呀！」祖母教訓柯天任。

「我告訴你。你護著柯和貴，就一分為二了：一半是敵人，一半是人民。你的腳再向敵人那邊走一步，立場就變了，也成了階級敵人，我就不認你是祖母。」柯天任指著祖母，翻臉了。他又看到李秀雲帶著孩子坐在大門內，用手指敲著李秀雲額頭吼道：「原來是你們這些壞蛋來這裡搞反革命活動，弄得一家人不安寧呀。你給老子滾出去！」

「你這畜牲！也這樣跟你嬸娘說話呀。老娘跟你拼了。」祖母憤怒了，上前擋住柯天任，抓住柯天任衣領，怒喊。

柯天任真的不認祖母了，用手肘一拱，把祖母推著向後倒，被李秀雲扶住。「啪，啪」兩聲，柯天任臉上挨了兩巴掌，原來父親橫在他前面，揚手打他。柯天任後退了兩步，擺出一個打架姿勢，不敢主動進攻父親。他估摸著自己現在還打不過父親。他軟下來了些，說「你是我爸爸，我讓你一次。我跟你說明白，我不鬥爭柯和貴，他也是反革命份子，會牽連到我們；我鬥爭柯和貴，他也是反革命份子，黨組織就信任我。你能明白這個大道理嗎？」柯和仁實在不明白這個大道理，只懂得良心和情義。他聽兒子一說，氣消了一大半，但痛苦增加了，雙掌捧住頭，蹲在地上哭泣。

柯天任在家裡鬧了一場，吃過晚飯，又唱著歌上學了。

過了三天，紅石區團委組織部長和南湖公社團委書記來到南湖中學，召開了全校團員大會，宣佈了兩項決定：一、撤銷白骨精張愛清的兒子柯成蔭校團支部宣傳委員職務；二、授予柯天任同志為模範團員稱號，升任為區團委常委、社團委副書記，兼任校團支部書記。

柯天任一升職，立即召開校團員大會，開除柯成蔭的團籍，建議學校黨支部開除柯成蔭學籍。校黨支部研究了團支部建議後，作出決定：記柯成蔭行政大過處分兩次。

這些日子，柯天任特別高興，和尹苦海吃睡在一起。

一天晚上，柯天任躺在床上，愉快地想著自己生辰八字，運氣好，一下子連升兩級。他由此想入非非，想到這樣飛黃騰達，就會一直升到黨中央去。他越想越興奮，飄飄然起來，眼前映出了一幕幕美景來：

在太荒坪，他揮著竹根鞭，指揮全校師生在遊行，高呼：「柯天任萬歲！」一輛北京牌吉普車駛到草坪上停下，尹苦海打開了車門，招呼他上車。他上了車，車裡坐著劉耀武、陳繼烈，兩人向他微笑。車開動了，飛了起來，跳過高坎，穿過下頭林，「轟隆」一聲，落到縣人民廣場上。廣場上有成千上萬的人。他跟著劉耀武、陳繼烈、尹苦海走上主席臺。臺上跪著柯和貴、柯成蔭、柯和義、張愛清。陳繼烈宣佈了柯和貴四人的死刑。柯和貴四人的脖子後插了標，押上卡車，向南柯村奔去，他與陳繼烈、劉耀武、尹苦海又乘車跟在卡車後。到了南柯後塅上，四個罪犯跪在荒坡上，等待槍斃。

劉耀武給柯天任一支手槍，命令他執行槍決。他舉起手槍，先瞄準柯成蔭後腦，「砰」的一聲，大喊：「你去死吧！」柯成蔭腦漿飛濺，雪花開頂。他心中一陣狂喜。他又舉槍打死了柯和義、張愛清，高興地叫：「柯成蔭一家死絕了！」

柯天任最後舉槍瞄準柯和貴背心。柯和貴忽然扭轉頭，向他微笑。這是柯天任熟悉的微笑。他心裡一沉，手下垂了。

「還不動手？」陳繼烈在他背後喝問。

他再舉槍，打了一下。柯和貴背心上湧起了一柱血，又扭轉頭向他微笑。陳繼烈向柯和貴連補兩槍，柯和貴才緩緩倒下。

「柯天任，有膽量，有氣魄！」劉耀武走上前，拍著他的肩膀誇讚。劉耀武又說：「現在敵人都被消滅了，中央要選我倆去，我任正職，你任副職，以後，我傳位給你。」

柯天任聽了很驚喜，沒想到這麼快就到中央當副主席了。他正驚喜中，聽到「砰」的一聲，劉耀武倒下了，陳繼烈的槍口在冒煙。陳繼烈用腳踢了踢劉耀武屍體，又向劉耀武太陽穴補了一槍，看著劉耀武躺在血泊中，彈了兩下腿，不動了。

「柯天任，這下好了。劉耀武死了，我去中央先當正主席，我死後你再接班。」陳繼烈笑著說。

「毛主席知道你打死了劉書記，會讓你接班嗎？」柯天任吃驚地問。

「毛主席最喜歡無毒不丈夫的接班人。劉耀武不死，我能登上天安門當主席嗎？」陳繼烈說，「不過，這些最好不要讓別人知道，你我保密，就沒事了。」

「尹代表站在車頭看著你哩。」柯天任呶了呶嘴。

「槍斃他，殺人滅口！」陳繼烈命令柯天任。

柯天任舉槍，向尹苦海胸窩打了一槍。

「天任呀，我費心竭力培養你，你卻……」尹苦海捂著冒血的胸口叫喊，話沒說完，就倒下了。

「我倆快上車，去北京。」陳繼烈說。

兩人上了車。那車又蹦又飛起來。突然，車門被蹦開了，陳繼烈向車外滑去。柯天任急忙一手攀住扶手，一手把陳繼烈拉回座位，把車門關上。一會兒，車門又被震開了，陳繼烈又向車外滑去。柯天任心裡一陣黑，蹦出一個黑念頭：「殺死他，自己直接當正主席。」柯天任向陳繼烈腰部踹了一腳，陳繼烈滾下車去。

「柯天任，我提拔你，你卻謀害我，好毒心呀！」陳繼烈跌在路邊喊。

「是你教我的！」柯天任說著，向陳繼烈連開三槍，看到陳繼烈翻動幾下，死了。

柯天任關好車門，坐正身子。

車子載著柯天任飛向了高空，在白雲中穿行。柯天任從車窗看到孫悟空，駕著一朵白雲，握著金箍棒，好像在護衛著車，還向柯天任做猴子鬼臉。

車子降落到天安門城樓上。柯天任下了車，站在樓臺上。他學著毛主席，左手扶著欄杆，右手向天這門廣場上的人山人海招手。廣場上爆發出震天動地的呼喊聲：「柯天任萬歲！萬歲！！萬萬歲！！！」

柯天任高興極了，把竹根鞭在空中甩得劈劈啪啪地響。

突然，頭頂上空飄下一朵彩雲，雲中站著柯成蔭，手握金箍棒。柯成蔭並不說話，舉棒打下來。

柯天任連忙拔出手槍，向柯成蔭開槍。可是，那槍啞了，打不響。柯天任就揮鞭抵擋，竹根鞭被棒子打成幾截。柯天任急了，只顧逃命，奮力向上向前一躍，跳出了欄杆，向城牆下墜下去。那城牆又陡又高，地下儘是大石板的地面。柯天任向下落，心裡恐慌：「這下子要被摔得粉身碎骨了。」

「救命呀！」柯天任大聲呼喊。

「天任，你怎麼了？」睡在柯天任身旁的尹苦海被驚醒了，摸著柯天任的頭問。

「大伯，救我……」柯天任半睡半醒中辨出了尹苦海聲音，又要叫起來。

「天任，不用怕，有我在。」尹苦海坐起身，拉亮電燈，把柯天任摟在懷裡，用枕巾在柯天任的額頭上揩汗。

柯天任醒了，心怦怦地跳，口裡在喘氣，全身大汗。

「你在作噩夢，不用怕。」尹苦海安慰著。

「我夢見孫悟空追打我。」柯天任省去了夢中前部份，說。

「小孩子做噩夢是好事，是在長身體。以後你睡覺時，不要把手放在胸口上。不然，手壓胸，做噩夢。」尹苦海告誡著。

要是別的孩子做了這種夢，經大人一解釋，就風吹雲散了。柯天任做了這種夢，卻耿耿於懷，回味起夢中細節，分析著，心想：「雖然夢中有些驚險，卻是一個好夢，是真龍夢。我要實現這個夢。」

要知道，柯天任再不是紅小兵司令了，而是一個中學生，團支部書記。他在尹苦海的教導下，在陳繼烈的鼓勵下，性格和思想比同齡青年成熟得早，成形得快。

柯天任為了實現真龍夢的大志，就準備實踐起來。他想著鄧頌雄老師傳授的歷史知識，知道每個開國皇帝首先都有一批幫手。劉邦有蕭何、張良、樊噲。劉備有關羽、張飛、諸葛亮，朱洪武有劉伯溫、徐達，毛主席有周恩來、朱德、林彪。他也應該有幾個結義兄弟。他攀著手指數著與他玩得好的同學：小諸葛李建樹，猛張飛劉會猛，神偷田明光，以及石義氣、董新軍、趙光耀、張開山、周華床、鐘月等人，剛好足數，可以結為十兄弟。

一天，吃了晚飯，柯天任把李建樹等九人召到校外一棵福神樹下。

樹下有一座石福神，石塊壘成的神台，神臺上放著個光滑的圓石頭。傳說，元朝蒙古人統治中國，每個蒙古兵監管十五戶漢人。漢人不堪受苦，在一年八月，有起義頭目做了許多圓形餅子和圓糯米粉團，送給各家各戶。漢人掰開一看，內藏一塊小白布，上寫：「八月十五殺韃子，千家萬戶月團圓。」在八月十五日這天夜晚，圓月升起時，十五戶漢人殺一個監管的蒙古兵，闔家團圓，賞月慶賀。誰知那蒙古兵活著時是惡徒害人，死後成了厲鬼害人。漢人懼怕，做了個石頭福神供祭他們，不要害人。年年祭祀，香火濃於寺廟。這就可見中國人怕凶不怕善的心態，從而可以領悟出今日的司機把毛澤東的像掛在駕駛台前保佑自己的心態。

柯天任等人來到福神前。柯天任向福神跪拜三次，磕頭九個，背著福神，坐在石板上。其餘九人，學著柯天任向福神跪拜了，面向柯天任，坐在地上。

「大家知道這福神的來歷。成吉思汗不懂文理，只知騎馬射箭，打敗了講禮教的漢人，得了天下。朱洪武從沒讀書，只知練武打仗，打敗了懂得禮教的元順帝，坐了天下。現在，貧下中農無知識，管理有知識的老師。可見強悍兇狠出英雄，為人主；斯文善弱不中用，做人奴。我們不能斯文善弱做人奴，要強悍兇狠做英雄，死了，也要讓活人害怕，當福神來祭拜。今日，我召大家來，就是要學桃園結義，團結一心去鬥爭。大家認為如何？」柯天任情緒激動起來，說。

「我支持柯天任的觀點。後晉有個節度使說：『天子甯有種乎？兵強馬壯者為之爾。』」李建樹說。

「我跟柯天任一起幹！」劉會猛大叫。

「從現在起，我們就來練練英雄本領。眼下有一件難事要大家協力去辦。」柯天任說，「社團委交給我一個任務，要在一個星期內破了學校連續發生的盜竊案。大家說說怎麼辦案？」

九人聽了，都嗤笑起來。

「這不是搞我們自己嗎？可難了。」神偷田明光說。

「把偷來的東西甩掉，不就沒事了嗎？」石義氣說。

「誰要是揭發我們，老子就揍誰！」劉會猛揚著拳頭叫。

「我看這案子不能破，胡編幾句話向社團應付一下。」董新軍說。

……

「住口！」柯天任火了，指著說話人一個個地吼道：「你就只知道做賊，你就只知道窩囊，你就知道打人，你就只知道避禍。一群蠢豬！」柯天任頓了一下，又說：「案子一定要破，我要向社團委獻功！」

「破個雞巴！作案的都在這裡，你是賊頭，也跑不了。」田明光被激怒了，沖著柯天任說。

「你這個蠢豬！敢反老子，老子就要你死！」柯天任霍地跳過去，右手掐住田明光的脖子，罵道：「你這個賊跑不了。誰相信老子做賊？尹苦海、陳繼烈信嗎？」

李建樹慌忙趕去，掰開柯天任的手，眾人都去勸解。兩人讓開了。

「都是兄弟，不要鬧翻了。大家坐好。」李建樹說，「我們既要破案，讓柯天任立大功；又要保住大家安全。」

「哪有兩全其美的法子呢？」鐘月問。

「我有個法子，只是還沒想出替罪羊。」李建樹說。

「不要兜圈子，快說出來。」柯天任說。

「田明光偷的飯，大家都吃了；偷的食油，大家都得了；偷的東西，大家都用過；偷的錢大家都花過。我們總不能不講義氣，讓田明光一個人去頂罪吧。學校發生的盜竊案那麼多，都破是不可能的，現在只能破偷飯盒的案。如果把田明光偷的一箱飯盒轉到別人的箱子裡去，柯天任帶人去搜，不就兩全其美了嗎？」李建樹說。

「好計！」眾人拍手稱讚。

「把飯盒放到柯成蔭箱子裡去。」柯天任一下子找到了替罪羊。他說：「石義氣和柯成蔭有關係，主辦這件事。田明光協助，劉會猛、張開山、周華床護衛，今夜辦好。明天早操後，我就帶人搜查。這次，我看大家能不能表現出英雄氣概來。」

「也可檢驗大家有沒有組織觀念，能不能保密。」李建樹說。

「誰洩密，我就揍誰。」劉會猛說。

「我從此洗手不幹了。」田明光說。

「不行！身體是革命的本錢。要想身體好，就要生活好；要想生活好，就要偷。今後，在校內少偷少幹，在校外多幹。」柯天任說。他又對田明光軟下語氣說：「明光，我剛才急了，掐了你，你莫怪我呀。我以後升發了，少不了你的好處。」

「柯天任佈置任務，我們去幹。」李建樹說。

「周家垸那邊有個榨油廠，李建樹、石義氣去弄二十多斤來。劉會猛、田明光去搞一頭豬，賣幾個錢。趙光耀、董新軍去打一隻狗，周華床、張開山去捉幾隻雞鴨，由鐘月總管。每個星期到我家去加一餐。如果出事了，出事者頂著，不要說出其他人；其他人都去救他。」

打晚自習鐘了，大家散去了。

第二天，柯天任帶完早操，把同學們列隊集合到做操土台前。

柯天任講話了：「學校不斷發生偷盜事件，今早要搜查被偷的飯盒。在搜查前，先讓大家有個坦白從寬的機會。坦白者不受處分，被團組織搜查出來的從嚴處分。」柯天任高喊：「凡是偷別人的飯盒的到前面來坦白。」

隊伍在沒有一個人到台前去坦白。

「那就大搜查。」柯天任宣佈說：「團員、班長都到前面來。」

柯天任把團員、班長分成四個小組，一組在操場警戒，不讓同學亂動；二組、三組按班組順序搜查；四組登記收管。大搜查了一個多小時，共搜到空飯盒三十二個，擺在操場土臺上。有五個同學對柯天任說明自己有多餘的飯盒放在箱裡。柯天任讓他們在登記薄上與土臺上飯盒對號，拿走了七個。還剩下二十六個飯盒屬於偷盜，柯成蔭一個人就偷了十五個飯盒。

四個團員同學把柯成蔭押上土台。

柯成蔭大聲申辯：「我的箱子昨晚沒有空飯盒，今早就有了十五了，是有人故意陷害我。我沒有偷飯吃。」

有三個同學為柯成蔭作證，說昨晚和柯成蔭一起打米蒸飯時，柯成蔭箱子裡確實沒有飯盒。柯天任指責那三個同學與柯成蔭同夥，被抓起來了。

石義氣走上台揭發柯成蔭說：「上星期三開晚飯，柯成蔭端了四個飯盒，給我吃了一盒。」

柯成蔭大聲指責石義氣無中生有，誣陷自己。

柯天任當即宣佈：「人證物證俱在，柯成蔭抵賴不了。柯成蔭是個慣偷。」柯天任指派人把柯成蔭等四人監管起來，等待學校處理。

柯天任以校團支部名義向校黨支部寫了建議書：開除柯成蔭學籍，給那三個同夥分別記大過處分。

尹苦海、鄧河流主持召開了校革委會擴大會議，討論校團支部對柯成蔭等人的處分建議。柯成蔭的班主任和任課老師都為柯成蔭求情，說柯成蔭品學兼優，平時拾金不昧，這一次犯偷盜，也許沒查清，也許是偶然犯了，建議學校保留柯成蔭學籍。班主任還拍著胸脯作保證：「如果柯成蔭在畢業前再犯偷盜，我受開除工作籍的處分。」新提上來的教導主任胡華也為柯成蔭求情，因為胡華知道柯成蔭是李秀雲的堂侄，保了柯成蔭，能向李秀雲賣個人情。尹苦海聽了多數人的意見，就決定給柯成蔭記「留校察看三個月」的處分。

柯天任破了學校盜竊案，向社團委作了彙報。社團委授予柯天任「模範團幹」的稱號，記特等功一次。

柯天任又為革命立功了，南湖公社黨委書記陳繼烈給柯天任兌現了諾言，親自到南湖中學指定鄧河流作介紹人，讓柯天任成了「預備黨員」。

一天上午，紅石區專案組有個人到南湖中學找尹苦海，說：「你校有個學生田明光，偷了一頭豬，被抓獲了，關在區裡。瞿特派徵求尹主任意見，是專案組處理，還是學校處理？」

尹苦海說：「是我校學生犯偷盜，就由學校來處理吧。」

不知田明光會受到怎樣處理，且聽下回分解。

第六十二回　田明光忠主服毒藥　鄧頌雄講史放厥詞

卻說田明光偷豬被專案組抓獲了，尹苦海發慈悲，擔心區專案組對田明光處理重了，要到南湖中學來處理。但是，田明光在校外偷一頭豬賣，情節嚴重，影響極壞，不嚴厲處分是不行的。尹苦海就召開校黨支部、校革委會、校團支部聯席會議，討論田明光的處分問題。

會上，柯天任心想：「田明光暴露了，應該早點離校，不然會連累到我。」

柯天任這樣一想，就帶頭發言：「田明光的問題太大了，學校不能姑息養奸，應該堅決開除學籍。」與會者多數人同意了柯天任的意見。

鄧河流校長召開了全校批判和處分田明光大會，會上宣佈「給田明光勒令退學，立即離校。」的處分。

田明光只好挑起行李離校。他走著，哭著，想著：「我說洗手不幹了的，柯天任要我幹，現在害得我不但讀不成書，還背了個惡名，回去怎麼見人呢?柯天任等人卻不來管我了。」

他走了一里多路，看見柯天任、李建樹、劉會猛、石義氣四人在岔路口上等著他。他見到柯天任等人，哭得更傷心了。

「明光，你這次犯了，一人挑了擔，為兄弟們擋了禍，我們都很傷心。」柯天任流出了眼淚，說，「我在領導會上為你求情，被鄧河流校長批評了一頓。今日你先回家，我幫你找別的學校讀書。找好了，就來通知你。你家裡人就不知道你犯了事。」

「過幾天，我們來看你。」李建樹安慰著說。

劉會猛、石義氣都說了勸慰話。

「大哥，只要你這次幫我過了關，挽回面子，我情願為你死。」田明光發誓說，「我現在表態給你看。」田明光打開箱子，拿出切菜刀，把左手放在箱蓋上，右手舉刀一下，砍下了左手小指的前截。

「老弟，你這又何必呢？我相信你是個忠義的人。」柯天任去給田明光包手指。

李建樹、劉會猛、石義氣很受感動，哭了。

田明光雖然有切膚之痛，但激動的忠義之情減輕了手指疼痛，說：「眾兄弟回去吧，免受連累。」

柯天任等人走了。田明光突然感到孤獨，悲傷，感到手指劇痛。他四顧茫然，不知向何處去。回家去嗎？害怕父親知道了揍他，媳婦知道了不同情他。他坐著想了好一陣子，決定到岳母家去。岳母一直很疼愛他，容易被瞞住。在岳母家住個八天、十天，柯天任他們幫他把學校找好，去新學校幾個月就畢業回家，一切平安了。想到這裡，他的思想又轉過来了：「以前的錯事，我一個人替柯天任等兄弟背了，講了忠義。以後，我洗手不幹了，與父親、媳婦一起好好生活。」

田明光只十五歲，哪來的媳婦呢？原來，農村還興抱童養媳。田明光的父母三十多歲了，只有一個女兒，沒有兒子，就抱了八個月大的望媳叫帶弟，希望生個兒子。這倒很靈驗，一年後就生下了田明光。田明光十歲前，受到父母的嬌生慣養。十歲時死了母親，父親因此脾氣日益變壞，經常毒打偷雞摸狗的田明光。媳婦樂帶弟像關心親弟弟一樣體貼他，岳母也同情他。

田明光想好了，就挑著擔子到岳母家去了。

卻說柯天任回到學校，被田明光斷指的忠義精神感動了一陣，還在眾兄弟面前表揚了田明光，要大家學習田明光。過了一天後，柯天任冷靜了，想到田明光在福神前的那些反對自己的話，心中涼了半截。他想：「田明光是個蠢人，心子反覆無常。說不定今天斷指發誓，明天又說『洗手不幹了』、『你柯天任是賊頭』。這人靠不住，終是心腹之患。怎麼辦呢？」柯天任猶豫了一下，想起曹操殺呂伯奢、李世民射李建成的故事，耳邊響起了一句話：「寧教我負天下人，莫教天下人負我。」他定下一個決心：

「田明光死了才乾淨。」

柯天任就找李建樹，說出了對田明光的擔憂。李建樹也認為田明光是個小人，是個禍害。兩人就密謀出一個借刀殺人之計。

第三天，柯天任、李建樹到了田明光的家，向田明光的父親和媳婦說，田明光因偷豬開除了學籍，還聳人聽聞地說瞿神探要抓田明光去坐牢。田明光的父親一聽，氣得直蹬腳板叫罵。樂帶弟一聽，又急又氣，哭起來了。

柯天任趁田明光的父親不在場時，對樂帶弟說：「對田明光，我勸了他，也保了他，他就是改不了那做賊為盜的本性。你如果同情他，就要作好跟他一輩子受苦的準備。」

那樂帶弟從沒上過學，雖然心地善良，但沒有識別好歹的能力。往日，柯天任經常到她家玩，她心裡很佩服柯天任聰明、漂亮。聽了柯天任這番話，更傷心了，大聲哭起來。

「我當然希望我的同學田明光有個好媳婦，但出於良心，又同情你，不能不說公道話。如果萬一你不願跟田明光受苦受氣，趕緊與他解除婚約，一走了之。你是父母包辦的婚姻，還是童養媳，解除婚約，合理合法，誰也不會責怪你。不過，你要憑良心，跟田明光保持姐弟關係，繼續關照田明光。田明光將來坐牢，多了一個姐姐送牢飯。」柯天任看見樂帶弟思想動搖了，繼續煽陰風，點鬼火。

柯天任、李建樹離開了田明光的家，又到田明光岳母家。田明光一看到柯天任、李建樹，很高興，以為是來帶他上學的。柯天任、李建樹卻滿臉沮喪的神色，給田明光帶來更不幸的消息。柯天任說瞿神探要直接審理偷豬的案子，說不定要來抓人，叫田明光跑遠一點，避一下，轉學的事以後再看情況辦。柯天任、李建樹又安慰了田明光一些話，就走了。

田明光聽了，如晴天霹靂，驚慌失措。如果瞿神探到岳母家來抓他，親人知道他是個賊，他就無家可歸了，生活沒指望了。他驚慌了一陣子，心中只一個念頭，一點希望了：媳婦能不能寬恕他，容忍他。他決定找樂帶弟見一面。

田明光正在驚慌之中，父親和媳婦來到岳母家。父親一看見田明光，也不問話，就拳打腳踢，打累了才罷手。父親走時，氣憤地丟下一句話：「我再沒有你這個做賊為盜的兒子了，再沒有這個出田家十八代醜的兒子了！」

田明光被打傷在地上，岳母給他擦油揉傷。他感到不解和痛苦的是，媳婦沒勸架，眼中有怨恨的光。

「帶弟，你恨我嗎？」田明光淚水盈眶地問。

「我不恨你。我倆是父母包辦的婚姻。俗話說：寧可男大十，不可女大一。我大你兩歲，不能做你的妻子。我以後會像你姐姐一樣關照你。」樂帶弟平靜的說。

「好，我不拖累你。我走。」田明光掙扎著起來，不顧岳母的勸阻，走了。

田明光走出岳母家，渾身疼痛，內心痛楚。他不敢回家，也不敢去找柯天任，害怕瞿神探抓他。他走到後山坡，漫無目的地向山裡走。他走到一垛陡岩下，坐下。他走投無路了，只有死路一條。他想到自己做了錯事，對不起父母，對不起媳婦和岳母，對不起柯天任等兄弟。這時，夜來了，天空一輪半月，稀稀落落的星星。他望著寬廣無邊的奧秘的宇宙，彷彿那裡有許多神仙在向他招手。他心裡在說：「人總是要死的，二十年後又是一條好漢。」他想到死後要全屍，不能投胎後成為殘疾人；他不願做溺死鬼，那會要找替身才能投胎，他不願再害人了，要保佑親人、好人；他不願死在偏僻的地方，讓人不容易發現他的屍體，怕屍體腐爛了或給禽獸糟蹋了。他想：「岳母家廁所有農藥，喝農藥死最好，倒在大路旁。」他想好了，就起身向岳母家走去。說也奇怪，他不感到全身疼痛了，腳步有力輕快；心裡也沒痛苦了，還清爽舒暢。他什麼也不害怕。他悄悄溜進岳母家廁所，找到了兩瓶農藥，把那個滿瓶留下，拿了那個半瓶。他不願在廁所裡喝，怕死後嚇著岳母和媳婦。他揣著藥瓶走到公路旁，在一個橋頭旁坐下，打開瓶蓋，像喝汽水那樣，仰脖一咕嚕喝幹了半瓶農藥。一會兒，他感到口渴，接著，腹中劇痛，身子抽搐，口冒白沫。他忍著，不呻吟，只是喘粗氣。他四肢狂彈起來，頭腦昏亂，想不清事；眼光昏黑，看不見月亮。最後，他不動彈了，氣息沒了，思維停止了。

第二天早飯後，有人發現了田明光屍體，連忙告訴了田明光岳母和媳婦。兩個女人趕去，抱著田明光屍體悲痛大哭。田明光的父親把田明光的屍體背回去了。安葬時，柯天任等九人參加了葬禮。

田明光死了，柯天任暗自慶幸。

一年來，柯天任的對頭柯和貴被鬥垮了，仇人柯成蔭被鬥得半死不活，內患田明光被他略施小計就除了，他自己連連獲榮譽，連連職務升級。他不但感到自己八字好，運氣好，而且感到自己具有雄才大略，百戰百勝，一帆風順。漸漸地，他有些瞧不起尹苦海了。他覺得尹苦海知識低，不長進，總是那幾句老話屁，令他煩膩；尹苦海教育他要鬥爭性強，六親不認，而自己卻善軟，比如不忍心開除柯成蔭學籍，令他反感。他很佩服闖入心裡的一個新人物鄧頌雄老師，認為鄧頌雄知識淵博，特別熟悉中國歷史。

鄧頌雄是校長鄧河流的族弟。「九大」後，黨需要突擊培訓一批階級好、政治思想好的革命教師，替換受「十七年黑線」教育出來的思想反動的教師，鄧頌雄就被推薦到縣師範讀二年制物理專業。鄧頌雄對物理一無所知，又不感興趣，學不入，鑽不進，又要服從黨的分配，不能換專業。他就乾脆不學物理，一心去學自己感興趣的政治、歷史專業。物理專業的作業和考試都請別人代做，拿個畢業證和公辦教師編制就行了。鄧頌雄為自己的學習愛好辯解說：「數理化是雕蟲小技，不能治國安邦。外語是為了裡通外國、當漢奸、賣國賊作知識準備，只有政治、歷史知識才是大學問，才能成大器，成就千秋偉業。」鄧頌雄認為自己有諸葛亮和劉伯溫之才，能輔佐一代政治偉人。他說自己畢業後是教師，要以楊昌濟先生為楷模，培養出毛澤東、蔡和森式的國家棟樑。他在學習中找出了一條捷徑，不去讀晦澀難懂的浩繁的原著，從教科書、參考資料和一些無產階級理論家發表在報刊雜誌上的批評文章學到自己所需要的政治、歷史知識。鄧頌雄這種對學科和學習方法上的獨特見解，並不是他本人的獨創，而是從他最崇拜的偉人毛澤東那裡學來的。毛澤東在長沙師範時，數理化不及格，而歷史、語文成績優異，又特別愛好學政治時事。毛澤東也不讀死書、死讀書，而是根據政治鬥爭的需要讀些介紹馬、恩、列、斯的評論文章，從中吸取馬列主義觀點，正所謂讀出了「活的靈魂」。鄧頌雄後來對學生說，在師範的兩年，他學到了淵博的知識，發明了「歷史人物比較論」。

鄧頌雄師範畢業後，被分配到飛燕中學。鄧河流當了南湖中學校長後，到文教局要鄧頌雄到南湖中學教政治、歷史課。鄧河流在向學生介紹鄧頌雄時說：「鄧頌雄老師是諸葛亮，有經天緯地之才，是我三顧茅廬去請來的。英雄識英雄嘛。」鄧頌雄也對學生說：「我一生最崇拜的是毛主席，最佩服是鄧河流校長。鄧河流校長遠見卓識，是能屈尊枉駕的劉備，是能於槽櫪之間識別千里馬的當代伯樂。」

鄧頌雄老師給柯天任上的第一節課是評法批儒。他的外貌使柯天任心裡發笑。

鄧頌雄，個子不高，特別橫壯；脖子短，臉龐大；眼睛一大一小，眼球外突，眼珠轉動不靈活，斜眼時，像兩顆黑頭白身的子彈頭；額頭肌肉厚，皮膚油光；腦殼有三分之一的無毛癩皮，雖然左順的長頭毛遮飾，卻是紅多黑少。

「蛤蟆相。」柯天任心裡暗笑。

一節歷史課講完後，柯天任對鄧頌雄改變了看法，有了好感。他看到鄧頌雄老師粉筆字秀麗，排列均勻；講課語句優美，辭藻華麗；講課不拘於課本知識，廣征博引。

鄧頌雄老師講課時，確實辭彙豐富。譬如講到朱洪武時，讚頌著：「頭戴金盔，滿面紅光，陽光燦爛，紫光普照，金碧輝煌，金光四射，一副天生偉人相。」當然，初中學生辨不出，這是辭藻堆砌，詞義錯亂；更識別不出鄧老師在有意美化自己的癩頭病。

鄧頌雄老師確實知識淵博。有一次，他講大澤鄉起義。初中課本記載很簡單，鄧老師獨創講課藝術，先引一首唐詩為起講，還把兩句詩寫出黑板上：「坑灰未冷山東亂，劉項原來不讀書。」他在「不讀書」三個字下面打了著重號。他講起來了，由此及彼，由彼及此，巴不得在一節課內將自己所學的歷史知識都塞給學生。

他先講秦始皇的偉大軍事、政治天才，講秦始皇突破世襲制，啟用客卿法家人物李斯為相，採用法家大師韓非子治國之術。他頌揚了秦始皇焚書坑儒、修建萬里長城、統一度量衡和文字的不朽功績，批判了咒罵秦始皇行使暴政酷刑的儒家反動思想。他說秦朝的衰敗是指鹿為馬的閹人趙高造成的。他又稱讚陳勝少年有鴻鵠之志，批判陳勝心慈手軟，殺人不夠狠毒而難成帝業。他講了項羽破釜沉舟和火燒阿房宮的故事，讚美項羽萬夫不擋的勇氣和壯烈死亡的英雄氣概，批判項羽有「婦人之仁」，所以失敗。他重點歌頌了劉邦。他讚嘆劉邦毫無政治背景，一芥草民，能成就帝王偉業。他說劉邦從小立大志，不為農商末業所困。劉邦自小不聽父親的話去務農，而喜交遊、結義士。劉邦父親罵劉邦「不能立家」，劉邦回答說「要立國」。劉邦看到秦始皇出遊的盛況和威武，感慨地說：「大丈夫斯當如此！」結果，劉邦打下天下，天下姓劉了。劉邦有哥哥，誠實務農，結果一生是個可憐的農民。他稱頌劉邦有不拘小節的豁達胸懷。劉邦在逃跑中，把親生兒子推下車，減輕車重，讓自己逃得更快。劉邦為了迷惑項羽，把妻子送去作人質。在陣前，項羽用烹煮劉邦父親要脅劉邦，劉邦卻要項羽給「一杯羹」，分喝自己父親的人肉湯。鄧頌雄講到這裡，大聲詠贊：「雄哉，劉邦！偉哉，劉邦！真是一代偉人呀！」

鄧頌雄還經常運用自己獨創的「歷史人物比較論」來評價歷史人物。

他說：「華盛頓加上林肯也比不上秦始皇偉大。華盛頓只不過是在落後的北美打敗了遠隔重洋的弱小英國，建立了一個鬆散的美利堅合眾國。林肯只不過是用強大的政府軍打敗了南方各自為戰的地主武裝。秦始皇的對手是六大強國，雙方政治家、軍事家雲集，秦始皇卻逐個滅了六強，建立了鐵桶般牢固統一的大中國。如果秦始皇在世，華盛頓、林肯還要來朝貢哩。」他說：「拿破崙和我們的成吉思汗相比，真是小巫見大巫。拿破崙兵敗莫斯科，成吉思汗卻火燒莫斯科，進軍波斯灣，跨越多瑙河。如果成吉思汗不死，哪還有德國、法國、英國呢？哪還有希特勒那個小鬼呢？」

他說：「小日本之所以猖狂起來，侵略中國，是因為漢人失了政權，滿人腐敗無能；是因為孫中山去歐美學來什麼民主自由，搞三民主義，把中國搞得四分五裂，國力虛弱，小日本就乘虛而入。如果唐太宗、朱洪武在世，小日本敢犯天威嗎？」

鄧頌雄結論說「中國幾千年的文化是世界最博大精深、輝煌燦爛的，中國幾千年的政治制度是世界上最堅固完美的，中國的政治軍事家最世界最偉大的，無與倫比的。現在有人去學什麼歐美的東西。美國建立國家不到兩百年，有什麼文化底蘊？有什麼可學的？那些崇洋媚外的傢夥，是民族敗類，丟中國人的臉。我們不怕美國佬，我們一定會打倒美國佬！」

鄧頌雄老師的民族氣節震撼了學生，學生們高呼：「打倒美國佬！」

鄧頌雄老師在講課中還喜歡聯繫學生中的實際生活和人事。在一次講課中，他指著柯天任嚴肅地說：「我看柯天任有秦始皇、劉邦、朱洪武之才，說不一定是毛主席後的一代偉人哩！」

同學們都懷著敬畏的目光去看柯天任。

柯天任聽了，洋洋得意，心想：「鄧老師真是識千里馬的當代伯樂，是我的張良、劉伯溫。」

柯天任十分敬佩鄧頌雄老師的淵博知識，經常去請教。

「鄧老師，聽了你的講課，我明白了最大天才是皇帝，是領袖。是嗎？」柯天任問。

「很正確。你能簡明地概括出歷史，這本身就是天才。」鄧老師贊許著。

「可是，柯和貴說最大的天才是創立學說的聖人。他還舉出老子、墨子、蘇格拉底、阿基米德、牛頓、愛因斯坦、盧梭為例。」

鄧頌雄聽了，並不知蘇格拉底、盧梭為何物，卻用肯定的語氣說：「聖人是了不起的，但是，他們都是附庸階級。孔子跪拜在一個小小的衛國夫人腳下，孟子要去求梁惠王，墨子貧苦一生無著落。阿基米德、牛頓、愛因斯坦也只能依附統治階級才有所作為。諸葛亮是智慧的化身，沒有阿斗不能表現才幹，張良為不讀書的劉邦效勞，劉伯溫為放牛出身、一字不識的朱洪武所用。將用兵，帥用將，王用帥，最偉大的天才是皇帝！」

「柯和貴還說，皇帝是最大的惡人。為了成就一家的事業，殺人如麻；為了一人帝位，弒父殺兄；對於宮女、平民更是草菅人命。你說對嗎？」柯天任又問。

「柯和貴是不在其位，不謀其政，不解其情，不知其難。若不戰爭，何能改朝換代？若不狠毒，何能登基一統天下？秦始皇不滅六國，中國就不能統一了，也就沒了萬里長城；楊廣若不弒父，自己就要被殺，中國就沒有大運河了。李世民若不射兄，就遭暗算，就沒了大盛唐朝，中國就沒有西邊和藩、東渡日本了。戰爭創造文明。至於男女之歡，人皆有之。官吏、富商亦有三房四妾。皇帝為萬人之尊，比平常老百姓更是操心勞神，理應有更多男女之樂慰其心神。世界上的大道理只有一個：只能有一個頭，一個中心，一籮黃鱔儘是頭，結果就沒有頭；多中心，即無中心。孫中山不是推翻帝制嗎？結果呢？中國政府沒頭了，誰都說不了話，招來混亂三十年。現在有些知識份子不懂這個大道理，喊什麼民主自由，搞什麼無政府主義，不要黨的領導，嚷得天下亂嘈嘈的。一個教師，不教學生立鴻鵠之志，不為國家培養棟樑人才，卻去教學生反對政府，破壞一統天下，這就不懂得大道理，不合格做教師。自己昏昏怎能使別人昭昭呢？悲哉！悲哉！」

鄧頌雄老師說著，嘆息著，一臉憂鬱神情。他注視了柯天任，伏在桌上，寫了一張字給柯天任。柯天任接過來一看，其文為：

「錄李清照詩一首，贈柯天任同學留存：

生當作人傑，死亦為鬼雄。至今思項羽，不肯過江東。

——愚師鄧頌雄親筆」

柯天任鄭重其事地把字紙折好，回到教室，貼在日記本上。

鄧頌雄十分賞識柯天任，經常給柯天任的批判文章打100分，寫上讚揚的批語：「具有列寧演說詞的風格」、「具有毛主席的分析能力」。柯天任看了滿心喜悅，更是躊躇滿志。

鄧頌雄對柯天任的教育，不管從知識上還是方法上都高於尹苦海。在鄧頌雄老師的教育和影響下，本來惡性已成雛形的柯天任，成熟更快了。柯天任的遠大理想被定下來了，鬥爭謀略更上一層樓。柯天任正如一棵樹苗，受父母、尹苦海、柯和丁、陳繼烈的栽培澆灌，成活了，長出了主根，抽長了幹枝。鄧頌雄的培植，使它的主根追進硬土層，木質硬化，外力難以動搖。

以上所記是鄧頌雄老師偉大的一面，他還有活潑的一面。用他自己的話說：「偉人既要有偉大的精神，又要有小孩子的性格。」鄧頌雄老師和他的族兄鄧河流一樣，很活潑，在紅石區教師隊伍中，被人戲稱為鄧家「兩個活寶」。他倆愛說別人不笑自己笑得出眼淚的小幽默。還鬧出許多令人捧腹大笑的洋相。

那年代，每到「雙搶」季節，教師都要下生產隊參加農忙勞動。一天午飯後，社員們和幾個教師坐在倉庫休息。屋樑上吊有一個滑輪，保管把曬乾的稻穀一籮一籮地用滑輪吊到樓上去庫存。

鄧頌雄看著那滑輪蠻好玩的，突發奇想，笑著對保管說：「讓我拉著滑輪上樓去玩玩。」

保管說：「你坐在籮裡，讓我拉你上去。」

鄧頌雄說：「我在師範學的是物理專業，還不清楚滑輪的使用嗎？我自拉自上，不用你幫。你好好地看著，長點知識。」

眾人聽了，都來興趣了，注視著鄧老師自拉自上。

鄧頌雄把自己的雙腳套系在鉤子上，雙手抓住拉繩，盡力一拉。忽然間，鄧頌雄的雙腳吊起，腦袋重重地掉落在水泥地上，倒吊著不動了。

「哈，哈，哈……」眾人大笑起來，有的笑出了淚水。

保管站在旁邊，笑得彎了腰。但他發現鄧頌雄頭頂癲皮出了血，連忙去解鄧頌雄的腳套子，去扶鄧頌雄起來。

「別動他！」有人喊，「鄧老師可能跌閉了氣。一動，一口氣上不來，就危險了。讓他躺一會兒。」

鄧頌雄真的跌昏了頭，在地上睡了好一會兒，才甦醒過來。保管問他怎麼樣，需不需要看醫生。鄧頌雄硬著頭皮說：「不要緊，擦傷點皮。」他感到頭頂、肩膀很疼，用手摸了頂皮，一巴掌的血。他一副尷尬相，說要去洗洗臉，悻悻地走了。身後傳來說笑聲。

鄧河流也鬧出大笑話。一個熱天晚自習，兩隻蝙蝠在教室裡飛來飛去，搗亂同學們晚自習。鄧河流在窗外看見了，走進教室，對同學們說：「抓住蝙蝠，我要判它極刑。」有個同學拿來一根青竹竿，豎在地上搖晃，竿梢上發出「唬唬」的響聲，將應聲去碰竿梢的蝙蝠打在地上，被同學捉住一隻。鄧河流趕緊上前，從同學的手裡接過蝙蝠。那蝙蝠發出嘖嘖哀聲。鄧河流對同學們說：「這只破壞紀律的壞蝙蝠，應該受電刑。」他叫一個同學取下一個白熾燈泡，自己蹬上課桌，用兩手拉開蝙蝠的翅膀，將蝙蝠的頭送進燈頭裡。就在這一瞬間，鄧河流從桌上跌倒在地上，那只受電刑的蝙蝠飛了。幾個同學去扶鄧校長，鄧校長的腳踝、手肘脫臼了，起不來；叫來幾個老師，把鄧河流送進衛生院。這故事很快在教師中傳開了，聽者笑得噴飯。

一年暑假，在教師集訓會上，幾個愛嚼舌頭的教師，給鄧頌雄、鄧河流作了一副對聯：

鄧頌雄上滑輪腳起頭破倒栽蔥

鄧河流觸蝙蝠肘折腰扭側臥龍

橫批：兩個活寶

說得教師滿堂哄笑，弄得鄧頌雄罵人，鄧河流打人。

鄧頌雄老師雖然在同事眼裡是笑料，可在柯天任等學生眼裡是智囊。正在鄧頌雄和柯天任春風得意的時候，時局的發展卻不利於兩人，而利於柯和貴、柯成蔭。這真是：三十年河東，三十年河西。

欲知後事如何，且聽下文分解。

第六十三回　柯成蔭齎善志中榜　柯天任懷惡性回鄉

卻說鄧頌雄和柯天任兩人珠聯璧合，互相吹捧。鄧頌雄稱讚柯天任有秦始皇、朱洪武那樣的偉大天才，柯天任拜鄧頌雄為劉伯溫式的先生。在那貧下中農管理學校的時候，兩人春風得意。可是，中國的時局在劇變，教育也跟著變。管校代表撤出了學校，考試制度恢復了，重視了教學品質。教師靠教學成績來表現知識能力，學生靠文化考試成績來決定升學。這就不利於鄧頌雄、柯天任，而有利於柯和貴、柯成蔭了。

卻說柯成蔭兩次遇險，都留在學校裡讀書。這些都得力於尹苦海。尹苦海講一點親戚朋友關係，有些善軟之心，沒聽柯天任的，保住了柯成蔭的學籍。柯成蔭屢遭打擊，卻能安心讀書，這對只十六歲的柯成蔭來說是不容易的，這又要得力於祖母李寡婦的關照和教導。下面補敘柯成蔭一段故事。

那年，柯成蔭母親張愛清被打成南柯村「四人幫」的白骨精，父親柯和義被迫進了揭批「四人幫」運動學習班，柯成蔭的同母異父的哥哥柯晴川已分家，是惡霸子弟，不敢來往。柯成蔭感到十分孤獨、害怕、痛苦。只有二祖母問暖問寒。

一天上午，南柯大隊全體社員和南湖中學全體師生都到南柯村下頭林開鬥爭張愛清大會，柯成蔭也被迫參加了。

柯成蔭看到母親面色蒼白，頭髮蓬亂，衣服襤褸，雙手被銬住，脖上掛著紙牌，牌上寫著「白骨精張愛清」，站著，低頭彎腰。柯成蔭如萬箭穿心，低頭流淚。

柯成蔭聽到柯鐵牛的怒吼聲，柯國慶的辱罵聲；看到幾個婦女毆打母親，母親的臉上出現了殷紅的爪子印；時時又有口號聲……他喉嚨嗚咽，鼻孔抽響。

柯成蔭看到柯天任上去鬥爭母親了。柯天任抓扯母親的頭髮，拳擊母親的後脖。他又聽到柯天任嘶啞的叫喊聲：

「把『四人幫』的孝子賢孫柯成蔭揪出來！」

兩個民兵把柯成蔭押走，與張愛清並排站著。柯成蔭被這慘烈的場面嚇住了，渾身發抖。

柯天任鬥爭柯成蔭了。他說柯成蔭是天生的反革命崽子，從小不背毛主席語錄，只唱反動的兒歌。說柯成蔭走白專道路，不學政治。柯天任一邊說，一邊向柯成蔭拳打腳踢。柯天任還領著眾人高呼：「打倒『四人幫』的孝子賢孫柯成蔭！打倒反革命崽子柯成蔭！」

柯成蔭聽到柯天任不實之詞，心中燃起怒火。怒火燒毀了恐怖和痛苦，就大聲反駁：「這是誣衊我……」

「放老實一點！」柯成蔭沒說完，後腦勺就遭到一巴掌，一個怒喝聲斬斷了他的話。他扭頭一看，打他的是瞿神探。他看到瞿神探腰上插著手槍，背後站著兩個大塊頭民兵，恐怖又籠罩了他的心田，不敢作聲了。

「我有罪，不要摧殘我的兒子。」一向默默忍受的張愛清突然叫起來，插到瞿思危和柯成蔭的中間，掩護兒子。

「瘋狂的敵人，給老子倒下去！」瞿思危向張愛清側面一掌。

張愛清倒下去了，兩個民兵和柯天任爭著去打。

柯成蔭又憤怒了，沒恐懼了，轉過身來，要去打瞿思危，卻被母親喝住：「小柳，忍住！不要反抗！」

就在這同時，柯和仁、柯和義衝上去了，柯和仁拉住瞿思危勸解著。柯和義拉走了柯成蔭，把柯成蔭交給了尹苦海。

鬥爭會結束了，尹苦海把柯成蔭帶回學校自己的房裡。

尹苦海、鄧河流來找柯成蔭談話。

「柯成蔭，你今天在鬥爭會上的表現是錯誤的，是講骨肉親，不講階級親，應該受到批鬥。」尹苦海說，「要不是我叫你父親去把你拉到我身邊來，你不被打殘才怪哩。你是個團員，革命接班人嘛，要好好地自我反省思想，檢討錯誤。」

柯成蔭只是哭，沒有作聲。

「柯天任比你小一歲，低一個年級，兩個覺悟卻比你高，與階級敵人劃清界限，敢於大義滅親。你要學習他。」鄧校長說。

柯成蔭只是哭，沒有作聲。

「黨組織今天找你談話，是要挽救你。」鄧校長說，「你母親、你叔父都是階級敵人，你要站在黨這一邊，大膽揭發你母親和你叔父的罪行。」

柯成蔭只是哭，沒有作聲。

「你啞啦？鄧校長叫你揭發柯和貴的罪行，你就揭發嘛。」尹苦海說。

「我沒看到我母親和叔父有什麼反革命罪行，只看到我母親善良寬厚，我叔父為人正直。我實在揭發不出什麼來。」柯成蔭表現出誠實倔強來。

「你這樣下去，就不夠做團員的資格了。」尹苦海說。

「恐怕連學籍也保不住了。」鄧河流說。

「如果要我說假話去誣陷我母親和叔父，那是不可能的。」柯成蔭激動起來，大聲說：「我不讀書了。」說完，跑了。

柯成蔭一口氣跑回家，開了門鎖，進屋。

坐在家門檻做針線活的柯成蔭二祖母李氏看見柯成蔭怒氣衝衝進屋去，連忙放下手中針線，趕到柯成蔭屋裡。她看到柯成蔭拿了一把菜刀，滿臉殺氣，連忙拼命抱住柯成蔭，焦急地問：「小柳，你這是做什嗎？」

「我要殺人！我要報仇！」柯在憤怒地叫喊。

「孩子，你是一個斯文人，千萬別幹傻事。」李氏奪下菜刀，抱著柯成蔭坐在一把小椅上。

「祖母，嗚嗚——」柯成蔭偎在李氏懷裡，哭起來。

「孩子，你心裡有怨有恨，我理解。你要學學你母親呀。你母親一生受了的冤枉侮辱多著、大著呀，她都能忍受。你這小小年紀，正是日出之光，來日方長。你受了一點冤屈，就胡來，這不是毀了你自己，毀了你母親嗎？你可要學會忍受呀。」李氏哭了，說。

「祖母，他們逼我揭發我母親和叔父的反革命罪行。我母親和叔父哪有壞話我說呀！就是有，我也只能當面批評我母親和叔父，也不能說給瞿思危那些惡人聽，不能讓他們去加害我母親、叔父。」

「小柳，你真是個好孩子。」李氏把孫子摟得緊緊的，說，「你想得對，做得對，比子龍強多了。你母親、你叔父都是好人，是被冤枉的。雪地埋人，久日清明。」

「祖母，那些壞人欺人太甚，為了害人，無中生有，專門誣陷。不殺盡那些壞人，好人活不成！」柯成蔭憤恨地說。

「孩子，難得你有這份善良的心。一個人活著，不僅為自己，還要為父母、兄弟姐妹、親戚朋友和其他好人；一個人活著，要憎恨惡人，不能與惡人為伍。你也懂事了，看得准。壞人猖狂，好人難活；不除掉壞人，這天下不太平。但是，你現在還是個孩子，沒有能力除掉惡人，沒有智慧鬥勝惡人。如果你憑一時氣憤去與惡人鬥，就會送了自己的性命。你想鬥爭惡人，就暫時不要去管你母親、叔父的事，一心一意地去讀書，學得好本領，將來再來為老百姓除害。」

「可是他們要開除我的學籍，不要我讀書呀。」柯成蔭哭著說。

「我馬上去找尹苦海，你能上學的。現在，你去睡一覺。我去做飯。」李氏說。

柯成蔭聽話了，就去睡覺。

柯成蔭躺在床上，睜著床頂，想著鬥爭母親、叔父的情景，想著瞿思危、柯天任的凶相，咀嚼著祖母的話。他想得頭腦沉沉，眼睛模糊，出現了各種變幻著的兇殘影像：在太荒坪，兩隻灰狼互相嘶咬；在古樹上，一條大黑蛇吐出紅舌尖；暴眼張嘴的兇惡魔鬼，一丈多高的手拿大刀的凶神……一幕閃過，一幕又來，嚇得他把被子蓋住頭。他躲進被窩裡沒有用，那兇惡影像跟著他，並且漸漸清晰起來：陳繼烈在吆喝，瞿思危握著手槍，柯鐵牛捏著匕首，柯國慶提著棍子，柯天任揮著竹根鞭，蕭戊辰持著大刀……地上躺著五、六具屍體，有的手腳被砍斷了，有的頭被砍下來了，有的背心冒血，有的腦漿流出來了……叔父柯和貴被押來了，滿臉憔悴，但眼光有神；兩個民兵按他的頭，但按不下去；兩個民兵踢他的膝窩，但腿不彎。母親也被押來了，站在叔父旁邊，一頭亂髮，嘴上流血，血絲一直垂到地面。

「打呀！」「殺呀！」「槍斃呀！」人們在瘋狂地歡呼。

瞿思危舉起手槍向叔父胸口射擊，叔父把子彈接住，向瞿思危擲去，打得瞿思危哇哇叫。柯鐵牛、柯國慶向母親打去。母親與那兩惡棍打起來。蕭戊辰舞刀亂砍，柯天任揚鞭亂抽。人群混亂了，打殺成一片。

柯成蔭看到父親衝上去，拉著叔父、母親跑出來。柯成蔭忍不住也衝上去，拉著叔父、母親跑。柯成蔭感到自己身子輕輕的，像孫悟空一樣飛起來，飛向黃山羅盤頂，落在羅盤頂窩氹裡。他找到了那兩個熟悉的石洞，把叔父、母親藏起來。

陳繼烈、瞿思危、柯鐵牛、柯國慶、柯天任、蕭己巳都隨後飛來了，把柯成蔭圍住，捆起來。

「只要交出柯和貴，張愛清、就放了你。」陳繼烈說。

柯成蔭不作聲。

「崽子，不說嗎？就先槍斃你！」瞿思危用手槍對著柯成蔭喝道。

「殺！」柯鐵牛的匕首刺進柯成蔭臉膛。

「殺！」蕭己巳的大刀砍到柯成蔭腿上。

「殺！」柯天任的竹鞭抽在柯成蔭頭上。

「殺！」柯國慶的棍子打在柯成蔭腰上。

柯成蔭感到胸口悶塞，腿上發麻，腰部酸痛，頭皮扯疼，渾身汗淋淋，血漉漉，心想：「這下子死定了。」

「只要你交出一個，你就死不了。」陳繼烈說。

「那就交出一個吧。」柯成蔭腦裡閃出求生的念頭。「交出誰呢？叔父？不行！母親？不行！」他否定了自己的念頭，定下決心來：「就死我一個，保護叔父、母親！」

柯成蔭不作聲，忍受著各種武器的打擊。他悄悄地用手指扣動繩子，那繩結鬆動了。他用力全身一抖動，繩子全落在地上。他向天飛去。

柯成蔭飛著，耳邊有子彈飛梭聲，有風聲，有陳繼烈一夥追殺聲。他飛到上頭林，鑽進一棵古樹，蹲在一根粗枝上。陳繼烈一夥也飛進林裡，落在大小樹枝上，在找柯成蔭。

「在那根枯枝上，我看到柯成蔭的腳板了。」柯天任在叫。

柯成蔭被嚇得在樹枝上一蹦一跳。他跳出樹林，跳到祖母屋頂上，又跳到自己屋頂上。他從小天井跳下去，去關大門，上門閂。可是，那門閂拴不上，大門關不緊。陳繼烈一夥追來了。柯成蔭躲進房裡，上床，用被子蓋住自己，從被邊縫向外看。

陳繼烈一夥圍到床邊，在叫：「跑不掉了！」陳繼烈的嘴裡伸出兩顆三尺多長的流牙，瞿思危的眼珠暴突得像兩盞冒紅光的長手電筒，柯鐵牛吐出分叉的長長的蛇尖，柯國慶臉上長出又粗又黑的長毛……柯成蔭鼓起勇氣，一手抓住流牙、眼珠，一手抓住長舌長毛，使勁地拔。那夥人一齊撲在柯成蔭身上。柯成蔭感到胸部被壓得喘不過氣來。他想側身，卻側不動。他想用手肘膝蓋頂開重壓，卻抬不起來。他想喊「救命」，卻喊不出來。他聽到父親和祖母在房外說話，卻不進來。他知道自己死定了。他拼死用手腳向上彈，盡力放開嗓子呼喊：

「滾開！我不怕你們！」

「小柳，小柳，不用怕！我在這裡。」這是父親的聲音。

「小柳在發夢癲。」這是祖母的聲音。

柯成蔭醒了，看見俯身床上的父親和善的面孔，看見坐在床沿的祖母慈祥的顏容。他知道自己沒死，不害怕了，氣喘吁吁地說：「我不怕他們！」

「是的，孩子，用不著怕他們。」柯和義附和著，用枕布給柯成蔭擦汗。

柯成蔭把做的夢說了。

「孩子，你在夢中與惡人作鬥爭，保護善人，是行善。你那夢是好夢，是善夢，善有善報。」李氏說。

柯和義抱住柯成蔭哭起來。

「去吃飯吧。」李氏說。

原來，在柯成蔭睡覺時，李氏到南湖中學去求尹苦海，要讓柯成蔭讀書，又求尹苦海到學習班去說情，讓柯和義回家安慰柯成蔭。尹苦海一一答應了。柯和義才回到家中。

吃完飯，李氏告訴柯成蔭，尹苦海保他學籍不開除。柯成蔭聽了祖母的話，心中怨恨消散了好些，很感激地望著祖母微笑了。

「小柳，你準備拿刀去殺誰？」柯和義見兒子情緒好了，就問。

「殺瞿思危、柯鐵牛、柯國慶。」柯成蔭又憤慨起來，「那幾個傢夥，害我爸爸坐牢，鬥爭我母親，鬥爭我叔父，鬥爭我，是我們家仇人。」

「你殺了瞿思危，我們一家人不遭殃嗎？你要被槍斃，我和你母親是教唆犯，都要被槍斃。」柯和義說。

「殺了他們，我們一家人跑掉。」柯成蔭說。

「跑到哪裡去？全國都一樣，到處都有瞿思危、陳繼烈、柯鐵牛、柯國慶，千千萬萬，你殺得絕嗎？害我坐牢。鬥你母親、叔父，是全國性政治運動，不是瞿思危幾個人搞得起來的。我、你母親、你叔父都不計較瞿思危那幾個人，也不仇恨他們。」

柯成蔭靜靜地聽著父親講道理。他可沒有想到那麼嚴重，那麼寬廣深刻。

「你祖母說得對，受了一點怨氣，就憑血性衝動，去殺人，那是無知的莽夫幹的，有知有識的人不會那樣莽撞。君子無私仇，只有天下仇；君子有私愛，也有天下愛。」柯和義給兒子講起大道理來。他講起孟子所說的三種「勇」：「小勇，匹夫之勇，憑一時之氣，賭狠輕生，容易被人利用。中勇，義士之勇，『士為知己者死』，為朋友兩肋插刀，也容易被人利用，枉送性命。大勇，君子之勇，是先知先覺，是大善者之勇，是大智者之勇。學得高知識，明白道理，辨出大是非，以天下為己任，以救天下蒼生為理想，為天下人除惡除暴。大勇，珍惜生命，不被利用，不一時衝動，不為小家庭和朋友去死，能忍辱負重。你用這三種勇來檢驗一下，拿菜刀去殺人屬於哪種勇？」

柯成蔭不能回答。

「你叔父才是君子，先知先覺，大善者，大智大勇者。你的那種莽撞是小勇，連中勇也夠不上。

你要以你叔父為楷模，切不可亂來。」柯和義批評著。他送給兒子十六個字：

忍辱負重，愈挫愈奮；刻苦讀書，先知先覺。

柯和義對這十六個字又作了一番講解，最後說：「小柳呀，你善良聰明，有正義感，是好的品質。但是，你還小，經事不多，知識不高，不懂世事。你今後不要管家裡大人的事，只能去體驗，去思考，明白大道理。」

「爸爸，我懂了，我錯了。」柯成蔭恍然大悟，哭起來。

柯成蔭是個天賦很高的孩子，又加上柯和義、張愛清的正確引導和影響，很多道理一點就明。「能知錯就好。你今後要經的事還多，受的挫折還多，被凌侮還多，越是大善人，越難做人。你只守住兩條：天良，讀書。」柯和義說。

在父親的開導下，柯成蔭戰勝了自己，上學了。他被開除團籍和記兩次大過處分時，忍受著，一心讀書。他被記「留校察看三個月」的處分時，忍受著，照常上課。

柯成蔭穩住了自己，矢志不渝，終於等到與他有利的局勢：考試制度恢復了，學生以考試成績為標準升學。他的團籍被恢復了，處分被取消了。母親不被追究了，叔父仍然教書。他也不狂喜，不計較柯天任，更加用心讀書。

正如柯和義所說：「君子無私仇，只有天下仇；君子有私愛，也有天下愛。」柯和貴恢復教學工作後，每個星期六和星期日不怕來回走一百多里，回家輔導柯成蔭和柯天任學習，鼓勵他倆考上大學。柯和貴並不計較柯天任的無禮，也從不提自己受陷害挨鬥爭的人和事。柯成蔭內心十分敬佩叔父的高尚情操。

一次，柯成蔭參加了全縣數學競賽，有兩個平面幾何題沒有做出來。星期六，柯和貴回家了，向柯成蔭詢問數學競賽考得如何。柯成蔭說有兩個平面幾何沒做出來。柯和貴叫他拿出來看看。柯成蔭心想：「你只教語文，能教數學嗎？」有些不願去拿。在柯和貴催促下，柯成蔭才拿出來。柯和貴看了一會，用鉛筆在兩個圖形上分別作了一條虛線，叫柯成蔭再去做。柯成陰一看，心裡一亮，一下子解出來了。

「叔父，你真了不起！」柯成蔭情不自禁地叫起來。他說：「這兩個題，我校幾個數學教師圍著做了大半天也做不出來。」

柯天任冷冷地瞟了柯成蔭一眼，說：「你倒像上級表揚下級那樣了。叔父讀書時，門門功課成績優異。我們學校老師一談起叔父，沒有不佩服的。」

柯成蔭自知一時激動失言，不好意思起來。

「你們這樣一說，倒鼓起我輔導你們的勇氣了。」柯和貴笑著說，「我要向你們吹一句，我學功課，是不漏過每一個細節知識的，對於疑難點和混淆點，是反覆比較練習的，力爭從整體上全面牢固地掌握所學的知識，解起綜合難題來，就能一眼看透徹，找到關鍵處，得心應手地解出來。我的數理化外一般都是滿分，扣了一分，就要找原因。」

從此，柯成蔭更是敬慕叔父，為有這個叔父而內心自豪。同時，他對自己要求更嚴格，學得更認真了。

柯成蔭參加高考了，成績揭榜後，柯成蔭獲得永安縣理科狀元，被錄取到北京大學物理系，給永安縣教育一個破天荒。

柯成蔭考上了名牌大學，柯和貴又一心一意輔導柯天任，希望柯天任能走通仕途之路。

那時高考不分文理科，共三張試卷：語政、數學、理化。柯天任在小學就不學數學，到中學不學數、理、化、外。他把武昌縣烏龍泉中學一個學生的一首詩寫在桌上：「我是中國人，何必學外文；不學數理化，照做接班人。」柯天任對數理化外一竅不通，要從頭學起。他又上高二畢業班（注：那時學制——

小學五年，初中二年，高中二年），要用一年時間把九年課程補上來，真是難於上青天了。但是，柯和貴對柯天任很有信心，認為那時高考內容簡單，數理化學習具有突擊性，只要把時間安排合理，找出有效方法；加上柯天任天分高，只要有耐心，有鑽研精神，使數學、理化兩張試卷考個中下等成績，語政考個優等成績，考上大學不難，至少，能考上中專（注：那時高中生可考中專）。柯天任看見柯成蔭考上了名牌大學，既嫉妒，又羡慕，暗下決心，在叔父輔導下，要用最快速度學好數理化。柯天任強迫自己坐下來學習，學了一個多月，覺得枯燥無味，坐得頭昏腦悶，弄得心煩意亂，沒耐性了，不學了。這真是：孫悟空學唐僧打坐——打錯了門路。柯天任心想：「不學那個婆婆媽媽的數理化，我就不信不能活出個男子漢樣子來。」柯天任不學了，就設法躲避柯和貴。柯和貴仍然信心百倍，不辭勞苦，來回百里地跑，卻找不著柯天任的人影了。柯和貴撲了幾回空，對柯天任升學也沒信心了。「船上不努力，岸上累斷腰」，是沒用的。

柯和貴要柯天任走仕途之路，不僅是為了柯天任一個人的前途，而且還想用知識改造柯天任，不使他成為家庭、社會的禍害。柯天任不學習了，柯和貴強迫不著。柯和貴卻想找柯天任談話，摸一摸柯天任的心志。

一個星期六的晚上，柯和貴找到了柯天任。柯和貴說：「我想你走仕途之路。只要你有耐心，一年不行，複讀一年不就行了嗎？」

「我見到數理化就頭痛，叔父，你再不要折磨我了。」柯天任態度堅決。

「你不走仕途之路，那你想走什麼路？將來幹什麼呢？」

「我政治條件好，懂官吏之道，可以當幹部。」柯天任很直率坦白。

「當官也行，但當官也難，首先，中國不是民選制，而是任命制。『頭上無人不做官』。沒人提拔你呀。現在有花錢買官的，你貧窮呀。你總不能去學宋江造反受招安吧？我看你走不通這條路。」柯和貴說。

「我有尹苦海、陳繼烈信任我。我想找他們，先到政府做個一般工作人員，再看機行事。」

「尹苦海待你有誠意，但他沒實權。陳繼烈、瞿思危是靠不住的。他們是在利用你來揭發我。我現在沒被他們搞下去，你在他們眼裡也就失去作用了，再不會理睬你了。」柯和貴分析說。

柯天任聽不下去了，不耐煩地說：「照這樣說，不上大學就沒前途了？我看不見得。『劉項原來不讀書』，朱洪武沒進學堂，毛主席也不學數理化，照樣成為一代偉人。」

「劉邦、朱洪武、毛澤東是偉人嗎？不！是一群殺人如麻、野蠻愚昧的妖魔鬼怪！是民賊、國賊！」柯和貴一聽火了，憤怒地吼道。

柯天行被嚇了一跳。他還從來沒見到叔父發怒。他低頭不語了。

柯和貴壓著胸中怒火，緩和語氣，說：「子龍，你不願走仕途之路也可以。但你千萬不要有當皇帝的邪惡念頭，更不要去當盜頭匪首打天下。那樣，你會害人害家，最後害己。這樣吧，現在搞田地責任制了，我們村有口南湖，你畢業後可以一邊務農，一邊搞漁業，成個發家致富的帶頭人。作個平頭百姓吧。」

柯天任心裡很反感，但裝老實，不作聲。

從這以後，柯和貴再不來輔導柯天任讀書了，用柯天任的話說：「再不來煩我了。」

柯天任參加了高考，當然落榜了，回到家裡。他決定去找團組織、黨組織，安排他到政府裡幹點事。

柯天任先找公社團委書記，社團委書記說他沒這個權利，冷冰冰地推脫了。一天，柯天任起了個早，在八點前去區裡找尹苦海、陳繼烈。他到區裡，先到尹苦海住房。尹苦海剛起床，讓柯天任等著，自己上廁所，洗刷，才來與柯天任說話。

「大伯，我沒考上大學。」柯天任憂傷地說。

「有什麼打算？」尹苦海問。

「我是黨的人，想為黨工作。你能幫個忙，讓我到機關裡去工作嗎？」

「我沒人事權，要找陳繼烈。」尹苦海說，「這樣吧，你先寫份求職申請書，我拿去給陳書記看，看他能不能作個安排。」

柯天任就在尹苦海房裡寫了申請書，交給尹苦海。尹苦海拿了柯天任的申請書去找陳繼烈。陳繼烈已是紅石區黨委第一書記，人事權，財政權一把抓。尹苦海敲門找他時，他正在一個筆記本上點點劃劃。這筆記本有一大串名字，是準備撤社建鄉的人事安排。陳繼烈正點劃得入迷，尹苦海來了。陳繼烈連忙合上本子。

「老尹，你不用擔心，你的小兒子，我會安排好的。」陳繼烈沒等尹苦海開口，先說了，想撵走尹苦海。

尹苦海卻坐下來，說：「小陳，我是為公事找你的。」尹苦海把柯天任的求職申請書遞過去。又說：「這次提幹要革命化、年輕化、知識化、專業化。柯天任是我們共同培養的五好接班人。合條件，給他安排個適合的工作吧。」

「老尹，你老糊塗了嗎？縣、區主要領導交給我的名字都安排不過來，怎麼能插進外人呢？」陳繼烈沒看柯天任的申請書，就批評尹苦海，「插進柯天任，就要劃掉另一個人的名字，我得罪不起人呀。就說你的小兒子吧，總不能換給柯天任吧。」

「那也難。」尹苦海被陳繼烈幾句話，說得沒革命性了，只能附和。他頓了一下，說：「我怎麼回答柯天任呢？」

「隨便找句話把他支開。」陳繼烈不耐煩了，說。在尹苦海起身準備走時，陳繼烈頭腦裡閃出一個念頭：「那小夥子有闖勁，讓他去搞好一個農業承包小組，搞出點名堂來，是我抓的好典型。」陳繼烈對尹苦海說：「老尹，你不好回答，叫他來，我教導他。」

尹苦海叫來了柯天任。陳繼烈表現出熱情的樣子，叫柯天任坐在對面沙發上。

柯天任坐正身子，擺齊膝蓋，像一隻乖巧的哈巴狗，露出乞求主人恩賜的可憐相，完全喪失了往日的兇猛氣勢。

「柯天任同志，我認真看了你的求職書，寫得好嘛，有事就是要向黨組織彙報。你是共產黨員，團幹部，知識青年，完全符合當幹部的條件。黨組織沒有忘記你，在繼續培養你。現在，你要服從黨的安排。你年輕，革命經驗不足，要到最艱苦的第一線去鍛練自己。」陳繼烈像戰場上的首長一樣，揚起右手，大聲講演起來，「你作為區團委常委，到南柯村兼任村團支部副書記，先在家裡的責任田地上搞科學種田，做個勞動致富的先進典型。再當個生產組組長，帶領全組致富。然後當村長，帶領全村致富。到那時，你就可以成為一個農民改革家的新型幹部了。我會經常來看你的成績，會帶領全區幹部前來參觀。」

「是的，天任，這是黨組織對你的極大信任。青年人要先從基礎幹起，幹出個樣子來，不要辜負黨的期望。」尹苦海在一旁幫腔。

柯天任聽著，有些摸不著邊際。他想到自己的編制和戶口問題。如果把他的編制和戶口納入行政中，他當農民是短暫的，頂多吃一、兩年苦就到機關裡來了。如果他的戶口在農村，區裡不給他編制，他永遠是農民，要吃一輩子苦，受一輩子累。

「天任，你先回去，好好幹。過幾天，我派尹主任來考察你。」柯天任正想開口問編制和戶口，陳繼烈下逐客令了。

尹苦海站起身，說：「天任，陳書記很忙，我們走吧。」

柯天任陰擺擺地跟在尹苦海後面走。走到區委大院大門口，柯天任忍不住向尹苦海說起編制和戶口問題。尹苦海說「編制和戶口是很緊張的，許多老同志都至今沒解決。你就在村裡好好幹吧，幹出成績來，黨組織自然會考慮的。」尹苦海說完，就轉身進大院去了。

柯天任被扔在大門外，再不便進去找人說話了。柯天任碰了壁，想起了柯和貴的話：「他們是利用你來揭發我。我沒被他們搞下去，你在他們眼裡失去了作用，再不會理睬你了。」柯天任感到自己被欺騙了，心中起了怒潮，小聲罵道：「陳繼烈，入你娘的十八代！騙老子去揭發我叔父，又想騙老子去受苦受累，為你創典型，立功德牌坊，好讓你貪功受賞。老子再不會受騙上當了。」柯天任看到大門邊掛著四個大牌子，都寫著「人民」兩字，就惡狠狠地向牌子吐了兩口痰，低聲罵：「老子算是看透你們了，紅皮黑心，掛『人民』的牌子，幹喪天害理的事，有朝一日，老子發跡了，要打進大院，殺絕你們這夥王八蛋！」

憤怒歸憤怒，柯天任還是要忍氣吞聲地回家去，只有家裡人才接受他。

柯天任回到家裡，父母幹活去了。他餓極了，就從鐵罐裡找到剩飯剩菜，狼吞虎嚥一頓，填飽肚子。他氣憤憤地回到房裡，躺在床上。

「老子決不當受苦受累的農民，老子要鬥爭！」柯天任大聲叫。這房子是他的小天地，他能叫出聲音了。

柯天任起身，找到了鄧頌雄老師贈給他的那首詩，放聲朗誦起來。他興奮了，鋪開一張白紙，提起毛筆，寫了一張條幅：

生當作人傑，死亦為鬼雄。至今思項羽，不肯過江東。——柯天任書他的憤懣情緒還沒發洩完，又寫了一張條幅：

與天鬥，其樂無窮！與地鬥，其樂無窮！與人鬥，其樂無窮！

他把寫好的兩張條幅，用飯粒貼粘在床頭牆上。

柯天任在房裡獨自地鬧著，聽到後瑙上傳來小車的笛聲。他不知道是什麼領導來了，就好奇地去看。

一輛紅色小轎車停在八生產隊水泥稻場上。小轎車引來了一群赤身裸體的肉團團的小孩子圍觀。車裡走下五個人：一對五十歲左右的夫婦，是當了副縣長的柯業章和夫人李紅；一對二十來歲左右的夫婦，是當了員警的柯業章的兒子柯赤兵和愛人褚真紅；還有一個司機。柯赤兵一下車，就兇神惡煞地吼走那群孩子，還警告孩子們，不要摸車。

柯天任羨慕極了，突然生出去拉柯業章關係的念頭，就走上前，向柯業章等人打招呼。那柯業章、柯赤兵看都不看柯天任一眼，大搖大擺地走了。

「入你娘的十八代！」柯天任望著那五個人的背影小聲叫罵，「神氣什嗎？老子將來威風了，要你們嘗盡苦頭，入你柯赤兵的嫩媳婦！」

柯天任轉身準備回家，看到那些逃離小車幾丈遠的孩子們，一個惡作劇產生了。他招呼孩子們來到身旁，小聲說：「有我在，你們不用怕那幾個王八蛋。你們每人撒泡尿，攪一把牛糞和泥漿，甩到小車上，氣死那幾隻烏龜崽。」

孩子們一聽，樂了，馬上捧牛糞和泥土，撒尿攪拌，一把把地甩到小車上。那乾淨淨的發光的紅色小轎車，一會兒斑駁陸離了。

柯天任叫孩子們跑遠一點，自己心滿意足，笑嘻嘻地走了。

柯天任回到房裡剛躺下，柯和貴來了。柯天任敬畏柯和貴，立即起身，請坐。柯和貴坐下，說：「子龍，你願不願安心跟著你父母做好責任田，搞些家庭副業，成家立業呢？」

「我決不做農民。」柯天任說。

「你總不讓你父母再養你了吧。」

「我準備學武功，辦武館，受學徒。」柯天任隨口答應。

「學武功，只能強身鍵體，不能養生。你是不是看多了金庸的武俠小說才胡思亂想呢？看武俠小說，只能把它當作荒誕不稽的故事來娛樂娛樂，可不能把書中的人和事當真，去學做俠客、拐子大哥，那可就誤了終生。」

「我學武功，開武館，是為了謀生呀。」

「不管怎麼說，搞那玩藝兒不是正道，也不是正當的謀生路子。」柯和貴堅決地不贊成柯天任的想法。他又說：「我有個學生叫尹長春，在縣水利局當工程隊隊長。我跟他談了你的事，叫他安排你一下。他答應了讓你當施工員，每月工資三十五元，幹得好，還可轉正式職工，加工資。你願意去嗎？」

柯天任聽了，想：「有個棲身之所了。那水利施工員也挺風光的，民工和帶隊的幹部都巴結他，吃得好，有錢用，又能結交人員。幹幹再看。」柯天任想好了，就說：「我同意，叔父，還是你關心我。」

「我看你床頭上的兩條幅，盡是主張鬥、鬥、鬥，為什麼不寫『和為貴』、『與人為善』、『和、和、和』呢？」柯和貴說。

「辯證法不是講對立、鬥爭嗎？我看人的一生是鬥爭的一生，你不也是在不斷鬥爭中生活嗎？」柯天任笑著說。

「你說的辯證法不是真正的辯證法，是列寧、毛澤東為了政治鬥爭而歪曲了的辯證法，把辯證法與政治權力捆在一起了。世界其實是個協調的整體，人與人是相和睦的關係。其間當然有鬥爭。但要看為什麼鬥、與什麼鬥。我不主張鬥爭，而主張和善。我之所以被迫去鬥，是惡勢力在壓迫我，我才作反抗。我是與惡人、惡勢力鬥。你在這以前，是與惡勢力在一起，去鬥善弱的人，這就鬥錯了。你鬥過我，我不計較。可你以後再不能這樣去鬥了。你急需的是和善，是忍耐。譬如，你去了水利工程隊，不是去享樂好玩，而是去吃苦，有麻煩，有領導的批評，有民工的叫罵。你都要忍著，老實地幹。絕莫憑自己的性子，動不動去與人作鬥爭。」柯和貴教訓著。

「我聽叔父的。」柯天任答應著。

晚上，柯和貴又徵得了哥嫂的同意，第二天帶柯天任去水利局工程隊找尹長春報到了。柯和貴又向尹長春和柯天任交待了些話，才回鳳凰中學去了。

柯和貴安排了柯天任，老家的事無大的牽掛，心安了些。

欲知後事如何，且聽下文分解。

第六十四回　喜改革善士做好夢　辨善惡良師釋疑難

卻說柯和貴安頓好了柯天任，了卻了一件心頭大事，也減少了一件負擔。家中再無大的牽掛了，不需要經常往家裡跑。

自從改革開放後，柯和貴心情特別舒暢，成天滿面笑容。他好像得了健忘症，不僅不計較柯天任，而且也不計較陳繼烈、瞿思危那一幫人，把他所受的磨難、侮辱、誣陷忘得一乾二淨。他也忘了李秀雲給他造成的心靈創傷，與李秀雲分床三年後，又睡一張床了。他歌頌改革開放，比共產黨員、革命幹部的熱情高多了，彷彿改革開放是他制定的政策，是他家裡最大的喜事，比他結婚、生子、發財還值得慶賀。他與人談起改革開放時，不知天高地厚，不知時間長短。當有人懷疑改革開放時，他一個勁地作解釋；當有人反對改革開放時，他不顧情面，氣憤地反駁別人，爭得臉紅脖子粗。他彷彿體內儲蓄著的巨大能量找到了釋放的時間和空間，不知勞累地幹，總有使不完的勁。柯和貴這種反常表現，使人不理解，用李秀雲的話說：「得了神經病。」

柯和貴確實有些神經質。原來不愛與人寫信，許多被他推薦上大學的知青和考上大學的學生給他寫信，都懶得回信。改革開放了，他卻主動地給那些人寫信。信中既不說個人的事，也不說學校的事，專歌頌改革開放，鼓勵他們為改革開放出智出力。他給在中央黨史辦工作的邱雲海寫了一封信，熱情洋溢地說：

「改革開放了。這是一次真正救國救民的大革命，是不流血的和平的大革命。鄧小平是中共黨史上真正救國救民的偉人。每個有良知的中國人應該熱情歡呼，積極投入。

「批判『兩個凡是』，放棄『以階級鬥爭為綱』，主張『實踐是檢驗真理的唯一標準』，這是理論上的真正『撥亂反正』。僵死的教條主義給中國帶來多麼深重的災難。我們需要利國利民的實用主義，或者根本就不需要什麼『主義』、『思想』來鎖住我們的頭腦，只需要強國富民的應急政策和法律。

「『一切以經濟建設為中心』、『社會主義就是窮』、『發展到資本主義去』、『發展才是硬道理』，這是實踐上的真正『撥亂反正』。社會主義計劃經濟制度、領袖獨裁制度，給中國帶來多麼深重的災難。我們太窮了，肚子太癟了；我們太愚了，頭腦太僵了。我們需要思想解放，我們需要市場經濟制度，我們需要民主政治。看來，鄧小平先生和一些中央開明人士，具有很大的氣魄，決定拋棄社會主義制度和領袖獨裁，走孫中山先生的道路，我預見：五年內，就能解決溫飽，完成政訓；十年後，就能繁榮昌盛，實現憲政。我們將不通過革命戰爭而走進民富國強、民主自由的社會裡，這真是中國人民的大幸大福。

「一個中國知識份子，應該先知先覺，擁護改革開放，容忍開放中出現的一些弊病，盡心盡力地促進改革開放進程。你在中央，更應該利用自己的優勢，憂國憂民，做改革派；不應該患得患失，做保守派。我作為一名教師，一方面要為改革開放唱讚歌，另一方面為改革開放培養人才，擴充改革開放隊伍，增強改革派勢力。我們決不能讓保皇勢力占上風，決不能讓改革開放變成『百日維新』，決不讓鄧小平時代走回頭路——回到毛澤東時代。」

柯和貴本來是個敢大膽直言的人，改革開放後，當局提出解放思想，對思想言論放寬了些，不以說一、兩句對黨政不滿意的話來定反革命罪，柯和貴就更大膽說話了。他不僅對知心朋友、學生、同事說反毛澤東思想的話，而且對外人，在大眾場合下也說。他在給考幹知青輔導語文課時說：

「考幹，就是考官。毛澤東時代，是提拔制，專門從工人、貧下中農中提拔一些野蠻無知的革命積極份子做官，提拔的標準是會鬥人，會打人，會搜家，會翻臉不認人。這種官必然是酷吏悍吏。改革開放了，採取了科舉制，就是說『讀書做官』。雖說沒有完全廢除任命制，採用民選制，但畢竟是一項政體改革。中國歷史上，官有兩類：一類是做貪官酷吏，為自己爭權奪利，總想做皇帝。對上級，做走狗奴才，對老百姓做貪官酷吏。改革開放需要許多人才，唯獨不需要這類人才。因為這類官是禍國殃民的惡棍，是改革開放的擋車螳螂。另一類是為民爭權奪利的人民公僕，即所謂『為民請命』的清官、為民吶喊的道義人士。改革開放最需要的就是這類道義人士。學員們，你們是改革開放的第一批參加考幹的知識青年。『書，猶藥也，治愚。』你們讀了書，你們是讀書人做官。你們是知書達理的，是聰明的，有獨立思考能力的，你們不會像原來的大隊支書、區委書記那樣有理講不清吧，你們不會指著教師的鼻子尖怒吼：『你是臭老九，老子是大老粗！』是的。你們進官場之前，先進了考場，你們是憑知識本領進官場的，這一點與『革命積極份子』進官場不同。但是，由於民選制沒建立，任命制仍在實行，進了官場，你們會發現官場是設在十字路口的，你們的面前立即出現兩條路：一條是為了撈個肥缺，為了繼續晉升，巴結上級官僚。加上現在經濟開放了，有錢了，你們又有知識，有心機，為自己爭權奪利來得隱蔽，靈巧。你們就會成為貪官，鬧亂改革開放，比野蠻先知的毛澤東時代幹部為害性更大。另一條是你們始終保持讀書人的惻隱之心，保持自己的『清』，堅持孟子的『三不能』精神，既要為民爭權奪利，又要保全自己，使自己晉升，就要巧妙地與那些貪官酷吏周旋，鬥智，與志同道合者形成一股改革派勢力，推動改革進程。你們才是人民的真正公僕，清官，是真正的道義之士。不為勢利所嚇所誘，難喲！」

柯和貴白天表現得情緒激動，有些神經質，夜晚也精神亢奮，處在半睡半醒中，做著不著邊際的支離破碎的琪花瑤草般美好的夢幻，還在夢中囈語，發笑，唱歌，歡呼。

柯和貴的夢幻有時出現受苦受難的母親的笑臉。母親忙碌著，把壇罐搬到屋場外，掏出有放了多年的穀糠，野鐵菱角。那谷糠成了團，牽著蟲絲，那野鐵菱角粉成了粑，硬硬的。母親把那穀糠粉倒在乾草上，放火燒成灰肥。她又把曬了掃淨的壇罐拉上樓，在樓板上放成幾排，把黃燦燦的稻穀倒進去，壇滿罐滿。母親看那裝滿稻穀的壇罐皺紋舒展了，笑得很燦爛，嘴裡咕嘰有聲：「這田地到戶真好。再不用挨餓了。」柯和貴看到母親笑了，自己也笑了。

柯和貴的夢幻有受凍受餓的嫂的笑聲。石小春在桌上擺了三菜一湯。那湯是豬肉湯，那菜中有一盤魚，一個乾菜，一個青菜，菜不是幹的，而是油淋淋的。一家人圍著吃飯。石小春端著白飯冒尖的碗，吃了兩碗，打著飽嗝笑著說「我這一輩子沒吃過一次飽肚，現在餐餐飽了，日日吃的是往日的年飯一樣。」她笑得歡快，笑聲很清脆。柯和仁卻仍然有氣，罵道：「入他娘的，再沒隊長扣基本糧了。要是五五年不搞那個雞巴毛的合作化，老子早發家致富了，何止吃飽肚子。只可惜現在老了。」柯和義介面說：「合作化、人民公社餓我們二十六年。孫中山早就說過，耕者有其田。農民有了田地，自然有勁幹，想法子把田地種好。那毛澤東倒行逆施，把田地收給官家所有。真混帳！」「是毛澤東好，還是鄧小平好！」柯和貴故意問。「當然是鄧小平好！」全家人眾口一詞。「我說改革開放好！」柯和貴大聲叫。

一次，柯和貴做了一個奇怪的美夢：

孫中山、李衡權、鄧小平在南柯村太荒坪上席地而坐，討論著改革開放。孫中山面南，戴著白色太陽帽，披著朱黃色披風，右手抓著豎在身旁的黑色手杖中段。鄧小平與孫中山相向而坐，短茬頭髮，藍色西裝。宋教仁面東坐，兩分頭，黑色西服。李衡權面西，頭戴黑紅福神帽，身穿那件灰色舊長褂。柯和貴沒坐，站在孫中山與李衡權之間稍後一點。

這是三春的一個上午，和煦的太陽升起了兩丈高，東風微弱，淡薄的幾片雲彩微微移動。南湖波光粼粼，遠山一抹青黛。下頭林枯木抽新枝，老枝冒嫩芽，鵲叫鶯唱；太荒坪綠草如茵，清爽乾淨。

孫中山說：「中國存在三個大問題：民族、民權、民生。民族的問題已經解決並且過了頭，搞起民族主義了。民權、民生問題至今未解決。革命尚未成功，同志還須努力。」

鄧小平說：「我搞『以經濟建設為中心』，就是繼承先生遺志，解決民生問題。」

李衡權說：「鄧先生的市場經濟政策已初見成效，解決了吃飯問題，經濟建設到一定時候就搞不下去了。民權問題高於民生問題，只有還權於民，民生問題才能徹底解決。」

柯和貴見這麼多大師在場，就想請教，插嘴問道：「如何解決民權問題呢？是搞君主立憲制、一黨制、寡頭政治制，還是總統制、內閣制？」

孫中山正色道：「君主立憲制，別國可以搞，唯有中國不能搞。中國有五千年帝王歷史，根深蒂固，國民只知有君，不知有自己這個『民』。君主立憲制有『君』字，國民就一心一意忠君了，不要國會、內閣了。一黨制、寡頭政治是帝王專制下的崽，就是帝王制。」

宋教仁道：「在中國，不僅君主立憲制萬萬搞不得，連總統制也搞不得。總統雖然不是皇帝，國民卻把他當作皇帝來盡忠，那當總統的人就極容易恢復帝王獨裁制。袁世凱不是這樣嗎？我主張內閣制，總統只能是國家的象徵，不能有實權，實權在首相內閣。有人說我是內閣狂。是的，我一生就為在中國實行內閣制奔走呼號。袁世凱暗殺我，我不是又復活了嗎？」

李衡權說：「總統制也好，內閣制也好，關鍵是要廢除一黨制、任命制、民主集中制，實行多黨制、民主直選制、全民公決制。在中國，搞民權實在很艱難，民眾受帝王專制思想文化傳統太深。首先，要宣傳和教育國民，儘快走完政訓階級，早日實現憲政。」

柯和貴說：「先生，搞民權的阻力不在民眾。中國民眾是很講實惠的。他們吃盡了一黨專制、領袖獨裁的苦頭，一旦嘗到了民主制的甜頭，就很擁護。獨裁者說，西方民主不適宜中國，中國民眾不接受那一套。獨裁者就利用中國民眾只知『忠君』和只知『愛國』來向民主說『不』的。人們再不能把中國難實行民權歸罪於中國民眾了。汪仁船就不這樣看。他在蓮河鎮農村進行了民主政治實驗，很成功，我們不妨去看看。」

孫中山很高興地說：「汪仁船找過我，是我派他去蓮河農村作試驗的。聽說他做得很好。好吧。我們一起去看看。」

孫中山先生說著，撐著拐杖站起身。柯和貴連忙去攙扶。柯和貴看著這些老先生，心想：「沒有車，他們怎麼能走那麼遠的路呢？我去弄車。」

「把中山艦開過來。」柯和貴想去弄車的時候，宋教仁在叫。

柯和貴朝宋教仁叫的方向望去，在一片汪洋中，關帝廟旁停泊著一艘軍艦。原來在傾間發了大洪水，比五四年的洪水還大，洪水漲到了太荒坪下坡高坎上。那中山艦轟隆隆地開過來了。眾人上了船。

「鄧小平沒上船。」李衡權說。

柯和貴轉頭望去，鄧小平上了一輛紅旗牌小轎車，車頭插著錘子鐮刀紅旗。

「那人不會上中山艦的，他走到慈禧時代為止了。我們走我們的路。」孫中山說。

中山艦加足馬力，向南駛去。出南湖，到了貴河，駛入長江。又溯流向北，到了蓮河鎮碼頭。

在蓮河鎮碼頭岸上，有列隊人群，吹吹打打，萬眾歡呼：「孫中山先生回來了！」

柯和貴攙扶著孫中山上岸。汪仁船、高雲英、王旭元、李長友、皮晨月等蓮河一司負責人迎上來。孫中山與之一一握手。

孫中山說：「汪仁船，你們去辦你們的事，柯和貴引著我們三人到村裡去轉轉，看看。」

柯和貴引著孫中山、宋教仁、李衡權先到馬家塆村，住在鄭婆婆家裡。孫中山囑咐柯和貴不要向村民說出三人的名字和身份。馬家塆農民比原來生活更好了，住上了小洋房，家俱現代化了。他們開口抨擊帝王獨裁，閉口頌揚三民主義。鄭婆婆也識字了，還能讀《孫中山選集》。她說：「以前強迫我背《毛主席語錄》，那說的是人話嗎？鬥、鬥、鬥，殺、殺、殺，沒人性。汪仁船給我送來這《孫中山選集》，這裡面說的合人心。」

在馬家塆住了一夜，又到汪佑村。

汪佑村也建設得好，農民的堂屋上掛著孫中山的像。汪義德老頭的養豬場變成了別墅。汪仁船住的土洞還在。在汪義德老頭的堂屋上不僅掛著孫中山的像，像的兩旁還有一副對聯：

舉民主義旗倒帝王獨裁愈挫愈奮自古唯一人

融中外文化創三民主義先知先覺至今無二君

肖像頂上橫批：天下為公

「捧得過分了，捧得過分了。前有陸浩年，後有汪仁船呀。」孫中山說。

「這人寫的怎麼和我寫的一字不差呢？」李衡權自言自語。

柯和貴也感到稀奇：「李衡權寫的這副對聯只給我一人看了，怎麼貼在汪義德老人家中呢？」

宋教仁與汪義德聊起來了。汪義德也知書識理，談歷史，談辛亥革命，談獨裁制、民主制，那水準與宋教仁先生不分上。汪義德老頭談了大半天，說他還養了三百頭豬，要去餵飼料，就走了。

「我看見了，汪仁船實驗成功了。汪仁船不簡單呀，先覺覺後覺，把農民給覺醒了。我們要弘揚汪仁船精神。」孫中山說。

「我看現在可以實行憲政了。」李衡權說。

「若大個中國，國民覺悟有差距，別的地方還很落後。我看分地區先後實行。」宋教仁說。

這時，四周槍聲大作。王旭元跑來了，說：「江南省軍區司令員陳猛率大軍來鎮壓蓮河人，一路殺光、燒光、搶光。汪仁船派我來保護孫先生。三位先生隨我渡江去躲避。」

「我不走，我要看看陳猛是哪路魔鬼，竟敢在當今時代屠殺國民！」孫中山很倔強，不肯跟王旭元逃跑，拄著手杖，加快腳步，向響槍的地方走。

不知怎的，孫中山忽然站在蓮河鎮廣場向萬人講演：

「我一生犯了兩個大錯誤：第一個大錯誤，沒聽黃興勸解，憑感情用事，堅持在《黨章》上寫了條『忠於黨魁』。結果被後來想搞帝制的毛澤東們當著理論根據，號召民眾去忠於自己，實際上是『忠君』，還鬧出了『三忠於』來。第二個大錯誤，不聽張繼和李衡權勸阻，為了一時應急，制定了『聯俄，容共，輔助工農』政策，結果，被史達林、毛澤東利用了，把『聯俄，容共，輔助工農』有時間性的政策，胡編成『新三民主義』。『新三民主義』，騙得了宋慶齡等許多民主人士的支持，搞成了『一黨天下』的領袖獨裁制，實際上是復辟了帝王專制，使中國民主革命遭到重大挫折。我唯有一點沒料到，『三民主義』中的『民族』一項，被中國共產黨蛻變民族主義，鑄成了一把鎖，鎖住了國門。對外，不准中華民族融入世界民主潮流；對內，欺騙國民，抵制民權，說什麼西方民主不適宜中國。其實，民主沒有國界，不分民族，都適用。今天，我鄭重宣佈：現在民主革命的首要任務，是實現民權，把國民變成公民。如果又用『民生』來抵制民權，所謂『經濟建設』，只能興盛一時，所謂『民生』，也只能是特權階層的人能奢侈的『生』，而廣大民眾只能『死』。」

「先生，陳猛已經打到鎮口了，你們快走吧。」汪仁船焦急地對孫中山說。

「我正要與那惡徒面對面地鬥法。你不用驚慌。」孫中山鎮靜地說。他繼續演講，「要想在有五千年帝王專制中華大地上實行民主政治，是艱難的。難在帝王專制的繼承人、政治野心家，不斷變換花樣，變換語調，用民主政治的理論來包裹獨裁，欺騙民眾，使歷史出現反覆。但是，歷史不會回頭，歷史是前進的。用民族主義來抵制民權，救不了獨裁者；現在，有人又企圖用民生主義來抵制民權，也救不了獨裁者。最後，他們只有使用血腥鎮壓，暴露他們獨裁者的真面目，成為歷史罪人。我們要愈挫愈奮，笑到最後的人是民主人士！」

「抓活的！不要讓他們跑了。」陳猛大聲命令，指揮軍隊包圍了廣場，帶著警衛隊衝進會場。

「站住！你這個小丑！」孫中山揚起手杖，直指陳猛，聲如雷鳴，「我就是孫中山，在等著你！」

不知是孫中山吐出的澎湃氣浪驚駭人，還是那手杖有金箍棒的功能。陳猛被鎮住了，一下子被釘在地上。全場都驚住了。

「士兵們，你們都是老百姓的子弟，是老百姓在養活你們。你們的槍口不要指向老百姓，調過頭去，向殘害你們父母兄弟的獨裁者、特權階層射擊。」孫中山說話時，那手杖與手臂成了一根直棍，沿著圍在場外的軍隊劃了一個大半圓。

那圍場的士兵們，原是兩腳一前一後地叉開，端槍指向會場的人，聽了孫中山的話和受了那手杖的指向力，不約而同地來了個立正姿勢，把火槍貼身豎著。

陳猛見狀，驚醒了，端起機槍向孫中山射擊。汪仁船、李長友等人閃到孫中山面前，中彈倒下。說時遲，那是快，陳猛也「哎喲」一聲倒下，背心中了十幾彈。站在陳猛身後的嚴正和幾個警衛戰士同時向陳猛射擊。

孫中山卻巍然不動，仍是那個姿勢站著，觀察著場地。他大聲命令：「嚴正為北伐軍第一軍司令，王旭元為參謀長，立即出征，直搗北京城！」

鎮壓軍隊變成了北伐軍隊，開走了。

柯和貴原來只在書上、電視上看到孫中山厲害、偉大。現在親眼目睹了這個場面，才看到了孫中山有：如此偉大的氣魄，如此臨危不懼的精神，如此無邊的法術，如此轉危為安、力挽狂瀾、扭轉乾坤的力量。

柯和貴在驚嘆之中，去看孫中山，不見了，廣場變成了國會會場。宋教仁在召開國會議員會議。柯和貴找了個位子坐下來。他沒有參加任何黨派，不知如何成為了國會議員。

國會開得很好，民主憲法產生了，中央民主政府選出來了，會場一片歡騰，議員們鼓掌，歡笑，歌唱，歡呼。

柯和貴從座位上站起來，舉起雙手高呼：

「民主萬歲！民主萬歲！」

柯和貴這一呼，把自己呼醒了，把妻子兒女也驚醒了。

柯和貴隱隱約約感到自己的呼聲飛出了窗戶，在寂靜的校園夜空縈繞。

「多麼好的美夢！」柯和貴讚嘆著。他極力回味著那美妙的夢景，記憶著那各位老先生說的話。「實現民主政治不會流血，通過改革開放會成功。」柯和貴心裡在說，對改革開放寄託著自己的奢望。

柯和貴睜著眼，在床上靜靜地躺了一會兒，看到窗上玻璃泛著晨光，就悄悄地起床了。他去刷洗後，在操場面上徘徊著。

起床鈴響起了，校園沸騰起來。柯和貴想到昨天下午有八個同學因公缺了一節語文釋疑課，決定利用早自習時間給補上。他去找了宋勝主任，聯繫利用會議室給學生補課的事。

早自習時，八個補課的同學都去了會議室。柯和貴在黑板上板書：

《有的人》釋疑

柯和貴鼓勵同學們聯繫自己的實際生活經驗，提出疑難問題。

潘南山同學站起來說：「老師，農村的墓碑刻著死人的名字，是不是詩中所說的『把名字刻入石頭的』？『到外都是青青的野草』是不是指墳墩上的青草？如果都是，那『刻入石頭的』和墳墩上長了『青青的野草』的都是一種人了。」

「本詩的中心思想是什麼呢？」柯和貴引導地問。

「歌頌全心全意地默默無聞地為人民當牛作馬的人，抨擊騎在人民頭上作威作福、又高喊『我多麼偉大』、『想不朽』的統治者。」潘南山念中心思想。

「現在大家圍繞詩的中心思想先討論潘南山提出的問題的前部份。」柯和貴說。

同學們討論起來了。

「當然是為了使自己的名字留傳下去，『想不朽』。」

「不是的。農村在死者的墳頭立碑，刻名字，是生者為了紀念死者，不是死者『想不朽』。」

「農村人為死者立碑刻名字，還有一個作用，在祭祀時，不找錯墳墓。我爸爸帶我去祭高祖的墳，是這麼說了。這跟『想不朽』的人不同。」

……

柯和貴等同學們討論得差不多了，總結說：「農村裡的墓碑是活人紀念死者，是後人孝敬祖人，為了行祭祀禮節，行孝悌，是一種美德。農村的墳裡的死者本身是為社會作貢獻的勞動者，是被人騎的『人民』，不是『想不朽』的『我多偉大』的人，也不是屬於本詩所寫的『有的人』裡的人。本詩所寫的是對待人民的態度和本人品質完全相反的兩種人：惡人和善人。」

柯和貴板書：

惡人及其特徵：

1.騎在人民頭上：「呵，我多偉大！」2.他活著別人就不能活。

3.把名字刻入石頭，想「不朽」。4.人民把他摔垮。

柯和貴解釋說：「把名字刻入石頭想『不朽』的人，是具有以上四個特徵的惡人。譬如：高聳入雲的紀念碑上、紀念堂裡、廟宇中、陵墓裡的那些皇帝、元帥、將軍以及大大小小的官吏們。詩人所憤恨的就是那些惡人。那些惡人有的死了，有的還活著，就活在我們這個社會裡。同學們能舉例出你所見的那些惡人嗎？」

同學們議論起來。有的說他的大隊支書就是惡人，有的說他村裡有個流氓頭子還活著，有的說他小學裡有一個老師就是惡人。

柯和貴沒有對同學們的議論作總結，引導說：「現在，我們來回答潘南山同學提的問題後部份：『到處都是青青的野草』是不是指所有墳墩上長的青草？」

「不是的。」同學們齊聲回答。

「那指的是一種什麼現象呢？」柯和貴問。

「是一種比喻手法。本體是『有的人死了，他還活著』，喻體是春風吹又生的青青的野草。」石文生說。

「對。死了還活著的人，精神不死，『人民永遠記住他』。他的精神和善美的品質就像春天的野草，青青一片。這種人是心地善良的人。」柯和貴說著，板書：

善人及其特徵：

1.俯下身子給人民當牛馬。2.情願作野草，等著地下的火燒。

3.他活著為了多數人更好地活。4.人民永遠記住他。

柯和貴解釋說：「具有以上四個特徵的人，是善人，是我們農村所謂的積陰德的人。他們才會有『到處都是青青的野草』的榮譽。這種善人，做好事，不圖個人名利，不圖別人報恩，不圖立牌坊揚名，不圖領導表揚，不圖得模範獎品，只是憑著良心去行善。這種人在朝為官，為民請命，給人民作牛馬；在野為民，宣傳民主，反對帝王獨裁。比如老子、李卓吾、包公以及民間傳頌的賢人善士。這種人越不想傳名，人民越是記住他們的名字，傳頌他們的名字。他們在人民心中立下了豐碑。這種人有的死了，有的和我們生活在一起。同學們，你們見到過這種善人嗎？」

同學們議論起來，說出了不少默默無聞做好事的善人。

秦明同學說：「我村有個老頭，七十多歲了，村裡人說他是個善人，一生做好事。他見到路上有塊玻璃片，要撿起來，怕戳破過路人腳板。可是，他是個地主份子，被當作階級敵人挨鬥一輩子。」

「這個人不能算善人，他是地主份子，說明以前壓迫剝削過窮人。」趙克說。

「我們村裡老人都說他沒有壓迫剝削窮人，他是靠日夜勞動致富的。他置了田地，把田地租給別人，按當時政府規定的標準收租。荒年，他還不收租，開倉賑災。我還親眼看見他默默做善事。現在，他的地主份子被摘了，全村人都祝賀他。他死了，全村人都自覺去為他送葬，連原來鬥爭過他的人，也改口說他是好人。」秦明說。

「那老頭到底是善人還是惡人呢？」女生張香問。

同學們困惑了，目光注視著自己的老師。

柯和貴在「善人及其特徵」下板書：老頭子是善人。他解釋說：「同學們弄不清楚老頭子是不是善人，是被階級鬥爭理論弄糊塗了。當地人所說的是親眼所見、親耳所聞的事實，『老頭子是善人』的結論符合事實，是正確的。把老頭子劃成地主份子，當作敵人，說成是壓迫剝削窮人的惡人，不符合事實，是錯誤的。即使老頭子在以前放租收租，也不是老頭子的錯，是當時國民黨政府的政策這樣，並不能因此就說老頭子不是善人。這個例子說明，階級和階級鬥爭理論不符合中國國情，土改政策是錯誤的。所以，現在就放棄了『以階級鬥爭為綱』，把土地又下放給農民，給五類份子摘帽。這個例子告訴大家，思考問題，評價人和事，要根據事實，自己獨立思考，不要讓什麼『主義』、『思想』、『理論』來束縛了自己。」

「老師，我對我村的萬赤兵認識不清楚。」萬方說。

「你說吧。」柯和貴說。

「大家知道，萬赤兵是省十大傑出青年之一，報紙電視臺都報導了，縣裡還組織『萬赤兵事蹟報告團』，到處演講。萬赤兵的主要模範事蹟是兩個：捨身救人，不怕犧牲抗洪。村裡人說這兩個事蹟都是假的。萬赤兵是我大隊團支書、共產黨員，二十六歲，父親是縣宣傳部長。捨身救人，是救同村三年級小學生萬良落水。收割旱稻的一個中午，萬良在本村水塘邊洗腳，突然落水了。站在旁邊的萬赤兵，大喊『救命』，自己就跳下水去了。村裡群眾都趕來了。塘水不深，塘不大，萬赤兵可以一下子把萬良托上岸。可是，萬赤兵故意讓萬良浮沉三次，再托到岸邊，讓人救起，自己也讓人拉上岸。他躺在岸上裝死，讓人們抬進醫院。他裝了一陣昏迷，醒了，第一句話說：『我的生命不要緊，那位小學生怎麼樣了？』大隊黨支書說那個小學生沒事了。他就說：『那好，我做了一個共產黨員應該做的事。』萬良的父母問萬良：『塘埁路那麼寬，你怎麼跌進塘裡？』萬良說：『赤兵叔鬧著玩的，把我丟進塘裡。』村裡人都清楚萬赤兵喜歡弄虛作假，好表現自己。領導在場時，他幹公事就幹勁衝天，說革命話。領導不在場，他就偷懶，做壞事，說不滿的話。所以，村裡人不把萬赤兵救萬良的事當作一回事，認為是假的。可是，沒想到縣報社和電視臺記者在醫院採訪萬赤兵後，又來村裡採訪萬赤兵的英雄事蹟。區團委書記、社黨委副書記和大隊書記先到村裡來，要萬良和萬良的父母改口說成良是失足落水的，要感激赤兵；要村裡人說萬赤兵奮不顧身救落水小學生。另一個事蹟，萬赤兵不怕犧牲抗洪事蹟，也是假的。春天汛期，萬赤兵是大隊防汛領導小組副組長。萬赤兵不去大堤巡邏，成天打麻將。一天下午，有人向萬赤兵報告，說大堤有個小漏孔。萬赤兵不理報訊人，繼續打了一夜麻將。第二天上午，他才帶著五個人，駕一隻小木船去看漏孔。那漏孔變成了大窟窿，洪水在向堤內湧。有人說：『用化肥袋裝土，倒下去一船就能堵住窟窿。』萬赤後說：『你瞎了眼嗎？沒看到那洪水在擴大旋渦嗎？小船一去，就被捲進去了。』萬赤兵叫小船快劃到離堤半里路遠的地方。後來堤被沖了個大缺口，三千多畝地被淹了。第二天，縣報社和電視臺來採訪萬赤兵英勇抗洪的事蹟。萬赤兵命令大隊一百五十個團員到堤上抗洪，在水已平靜了的缺口處，手挽手地圍成一個半圓，萬赤兵站在中間，三隻小木船裝土袋向缺口處拋。萬赤兵和團員們高喊：『不怕犧牲，排除萬難，去爭取勝利！』『共產黨員、共青團員，誓與堤壩共存亡！』縣委書記講了話。拍完電視記錄片後，縣委書記走了，萬赤兵就帶著記者們大吃大喝起來。後來萬赤兵就成了抗洪英雄了。我村裡人起哄了，說領導玩魔術，把鬼變成了人。起哄的人被派出所抓了兩個，村裡人就不敢說了。我開始在學校聽到萬赤兵的事蹟報告，心裡很自豪，感到我家鄉出了個英雄。回家一打聽，村裡人說是假的。我被弄糊塗了。」

「你是相信黨的領導和記者說的是真話呢，還是相信村裡人說的是真話呢？」柯和貴問。

「『我們應該相信群眾，我們應該相信黨。這是兩條根本的原理。』對黨的領導和群眾這兩頭我都相信。只是現在這兩頭說的截然相反。如果我相信群眾說的是真的，我就成了反黨份子。如果我相信黨說的是真的，難道我們村裡那些老實人都成了反黨份子嗎？所以，我弄不清楚萬赤兵是哪種『有的人』，是善人還是惡人？請教老師。」

柯和貴說：「首先，我們誰都不相信，只相信自己，去調查事實真相。大家說說，如果你去調查萬赤兵的起初情況，是去調查與萬赤兵一起生活、一起勞動的村裡的群眾呢，還是去調查並不了解甚至以前不認識萬赤兵的黨的領導和記者呢？」

「調查和萬赤兵一起生活、一起勞動的群眾。」大家齊聲說。

「現在，擺在你們面前的有兩份調查報告：一份是我們聽到的萬赤兵模範事蹟報告團的，另一份我們班萬方同學剛才說的。大家不要受別人的思想觀點影響，獨立思考，判斷一下，你相信哪份報告說的是真話？」柯和貴引導著。

「領導人最喜歡搞假的，我相信萬方說的是真話。」方圓氣憤地說。

「我是一名團幹部，應該相信黨。我相信英雄模範事蹟報告團說的是真話。萬家村人對萬赤兵嫉妒，對黨不滿，在造謠中傷。不然，他們為什麼對黨的領導和記者說的是一套，而私下裡說的又是一套呢？」校團支部副書記趙克說。

「我也是一名團名，我相信萬方說的是真話。英雄事蹟報告團說的是假話。萬方調查時沒有政治目的，沒有權力壓人，萬家村人把他當作是自己人，不害怕他，沒有顧忌地對他說真話。黨的領導和記者調查時有政治目的，都想得模範升官，又有權力強迫人們按他們的口徑說話，說出與他們相反的話，就抓人。萬家村人害怕他們，只好跟著說他們愛聽的假話。」秦明說。

同學們分成了兩派，爭論起來了。柯和貴讓同學們表決：贊成趙克觀點的有兩人，贊成秦明觀點的有五人，只有潘南山棄權。

「潘南山，大家是在幫你解決疑問，你應該表態。」柯和貴說。

「我祖父是剛摘了右派份子帽子的老人，他教我不要參加政治辯論，弄不好不能升學的。」潘南山神色沮喪。

「今天是我上課，我又是畢業班班主任，我向你保證：如果你說了真話，影響你升學，我這書就不教了。」柯和貴很激動，聲音很大。

「我當然相信萬方說的是真話，秦明評判正確。如果沒有領導人威協和抓捕萬家村的人，萬家村的人就不會說兩種不同的話來，那麼事情就簡單多了，事實真相就大白了。誰會造謠？是懷有政治目的的別有用心的人才會造謠，沒有政治目的的群眾不會造謠。我常想，我們是人，不是受人控制的馴服的羔羊，我們應該保住自己的人格，相信自己。如果一味迷信領導，跟著領導們學舌，就失去了人格。」潘南山說。

「說得好。」柯和貴向潘南山揚手讚揚。他轉過身去，在黑板上「惡人及其特徵」下面，寫上：萬赤兵。

柯和貴解釋說：「萬赤兵屬於惡人，具有惡人的四個特徵。萬赤兵為了撈到個人榮譽和官位，不惜毀掉三千畝良田，不惜推小孩子落水，其心惡毒！萬赤兵製造假現場，假情景，其面孔偽善！萬赤兵是那種『他活著別人就不能活』、『呵！我多麼偉大』、『想不朽』的人。那些幫著萬赤兵製造假象的領導和記者都屬於助紂為虐的惡人。同學們，你們千萬不要被萬赤兵迷惑了，千萬不要去做第二個萬赤兵。」柯和貴情緒激昂，大聲呼喊。他最後語氣平緩地說：「潘南山同學說到人格，說得好。人格是什麼？就是保持人的天良，保持人的尊嚴，有獨立思考的頭腦，說真話，不迷信和盲從領導人。三十多年來，中國人具有人格的太少了，改革開放就是急需要具有人格的人才。同學們，我們都去做具有人格的人吧！」

同學們都注視著自己可敬的柯老師，靜靜地聽著，吸收著有益的思想營養。

這節釋疑課，給同學們留下了深刻的印象。十年後，潘南山在大學做了教授，還能清楚地向同事和學生講述這節釋疑課的生動情景，記著柯老師板書的樣式，描繪出柯老師的表情、動作、聲音，滿懷深情地感嘆：「我在中學階段能遇上柯和貴老師的教導和關懷，是我的莫大幸運和自豪。」

柯和貴在教學上如此正確巧妙地引導學生向著美好的品質上轉化，擺脫教材上的奴化思想教育。這僅是他師德高尚的一方面，他的高尚師德還更好地表現在他對差生的轉化方面。

欲知柯和貴對差生抱著怎樣的態度進行教育的，且看下文分解。

第六十五回 憂教育柯和貴建議 爭名次趙前超換冊

卻說考試制度恢復後，學校佈局也隨之進行了調整，鳳凰高中改為鳳凰初級中學。在統考制度下，學生憑一張試卷定終生，教師依據學生考分高低評優劣，學校靠升學人數多少分好壞。升學率成了校與校、班與班、教師與教師激烈競爭的目標，教育界成了一個大市場。在這個競爭中，學生被考分劃為三等：優生、一般生、差生。校與校，班與班，爭著招收優生，教師全力培養優生。在一個六十人的班中，學校和教師只去抓那十五個優生，對差生，只要求交費，不關心差生的學習和品質。有的班主任和教師，甚至動員差生退學，只是學校為了多收費才容忍差生在校鬼混。在爭升學率的背後，隱藏著的真正目的是掙金錢。中央和地方財政分開，教師工資由鄉鎮黨委定級發放。教育產業化後，鄉鎮黨委只給教師百分之六十三的工資，也不給學校下撥校舍維修費、辦公費。教委、教育組還要學生上交各項費用。學校為了生存，教師為了掙到那百分之三十七的「自籌工資」，就必須有足夠的學生交費。要有足夠的學生數，學校必須有高升學率，滿足家長「望子成龍」的心理需求。如某學校有一年升入重點高級學校人數少或「剃光頭」，該校第二學年人數就會銳減，學費不足，校舍不能維修，教師拿不到工資和獎金，引起教師情緒不穩定，沒有教學幹勁，學校也會因此而一蹶不振；如果某校某年升入重點高級學校人數多，新生人數劇增，校舍也可得到維修，教師不僅能拿足工資，還有獎金補助，該校就生氣勃勃，每班學生人數達到八十到一百人，教室裡裡外外擠滿了人，教室不夠，搭臨時氈篷應付。這種情況，受害最大的是差生，遭歧視，坐在最偏角的地方或走廊窗外，無人管，自由出入，在寢室睡覺不上課，到校外遊蕩。有的教師在三年內只認得幾個優生，大部份學生的姓名也叫不出來。但是，虛榮心仍然驅使家長花高於學費幾倍的所謂「贊助費」，把成績差的孩子送進升學率高的學校去混日子，去受劣等教育。在這同時，為了掙錢，縣鎮兩級領導和學校校長就變著法子，巧立名目，不斷向學生收費。家長交不起學費，差生又不願上學，農村百分之五、六十的學生失學，有的甚至讀不完小學。這樣，所謂九年義務教育和提高全民族文化素質就成了一句空洞的漂亮口號。

在這種教育形勢下，鳳凰中學經常出現教師歧視、打擊差生的許多怪現象，師生關係緊張。以幽默出名的老教師方正，給差生起外號，不僅自己羞辱學生，使優生也去譏笑差生。經常有差生被罰在走廊上、操場上站立、下跪；經常有教師毆打差生，說是：「三句好話，比不上一耳巴。」鳳凰中學出現了三個有影響的事件。

第一個事件。二（1）班班主任兼語文老師呂健，截取差生來往信件。有一次，呂健得到寄給女生方香的一封信，拆開看了。信是方香外出打工的表兄寫來的，信中有談情說愛的句子。呂健教師把信拿到班上公開念讀。呂老師讀一讀，講一講，講得全班哄堂大笑，講得方香低頭害臊，埋頭痛哭。呂老師講完了，笑哈哈地出了教室門。

方香同學也溜出教室，跑回家了。柯和貴發現了這件事，連忙派自己班與方香同村的女生方蘭英去追趕方香，護方香回家。

過了兩個多小時，方香的五十多歲的父親挑著一擔新編竹篼篼來校了。方香是靠父親編篼篼賣錢供給讀書的。方香的父親一進校門，放下擔子，對幾個同學說要找呂老師談談。

呂老師梳順頭，整理了衣領，一副教授派頭，去接見學生家長。他走到方香父親面前，用教訓的口吻說：「你就是方香的父親吧，你女兒不好好讀書，專門……」

呂老師話沒說完，方香的父親猛然舉起一頭篾篼，向呂老師冒頭蓋腦地打下去。呂老師頭上、臉面、脖子、肩胛遭到竹片的刺擊，疼痛得「哎喲」一聲，蹲下去。圍觀的兩個老師上前把方香的父親抱住。

方香父親大喊大罵：「畜牲老師，羞我女兒，辱我三代，我不會放過你的。」

王國光校長和柯和貴趕到了。

王校長見狀指著方香父親吼道：「你敢到學校來胡鬧，我叫派出所來抓你！」

方香父親怒罵：「你這個校長，是個什麼鳥校長，不整你那畜牲老師，倒來嚇我，我死都不怕，還怕坐牢嗎？」

方香父親發瘋了，掙脫了兩個老師的手，搶起竹扁擔向王校長打來。柯和貴閃到王校長面前。方香父親見到柯和貴，扁擔沒打下去。

柯和貴把方香父親拉到自己房裡。

方香父親一下子跪在柯和貴面前，哭著說：「柯老師，要不是你派方蘭英跟著我女兒，我女兒自殺了。我感激你呀。」

柯和貴把方香父親扶起來，談了一陣，叫方香父親把女兒送來上學。

方香父親說：「我女兒哪有臉面再來讀書？再說，她學習差，老師不管她，讀不到什麼，不讀了。」

柯和貴把方香父親送出學校去。

第二件事。

一天課外活動，三（3）班同學蔡永烈在內場上與幾個同班同學跳流行舞。那蔡永烈留著長頭髮，穿著花褂子，這種打扮在鳳凰中學是第一人。蔡永烈正興高采烈時，班主任駱良生把他衣領抓住了，要他低頭站好。蔡永烈遭到這突然襲擊，驚恐住了，低頭站著。駱良生老師從口袋裡摸出剪刀，把蔡永烈的頭髮亂剪一氣。蔡永烈的頭髮被剪短了，像長草遭到牛馬亂啃一陣後，亂糟糟的，引得圍觀的同學大笑起來。

駱老師命令蔡永烈把花褂子脫下。蔡永烈的自尊被當眾傷害了，臉色由驚恐而羞愧，而發怒，昂起頭，質問：「我穿花褂子犯了什麼法？」

駱老師見到蔡永烈反抗，憤怒了，扣抓住他的胸襟，喝斥：「奇裝異服，資產階級生活作風！快脫！」

蔡永烈猛地用手抓扭駱老師的手，轉身跑。那花褂子前襟連同肩袖被撕破了。蔡永烈跑了，駱老師去追，邊喊：「反了！站住，你不轉回來，就開除你。」駱老師沒追上，氣喘喘的，氣得臉發紫。

第二天吃了早飯，蔡永烈帶來兩個留長髮、穿花衣的社會青年來找駱老師。一個青年說那花褂子是他借給蔡永烈的，要駱老師賠。駱老師說自己沒扯他的衣服。兩個青年就抓打駱老師，被蔡永烈拼死扯開了。蔡永烈說不能打老師，只要賠褂子。駱老師卻不甘休，強烈要求學校開除蔡永烈。蔡永烈被勒令退學了。

蔡永烈由學生變成了社會青年，對駱老師兇狠起來了，說駱老師不賠衣服，就要吃兩百元錢的藥。一天傍晚，駱良生老師找柯和貴，說有同學向他報告，蔡永烈要在夜裡來襲擊他，他不敢在房裡睡，又擔心房裡的東西被蔡永烈拿走了，請柯和貴到他房裡睡一個夜。柯和貴答應了。

駱老師走了。李秀雲就嘟囔起來：「人家叫你去替死，你也去，我沒見到這樣的傻子。」

柯和貴說蔡永烈不會打自己。李秀雲說，黑夜裡認不清人，還不亂打？柯和貴有些後悔了，但既答應了人家，就要講信用，自己提防著點就行了。柯和貴睡在駱良生房裡。

下半夜，窗戶玻璃被石頭砸破了。柯和貴連忙拉亮電燈，起身向窗外叫：「蔡永烈，駱老師回家去了，你不要亂來。我打開房門，有話對你說。你進來。」

蔡永烈帶著一個社會青年進房來了。柯和貴先勸解蔡永烈一席話，又指出蔡永烈這樣搞就不僅是違反校紀，而且違法了，後果不堪設想。柯和貴勸蔡永烈到別校去讀書，自己幫他辦轉學手續。蔡永烈哭了。後來，柯和貴真的把蔡永烈介紹到別區一所中學讀書。

第三件事。

二（4）班學生鄧生虎上體育課時沒站好，被身材高大的體育教師王忠提起來向下一築，築得股骨內側脫臼了，衛生所醫生接不上。晚上，鄧生虎的父親和哥哥聞訊趕到學校，要找王忠老師算賬。王忠老師被嚇跑了，家長到王校長房裡吵鬧。王校長把家長帶到柯和貴房裡。柯和貴安慰了家長，說自己保證把鄧生虎的骨頭接上。柯和貴叫了車，到南柯村把柯慶如接來，把鄧生虎的脫臼骨頭接好了。王忠老師出了一百元錢，才把事件平息了。

柯和貴深深感到「以掙錢為目的的教育喪失了天良，教師自身素質太低，對差生沒有愛心。」他經常發出感慨「教育危機，中華民族危機！」

每年九月一日開學，學校都要進行重新編班，按優生、一般生、差生比例搭配分班。鳳凰中學為了在競爭中生存下去，商定了不成文的兩條口頭規定：一、非畢業班，在統考中，按各班在同級前一百名內所佔有比例和平均分數評定名次，前三名的班，教師得獎金；二、畢業班，平時統考，按非畢業班同等標準評定獎金；在升學考試中，考上中專一人，發獎金三百元，考上市重點高中一名，發獎金二百元，考上縣重點高中，發獎金一百元（注：在一九九五年前，中考錄取的順次是：中專，市重點高中，縣重點高中。中專的錄取線最高，中專畢業生能分配工作）。

這樣，同級的班主任經常為優生、差生搭配不均而爭吵，甚至打罵。只是在與柯和貴同級的班爭吵少些，讓柯和貴吃虧就行了。

每次在分班拿花名冊時，別人搶著拿，剩下的一本是柯和貴的，那當然是名次最末的一本。在中途，別班的班主任不斷地驅趕差生，柯和貴不但使自己班的差生安心下來，還不斷地接收家長和學校領導送來的被別班趕出來的差生。柯和貴不敢接收要到他班來的優生，只偶爾有優生要轉入別校時，學校領導征得該班班主任同意，柯和貴才敢接收。這樣，在平時統考時，柯和貴班自然得不到獎金。只有在升學考試時，柯和貴班才一躍於前，得的獎金多。柯和貴如此敢吃虧上當，但上當還不討好。多了差生，增加了工作量，少了獎金；任課教師不滿，總要柯和貴去耐心說服任課教師。驅趕了差生的班主任背後非議柯和貴：「柯老師收差生，是收買人心，圖虛榮，損害了其他班主任的名譽和形象。」不過公道自在人心。學校領導和大多數教師還是心裡敬佩柯和貴的。

今年九月一日開學，柯和貴又被留在畢業班當班主任。

在畢業班分班的教師大會上，鐘誠主任說：「今年我校高考升學率高，外鄉鎮插班的學生不少，畢業班增加了一個班，可編為五個平行班。我按統考分數搭配，抄了五本花名冊。」鐘主任把五本花名冊並排在辦公桌上，用粉筆在花名冊上頭寫一、二、三、四、五的字碼。

鐘主任剛一寫完，有幾隻手去拿那花冊看分數。鐘主任制止了，說：「先別忙去拿花名冊，讓王校長講幾句話。」

王國光講起來了，傳達了教委主任講話，講了全縣中考情況。王校長在講到本校時，說：「在市場競爭中，一個學校要生存下去，教師待遇要提高，就要創造收入。現在上級只向學校要錢，不下撥經費，社會向學校集資費被政府拿去了，學校從哪裡去弄錢？靠學生學費，這就要爭取生源。學生多，學校收費才多，這就有一個如何鞏固學生在校的問題，主要是要鞏固差生不流失。大家想一想，一個學生一學期交四百元，流失一個學生，一年就少了八百元。班主任不能只考慮趕差生，要從學校大局著想，鞏固差生。今天，大家先談談如何提高鞏固率、留住差生的問題。」

教師們議論開了。

有的說：「差生像他父母，是遺傳的原因，天生差。泰山易移，本性難改。教師沒法子。」

有的說：「差生的差，差在家庭教育。有些父母根本不教孩子，也不會教孩子。父母苦吃苦做，卻讓孩子好吃懶做，所謂窮人養嬌子。家庭生活富裕的，更是縱慣孩子。教師教孩子不要打架罵人，父母卻說孩子惡些好，不受人欺負。叫教師怎麼辦？」

有的說：「教師對學生嚴厲，差生就與你打架，還帶著父母打上門來。這種差生不可教，失學是理所當然的。」

有的說：「差生的差，也差在小學六年教育。小學六年，培養了差生，初中三年，怎能一下轉變過來？」

有的說：「差生的差，差在社會風氣不好的影響。幹部貪汙腐化，作風惡劣；黑社會猖狂，拉差生入夥。教師對社會壞風氣無可奈何，哪有能力轉化差生？」

有的說：「教育不是萬能的。學校不是廠礦企業，學生沒有扣發工資、獎金、罰款的憂慮；學校不是黨政機關，學生沒有被撤職、處分、開除公職的擔心；學校不是司法部門，學生沒有被拘捕、判刑、槍斃的恐懼。差生轉不過來，教師只好由他去。」

「好了，好了，我聽膩了。大家說的是一個意思：差生轉化不過來，鞏固不下來，我沒責任。柯和貴老師卻從來不這樣認為，我只聽到他說：『在孩子面前，世上只有三個好人：父母、教師、郎中。教師待學生應像待自己的孩子，同樣施愛。如果娘疼順頭子，那娘就不合格。如果教師挾私偏愛，歧視差生，那就不僅是誤人子弟，而且是泯滅了天良。我硬不起那副心腸。拋棄可憐的差生。』我說，如果大家都像柯老師那樣，情況就會好了。這說明教師本身的素質也差。」鐘誠說。

鐘誠是新提拔上來的教導主任，工作負責，有魅力，但年輕氣盛，經驗不足，不善於說理，與教師關係有些緊張。他這樣一說，引起教師的反感。

「你鐘主任現在敲邊鼓倒省力。前年你當班主任，為什麼挨差生家長的打？華國明拿刀子殺你，你有什麼辦法？」青年教師汪江反擊鐘誠。

「我承認自己做差生轉化工作缺乏經驗，但我沒趕差生出門，盡力去做了。我不斷向柯老師請教，不像有些人那樣背後攻擊柯老師。」鐘誠說。

「即使是柯老師，轉化學生也碰釘子，他班的鄧燦就頂撞他，背後罵他。」愛給差生取外號的老教師方正說。他有些不服柯和貴。

「方老師說錯了。鄧燦是優生，不是差生。柯老師對優生的要求嚴格，喜歡找優生的缺點進行批評教育。鄧燦在班上造亂子，一時說這個男生與那個女生談戀愛，一時又說這個女生是那個男生的愛人，弄得班上男女生不敢接觸了。要是別的班主任，就會生怕鄧燦跑了，不會批評鄧燦。柯老師卻想個怪法子整鄧燦，要鄧燦坐在四個女生中間。鄧燦不肯去坐，與柯老師頂牛，背後罵柯老師。後來，柯老師找來鄧燦的哥哥，一起說服了鄧燦，鄧燦坐了那座位，再不亂說男女生的事了，一心安靜學習，在中考時考了全校第一、全縣第二名。鄧燦現在上大學了，給柯老師寫的那封信才有感情哩。」青年數學教師胡家說。

「我不是說柯老師沒做好差生轉化工作，我是說差生難轉化。」方正老師改口說，「我與小柯同事四、五年了，一直佩服他做學生思想工作的耐性，跑學生家長的勁頭。」

「我與柯老師同班三年了，學到了不少工作方法。我感到柯老師做差生的動力，來自他的同情心和高度責任感。他把學生真的當作自己親生兒女和親兄弟姐妹一樣。他對每個學生的成長過程、性格、學習情況、家庭情況瞭若指掌，時刻注意差生的心態變化和可能出現的毛病。柯老師不斷研究差生，我也不斷研究柯老師。」胡家又說。

「柯老師為轉化差生真是絞盡腦汁，法子也多。我想學，學不來。」化學教師魏鋒說，「我與柯老師同班，雖然感到累，但在精神上是一種享受。」

「我是柯老師學生。中考那年，我與父親爭吵，不讀書了，跑到縣城，又跑到黃土市大街遊蕩。沒錢了，我餓得眼發花，想偷東西吃。可是被柯老師找著了。原來柯老師得知我跑了，就去找我，找了兩天兩夜。我回校了，柯老師沒罵我，安慰我，讓我和他睡在一起幾天，我才安心讀書了，就考上了縣師範，成了今日一名教師。如果柯老師對學生沒有深厚的執著的愛，不負責任，我這一輩子就完了。我終生記得這件事。」語文教師趙前超說。

「我教書二十六年了，同事有許許多多，遇上小柯這樣令我敬佩的同事還只第一個。」老教師張能友說，「我和小柯開始同班時，他要我針對差生把物理教材編出一些實用性強的講義，給差生補課。我很反感，覺得他自找苦吃，還要我陪著吃苦受累，當時就發他脾氣。他總是一副笑臉，使我軟下來了。他說：『張老師，我自己從沒低三下四地求人，現在替差生向你陪笑求你。差生的差，是差在學習成績上，不一定差在品質道義上。你的學生走出社會的很多，你應該有所體會。』我心裡贊同他的觀點。確實許多優生到了社會翻臉不認人，不知師恩；不少差生出校門，卻對教師很尊重，總是責怪自己沒好好讀書，不怪老師。小柯又說：『考上高級學校的學生是極度少數，大部份學生中學畢業後就到社會上去謀生了。一個教師能培養出高才生或專家名人，當然感到自豪。但是教師的良心應該令他為大多數差生的謀生擔憂，令他想到差生老實地工作並不比一個優生對社會的貢獻少。張老師，你能辛苦一點多傳授一些本領給差生，也是替我這個班主任做差生轉化工作。中考後我班主任的那份獎金不要，給任課老師分。』我聽了很受感動，按小柯說的去辦了。小柯帶的班沒流失一個差生，這是不爭的事實。大家看到，畢業離校那天，小柯的學生圍著小柯和任課老師哭哭啼啼，戀戀不捨。那才是真摯的深厚的師生感情呀。我能分享到這份師生感情，感到榮幸。像小柯這樣的教師，家長把孩子給他才放心，學生碰上他才幸運。」

「大家講得很好。小柯轉化差生的成績是大家公認的吧，不是領導吹噓出來的吧。」王校長說，「小柯，你把轉化差生的工作經驗概括出幾條來，供大家參考學習。」

「我沒想到大家把我當話題，這使我很難堪。」柯和貴說，「我只不過像大家一樣有一顆教師的良心，對學生有一顆教師的愛心，做了一個教師應該做的工作，哪有什麼值得大家學習的東西呢？談到差生，我和大家一樣都有經驗和教訓，有些體會。我是不同意單憑考試成績把學生分成優生、一般生、差生的。對一個人的評估應是多方面。所謂平等，是指人的天賦權利上的平等，而人的天賦智力和性格是有差異的，是多樣性的；人的家庭、社會條件也有差異，這就使人的際遇不同，命運也不一樣。一個學習成績好的學生，如果品質有某方面不好，教師不去教育他，只是一味地偏愛和縱容，出了社會，會受到惡勢力的污染，很有可能成為一個不講道義的人，甚至會成為禍國殃民的貪官酷吏或助紂為虐的幫閒文人。一個學習成績差的學生，如果心地善良，教師不歧視他，用愛心感化他，幫他提高知識水準，出了社會，對惡勢力有免疫力，很有可能成為一個道義人士，至少能成為一個勤勞養家的人，對社會也就有貢獻。我班鄧乾貴同學，就總分來說在班上倒數第一、第二，考高中是無望的。但是，他語文成績好，心地善良，勤勞老實，默默做好事。我們能把他當作『差生』而不管嗎？顯然不能。我一方面表揚他的好品質，鼓勵他繼續學好語文，爭取做記者、作家；另一方面，給他指出，一個人的知識要全面，其他的課程也要努力學習，多懂些，特別要求他學好物理，將來出外好打工。鄧乾貴就學得十分努力，也十分艱難。說不一定，鄧乾貴將來會成為朱自清一樣的人物。朱自清考清華大學，數學得零分。要是朱自清在現在的考試制度下，就是個差生，什麼學校也考不上。這說明現行的教育制度有很大缺陷，不利於學生智力的開發，並不一定是學生的問題。我有個侄兒叫柯天任，智力很高，從小受父母和和祖母的嬌慣，養成做孩子王的惡性。到了學校，碰上一個管校代表，給他傳授了『五點革命秘訣』，監督他執行；要他對上級忠誠，對下級狠毒惡鬥，作革命戰鬥英雄；還授予他『五好接班人』、『背《毛主席語錄》的模範』、『模範團員』，讓他當團支部支書、校革委會主任。他就學毛主席專學政治、歷史、語文。在中學，柯天任又碰上了一個教語文、歷史的班主任，誇他有劉邦、朱洪武的天才，使他確立了當皇帝當英雄的理想。高考制度恢復了，他當然落選。我問他的志向，他明白地告訴我：『要當革命幹部，一級一級地升上去。』我聽了，憂心忡忡。我可以斷定：柯天任將來就是為害親人、為害地方、為害國家的禍害。我曾經管過他，也給他宣傳了『五點做人秘訣』，批判了管校代表的『五點革命秘訣』，批判了他班主任的說教，但我個人的力量太弱，拉不轉他。現在我把他安排到水利局工程隊，聽說他不願意幹，要去辦武館。鄧乾貴和柯天任，到底那個是優生，哪個是差生呢？改革開放，需要許許多多的人才，既需要學習成績好的學生去考大學，成為經濟專家、高級科技人才，更需要培養大批的覺悟高的道義之士，去推動政體的改革。這是從大的道理來說明教師不應該歧視差生，要同情、愛護差生。從教師良心上感情上說，更不能歧視差生，要愛護差生。我原來也是個可憐的貧困生，不懂事的小孩子，是碰上了許多的好老師的關心和教育，才使自己成為一個教師的。量私不如測情。我當然應該做一個有愛心的老師。我每每看到自己的學生天真無邪的面孔，看到他們襤褸的衣服，看到他們在冬天流出的鼻涕和凍紅的手背，在夏天曬爆了皮的膚色，心裡就善軟起來，疼愛起來。再說，同船過渡，前世所修。孩子來做我的學生，這種偶然發生的師生關係，不知修了幾世幾劫呀。我要十分珍惜這份師生感情。有了這兩點在暗中支配我，我決心獻出愛心和精力，教育好所有的學生，特別是差生。正如老師們所說，差生的差有許多原因，教育也不是萬能。但我決不因此而認為我的責任感會減輕。差生難轉化，教師應盡心盡力，方法得當，不能全部轉化一個模樣，總要使他們都向好的方面有不同程度的轉化，比原來有所提高，有所好轉。」

柯和貴在講話時，大家都靜靜地聽著，心裡佩服，在道理上、道義上沒人不贊成的。但在實際利益上和行動上，沒人願去接受。因為，柯和貴的言行簡直是墨子的摩頂放踵思想，是苦行僧行為。

「這些話說起來動聽，做起來很難。」柯和貴說，「我要說幾句得罪人的話。我痛感到教育的腐敗，教師良心受到腐蝕，廣大學生受到傷害。學校在評獎評模時，應該加上一條：鞏固率。」

柯和貴這個建議如在死水潭裡丟下一塊石頭，濺起了浪花，教師們哄然了。有的熱烈擁護，有的強烈反對。教師們爭論了好長時間。王校長帶幾個領導出門去研究了一陣子，回到會議室。

「教師們討論了一陣，學校領導研究決定採納柯和貴老師的建議，評比標準為：平均分數只占百分之四十，高分數占百分之三十，鞏固率占百分之三十。流失一個學生倒扣三分，鞏固率分數扣完了，扣其他項的分數。」鐘誠說。

「這不合理。」駱良生老師說，「鞏固率與高分數一樣比例，教師們的精力有限，主要去抓差生了，放棄了優生，升學率就上不去了。鞏固率最多只能占百分之十，有個象徵意義就行了。」

「我看不見得。」張能友老師說，「優生只要注意他不放鬆學習勁頭就行了，好管理。應該用主要精力來抓差生轉化。差生轉化了，班上紀律也好了，優生更有安靜的環境學習。這並不影響升學率。」

「有些被學校處分自動離校和被開除的學生，不能算流失學生，不能扣鞏固率分數。」駱良生說。

「每個班都有這類差生，這就要看教師的耐心和能力了。被開除當然要算作流失學生。」鐘誠說，「我說兩句醜語在前。學生和家長找班主任鬧，班主任不要把糾紛上交，自己去處理。流失的學生，學校領導再不幫忙插到其他班，家長和班主任自己去找班安插。」

「我贊成，流失的學生，別班也不能收。」駱良生說。

「這一條不好，失學多了，轉學多了，對我校名譽有損。學生本可以擇校擇師。一定要失學的學生，應該允許在我校內擇班。」胡家說。

「我不是說這個班穩不住的學生，不允許另一個班收，是說學校領導不插手，由班主任和家長自己去插班。這樣，仍不算流失名額。如果班主任讓學生流失在校外，就算作流失名額。」鐘誠解釋說。

教師們爭論一番，安靜下來。

「大家對鐘主任提出的幾條沒意見吧？」王校長問。看到老師沒話說了，他又說：「那就分班。」

「以前分班，由各班主任選擇花名冊，手長的把分數稍高的拿走了。這次分班，來拈鬮。這裡有五本花名冊，我做了五個紙團，拈著的號碼來對著拿花名冊上的號碼。」鐘誠說。他把五個揉搓的紙團拋到桌子上。

各班主任去拈，柯和貴叫胡家幫他拈，拈著「二號」。各教師圍著去看自己拈著的花名冊。

「我今年倒楣，拈著四號。成績差不說，調皮搗蛋的也多。」駱良生咕嚕著。他對鐘誠說：「鐘主任，像李東陽這個學生，在二年級時因偷盜和打人就受過兩次記過處分，再犯，只有開除。我把話說在前頭。」

「像李東陽這樣的學生，每班都有。李東陽是你跟班上的學生，你應該穩住他，不應該有甩包袱的思想。」鐘誠說。他轉頭問王校長還有沒有話講。王校長搖了搖頭。鐘誠說：「散會。」

吃過午飯，柯和貴回到房裡，躺在床上準備午睡，隨意翻著花名冊。這時，張能友和趙前超來了。柯和貴請了坐，三人聊起來。

柯和貴感到兩人有心事，就說：「你倆是不是找我有重要事說，不要難於啟齒，說吧。」

趙前超低下頭，翻看著手上的花名冊。張能友訕笑著，說：「是來找你商量的。趙前超手氣不好，拈著『五』號花名冊，想與你交換一下。他有難言之苦，我替他來找你商量。」

這是一樁明明要柯和貴吃虧上當的生意。雖說是按分數分的平行班，其實也不大平行，有前有後。分班是按每個學生統考總分的名次來編排的，先編出一、二、三、四、五名，再調頭搭配十、九、八、七、六名，如此類推下去。這樣，「二」號當然比「五」號花名冊強些。俗話說：「打我來，罵我來，虧我不來。」柯和貴如果同意換冊，那不僅是好說話，簡直是出傻氣。就是柯和貴同意「換」花名冊，其他任課老師也不會同意。張能友是跨班任柯和貴班和趙前超班的物理課，名聲和獎金不受影響，當然肯出面為趙前超做好人。柯和貴聽了張能友的話，心裡有些不舒服。柯和貴瞟那趙前超，臉上的紅散到了耳根，不好意思抬起目光。那張能友望著柯和貴只是苦笑，放著期待的目光。

趙前超是柯和貴的學生，也是張能友的學生，是鳳凰中學第一屆初中畢業生，考上縣師範讀兩年，返回鳳凰中學教書。原是任一（2）班班主任和語文課，跟班到三年級，是第一次帶班畢業班班主任。

如果趙前超這第一次中考打了啞炮，在學生中就沒威信了，在社會上名聲也不大好。柯和貴的名聲早已遠揚了，失手一次，別人也會諒解。柯和貴已看了「二」號花冊，趙前超原班的學生較多。如果趙前超帶「二」班，師生互相了解的多；如果帶「五」班，趙前超的工作量就增大了不少。並且，三年級學生年齡大些，容易找青年老師的碴。這些，大概是張能友替趙前超提出換冊的動機。

柯和貴想著這些，看著眼前初出茅廬的學生趙前超，動情了，作出了「換」的決定。他說：「前超，把你的花名冊給我，我的給你。」

兩人換了花名冊。

柯和貴說：「換冊的事要對外保密，以免引起許課老師的不滿。但必須讓鐘主任知道，把他手裡的底冊也換了。」

「柯老師，我實在不好意思。」趙前超低著頭，像個小學生，細聲說。

「不用羞愧。青年教師名聲很重要，你必須打響第一炮。我相信你會成為一名好教師。」柯和貴說。他又對張能友說：「換冊的餿主意是你出的，我沒猜錯吧？」

「你猜中了。」張能友笑著說，「我也猜中了你會同意換。」

「你的任務還沒完。」柯和貴對張能友說，「你帶趙前超到鐘主任那裡換底冊。」

張能友、趙前超二人走了。

這換冊的事一直被保密下來了。

班分了，各班教師去努力工作。到了這學期中途，三（4）班的李東陽鬧出了大亂子。

欲知李東陽出了什麼亂子，且聽下文分解。

第六十六回　駱良生憤怒逐差生　李東陽絕望投潭水

卻說一天早操後，鐘主任通知全校教師開緊急會議。

會上，鐘誠說：「這學期不斷發生學生違法亂紀事件。昨夜，竟然發生了三（4）班李東陽砸破駱良生老師房門和打傷駱老師的惡性事件。現在，由駱老師敘述事件過程。」

駱良生的左額包了一塊藥紗布，忍痛說起來：「昨夜自習後，我坐在窗下批改作業，聽到窗上有絲絲響聲。我抬頭一看，有個燃著的煙頭在燒窗上蒙的尼龍紙，很快燒出一個孔。我悄悄起身，開門出去，看到李東陽站在窗下吸一口煙，用煙頭去燒一下窗紙。在離窗子一丈多遠的陰暗處還有個黑影。我一下子撲上去，抓住李東陽，那個黑影跑了。我把李東陽拉到房裡，問他為什麼這樣做。李東陽態度很傲慢，眼裡根本沒有老師，昂著頭，張開兩腳，不肯立正好，說是燒著好玩的。我火了，要他低頭立正。他就和我打起來了。他好大的力氣哩，把我打倒在地，就跑了。我跑出去追一圈，沒追著。我回到房裡，氣得拿起批改作業的筆直發抖。沒半個小時，我房門發出砰隆一聲響聲。我跑去一看，房門下面被砸了個窟窿。我知道是李東陽來報復我。我打開房門，去追，左額上挨了一石子。我忍住痛追去，抓著李東陽，扭送到鐘主任那裡。我教了李東陽兩年書了，對他不斷做了幾多轉化工作，就是轉化不過來。這樣學生是不可教的。在二下時，我就建議學校開除他。學校領導心太軟，對這種流氓學生和下不得手。現在好啦，發生了學生打老師事件。雖然是我一個人挨打，卻是教師的尊嚴受到侮辱，人身安全受到侵犯。這樣發展下去，老師怎麼能當下去？書怎麼能教下去？」

「李東陽跑沒跑？」有老師問。

「交給我的人還跑得了嗎？」鐘誠面有驕色，說，「我昨夜審了他，他說的與駱老師有些出入。但我怎麼會去輕信一個流氓學生的扯謊呢？我要他跪了一夜，現在還跪在我房裡，大家討論怎麼處分李東陽？」

教師們同仇敵愾了，相繼表態，要嚴厲處分，開除學籍，以儆效尤。

「開除學籍要經過教委的批准，很難的。」張能友老師提醒說。

「那就勒令退學。」有個青年教師說。

「我贊成嚴肅懲處李東陽。」柯和貴說，「我要提醒一下。如果把李東陽一棍子打死，不留餘地，他會怨恨駱老師，幹出意想不到的事來。我建議給予留校察看一年的處分，讓李東陽有畢業的希望，與駱老師緩和下來。」

「我與李東陽沒什麼緩和的，我也不怕他記仇恨來捅我的刀子。我把李東陽交給學校了，柯老師有本事就去轉化他，做好人，不關我的事。」駱良生氣憤憤地說，「這樣的學生能轉化，砍下我的頭也不相信。」

「駱老師這樣衝擊柯老師就不對。柯老師沒有惡意呀，只想消除雙方怨恨，避免再次發生事故。再說，這時是各人談看法，意見不同是有的呀。」胡家說。

「允許有不同看法，我們不搞一言堂。」鐘誠說。鐘誠倒被柯老師的話提醒了。他曾有過對華國明過激行為的教訓。他在想：「對李東陽的事不能插手過深，萬一李東陽負了急，報復自己，自己不是為駱良生擋了禍嗎？駱良生是個不識好歹的人。」他這樣一想，態度緩和下來了。他說：「現在大家對勒令退學和留校察看一年這兩項建議舉手錶決，少數服從多數。」

表決的結果，贊成「勒令退學」的是多數。

柯和貴憑經驗猜測到，多數班主任和教師，想借駱良生狠整李東陽的這個例子，來殺雞嚇猴，便於警戒自己的學生。駱良生不懂這個理，看不出支持他的人是別有用心，只是一味想整李東陽出氣。

「按大多數教師意見辦。」王校長說。

「校團委書記趙前超老師主持大會，宣讀佈告。駱老師做主體發言，王校長總結報告。會後，各班討論，對學生進行一次紀律和尊師重教教育。」鐘誠佈置工作，實際上在為自己開脫責任，避免李東陽記恨他。

吃過午飯，在操場召開了懲處李東陽大會。兩個團員同學把李東陽押到了前面。

李東陽，男，十五歲，個子瘦小，窄臉，尖下巴，頭髮亂，鼻青臉腫，左腳受傷而瘸，身子向右傾斜，光著腳丫，上衣背上被撕破，前襟沒扣子，露出癟平的胸脯，胸肋根根。他低頭站著，時而側面怒視發言的駱良生老師，沒流淚。很顯然，這孩子遭了沉重的毆打，受了冤屈，充滿仇恨。

柯和貴看到李東陽這個樣子，一陣寒噤，流出眼淚來。他知道李東陽是李振舉老師的兒子。他想起在「一打三反」運動中自殺的李振舉老師，對李東陽加倍同情了。他後悔在分班時沒事先打招呼，把李東陽分到自己班上來。

「小胡，我看李東陽缺少父母之愛，性子倔強，又內向，逼急了，會走絕路。等一下他被開除了，我倆送他一程，安慰他一陣吧。」柯和貴對身旁的胡家老師說。

「柯老師，你不要多管閒事了。對駱良生那人，你不是不了解，狹隘，自私，偏激，頑固，目光如豆，又自恃有鄧河流組長的同學關係，一意孤行。王校長、鐘主任都讓著他三分。學生碰著他，算是倒楣透了。你去做有利於他的事，他不理解，不明大理，反而說你想害他、反他，糊你一身屎尿。我勸你不要去彈駱良生那瞎子的琴了。」胡家說。

柯和貴只好嘆息。柯和貴並不是不敢管，他連周雷霆、陳繼烈、瞿思危、尹苦海也不怕，還怕駱良生、鄧河流嗎?而是有顧慮：一方面，為李東陽辯護，就打擊了駱良生老師，會遭到絕大多數老師的反對，同事關係緊張起來；另一方面，李東陽確實犯了應該受處分的錯誤，為李東陽辯護，學生們不理解，會鼓動學生造老師的反，不利於學校工作，王校長、鐘主任也會不滿。這是一個民眾覺悟和蒙昧的問題，並不是一個懲惡揚善的正義問題。因此，柯和貴只好嘆息，不敢行動。

散會了，柯和貴急於去找王國光校長，建議派人護送李東陽回家，以免出事。王國光說：「你不要管駱良生的事。」柯和貴去找鐘誠。鐘誠說：「這事找駱良生去管。」柯和貴當然不願去找駱良生，心子也冷了，不準備管。但是，柯和貴心裡總有些不安，擔心李東陽出事。他決心暗暗去管。

柯和貴回來班裡，對胡家說自己身體不舒服，要休息一下，叫胡家主持一下班上討論會。柯和貴交代了工作，走出校門，尾隨李東陽走。

卻說李東陽悶著一肚子怨恨，沒哭沒鬧，到寢室，收拾了東西，用根竹扁擔，挑了箱子和被卷，一拐一瘸地走出校門。他本應走大路回家近些，卻揀小路走。他碰著熟人，就低頭彎路走過去。他走了大約三里路，來到小山徑上。這小山徑順著溪水曲曲折折，旁著懸崖，坎坷不平。他走到一座古老的生滿雜草苔蘚的拱石橋，在橋頭停下。他又饑又渴，放下擔子，到橋下水潭旁，捧起水來喝。他喝了幾捧水，坐在潭旁一塊石板上哭了，哭聲越來越大，越來越慘。

「爹呀，你為什麼死得那麼早？娘呀，你為什麼不管我就走了……」

李東陽一邊哭，一邊用額頭磕著溪坎上的石頭，磕出腫包鮮血來。

李東陽激動了一陣子，平靜了，回想著自己的事。

父親自縊時，他只三歲多，但記得父親的幾個動作鏡頭：父親抱他坐在灶前，教他把手伸去烤火，又把手收回來，互相揉差暖氣。父親在場地上，把他舉起，降下，又舉起，又降下，他高興得大笑起來。父親帶他到溪裡，教他抓螃蟹。父親死了，穿著黑色長褂睡在門板上，雙手放在腹上，脖上有一條深紅的痕印，舌頭伸在嘴唇外，他跟著媽媽、姐姐哭了。在他上學那年，母親帶兩個姐姐改嫁了，把他留下，交給伯父養。伯父很疼愛他，可是，伯母臉相難看。在他讀三年級時，伯父死了。他讀五年級那年，父親被平反了，他每月有十三元錢的撫恤金。可是，他的堂兄李東生去接了父親的班教書，他沒撫恤金了。

堂兄答應讓他讀書考中專。他讀小學一、二、三年級時學習很好，到了四年級因和同學陳衛東打架受了處分，學習成績下降了。那陳衛東是大隊支書的兒子，當班長，罵他是反革命份子的兒子，小反革命，打他。他懂事了，受不了那氣，就用石頭打傷了陳衛東手背。他父親平反後，他的學習勁頭又來了，以中等成績考上了鳳凰中學，被分配到駱良生老師的班。俗話說：不是冤家不聚頭。陳衛東也分在駱良生老師班，繼續當班長。駱良生老師偏愛陳衛東，還偏愛女生，歧視他。他對駱良生老師看不慣，但忍著，總記著堂兄的那句話：考中專。他就埋頭讀書。

可是，不好的事老是跟著李東陽。

女生張芙蓉新買的鋼筆不見了。李東陽也買了一支鋼筆，和張芙蓉的一模一樣。張芙蓉和陳衛東就說是李東陽偷了張芙蓉的鋼筆。李東陽當然不承認，要駱良生一起去供銷社查問。那個該死的女營業員證明張芙蓉買了鋼筆，說記不清他買了。駱良生老師打了他兩耳光，把他的筆給了張芙蓉，還記了他一次小過處分。他氣得跑回家去跟伯母講，伯母不理他。還是堂兄李東生好，信他的話，跟著他找駱良生老師辯了一陣理，要求跳班。學校不允許他跳班，他只好讀下去。從此，陳衛東就叫他小偷，打罵他。他忍了好幾次，去向駱良生老師報告。駱老師不信他的話，只信班長陳衛東的話。

李東陽忘記不了今年六月的一個傍晚。他游泳後，在塘邊洗衣服，陳衛東把一套髒衣服甩給他，要他洗。他不理陳衛東。陳衛東就一腳尖把他踢到水塘裡。他嗆了好幾口水，抬頭出水面，雙手攀住塘邊石板想上岸。陳衛東俯下身子，抓住他的頭髮，把他的頭往水裡按一下，提一下，又按一下，提一下。他被水嗆出了鼻孔血。陳衛東卻哈哈大笑。陳衛東按累了，才放開他。他上岸了，不作聲，揩乾身上的水。他知道告狀無門，就決定反抗。他看見陳衛東蹲在洗衣服的張芙蓉身邊說笑，他拿起洗衣用的木棰，偷偷地溜到陳衛東背後，舉棰向陳衛東的後腦勺打去。打偏了，打著了陳衛東的肩胛。陳衛東哎喲一聲，側身倒在塘坎上。他又舉棰打。陳衛東抬腳來擋，腳臁上挨了一棰，皮破血流。他恨不得把陳衛東打死。

陳衛東接連挨了幾捶，跌入水中。同班的同學方向南把他攔腰抱住，拖到寢室。這下子闖了大禍，陳衛東住院了。陳衛東父親趕到學校打李東陽。李東陽堂兄李東生也來學校，找駱良生老師辯理，又向陳衛東父親說了許多好話，賠了二十元錢醫藥費。這一次，李東陽更劃不來，雖然出了一口惡氣，卻被記了一次大過處分，堂兄生他的氣，伯母嫌棄他，駱老師把他當壞典型來教育其他同學，同學們說他發傻氣，有神經病。不過，也有個好處，再沒人敢惹他，怕他發傻氣。只有方向南跟他玩。李東陽本是個性格內向的人，不愛與別人亂玩，也就落得個安心讀書。

昨天下晚自習後，李東陽去睡覺了。方向南神秘兮兮地把他拉起來，到僻靜處，告訴他：「駱良生那騷水牯，把張芙蓉叫到房裡去了，關了房門，肯定是做那些見不得人的事。我倆去看看。」

張芙蓉是個大齡女生，學習不好，卻很得駱老師偏愛。李東陽和方向南暗地裡叫她狐狸精。李東陽聽了方向南的話，一方面感到好奇，另一方面對張芙蓉和駱良生的怨恨都從心裡湧起了，就不由自主地跟著方向南去了。

校園很安靜，只有幾個老師的房裡有燈光。他倆先到駱良生房門前，從門縫裡向內瞧。可是，門縫內面都被紙糊住了，什麼也看不見。他倆又轉到窗戶下。窗上蒙了尼龍紙，也看不見，只聽到有唧唧哦哦的含糊不清的聲音。方向南從口袋裡掏出一截紙煙，劃根火柴吸燃，在尼龍紙上燒了個小圓孔。方向南看了一會，蹲下身子，小聲對李東陽說：「在親臉哩。」李東陽就去看。李東陽個子矮小，踮著腳根看，只看到兩個挨在一處的頭毛蓋。李東陽就要方向南把煙頭給他，想在尼龍紙下處燒個孔。李東陽吸了一口，把煙頭吸紅。正在這時，駱良生衝出來了，抓住了他。方向南跑了。他被拉進駱良生房裡，卻不見了張芙蓉。駱良生整了他一頓，要他交待出那個黑影是誰。他講朋友義氣，不說出方向南，只說只有他一個人。駱良生打他。他心裡不怕駱良生，口裡說：「你與張芙蓉親臉，正確嗎？」駱良生火了，狠命打他。他就反抗，跑了。他跑到樹林裡，方向南也在那裡。兩人就來砸駱良生的房門，方向南向駱良生打了一石頭。李東陽又被駱良生抓住了，遭到駱良生毒打，左腳踝骨脫臼了，鼻青臉腫。在鐘主任房裡，李東陽說出了全過程。可是，鐘主任心子不公，說老師找學生談話是正當的，不准他造謠生事。結果給了他那麼大的處分：勒令退學。他真後悔不該聽方向南的話去偷看，駱良生和張芙蓉搞鬼，「狗卵入狗屄，與你何干涉」呢？

「我真不應該去管那種事呀！」李東陽想到這裡，悲愴地呼叫，「我為什麼命運這麼壞呀，這樣背時倒楣呀？」

李東陽想到伯母給他算了一個命，瞎子說他是喪門星，十五歲有一劫，難過關。「我今年不正是十五歲嗎？過不了這一關，就是活到頭了。」李東陽心裡在流血。

「我能回去嗎？」李東陽問自己。回去，伯母不能容他；堂兄自從賠了二十元錢就不喜歡他，罵他「爛草無絨，鈍鐵無鋼」。他回不去了。

「找母親去。」李東陽在想。他想到繼父的兇惡。記得繼父那次將他手臂一拉，拉脫了他的臂骨。俗話說：「雲空的日頭，繼父的巴掌。」他不敢去找母親。

「流浪。」他又想。但他身無分文，會被餓死路邊，那才慘哩。去偷，他害怕被抓去坐牢，死了留下臭名。

「要是有梁山泊、有游擊隊就好了，我就上山去，引兵來殺駱良生、陳衛東、張芙蓉。但是，現在沒聽說過呀。」他又斷了一條生路。

「天呀，我到哪裡去呀！」李東陽淒慘地哭叫。

李東陽叫天天不應，入地地無門，條條生路斷絕。他瞧著眼前的潭水，又綠又暗，深不可測。他聽老人說，這潭水無底，直通海龍宮，有條青龍出入，有水怪在潭裡作怪，經常將活人拉到深水去。李東陽原來走到這潭水路旁時，毛骨悚然。今日，他全然不怕了，還希望那青龍出來，那水怪出現，拉他一起去。

「投到深潭裡去吧，說不定能到龍宮。大不了被水妖吞進肚裡，比死在家裡和路邊去嚇人好多了。」李東陽想到這裡，算是找到了自己的出路。

李東陽縱身一跳，跳進潭水裡。水潭好冷，冰心寒骨，又閉氣息鼻。他想浮出水面上岸。但是，他的腳疼痛，被什麼東西咬住了，往潭底拉。他伸出雙手在水裡亂抓起來。他抓著了一根竹扁擔，身子向上浮。他感到出了水面，不閉氣了；又感到被人拉上了岸，抱在懷裡。他睜眼一看，朦朧中像是柯和貴老師。柯和貴老師把他放在自己背上，拱背在地，將他抖動幾下。他吐出了幾口水，舒服多了。柯和貴老師又把他的抱在懷裡。

「東陽，你的腳跟被水獺咬住了，一會兒會被拖到潭底裡去，好險呀！」柯和貴老師含著淚水說。

「柯老師，哇，哇，我沒路走了。」李東陽看望著柯老師慈祥的面孔，像幾歲的小孩子一樣哭了起來。

「你只十五歲，正是日出之光。你有許多美好的路可以走，千萬不能走這條絕路。」柯和貴說。

柯和貴給李東陽談了他父親李振舉自縊的情況，說李振舉要是不自殺，忍耐到現在平反了，一家團圓，兒女有依有靠，多好呀。柯和貴由此指出李東陽自殺也是錯誤的。柯和貴詢問了李東陽的家景、親戚和李東陽自殺的思想過程。

李東陽把柯和貴當作自己的父親，當作世上唯一的親人，把一切都哭訴給柯和貴了，把冤屈一一吐出來了。

一個遭人歧視打擊的孩子，一個有冤無處伸的苦人，他渴望的是愛撫，是公正。柯和貴的關懷，使李東陽感到人間有溫情，有愛了，恢復了生的希望。

「李東陽，換上乾衣服，我陪你去找你堂兄李東生。我會說服他為你作主。你就到我班讀書，我要讓你實現考中專的理想。」柯和貴說。

李東陽像個乖孩子，打開箱子，換了乾衣服，挑起擔子走。柯和貴把李東陽的擔子接過來，自己挑著。兩人沒有到李東陽的家，到了李東生所在的學校白浪小學。

李東生看到柯和貴送弟弟來了，十分高興地接待柯老師。他去買了兩包好煙，給柯和貴。他又去廚房吩咐炒兩個好菜。李東生忙了一陣，回到房裡，和柯老師交談起李東陽的事來。

李東生聽了李東陽說了出事的全過程，又聽了柯和貴的觀點，沒有責怪李東陽，非常感激柯和貴。他又接受了柯和貴的建議，讓李東陽複學，到柯和貴的班。他問柯和貴如何說服學校領導接受李東陽。

柯和貴說：「解鈴還須繫鈴人。先說服駱良生。」柯和貴告訴李東生，駱良生沒有真膽略，先嚇唬他，說如果不接受李東陽，就到縣委去告他猥褻女生，李東陽就和他拼命。再與他說和好的話，要他去向王國光表示同意李東陽復學。王國光是李東陽父親的學生，一定會同意李東陽復學。柯和貴囑咐兩人，絕對不要對任何人說自己救李東陽和出主意的事。

李東生聽了，很贊成，留柯和貴吃了飯後才走。柯和貴說自己不能吃飯，要早點回校。

第二天，李東生帶著李東陽到鳳凰中學來了。果然如柯和貴所料，駱良生被嚇住了，帶著李東生和李東陽找王校長、鐘主任，請求讓李東陽復學，並把李東陽安排到柯和貴的班。

柯和貴召開了全班同學歡迎李東陽的班會，使李東陽情緒穩定了。柯和貴又召開任課教師會，請求教師們發發慈悲，為挽救一個失足學生盡點善意。李東陽的數學、物理稍差，胡家、張能友表態用課外時間給李東陽補課。

李東陽本來天分不差，又從逆境中崛起，特別用功。第二年中考，李東陽考上了市財校工商班。這一屆中考的升學率，趙前超班第一，柯和貴班第二，駱良生尾名。

鐘誠是知道趙前超與柯和貴換冊的秘密的，一直有難言之苦。在學年教師評模範時，鐘誠把這個秘密洩露給了王國光。王國光大受感動。王國光本來一直尊重柯和貴，現在更加敬佩和器重柯和貴了。王國光對鐘誠說：「今年再不把縣級模範給柯老師，我倆良心不安，也不得人心。」鐘誠說：「縣級模範是由教育組定名字的，恐怕鄧河流不會給柯老師。」王國光說：「今年想辦法把鳳凰中學縣級模範的指標評選權拿到學校來，不讓鄧河流專有。」鐘誠說：「那我校先評個底子來，你再去與鄧河流爭。」

柯和貴有關教師品德的詞一首曰：

浪淘沙慢

詠師德

顧影憐，高山兀立，承蒙天浴。善性柔韌根曲，良知捧起葉祿。雪風吹來松濤奔瀑，雷電擊、閃閃明目。不慕榮華充滿溝谷，潔身自好足。

師德，自斷幹節為松燭；光亮學生、貧富同等，寒窗苦教讀。呵護稚童心，不讓凶俗。生命天屬，我怎敢、有須臾的躑躅？課本濁文滿簡牘，巧釋疑，化解陰毒。無奈何、那應試教育！還有遍地文字獄！哭只哭、學生們再不受辱！

注：浪淘沙，又名《浪淘沙令》、《賣花聲》、《煉丹砂》、《過龍門》等。南唐李煜始作《浪淘沙令》，雙調小令，54字，平韻。另有《浪淘沙慢》，134字、133字不等，且改用入聲韻。

欲知柯和貴是否能評上縣級模範，且聽下回分解。

第六十七回　淡功名老柯讓模範　呼民主小黃扮道士

卻說王國光與鍾誠商量，決定把今年鳳凰中學的一名縣級模範指標給柯和貴。兩人商量了一個法子，先在教師會上評選，用民意來壓教育組長鄧河流同意柯和貴為縣級模範教師。

過了幾天，王國光親自主持召開了鳳凰中學評選模範教師大會。他說：「今年我校教師模範名額六人，縣級模範兩名：領導一名，教師一名，區級模範四名。我放棄被評選權。大家民主提名評選，然後投票表決。」

評選結果：縣級模範，領導是鍾誠，教師是柯和貴；區級模範是趙前超、胡家、張能友、魏信。駱良生沒人提名，當然落選。

王國光看到駱良生沒被評上，擔心在鄧河流那裡有麻煩，不僅柯和貴過不了關，連整個評選結果都被廢去。他就做教師工作，在區級模範中增加駱良生。這就引起教師不滿。

「我沒被評上，可以說公道話。」教師李國民說，「既然要教師評選，就要尊重民意，被評出的六人不能被擠掉，領導再去增加一百名也行。」

「小李，你是教生物的，怎麼不懂動物世界？各種動物都應有代表。老鼠、蛤蟆也應各找出一隻做標本。特別是老鼠，萬萬少不得，數量最多，會打洞，會溜後門。」老教師方正幽默地說。

「你攻擊人家是老鼠，你是什麼東西？你是地蝮蛇，專會放毒咬人。」駱良生本來有氣沒地方出，聽了方正的話，火了，大聲叫罵。

「在座的這麼多人，老方又沒點名道姓的，你發他的火，沒道理。」老教師張能友抱打不平，「要是在五七年，老方要被你打成右派份子了。」

「癩頭忌諱別人說『光』，『亮』，老鼠當然忌諱別人說『打洞』、『溜後門』啦。」方正不生氣，嗤笑著，繼續說幽默話。

教師們也大笑起來。

「我的頭皮軟些，好摸，大家都來摸。我知道鳳凰中學容不下我，我走就是了。」駱良生站起來，一邊說，一邊走。

鐘誠連忙趕過去，勸住駱良生。

「老鼠有一種特殊本領，白天睡覺，夜晚活動，去鑽，去偷。我們這些人白天做的成果，說不一定今晚就被老鼠咬壞，偷去了。」方正不理會駱良生，繼續津津有味地說風涼話。

王國光批評方正太尖刻傷人了。

評選會不歡而散。

柯和貴看到評選會開成這個局面，心裡很不是滋味。他不願為沽名釣譽的事與同事傷了和氣，也不願看到同事們和學校為了沽名釣譽的事鬧不團結。他決定讓出模範名額，學王校長放棄被評選權。他就去找王國光談自己的想法。

柯和貴走進王國光的房門，看到王國光和鐘誠在找駱良生談話，就停住腳步，不進房。

「小柯，你進來，我們沒什麼秘密。」王國光看見柯和貴，就說。

柯和貴進房去，沒坐，站著說：「王校長，我不願看到老師們為爭個名譽翻臉。我自動退出評選。我說的是真話。」

「我知道你不會說假話。但是，學校領導要尊重民意，評選結果由不得你和我。你不用說了，走吧，我們在談話。」王校長正色道。

「我只知埋頭為黨工作，不像別人籠絡人心，爭取選票，現在還吃西瓜肉，甩西瓜皮，來取悅領導這一頭了。」駱良生見柯和貴轉身走出房門，說。

「你這樣評價柯老師，我不贊成。」鐘誠說。

柯和貴聽到了駱良生的話，沒轉身去辯駁，走了。

自從鄧河流調到鳳凰區當教育組長後，歷年來教師縣級模範的定名權在教育組組長手裡。這次，王國光自作主張，想恢復伍光華時期的評選制，用民意來與鄧河流抗衡。

鄧河流調到鳳凰區任教育組組長時，陳繼烈對鄧河流說：「柯和貴沒被打成現行反革命份子，卻是『三種人』，是黨的敵人，動亂隱患。你去鳳凰區，嚴密地監視柯和貴言行。根據陳雲同志的講話，『三種人』不准入黨，不准評模範，不准進領導班子，進來的要拉下來。」鄧河流一上任，就把同學駱良生從祥吉小學調到鳳凰中學教語文，監視柯和貴，許諾兩年後提拔為校長。鄧河流又找到王國光談話，傳達了陳書記的講話，遭到王國光的頂撞。他又找鐘誠，表揚鐘誠年輕有為，傳達了陳書記的講話。鐘誠一方面說鳳凰中學需要柯和貴這樣的骨幹教師，一方面表示忠於黨，發現柯和貴有反黨言行就向組織報告。

王國光是直性人，自己知識水準不高，但對知識水準高、工作認真的教師很尊重，很關心。教師們也很尊重他，心服他。他在祥吉小學當校長時，鄧河流是他手下的一名教師。他不怕鄧河流，所以自作主張。

鳳凰中學教師評選模範會後的第三天，王國光氣鼓鼓地回校，去找柯和貴。鐘誠通知老師到區大禮堂開教師年度總結大會。

王國光和柯和貴一起散步到校外一條小溪邊，坐在一塊石頭上談話。

「小柯，你不是個聰明人，是個傻子。你怎麼當著駱良生、鐘誠的面說讓模範的話呢？那兩個人到鄧河流那裡告了我的刁狀，說我偏愛『三種人』。鄧河流批評我不要黨的一元化領導，搞民主評選是資產階級自由化。他說你有自知之明，知道自己是『三種人』。他把縣級模範教師的定名權收去了，把你的名字勾掉了，換上了駱良生。如果你不說讓模範，鄧河流就感到有壓力，我就能硬起腰杆與他爭理。現在換不回來了，馬上開教師大會宣佈。」

「王校長，你的好意我心領了。你不要為這點小事與無知無識的鄧河流爭辯。你要保住自己。」柯和貴反倒勸起王國光來。

「你讓鄧河流，我可不讓他。鄧河流是什麼東西？男盜女娼的傢夥！無非他背後有個陳繼烈撐著。他敢搞我，我就要揭發他誘姦女學生的事。那傢夥本來是要坐牢的，是我包庇了他。」王國光火了，罵道。他又氣憤憤地說：「氣死我的不是鄧河流，而是鐘誠。我沒想到我一手提拔的鐘誠從背後射我的冷箭，背叛我，攀鄧河流那根高枝去了。真是知人知面不知心。哎！」

兩人閒聊了一會兒。王國光開會去了。

柯和貴沒有去開會，向自己的房走去。柯和貴走到房門前，突然刹住了腳步，自問：「怎麼向她作解釋呢？」

柯和貴不知有多少次這樣問過自己。他，在另一個時候的充實的精神世界，在這個時候就空虛了；在另一個時候清醒的頭腦，在這個時候就迷惘了；在另一個時候敏捷的思維，在這個時候就遲鈍了；也只有在這個時候，他才如夢初醒：「啊，我還有個家，還有妻子兒女！」他感到自己每次不與人爭利，自覺讓利，是在損害妻子兒女的利益。這就非怪為了家庭兒女的李秀雲質問他，喋喋不休了。

這次，李秀雲知道柯和貴被評上了縣級模範教師，高興了幾天，認為不但能得獎品，還與工資升級有利。可是，現在沒了，他讓了，鄧河流不給他了，他將怎樣向李秀雲交待呢？

柯和貴在門前停了幾秒鐘，沒進去，轉身散步到空場內。

空場內，有兩個花台，那花紅葉綠的美人蕉已成為一堆枯柴，沒一絲生命的氣息；兩排法國梧桐樹，小水桶般粗的樹幹，佝僂著，僵硬地立著；那衰枯的枝丫上掛著零星的大黃葉子，在寒風中沙沙地響，輕輕地飄落；冬日的太陽當頂了，光線仍是斜著射，沒一點溫暖。

柯和貴感到背脊上有一絲寒氣在竄動，鼻翼上有兩股鼻涕在足響。他哼掉鼻涕，背向太陽，右手撐在一棵梧酮樹幹上，發熱的額頭枕在肘上。他打開左手握著的那本《中學語文教學參考》，想看一下刊登在裡面的他的那篇教學論文，轉換一下注意力。但他的精神集中不到刊物上，只好又將雜誌卷成筒子，握著。

「和貴，散會了吧。」李秀雲站在房門口叫。

「嗯。」柯和貴隨口答應。

「張老師回來了，說今天的獎品是一床毛毯。那東西在不冷不熱時用正好，家裡真需要一床。」李秀雲滿臉堆笑，說，「聽說區委書記陪著吃飯，是嗎？」

「是……啊，不是。」柯和貴沒想好回答的話，吱唔起來。

柯和貴走進房裡，腦裡一片空白，茫然地坐在一把小竹椅上。

「你發懵了嗎？這椅板上有水。」李秀雲將他拉起來，指著一個小木凳說，「坐在這上面，小心夾著屁股。」

柯和貴剛要坐下，李秀雲又教訓說：「靠牆一點。我做事要轉得過身子來。」

柯和貴剛坐好，胡家人未到，聲先到了：「老柯，你這人真是沒法理解。」

胡家這個青年人，面皮通黑，目光熾熱，性子爽直，情緒激烈，在柯和貴家進出隨便。李秀雲喜歡他的性格。

柯和貴知道胡家會把內幕揭開，李秀雲的哭訴是免不了的。但這也好，他能借胡家來旁敲側擊說服李秀雲；他相信在必要時，胡家會幫他說服李秀雲。

胡家進房坐下，劈劈啪啪起來：「這次是民主評模，王校長是為著你的。你應該當仁不讓，氣死駱良生和鄧河流。誰知你卻主動讓模範，被駱良生、鄧河流鑽了空子，把你的名字換成了駱良生。王校長沒奈何了。」

「什嗎？他把獎品讓給駱良生了？」李秀雲分明聽清楚了，卻慌急地問。

「你沒聽駱良生作的模範事蹟報告啊，吹得天花亂墜，真是氣死了，羞死人！」胡家沒回答李秀雲的問題，一個勁地說，「駱良生把你的成績全撈在自己身上，把李東陽的轉化功勞說成是他的功勞。鄧河流叫材料員呂獨筆給駱良整理模範事蹟，說要力爭評為全國模範教師，上天安門城樓。經呂獨筆的妙筆生花，無中生有，張冠李戴，駱良生神話就要被編出來了。這裡有你轉化差生的事蹟供給材料，有你讓模範的功勞。你看駱良生那副德行，會感激你嗎？我看不會，反而會把你當作墊腳石，然後把你一腳踢開。柯老師，這次你做得太慘了，功績被人竊去，名聲被人盜去，還幫了竊盜者的忙，讓無才無德的人升天了。在道義上，你也輸了。在校外，不知情的人，還真的認為你教書不行了，駱良生是個好教師。柯老師，你再不能忍讓下去了，要站出來，揭露駱良生、鄧河流的欺世盜名的騙局。只要你一開口，全校長師生和家長都會站在你這一邊。你沉默不語，就叫人不好理解了。」

「我沒想到你這樣傻，把模範給駱良生那個沒良心的東西！你把心挖出來，掛到大街上，人家也不會相信你中考成績好！」

「老柯，嫂子說得對。街上就有人議論你現在不行了。反擊吧！」胡家火上澆油。

柯和貴的頭腦翻滾了一陣，又平靜下來了。他認為胡家所說的事實是真的，胡家嫉惡如仇的品質是可貴的。但是，胡家的認識還只是停留在就事論事上，沒有居高臨下，縱觀全域，沒有把具體事件與整體形勢聯繫起來，沒有透視到事件真正的因果關係。這正如什麼樣的土地適宜於栽種什麼莊稼一樣。有的土地和氣候適宜於種植水稻，有的則適宜於種植玉米，有的適宜於種植燕麥，有的適宜於種植罌粟……在中國，「黨天下」這塊土壤和帝王獨裁氣候下，只適宜於種植罌粟。柯和貴所熟悉的全國第一屆勞模中的趙來鳳，就是一株美麗的劇毒的罌粟花。駱良生作為一顆罌粟種子，當然也會入土發芽、成長、開花結果。作為已經成株了的罌粟，鄧河流當然會庇護同類。至於說到欺世盜名、寡廉鮮恥，史書上的帝王將相何嘗不是這樣？從毛澤東到大大小小的將軍官吏又何嘗不是這樣呢？不管是哪一級勞模，都是當權者的政治傑作，級別越高越假，事蹟越感人越假，越假，政治宣傳的欺騙性就越大，效果越好。胡家認識上的缺陷，就在於只憤恨具體的鄧河流、駱良生，把駱良生當模範歸罪於柯和貴的讓步，不憤恨「黨天下」。柯和貴的認識就高得多，把具體的人和事與整個「黨天下」聯繫起來了，鄧河流、駱良生這些罌粟的成長，是由整個土壤和氣候造成的，應著眼於剷除和改造土壤和氣候工作。所以，柯和貴很冷靜地對待駱良生當模範這件事。

柯和貴本想借說服胡家來說服李秀雲的，沒想到兩人合擊自己，成了二比一。並且，兩人嘰嘰喳喳個不停，柯和貴只好緘口受審了。

「小胡，我跟這個書傻子在一起是沒出頭的日子的了。」三十五、六的女人竟然哭哭啼啼起來，那是因為少了一床毛毯的獎品。可見，財產的損失多麼令人傷心。她哭著說：「我並不要他去占別人的便宜，到手的東西也不能讓別人占去，應得的東西就應該爭來。」

柯和貴心裡清楚：李秀雲所說的「到手的東西」是指前年加的一級工資。前年給百分之四十的教師調工資。在評議中，王國光和柯和貴兩個人條件都合乎，一致被通過。其餘的人相爭不下。爭得最凶的是鐘誠和魏信，動手打起來。柯和貴感到，一個教師為了每月五元錢進行生死搏鬥，師德到哪裡去了？

怎麼育人？他就讓了。鐘誠和魏信一起加薪了，糾紛解決了。李秀雲所說的「應得的東西」也是指這次一床毛毯的獎品。

「我家供應糧油也買不回，大女兒、兒子連冬衣也制不起。如果每月多五元錢，孩子們也吃得飽穿得暖些。」李秀雲邊哭邊訴。

此時，柯和貴感到自己有愧於妻子兒女，他的良心分給妻子兒女的太少了。他說：「我承認我對家庭生活關心不夠，讓妻子兒女太苦了。雖然生活不能向上比，要向下比，但是要苦得過來，要能生存下去。今後，我再不能讓利於人了，應得的應該爭回來。」

「嫂子，柯老師是個聰明人，只是為別人、為公共想得太多了，損己太多了。他現在認識過來了，你家的日子會好起來的。」胡家看到李秀雲鬧起來了，轉了話鋒。

「他的本性是改不了的，太直，太忠，太傻。」李秀雲說。

三人正說著，校門口有嘈雜聲。柯和貴、胡家走出房門。

太陽偏西了，從校門口走進一串人，很快來到柯和貴面前。

「柯——和——貴——，拿——酒來——。今天便宜你了。我——來這麼多年。你沒——沒請我——作一次客。你——好傲呀。來——拿酒——來。」鄧河流紅著眼珠，偏著腦袋，右手指著柯和貴，話不成句地叫。那濃濃的酒氣直撲柯和貴的面部。駱良生和鐘誠一左一右地攙扶著鄧河流。

「小柯，快叫弟媳沖杯茶來，組長醉了。」駱良生擠眉弄眼地對柯和貴說。接著，駱良生炫耀起來：「今天的席真豐盛，海參，鱉魚，烏龜，狗肉都有。書記帶頭敬酒。我喝了四十四盅，組長喝了六十二盅。要是你柯和貴去，還不醉成泥人了嗎？」

「我——沒醉，拿——酒——來，再喝——一斤——也沒問題。」鄧河流一個勁地嚷著。

很快地，全校師生都圍著鄧河流、駱良生、鐘誠看戲法。柯和貴一言不發，馬臉正色，穿過人叢，向校門外走去。

柯和貴徑直向鳳凰山李衡權廟裡走，要找道長洪吉祥商量一件重大事。

卻說李衡權廟道長洪吉祥，原名黃豐盛，是當年紫金山林場知識青年，在招生工作中，被柯和貴極力推薦，上了中國民族音樂學院。黃豐盛入學院後，成績優異，被留校任教。

在一個星期日的下午，黃豐盛聽說西單有個民主牆，就前去觀看。

黃豐盛來到那裡，看到了一個熱鬧激情的場面。人們擠滿了半條街，有爭論聲，有吶喊聲，有人在講演，有人在牆上貼文章。黃豐盛擠到牆下，看那牆上文章。那牆上文章，有大字報，有小字報，有陳舊的，有墨蹟未乾的。

黃豐盛一行行、一篇篇地看著牆上文章。他開始時默默地看，漸漸地，感情波動起來，忘了身邊的人群，竟然讀出聲來。

那實在是令人感奮、朗廓胸懷的文字：有大刀闊斧的斫削，有精闢入微的雕塑，有滿腹牢騷的發洩，有一肚苦水的傾吐，有憤怒振臂的吶喊，有悲痛緊喉的抽泣，有豁出生命的衝撞，有站穩腳眼的守護，有痛快淋漓的直抒，有遮遮掩掩的曲訴……評判歷史，針砭時弊，主張政體改革，渴望獲得人權，挖掘老莊民主理論，引進西方民主思想，鞭撻中國帝王獨裁，抨擊馬列專政，……真有「莫謂書生空議論，頭顱伸處血斑斑」的氣概。

黃豐盛本是個性善情柔的知識青年。他熱愛自然，熱愛生命，渴望自由歡樂，渴望和睦相處。但是，那「三忠於」的思想使他的思想被桎梏，那鬥爭專政的理論使他的同學相仇相殺，那革命老媽媽趙來鳳殺人戳屍瘋狂的革命行動，使他驚嚇恐慌，善良的父母被押進「牛棚」，天真無邪的知青被逼去上山下鄉勞改，農村落後，農民貧困……黃豐盛憤懣起來，悲痛起來，困惑起來。這憤懣、悲痛、困惑就像庫水，在心田裡被一道堤壩圈住，不斷的積蓄著，上漲。改革開放了，國門打開了，一場天雨落在水庫上，庫水瀑滿了，大浪在拍擊堤岸，堤上被浸泡了，今日，這西單牆的文章，如大禹的神斧，劈開了古老腐潰的大堤，庫水洶湧而出，自由流淌。黃豐盛頓覺豁朗暢快。黃豐盛是個音樂家，歌曲當然是他傾泄情緒的最好方式。在他熟悉的千首萬首歌曲中，最能表達他此時心情的《國民革命歌》一下子蹦出嘴來。他先是哼著，緊接著，歌聲由微而洪，由弱而強，以致放吭高歌起來：

1231—1231—345－—345—565321—565321—25
打倒獨裁打倒獨裁除軍閥除軍閥努力國民革命努力國民革命齊奮
1－251——
鬥齊奮鬥

很顯然，黃豐盛情不自禁地把歌詞改了兩個字：「列強」改成了「獨裁」。

黃豐盛一唱，就有人來和。先是幾個青年人跟著學，歌聲雖大，但參差不齊。黃豐盛就躍上一個高處，雙手指揮眾人唱起來。這歌詞合乎人心，又好學。一會兒，歌聲整齊了，有節奏了。萬眾同歌，暴風驟雨，又如汀泗橋的槍炮聲，吶喊聲。雄壯激昂的歌聲，從西單上空波開，響徹整個北京古城上空，回蕩在大街小巷，拍打著古城牆壁，震撼著故宮。

這歌聲，使「黨天下」的權貴們驚慌起來。約莫過了一個小時，鳴著「哇哇」怪聲的警車從大街兩頭駛來，一大群武裝員警衝進人群。但是，平常令人恐怖的「哇哇」聲，在震動雲霄的歌聲中被淹沒了；平時耀武揚威的惡警們，在萬人面前顯得軟弱無力了。

黃豐盛被三個青年學生護持著，走進人群中，上了一輛三輪公安摩托，駛進中國民族音樂學院。護送者說：「黃老師，快躲起來。」

黃豐盛連忙進了宿舍，收拾了一陣，拿了個皮包，出了校門，向邱雲海家走去。

邱雲海被柯和貴推薦上了大學，入了黨。畢業後在中央共青團工作一段時間，調到中央黨史辦公室工作。他已和趙雪花結婚，有了一個上小學三年級的女兒。

邱雲海、趙雪花見黃豐盛進門慌張，就問發生了什麼事。黃豐盛講了西單牆民主事件。邱雲海、趙雪花感到黃豐盛問題嚴重。兩人建議，黃豐盛必須立即出京城，要麼到江南省公安廳方巨惠處，要麼到永安縣鳳凰中學柯和貴處。黃豐盛對方巨惠有疑慮，又不願拖累柯和貴，定不下決心。邱雲海就把柯和貴和方巨惠寫給自己的信給黃豐盛看。黃豐盛看了柯和貴的信，激動不已。他又看方巨惠的信，其中有一段是讚頌柯和貴的，信中說：

「我的知識水準越提高，社會經驗越多，就越感到恩師柯和貴老師的人格偉大。柯和貴老師是個下層知識份子，在如此險惡的社會中，在如此道德淪喪的人群中，在如此貧困交加中，在如此遭受侮辱打擊中，能始終保持善美的崇高的道德品質，能始終為救國救民奔走呼號，竭盡心力，實在令我敬佩之至。我們都在官場上，圖報恩師的最好方式，應該以恩師為楷模，身出污泥而一塵不染，為中國的民主繁榮作出自己應有的貢獻。」

「我到柯和貴老師那裡去。」黃豐盛說。

邱雲海叫趙雪花用自己的小車送黃豐盛出城。趙雪花給黃豐盛一千元錢。黃豐盛拒收了。

趙雪花把黃豐盛一直送到保定才轉回家。

黃豐盛上火車，到了江南省，沒去找方巨惠，直搭汽車去永安縣，到了柯和貴的老家南柯村，再通知柯和貴。

柯和貴聽了黃豐盛的簡述後，感到黃豐盛應作長期避禍的打算。兩人經過商討，黃豐盛扮道士，改名洪吉祥，長住李衡權廟。柯和貴為黃豐盛弄來了道士的衣冠和一些道家書籍，約定在李衡權廟見面的時間。

卻說李衡權去世後，李山下人把他當作族中已故祖人一樣定時祭祀。有一年冬天，李山下村李漢明老頭的六歲孫子患了重病，縣人民醫院也治不好。眼看孫兒生命垂危，李漢明老頭就上山去祭李衡權墳，祈求保佑。老頭在鳳凰泉裡舀了一些水，在李衡權墳前供了一會，拿回來給孫子喝。那孫子喝了幾天神水，漸漸見好，過了半個月，病痊癒了。李漢明老人就要兒子在李衡權墳前搭了個草棚，自己就去住下，為李衡權守墓。李漢明又請柯和貴在草棚門楣的一塊木牌上寫了幾個大字：「李衡權廟」。從此，附近的人都到李衡權廟進香，以求消災賜福。李衡權顯靈行善的消息越傳越廣，前來進香的人越來越多。遠在六十里外的石頭街，有個巫婆宣稱是李衡權在陰間的養女，說李衡權陰魂附在她的身上，弄神弄鬼，發起財來。柯和貴從巫婆的作法上得啟發，就教李漢明老頭在廟裡設個功德箱，讓進香的人自願投功德錢，修建一座較好的李衡權廟。李漢明老頭照做了，七、八年年，積下兩萬多元功德錢。李漢明老頭不敢動功德錢一分，就與柯和貴商量做李衡權廟的事。

這日中午，柯和貴在李衡權廟和李漢明老頭商量著做廟的事。這時，棚外傳來一個道士的念咒聲：

「寂寂至無宗，虛持結仍呵。脫落通玄天，誰撤止幽霞。步入大乘路，風過嚴詰多。不生亦不滅，欲生應蓮花。超凌三界途，煎悲解絲羅。真人無上德，世上為仙家；救拔諸眾生，得離於迷途；眾生不知覺，如盲見日月。我本無大衷，拔領無邊際。慶雲開生門，祥煙塞死戶。初發玄元始，己通禪感機。拯救一切罪，度化一切厄。渺渺超仙源，蕩蕩自然消。皆承大道力，以伏諸魔精。空中何灼灼，名曰泥風仙。紫雲覆黃老，是名三寶君。還將天上氣，以引九幽魂。救苦請妙神，善見救命時。天上混無分，地氣歸一身。混合空洞氣，皆成自然人。自然有別體，本在空洞中。空洞跡非跡，遍體皆虛空。第一為氣上，第二順氣生，第三成萬法，第四生光明。天上三十六，地下三十六，大玄無邊際，妙哉大洞氣。皈命太上尊，能消一切罪。」

柯和貴和李漢明站在門外場地上，看那道士在李衡權墓前，十分虔誠地打著動聽的叮噹，躬腰作揖，唱著優美悅耳的經文。

那道士作完法事後，轉身，向兩人行了道禮。

兩人看那道士：三十出頭，眉清目秀，文質彬彬，道骨傲傲，一身玄服，右手執拂塵，左肘掛叮噹，左腰懸個金葫蘆，一番道貌岸然的風度。

柯和貴邀請道士進屋裡，坐下，互通姓名。那道士姓洪，名吉祥，道號經演道人。

「道長為何來此地？」柯和貴問。

洪吉祥說：「我自幼學道茅山，知道先師與李衡權大人為故友。前十天，我作了一夢，演經太清道德天尊偕同我師、李大人前來囑託我：『江南省永安縣鳳凰山乃正氣充沛之靈秀風水寶地。目今，妖孽作祟，世氣混濁，善人蒙冤，百姓遭難。爾可去鳳凰山，鼓動正氣，驅散霧瘴，廓清人間，經度眾生，以行我道祛邪衛正之真諦。』並教我學得永安縣地方話。我一覺醒來，查閱圖冊，果然江南省有個永安縣，有座鳳凰山。我即刻起程，千里迢迢趕到這裡，方得知李大人與我先師同年同月同日同時升天。我觀此山，山清水秀，正氣浩蕩，欲居此處，施行我道，善布天下，不知山主意下如何？」

「李先生顯靈，引這道人來，真是萬幸。」柯和貴說。柯和貴就向李漢明老頭解釋了洪吉祥所說的意思。他覺察到李漢明老頭有擔心錢財被人騙走的神色，就說：「道長來此，正合時宜。李漢明老人正想重建李衡權廟。錢財收入支出和人士徵集都由李漢明老人負責，道長要費心設計謀劃了。」

李漢明滿心歡喜，洪吉祥點頭贊成。

一切順利，柯和貴將黃豐盛安頓下來了，做得人不知，鬼不覺。

三年過去了，那鳳凰山的景觀與以前大不一樣了。山徑已改造，由瀑布前攀登。石徑難行處鑿有石階，有景處就石題詞。

在山上處，有一石砌山門，匾書隸字：鳳凰山

石柱一聯：巍巍三清境　渺渺十華天

攀登三折石梯，來到瀑布前。在瀑水上頭，有一磨平條石駕起，上書楷字：鳳凰瀑布

白色瀑水裡兩旁透閃著永新的黑漆墨光，又是一聯：

千邪萬穢即至洗滌功　八卦九宮化作清虛境

在瀑布內的拱石壁裡，原來底斜苔滑，不可坐立。現在底部被鑿平，有人造石桌、石凳、石床。

洞頂書寫蘇體：水簾洞

洞壁有一聯：

泉水源清方見飛珠滾玉景　人性本善才有扶老攜幼情

冒瀑水入洞，可在裡面坐臥，休閒，彈琴，看書，別有一番風雅。

從瀑布東側登山徑，兩邊花草豐茂，樹木成蔭。轉了三折，到了一石門，上書：演經門

石柱上有一聯：片片善花皆盛開　枝枝孽果盡凋殘

向山上又登攀三折曲徑，有一個高大的谷籮形石門，上書：李衡權廟

門柱上有一聯：生前行醫治惡病　死後顯靈佑善人

進了廟門，有一畝多地的院子，院內有祭壇，有亭子。東頭是李衡權墓地，中間是泉水洞，西頭是房舍。李衡權墓前豎起一根方形大石柱，正面寫著：道德真人李公衡權大人之墓

有神龕和功德箱，右側寫有頌詞，左側寫有李衡權生平簡歷，背面寫有八個大字：祛邪扶正，治病救人

泉水洞前的草地，小溪上蓬刺仍是原貌。站在洞前仰視，在聳入雲霄的峭壁中部豎寫有紅色大字：

天壁

兩旁有一聯：翠綠垂滴涓涓碧水不息　紫紅澈灑點點春色永存

那字在綠苔青藤中閃著紅光點。

峭壁下部，橫寫有：鳳凰神泉

泉水洞口深潭，神魚遊動。進洞路上，添鋪一些平石，尖石被鑿平，不濕腳，不絆腳。洞堂裡，本有天生人形、獸形的石頭，都按道家觀點，依石稍加雕刻，更加栩栩如生。天生觀音姥母被雕成泰清道德天尊，旁有一個天生石像被雕成李衡權，塑像上有題名。

在西頭的廟堂裡，褚色牆壁，青色瓦筒，四方披水。大門前有紅色圓柱。有柱聯云：

香繞祥雲化為老闕　煙飛瑞靄升入金門

門匾上用顏體書寫：演經堂

門聯是：道水灑鎮一千妖　琳琅振響十萬罪

進到堂裡，正面牆上掛有道家神仙圖像，圖下有一神龕，上供李衡權坐式青石像，容貌神情，惟妙惟肖。紅燭光照，把香煙繞。像座外兩旁有長聯一副：

躡住手腳莫做眼前縱欲造孽事拂除心塵定有身後忍苦施善樂

地上放有百來個跪坐草墊。從經堂左邊進耳門，是客廳，客廳左右有住房，再進，是廚房、廁所。出後門是登天梯，直上鳳凰山巔頂。

這鳳凰山變得如此神奇秀美，都是道長洪吉祥的塑造。人造神，神助人，鳳凰山和李衡權廟頓時名馳千里，省道教協會贈封為道教聖地之一。進香的，旅遊的，絡繹不絕。

洪吉祥和李漢明兩人料理不過來了，就招了三名道童，都是柯和貴推薦來的學生。洪吉祥把年紀大的道童陳世才取名法師，專門傳道佈道。把道童劉道廣取名羽士，專門修道點化，與李漢明一起理財。把道童蕭本正取名羽衣，送往武當山學武兩年後回山，專門護道。李漢明老人又招了一個廚師和一個勤雜工。洪吉祥就脫身出來了，自稱閉門修道，實則與柯和貴、辛龍水等一起議論國家大事。

黃豐盛變成洪吉祥後半年，西單民主牆的創辦人之一魏京生被捕。接著中共中央搞清除精神污染運動，鄧小平提出「四項基本原則」，胡耀邦停止了政體改革的討論。黃豐盛十分憤慨，痛心，深感到改良主義在「黨天下」中行不通，就與柯和貴一起討論組織民主黨的事。

這一日傍晚，柯和貴不理會那評模的事，專程來到李衡權廟找黃豐盛討論組黨大事。兩人進了泉水洞第二重，點起紅燭，商討起來。

欲知柯和貴有何大動作，且聽下回分解。

第六十八回　羊角洞柯和貴組黨　關帝廟柯天任聚義

卻說黃豐盛聽到這些消息，痛心，慌張，憤慨，深感到改良主義在中國獨裁政體中行不通，應該在民間形成一股強大的民主政治勢力，向當局者施壓，強行推動民主政治改革的進程，必要時舉行市民起義，一舉取代獨裁制度。他決定組織民主黨派。黃豐盛就把這個想法對柯和貴談了。柯和貴早有此意，也有汪仁船的農村民主建設的經驗。兩人準備了一段時間，就決定行動。

柯和貴此次上山，就是找黃豐盛商討組黨大事。

黃豐盛、柯和貴進了泉水洞第二重，點起紅蠟燭，討論起來。柯和貴把自己活動時尋找到的每個人的名字和簡歷向黃豐盛通報了。兩人對成員進行了分析，認為：有正義感，對官方有怨仇，有反貪官汙吏的激情，有做一代英雄的勇敢精神；但是，都是下層知識青年、基層幹部、農民，接觸面不廣，農民意識濃重，民主思想單薄，必須耐心地對成員進行民主思想教育和公民權利宣傳，使他們成為民主鬥士。兩人把要組織的黨定名為「中國公民黨」，定下基本理論綱領，定下開會時間。

中國公民黨第一次代表大會在李代仁家背後的白雲山羊角洞召開。到會的有九人：黃豐盛，柯和貴，辛龍水，李代仁，盧儒軍，伍金釵，張志成，許家駒，成如福。辛龍水主持大會，黃豐盛、張志成記錄和整理檔，柯和貴作報告，李代仁搞後勤，羽士蕭本正放哨。

柯和貴把人員互相介紹認識了，講了個開場白，叫大家自由暢談對組黨的態度和看法。

「我二十五歲入了共產黨，現在五十三歲了，看透了共產黨。共產黨是條孽龍，為人民服務是假，要人民為黨服務才是真。毛澤東騙農民為共產黨打天下，打下了天下就壓迫剝削農民。毛澤東的幹部儘是打人罵人的惡棍。鄧小平比毛澤東不如三分，田地到戶給了農民一兩年甜頭，現在來向農民要這要那了，幹部成了貪官汙吏，又窮的窮、富的富了。人民跟共產黨沒指望，應該起來造反，改朝換代。我表個態：參加今天成立的公民黨，跟著柯和貴打天下。我希望，我們要打出一個英明天子來，不能再壓迫剝削農民了。我個人無所求，為民主革命犧牲後，給我墳前立個碑，讓我兒女得到烈屬照顧。」李代仁說。

李代仁，柯和貴的表兄，小學畢業，加入中國共產黨，當過生產隊隊長、文化大革命時大隊革委會主任，在「揭批四人幫」時遭到批評，撤職。

「共產黨的官沒一個好東西，大隊支書以上要殺百分之九十九才行。我今日加入公民黨，只有一個願望：柯老師一聲令下，我在武林界振臂一呼，集合萬人打頭陣，把共產黨殺個落花流水。死了，就成了英烈；沒死，當開國將軍。」成如福說。

成如福，二十八歲，柯和貴學生，初中畢業，江湖遊俠。

「太平天國當初只有洪秀全、馮雲山兩個人，後來也只有七個人。楊秀清成了不識字的大元帥，打下了半壁江山。我們現在一開始就有了九個人。共產黨政府像清朝末期一樣，腐敗透了，只要有人揭竿而起，就會一呼百應，定能成事。我們要吸取太平天國領導人內訌的教訓，選拔幹部要重人才，不能任人唯親。如果有賢才，我自動退位。我只有一個願望，幹一番轟轟烈烈的改朝換代的偉業，犧牲個人也在所不惜。」辛龍水說。

辛龍水，二十七歲，龍水高中畢業，經成如福介紹，與柯和貴認識。柯和貴認為辛龍水聰明，靈活，有知識水準。

「我認為，與共產黨是講不通情理的，只能用武力推翻。我們要訓練自己的軍隊，不能學習孫中山靠幫會亂起義，要學宋江、毛澤東建立根據地。大家既然選擇了這條路，就不能顧小家庭，要有勇氣和狠心破家庭。破了小家得國家。我下定決心：為推翻共產黨，打下新天下，願犧牲個人的一切。」張志成說。

張志成，二十五歲，柯和貴學生，鳳凰高中畢業，小學教師，在招生工作中遭陷害，開除了公職。

「朱紅燈是條沒文化的硬漢子，紅燈一舉，百萬之眾起來，掀起了聲勢浩大的義和團愛國運動。我們柯老師還是個有雄才大略的讀書人，他一舉旗，定會有更多的人來擁護。我願作柯老師的馬前張保。民主集中制，大家說了，就有柯老師集中，不能一籮筐黃鱔儘是頭，要有一個英明的領頭人。我看大家不必多說了，讓柯老師說了算。」盧儒軍說。

盧儒軍，二十五歲，初中畢業，經辛龍水介紹，與柯和貴認識。

「共產黨政權已經變得不顧廉恥了，不要道德了，簡直沒人性。我是一個女人，要學秋謹，跟柯和貴老師鬧革命。」伍金釵說。

伍金釵，二十六歲，紅石高中畢業，通過辛龍水認識柯和貴。

「捨得一身剮，敢把皇帝拉下馬。我就表這個決心。」許家駒說。

許家駒，二十四歲，鳳凰高中畢業生，柯和貴學生。

「各人都表態了，下決心了，就請柯老師作報告。」辛龍水說。

柯和貴聽著每個人的發言，心中一陣陣絞痛，深感到中國帝王傳統文化、忠義傳統道德觀念和馬列主義、毛澤東思想的鬥爭專政思想對中國人的深重毒害，與會者對自由民主、三民主義、辛亥革命的了解太少、太淺了。他和黃豐盛肩負著沉重的宣傳自由民主的擔子。他決定在已準備好的《報告》中加進批判帝王、忠義、鬥爭、專政思想的內容。他講起來了：

各位同道：

大家剛才暢所欲言，就說明我們黨一開始就搞民主政治。我的發言不是集中，只是個人意見。我們反對搞民主集中制。民主集中制，民主是假，集中是真，就是與會者先個人談一通，最後由一把手或領袖一人說了算。這仍然是皇帝的金口玉言的一言堂的獨裁制度。共產黨這樣搞，我們不能搞。我們搞什嗎？搞民主決議制。每個成員的政治權利是平等的，對於每個問題、每件事情都有提出議案的權利，提案由與會者投票表決，贊成票多了，提案就變成「決議案」。對「決議案」，不管是皇帝、總統，還是投反對票的成員，都要遵守執行，直到新的「決議案」出來。這就叫做民主決議制或民主普選制。

下面，我有個「提案」交給大會，希望與會者積極思考，認真表決。

中國公民黨第一次大會提議案

一、性質

中國公民黨是由具有民主思想的自願投身到民主政治鬥爭來的中國公民組成的民主政治組織。他的政治奮鬥目標是：宣傳和實踐老子的「民四自」思想、孫中山的三民主義、歐美的民主思想，對民眾進行民主啟蒙運動，聯合各種民主黨派、民主人士，努力掃除中國各種形式的獨裁政權，清除各種獨裁專制殘餘思想，創建中國的民主政治制度，建設民主繁榮、先進文明的中國，永遠造福於中國民眾，為人類進步作出貢獻。

（注：老子的「民四自」——《道德經》五十七章：「我無事，而民自富；我無為，而民自化；我好靜，而民自正；我欲不欲，而民自樸。」）

1.中國公民黨不同於中國的幫會組織。幫會組織以謀取幫會和會員的物質利益為目的，侵害其他社會組織和社會成員；幫會組織沒有堅定的政治立場，為了幫會的經濟利益，隨時投靠某個政治組織或某種權貴勢力；幫會組織使用暴力和酷刑，幫會組織是愚昧野蠻落後的組織，是社會的腫瘤。比如近代史上的義和團，不是什麼愛國運動，而是幫會組織。本黨反對之。

2.中國公民黨不同於太平天國的拜上帝會。拜上帝會具有嚴重的幫會性質。當然，拜上帝會的性質是政治組織，有政治主張，有信仰，舉行農民起義，建立了太平天國。拜上帝會思想混亂，不分好壞地把中國的傳統思想文化一鍋端地砸了；拜上帝會煽動貧苦農民的仇根鬥殺情緒，對對手實行殘酷殺戮，在桂林進行屠城，在佔領區姦淫擄掠。拜上帝會建立的是愚昧野蠻、政教合一、獨裁專制的農民王國政權。在現代社會，拜上帝會是反民主政治的反動落後的組織，具有極大的破壞性。本黨反對之。

3.中國公民黨不同於中國共產黨。中國共產黨與拜上帝會有相同之處，也有不同之處。相同之處是：在組織上都具有嚴重的幫會性質，成員以貧苦愚昧的農民為主體，引外來的野蠻專政的馬列主義思想文化作為指導思想，大肆破壞中國的傳統文化，舉行農民起義，煽動仇恨鬥殺，建立政教合一、一黨專政的獨裁專制政權。兩者不同之處是：（1）洪秀全引進的是西方比較先進的基督教為信仰，組織內成員相互友善，除在戰爭進行屠殺外，建立政權後則主張平等、自由、博愛，頒佈田地私有平均制，關心貧苦農民生產和生活。毛澤東引進的是西方野蠻落後的主張鬥爭、專政的馬列主義為信仰，黨內搞殘酷的路線鬥爭，不僅在戰爭中進行屠殺，在建立政權後仍然堅持鬥爭、專政，進行鎮壓屠殺，將土地收為共產黨所有，剝奪農民的生產和生存權利。（2）洪秀全在建立政權前的戰爭中，不乞求外強援助，獨立打天下；建立政權後，在外交上不卑不亢，與外強平等交涉，不懼威嚇，表現了民族氣節。中國共產黨從一開始就是俄奴、兒子黨，黨的主職領導和主要決策都由史達林決定；在整個奪權戰爭中，仰仗史達林的指導和援助；建立政權後，外交上一邊倒在史達林的懷抱，做兒皇帝，效法蘇聯體制，出盡了卑躬屈膝的漢奸、俄奴的洋相醜態。（3）洪秀全公開封王，政治透明；毛澤東暗中封候，黑箱操作。（4）洪秀全的農民王國在辛亥革命之前，打擊的對像是清王朝，在當時不具反動性；毛澤東的一黨天下在辛亥革命之後，打擊的對像是主張三民主義的中華民國，具有復辟封建王朝的袁世凱般的反動性。因此，毛澤東的中國共產黨在現代社會是具有野蠻愚昧、落後反動、破壞性大的政治組織。本黨反對之。

二、鬥爭形式

中國公民黨的性質決定了它的鬥爭的形式主要有兩種：和平抗爭，市民起義。

1.和平抗爭，就是非暴力的、不流血的鬥爭形式。本黨是民主政治組織，民主思想的核心內容是人權主義，人權主義的第一要義是愛惜人的生命。本黨不願採用、甚至不願看到生命傷亡的流血暴力事件。和平抗爭的主要內容有：（1）發展本黨組織，擴大民主勢力；（2）創辦報社、刊物、散發傳單，宣傳民主思想，爭取言論新聞自由，揭露共黨的醜惡面目和滔天罪行，抨擊獨裁專制的罪惡和危害性，恢復真實的歷史面貌；（3）組織和聲援農民抗稅、工人罷工、學生罷課，擾亂共黨的所謂獨裁穩定的局面，爭取集會結社自由；（4）抗議共黨政權打擊、拘捕民主人士和鎮壓民主運動，要求取消反革命罪和政治犯，爭取創建民主憲法；（5）派員加入共黨，盡可能多地掌握共黨內的權力，改變共黨成分比例和性質；（6）派青年黨員參加共黨的軍隊，在軍內宣傳民主思想，組建本黨組織；（7）支持共黨內的改革派，打擊共黨內的保守派，迫使改革派不僅改革開放經濟，還要改革開放政治體制。用這些方法，啟蒙和提高國民的民主意識水準，形成強大的民主力量，迫使共黨內分化，進行政體改革，將獨裁制度轉變為民主制，用共黨常說的一句話：和平演變。如果能和平演變成功，哪怕時間長些，也是國人之大幸，中華民族之大幸，世界之大幸。

2.市民起義。所謂市民，是指城市居民、工人、學生以及各階級中具有市民意識的人群。這些人群，容易接受民主思想，擁護民主體制，反對獨裁政權。市民起義，是遇上一個政局極其動盪、可以一舉成功的機遇而進行的民主革命。它具有突發性，戰爭時間短暫，流血不多。比如在首都或某幾個省會，市民被民主思想武裝起來了，民主政治勢力絕對地大於獨裁政權勢力，員警力量顯得渺小無能了，獨裁者準備調動軍隊前來鎮壓。在軍隊到來之前，或只有少數軍隊進城時，民主政治家和民主組織就應該抓住這千年難逢的機遇，組織民軍，及時舉行市民起義，佔領政府機關、電臺、廣播、報社，拘捕中共黨高層要人，奪取政權，成立民主臨時政府。同時，向全國發出公告，號召全國民眾響應制止軍隊入城，說服軍隊倒戈，打擊敢於抵抗民軍的政府軍隊，在幾天時間內以訊雷不及掩耳之勢使民主革命成功。如果民主政治家和民主組織在這種機遇面前，猶豫不決，那怕是遲疑幾個小時就會喪失戰機，招來獨裁者的瘋狂鎮壓，民主勢力就會遭到極大的破壞，帶來深重的國難。如果沒有遇上這種機遇，而勉強舉行市民起義，勢必失敗，同樣會使民主勢力遭到極大的破壞，帶來深重的國難。比如，我國的辛亥革命時的武昌起義，英國的議會軍戰勝王軍，美國的波士頓民兵組成的次大陸軍戰勝英國殖民軍，法國的巴黎市民起義，等等，都是此種市民起義。

本黨主張市民起義，卻反對農民起義。中國農民生活在家長制、族長制中，沒有社會團體民主意識。中國農民意識是帝王獨裁思想的深厚淵源，農民希望的是改朝換代時出英明天子和清官。農民起義容易被想當皇帝的政治野心家蒙蔽和利用，容易產生盜匪作亂，軍閥混戰，殘酷殺戮，時曠日久的流血戰爭。農民起義的結果是一個獨裁政權取代另一個獨裁政權的惡性循環。比如，中國近代歷史的太平天國、捻軍、義和團，張作霖、張宗昌、孫傳芳、毛澤東，等等，都有力地證明了這個論斷。

三、中央組織和地方放組織的權限

1.全國黨務議事會。

（1）議員選舉與罷免。由全國黨員按比例從各地直選出來，由全國議事會提出罷免提案，交所在選舉地全體黨員投票表決。議員每四年改選掉三分之一。議事會會長、副會長、常務會議員若干人，每四年選舉一次。（2）議事會制定、修改、解釋黨的章程、決議案，章程、決議案交中央總部總裁簽署生效。（3）議事會舉行選舉、罷免、彈劾中央總部、中央監察部、主職幹部，推舉參加國家政權領導人競選人名。彈劾案由三分之二的議員贊成票通過。（4）議事會審批地方議事會領導人和決議案。

2.中央總部。

（1）由全國黨務議事會選舉產生，設總裁一人，副總裁兩人，委員若干人，下設秘書科、宣傳科，組織科、財務科、軍事科、聯外科，科長由總裁任命。（2）執行黨的章程、決議案，向議事會提出議案，對議事會決議案有批轉重議兩次的權利。（3）每四年屆選一次，可連任兩屆。

3.中央檢查部。

（1）由全國黨務議事會選舉產生，設部長一人，副部長兩人，部員若干人。下設調查科、評估科、情報科、執行科，科長由部長任命。（2）監察議員。中央總部工作成績、過失，執行黨紀，將監察結果寫成提議，交議事會審批，議審由總裁簽署生效。（3）每四年屆選掉部員三分之一。

4.地方組織。

（1）與全國組織相應成立地方組織，由上級派人組織地方選舉產生，每四年屆選一次。（2）地方議事會有權依據黨章、全國決議案制訂適合地方工作的議案，投票決定後，交由上級議事會審批。（3）地方組織要執行上級組織的議案。

四、組織規則

本黨廢除「民主集中制」和自上而下的推薦選拔委任制，採取自下而上的直選制。縣級以下組織由全體黨員直接投票選出責任人和縣級議員候選名單，由議員出席議事會選舉縣級責任人和省級候選人名單，全國議員由全國議事會全體議員選出中央責任人。在出現重大議案議員不能決定時，舉行全黨公決。對黨章、提案也以民主投票制解決，任何責任人不能獨裁專政，不能金口玉言。各責任人在黨章和決議案賦予的有限權力中盡職盡責，不能越職僭權，不能失職失權。

五、黨員

1.黨員義務。

交納黨費，募捐活動經費，發展黨員，宣傳和執行黨章、決議案，完成黨交給的工作任務，向黨組織提出議案，保護黨組織和黨員的安全，維護黨的聲譽，黨員之間互相尊重，友愛援助。

2.黨員權利。

獨立思考，言論自由，不接受洗腦，不迷信領袖，向黨的各級組織直至中央提出議案，在人身權利、合法財產受到侵犯時及時向黨組織申請保護，在遇到重大災難時向黨組織申請援助，向黨組織提出退黨和重新申請入黨時不受歧視和懲罰，為保護身體不受傷害、生命不受危險、家屬不受株連而又不傷害組織和其他黨員時，能向獨裁政權投降、自首而不受黨組織歧視和懲罰，在生命受到危險、身體受到侵害時，可以武力反抗，有申訴自己無過、無罪權利。

3.黨內嚴禁：

（1）黨內路線鬥爭和黨員之間進行肢體搏鬥的行為；（2）對犯有過失的黨員進行體罰、洗腦的行為；（3）鼓動、引誘、強迫黨員為黨組織的安全和鬥爭去犧牲個人生命、家屬、財產的行為；（4）使用叛黨分子、叛徒、漢奸、賣國賊的罪名去侮辱、拘禁、傷害黨員及家屬的行為；（5）黨員在投降、自首等叛黨活動時破壞黨組織和侵害其他黨員及家屬、財產的行為；（6）黨組織和黨員對黨外人士進行屠殺、致殘、姦淫、侵財等刑事犯罪的行為；（7）不遵守黨章和不執行黨的決議案，堅持極端個人主義，使黨的組織和黨的工作遭到破壞的行為；（8）充當獨裁政權的間諜行為；（9）貪汙黨費的行為。

4.對黨員的懲罰方式和懲罰過程：

（1）懲罰方式有：警告、記過、責令、悔過、開除黨籍、移交國家刑事法庭（在秘密活動時期，由檢查部代替刑事法庭處理），監禁、叛刑、處死。（2）懲罰過程：對犯有「3」中所列的嚴禁過錯、罪行的黨員，由所在的級別的監察組織調查落實，寫成書面報告，交本級議事會表決通過，交上級監察組織複調核定，由本級監察組織執行懲罰。

5.凡有如下立功事實的黨員應受到表彰和安撫：

（1）在本屆中，四年如一日，任勞任怨地遵守黨、執行決議案、辛勤工作的，應授予「善良黨員、賢達黨員」稱號。（2）積極思考，為黨提出議案，被黨組織採納的，應授予「先知先覺黨員」稱號，有理論建樹的應授予「俊哲」稱號；（3）自覺地進行民主活動，不懼怕獨裁政權迫害，保護黨組織和其他黨員的安全的，應授予「民主鬥士」、「鐵骨黨員」稱號，受傷者應得到黨組織治療和生活救助，犧牲者的家屬應得到黨組織撫恤，財產損失者應得到黨組織的補償。（4）自覺地捐資、募捐資助黨組織和其他黨員的，應授予「善良黨員」、「賢達黨員」稱號；在其生活困難時，黨組織應予還償資金。（5）為黨組織積極創辦企業、安排黨員工作，廉潔奉公的，應授予「善良黨員」、「真人黨員」稱號，黨組織應按企業合同給予報酬。

六、黨組織財務管理

（一）經費來源

黨費、捐贈、募捐、黨創辦的企業、外援，不准用任何理由和手段去收取國家的錢來作黨的經費。

（二）經費開支

經費由財務組織掌管，用於黨員活動和救助、撫恤。由總部提出撥款用途和數額，議事會常委審批，大項開支，全體議員表決。各地方組織應將所搜集的資金百分之十交中央財務科，具體細則由財務組織制定。

七、內聯外交

內聯，指在國內聯合其他民主組織、民主人士和黨外民眾結成民主聯盟，共同反對獨裁專制政權，但要保持本黨獨立性，不為別的組織所吞併。外交，指爭取國外民主勢力支持，但要保持民族獨立性，不為外人所控制。由聯交科制定具體細則。

八、目前的鬥爭任務

本黨目前處於秘密活動時期，有其特殊的鬥爭任務和鬥爭方法。

（一）黨組織和黨員都不能暴露身份，要秘密發展黨員，壯大組織。（二）籌集資金，創辦企業，購置宣傳工具，保證活動經費。（三）用各種方式宣傳民主思想，擴大我黨的影響力。（四）利用獨裁政權的政策法規，與共產黨鬥法術，組織和支援農民抗稅、工人罷工，學生罷課、商人罷市。（五）支持告官活動，揭露反動官吏的腐敗無能。（六）派員打進共產黨內當官，從內部開展奪權活動。

同道們，以上是我個人的提案，現在大家可以逐條討論，提出質詢。希望能表決通過。

柯和貴講完了，眾人還在諦聽之中，耳邊縈繞著柯和貴的餘音。

辛龍水想了一會，說：「現在大家休息一下，吃了中餐後，再來討論表決柯老師提議。」

黃豐盛把早就複印好了的柯和貴講稿發給大家。

午餐是李代仁準備好的幾種乾糧，加上洞前面的泉水。

吃完午餐後，眾人看著影本，議論著。辛龍水、黃豐盛、張志成把柯和貴提案定名為：《中國公民黨第一次議員大會政治工作報告》，列出八大議題，讓大家逐個討論表決。大家討論爭議到第二天下午，對八個問題進行投票表決。

議題和表決情況如下：第一，廢除民主集中制，實行民主表決制，黨的領袖不應有絕對權威，在權利上與普通黨員是平等的，最多只能連任兩屆。六票贊成，兩票反對，一票棄權，通過。第二，黨在秘密活動時，仍然堅持黨內民主、黨員平等，廢除「下級服從上級、全黨服從中央」和所謂「鐵的組織紀律」制。五票贊成，兩票反對，兩票棄權，通過。第三，以和平抗爭為主，市民起義為次，反對舉行農民起義。四票贊成，三票反對，兩票棄權，擱置。第四，黨內不搞路線鬥爭，不提叛變投敵分子、自首變節分子、內奸、特務分子、右派份子、左派分子等罪名。五票贊成，一票反對，三票棄權，通過。第五，黨組織應為黨員服務，為黨員作犧牲，不能鼓動黨員為忠於黨而去犧牲個人生命和家屬、家財。四票贊成，四票反對，一票棄權，擱置。第六，黨不能指揮槍，在舉行市民起義時，只能由相當於政府機構的臨時指揮部指揮民軍；民主政權建立後，執政黨和在野黨都應交出軍權給國家指揮。五票贊成，兩票反對，兩票棄權，通過。第七，黨反對任何形式的恐怖活動，任何黨員不能藉故理由去暗殺或明殺貪官汙吏、地方惡霸和反對黨的成員。對貪官汙吏、罪惡分子只能由黨的監察組織依法依律處之。五票贊成，兩票反對，兩票棄權，通過。第八，黨組織應與任何民主組織、民主人士結盟，接受外國民主勢力的援助，但不能與黑社會組織、恐怖分子和政治陰謀家結盟，不接受外國獨裁政權、恐怖組織的援助。八票贊成，一票棄權，通過。

八個議題表決完後，成如福立即向大會提出退黨聲明。辛龍水說：「黨組織還未成立，大家還沒宣誓入黨，不存在退黨問題，可以自由退出會場。」

柯和貴詢問成如福退會原因。成如福說：「對八項議題，我投的都是反對票。我沒想到民主政治組織是這樣自由渙散、文文弱弱、沒有戰鬥力。對付共產黨這個惡魔，要有幾下兇猛，幾下惡毒的英雄氣概，像今天成立的中國公民黨如此斯文善軟，根本不是共產黨的對手，成不了英雄業績，失敗是必然的，黨員遭共產黨迫害是肯定的，我不參加。」

柯和貴說：「你的心情是可以理解的，但你的觀點是錯誤的。中國公民黨與歷史上的農民起義的軍事組織不同，與政教軍合一的組織更不同，它的政治目的不是打跨一個獨裁專制的中國共產黨，又改朝換代出另一個獨裁專制的中國公民黨惡魔，而是建設一個非暴力的長治久安、多黨輪流執政的民主制度，這就是中國公民黨的進步性、文明性、理性。我們不能圖一時殺得痛快，表現個人英雄主義來改變我黨的性質。當然，要在有五千年帝王獨裁傳統思想文化的中國建立民主制，總是很艱難的、複雜的、長期的、曲折的，其間，民主組織和民主人士肯定會遭受共產黨的迫害、打擊，有失敗和挫折。但是，只要中國公民黨具有韌性、愈挫愈奮的鬥爭精神，定會以文制武、以善制惡、以弱勝強、以柔克剛、以和平制暴力，取得最終勝利。我勸你暫時不要退出來，慢慢地會改變自己的觀點。」

成如福說：「柯老師，我一時想不通的事，是難得轉過彎來的，還是退了好。我向大家保證，我不會做任何損害你們的事，如果組織上要用我，我定會盡心盡力地幫忙。」

李代仁送成如福走了。

大會繼續召開，全票通過了《中國公民黨第一次議員大會政治報告》，全票通過了《中國公民黨政治綱領》：「堅持和平抗爭，剷除獨裁專制，聯結內外民主勢力，創建文明政體。」大會選舉了三大組織責任人：全國常務議事會會長黃豐盛，副會長李代仁，盧儒軍；中央監察部部長張志成，副部長許家駒；中央總部總裁柯和貴，副總裁伍金釵、辛龍水，伍金釵兼財務科科長，辛龍水兼組織科長，柯和貴兼宣傳科長。鑒於目前活動秘密，授予柯和貴總裁有臨時處理緊急事務權。會議決定：每年中央總部召開工作會議一次，議事會每四年召開議員大會一次。

會議直開到第三天下午結束。

柯和貴組黨回到鳳凰中學工作。

一天中午，柯和仁來找柯和貴，說柯天任回家三、四天了，不去水利局工程隊上班了。他教訓柯天任，還挨了柯天任的打，要柯和貴回家去管管柯天任。柯和貴就跟著哥哥回去了。

柯和貴先到水利局工程隊找尹長春。尹長春說，柯天任好吃懶做，盡結交一些不三不四的朋友，扯了工程款三百多元。尹長春教育他，他與尹長春打罵起來。尹長春乞求柯和貴再不要送柯天任上班了。柯和貴就轉回家組找柯天任，柯天任卻躲著不見人影了。柯和貴只好勸慰哥嫂說：「子龍長大了，難教育回轉了，你們不要管他，好好過平安日子。」

卻說柯天任躲過了柯和貴，回到家裡等待李建樹八人來匯合，到關帝廟去聚義結拜。

一天早飯後，柯天任來到太荒坪，站在一個橫碑石上等李建樹八人。灼肉的陽光罩在柯天任的身上。柯天任成人了：一米七的身軀，留個短茬平頭，頭髮硬刺；兩條濃粗眉毛連成「弓」形，橫在寬額下，目光英俊；方面高鼻；上身穿件軍黃短褲，攔腰緊束，黃色牛皮帶，不繡鋼帶頭在陽光下像盞百瓦白幟燈反射著刺眼的光，足蹬黑色帶子涼皮鞋；胸溝深厚，臂肌起輪，頭拳缽大，雙腳粗壯，腳蹼墩厚。柯天任雙手插在褲袋裡，欣賞著田園風光。田野裡，顏色斑駁陸離，金閃閃的，黃蕩蕩的，青點點的，綠油油的；聲音交響混蕩，砰嗒嗒的，喳嗡嗡的，嘩啦啦的，堂咚咚的。農民收割的，打穀的，栽秧的，整田的，挑籮的，擔草的，臉上起黑黝，肩上翻白皮，上身佈滿泥點，腳肚閃著水銹光。過路人與柯天任打了個招呼，就匆忙地走了。柯天任並不答話，冷漠地點個頭，嘴角抿起一絲冷笑，心裡在咒罵：「牛馬，活該！」

漸漸地，在柯天任的身旁集合了八個人。這一群人一攏會，米麵、油、鹽、魚肉酒菜就都有了。在柯天任家裡，眾人忙了一陣，一頓豐盛的午餐就上了桌，大家大吃大喝起來。

酒足飯飽後，柯天任領著眾人，穿過下頭林，越過太荒坪，走了四來里堤路，來到湖壢上的一座關帝廟裡。

這關帝廟已有三百多年的歷史了。南柯長老為了團結族人保湖，就修了個關帝廟，要族人學習關公忠義崇武精神。族中每次出兵械鬥，都要在關帝廟前的練武場舉行儀式，發誓言。在文化大革命破「四舊」時，關帝廟被紅衛兵砸了一通，神像也沒了。改革開放後，南柯村幾個老人募捐集資，把廟重新修繕一番，重塑了關公等神像靈位。但是南湖湖權仍在黨委手裡，南柯人無湖可保，無宗派械鬥對象，朝聖關帝廟的大活動也就沒有了，守廟的人也沒有，關帝廟仍是一片荒寂景象。

柯天任從一個紅色塑膠袋裡掏出一掛爆竹，兩枝蠟燭，三根神香，放了爆竹，點了紅蠟燭和神香，鄭重其事的向關公神像行了三跪九叩大禮。他站起身，向眾人說：

「兄弟們：今日，太陽當空，神明在上，我有一番話要說。天地父母使我成形，我在天地間只有七、八十年，只是一瞬間。這一瞬間，十分寶貴，又轉眼即逝而不復原形。我不願追索前世因緣，也不求來生因果，只想圖這一瞬間活著時的快樂和風光。大家知道，我在做學生時風光過一陣子，接觸和看透了一些人物。柯鐵牛為了當官鬥死叔父，尹苦海為了幸福殺叔娶孀，陳繼烈為了撈權迫害同學、同事柯和貴，鄧河流為了求官出賣朋友柯和貴，柯業章為了升官迫害我的父親……那些當官的，口裡說的漂亮，心裡毒得黑亮，為了自己活，不要別人活。唯有我的叔父柯和貴執著愚蠢，克己行善，受苦一生。還有那些可憐的農民，勞碌奔波，面黃肌疲，傾盡血汗去奉養官吏。有幾句古詩把這現象和事理說得明白：『朱門酒肉臭，路有凍死骨』，『遍身綺羅者，不是養蠶人』。面對這樣黑暗嚴酷的生活現實，我們這些落難英雄怎樣選擇人生？去做農民受罪嗎？我不心甘！去當柯和貴受苦嗎？我不情願！去死啃書本求生嗎？我沒那個耐性！去當官享受嗎？我羨慕，現在沒條件。怎麼辦？大家都聽過鄧頌雄老師講的歷史：劉邦不讀書，不務工，不行善，遊手好閒，結交蕭何、樊噲、張良，不立家，卻立了國，此大丈夫也！劉備、關公、張飛桃園三結義，打下了三分天下，此英雄也！宋江聚義一百單八將，呼嘯山林，迫使朝廷招安，各撈官位。朱洪武一字不識，舉行了紅巾軍起義，坐了龍庭。毛澤東秘密結黨，占了井岡山，當了偉大領袖。我們就應該學學這些歷史英雄，冒死大鬧天下。活著，當個人傑，快活一世；死了，成個英雄，有人祭祀。今日，忠義關公神靈在前，我們就來結個忠義兄弟，風雨同舟，禍福與共。不知大家意下如何？」

「聽從大哥吩咐。」眾人齊聲大叫。

「好！」李建樹拍手而起，說：「我們就來結義。要結義，先要有個座次，座次順序不論年齡大小，而憑智勇大小而定。」

「我們惟命是從。」劉會猛叫喊。

「大家聽著。」李建樹把與柯天任商量好了的座次順序宣佈出來：「第一位柯天任，第二位李建樹，第三位劉會猛，第四位石義氣，第五位趙光耀，第六位董新軍，第七位周華床，第八位張開二，第九位鐘月。」

眾人一陣鼓掌，按了順序，坐成一個縱列。

李建樹燒了一把神香，每人分了三根，放了一掛千響爆竹。柯天任領頭插香，向關公神像稽首膜拜。眾人輪番而來。

拜畢，李建樹領眾人發起誓，誓曰：

「聚義神前，九九歸一。唯兄長馬首是瞻，眾兄弟尾隨奮戰。英雄同仇，勇敢流血，患難與共，富貴同享。先圖眼前快活，後建千秋大業。難逢同生，誓求同死，義重如山，永不叛逆。如有不忠，甘受肢裂。關公神明，鑒案如雷。此誓為盟，赤心如鐵！」

誓畢，柯天任講話：「現在，改革開放了，田地到戶了，個體經營了，銀行貸款了，投機倒把了，貪汙腐化了，遍地是錢。有人看得見，有人看不見。有大權的大撈錢，有小權的小撈錢，有智力的詐騙，有勇力的打劫，無權無智無力的作貢獻。我們無權，但我們有智有力，我們決不向官吏作貢獻，我們要去智取，要去力奪，養活我們，成就我們的大業。」

眾兄弟議論起來。

「銀行有錢，去劫！」劉會猛喊。

「殺官劫財！」趙光耀說。

「個體戶的鋪子有貨有錢，去偷！」石義氣說。

……

「眾兄弟說得有勇氣。但我們目前勢力太小，不能去冒險搞大動作。」李建樹說，「眼前最重要的是壯大勢力。我和柯天任商量好了，立即創辦南柯武官，劉會猛任館長，趙光耀，董新軍任副館長，周華床任出納，鐘月任會計，石義氣任傳呼，張開山任後勤，我做軍師，柯天任幕後總帥。周華床先到你銀行的姐夫那裡貸二千元，暫作活動經費，一年後還貸。」

柯天任接著說：「每人發展館員或徒弟三人，成為一環。以此類推下去，一環套一環，千萬人地發展下去。每個館員交五十元，在武館習武的徒弟每月交伙食費五十元，大米五十斤，柴火自籌。武館就設在這關帝廟，湖壢草坪是天生的練武場地。我先請南柯林幾個師傅來任教練，後請武林界請高手來教。凡武林界好漢，天下英雄，都要結交。」

眾兄弟一致贊成，各人活動去了。

對於柯和貴組黨與柯天任結義的迥然不同，有詞曰：

南柯子

詠柯和貴、柯天任叔侄不同人生

叔侄同根本，若同受嘉熏，侄如華盛頓善戰，叔有撒毋耳靈魂。

卻分道揚鑣，由於惡教行。惡俗惡理移人倫，侄追功名，叔保童心真。

注：1.華盛頓：喬治・華盛頓，受撒母耳・亞當斯的啟蒙，參加第二次次大陸會議，美國獨立戰爭統帥，第一任總統。2.撒母耳：撒母耳・亞當斯，美國華盛頓等七個國父的導師，美國革命之父，美國人的公民靈魂。

又有集錦詩云：

此時心性造物同（石貫雲），穠華不喜汙天真（李致遠）。
漢家制度誠堪嘆（曹雪芹），稱孤道寡英雄本（湯顯祖）。
蕭瑟秋風今又是（毛澤東），英雄友敗殘杯炙（薛昂夫）。
西風吹斷功名淚（劉致），　兩地各傷無限神（元稹）。

注：穠華，草木茂盛貌。本句意思是：自然物的茂盛，不會污染人的天性和妨礙人的生活，只會有利於人的生長。

本回寫了柯和貴、柯天仁叔侄各自在組織人馬，不知道叔侄倆各要唱出何種戲來，且聽下文分解。

第六十九回　學功夫英雄拜師傅　練點穴逆子喪母命

卻說柯天任、李建樹九人結拜後，各人分頭活動，創辦南柯武館。

柯天任回到家中，心想：「現在不是作孩子王好玩了，是真正當拐子大哥闖天下了，應該有真實的本領，在文韜武略、智慧膽魄上都要高人一等。目前，開武館，就要武功，最要緊的是練出真功夫來。」

柯天任練功夫有得天獨厚的內外條件：他體格健壯，南柯村是武術世家。

南柯村第八代出了柯必夏，柯必夏武功是聞名於貴河南北的「一把耙」。柯必夏在村裡練出了四十八條棍子，打敗了沿湖五十四姓聯軍，從此，南柯人為保湖和守湖，代代練武，武功高超的人才輩出。南柯武功，對外稱岳家功夫，其實內部門派眾多，單傳武功秘訣不少。即使人民公社了，把湖權收為公社，南柯人練武成了習俗風氣，也秘密練武，向後人傳授絕技。

柯天任在三歲時，就有人教他「嘿、嘿」地伸腿揚拳。他在六、七歲時，從父親學得一些拳術，又隨父親到各房頭打場和名家練武室觀看、練習，有了一些基本功。現在，柯天任真的需要武功養身和創英雄事業。他決定先學南柯武功，再出去拜師。

在南柯村人眼裡，一直傲頭傲腦、不知禮節的柯天任，忽然變得斯文溫雅，謙下和氣了。沒過多久，柯天任能自由出入各打場和練武室。柯天任是有心人，學武很用功，不怕苦累。他先學了各種基本功夫和拳路，又學了各種器機和套數。在柯天任的房裡，除了一張床，一張桌，放的都是練功夫的器具。柯天任練得十指鈍粗，伸掌時，手背繭肌如兩道堤壩，掌側繭厚如刀背；屈指為拳，手背繭肉填滿關蘆溝；前臂、腳脛、蹼側，繭肉又寬有厚，膝蓋繭肉厚得像帶上了護膝罩。他練的力氣大，鬥勁猛。不到一年時間，他的硬功、拳擊、散打在全村出名。

這年春節，柯天任提議舉行一次族中武術表演賽，想試試自己的武功有多高。柯天任的提議得到族中長輩的贊成，就由柯珍穩、柯羨定、柯法善三人主持。

年三十夜，南柯太堂前亮了個百瓦電燈泡，照得如同白晝。第三重做表演場。賽場中放著一個五百斤的大石滾，兩邊擺著各種武術器械。表演者自願報名上場，不定人數和場次。主持者柯羨定講了開場白，表演就開始了。

先有三個青年上場，各人表演了拳路和棍、耙、鐗、鞭之類；又輪番把石滾舉起放下，舉起一次、兩次的不等；又進行了對搏，贏得眾人不斷喝彩。

第四個上場的是柯天任。他脫下外衣，「嘿……」的一聲，飛入場中。柯天任足蹬白底黑面布鞋，身穿玄色寬鬆武士衣，上衣紐扣密排，腳裹綁腿，一副令人羨慕的中國傳統武術教師模樣。他雙手抱拳，向主持人行了武術界大禮，又抱拳繞場跑了一圈，向眾人行禮。他躍上躺在地上的石滾，對眾人說：「大伯大叔，兄弟子侄，本人練武，是想為本族爭光，為保湖出力。我雖然沒有柯必夏『一把耙』的高超武功，卻也苦練了些功夫。今日族人聚堂，我願獻醜，拋磚引玉。」

柯天任說完，兩手叉腰，兩腿分開，左右用力，搖得那石滾兩頭蹦跳，越蹦越高。柯天任大喝一聲：「立起！」就在這一眨眼間，柯天任升起五尺來高，落地；石滾猛的豎起，晃動兩下，穩定了。

「好功夫！」眾人鼓掌喝彩。

柯天任繞石滾一周，向後掌心吐了一口唾液，兩手互搓了幾下，一彎腰，「哼」的一聲，攔中將石滾抱起，滾到右肩上，用雙手托起，舉過頭頂，繞場一周，拋起落下。柯天任面不改色，氣不急喘。

「好！」又是一陣喝彩聲。

接著，柯天任又去表演了耙、鐗、鞭、刀幾種器械，他又邀請人前來對搏，連續放翻了四個青年人。柯天任高傲得站在場中，正要以勝利者的姿態揚手圈場時，人群中有人叫喊：「慢著，我來試試手。」

眾人望去，人群中走出一個人。那人三十來歲，矮個，粗壯。他向主持人抱拳行禮，說：「我是柯府上女婿，女婿半邊子，算是半個南柯村人了。我想趁這個機會，湊湊熱鬧，行嗎？」

「行。」柯羨穩說。柯羨穩向族人介紹了那人情況。

那人叫成如福，柯羨穩的侄女婿，柯和貴的學生。他初中畢業後就練武，從師多人，遊了南嶽、天河、少林、武當等地，聞名三省，被人稱為成大俠。成如福在羊角洞辭別了柯和貴等人後，仍過遊俠生活。他聽說南柯村春節搞武術表演賽，就想來露兩手。成如福一直很少在家，更少來岳丈家，所以南柯青年人大都不認識他，只聞其名。

「姐夫名如雷貫耳，今日相見，幸會幸會。」柯天任向成如福行了武林界晚輩禮。

成如福不把柯天任放在眼裡，隨便還了個應酬禮，就表演起拳術來。他的拳腳由慢而快，越來越快，快到只見手腳，不見身形。忽然，成如福長嘶一聲，全身一旋轉，地平一震，刮起一陣旋風，一個螺形灰塵團罩住成如福。風塵過後，成如福亮出一個收住拳腳姿式。成如福退到一旁，水泥平地上留下兩隻清晰的布鞋印。眾人嘖嘖不絕，爆發出雷鳴般的掌聲。

柯天任看了，知道成如福硬功深厚，心想：「他上盤靈活，下盤穩重，對搏時，我擊其中盤。今日遇上高手了。我若勝他，就出名了；我若輸給他，也算是與名家高手較量過，還可拜他為師，學到更大的功夫。」柯天任想畢，就對成如福說：「姐夫果然名不虛傳，我願意領教、領教。」

成如福以為露了一手絕招後，柯天任就會向自己下跪拜師，誰知這小子不知天高地厚，竟然要與自己比武，真是初生牛犢不怕虎。成如福又想：「這小子剛才眉飛色舞，以為他那三腳貓功夫可以天下無敵了。老子今日要給他點顏色看，證明南柯功夫一錢不植。」他想罷，就說：「不敢，不敢，南柯是泰山家，又是武術之鄉，我怎敢冒昧出手？」

「可以比武。」柯羨定聽出成如福語帶譏諷，就說：「武術比賽，不認長幼門第。你與柯天任比武時，只能點到為止，不可傷及筋骨。你倆先把手腳染上白灰，到時看誰身上致命處白點多，誰就輸了。」

成如福、柯天任到主持人桌旁石灰籮染了手腳，回到場上比起來。兩人一來一往，過了十幾招，柯天任倒地一次，趔趄二次，身上致命處有五個白灰點。成如福只有肩頭，屁股處有兩個白點。

「停！」柯羨定喊到，「成如福贏。」

柯天任一下子跪在地上，抱拳低頭，說：「願作姐夫徒弟。」

「不敢，不敢，南柯是武術聖地，我怎敢在此收徒弟？」成如福面露驕色。

「我敗給姐夫，可見南柯功夫不過是出不了門的功夫。你若不收我為徒，我決不起身。」柯天任說。

「好……」成如福正要當眾收徒羞辱南柯人時，一個「好」字剛出口，第二個字沒吐出時，人群中有人叫喊：「慢！」

眾人望去，六十多歲的柯慶如走出人群，柯慶如是南柯「四人幫」之一，出牢獄四年了。

柯慶如走進場，面向成如福，說：「姐夫集各家之長，實在了得。柯天任拜你為師，理所當然。但是，柯天任一人功夫不能代表南柯功夫。我願與姐夫試一下手腳。」

「慶如大伯，你別出醜了。」跪在地上的柯天任扭過頭來，厭惡地對柯慶如說。

「天任，你退到一旁觀看。今日武術比賽，願者上場，旁人不得阻攔。」柯羨定叫道。

原來，柯羨定了解柯慶如的武功底子。柯慶如是柯必夏的第十代子孫，一直潛心練武，少露手腳。他為人忠厚，與人無爭。他矮小瘦弱，一雙犁盤腳，步履遲鈍。前年春耕時，為了爭得共養的耕牛誰家先用，柯羨定打了柯慶如的養子，又去打柯慶如。柯慶如只還了柯羨定一下，柯羨定就被甩出一丈遠。柯羨定就拜柯慶如為師。柯慶如了解柯羨定耿直性烈，就原諒了他，教他武功。

「慶如大伯，你能表演一下拳路嗎？」成如福見過江湖人物頗多，並沒有小看柯慶如。他要看看柯慶如的功底。

「這個自然。」柯慶如說。他說著，就表演起南柯村人人都會的「百法」拳來。柯慶如表演得老態龍鍾。

「這種呆呆板板手腳，七、八十斤的身軀，還不被姐夫的一陣旋風卷上屋頂去嗎？比個雞巴的武！」柯天任退到人群中後，看著，嗤笑著，對身旁的人說。

俗話說：「會看的看門套，不會看的看熱鬧。」成如福從柯慶如的一招一式中看出：「這人內功了得，但無快招，我要以速雷不及掩耳之勢，在兩、三招內擊敗他，不可久戰。」

比試開始了。

「姐夫，你是晚輩，先上吧。」柯慶如擺開犁盤腳，垂手，躬腰，眼看對方。

「慶如伯父，那就莫怪了。」成如福說著，旋風似地衝上來。他揚起右掌，虛晃一招，飛起一雙鴛鴦腿，向柯慶如的胸口、下腹同時擊來。這是成如福的絕招，對方若被擊中，或死或癱。

柯慶如雙手反扣在背後，右腳向後移半步，身子一側，讓過成如福。那成如福用力過猛，衝出一丈多遠，腳板擊在牆上，磚門破了，人被彈了回來，側身倒在地上。柯慶如沒抓住這個機會，上前攻擊成如福，而是收腳穩身，眼看成如福。成如福一個鯉魚打挺，躍起來，提左腳踢來。這又是一個虛招；實則，成如福右拳擊胸，左掌掃腰，拳掌隨左腳起處，疾風般俱來。柯慶如向後一仰，順勢右側，使擊來的拳離肩頭半寸之差，掌從下腹衣邊擦過。不知怎的，柯慶如的雙腳並未移動，那身子卻靠在成如福左肩旁，左手兩指鉗住成如福的喉結。這一招叫「王蛇吐尖」。如果擊者手指用力，被擊者喉結破碎，氣絕身亡；或者刺破喉嚨，掐斷氣管、食管。可是，柯慶如並未用力掐，只是做個樣子。

那成如福見狀，一下子跪在地上，磕頭，說：「我有眼不識泰山，今日服了南柯功夫了。」

柯慶如連忙扶起成如福，說：「各門各派，各有長短。」

「你是我的親房伯父，對親八年了，我從未見你露相。」成如福感慨地說。

「武德第一，忍字當先。」柯慶如說。

柯羨定並沒有宣佈柯慶如、成如福兩人誰勝誰負，只是宣佈：「表演結束。」

柯天任只是驚訝，並未看出玄妙。但是，不管怎樣，贏者高強。這使柯天任認識到：武林界高深莫測，身邊就有異人。柯天任心裡在盤算：「成如福身手靈活，柯慶如穩如泰山，兩者都要學。成如福好請教，柯慶如難露秘。但是，柯慶如畢竟是個無知無識的農民，與自己同宗同族，又沒嫡子，只要死纏活繞，不怕他不動心教我。」

柯天任定下主意，當夜就去商店買了兩瓶高級人參酒和兩條紅塔山煙。大年初一，柯天任起了個大早，不去給祖母拜年，卻拎了一瓶酒和一條煙去給柯慶如拜年。柯慶如看到那麼貴重的酒和煙，起初不肯收。經柯天任好說歹說，才收下了。

柯天任又拿了另一瓶酒和一條煙去給成如福岳父拜年。成如福正在岳父家堂前搓麻將。柯天任就坐在成如福身旁看打麻將。柯天任發現成如福經常去瞟人群中兩個漂亮的女人，暗忖：「成如福是個嫖賭之徒。」柯天任打聽到成如福初三要回家，就決定挽留住成如福。

柯天任離開成如福，趕忙去找李建樹，說了請成如福當師傅的事，叫李建樹約兄弟們初二早飯後到關帝廟南柯武館迎接成如福。

初二早飯後，柯天任邀請成如福到南柯武館做客。到武館大門，李建樹九人穿一色武教師玄衣迎接成如福。柯天任向成如福介紹了九位兄弟，說了武館發展計畫。

成如福聽著，看著，心想：「我浪跡江湖十幾年，沒一個生根的地方，這小子在這方面勝我一籌。今後，我何不在這裡借雞生蛋呢？」

「姐夫，我們想請你到武館來當武術總教練。」柯天任說。

「我蹲在這裡，讓我一家人喝西北風嗎？」成如福聽了柯天任的話，正中下懷，卻擺出一副大武俠的架子，強嘴討價。

「我們給你付工資。」李建樹說。

「南嶽、天河請我當師傅，每月一千元，我沒去。你們付得起嗎？」成如福信口扯謊，漫天要價。

「你開口太大。我們這裡每個師傅每年只拿一千五百斤稻穀，包食宿。」周華床說。

「那我幫你們找每月兩百元的蹩腳師傅來。」成如福輕蔑地說。

「不行。我們武館不是瞎子、跛子都要的。」劉會猛叫起來。

「我們只請你。」柯天任說：「一千就一千吧。不過，我們暫時困難，每月暫時付兩百元做零用，年底一次付清。」

「拖欠？你把我當猴子耍？」成如福並不讓步。

「我們決不失言，撤屋下瓦也不會欠師傅的工資。不信，就寫個字約。到年底不給師傅結債，就把這個武館讓給師傅。」李建樹說。

「看來，你們請我是誠心誠意的。誰讓我是南柯村的女婿呢？推辭不掉了，只好依你們了。」成如福笑著說：「我還有個條件，每三天要回家一次。」

「把家屬都搬到武館來，武館有空房。」柯天任說。

「家屬在一起，成不了事業。」成如福說。他頓了頓，笑著說：「你們這些毛孩子，怎懂得大人的生活呢？」

「我虛歲二十了，懂。」李建樹說：「成師傅，女人的事我包了，包你滿意。」

成如福點了點頭。他想：「入你娘的，到時候，這武館就是老子的了。」

柯天任見成如福如此刁難，心裡惱怒：「入你娘的，到時候，看老子如何收拾你！」成如福答應初十來上班，就告辭走了。

「弄個年輕女人來，名義上做飯，實際上纏住成如福，迷他教武功。」柯天任說。

「我們都怕見女人，哪裡去弄呢？」劉會猛說。

「我想好了，田明光的媳婦宋帶弟還沒嫁人，就說照顧她搞後勤，包食宿，每月給一百元錢工資。」李建樹說。

「這不行吧。田明光雖然死了，卻是我們的兄弟，有道是：朋友妻不可欺，朋友妾不可滅。「鐘月說。

「你從哪裡撿來那些陳穀爛粟的廢話？田明光沒結婚就死了，宋帶弟又離開了田家，哪是田明光的妻子呢？我們是看在田明光的面子上，才照顧她的。她生成一個女人，不是給男人睡的嗎？就這樣定下來，李建樹和石義氣去辦妥這件事。」柯天任說。

柯天任把成如福的事辦好了，就獨自去進攻柯慶如。

柯天任以柯慶如的家為家，送柴送米，摘菜挑水，過了整整一個正月。

卻說南柯村有個不成文的族規：某人悟出了某種武術秘訣或絕招，就要傳給他看中的後生家，不傳女的。如果不傳而死去，一旦被族中知道，某人的墳墓不能在南柯土地上，子孫也不能上祖宗堂祭祖。柯慶如沒有親生的兒子，過繼的房侄很蠢，學不會。柯羨定年過四十，高難度的動作接受不了，正想找個繼承人，沒想到柯天任找上門來了。柯慶如本與柯天任一家關係很好，特別是崇拜柯和貴。但是，柯慶如對柯天任看法不好，認為柯天任鬥爭柯和貴，是黑了良心的惡人。開初時，他堅決不收柯天任為徒。誰知那柯天任硬磨軟纏，花言巧語，哭著說鬥爭柯和貴是年紀小，不懂事，被尹苦海、陳繼烈那些惡人利用了，說他痛改前非了，說他學武術是為了族人爭口氣。柯慶如動心了，以為以前看人看走了眼，就同意教柯天任武術。

「我是南柯人，要按族規辦事。我傳你功夫可以，但要到祖宗堂起誓。」柯慶如說。他把師傅和徒弟的誓言說給柯天任聽。

柯天任聽了誓言，說：「我也是南柯人，當然要按族規起誓。」

柯慶如就帶著柯天任到祖宗堂，在神龕上焚香，燒紙錢，一同拜祖。

柯慶如起誓說：「祖人在上，神明監察。我柯慶如願把平生所悟功夫傳給族侄柯天任，若有秘不傳，願遭橫禍，不得好死。」

柯天任起誓說：「祖人在上，神明監察。我柯天任拜柯慶如為師，學了功夫，要為族中爭光，除惡揚善。若是為害族人，橫行鄉裡，遭血光之災，不得好死。」

誓畢，柯天任向柯慶如行了拜師禮。

「師傅，三十夜，我沒有看清你是怎樣打敗成如福的。」柯天任說。

「有道是：避不過半寸，手不可全伸。借力打力，四兩撥千斤。高手對搏，速如急雷，擊破對手在一瞬之間。成如福犯了對打大忌，攻時手腳全伸，露出致命處；退時後跳丈遠，失了速攻時機。我以靜待動，在他攻時稍避開半寸，與他貼身，瞄其破綻，順其攻力撥打。這些都是難度很高的動作，要慢慢去領會習練。」柯慶如說。

從此柯慶如全心全意地傳教柯天任功夫。柯天任是急性人，好動不好靜，始終學不會「王蛇吐尖」等絕招。

柯慶如看到柯天任指功已到家，就傳點穴、解穴功夫。柯慶如把自己描畫的一張人體穴位圖給柯天任，指點著圖教柯天任點穴、解穴。

柯天任聽柯慶如說點穴使人神經麻木，甚至死去，感到有點虛玄，不大相信。在兩人吃飯時，柯天任說：「你在我身上試一下，讓我體會點穴解穴的滋味。」

「好。」柯慶如應著，在柯天任左手拿著調羹舀湯起來準備喝時，用手指頭向柯天任右肩處點了一下。柯天任的左手像觸電似的麻木了，失去知覺，拿著調羹懸在空中不能動了。柯慶如又向柯天任的左肩下一點。柯天任手臂麻木逐漸退消到指頭，過了一會，麻木全消，左手動作自如。

「真有意思。」柯天任欣喜萬分。他暗想：「若學得這一手，要拿別人的東西，要玩女人，只要一點，對方就不能反抗了。」

柯慶如告誡柯天任說：「學點穴，必得要解穴，解穴未學到家，不可去點穴；不然，會鬧出人命來。這點穴功不可傳給心術不正的人，不然會幹傷天害理的事。你可要千萬記住。」

柯天任好像心思被師傅看破，嚇得連連點頭，連聲說：「記得，記得。」

柯慶如說：「這點穴解穴功全靠自己練。這圖你拿去練習。練好它，要經我檢驗。」

柯天任就把那人體穴位圖拿回去，掛在枕頭的牆上，每日關起房門練習。

卻說到了拼插紅薯種季節。一天早飯後，柯和仁把洞裡紅薯種搬到堂屋裡，讓石小春揀薯種，自己犁地去了。

柯天任在房裡練點穴、解穴練得興致勃勃，要小解。他上了廁所後轉回來，看見母親用一個籃子在埋頭揀薯種，就猛然產生一個念頭：「何不在母親身上試一試，看我練得如何了？我若成功了，再不用去理柯慶如那個老混蛋了。」

柯天任這樣一想，就忍不住悄悄移步到母親背後，伸出右手食指，猛向母親背心處一個穴位點去。石小春當時不能動彈了。

「我成功了。」柯天任狂喜地呼叫。

柯天任瞧母親。母親眼睛翻白。他慌了，記不住解穴在那裡，忙進房去看圖，一時找不准解穴穴位，就憑想像去母親右肩上點了指，又點了左肩，還不行。他慌忙去找柯慶如。

「師傅，這是什麼穴位？」柯天任指著圖上他所點的穴位，他卻瞞著點母親的事不說。

「死穴。」

「能解嗎？」

「能解。這處死穴的解穴位在足跟處。點了這處死穴，必須在一盞茶時間，也就是現在所說的五分鐘之內解開。解穴要點准。不然，會死人的。」柯慶如說，「點穴和解穴處是一一對應的，要牢記住。」

「啊，我懂了。」柯天任應著，轉回家。

柯天任跑回家，去點母親足跟穴，但母親毫無反應。柯天任再一瞧母親，母親口冒白沫，臉烏身紫，死了。

此時，柯天任並不因為母親被自己害死而悲痛，而是在想法子開脫自己罪責。他想到母親有心臟病，不能拿重東西。他靈機一動，連忙把母親的右手肘彎挽在竹籃提把上，把母親的頭移在籃邊，將竹籃裝滿紅薯種，表明石小春是用力想提起一籃子紅薯，引發了心臟病而死。

柯天任做好這一些，就跑到塘邊去喊洗衣服的祖母。

李氏回到家裡，一摸石小春的手，已冰涼僵硬了，就哭起來：「小春呀，我的好兒媳呀。你年紀輕輕就走了，你的命好苦呀！是我活多了，扯了你的陽壽呀！我有罪！」

柯和仁聽說急急忙忙趕回家，看了石小春那情形，哭喊起來：「小春呀，只怪我窮，沒錢給你治病。只怪我傻，不該叫你揀薯種，帶發了你的心臟病，送了你的命。我後悔呀，我有罪呀！」

柯慶如聞迅趕來，看了情形，把柯天任叫到房裡，質問柯天任是不是點了石小春的死穴。柯天任矢口否認，對天發誓。柯慶如說：「如果你點了你母親的死穴，祖宗堂的誓言是靈驗的，會遭血光之災，不得好死。這事你知，神知。天任呀，你可千萬不要幹傷天害理的事。」

石小春去世了，柯和仁家無人主持家務了，柯天任就搬到武館去住了。柯慶如那裡再也見不到柯天任的蹤影了。

柯天任到了武館，根本沒把母親的死放在心上。他早就立志學劉邦、毛澤東，為了創造偉業，做偉人，當英雄，敢於家破人亡。

欲知柯天任怎樣創造偉業，且聽下文分解。

第七十回　賽武林稱霸城關鎮　除強手揚威鳳凰山

卻說柯天任練點穴功點死了母親，搬到南柯武館去居住，再不回家了，也不去找柯慶如師傅了。柯天任獨自住在關帝廟西邊的一間房裡，關起房門，秘密練點穴、解穴功，揣摩柯慶如教的那些絕招。

出了關帝廟的門，是堡嘴林，還有三棵千年樹沒被「大躍進」時砍去，其餘都是高刺蓬墳地。柯天任叫徒弟們在刺蓬中開出一塊平地，請成如福到平地上教他武功。

那成如福教柯天任像教一個初學者那樣，從站樁、蹲樁開始。柯天任索然無味，感到屈辱，但不知成如福有多大本事，不敢表示怨恨。柯天任用盡說詞，終於探出成如福關於武術的觀點：比武是比硬功和速度，武林界並沒有什麼點穴功、輕功、氣功。柯天任了解到成如福並無真本領。成如福雖然無真本領，但虛名浩大，自從當了南柯武館總教練後，學徒都慕名而來。三年中，九個班畢業了六十四人，還有一百八十四人。

柯天任看到武館勢力不小了，在一個中秋節，就與李建樹、成如福等人商討發展的事。柯天任說：「我們武館辦成了這個大樣子，應該搞點大動作，把聲名揚出去，要幹大事業，謀發展。」

「先發展到城關去。」趙光耀說。趙光耀的父親在縣文聯工作，前年全家農轉非，遷往城關居住，對城關幫派很了解。趙光耀說：「北門斧頭幫，南門小刀幫，上街忍字幫。北門斧頭幫勢力最丈，有七、八十號人。這些幫派都與員警有密切聯繫，劃地而治，向個體戶強收保護費，勒索行人。三派互有聯絡，又互相尋釁毆鬥。如果我們能制服斧頭幫，其餘兩派自然歸順。我們就取得了富裕的城關地區，財源大，勢力也容易擴大。」

「好，殺進城裡去！」劉會猛高興地叫喊。

「打進城裡去當然好，但必須有個好名目，名正言順嘛。」柯天任說。

「對這個問題，我早有個想法。我們先在縣城人民大禮堂搞個武術表演賽，以武力震懾城關黑幫。尋找機會，明裡打擊黑幫，為民除害，暗中控制黑幫，向我們交保護費。這樣，市民們就以為我們是行俠仗義的好漢，幫派又聽我們使喚。再從城關地區出發，向全縣發展，向全省、全國發展，興辦許多南柯武館。到那時，大哥振臂一呼，何愁沒有百萬號人馬？還有什麼偉業不能創辦呢？」李建樹說出了長遠計畫。

「好，到那時，我們成了元帥、將軍！」石義氣叫喊。

「別想得那麼天真容易。」成如福說：「單是那縣人民大禮堂舉辦武術表演賽就是件不容易的事。你以誰的名義舉辦武術表演賽？南柯武館有營業執照嗎？有公章嗎？有那級黨政組織承認了你們南柯武館？沒有這些，就是非法組織，你胡鬧，不抓你坐牢才怪哩。」

眾人面面相覷。

「我告訴你們，辦武館，要得到縣體委承認，才合法，才能公開活動。我們要找個有身份的知識人去說動縣體委姚主任，辦營業執照。我想到一個人，就是柯和貴老師。柯老師是我的老師，又是柯天任的親叔父，一定肯幫這個忙。」成如福說。

「我不願去巴結柯和貴。柯和貴一出動，我們武館那些秘密活動就受到他的牽制。」柯天任說，「我想到了鄧頌雄老師。我們給鄧老師一個武館顧問的銜子，鄧老師會樂意去辦事的，會盡力為我們出謀劃策。李建樹、趙光耀明天就去找鄧老師，給些活動費。」

「你們打算表演些什麼節目？就表演這些呆板的武術套數嗎？」成如福又問。

「我們只會這些呀。」劉會猛說。

「看表演的都是武術外行，外行看熱鬧。演戲哪能有真呢？武術表演也是演戲，要以花招托門為主，真的武術功夫就沒人看了。」成如福說。

「師傅，那些花招托門，我們不會，只好由你來教了。」董新軍說。

「花招托門，有些一教就會，有些就難一下子學會。我們把表演時間定下，看時間能教會多少。」成如福說。

「定在十月一日，說向十一國慶獻禮，縣委會高興的，只是時間只有二十一天，萬一不行，就推遲到元旦或春節。」李建樹說。

「時間這麼緊，有些精彩節目就教不會了，必須請人來表演。」成如福想就此在武館擴充自己的勢力。

「怎麼請人？」鐘月問。

「請的人都是高手，表演的是高難度節目，每個節目要付一百元錢，還要招待好。」成如福說。

「那就請吧。」柯天任表態了。他又說：「成師傅，抓緊時間排練，不能誤時呀。」

成如福就立即說節目，叫周華床記下來。共有三十六個節目，每個十五分鐘，表演十二個小時。主要節目有：隔牆熄燈，紙上立人，腳踢氣球，土埋活人，汽車過人，刀劈肚皮，喉扭鋼筋，指穿火磚，掌辟石碎，大柱撞人，等等。

成如福擬好了節目單，一邊教人表演，一邊去請來三個大師：氣功大師張永豐，輕功大師霍飛虎，硬功大師陳繼真。三位大師都只有三十歲左右，一派武林高手裝束和派頭。陳繼真又向柯天任推舉了省武術擂臺賽散打亞軍汪兵，說請來汪兵，聲勢浩大，門票爆滿，只是要付汪兵名譽費兩千元。柯天任答應了，要看看武林界那些名聲浩大的人物到底有多大的本領。

柯天任對三位大師說：「只要是武林界有聲望的人，都可請到南柯武館來做教練。」

柯天任此言一出，成如福和三位大師就四處招人，兩三天時間，來南柯武館的高手、俠客有二十六人。

柯天任對前來的高手俠客說：「南柯武館急需五位教練，眾位大師只要互相比試比試，好讓武館取出前五名。」

成如福就自薦當評判，舉行武術比賽，免了自己參加比賽。高手、俠客們力爭取得教練，打得頭破血流。

柯天任在一旁觀戰，心中冷笑：「一群只會鼓噪嚇人的癩蛤蟆。」

比賽取出了前五名。成如福想留下所有的人，以壯大自己在武館的實力。柯天任一搖手，攆走了五名後的所有高手、俠客。

卻說鄧頌雄聽了學生李建樹、趙光耀聘請自己做南柯武館顧問的話，很是高興。鄧頌雄一直自稱是張良、劉伯溫，也一直認為柯天任有劉邦、朱洪武的帝王之才，李建樹有徐慰功、吳用的智謀。今日他有機會輔佐明主，當然很樂意。鄧頌雄帶著李建樹、趙光耀去找縣體委姚主任，帶著體委一班領導人去視察南柯武館。柯天任把姚主任等人灌得醉薰薰的，又送了紅包。姚主任就當即表態說：「永安縣體委項目都落後，你們武術一項異軍突起，要衝出縣門、市門、省門，豎幟於全國武術賽場上。縣委、縣體委全力支持你們。」南柯武館領了營業執照，有了公章，合法化了。

南柯武館全體人員精神振奮，緊鑼密鼓地排練起來。

九月十五日，縣電視臺播出了「永安體委南柯武館聯合主辦縣武術表演賽」廣告，時間：九月二十九日晚至三十日晚，地點：縣人民大禮堂。還播出了南柯武館成如福、劉會猛、趙光耀、陳繼光等人和一些武術表演特寫鏡頭。九月二十六日，人民大禮堂前高懸巨幅武術表演看板。南柯武館派人到各區鎮張貼海報，海報末尾加上一句話：「歡迎武林高手參加比賽。」

九月二十九日上午，南柯武館全體人員上了四輛大卡車和兩輛中巴車。卡車上，「南柯武館」大旗和各色彩旗呼呼作響，鑼鼓敲得震天響。到了人民廣場，武館人員整隊入場。師傅、教練一色武士玄衣，館員一色黃衣，學徒一色紅衣。汪兵也帶了五人入場。

柯天任卻沒有在廣告上亮相，也沒有參加入場儀式，帶了心腹學徒鄧志強、毛仲義兩人，毛仲義、鄧志強各擰了個大布包。

中午十二點，門外開始售票，每張十元，內部票每張五元。教練每人限十張內場票，學徒每人五張內場票。

李建樹對柯天任說，體委要四百張上等票，分發給縣委四大家和各部委局領導，前來觀看指導。趙光耀對柯天任說，公安局要派員警來維護秩序，收費兩千元。柯天任一一答應了。

晚上七點整，臺上播音員話音響起：

「永安縣武術表演賽現在開始！」

序幕徐徐拉開，南柯武館人員橫列亮相。體委姚主任致開幕詞。

鄧頌雄演講南柯武術淵源簡介，他胡編一段說詞：

「南柯武術歷史悠久，早在南宋，岳飛第四子岳雨避難南柯村，傳授岳家功夫。到了元朝，岳家功夫由南柯傳遍貴河南北，有南河「一隻鵝」，北河「一把耙」。後又傳至江西、湖北、安徽、河南等地。南柯功夫祖師柯必夏就是傳說中的「一把耙」，他集岳家功夫和百家功夫於一身，獨創出南柯功夫，在南柯村世代傳教。傳至今日柯天任，已是第十八代傳人。柯天任全面繼承南柯功夫，又從師武林大俠成如福，博采各家之長，使南柯功夫更加神奇莫測。今日武術表演，是弘揚民族傳統文化，發展體育運動。讓我縣南柯功夫豎幟於全國武術大賽吧！」

鄧頌雄的演說，使觀眾驚訝肅靜。

武術表演開始了。播音員朗朗報節目單，攝影師、記者頻頻搶拍鏡頭。節目一個接一個，觀眾不斷發出喝彩聲和掌聲。

當節目表演到「喉彎鋼筋」時，台下有人叫喊：「魔術！花招！」接著，響起一片口哨聲。

在台下喧鬧聲中，一群小青年衝上臺來，圍住表演者陳繼真，亮出一片白晃晃的小斧頭。

「這是斧頭幫，要毆鬥流血了！」台下有人議論起來。

「你們這些鄉巴老，騙錢騙到老子城關地盤來了。」斧頭幫中一個頭目揚著手中的斧頭叫罵，「你脖子吃我一斧頭，不出血，我才相信你喉管彎鋼筋！」

「各位小兄弟，表演歸表演，硬功歸硬功。如果你們要尋釁毆鬥，休怪我手下無情。」陳繼真手握鋼筋，臉色煞白，聲音發抖，強逞硬漢，說。

坐在台前的成如福見勢，立即溜到後臺，要劉會猛帶十幾個學徒去幫陳繼真解圍。他又對霍飛虎、張永豐、汪兵等人說：「那是流氓毆鬥，教師怕懵懂。我們不去摻和。等陳繼真退下後，我們到外面去。」

劉會猛帶著十幾個學徒衝上臺前，護衛陳繼真。台下又衝上七、八個斧頭幫青年，與劉會猛等人打起來。臺上一片混亂。

台下觀眾站起來看熱鬧。有人喝彩：

「這才是真正的比武！精彩！」

「打呀，砍呀！」

「加油呀！」

……

臺上，血肉橫飛，斧頭幫漸漸占了上風。

「我來也！」台下第一排座位上隨著一聲吼叫，飛起一道黑影，上了台。

臺上、台下一下子被震懾住了，鴉雀無聲，目光都集到台前的黑影身上。

那黑影，一身古代大俠裝束，頭戴洞頂篳篷，身披黑紗，內穿黑衣，足蹬黑靴，令人恐怖。

「退到兩邊去！有本事的沖我來！」黑影對斧頭幫厲聲喝道。

斧頭幫和武館人員自覺地各自後退，台中出現一個空場。

「報上名來，我的斧頭幫不砍無名之輩。」斧頭幫一個頭目說。

「贏得了我的手腳，自有姓名。」黑影說，「你們這些小毛賊，敢碰我嗎？」

「兄弟們，那傢夥裝腔作勢，不要被他的怪樣子嚇住了，跟我衝呀！」那頭目叫喊著，舉斧沖上黑影。斧頭幫的人都一窩蜂似的舉斧衝去。

那黑影一蹲身，呼地一旋轉，一陣黑旋風，圍上來的人倒了一片，斧頭都砍到同夥身上。

「撤！」斧頭幫頭目叫著，就跑。

那黑影一個箭步向前，在那頭目背肩處用手指一戳，那頭目站著不能動彈了。黑影又用右手抓一個大塊頭的後脖擰起，像提一隻鴨子，轉了一圈，丟翻在台板上。

台下一片驚駭肅靜後，響起了讚揚聲：

「真是大俠士，好手段！」

「俠士，露出真面目來！」

那黑影揭去斗篷，脫下披紗，走到台前，向眾人抱拳行禮。

「大哥！」劉會猛跪下大哭。

「師傅！」受傷的學徒都跪下哭喊。

「這就是柯天任，南柯功夫第十八代人！」鄧頌雄從驚嚇中驚醒，抓住擴音器，激動而自豪地高喊。

台下掌聲雷鳴。一會兒，掌聲變得有節奏了，響起了有節奏的叫喊：

「柯——天——任，英雄——，柯——天——任，英雄——！」

柯天任在歡呼聲中，朝那站立不動的斧頭幫頭目右腋下一手指，那頭目能走動了。柯天任又提起那倒在地上的大塊頭脖子一扭，大塊頭站起身了。柯天任指著斧頭幫的人喝道：「你們這些人渣，以多勝少，以惡欺善，橫行市井，我本應重懲你們。今日，我放你們一馬。若再作孽，我定不饒你們。快滾！」

斧頭幫的人抱頭竄鼠竄。

「表演照常！」柯天任一揚手，高聲說。

「柯天任是我徒弟，我叫成如福。」這時，成如福不知從什麼地方走到台前，對觀眾說，「若是我動起手來，斧頭幫小子會更慘，我不能出手呀，一出手就死人！」

「虛名！」「狗熊！」「滾下臺來！」觀眾憤怒叫喊。

成如福悻悻退到後臺。

這時，維護秩序的員警來了四、五個人，抓住走下臺的斧頭幫兩個小子，扭走了。

「入他娘的！打架殺人時看不到員警。殺死人了，打完架了，員警就出現了。」觀眾中有人叫罵。

表演繼續進行。柯天任與武館頭目坐在前臺北側。

「大哥，汪兵說他們要走，要我們付三千元。」周華床走到柯天任身旁說。

「付二百元路費，讓他們快滾！如不服，到臺上來比試。」柯天任說。

表演結束了。柯天任留下李建樹、趙光耀、石義氣、鐘月和十來個學徒，要找城關三幫算帳，叫劉會猛、成如福等人帶大隊人馬回武館。

柯天任、李建樹等人住在縣大飯店。

「今晚把城關三派主要頭目找來，我們要趁這時征服他們。」柯天任說。

趙光耀、石義氣、鐘月分頭去邀請城關三派頭目，李建樹在飯店二樓包了個雅座，叫了一桌酒菜。城關三派頭目陸續來到雅座就位。三派頭目是：斧頭幫曹光頭、李擁軍，小刀會項老三、鄢紅衛，忍字幫趙一、朱丹。大家說笑著喝起酒來。

柯天任以東道主身份先普敬了一杯酒，說了一些客套話。

「我今晚目睹了柯大俠英雄風彩，又勞柯大俠盛情款待，有幸，有幸。我借花獻福，敬柯大俠一杯。」趙一站起身，端起酒杯，彎腰向柯天任伸過酒杯。

「多謝奉承。」柯天任也站起身，舉杯正要與趙一碰杯。

「慢著。」曹光頭伸出右掌，橫擋在柯天任與趙一的酒杯中間，瞪著大眼，說。他轉臉怒斥趙一：「今晚老子有點事沒去看武術表演，聽說我幫與柯天任發生了點事，入你娘的，你就幸災樂禍起來了？在城關，還輪不到你趙一領先，你給老子放識相一點！」

趙一不敢還嘴，「唉——」一聲，坐下。

柯天任聽到曹光頭在指桑罵槐，正好抓住機會打垮曹光頭。他沒坐下，仍端著酒杯，對曹光頭說：「曹兄，今晚我請客，不論勢力大小，只論敬酒先後。趙兄先敬我，我應先接受。曹兄就應在後一步。趙兄，我倆先喝。」

「啪！」，曹光頭拍案而起，這一拍，桌上的盤子、碟兒碰跳起來，菜出盤，湯出缽。他如何受得了柯天任這鄉下小子的侮辱，他真要尋機報復哩。曹光頭撕開上衣，露出胸脯上縱橫交錯的傷疤，指著柯天任叫罵：「入你娘的！你知道老子是誰？老子八處受傷，三進牢房，是真槍真刀殺出來的！你算個雞巴毛！乳臭未乾，想擺鴻門宴，收編老子！鄉巴佬，有老子在，你休想在城關稱霸。」曹光頭罵著，扔酒杯向柯天任打去。

說時遲，那時快，柯天任左手將兩根竹筷射出，一根頂回了打來的酒杯，一根直射曹光頭掌心，穿出手背。這叫「筷子分射術」，是柯必夏發明的筷子功的絕招。曹光頭是個亡命之徒，並無真功夫，怎敵得過玩命又身懷絕技的柯天任呢？

曹光頭掌血如柱，疼痛得彎了腰。李擁軍忙扯了身上衛生紙，給曹光頭止血。項老三、鄢紅衛、趙一、朱丹等人大驚失色，不敢動彈。

「曹兄火氣太盛，應該自重些。北門、上街也算是派呀，你怎能以強凌弱呢？」柯天任鎮靜自若，笑著說：「曹兄，你暫歇一下。趙兄，我倆喝酒吧。」

趙一端起酒杯回敬。

「老二，快扶我回去。」曹光頭對李擁軍說。

「坐下！宴席未散，提前自離，未免太不尊重人了吧？曹兄剛才自趁是砍殺英雄，怎麼連這點小傷痛也忍受不了呢？」柯天任在命令，在諷刺。

「柯天任，你到底要怎麼樣？」曹光頭咬牙說，氣焰消了一大半。

「我給你止痛，你必須喝完酒再走。」柯天任說。他走到曹光頭身旁，將曹光頭腰穴一按，又在曹光頭腋下一按。曹光頭先是一陣麻木，不痛了；接著又一陣麻木，腋下隱痛，但不劇痛了。

「各位兄弟，我大哥今日召集大家，一來認識一下，二來調解三派糾紛。梁山上王倫，心胸狹窄，連林沖也容不下，只好推晁蓋為頭領。曹兄如此狹隘，盛氣凌人，連王倫也不如，應該休息一下，大家推選另一人為首，協統三派，避免兄弟們互相殘殺。不知兄弟們意下如何？」李建樹說。

「就推柯天任為老大吧。」曹光頭怕吃眼前虧，搶著說。幫會是弱肉強食的黑社會，成員都是穿著人衣的禽獸，誰身強心毒，使人恐怖，誰就做頭頭。頭領弱了，就遭殺讓位。

「贊成。」眾頭目附和。

「承蒙各位厚愛。但我是個匹夫，只有勇力，沒有智謀。老五趙光耀有智有勇，又是城關人，城關地區的事就由他來操持吧。」柯天任指著趙光耀說。

「希望各位鼎力相助。」趙光耀站起來，向眾頭目抱拳行禮。

酒席散了。

「大哥，曹光頭口服心不服，會嘩變的。」趙光耀對柯天任說。

「曹光頭已變成廢人了。幫會玩命為立身之本，再沒人跟著一個廢人走。你立李擁軍為斧頭幫幫主，就沒事了。」柯天任說。

卻說柯天任等人，勞累了一天，十分疲勞，在飯店裡一覺睡到第二天中午，才乘車回武館。回到武館，出現在柯天任等人面前的南柯武館卻是一派慘景：豎在大門外的南柯武館大旗被推到在地上，掛在大門上的「南柯武館」大牌被砸碎了，館內雜物滿地，一片狼籍。劉會猛、張開山和一些學徒躺在地上呻吟，董新軍、周華床在給受傷人員推拿。眾人見了柯天任，哭成一片。

原來，昨晚回家時，成如福要劉會猛放假兩天，讓學徒休息一下。周華床、董新軍就和大部份學徒各自回家了，劉會猛、張開山和成如福等人帶部份學徒回館。第二天一早，陳繼真、張永豐、霍飛虎要劉會猛付足表演費和路費回家。劉會猛說等柯天任回家再說。成如福說自己是柯天任的師傅，說得了柯天任的話，要劉會猛付三人的錢。劉會猛說自己不管錢，沒錢付。陳繼真三人就與劉會猛爭吵起來，又動手打起來了。成如福和另外兩個教練開始在一旁觀看，看到劉會猛占了上風，成如福就冷不防把劉會猛一腳踢翻，六人打兩人。十幾個學徒上前去幫劉會猛，卻被另二十多個學徒阻住。成如福等人打贏了，把武館砸了個稀巴爛，拿值錢的東西叫罵著，帶了二十多個被成如福收買了的學徒走了。

「這是預謀。」柯天任氣得咬牙切齒，「不管他們跑到天涯海角，老子要找他們報仇。」

「不好了！」李建樹叫起來，「成如福等人要錢是假，霸佔武館是真。他們可能去找鄧頌雄老師要執照和公章，到別處辦南柯武館，體委就只承認他們了。石義氣，快跟我去鄧老師那裡。」

李建樹、石義氣跑到南湖中學鄧頌雄那裡，鄧老師躺在床上打吊針，額頭、手背都包了藥布。

「鄧老師，我們連累你了。」李建樹說。

「成如福等人冒充柯天任名義來向我要執照和公章。我一看他們居心不良，就慌說執照和公章給柯天任了。他們就關起房門打我，抄翻我房裡東西，拿走了現金二十六元和一些值錢的東西。我原來對武林界感到秘密，對武士、俠客很看重，沒想到武林界的人是愚昧野蠻的地痞流氓，不通情理，只知鬥殺。由此可知，劉邦、洪秀全也是地痞流氓，我的歷史觀錯了。」鄧頌雄一個勁地說起來，說起自己對武林界和中國帝王史的重新認識，說佩服柯和貴對歷史和現實的清醒的認識。

李建樹只關心執照和公章在哪裡，並無心聽鄧頌雄的嘮叨，也不關心鄧頌雄的傷勢。但他只能裝著關心鄧頌雄的樣子，耐著性子聽鄧頌雄講話。

「我一生學諸葛亮，做事謹慎。我把執照掛在掛曆的背後，公章用紙包著，塞在窗臺下的牆孔了，你們拿去吧。這次，學校領導批評了我，你們從今以後再不要來拉我入伍了，不要把我的工作籍搞掉了。」鄧頌雄終於說出了執照和公章。

李建樹、石義氣找到了執照和公章，滿心歡喜，對鄧頌雄說了感謝話，走了。

李建樹、石義氣回到武館，把鄧頌雄說的話向柯天任作了彙報。

「嘿，嘿。鄧頌雄總算悟出了一些道理。」柯天任冷笑兩聲。他又說：「鄧老師為我們立了功，說不定以後還要用他。周華床，你送一百元給鄧老師治傷。」

周華床走了。

柯天任吩咐董新軍、石義氣帶幾個學徒去查訪成如福等人的下落。

過了兩天，董新軍回來報告說：「成如福等人投靠鳳凰鎮雙溪口羅雲虎處。羅雲虎是個地痞，好武功，也開了個武館，集合雙溪口、鳳凰街的流氓地痞五十多人，向個體戶強收保護費，輪流吃派飯。現在新增成如福一夥，勢力更大。羅玄虎揚言要把柯天任打得吃西瓜皮。太氣人了。」

柯天任一聽，火冒三丈，要獨闖雙溪口。

李建樹勸阻說：「羅雲虎力大勇猛，又有成如福等人幫著，不可輕敵。但是，羅雲虎有勇無謀，作惡多端，不得人心；成如福心術不正，又愛財如命。我料定，不出幾月半年，必生內訌。到那時，我們去離間他們，就能一舉蕩平雙溪口。現在，我們派幾個心腹徒弟混進去，打聽消息，策反成如福的學徒，作為內應。」

柯天任點頭贊成。

李建樹就向鄧志強、毛仲義、牛五等人面授計策，去了。

柯天任靜下心來，與兄弟商量武館的事。

「我和鐘月把表演的帳清理了一下，虧了三千五百四十七元。我姐夫的貸款已過了四年了，沒還一分錢。大家說說怎麼辦?」周華床說。

「放你娘的狗屁!武館現在連生存都成問題，還什麼貸款?你周華床盡打小算盤，幹不了大事!」

柯天任火了，說。

周華床不敢作聲了。

「華床，錢是要還的，你別急。現在當務之急是想法子搞錢，節約開支。」李建樹說。

「我們搞武館的，離了酒肉就不行。大家動腦筋，如何把生活搞好一點。鐘月，你去借一千元，支付生活費。」柯天任說。

「我看武館容不下那麼多人了。只留三十個能幹的忠心的學徒，其餘的遣散。」李建樹說。

眾兄弟商量了一陣，定出留下的人員名單。

「現在，重點是教學徒們弄物弄錢的本領，訓練他們大膽機智、心狠手辣的品質。」柯天任說，「趙光耀那邊每月要交二千元，等到平息雙溪口後，董新軍去主持，每月交一千元。以後，還要擴大地盤。」

「從今以後，柴米油鹽、酒肉蔬菜不用買，叫學徒去弄。三人一組，給個任務。石義氣去組織幹。」李建樹說。

「小動作學徒們去幹，稍大的兄弟們幹，萬元以上我親自幹。」柯天任說。

「這類事，不能用南柯武館名義，要利用城關三派和成如福、羅雲虎名義幹。」李建樹說。

南柯武館的旗子豎起來了，門牌掛起來了，人員少而精，每天酒肉會餐，生氣勃勃。但是，周圍的村莊被鬧得不安寧了。如果學徒偶爾被抓，李建樹就上門賠禮道歉，假裝懲罰學徒。劉會猛帶人去嚇失主，也就沒事了。

到了第二年立春季節，鄧志強來報：成如福和羅雲虎鬧翻了。成如福說羅雲虎私吞錢財，提出劃分地盤，各自徵收。羅雲虎說成如福等人是他雇用的，無權過問錢財和人事。兩人相爭不下，羅雲虎說以比武解決糾紛。如果成如福贏了，就與羅雲虎共同管理武館；如果成如福輸了，就被解雇離開武館，比武時間定在端午節中午二點，在黃頭山虎口谷舉行。

「天賜良機！我們組織精幹人員，在端午節十二點埋伏在虎口谷樹林裡，坐山觀虎鬥。在兩虎受傷或疲乏之時，大哥出其不意，襲擊他們，廢了成如福、羅雲虎武功，佔領他們巢穴。我們在到雙溪口、鳳凰街宣傳成如福、羅雲虎罪行，宣揚柯天任為民除害的英雄事蹟。雙溪口、鳳凰街就歸我們了。」李建樹說。

眾兄弟拍手叫好。

端午節這天，南柯武館只留下周華床、鐘月看館，其餘人跟柯天任、李建樹去虎口谷山林埋伏。准兩點，兩隊人馬進山來了。羅雲虎這邊有四十多人，成如福這邊有三十多人。羅雲虎大塊頭，長髮披肩，眼暴凶光，一臉橫肉，四肢粗壯，全身玄衣，腰束黑帶，腿裹黑綁，手臂一排黃銅紐扣，足蹬多耳麻鞋。

雙方隊伍排列在虎口穀一塊寬平的草坪上的兩邊。只聽兩聲長嘯，成如福和羅雲虎跳到草坪中央。兩人也不行武士之禮，放開手腳惡鬥起來。成如福身手靈活，羅雲虎拳腳兇猛，兩邊喝彩助威。兩人鬥了一個多小時，互有擊傷，精疲力竭，仍未分勝負。

「哈，哈，好戲，好戲！」一人從樹林裡拍掌大笑，走了出來。

成如福、羅雲虎同時收勢停住，順聲望去。只見柯天任西裝革履，走到一快石頭上站住。

「兩個武功，真是親家母比尻，在上不在下。羅雲虎口出狂言，也占不了我師傅半點便宜。師傅暫歇，我來了！」柯天任說著，一個箭步，落在草坪上。

「天任，狠揍這個惡徒！」成如福聽到柯天任認自己是師傅，又聲言幫自己，就高聲的叫柯天任。

他喘著氣，退出場地，到草坪北邊一塊突起的岩石斜面上坐下休息。

成如福這類武夫，生活在邪惡的社會裡，就像被邪惡武裝起來的軍官一樣，心地黑暗，愚蠢兇猛，只知眼前仇，眼前樂，只憑獸心勇力逞眼前英雄。即使有時也狡猾，也只是狼犬般的本能機警，根本沒有個人的獨立思考能力。此時的成如福，只想到眼前與之嘶咬的是羅雲虎，看不到柯天任的突然出現會給自己帶來危險。相比之下，柯天任比這類禽獸般的武士俠客有心計多了。

「柯天任，老子正要逢你！」羅雲虎怒目圓瞪，要與一頭更加年輕健壯的公獅撕咬，表現自己的雄性力量。

柯天任並不與羅雲虎打招呼，虛晃一掌，提腳向羅雲虎胸膛踢去。羅雲虎右手一撈，沒撈著柯天任的腳，側身，右手掃掌。柯天任並不後退，卻上了半步，閃過羅雲虎掃掌，右掌向羅雲虎腰部劈去。羅雲虎正在旋轉中，沒被柯天任劈著。柯天任看到羅雲虎強壯力大，愈鬥愈猛，想起柯慶如的話：借力打力，四兩拔千斤。他就尋機順羅雲虎招式拔打。那羅雲虎在旋轉中，拿出了最厲害的一招：鴛鴦連環腿，瞅住柯天任的致命處，跳起身來，兩腳一前一後，一高一低，狠命向柯天任的面部、胸膛踢來。柯天任學著柯慶如的姿勢，速度只在半秒之內，將羅雲虎拔出去。羅雲虎從柯天任身旁掠過，感到屁股上有萬斤推力，停不住身子，沖出去兩丈多遠，落在成如福坐處。成如福正在抽煙養神，冷不防羅雲虎撲騰過來，措手不及，急忙右側，伸掌來擋，擋在羅雲虎右肩上，而自己左肩和左肋著了羅雲虎兩腳。羅雲虎右肩受到成如福一掌，仰身擱在成如福左側岩石凹處，震動了椎尾骨。兩人同時發出「哎喲」聲。

在這一瞬間的同時，柯天任也來了個鴛鴦腳，右腳擊中羅雲虎胸肋，左腳擊中成如福背心。成、羅兩人動彈不得了。柯天任沒想到這一下子收到一石二鳥的效果，心中十分高興，他走到成、羅兩人中間，關切地問成如福：「師傅，誤傷你了。傷在哪裡？讓我給你推拿。」

成如福「哎喲」著，用手摸著左肋。柯天任左手抓住成如福左腕，右手捏住對方左肩骨，咬牙用力一抓，又向左腰肋使勁一拍。成如福肩、腰一陣巨痛後，就麻木了。

柯天任又轉身，對羅雲虎說：「羅師傅，拳腳的事，互有撞傷，請你原諒。」柯天任說罷，將仰身在岩石頂上的羅雲虎翻身過來，向他背心右邊死穴一點，又向椎尾處一按。羅雲虎一陣麻慄，椎尾處三顆椎盤向內突出。

經柯天任這一陣子擊打和整理，成、羅兩人不死也將成為廢人。

觀看的學徒們還以為柯天任在給成如福、羅雲虎治傷，只有陳繼真、霍飛虎、張永豐等人看出了名堂，嚇得面如土色，連忙向柯天任下跪求饒。

「我警告你們，再也不准在雙溪口、鳳凰街胡作非為了。快把成如福、羅雲虎背出永安境內。」李建樹指著霍飛虎、陳繼真、張永豐三人喝道。

虎口谷的人散去了。

李建樹指使董新軍帶部份學徒先到鳳凰街、雙溪口宣傳：「羅雲虎、成如福等地皮流氓，在虎口谷開會，準備洗劫鳳凰街，被柯天任大俠得到消息，趕往虎口谷把他們打散了，搗毀了他們巢穴。」鳳凰街人聽後，拍手稱快。大街小巷議論聲紛紛揚揚，有訴羅雲虎打家劫舍的，有讚頌柯天任俠義的，有把柯天任吹得神乎其神的……一時間，柯天任成了鳳凰街、雙溪口俠肝義膽、來去無蹤的神奇人物。

第二天上午，柯天任又裝模作樣地穿起那套神奇的古裝大俠服裝，在李建樹、董新軍等人四十多人簇擁下，漫步在鳳凰街和雙溪口上。鳳凰街人像開慶祝大會那樣，擠滿了大街，爭相瞻仰柯大俠面容，滿街歡呼：

「柯天任，大俠！柯天任，英雄！」

柯天任並不講話，只是揚起帶著白手套的右手，向群眾招手致意，享受著毛澤東檢閱百萬紅衛兵那樣的歡樂。

柯天任耀武揚威了一陣子，留下董新軍主持鳳凰街事務，和李建樹等人乘車回館了。

李建樹在離開鳳凰街時，向鄧志強交代了一項任務：偵探鳳凰街萬元戶情況。

欲知李建樹偵探萬元戶是為了什麼，且聽下回分解。

第七十一回　李建樹巧設連環計　邱小兵兇殺親舅父

卻說鄧志強接受了軍師李建樹的特殊命令，偵探出雙溪口樂正南是萬元戶，向李建樹作了彙報。

雙溪口有個小流氓叫邱小兵，讀小學三年級時，父母雙亡，失學回家。他無人管教，好逸惡勞，到處遊蕩偷盜，橫蠻好鬥。羅雲虎霸佔雙溪口後，收了邱小兵。現在，羅雲虎失敗了，邱小兵又歸順董新軍，與鄧志強玩得好。在鄧志強打聽雙溪口萬元戶時，邱小兵向鄧志強講了自己的舅父樂正南。樂正南，雙溪口樂天府人，雙溪口供銷社採購員，暗販棉花發了財，在銀行存有三萬多元。樂正南十分吝惜，從不拿錢救親戚朋友，對邱小兵沒個好臉相。

李建樹聽了鄧志強敘述後，沉吟片刻，說：「樂正南藏錢穩妥，偷搶都無法，這事就放下。志強，我又要你去作一件事。我有個表兄叫虞海波，在沿海市發了財。你家裡貧困，可去他那裡打工，同時摸清沿海市幫派情況，我們以後要到那裡去發展事業。」

李建樹說完，給虞海波寫了信，介紹鄧志強。鄧志強接了信，很是感激，就去沿海市了。

李建樹調開了鄧志強後，獨自來謀劃樂正南的事。

李建樹本是山頭李村人，三歲時隨母親嫁到南柯村，大柯天任一歲。他天生聰明，上學後，很會背毛主席語錄。由於母親出身富農，他沒資格參加南湖公社紅衛兵背毛主席語錄比賽。在家庭內受到繼父的打罵，在社會上受到階級成分的歧視，對繼父和社會充滿仇恨。他營養不良，體質虛弱，只能運用心計來抵抗。他為了逃避打擊，像弱小動物一樣尋找勢力的保護，就與柯天任搞好關係。他幫柯天任出主意去欺壓弱小孩子，出計策去打擊柯天任的對手。柯天任等人稱讚李建樹是小諸葛。李建樹的知識越來越高了，對人對事也越來越了解了。在鄧頌雄老師教導下，他對孫子、諸葛亮、吳用、劉伯溫崇拜之至。他就去讀《孫子兵法》，《三國演義》、《水滸傳》，學習鬥爭計謀。南柯武館成立後，他有了自己的營地，成了柯天任真正的軍師。李建樹就變成了一個仇視人類、心地狡詐的陰謀家。

現在，柯天任提出要搞錢過好生活，這正合了李建樹心意。李建樹是個窮怕了的小子，對錢財特別貪婪。他要搞個萬元、十萬元，使自己享受享受。他聽到鄧志強說了邱小兵和樂正南的事，一方面心裡高興，另一方面想到要做得人不知鬼不覺，就連那鄧志強也不可信任，要獨自去謀劃。李建樹想了一天一夜，比較了幾個方案，最後確定了個謀財殺人連環計。他把這個連環計思考得很周密巧妙，每個關鍵細節都假設出來。李建樹想好了，就去雙溪口秘密找邱小兵。

李建樹把邱小兵帶到鳳凰街一家小餐館，點了幾盤好菜和一瓶好酒。邱小兵受到南柯武館第二號頭目軍師的招待，受寵若驚，一方面向李建樹表示忠心，另一方面吆喝小店主，表現自己的能耐。

李建樹看那邱小兵，二十歲左右，個頭不高，粗手粗腳，額上有三條橫肉，咧嘴常笑，傻氣浮面，性暴心狠。李建樹心想：「真是一只好唆使的惡狗。」

李建樹關切地問：「小兵，你家裡有些什麼人呀？」

「父母早死了，只有一個大我四歲的癡呆哥哥。」

「那你兄弟倆怎麼過活呀？」李建樹表現關切。

「沒別的辦法，靠我偷摸。我曾投靠羅雲虎手下吃飯。那羅雲虎要我去偷去搶，偷搶來的東西和錢財全被羅雲虎收去了，出了事我一個人承擔。我被派出所抓去四次，羅雲虎不管我。上次，我被派出所抓住關了二十多天，還是董師傅和鄧志強兄弟救我出來。羅雲虎那賊頭被師傅打跨了，我真高興。」

「聽說你有個發了財的舅父，難道不資助你嗎？」李建樹問。

「那老傢夥只認錢，不認親。我向他借錢，他不肯，還臭罵我。」邱小兵說得眼冒金星。他吞了一塊大肥肉，又說：「那老傢夥也是非法販棉花賺來的。總有一日，老子要去告發他，搶他的錢。」

「噓——小聲些。」李建樹提醒邱小兵。李建樹說：「不能告發親舅父，要動腦筋借些錢，以後發了財還他嘛。」

「他不肯借的。」邱小兵說：「那老傢夥真聰明，把錢都存到銀行去了。一次，我到他家去偷，一分錢也沒找到，只拿了個三萬元的存摺。我拿著存摺到銀行去取錢，銀行說要密碼，取不出來。我就把存摺丟了。他又去銀行立了個新存摺。」

「我有個好法子，包你能借到你舅父的錢。你得到錢多，要借給武館一些，武館以後會還你的。」李建樹說。

「只要我能拿到舅父的錢。就借給武館一半，算我對武館作點貢獻。」邱小兵說。

「這個法子是半用智，半用力，一定有准。」李建樹說得很自信。他向邱小兵附耳說出那法子來。

邱小兵聽著，眉開眼笑，不斷點頭。

李建樹擔心邱小兵愚蠢凶蠻，沒記性，沒耐性，不能按計行事，就要邱小兵把那法子複述一遍。邱小兵復述著，李建樹在關節眼上又作些點拔，又與邱小兵像演戲一樣對演一遍，直到邱小兵完全領會清楚了，才放下心來。

「李師傅，我一直沒人關心過，沒人看得起過，你待我這樣好，真是我的親兄長，我一定聽你的。」邱小兵感恩戴德地說。

「你既然願聽我的，我就勸你兩句：你再不能喝醉酒了，再不能去偷去搶了，不要誤了大事。」李建樹教訓邱小兵。他把剩下的半瓶白酒收起來了，交給店主。

「我聽兄長的。」邱小兵一邊說，一邊饞眼望著店主手裡提去的半瓶白酒。

李建樹等到邱小兵吃飽了飯，就去店主付帳。

「那瓶酒只喝了半瓶，你只能收一半錢，聽到沒有？」邱小兵喝斥店主。

「小兵，對人說話要禮貌些。我付錢了，你不要管。」李建樹說。

「我遇上好人了。」店主對李建樹說。

邱小兵送走了李建樹，轉回餐館，向店主要回了半瓶酒錢。

老曆七月半是鬼節，家家戶戶都要給死去的祖人包紙錢燒袱。欒正南和老婆一起到邱小兵家為他姐姐、姐夫祭祀燒紙錢，順帶了二十斤大米和兩袋食鹽給邱小兵哥哥。中午，欒正南在邱小兵家吃飯。

那欒正南，五十多歲，中等身材，白胖，衣著整潔，職業的習性使他見人一口笑，態度和藹；可是對邱小兵沒有笑容，態度惡劣。在吃飯時，欒正南又板著面孔，教訓起邱小兵來：「小兵呀小兵，你哥哥成不了家，你幾時能改邪歸正，成家立業，繼承你祖人的香火呀？」

「我一個小子，沒爹沒娘的，你又不提攜我，飯都沒吃的，叫我怎麼成家呀？」邱小兵可憐兮兮地說。

「你就只知道偷摸，好吃懶做。你能好好種莊稼嗎？我給你投資。」

邱小兵聽了舅父說著這樣難聽的話，心中在冒火，但記著李建樹的話，耐下性子，抓住理由說：「我何嘗不好好種莊稼呀，可是做莊稼虧本，還是沒飯吃。」

「那就做點別的事情，你總不能靠偷摸過一輩子呀。」欒正南仍是盛氣凌人，盡說大話空話。

「我想做點小生意，找到一個好門路，又沒本錢，你又不借，叫我怎辦？」

「借錢給你去喝去賭？」欒正南一聽到借錢，頭就痛，發起大火。

「我不借你的錢呀。」邱小兵表現極大的耐性，說：「你讓我把話說白好嗎？我真的有筆好生意。我有一個朋友，是石玉村人。他父親是祈曹縣人，到石玉村來招親。現在也做販棉花生意。這次，他父親回老家要販一批庫存原棉，需十萬元周轉金，想拉個有錢的夥計一起做。他父親聽說了你的名字，叫我找你。我本打算找你說的，怕你不信我，就懶得找你了。今天你來了，就隨便告訴你，信不信由你。」

「這消息有多時了？」樂正南一聽到販棉，就來神了，軟下語氣問。

「有五、六天了。」

「我說小兵呀，你這愚才，只是懶，分不出大事、小事、急事、慢事來。這樣的大事急事，你懶走路，不迅速告訴我。我告訴你，做生意靠時機，時機過了，生意也就沒了，錢也就賺不著了。哎，看來那生意靠不住了。」

「我可以再去打聽一下呀。說不定有希望。」

「那人多大年紀了？」樂正南問。

「五十七了。」

「老人做事靠得住，你明天去把他叫到我家來。」樂正南說。

「你出多少本錢呀？」邱小兵提出所關心的問題。

「三萬。」

「哎呀，人家要出七、八萬，還擺那個大架子把人家叫來。我不去叫，你去找他說。」

「那你帶我去。」樂正南很急迫。

「那老人說，現在騙子多，還有專騙飯吃的。說有錢入夥，就是不亮出錢來，吃夥計的，玩夥計的，等到生意快說成了，卻沒一分錢入夥。老人還說，有的人拿存摺騙人，存摺上本只有十元錢，卻在前面加數字，變成十萬零十元。他說被人騙了好幾次，現在與人合夥，不亮現金不做。」邱小兵把李建樹教的話說了一遍。

樂正南聽了不斷點頭，因為他也碰過這種情況。他相信這話是那有生意經驗的老人說的，做夢也沒想到愚蠢野蠻的邱小兵能說出這種有見識的謊言。

「你不能帶那麼多現金去，去叫那老人到我家來，拿存摺一起去銀行查數。」樂正南愛人插話說。

「哎呀，舅娘，你以為只有你家有錢，別人都是強盜嗎？一次，老頭子又當著他兒子和我的面清點現金，一點就五萬多元，我跟舅父一起去，看誰敢打劫？做生意，總想別人擔風險，自己卻風平浪靜地收利潤，沒那麼好的事吧。」

「這小子跟那老人學了些見識，說了幾句有用話。」樂正南笑了，誇讚邱小兵。他對老婆說：「即使我一個人帶錢我也不怕誰。來回只百把里，又乘車，早上去，下午回。何況還有小兵做伴哩。怕什嗎？就這樣，明天一早去。」

「事情過了五、六天，我怕有變化，明天一早，我先去打聽一下，有準備了，我們再去。」邱小兵欲擒故縱，這都是李建樹教的。

「說得有道理，我在家裡等你的回音。」樂正南說，「小兵呀，關鍵時間，是要抓緊時間的，要吃苦受累的，你可別偷懶玩耍呀。」

「舅父，我有句話說在前面。人無利息，誰肯早起？這次，我要參加。」邱小兵故意提出這個要求，不讓舅父、舅母又生別的疑慮。

「你沒本錢，入股是不行的。」樂正南是個嚴肅的生意人。

「那你總得給我一些資訊費、跑路費、保鏢費吧。」邱小兵作了讓步，也認真地說。

「生意做成了，我與老人商量，雙方都會給你一些錢。我現在先給你二十元路費。」樂正南認為邱小兵要求合理，他說著，從口袋裡掏出二十元錢給邱小兵。

樂正南夫婦走了。邱小兵也去向李建樹彙報情況。李建樹又作了下一部署，教邱小兵如何干下去。

過了六天，邱小兵到了樂正南家，說：「舅父，那老人聽說你與他合夥，很謹慎，又跑到祈曹縣去查實洽談生意，弄准了，才叫我來通知你帶現金去商量。」

樂正南聽了很高興，招待邱小兵吃飯，叫老婆去銀行提款。那老婆很細心，把錢裝進一根條形布腰袋，捆在樂正南的內褲腰部。老婆送樂正南、邱小兵出門，說了許多吉利話。

邱小兵帶著樂正南乘客車到石佛鎮下車，就是山路，過十八盤。樂正南對這條路也是很熟悉的。十八盤共有十三、四里山路。兩邊高山夾著峽谷，谷底一條溪水，沿著溪邊是一條蜿蜒羊腸山徑。山徑轉彎十八次，稱為十八盤。七月的十八盤，高山相對，插入雲天，湛藍的天空像一條飄折的藍色綢帶，山上樹木茂密，路旁溪邊柴草豐茂，一團團青，一簇簇綠，一片片黃，一朵朵紅。在第十盤有座水庫，庫水白光磷磷，青山倒影暗藍。山路在水庫西邊，旁水依山延伸去，彎彎曲曲，若隱若現。老天爺是多麼善良，賜給人類的山水是多麼美好！

樂正南跟著邱小兵，下了水庫堤壩，已是中午，幹活的人都回家吃中午飯歇涼去了，山裡特別寂靜。兩人走得汗流浹背。樂正南穿著長袖白襯衫和灰色長褲，身胖，怕熱，就脫去襯衫，挽在手肘上。兩人走到水庫中部，有一片山蔭，路旁有供人歇息的平頂岩石。

「舅父，歇一下子，喝點水吧。」邱小兵說。

「好，喘口氣再走。」樂正南說。

兩人去水庫邊喝了水，坐在岩石上。

「舅父，如果這趟生意做成了，你到底能給我多少錢？」邱小兵問。

「做成了再說。」樂正南隨口答話。

「先說透，後不亂。我要這個數。邱小兵理直氣壯伸出右掌，叉開五指。

「五百元。」

「你這一次能賺兩萬多，只給我五百元，你好毒呀。我說的是五千元，至少得給兩千元。」

「生意還不知是公雞母雞，現在說這個有什麼用？天不早了，快趕路。」樂正南沒把邱小兵放在眼。

「你錢多了，是享受；我沒錢，要活命。你是愛財如命，我不相信生意成了你會給我錢，你必須先給我兩千元押著，生意成了，我應得；不成，我還給你。」邱小兵向樂正南伸出手。

本來，按李建樹的教唆，到了這裡，邱小兵慌稱怕萬一有危險，要樂正南把三萬元給邱小兵代管，邱小兵就跑掉。可是，邱小兵認為樂正南是關心過哥哥的親舅父，把本錢全拿走了，舅父就被逼絕路，那太毒了；同時，舅父會去報案捉拿他。拿兩千元，舅父損失不大。兩千元，自己留一千，給李建樹一千。對於邱小兵來說，兩千元是個大數字，滿足了。

「不行。生意成了，也不能把兩千元一次給你，不能讓你幾天就喝了，賭了。我要分期分批地給你哥和你過日子。」到這時候，樂正南還擺著長者的面孔教訓外甥，真是善人不知惡人心。

「我知道你不會給我錢。我的錢我自己會開支，不用你管。這樣吧，兩千元，你先給我一千元也行，不給，我不帶你去。」邱小兵作了讓步。

「休想！你不帶我去算了。我一個人去，你回去。」樂正南發火了，起身要走。

這樂正南真是視財如命。如果這時候給邱小兵一千元就沒事了，何況還是給自己的親外甥呢？

「不能走！你想甩我嗎？」邱小兵站起來，從背後一把抓住樂正南的腰帶，大聲說：「我把消息告訴你了，為你跑了路，我不去，你也要給我一千元。」

邱小兵是不會失去這個搞錢的機會的，再說，他拿不到一分錢，怎麼向李建樹交代？

「你這傢夥，老子扇你巴掌。」樂正南扭著身子，打了邱小兵兩巴掌。

邱小兵的左耳挨了兩巴掌，嗡嗡作響。他氣惱了，死死抓住樂正南腰帶的右手，用力一拉，兩人一起倒在地上。

「你要打劫嗎?」樂正南罵道。

「我不打劫,只要你給兩千元。」邱小兵的左肘頂著樂正南的胸脯,右手使勁拉住腰帶,手指觸摸到了帶裡被折成硬紙條的紙幣,心砰砰地跳。

樂正南只想著那錢不能損失,也根本不怕平日受他訓斥的外甥。他要保錢,要狠狠地教訓邱小兵。他在氣憤中,右手在地上抓起一塊蘑菇石,向邱小兵頭上打去。

邱小兵的左額上挨了兩石頭,流了血,十分疼痛,就怒從心中起,惡向膽邊生,猛地騎在樂正南身上,左手握住樂正南拿石頭的手腕,右手揮拳,向樂正南的頭部一陣亂打。

樂正南感到耳裡轟鳴,眼冒金星,鼻出腥氣,口吐血泡。他本能地伸直左手,卡住邱小兵喉結,身子用盡力氣翻動。

兩人滾了半個滾,側身相向,手腳相交扭。邱小兵本是個兇惡歹徒,年輕、力壯,顯然比樂正南強大多了。邱小兵被卡得喘不過氣來,就將右手抓住樂正南左手腕,使勁一攀,喉結鬆動了,氣息自如了。邱小兵急忙用膝蓋向樂正南的胯襠頂撞,使樂正南在「哎喲」呻吟聲中手腳鬆開。邱小兵一下子豎起上身,用膝蓋向樂正南胸膛跪去。樂正南挺直了身子,無還手之力了,口中在喊:

「救——命⋯⋯呀!」

此刻,邱小兵已經完全喪失了理智。成了一隻發瘋的餓狼。在這只餓狼眼裡,樂正南已經不是人,更不是什麼親舅父,而是只可以充饑的野兔子,供他享受撕咬的歡樂。邱小兵左手按住樂正南的脖子,右手向樂正南面部亂擊。他聽到樂正南嘴上發出不清晰的聲音,只有單調的唔唔音,就拿出平時插在褲帶上的彈簧水果刀,彈出刀鋒,向樂正南脖子左邊割去,越割越深,割斷了食管,又割斷了氣管,只剩下靠地上的一層老皮了。他鬆開手,那顆頭顱歪向右邊,掉在肩胛上。邱小兵看到樂正南死了,就收刀,去解下樂正南裝錢的腰帶子,把腰帶子繫在自己的內衣腰內。他將樂正南的屍體拖進密柴林裡,用枯葉敗枝掩蓋好。他又回到原處，澆水沖掉路面上的血，脫去自己有血的外衣，包了塊大蘑菇石，纏緊，拋向水庫裡。他又洗了自己手臉上的血跡汙點，才起身向前走。邱小兵走了一段路，心跳加快，感到害怕了。他想自己平時愛打鬥，傷了人，但從沒殺人。現在，他殺人了，殺的是親舅父，是殺人打劫犯，犯有死罪，要被判死刑。他不能不害怕起來。他要逃命。逃到哪裡去呢？他不清楚，只知向前走，逃離殺人現場。

邱小兵走著走著，不知過了幾盤，來到水庫尾部。他看見前面當路站著一個人。那人穿著武師玄衣，戴著墨鏡，戴著黑手套，擰著黑布袋子，望著他。他感到一陣恐懼，想往林裡鑽。

「邱小兵，得手了吧。」那人在叫他。

邱小兵聽到那熟悉的聲音，是李建樹，就向前走去，說：「師傅，得手了。」

「數了嗎？多少錢？」李建樹問。

「我沒數，錢袋在我腰間。」邱小兵機械地回答。

「這錢是用人命換的，要珍惜呀。」李建樹說。

「師傅，我……沒殺人呀。」邱小兵本能地吱唔著。

「殺人了。屍體被拖進山林裡。我一直在對面山跟著你們走，看得清楚。」李建樹笑著說。他頓了一下，換了一種關切的語氣說：「小兵呀，我沒叫你殺人呀。你好糊塗，殺人是要償命的。現在你既然殺了人，有了錢，就要找個安全的地方住下來。」

「師傅，全靠你了。」邱小兵撲通一聲跪在地上，哀求。

「我為你想好了個去處，就是海南島椰林村。我在那邊有熟人，幫你把戶口辦好，你隱姓埋名住下來，做點小生意，娶個媳婦。但是，你在那邊再不能胡來了，要安分守己。」李建樹說：「現在，你要化妝一番逃走。你跟我來。」

李建樹帶著驚慌的邱小兵向東走。他們翻過一個山頭，來到一個泉水潭邊，坐下。李建樹打開自己的黑布包，把包裡東西全倒在草地上：有衣服、毛巾、肥皂、理髮剪刀。李建樹剪去了邱小兵的長髮，留了個平頂頭，叫邱小兵脫下衣服，到潭裡洗個澡。李建樹把錢袋裡的錢掏出來，放進黑布包裡。李建樹撿了一些幹枝衰草，放在潭邊一塊大岩石上，把邱小兵的衣服、錢袋和剪下的頭髮都放在柴草上，點了火，把燒的火灰掃進潭水裡。

邱小兵換上了乾淨的內衣和一套夏季西裝，硬領白襯衫，大紅領帶，筆挺的灰色長褲，泛著黃光的皮鞋。陡然間，邱小兵從一個流氓樣子變成了一個經理助理的模樣。邱小兵對著潭水一照，心中儘是喜悅。恐懼感一掃而空，對李建樹又感激，又敬佩。

「小兵，錢在這黑布包裡，給你。」李建樹把黑布包扔給邱小兵。

「師傅，我給你一萬元吧。」邱小兵說著，從布包裡拿錢。

「不用啦。我原來是想替武館向你借點錢，現在你犯了死罪，要錢用。再說，這錢我也不敢拿去給武館，怕出事。」李建樹說。李建樹沉吟一下，又說：「小兵，你是逃犯，路上常有檢查的，你帶了這麼多錢，我擔心不安全。」

「師傅，你救人要救徹呀。你要送我去，替我帶上錢。」邱小兵哀求著。

「那就這樣吧。你身上帶一千元，其餘的我替你拿著，到了目的地再給你。我送你時，在永安縣內，我們不能一起走路。從東邊下山，到了石橋車站，搭車到甯安縣岔路鎮等我。我到了。你不要與我說話。跟著我上車。與我隔個座位坐下。你到了海南島，如果發了財，可不能忘了我。」

「師傅，你是我的救命恩人。如果我背叛師傅，天打雷劈。」邱小兵對天發誓。

邱小兵拿了一千元，放進內口袋，拉上口袋鏈子，走了。

李建樹望著邱小兵的背影，暗自得意事情完全按照自己所預料和設計的情勢順利發展。李建樹確實沒有教邱小兵謀財害命，只是傳教邱小兵用軟硬兼施的法子和作案的全過程騙取樂正南的錢。但是，李建樹分析到樂正南愛財如命，又有經驗，不會讓邱小兵平安無事地騙到錢。邱小兵向樂正南要錢，樂正南必然要保錢，擺出長輩的面孔教訓邱小兵，直至打罵邱小兵。邱小兵是個歹徒，定會惱羞成怒，反擊樂正南。兩人就由爭執發展到打鬥。邱小兵不鬥則已，一鬥就喪心病狂，置樂正南於死地，邱小兵殺人劫財後，必然走投無路，聽從自己安排。所以李建樹就買了衣服、毛巾、理髮剪、肥皂之類。放進一個黑布包，在隔著水庫的對面山與邱小兵、樂正南相向而行。他看到兩人在自己教邱小兵的庫邊坐下歇涼，看到兩人爭吵鬥殺，看到邱小兵把屍體拖進樹林裡，看到邱小兵辦完了事就慌慌張張地向前走。李建樹就跑步到水庫尾的山路上等著邱小兵。現在，李建樹又設計了下一步，讓邱小兵去實行。

李建樹在邱小兵走後，取出五百元作路費和零用，把大批錢裹在綁腿上，把黑布包燒了，揀小路到石橋鎮。

李建樹路熟，先到了甯安縣岔路鎮，蹲在車站大門外等邱小兵。李建樹看到邱小兵從一輛客車上下來，就向前向邱小兵丟了個眼色，上到一輛長途客車上。邱小兵也跟著上了車，在李建樹的後排坐下。

長途客車跑了一整夜，第二天清晨到一個縣城站，停車吃飯。

李建樹和邱小兵下了車。李建樹小聲對邱小兵說：「小兵，我發現這客車上有異常情況，我們趕緊離開，去轉火車，安全些。」

邱小兵一聽很害怕，由李建樹盤弄，沒說什麼，跟著李建樹走。

兩人來到高速公路欄杆前。公路上，汽車川流不息。

「火車站在公路那邊，翻過欄杆穿公路就很近。如果要彎過收費站，就有四、五里路。」李建樹說。

「師傅，穿過去算了。我總想早點脫離危險到海南島。」邱小兵說。他說著，就翻欄杆，上了高速公路。

李建樹緊跟著靠在邱小兵背後。

「小心！」李建樹右手攀住邱小兵肩頭，說。

這時，幾輛大卡車呼嘯而來。

「不要緊，我先你後，人讓車，車讓人，衝過去。」邱小兵說罷，就要向兩車之間衝。

李建樹攀著邱小兵肩頭的右手一拉，再一推，邱小兵一個趔趄，跌向公路中間，胸部正著一輛駛來的大卡車前輪。大卡車停下來了。

「還有一口氣，快送醫院。」李建樹走上前，摸著邱小兵鼻孔，對司機喊。

一胖一瘦的兩個司機下車，幫著李建樹把邱小兵抬上司機台，放在第二排長座上。開動卡車走。

卡車快到收費站轉彎處了，李建樹大喊：「停車！人死了，送醫院沒用了，我盡心盡力了，讓我下車吧。」

「你和他不是一起的？」瘦司機問。

「我學雷鋒，見死相救。我也不知這死人是哪裡？」李建樹說。

卡車在路旁停下了。兩個司機下車，在路旁咕嚕一陣。李建樹趁著這個空隙時間，把邱小兵身上的錢和身份證取下，放進自己的口袋裡。下車就走。

「別走！」瘦司機上前攔住李建樹，說：「我問你，你是哪裡人？出門幹什嗎？」

「我是安徽安六縣人，出門打工。這死人與我無關，你攔我幹什嗎？」李建樹說「真是好心得不到好報，我幫你們不對嗎？」

「我們是找你商量一下。只要你不多管閒事，我們給你一些錢回去。這死人，我們會憑良心安葬好的。」胖司機說。

「你們不找交警處理事故，那是違法的。我不要錢，不願捲進去。」李建樹說。

「野小子，這條路不知碾死了多少人，能溜的都溜了。人死不能復生，不能讓死人拖累活人。你打工是賺錢，我們給你錢，你不去報案就行了。如果讓交警處理，黃皮狼才毒著哩。」胖司機解釋說。

「我不要錢，也不報案，讓我走就行了。」李建樹裝著山裡窮小子的樣子，說。

「如果你拿了錢就被牽進事故中了，與我們同夥，我們才相信你不會去報案。如果你不拿錢，老子就要你的命，碾死兩個和碾死一個都是一個事故，一起處理。你聽不聽話？」瘦司機拿了個大攀手，惡聲惡氣地說。

「你不要打我，我聽你們的。」李建樹假意哀求。他內心高興地想：「本來只想了結邱小兵的事，賺點錢圖個安全。沒想到邱小兵的事了結了，又發了一筆小財。這真是：好運成雙，禍不單行。」李建樹就問：「你們給我多少錢？」

「五百元。」胖司機說。

「人命關天的大案子，想我蒙住，只給五百行嗎？」李建樹想趁機敲一把。

「你要多少？」胖司機問。

「五千元。」

「你個窮小子，味口還大哩。給你二千元，接不接？不接就處理你。」瘦司機說。

「兩千就兩千吧！」李建樹裝著無奈的樣子說。

「上車！」瘦司機命令說。

李建樹上了車，接了兩千元。車子跑了四、五十公里，出了高速公路，來到一條柏油路上，胖司機停了車，瘦司機和李建樹一起下車，攔了一輛北上的長途客車。瘦司機威脅李建樹說：「你小子上這輛客車回安徽，不准胡言亂語。」

李建樹上了客車，心裡在說：「以力殺人，被嚇得逃命，以智殺人，悠哉樂哉！」

李建樹想到錢的安全使用，在合肥下車後，到幾家銀行以整存零取，絕了公安人員從錢的編碼上查案的線索。李建樹回到家裡，把錢藏好，回到武館。這時永安縣公安局張貼了追捕邱小兵的《通緝令》。

欲知永安縣是否破案，且聽下回分解。

第七十二回　迫生計柯和貴「下海」　牟暴利柯天任「倒把」

卻說李建樹回到武館，知道永安局在追捕邱小兵，心裡有些緊張。可是過了一個多月，公安人員仍找不到邱小兵，就把這案子懸存起來了，一直未破案。

九月的一天中午，李建樹和柯天任在商量以武館的名義做生意的事，有人來報，說柯和貴叫柯天任回家，有事商量。

柯天任一聽柯和貴找他，就火了：「那傢夥與我水火不容，有什麼事好商量的？」

李建樹說：「柯老師能量大，心地善，有利用價值。說不定真有好事，你要回去一下。」

柯天任聽了，就把自己裝束一番，像個時髦的年輕老闆，回去了。

柯天任進了老屋堂前，看到祖母、父親、叔父都坐在一起，就跟叔父打了招呼，掏出紅塔山的香煙，遞給叔父一支，自己點了一支，坐在小椅上抽起來，說：「叔父，你找我有什麼事？」

「想找你幫忙。」柯和貴說。

「只要我能幫得上的，一定盡力。」柯天任說。

「文瓊、文良都上高中了，我那點工資應付不過來了，想辦個商店，要向你武館借一千元錢，年底連本帶息一起還。」柯和貴說。

「這——」柯天任吱唔起來。

「如果辦不到，就不為難你了。」柯和貴見狀，連忙補充說。

「我去和李建樹等人商量一下，如果有，明早送來。如果沒有，就不能怪我。」柯天任說。

柯天任回到武館，向兄弟們說了柯和貴借錢的事。眾人默不作聲。

「你們不要以為我在徇私。我最恨的人是柯和貴、柯成蔭。大家都熟悉柯和貴，他有許多關係，根本用不著向我借錢。例如縣物資局程大勇副局長就是他的學生，他只要一開口，就能要到一、兩噸平價鋼筋指標，轉手一買，幾千元就到手了。可是，柯和貴死腦筋，死要臉面，不去利用這些關係。我們卻苦於沒有這些關係。今日，我們借給柯和貴一千元，明日就利用他拉一些關係做生意，不是大賺了嗎？」柯天任說。

「大哥說得對。」李建樹說，「我剛才與大哥商量做生意的事，正愁無門路。現在柯和貴送上門來了，我們正好利用這塊敲門磚，入市場的門。柯和貴是個有恩必報的人，這是一個機會，不能放過。周華床，你給大哥一千元送給柯和貴，我去借兩千元來給武館。」

柯天任拿了一千元錢給柯和貴。柯和貴要打借條，注明本息。柯天任落落大度，說打條子，反失了叔侄的感情。

柯和貴興興沖沖地拿了一千元去交給李秀雲。

李秀雲笑著說：「我以為你會白跑路的，沒想到子龍還講點叔侄之情。」

「以前的事也不能全怪子龍，社會是那個樣子。他當時還小，又有人教唆。現在，他成人了，還成了什麼大俠，懂得世事了。」柯和貴說，「不過，我不相信他會棄惡從善，可能是報答我把他介紹到水利工程隊的恩情，或者想到以後還要我關心他。」

有了一千元錢，柯和貴、李秀雲就商量辦商店的事。

柯和貴為什麼要下海經商呢？這裡要補敘一些事。

卻說陳繼烈當了縣長，就把鄧河流調去當副手了，駱良生也上調去當縣宣傳部部長，王國光接任了鳳凰教育組組長的職務，鐘誠當了鳳凰中學校長，柯和貴當了鳳凰中學教導主任。

柯和貴熱愛教育事業，有著驚人的吃苦耐勞精神，當了教導主任，還自覺任畢業班主任，帶語文、歷史等課程，一天工作十五、六個小時。但是，柯和貴越來越窮困了。他的工資是全校最高的，每月四百三十六元伍角，政府每月只實發百分之五十三，還要上交報紙、民兵訓練、防汛、賑災、電力建設等等繁多雜費，每月只能領到二百三十一元八角。李秀雲每月只有學校發的三十六元。全家七口，每人每月平均三十八元二角五分。物價在飛漲，這點錢只能買回全家人的糧油和日用品，穿衣、行路、看病、學費、送禮等項就無從著落了。李秀雲是很會精打細算的，一分錢掰著當兩分錢用，但總算不過來。有一個月，柯和貴送了個必需送的禮，花去了八元錢。這個月就虧空了，買不回供應油了。柯和貴就只好去借五元錢。柯和貴跑了衛生院、供銷社、食品等處的熟人借錢，那些平時對柯和貴很尊重的熟人聽到柯和貴借錢，就都婉言謝絕了。最後還是一個辦個體商店的女學生給了柯和貴五元錢，買回了供應油。

這借錢的艱難，深深地觸動了柯和貴，重重地打擊了柯和貴。他感慨萬分地對人說：「越窮，越借不到錢。人一窮，就沒了尊嚴了，就無人與你講仁義了。窮，是最大的麻煩，是最大的痛苦。」

柯和貴帶著一家七口在貧困線上掙扎著。到了今年八月，柯和貴的大女兒良敏和兒子良文同時考上了重點高中，《入學通知書》上注明報名費二百五十元，每個孩子每月生活費估計要六十元。柯和貴在貧困線上再也掙扎不下去了。他不能不讓兒女讀書呀，他不能不吃飯呀。柯和貴說：「我再教書，我兒女就不能讀書。不讓兒女讀書的父母，是最不道德、最無能力的人。我可以為教育事業貢獻自己的一切，但我沒有權利剝奪我的兒女受教育的權利。即使是善人，也不能不吃飯能活著行善的。我兒女要讀書，我一家人要吃飯，我就不能教書，要另謀生路。」

嚴酷的事實逼著柯和貴的「死腦筋」活起來，他不能安心教書了。他看到了中央、省、市、縣關於教師可以「下海」搞勤工儉學的文件，就決定「下海」沉浮。

柯和貴寫了「下海」搞勤工儉學的《申請書》，找校長鐘誠批准。鐘誠作不了主，陪著柯和貴一起去找教育組長王國光。

王國光說：「我們要動員一批教師『下海』，但是，別人可以『下海』，你不能『下海』。鳳凰中學的教學目前離不開你，你不能只顧小家，不顧大家。你『下海』了，鳳凰鎮人民要罵我王國光，等我不當鳳凰鎮教育組長了，你再『下海』。」

王國光說得入情入理，使柯和貴出師無名。

柯和貴說：「教育危機，是禍國殃民的教育產業化政策造成的，這個問題牽動著整個社會制度。我縱然死在教育戰線上，也解決不了這個問題，我兒女卻不能不讀書。」

王國光說：「那你在中學當校長，不比你『下海』撈的錢少。」

柯和貴說：「我撈不著那個錢，也不能去撈那個錢。」

柯和貴不為王國光的大道理所困住，就去找在考幹時受過柯和貴語文輔導的縣教委的一位副主任，想讓他幫忙說服王國光。

誰知那位副主任是位堅強的馬列主義者，義正詞嚴地說：「縣教研室主任聽說你要『下海』，提前來打了招呼。你的語文教學論文為縣教研室爭得了榮譽，你『下海』了，語文教研工作受到損失。你為黨的教育事業辛苦了二十多年，是個有名望、受人尊重的人民教師。如果去當『奸商』，到頭來一盆狗血淋頭，辱沒了教師，降低了人格，不受人尊重了。你要去掉私心雜念，忠誠黨的教育事業，為黨的教育事業有一份熱，發一份光。我這裡是要把關的，不能讓你『下海』。」

柯和貴憤然出了副主任的辦公室，不知所措地在走廊上徘徊。

「柯和貴，進來坐坐。」柯和貴無意中走到勤工儉學辦公室門口，裡面有人喊他。

柯和貴向門內一瞧，是縣教委勤工儉學辦公室主任柯和亮在向他打招呼。

柯和貴進去了，跟柯和亮攀談起來。兩人拉家門，論序齒，談勤工儉學，談得很投機。當柯和貴說自己要「下海」搞勤工儉學時，柯和亮表示熱烈歡迎。

柯和亮說：「教學要骨幹力量，勤工儉學也要骨幹力量。我縣公辦教師思想守舊，還沒有一個人敢提出『下海』經商的，你給我破了這個門，很好。我立即給鳳凰教育組下批文，讓你先『下海』，我再去向教委主任彙報。」

兩人就商量起來了，決定辦「鳳凰中學經營部」，批發兼零售，作為縣教委勤工儉學辦公室的直屬單位。等到牌子掛起來了，開始營業了，勤工儉學辦公室下撥部份周轉資金，「經營部」每年向「勤辦」上交五千元利潤。

柯和貴拿著「勤辦」的批復文件，興沖沖地回去找王國光，王國光只好同意了。

柯和貴和李秀雲預算起經營部開業前的費用，辦理營業執照和擺門面的周轉資金需五千元。這個數字是沒人敢借給柯和貴的。柯和貴打算先借一千元，把營業執照辦好，把門牌掛起來。就是這一千元，柯和貴也拿不出來，就想到只好去找辦武館賺了錢的柯天任借。沒想到柯天任還認他這個叔父，很爽快地給了一千元，救了柯和貴的急。

柯和貴把辦營業執照所需的材料、檔整理好，帶了五百元錢到縣工商局辦營業執照。在縣工商局，柯和貴把材料、文件遞送給批准辦營業執照的雷科長。

雷科長只翻了一下材料，說：「我只看驗資證明。」

「什麼驗資證明？」柯和貴白了兩隻眼，問。他根本不懂經商。問得辦公室的工作人員都嗤笑起來。柯和貴很是尷尬。

「你是個人民教師，應該懂得黨的政策和法律的基本知識。辦理批發兼零售的集體所有制營業執照，至少要有五萬元的註冊資金。註冊資金要經過縣財政局審計科審計，開出驗資證明書，再來我這裡辦執照。你如果辦個個體零售小買部，不需驗資，只幾百元就行了。你懂嗎？」雷科長語氣生硬，說得天經地義，把材料甩給柯和貴，就去與別人說話去了。

柯和貴垂頭喪氣地出了工商局大門。

柯和貴走後，雷科長對辦公室人員說：「我們這項工作，是政策性很強的工作，大家要認真審閱材料，嚴格卡關，特別是註冊資金和單位性質，要像我剛才對那位辦執照的老師那樣認真。誰違反政策，誰負責。」

卻說柯和貴到了財政局尋找審計科袁科長。袁科長教育柯和貴說：「我們是執法機關，不能作假。要過審計關，必須帶足現金或銀行存摺，不然不予驗資。」

柯和貴又碰了一鼻子灰，出財政局大門。

「我到哪裡去弄五萬元現金呢？」柯和貴氣餒了。「辦個個體小買鋪算了。但是，那又不符合『勤辦』的批文精神。只好再去找柯和亮商量。

柯和貴向縣教委走去。他走到永安縣新興商場大門口時，裡面有人喊他：「和貴老弟，進來坐坐。」

柯和貴抬頭一看，是同村的柯和丁。本書前文已敘述過柯和丁的一些故事。在柯和貴眼裡，柯和丁少知低能，膽大妄為，是打不死的程咬金，活埋、坐牢都捱過來了，改革開放後卻成了暴發戶。

「我有急事，不能坐呀。」柯和貴應著。他不願與柯和丁閒扯胡拉。

「我剛從工商局來，聽雷科長說你在辦執照。」柯和丁主動迎上來，笑著說。柯和丁並未說假話。在柯和貴離開工商局後，柯和丁去找雷科長辦事，聽雷科長說：「有個呆頭呆腦的柯和貴老師來辦執照，好煙也捨不得分一支，兩手空空的，被我攆走了。他就是拿到驗資證明，我也不會給他辦執照。」

「是呀，執照難辦。」柯和貴站住腳說。

「老弟，不是我吹牛，你跑一千里，不如我一抬腿。你的執照我包了。你來參觀一下我的商場。」柯和丁拉著柯和貴的手，往商場裡走。

「這商場是你的？」柯和貴吃驚地問。

這商場比鳳凰鎮供銷合作社大多了，氣派多了。「永安縣新興商場」七個鍍金立體大字橫在二樓牆壁上。第一樓門面分兩部份：批發部、零售部。全新的鋁合金玻璃櫃檯、貨櫥，分副食、百貨、五金、家電，商品擺得整齊有致，琳琅滿目。十來個女服務員，二十歲左右，都穿著大紅圍領旗袍，見客一口笑。上到二樓，走道上鋪著綠色地毯，一排房的門楣邊都釘著白底紅字的塑膠門牌，有業務科、財務科、黨支部辦公室、工會辦公室、副經理辦公室、經理辦公室……柯和丁領著柯和貴走著，一路上有人不斷向柯和丁打招呼，喊著：「柯總。」柯和丁板著面孔，或點一下頭，或根本不理睬，表現出總經理的架子和威嚴。走進總經理辦公室，有內外兩間。外間坐有兩個年輕漂亮的女職員，看來是會一般客人。內間是柯和丁辦公室，會見重要客人。兩間都有時髦的閃光的辦公桌，軟坐椅子，真皮沙發。外間辦公桌上有一部電話，兩支小國旗；正牆上掛有一個紅底金字匾，上書「重合同守信用單位」。還掛著兩個鏡框，一個是營業執照，一個是稅務登記證。營業執照上寫著：名稱：永安縣新興商場。法人代表：柯和丁，性質：全民所有制，註冊資金：一百八十萬元，經營範圍：糖酒副食、百貨五金、針紡織品、家用電器。經營方式：批發兼零售。側牆上掛有兩張地圖：世界行政圖，中華人民共和國行政圖。

柯和丁和柯和貴進了總經理辦公室內間，兩人坐下。這時，進來了四個青年人，很隨便地各自找座位坐下，坐姿各種各樣，看來是柯和丁老朋友。

「這是我的名片，你有事打個電話找我就行了。」柯和丁從抽屜裡拿出一個透明的名片盒，抽出三張給柯和貴。

柯和貴接過名片，好奇又很慎重地端詳起來。他從來沒見過這玩意兒。

柯和貴收了名片，用敬佩的口氣對柯和丁說：「老哥呀，沒想到你賺了那麼多錢，僅註冊資金就有一百八十八萬元。」

在座的聽了都笑起來。柯和貴感到茫然。

「笑你娘的臭屁呀！」柯和丁發火了，罵起發笑的人。他對在座的人說：「我老弟是全縣有名教師，也要『下海』做生意，今日來向我請教，說明我的路子走對了。」

柯和貴見那在座的青年像是一群地痞流氓，不願在這裡多說話，心裡急著自己辦執照的事，想柯和丁答應後早點離開，就問：「你能幫我辦執照嗎？」

「我說了，你的執照我包辦了。雷科長、袁科長和我玩得就像一個人一樣。」柯和丁說，「你有一千元嗎？」

「我只有三百元。」柯和貴說。

「先把三百元給我，辦成了，你再補。」柯和丁說。

柯和貴就把三百元和一個檔案袋材料給了柯和丁，說：「那註冊資金是個大數字呀。」

「你甭說了，過四天來拿執照。」柯和丁說，「現在去吃飯，我接待你。」

「我總放不下心。」柯和貴坐著沒動。說

「你這老師怎麼這樣癡呆呀?你老哥神通大得很，會給你辦成的。走吧，去吃飯，我們都是來陪客的，餓了。」一個長髮青年走過來，說著，拉起柯和貴就走。

柯和貴這才知道這些青年是來白吃白喝的。

柯和丁帶著眾人走進一家大酒店，選了個雅座坐下。這時，又進來三個青年，滿滿坐了一桌。柯和丁把桌子上的兩包衛生紙「啪」的兩聲拍開，扯出來，擦手，擦嘴，擦筷，擦杯盤，又叫服務員拿衛生紙來。

柯和貴看到柯和丁等人那樣不珍惜衛生紙，很心疼，很氣惱，就說：「老哥，不用你破費了，我有急事要走。」

「坐下，老弟，你不要瞎跑路。」柯和丁按下柯和貴，他並沒有覺察到柯和貴的神情，說：「我知道你看不起我，認為我知識低，愚蠢，辦不成事。現在，你走上了我這條路，你成了蠢人，我就成了老師了。在生意界，不講知識高低，只講賺錢多少。能賺錢，就有本領，賺錢多，本領就大，不能賺錢就是低能，虧本是個草包。你必須降格才行。」

柯和貴沒想到柯和丁能說出這番有見識的話來，吃了一驚，心服了，坐定了。

柯和丁叫服務員上了十幾套好菜。柯和貴感到太奢侈了，心裡想著家中吃苦的老小，想著許多窮人，遲遲不能下筷。柯和丁見柯和貴不喝酒，叫服務員盛了碗飯給柯和貴，把好吃的菜一筷一勺地往柯和貴碗裡送。柯和貴很快吃了個大飽，就離席坐在一旁。柯和丁又丟給柯和貴一包紅塔山香煙。柯和貴捨不得抽，放進口袋裡，摸出袋裡的大公雞煙抽著。

柯和丁與那幾個青年，你一杯，我一杯地喝了兩個多小時，都醉了。柯和貴去扶柯和丁回商場。柯和丁一個勁的噴著酒氣，對著柯和貴臉上絮絮不止。柯和貴見到天色晚了，就謊稱上廁所，一溜煙跑回家了。

過了四天，柯和貴又到新興商場找柯和丁。

「老弟，你的事辦好了。你查查發票。」柯和丁拿出一個檔案袋和一個鏡框給柯和貴。他又說：「我自作主張，把你的名字改了，叫柯來新，祝你來發新財喜。」

柯和貴看那鏡框內嵌著營業執照——名稱：永安縣鳳凰中學經營部，法人代表：柯來新，性質：

集體所有制，註冊資金：二十萬，經營範圍：文化用品、糖酒副食、百貨五金、針紡織品，經營方式：批發兼零售。那檔案袋裡放著兩個執照副本和幾張發票。柯和貴拿起發票一算，共花了六百四十八元。柯和貴一陣驚喜，又一陣狐疑，問：「老哥，你是怎麼辦成的？」

「經商跟教書不一樣，算帳結果也不一樣，不是一加一等於二，而是等於五，等於六，或等於零。發票用錢數不等於實際用錢數。」柯和丁笑著說。他把記在日記本上的用錢數報給柯和貴：「吃飯兩次，四百四十六元，送禮七百三十二元，加上正式發票共計一千八百二十六元。我跑路和分煙錢不入帳，那是應該為老弟幫忙的。我這新興商場僅吃飯錢就花了六千多元，送禮錢五千多元。」

「老哥，那註冊資金我就還不起了。」柯和貴說。

「註冊資金不用還，我沒替你出錢。」柯和丁笑著說：「我那有一百八十八萬元呢？那是借主辦單位的名義註冊的。你有縣教委『勤辦』的批文。『勤辦』就是主辦單位。『勤辦』的固定資產不只二十萬吧，還多些註冊資金也沒事呀。你辦不成，我辦得成，原因是人熟為寶，關係就是錢。做生意要與政府、工商、公安、稅務等單位搞好關係，先讓他們賺到錢，才輪到生意人賺錢。不然，生意人就寸步難行。你是君子，他們不願與你『淡如水』。」

柯和貴聽了，懂得官商勾結的現實意義了。他心裡在下決心：「我決不會與他們同流合污。」他說：「我欠你的一千八百二十六元錢，只能打個欠條，要到年底還你。」

「你剛開業，很困難，我當然不會讓你現在還錢，還要支持你。我給你三節舊櫃檯和三千元貨物。你到時候來拖。」柯和丁說。

柯和貴看到柯和丁如此重情義，真心實意地替自己辦事，傳授生意經驗，大度慷慨，支持自己，很受感動。他洗耳恭聽了柯和丁信口開河地說了一個多小時，才揣著執照，喜滋滋地回家。

柯和丁送走柯和貴，心中暗自高興，幫柯和貴辦執照，得到了三個好處：給了柯和貴一個人情，今後可以利用柯和貴；用柯和貴的錢請了雷科長和審計領導的客，送了點小禮，加強了關係；賺了一千元，推銷了三千滯銷品和三組報廢了的櫃檯。他心裡在說：「不怕你知識高，人品高，入了生意場，你就迂腐，挨打。」

卻說柯和貴和李秀雲高高興興忙碌起來了，在鳳凰街租用了個門面，掛起了「鳳凰中學經營部」的牌子，雇了一輛卡車，到縣副食品公司找柯和貴的老熟人陳從天會計，賒了一千五百元的暢銷貨，把柯和丁借的三千元貨物和三組舊櫃檯拖回到經營部，也不搞熱鬧的開業儀式，默默地做起生意來。

開始，柯和貴的周轉金只有三百元，兩、三天打一回貨。漸次，周轉金多了，就一個星期打一回貨。一個月後，生意火紅起來，到了年底，淨賺四千多元，還了大女兒、兒子的兩百五十元學費，還了柯天任一千元，還了柯和丁的貨款，還了副食公司的貨款，還餘下一千元周轉金。

到了第二年春，「勤辦」主任柯和亮帶著教育局領導考察「鳳凰中學經營部」。柯和貴為「勤辦」爭了榮譽，還用去五百多元的招待費。柯和亮叫柯和貴寫個申請書，去領二萬元低息周轉金。柯和貴和李秀雲商量，感到這筆錢太大，利息也不少，不太想要。周轉金的事被柯和丁知道了，要柯和貴給他，他來還本息。柯和貴就申請，去領來了，給了柯和丁。誰知柯和丁一直拖著不還，直到柯和丁後來因詐騙坐牢，窮了還不起，害得柯和貴背了二萬元的債，並且受了行政處分。

卻說柯天任自從借給柯和貴一千元錢，就想著利用柯和貴的關係去做生意賺錢。在第二年六月一天，柯天任去找柯和貴。

柯天任說：「祖母、父親總是盼我成家立業，我想先做棟兩層樓的房子，再結婚。聽說叔父在縣物資局有個叫程大勇的學生，當了副局長，我想請叔父幫忙弄點平價鋼材。」

「你能成家立業，全家人都高興，我樂意幫忙。但我不願出面去找程大勇開後門。」柯和貴說。

「你不用失了身份去找他面談，寫個字條介紹我去找他。」柯天任說。

「那我把語氣寫硬些。」柯和貴答應了。

柯天任接了信就去找程大勇。柯天任趕到縣物資局已是下午三點多，找不著程大勇，就決定住一宿旅社，明天上午八點上班時去找。

第二天准八點，柯天任來到程大勇辦公室門前走廊上等候。八點過十五分，程大勇蹣跚而來，身後跟著三、四個人。程大勇進了辦公室，坐在辦公椅上，跟來的人都坐在長沙發上，柯天任也擠坐在長沙發上，看著程大勇辦公。

程大勇，瘦高個子，凸顴骨，戴一副近視眼鏡，穿一套貴重的夏季西裝，領結打得很好，在白色硬領衣當中，將兩邊分成兩個全等的三角形。他的坐勢和說話態度很講究外交禮儀，像中央首長接見外賓那樣，不斷與人說話，批條子。

「程大勇果然有權，我開口要鋼筋數字五十噸，再讓他砍下一點數位，也可弄到二、三十噸。」柯天任暗忖。他在瞅空兒把柯和貴的信遞上去。柯天任的身子動了好幾次，都被不斷進來找程大勇的人打斷。到了十一點多，柯天任看到找程大勇的人斷不了線，心急了，就在程大批字時，起身，把信遞到程大勇面前的桌子上，說：「程局長，柯和貴老師托我帶個信給你，你看一下，答覆我一句話，我就走。」

程大勇聽說柯和貴的名字，連忙抬頭看了柯天仁一眼，微笑著點了一下頭，用握筆的手指了一下沙發，示意柯天任坐下。程大勇批完字，手指門外，示意那人走。程大勇拿起柯天任遞給的信封，抽出信看了一遍，起身，打開身後鎖著的一扇門，招呼柯天任進去。

兩人坐好。程大勇問了柯和貴的身體和生活情況後，問柯天任：「要多少鋼筋？」

「五十噸。」柯天任說。

「做一棟房子要那麼多鋼筋做什嗎？我最多只能批兩、三噸。多了，要局黨委研究。」

「叔父不知道我要那麼多，是我自己的主意。」柯天任說，「我的姑父在江西武江縣建築公司，急需鋼材，按議價付款。我想幫姑父的忙，順便也解決我做房子的鋼筋。」

「嗯……」程大勇頓了一下，說，「那要款到提貨。」

「這個自然，現在鋼筋緊缺，那有拖貨款的。」

「這事要保密，只能以你的名義提貨。你先把款子匯到江鋼信用社程子良帳戶上，再去找程子良聯繫。差價錢你拿三分之二，其餘都給程子良，我不要。提貨要急一點。」程大勇交代著。

「程局長能不能多搞一點，總是一次性提貨的。」柯天任得寸進尺。

「有那麼多款子嗎？」

「有五十萬元。」

「那就搞一百噸吧。再不能多了。」程大勇說。他開了提貨單，給程子良寫了信，用信封封好，給了柯天任。

柯天任接了信，放進黑色小提包裡，走了。

柯天任來到大街上，心情喜憂摻半。喜的是一百噸鋼材指標到手，一轉手倒買，至少能淨掙四、五萬元；憂的是到哪裡去找大買主呢？所謂武江縣建築公司的姑父是不存在的，是柯天任在與程大勇策劃時謊騙出來的。如果去轉買指標，不但少賺錢，還有可能得不到程子良、程大勇的信任，把事情弄砸了，一分錢也賺不著。

柯天任焦急起來，低頭走進縣大飯店，隨便登記個三人房間住下休息。

俗話說：運來鐵成金，運去金成鐵。柯天任已是走好運的時候，遇上什麼愁事，都會有人來解決。這社會也怪，總是把好運送給陳繼烈、柯天任這類惡人，把厄運送給柯和貴這類善人。

卻說柯天任悶悶不樂地走進房間，半躺在自己的床位上抽悶煙，思索著如何找到大買主。那房間已住下兩個人，一個五十多歲，肥胖；一個三十多歲，大塊頭。他們各自坐在自己的床沿上，相向說話。他們說的是揚州話，像鳥兒一樣唧唧喳喳。柯天任從難懂的揚州話中隱約辨出「武鋼」、「鄂鋼」、「鋼材」之類的詞語。柯天任高興了，就加入談話。

「同志，你們是在談買賣的鋼材的事嗎？」柯天任問。

「你能聽懂揚州話？」大塊頭用普通話問。

「我去過揚州，能聽懂一些。」柯天任扯謊。

「我們公司需要一批鋼材，派我倆出來採購。現在鋼材正緊缺，鞍鋼、武鋼、鄂鋼都打不進去。我們聽說江南省有個江鋼，想去試試。我們聽說永安縣住的揚州人多，想找個做官的揚州老鄉，打進江鋼。」大塊頭說。

「我沒聽說我縣有當官的揚州人。」柯天任打消揚州人找老鄉的念頭，說，「你們想買平價鋼材很難，賣議價容易些。」

「我們當然是買議價鋼材，但也找不到貨源。」大塊頭說。

「你們運氣好，碰著我。我是縣物資局鋼材採購員，手頭有現存的江鋼一百噸鋼材指標。如果你要，我就不給局裡了，給你們。你們按議價買去，我得點回扣。」

「那……」大塊頭只說出一個字，話頭被胖老頭接去了。胖老頭說：「小夥子，你是本縣物資局的人，怎麼來住飯店呀？」

「我明早要去江鋼，反正出差報銷，住飯店搭車方便些。」柯天任感到對方在懷疑自己的身份，就撒謊說。柯天任有天生的撒謊本領，隨時能說出適時合理的謊言。他說著，從包裡拿出一個信封，撕開，抽出一百噸鋼材的提貨單給胖老頭看。

兩個揚州人看了鋼材指標票證，用揚州話互相商量了一下。

「這一百噸，我們要。還能不能多搞一點？」胖老頭說。

「到江鋼再說。」柯天任說。他收回提貨單。

「我們不能給現金，只能給匯票。」胖老頭說。

「行。」柯天任說。在這之前，柯天任到柯和丁商場玩過，留意到訂合同，各種付款方式。他說：「你們到江鋼信用社立個自己的帳戶，把款子匯到你們的帳號上，驗了貨，再把款子轉到我局常駐江鋼辦事處經理程子良帳號上。這樣，雙方就都放心了。」

「這樣好，這樣好。明天我倆同你一起去江鋼。」胖老頭連連叫好。

「我要先去一下，因為數量增大了，要去與程子良通個氣。你們在這裡等消息。」柯天任說。

揚州人同意了。

當夜無話。柯天任一大早乘車到江鋼找到程子良，遞上程大勇的信。

程子良是程大勇的親弟弟，看了信，與柯天任商量，弄五百噸鋼材，不佔用永安縣物資局指標，向江鋼銷售科科長張參軍要貨。兩人給張參軍先送了禮，答應生意成後再送一萬元。張參軍就給了柯天任五百噸鋼材指標。柯天任立即電話通知揚州人迅速提貨。揚州人辦事效率高，不到三天，五百噸鋼材貨款兩訖。

五百噸鋼材指標一轉手，倒把差價三十六萬元余，柯天任得十萬元，小黑提包裝得鼓鼓的。柯天任歡天喜地地到江州最高級的銀廈賓館住下，向住在永安縣城的趙光耀通電話，約李建樹等人來江州玩。

欲知柯天任九兄弟到江州城會鬧出什麼事來，且聽下回分解。

第七十三回 會賓館小巫見大巫 建樓房老子誇兒子

卻說柯天任在銀厦賓館休息了一夜，消除了疲勞。上午，他把錢分作四部份：四萬元存入銀行，用於建房子；兩萬元裝入口袋，以後受用；三萬元與兄弟們一起瀟灑；一萬元給武館用。

上午十一點，柯天任在房裡接到李建樹打來的電話，說兄弟們被擋在賓館大門外，門衛不讓進。柯天任對著鏡子把自己整理一番，出賓館大門，看到賓館外大理石矮牆上坐著李建樹八人。柯天任走上前去。

「大哥，你怎麼進去的？」石義氣問。

「你看那牌子。」柯天任指著大門外左側，說。

眾人看去，有幾個金色大字：衣冠不整者，謝絕入內。

「入他娘的！這是歧視窮苦人。」劉會猛罵道。

「你們這副窮酸相能進去嗎？快跟我去換衣服。」柯天任說。

柯天任把兄弟們帶到大街上，每人花了二十元，理了髮，修了面；買了三百元的西服、內衣、領帶、皮鞋；打扮一新，換了個人樣子。

「哎，這一下子就用去了我爸全年的勞動收入。」鐘月嘆著。

「大哥，你怎麼幾天就弄這麼多錢？」周華床問。

「我不早講了嗎？我借柯和貴一千元，就要利用他的關係賺萬元。」柯天任說。他洋洋得意地把「倒把」鋼材的經過講了，隱瞞了六萬元錢。

眾人聽了，嘖嘖讚嘆。

「這四萬元錢，還武館外欠六千元，留用四千元，其餘的這次都玩掉。」柯天任說。

「你做這筆生意，柯老師功勞可大著，是不是給他二、三千元錢。」李建樹說。李建樹有些內疚，自己搞到了錢全部隱瞞了，就想討柯天任的好，順水做人情。

「不行，你給柯和貴錢，他就要追問我錢從那裡來，就亂了陣子。一分錢也不能給他。我這次生意，要對外保密。」柯天任說。

九個人到飯店吃了個豐盛的中餐，就神氣飽足地向銀廈賓館走去。

這銀廈賓館處在江州市繁榮地段，是個中西建築藝術相結的座落有致的建築群，集住宿、飲食、娛樂、購物於一體。正面，一棟拔地而起的十五層高樓，樓頂四面都是豎著巨大的金黃色「銀廈賓館」四個字；大樓前方，直書紅色「銀廈賓館」大字，霓紅燈繞字閃爍。大樓前是個大廣場，有繁厚的綠草地，有八棵三尺圍的高大樟樹，樹下有大理石桌、椅、凳，有四個亭子。廣場中間有兩個水池，水池中間有假山，假山上有一株翠柏蓬蓋，水池四周有高低相間、形狀不一的噴水管，噴著彩色水柱、水花。廣場東西兩側，各有九株高矮不一的翠柏，枝葉相連相拗，創出兩條活生生的抬頭欲升的青龍，是傑出的園藝作品。廣場四周圍著鐵柵欄。在主樓後面，有個六層的圓形樓房，有天橋、遊廊與主樓相通。還有地下娛樂城、商場。在銀廈賓館出入的，各式權貴、闊老紛至：有衣冠楚楚的革命幹部，有腰纏萬貫的商人，有嗷叫狂嚎的黑社會頭目，有奇裝異服的佬外，有昂首闊步的公子少爺，有花枝招展的女郎，有祖胸露臂的洋妞……各種躁聲、淫樂聲混和：麻將聲、紙牌聲、唱歌聲、跳舞聲、樂器聲、打球聲、嬉鬧聲、猜拳聲、叫罵聲、哭叫聲……真是紙醉金迷之所，腐化墮落之窟。

柯天任一夥來到大門，那大門是自動旋轉的玻璃門。門側站有三個男門衛，都是一身藍色衣帽，白色手套。有四個苗條高個迎賓小姐，站在大門內外。柯天任一夥走到大門口，兩個小姐招手說：「先生，你好！」柯天任還禮說：「你好。」進了門，內側兩個小姐向內伸出手，說：「先生，歡迎光臨。」

柯天任向她們點頭微笑。

柯天任一夥踏著天藍色地毯，來到休息廳，圍坐在一張圓桌，談笑。柯天任給石義氣兩千元，叫他去登記住三天的兩個四人間。石義氣這個橫行鄉裡的地痞，到了這繁榮的地方，怯生起來，拿了錢，硬著頭皮上臺階，到登記處，用生硬的永安縣普通話，跟收銀員哆嗦了大半天，才付了錢，領了單。柯天任一夥上電梯。那電梯門外牆上有方向兩反的兩個三角形，石義氣感到好奇，把三角形都按紅了。進了電梯，石義氣亂按電鈕，按得電梯的門關不上，電梯也動不了。柯天任笑著罵道：「蠢豬，按這才關門，電梯才動。」電梯上升了。柯天任又去按紅字「11」。到了十一層，出了電梯，向服務小姐交了單，進了兩個四人間，柯天任住的是十一樓一個單人間。進了房間，前面是衛生間，後面是臥室。正是六月天，屋外暑氣盛，屋內涼氣襲人，身上的汗水很快沒了。石義氣要洗澡，不知如何洗。柯天任教他開熱水器，調水溫。眾人就都洗了澡，午睡。

午睡後，柯天任對眾人說：「兄弟們，我們窮夠了，今日當一回富人，每人拿兩千元去，隨便玩，把錢花光。」

眾兄弟拿了錢，在賓館亂逛，亂玩起來。

柯天任和李建樹在一起，悠閒地轉著。他倆轉到地下娛樂城。門口有兩個員警守著。他們出示了賓館出入證，就進去了。

地下娛樂城裡，燈火五彩繽紛，中間是一條寬闊的走道，有兩個十字路口。兩邊小巷眾多，房子對稱有序。在右側第一個小巷口上，掛著一個彩燈箱，閃著幾個大字：錄影街。

柯天任、李建樹走進錄影街，裡面盡是錄影廳，一律五元一張票。兩人進了一個廳裡，看了兩個小時，覽盡了中外男女風月豔情，欣賞了各種性交姿態，看到了人畜相交。兩人正是雄性強盛時期，受了這些性交鏡頭的刺激，全身燥熱，性慾勃發，尋機發洩。

「大哥，老是看，畫餅充饑，沒意思，不如再換個地方玩。」李建樹說。

兩人又來到另一條巷，盡是包房。房門上掛著各種誘人的牌子：攝魂廂，玉妹房，春玉堂，麇集廳……每個房門前都站著兩個小姐，濃妝豔服。從第一個房門起，小姐和老闆娘就爭相拉著他倆，喊著「打炮」、「做點」、「打洞」、「磨豆腐」之類的肉麻隱語，嬌聲滴滴，手腳風流。柯天任、李建樹的手臂被拉得酸疼了。他們一直認為：是雄的追雌的，這裡倒過來了，是母的追公的。他們心裡想幹那事，但開始還有些靦腆。過了五、六家房門，那人的羞恥就全沒了，只剩下禽獸的肉體需求。他倆就進了一個房子，先交了二十元錢，在一間房看現場表演——在眾目睽睽下的男女性交表演。接著，他倆每人交了一百元，各自被一個小姐拉進小包廂，發洩性慾。他倆一連玩了三個小姐，直到凌晨三點，才拖著疲軟的身子回到自己的房間，倒頭便睡。

「大哥，快起來，出大事了。」柯天任被趙光耀叫醒。

這時已是上午十點多鐘。柯天任睜開眼，看見趙光耀站在床前，鼻青臉腫，哭著。

「怎麼啦？」柯天任問。

「劉會猛、石義氣回不來了。」趙光耀哭訴起來。

原來，劉會猛、趙光耀、石義氣三人一起玩。玩到午夜，來到一個叫怡紅院的地方。幽深處藏個叫洋仙窟的屋子，屋裡有三個洋妞。三人就進屋，每人拉一個洋妞親熱起來。這時，進來了三個人，那三個洋妞就拋開了他們，去跟那三個男人親熱去了。劉會猛三人的雄性受到了凌辱，頓時火冒三丈，衝上去打那三個男子。那三個男人中有兩個青年人接住劉會猛三人打起來。劉會猛三人被打倒在地。那兩個青年一邊踢打在地上的劉會猛三人，一邊嬉笑著，像貓玩老鼠一樣，喊著：「一、二、三，爬起來。」三人一爬起來，又被打倒；不爬起來，就挨皮鞋蹬。兩個青年人強迫劉會猛三人喝痰盂裡的髒水，舔地上的血污。那個駝背中年人沒動手，摟著洋妞，獰笑著看劉會猛三人挨打，叫洋妞拿走劉會猛三人身上的錢。駝背還叫兩個青年人把劉會猛、石義氣捆起來，對趙光耀說：「這兩隻死老鼠留下，你回去拿兩萬元錢來贖屍體。你如果不來，我們就把這兩隻死老鼠丟到江裡去餵魚。如果你報警，你們三人就去蹲幾年牢房。」

「入他娘的！」柯天任氣得一蹦起身，說：「你快去把李建樹等人叫來。」

一會兒，李建樹等人來到柯天任的房間。

「老子正要尋機佔領江州，機會來了。」柯天任穿好了衣服，說，「你們快去梳洗，吃了早點去洋仙窟。」

吃了早飯，趙光耀在前面引路。柯天任一夥來到後場，走過一快草坪，進了一片樹林。在濃蔭中，有一座圓錐形光頂房屋，具有俄羅斯建築風格。這裡幽靜秀麗，實在像《紅樓夢》中大觀圓裡怡紅院。

老闆娘看見柯天任一夥人來得兇猛，忙上前賠笑阻攔，被趙光耀一掌打開。柯天任七人進到屋裡，看到劉會猛、石義氣被綁在客廳屋角裡。鐘月、周華床忙上去解救。趙光耀去踢開一個大間房門。房裡，三架席夢思大床躺著三對男女。那三對男女聽到踢門聲，齊齊坐起，掀開被蓋，露出赤條條六具人體。有三具白綿羊般肉體，使來人直了眼。

「昨夜是白玩了。能享受這種上等尤物，不枉活在世上。」李建樹舔著舌頭，自語。

柯天任的怒氣消了一大半，心裡想起了一首打油詩：

「渾身白肉三冬雪，大腿肥如二月鵝。更有中間一般情，迷煞英雄腰背駝。」

趙光耀要衝上去打人，被李建樹拉住。李建樹對床上的人說：「我們並不是襲擊你們，是好漢的，就快穿好衣服起來。」

那三個男人，穿了衣服，走到客廳坐下。柯天任九人在對面坐著。

「你們打了我兄弟，搶了錢，這賬怎麼算？」李建樹說。

「小子，你們好大膽，要和老子們算賬！」那個白臉青年並不驚慌，皮笑肉不笑地說，「我們這裡算賬，有文算，武算。文算，就是賭錢，武算就是賭命。文勝不為勝，武勝才算勝。你們要武算，我們就一比三，不會添半個幫手。」

「好大的口氣，你們有量贏我們嗎？」李建樹說。

「我希望你們贏，因為你們輸不起。」四十五、六歲的駝背男子冷冷地說，「通報姓名，我要認識一下天下英雄。」

「這是我大哥，是名震永安縣的大俠柯天任。」趙光耀自豪地說。

「很抱歉，我沒聽說過這個名字。」駝子輕蔑地說。接著，他自我介紹。「卑人羅廣施，綽號羅駱駝。這個叫穆國慶，外號出山虎。這個叫秦擁軍，外號笑面虎。」

柯天任聽成如福說過羅駱駝。羅駱駝是江州市黑社會大頭目，武藝高強，膽大包天，公安局也奈何不得。柯天任看羅駱駝那副樣子，除了貴重衣服、首飾，就是一個不堪一擊的八、九十斤重的身子。那身子駝背挺胸，手腳白淨，面黃肌瘦。另兩個青年人都二十五、六歲，穆國慶低眉傻眼，秦擁軍仰面冷笑。

柯天任打量了三人，心想：「老子收服了曹光頭，就佔據了永安城，今日收服了羅駱駝，就佔據了江州市。先與他們文算，摸摸對方的財底，再用武勝他們。」柯天任這樣想，就說：「那就先文後武吧。」

「好。」秦擁軍說。他叫老闆娘擺出麻將桌，端出飯菜，給他們三人和劉會猛、石義氣吃。

「亮出賭資來。」李建樹說。

周華床已去拿了四萬元來，放在桌子上，臉上露出傲色。

穆國慶從老闆娘房裡提出密碼箱，打開，滿滿一箱百子邊，約有兩百萬。

柯天任心裡一驚，李建樹差點叫出聲來，石義氣狠不得搶了就跑。

賭博開始了，各方出兩人對坐。兩個多小時過去了，柯天任的四萬元輸得只剩下一千元了。

「有了，比武吧。」李建樹說。

雙方來到屋外一個小院的草地上。比武三局，三打兩勝。第一局，董新軍對穆國慶，只四、五回合，董新軍胸部挨了一腳，口吐鮮血，敗下陣來。第二局，趙光耀對秦擁軍。趙光耀身強力壯，猛攻猛打。秦擁軍嘻嘻哈哈，兩人過了七、八招，秦擁軍一拳拍中趙光耀左肋，趙光耀「哎喲」倒地。

「我方贏兩局，第三局就不用比了。」羅駱駝說。

「兵卒比試，不能定勝負，主將相比，才能定輸贏。」柯天任說。

「說得有理。」羅駱駝淡淡一笑，說，「你若贏我，就算你方贏，這一箱錢歸你們。你若輸了，打算輸什麼呢？」

「我若輸了，任憑處罰。」柯天任說。

柯天任和羅駱駝上陣了。兩人都是惡人，每一招都想置對方於死地。兩旁觀看的人，看著兩人一來一往，漸漸，只見到影子，只聽到風聲，看不清招式，分不出回合。鬥了近一個小時，柯天任乘機縱身躍起，躍過羅駱駝頭頂，在雙腳還未落地時，順勢用左腳向對方背心踢去。這一招叫「驢子彈腿」，看似輕巧，實則可以斃人生命。誰知羅駱駝並沒有躲閃，而是右肩略偏，右手一撈，捉住柯天任左腳，駱峰閃電般向柯天任肛門衝刺。在這千鈞一髮中，柯天任本能而熟練地將右腳板縮回，掩住肛門，正接著駱峰。雙方同時一震，羅駱駝右手鬆開，柯天任被甩出兩丈多遠，一個趔趄，站住。羅駱駝也向前跨了兩步，立定。兩人同時轉身相對。

「好險！」柯天任心裡一驚。

「這小子不簡單。」羅駱駝暗贊。

柯天任已知鬥不過羅駱駝，連忙抱拳施禮，說：「羅師傅名不虛傳，敬佩，敬佩！」

「你也不賴。我還沒遇上能與我鬥一個小時的人，更沒有遇到躲過我駱峰的。」羅駱駝還了禮。

「我輸了，任憑羅師傅處罰。」柯天任抱拳低頭，半跪在地上。

「我們只打了個平手，沒見輸贏。英雄惜英雄。我真要結交你哩。」羅駱駝伸出右掌，示意柯天任起身。他又說：「今天，我請客。」

羅駱駝叫老闆娘擺宴席，又親自給趙光耀、董新軍、劉會猛、石義氣等人療傷。

卻說羅駱駝，原名羅偉民，蓮河鎮人，跟著汪仁船鬧革命。革命失敗後，進了監獄，被獄警折磨成駝背。出獄後，對社會充滿仇恨，浪跡江湖，從師學武。改革開放後，羅偉民改名羅廣施，綽號羅駱駝，在江州落腳。他要向社會索取，向共黨復仇。開始時，羅駱駝辦提包公司，騙取國有企業大批貨物，降價變賣。對於欠債，羅駱駝或賄賂供方經理和業務員，不還債；或賄賂法官和員警，以滯銷貨抬價幾十倍、上百倍抵債。這樣，他賺了幾百萬。他又到雲南、越南做幾筆大生意。現在，羅駱駝已擁有億元。

羅駱駝胸懷大志，很會花錢。他用一小部份錢贈送給市有關領導和公檢法三家，也拿五萬、十萬的去賑災、捐獻，只要能利用的人或要打通的關節，他捨得花錢。銀廈賓館中的這個怡紅院是他捐款建造的。羅駱駝的頭銜不少：區人大副主任，市人大常委，省人大委員，市工商聯副主席，市政協副主席。

「今天，我遇上大人物了。」柯天任心想，「我與羅駱駝相比，真是小巫見大巫。」其實，柯天任只知羅駱駝的今況，並不知其歷史。

「老弟，你若願和我聯手，我包你發財。」羅駱駝說。羅駱駝看中了柯天任智勇雙全，他正要收柯天任這種人。

「我家有祖母老父，手下有一班兄弟和徒弟，暫不能跟大哥在一起。」柯天任害怕羅駱駝勢力太大，自己出不了頭。他不願為人下，要戰勝羅駱駝，就用仁義來虛掩。

「啊，老弟原來是個大孝子，講仁義道德的人。要知道慈不用兵，義不載財。」羅駱駝笑著說。過了一會兒，他又說：「今天，我們算是認識了。這次，你輸的錢我是不會退回的，賭博場上無父子，生意場上無情義嘛。不過，我可以送你二萬元，將這怡紅院供你們玩兩天。如果你有什麼計畫要實現，需我幫忙，就來找我。」

羅駱駝三人走了。柯天任等人在怡紅院玩了兩天才回家。

柯天任離開江州市時口袋裡只有四萬元了。他有四年沒回南柯村老家了，現在打算回去做棟鋼筋混凝土結構的樓房。在南柯村，只有柯和丁做了一棟這樣的房子，柯天任要做棟比柯和丁樓身更高大漂亮的房子，在族人眼裡顯示自己的能耐。

卻說柯和仁，愛人去世，兒子出走，一個人孤苦伶仃地留在家裡。他做了兩個人的責任田，沒有牛，用鋤子挖。頭三年，承包責任田，他糧油有餘；後來上交費多於牛毛，種田地虧本，他生活就十分艱難，每月由柯和貴資助二十多元維持生活。柯和貴勸他說：「你老了，體力弱了，做莊稼虧本，不要責任田，做點菜園，買菜，我再幫你一些，能活下去。」柯和仁不聽。他是個老農民，和田地有割不斷的緣分，認為務農是本。由於做農日益艱難，柯和仁就滿腹牢騷，逢人就叫罵。他罵歷史上的昏君和貪官汙吏，罵那鄧小平和橫行霸道、遊手好閒的幹部，罵電視裡露臍裸臂的女歌星，罵青年人狂歌亂舞，罵為富不仁的親戚朋友，罵大逆不孝的兒子……他經常和幾個老農民在傍晚聚在一起發牢騷，泄怒氣。

這天傍晚，柯和仁吃了晚飯，洗碗抹灶後，拿把破蒲扇，又來到太墳頂。墓碑上已坐滿了老農民。柯和仁就用蒲扇墊在墳墩上坐下，抽起旱煙來。

「今年，先是水災，再是旱災，老天爺作孽，要收人上天了。」一個高額頭老頭說。

「我活了六十多歲了，看夠了，讓老天爺把人都收去吧。只可憐那些當官的，那好的命，被收了去，不值得。」一個長鬍子老頭說。

「你說錯了。老天爺收去的還不是我們這些窮苦人。像三面紅旗那時一樣，當官的怎被收得去呢？官照樣當，好房子照樣住，小車照樣坐，肥酒大肉照樣吃。就說這賑災款吧，聽說縣裡撥下的是被水沖毀了房屋的每戶一千元錢和一千斤大米，那些黑心腸的鄉村幹部把錢和糧貪了。趙主祈家房子被沖了，得了十元錢和五十斤大米，那傻子還在電視裡說了許多感恩載德的話，說共產黨是人民的大救星，幹部是人民的好公僕。我看，官越大，對人民越好，官越小，對人民越狠。」一個瘦老頭說。

「這是發災難財呀。每次上級派人來查實情，鎮裡就辦十幾桌酒席，大吃大喝一個多月。下撥的救災款，像滾雪球一樣，滾到災民手裡就沒了。層層貪汙，不是大官好，小官壞，而是上樑不正下樑歪。」高額頭說。

「毛主席那時就沒有貪官。他老人家多有福氣，多有煞氣，說一不二，誰敢反他呢？要是毛主席不死，那些貪官早被整死了。」瘦子說。

「毛主席那時有什麼好可說？天天勞改，月月限口糧。」柯和仁說，「國民黨時就好些。一個保有現在兩個村那麼大，只有一個保長，兩個保丁，八個甲長；甲長輪流當，不拿月米。現在一個村就有十幾個村幹部，十幾個組長，得工資不說，還要貪汙送禮。鎮裡、縣裡，機關多得記不清，幹部多得數不清，還有多如牛毛的閒雜人，一百個農民也養活不了一個幹部。我們種田的能不虧、不窮嗎？」

「老子今年就不交！」瘦子忿忿地說。

「不上交，你想家破人亡嗎？」長鬍子說，「去年，柯和樹有九分田被水淹了，就蠻著不上交那九分水田的費，被徵收隊打得一身傷，扭送到派出所去關了。他家的豬、牛被牽走了。他母親喝農藥死了，還不讓他回來送葬，直到罰了一千元錢才放回家。你巒得贏共產黨嗎？」

「這天下全黑了，是妖魔坐天下，是畜牲當官。」瘦子罵起來。

「要是再有三個英明天子、兩個軍師下凡就好了。」柯和仁說。

「你說的是哪五個人？」高額頭問。

「劉邦、李世民、朱洪武、諸葛亮、劉伯溫。」柯和仁攀著指頭數著，說，「他們治國是以民為主，國泰民安。他們是天上星宿，應該下凡了。」

「聽說在三年災害時，英明天子就下凡了，怎麼還沒平天下呀？」長鬍子說。

「計算起來，英明天子應該二十五、六歲了，也許正在造事哩。」柯和仁煞有介事地說。

「聽陳瞎子說，英明天子出在西北角。」高額頭說。

「不，出在東北角。」柯和仁肯定地說，「李銜權老人與我弟弟玩得好，親口對我說的。」

「那陳瞎子不是說錯了嗎？」長鬍子問。

「陳瞎子沒說對過一次。」柯和仁氣憤得說，「陳瞎子說我的那個孽障是真龍，現在怎麼樣了？不仁不義，不忠不孝，成天遊蕩。」

「你家子龍名聲可大哩。」高額頭說。

「臭名在外！」柯和仁說。

「前些天，我碰著子龍在看柯和丁的洋樓。他對我說，要做棟比柯和丁的房子更好的樓房。」長鬍子說。

「呸！你聽他胡吹什嗎？發財要富相。柯和丁頭帶金盔，天庭飽滿，大難不死，必有後福，是富相，我那孽障，粗手大腳，只有打人的功夫。他若能做柯和丁那好的樓房，我做兒子，他做老子！」柯和仁口沫四濺。

柯和仁話音剛落，就傳來了柯天任的叫喊：「爸，你不在家守屋，跑到外面胡吹什麼雞巴毛？快回來！」

「你們聽到了嗎？這是人的聲音嗎？幾年不回家，一回家就叫罵起老子來。人無道了，天沒眼了。」柯和仁小聲罵著，心裡害怕，起身回家去。

柯和仁回到家裡，家裡電燈特別亮，換上了百瓦燈泡。柯和仁平時捨不得點燈，看了那燈泡，心裡疼，但口中不敢吱聲。

柯天任在洗頭，只穿一條褲衩，腰背寬闊得像快門板，臀部兩塊肌肉將褲衩繃得緊緊的，深深地卡進股溝裡。

「你才悠閒哩。屋裡一團糟，像個豬圈牛欄，也不收拾一下。」柯天任翁聲翁氣地說，「你這一輩子幹了什麼事業？養活了幾個人？沒一點能耐。」

「我沒養活人？你是怎麼長大的？」柯和仁忍耐不住了，反問。

「閉住你的臭嘴！你養活了我嗎？我偷口糧給你吃，與尹苦海一起生活。」柯天任發怒了，歪著滿是洗滌劑泡沫的頭，吼道，「從今天起，你再不能亂跑了，也別去做責任田，幹一件你做夢也想不到的事。」

柯和仁心裡嘀咕：「你有好事幹？幹你娘的屁事！」

「我要做一棟樓房，要比柯和丁的好。你去批地基，叫工匠，搞運輸。」柯天任說。

「錢呢？你沒哄我，到時候人家討債，啃我這幾根老骨頭嗎？」柯和仁說。

「你去我提包裡看看。」

柯和仁走過去，打開桌上的小黑包，裡面盡是一大疊一大疊的百子邊。他心裡一陣驚喜，很想用手去摸一摸，但他不敢。他想：「現在真是：窮了教師窮種田，不三不四賺大錢。這傢夥真會弄。管他呢，把房子做起來再說。這小子為家庭爭光了。」

這一夜，柯和仁沒睡好。現在的農民，有了錢不能置田買地，只能做棟房子榮宗耀祖。柯和仁一直夢想著做一棟寬大的青磚青瓦連三間。他這一生，被毛澤東逼得有能力沒處使，圓不了建房子的夢。現在，兒子實現了他的夢想，怎能不高興呢？他要親自設計，親自動手，把房子建好。

一大早，柯和仁就起床，去請幹部吃席批房地基。柯和仁這次辦席，是南柯村最好的全葷席，還給每個幹部兩包紅塔山香煙。吃得好，房基就批得好，批得快。

「子龍呀，柯和丁做的是水泥板的屋，私人做這種屋不吉利，應該有金木水火土。我看做雙龍單梁式的連三間。我想好了，就……」柯和仁的話沒說完，被柯天任打斷。

「放屁！」柯天任粗暴地吼，「做房子是為了讓人住得舒服，感覺漂亮。圖紙，我已請人畫好了。你沒爛舌頭多說話，只管做事。」

柯和仁心裡氣不過，但不願爭吵，怕不吉利。他想到有一點要堅持下來，說：「做房子是百等大事，動土下腳是要講究的，要請地理先生看一下。」

柯天任也有些迷信思想，就同意了。

柯和仁就請了退休教師鐘德班，用羅盤測了向旨，定了四角，看定動土、下腳起牆的時辰。柯和仁是勞動成了習慣的人，自家做房子，怎閑得住手腳？就親自挖牆角溝，下四角金磚，砌牆角石頭。

「你這是幹什嗎？我叫你管理，沒叫你幫工。出醜買乖的，老下賤！」柯天任看見父親幫泥工幹活，火了，訓斥道，「你只拿支旱煙袋，檢查質量，看石頭放得穩不穩，磚牆做的正不正，要多少材料，叫多少工匠。我要五個月進新房子。聽清楚沒有？」

柯和仁訕訕地放下活兒，蹲在一旁，袖手旁觀。中途，他又挨了柯天任幾次訓。

新房子六個月竣工了。正兩層，加一層六角涼亭。前排四根紅色圓柱豎起兩丈多高，托起兩層月臺。裝貼白色瓷磚，夾紅色瓷磚線條裝點。紅漆包框大門，大門上面，用瓷磚拼成迎客松圖案。鋁合金窗框，嵌著茶色玻璃。窗頂、屋頂四周簷口，紅色玻璃瓦筒遮掩。藍色瓷瓶欄杆，涼亭由六根銀色圓柱托起六方形，上蓋天藍色琉璃筒瓦，脊頂雙龍戲珠。進到屋裡，堂屋是複式廳，迎面一幅大鏡框山水畫圖，有個背景電視櫥。四壁上了白色塗料，有白色石膏雕頂，大理石地平。房門是黃色包框，歐式紅底印花方磚鋪的地平。扶梯如龍，廚房、廁所都現代化了。柯天任的房子使周圍的房子一下子顯得矮小醜陋了，比柯和丁的房偉雄，壯麗，是南柯村第一棟現代化的樓房。

柯和仁每天早晨起床，就端著旱煙袋站在大門前十來丈遠，笑嘻嘻地欣賞。有時，他走上前，用手摸摸牆壁，在玻璃、紅漆大門前照照影子。他走進屋裡，樓上樓下走幾圈，上到平臺涼亭，憑欄遠眺一會。

柯天任住在二樓，看到父親衣服襤褸，髒兮兮的，在屋裡亂跑，弄得砰砰響，就心煩了，告戒父親說：「你呆在老屋裡，不要到新屋來弄髒地板牆壁，不要來亂動亂響，弄亂我的思緒。」

柯和仁聽了兒子的話，並不發火，微笑點頭。柯和仁覺得，不管兒子怎麼對自己態度不好，總算是做了這棟好房子，出人頭地了，為祖人和自己爭了光。所以，柯和仁雖然再不敢進那新屋子，但是心裡甜滋滋的，精神爽朗，端著旱煙袋，站在老遠的地方看那新房子，逢人誇耀兒子。

在一個月明星稀的晚上，柯和仁端著旱煙袋，來到太墳頂，又和那幾個老頭聊天。天涼了，不用蒲扇，柯和仁就用一隻布鞋墊在屁股上坐，另一隻鞋墊著兩個腳後跟。

「和仁，你還沒搬進新屋去嗎？」瘦子問。

「這種高貴的房屋，牆壁、地平得有幾年才能幹好，暫時不能住進去。」柯和仁掩飾著。

「子龍這孩子真有本事，二十出頭就幹成這番大家業。」長鬍子說。

「陳瞎子說對了，子龍八字好，有本領。」柯和仁叭叭地吸煙，誇耀兒子。

「子龍一下子弄那麼多錢，怕來得不正道吧。和仁，你注意著點。」高額頭說。

「放你娘的屁！我家子龍是靠真本領掙的錢。他在江州一家大公司做保鏢，每月工資一千五百元，保一趟鏢，就有萬元，這樣的錢有什麼不正道呢？你們也聽說過，子龍拳打斧頭幫，腳踢羅雲虎，是人們稱頌的俠義行俠的大英雄。」柯和仁說得飛沫四濺。為兒子辯護。其實，在高額頭沒提醒前，柯和仁心裡也懷疑柯天任的錢來歷不明。

那高額頭是個孤寡老人，被柯和仁搶白了一頓，不敢吭聲。

「是的，只要不偷不搶，掙的錢就來得正道。」長鬍子說，「子龍有宋江風度，是大忠大義的人。」

「我看子龍總不能跟劉邦、朱洪武相比吧。」瘦子說。

「那也不見得。劉邦少年時也是遊手好閒，好結英雄，直到三十多歲才露真相。朱洪武小時放牛，做和尚，也是到三十多歲露真相。沒露相，說不準，一露相，就驚人。」長鬍子說。

「天降大任於斯人也，必先苦其心志，勞其筋骨……」柯和仁誦起《孟子》來。

「我聽鐘德班老師說，和仁祖父的墓碑泛起了紅光，要出大貴人。和仁，你祖父的墳是什麼風水寶地呀？」高額頭討好柯和仁說。

「那是和我祖父相好的董仙人為我祖父趕出來的一塊王蛇吐尖的風水地。董仙人預言，過了四十年必出貴人。」柯和仁洋洋得意地吹。

「你祖父的墳的向旨是西北，莫不就是李衡權先生說的西北方向嗎？」長鬍子說。

「那陳瞎子又說英明天子出在東南，不錯了嗎？」瘦子問。

「我們南柯村地處長江東南，陳瞎子說的是貴人出生之地。子龍的曾祖父的墳向旨是西北，李衡權先生說的是貴人龍脈來源方向。實際上，陳瞎子和李衡權先生說的是一樣的，指的都是我們這裡。」長鬍子把迷團解開了。

眾老頭發出一陣嘖嘖聲。

「難道貴人應在子龍身上嗎？」瘦子驚訝地問。接著，他又搖搖頭說：「我們這裡山包小，土層薄，湖水淺，波浪不大，出不了那大人物吧。」

「這也說不清楚。朱洪武的父母死，家窮，只隨便打個淺坑，土肉也不厚。毛主席家的韶山也不高大。我們南柯村是金盆地，說山，是大別山和大幕山兩脈交接處形成的地穴；說水，是長江和貴河交江處形成的水穴。地脈運行有定數，說不定運行到我們這裡來了。」柯和仁說得深奧虛玄來。

「沒亂說呀，不能洩露天機。」高額頭神秘地警告大家。

眾老頭驚慌一陣，默默地吸煙。

「爸，快回來，我有話交代。」柯天任在叫柯和仁。

「好，就來。」柯和仁應著，連忙穿鞋，快步向新屋走去。他邊走邊想：「子龍是貴人，沒有神助，怎麼會發那大的財？如果是孽龍，就是昏君；如果是善龍，就是明君。反正我不反他，不逆天命。」

欲知柯天任要向柯和仁下達什麼口諭，且聽下回分解。

第七十四回　羅駱駝高談商賈經　李建樹頻施雞犬術

卻說柯和仁聽到柯天任喊他，正如那戲臺上演戲一樣，喊了聲「聖旨到」，柯和仁就慌慌忙忙地向新屋跑去。

柯天任站在大門口，對柯和仁大聲說：「我明天出門辦大事去了，一年半載不能回。你不要搬進新屋住，免得招神惹鬼的，把那些髒老頭引來。你每天來看看新屋，不要讓人偷東西，打玻璃。聽清楚沒有？」

柯和仁「恩」了聲，悶悶不樂地轉回老屋睡去。

柯天任一早起床，到武館匯合李建樹等人，去拜訪羅駱駝，準備辦公司做生意。

與銀廈賓館隔街相望有座九層樓房，第三層牆上橫著幾個金色大字：江日集團公司。柯天任等人乘電梯上到第七層辦公大樓。大樓房門上掛有牌子：糖酒公司、百紡公司、土產日雜公司、建材公司、五金交電公司、供銷部、財務部、總經理辦公室、董事長辦公室、黨委辦公室、工會辦公室……走廊上鋪的是紅色地毯。柯天任等人來到董事長辦公室，見到羅駱駝。

「羅大哥，我也想辦公司，特意來拜訪你，請教導我怎麼行動？」柯天任說。

「未上戰場，先學戰法，免走彎路。你精明。」羅駱駝說，「你是獨立辦，還是在江日集團下辦？如果在江日集團下辦下屬公司，就簡單；如果獨立辦，就複雜。」

「我想獨立辦。」

「不願為人下，有志氣。」羅駱駝閃著狡黠的目光說，「生意場上，沒有朋友，只有對手，都以盈利為目的。我如果包你盈利，你必須給我百分之十點的回扣。」

「你說的百分之十點，是指那種數字？」李建樹問。

「指你公司回貨的總數。你公司每回一批貨，要給我百分之十，不能拖欠。」

「聽說生意上最大的利潤只有百分之十五，你拿了十點，我們怎麼賺錢？」李建樹說。

「正五八經地做生意，利潤只在百分之十左右，有時還虧本。你們辦的是提包公司，利潤有百分之五十，有時有百分之百，甚至一本萬利。我起家時只有六千元，一千元辦執照，三千元送禮，一千元租房和製作設施，一千元出差，不到六年，就成了億元富翁。這就有點玄妙。這玄妙就在於懂得社會分析社會，根據社會變化而變化。一句話，玄就玄在共產黨的腐朽官僚機構。」羅駱駝演說起來，「中國的傳統書呆子認為，最大的天才是權力最高的皇帝。現代型的中國書呆子又認為最大的天才是科學家。在他們眼裡，民間商賈是投機分子，是不撈而獲的蛀蟲，是散發著銅錢臭的奸商。皇帝和書呆子們十分害怕民間商賈，害怕商賈動搖他們的一統天下，害怕商賈破壞他們的傳統道德觀念。他們就崇尚工農，以農為本，壓抑商賈，把商稱為末業。他們的確害怕得有理，商賈是皇帝和大臣們的死對頭。商業發展了，皇帝的獨裁制度就被粉碎了。商賈是最大的天才。商賈要具有很大的智慧和冒險膽略，要傳遞和獲取資訊，分析商機，要有管理才華，要懂經濟，懂市場，懂生產，懂國情，懂世俗風情。商賈能促進工農業發展，促進社會民主法制，斬殺查裡一世，招聘科學家為白領工人……你們看，要做真正的民間商賈，用現代語言來說，要成為真正的資本家、企業家、老闆，是多麼難呀！在現代改革開放的中國，就有中國特色的商賈，那就是在共產黨獨裁制度下，有權的以權為資本，沒權的用錢去收買有權的官吏，權錢交易，成為暴發戶，大撈一筆，享受一陣。這類人其實不是真正的商賈，而是經濟犯罪分子、暴發戶，即官僚商賈。做這種暴發戶，就是利用權錢交易玄妙，有敢於違法詐騙的膽子，就容易成為萬元戶、百萬戶、億萬戶。我是先做了違法的暴發戶，合黨天下的法；又想做真正的合法商賈、合民主法制的法。我不侵民財，卻貪黨財。黨財本屬於人民的，貪官汙吏都在大量地拿，我也應該去拿一些；貪官汙吏拿去了，是為了揮霍浪費，我拿來了是為了辦民營企業。請問，你們是想做真正的商人呢？還是只想做個暴發戶呢？」

「做真正的商賈太費心費力了，我只想做暴發戶，撈一把，享受一下。」柯天任說。

「你柯天任的志向僅僅如此嗎？我看不會吧。」羅駱駝笑著說，「你不願作真正的商賈是真，說撈一把去享受一下是假。你撈錢，要享受，還要作它用。或用去買官，一直買到上天安門。或買官不成，就用著去造反打天下，被打死了就作鬼雄，被打敗了就成盜寇，打勝了就坐金鑾殿。老弟，你的志向是做皇帝。」

柯天任聽了，為之一震。他沒想到羅駱駝如此知識淵博，理論高超，分析事理透澈，洞察事物如火，能一語道破自己的天機。他瞧著眼前這個畸形人，不覺傾倒、敬佩。他說：「大師的話使我茅塞頓開。眼下，我們不說大道理，只談幫我辦公司的事。如果你能使我盈利，我願出十點給你。如果使我虧了呢？」

「如果你聽我的，虧了，我反出十點補償你。」羅駱駝說，「我再問你一句，你們怕坐牢嗎？」

「我不願平白無辜地坐牢，為了賺大錢，我敢坐牢。」柯天任說。

「那就好辦了。」羅駱駝說，「你公司成立後，你就大膽地去詐騙國有企業的貨。貨到手了，大膽地降價去買成現錢，還要大膽欠債。在中國《刑法》還沒有利用合同詐騙犯罪這一條，你們欠債只在《合同法》之內的民事糾紛中。所欠的債，能拖就拖，能賴就賴，反正國有企業的東西，大家都有份。你們千萬別去詐騙個體戶和合資企業的貨物，侵佔民財，於心不忍。同時，民營企業主也會與你們拼命，使你無處安生。」

「如果供方到法院去告狀呢？」李建樹問。

「如果到你方法院告狀，你們就安全了。你們交點訴訟費，給法官送點禮，法院就包庇你們，裁決有利於你們。法院並不執法，而是依法創收。發財了，大家都得點好處。你們要特別謹慎一點：千萬不能到供方法院去，那就不僅要拆財，還要坐牢。」羅駱駝說。

「國有企業的貨就那麼容易騙到手嗎？」李建樹問。

「具體操作有點複雜，我派秦擁軍去教你們。」羅駱駝說，「現在，我們簽個協議。我與民間打交道，是講信用的。」

秦擁軍執筆寫了簡單幾條，柯天任和秦擁軍簽了名，各執一份。

拜訪結束了，柯天任等人又到銀廈賓館玩了一天，用了兩千元，才回到武館。

九兄弟在武館商議辦公司的事，眼下急需的費用要兩萬多元。

柯天任說：「辦公司做生意，不同於辦武館。能出錢投資就有股東權，否則，就當打工仔。」

眾人沉默了。

「大哥說的是。」李建樹解釋說，「生意場上沒有義兄義弟，只有夥計，只有對手。生意公司不同於梁山上的聚義廳，不能你有我也有，不能吃大鍋飯。不是大哥要嫌棄大家，大家思想要轉過彎來。」

「我沒有錢投資，我不參加了。」張開二說。

接著，鐘月、周華床、董新軍、趙光耀、石義氣、劉會猛相繼表態不參加。

李建樹看到了這種情形，作慌了，想：「只有我和柯天任，我就要吃大虧，必須拉住劉會猛入夥。」他說：「劉會猛的投資我替出了，其他兄弟就打工吧，月工資照發。」

按著李建樹的說法，九兄弟總算沒有散夥。

柯天任、李建樹去找經營房子，找到了縣外貿局招待所。這招待所共五層，第一層是外貿商場，第二層是辦公大樓和食堂，第三、四、五層是住宿。由於生意蕭條，房子閒置。柯天任送了外貿局局長的禮物，以每月一千元的房租租下了整個大樓。在秦擁軍的指導下，柯天任花了五千元辦理了營業執照，全稱是「永安縣貿易公司」，性質是全民所有制，法人代表是柯天任，註冊資金是三百萬元，經營範圍是百貨紡織品、五金家電、糖酒副食、土產日雜、文化用品，經營方式是批發兼零售。柯天任花了一萬元裝飾了門面，花六千元請了主辦單位外貿局、工商、稅務、公安、法院等領導的客，兩千元在縣廣播台做了廣告，花四千元自己配了大哥大和兄弟們配了BP機。

柯天任的公司一切就緒時已是陽曆十月上旬。秦擁軍通知柯天任組織二十人分頭去開五個全國交易會：煙臺百貨會、泰安文化用品會、無錫鞋帽會、成都糖酒會、鄭州土產日雜會。李建樹一計算，需二萬二千元的出差會務費，而那三萬元只剩下一千多元了。李建樹就求助羅駱駝。羅駱駝答應借給二萬元，要在第一批貨回時由秦擁軍選貨，按進貨價的三分之一還清借款。柯天任批評李建樹借少了。李建樹就對柯天任附耳說了一陣，柯天任才微笑、點頭、默許。

李建樹組織了二十人，其中請了鄧頌雄老師和鄧老師介紹來的一位俞老師，刻了合同章十八枚，打了名片二十盒，留下鐘月、周華床坐辦公室，接電話。

柯天任的人都不懂開交易會的業務知識，要秦擁軍講解。

秦擁軍給每人發了一份合同，逐條講了一遍，就揀重點講起來了：

「合同裡有『供方』一項。供方是供給我方貨物的。我們的『供方』是國有的中型企業。因為：第一國有企業，全民有分，我們也有分。只是因為共產黨的官吏以國有的名義霸佔去了，不給我們自己的那一份。貪官汙吏拿了那麼多，我們拿一點，理所當然。第二在市場經濟中，國有企業本是不適應的，要死掉的。可是，共產黨的官吏們為了以國有名義巧取豪奪，不斷用國有銀行的資金註冊到國有企業中，使其死不了，也活不好。我們就想法子拿，加速它們死亡，迫使它們改革，使新生的民營企業早日發展壯大起來。我們拿得有利於改革開放。第三國有企業是指令性計劃經濟的產物，只管完成計畫的生產任務，並不擔心銷售，也不憂愁盈利和虧本。到了市場經濟，它們的產品就成了滯銷品，在倉庫堆積如山，大量腐壞。銷售不出去，企業領導就要受處分。國有企業領導和業務員就只考慮完成銷售任務，從中貪汙，得回扣，不考慮企業虧本，因為虧本是國家的，私人卻能發富。他們銷貨，不給個體商戶，只給全民所有制銷售公司。我們辦的執照就是全民所有制。我們拿得容易安全。第四國有企業的產品，是老產品，滯銷貨，城裡的已發富了的官吏不買，但是貧窮的工人、農民卻買不起。我們拿來了，降價買給貧苦人，讓老百姓撿便宜。我們拿得有利於平民。

「我們的『供方』還有一種，就是廣東、福建、浙江等沿海地區的私營企業。在八〇年前，沿海地區比我們還窮，那裡人經常到我江南來買苦力、彈棉絮、養蜂謀生；就是現在，那裡的人比我們還蠢，文化水準低。我們江州市大學生到那裡去給不識字的老闆打工。那裡人為什麼在幾年之中成了富戶老闆呢？他們並不是有本領在市場經濟規律那只『無形的手』中公平競爭富起來的，而是在『黨天下』這只『有形的手』扶植著富起來的，是鄧小平的所謂優惠傾斜經濟特區政策的結果。把全國的財政負擔全部轉移到中部、西部、北部，剝削我們，窮了我們，沿海地區才富起來了。這種畸形市場經濟是極其不公平的。我們現在設法拿沿海地區富人的貨，是向他們討債，合情合理。

「羅大哥一直告誡下屬，不能騙取內地私人企業的貨財，內地個體老闆，是在國有企業、沿海地區私人企業的歧視下幹起來的，是在官吏敲詐、繁重稅費的重重剝削中幹起來的。騙取他們的財貨，是傷天害理的事。同時，內地私人企業被騙取了，他們會與你拼命，弄出事故來。」

秦擁軍講完了「供方」一項，又講「付款方式」。他說：

「我們訂合同的關鍵就在『付款方式』一項。目前市場上結算方式有九種：（1）款到發貨，（2）預付部份貨款再發貨，（3）車板交貨，（4）供方倉庫驗收發貨，（5）需方倉庫驗收付款，（6）貨到付款，（7）貨到付部份款，（8）銀行托收承付，（9）代銷。我方絕不同意（1）（2）（3）（4）種方式，因為款到供方，供方有可能不發貨、少發貨、延期發貨、發劣等貨。我們要特別提防虛假供方，現在出現了詐騙需方預付款的騙子。你把預付款匯去了，去提貨時，人去樓空。所以，我們要爭取（5）（6）（7）（8）（9）種結算方式。要訂出有利我們的結算合同，就全憑我們洽談生意的口才和技巧了。商場好似戰場，兵不厭詐。我們要將自己的公司吹得天花亂墜，讓供方相信我們是信得過的實體全民單位。在相持不下的情況下，我們可以採取一種特殊的結算方式：汽車到我方，一手貨，一手錢。俗話說：貨到對頭死了。貨到了我方，我們總有法子把貨弄進我們的倉庫。當然，生意不是三言兩語說得清楚的，要靠大家在實踐中去摸索。」

秦擁軍這番聯繫實際的奇談怪論，實在太吸引人了，眾人聽得目瞪口呆，嘖嘖不已。連鄧頌雄那種自稱是理論家的書生，也一時是非難辨，如癡如醉，心裡稱讚說：「這真是新時代的新觀念，二十出頭的秦擁軍是年輕有為的新經濟學理論家。」

「沒想到秦擁軍這樣能文能武，羅駱駝那邊真是強將手下無弱兵。」柯天任感慨起來。當然，他對不拿內地私人企業家這一點不贊成，詐騙還需什麼良心？詐騙還講什麼對象？

李建樹把秦擁軍講話要點記在本子上，又融會貫通向眾人作了簡明指示：

「開交易會，好比農民搞『雙搶』，要抓住季節，季節一錯過，就什麼也抓不著了。大家要在交易會那幾天裡，連續作戰，力爭多訂一份合同。合同份數多，成功率也就高。我現在要求大家，讀熟名片，記住開戶行、帳號、稅號一類東西，在洽談業務時能順口說出，在簽定合同時能順手寫出。若說不出，寫不出，就會當場出醜，引起對方疑慮，合同也就沒用了。大家作好會前準備工作，後天集體出發到煙臺，開了百貨交易會後，才分頭去開其他交易會。」

「李建樹真是個小諸葛，柯天任這裡有人才。」秦擁軍心裡在說。

晚上，李建樹秘密召開了劉會猛、趙光耀、石義氣、董新軍、張開二和六個心腹徒弟開會，商量一路上如何搞出差費。大家議論一陣，李建樹作了總結和人員安排，定下如此如此的搞法。

一天清晨五點，柯天任、李建樹等十八人出發了，先到縣長途汽車站，乘客車去省城轉火車。這趟早班車，乘客都是去省城打貨的永安縣個體商戶。李建樹等人一進車站，就用兩個瓷酒杯和兩枚五分錢的硬幣玩押寶遊戲。上車後，劉會猛等人又玩紅藍鉛筆遊戲。石義氣等人用注射了蒙汗藥的香蕉等水果、飲料熱情待客。等等偷雞摸狗的雕蟲小技玩了三百多里，到了火車站時，已弄到二萬三千六百五十二元。李建樹獎給玩遊戲的人每人一百元。

鄧頌雄指責李建樹說：「你們這行為是敲詐，要不得。」

秦擁軍批評說：「這是雞鳴狗盜的本領，侵佔民財，不道德。」

李建樹說：「沒有法子，缺旅差費，暫且從富人身上取一點，將來發財了，去救窮人。」

火車到了，柯天任一夥上車。車廂很擁擠。可是，柯天任一夥能上到一節不擁擠的車廂，乘警親自給安排座位。

「李建樹，你又搞什麼鬼？不坐起點車，卻乘路過車，路過車那來這麼多空位？」鄧頌雄質問李建樹。

「送了乘警和列車員五百元錢，就弄到座位了。有錢能使鬼推磨呀。」李建樹笑著說。

火車「噠噠」地行駛著，過了漯河站，車上人更擁擠了，過道也擠滿了人。人多熱氣高，車廂內空氣悶熱。到了午夜，車上沒人買水和飲料了，旅客們很口渴。

「讓一下，讓一下。我們學雷鋒，為人民服務，口渴的，每人一杯熱牛奶水。」有人操武漢口音在叫喊。

車廂內騷動起來，有兩個青年提著鋁壺篩水，兩個青年抬著大桶水跟在後頭。旅客們都爭著拿杯接牛奶水。

「正是及時雨！」有人讚揚。

「哎，這樣的好青年，現在不多了。」有人讚嘆。

那四個青年在旅客的表揚聲中按順序服務，一節車廂過了，又去下一節車廂。

大約過了二十多分鐘，又來四個青年，其中一個喊：「剛才喝了牛奶的，小杯一元，大杯兩元，自覺交錢。」

兩個青年向兩邊乘客收錢，兩個跟在後面監視。

「你們剛才不是說學雷鋒，現在又來收錢，這不是存心宰人嗎？」一個四十來歲的操東北口音的大漢，很不滿地說。

「我們是在學雷鋒呀，旅客口渴，我們送牛奶，這不是為人民服務嗎？時代變了，學雷鋒活動也要改革一下。雷鋒那時代，大家窮，搞無償服務。我們這時代，大家富，搞有償服務。你從車站到車廂，有哪種服務不收費？如果你學雷鋒搞無償服務，就把你的座位讓給過道上那位抱小孩的婦女坐，我就不收你的牛奶錢。」收錢的青年說。

「你自恃人多，想要脅我讓座嗎？我不怕你們。」那大漢站起來，大聲叫。

「上半夜有人買開水，每杯五角，你為什麼不敢放屁？要說老子宰人、要脅人，今夜就宰你，挾你！你的杯子特大，交十元錢。你的座位要讓給老弱病殘坐！」後面跟著的一個大塊頭青年擠向前，要打那大漢。

坐在大漢對面的柯天任站起身，勸說道：「你們做了好事，打人就不好了。這下半夜，滴水金價，奶水送得及時，價格不貴。人辛苦了，應該有償。我也是一個大杯子，給二元。這位好漢大概沒錢，所以話說急了，我替他出二元。」

「先生，不用你替我出，我有錢。只是感到被人愚弄了。」大漢說。

「再不要說傷和氣的了，給他們算了。」柯天任說，「你們也不要多收，就二元吧。」

大漢給了二元，四個青年又挨個收下去。

到了鄭州後，柯天任一夥下了車。李建樹把奶水錢點了數，笑著對大家說：「花了五元錢買四包奶粉，得到四千八百六十四元，送給乘警和列車員四百元，淨賺四千四百六十四元，真是一本萬利！」柯天任一夥又從鄭州轉車到濟南，從濟南轉車到煙臺。一路上，李建樹包裡的錢不斷增多。他們在煙臺下火車時，紅日三竿，萬裡無雲。

李建樹把牛五、毛仲義叫到一旁，指著出火車站的人群，嘀咕了一陣。

毛仲義聽完吩咐，目光在人群中搜尋一陣，就跟在一個中年人後面。牛五在離開毛仲義四、五丈遠跟著。

那個中年人四十來歲，矮個子，半舊藍卡機衣褲，一雙廉價黑皮鞋，擰個灰色拉鏈布包，向過街的人行道標牌走去。他是個典型的南方鄉巴佬。

毛仲義加快腳步，走到中年人前面。在過人行道時，毛仲義的褲裡掉下一個紙包。

中年人走上前，看那紙包，淡黃色的牛皮紙包著，用橡皮筋交叉紮住，兩角開口處露出百子邊折疊成的人民幣，厚厚的，估計有兩、三千元。中年人沒撿錢包，向前叫喊：「小夥子，你的錢包掉了。」

毛仲義沒聽見，只顧向前走。

這時，牛五走上前，撿起錢包，拉著中年的手說：「大叔，沒作聲，我倆來分。」

「不行。人家掉了錢，多著急，還給他。」中年人說。

「人家走了，還給誰呀？」牛五說。

「交給員警。」

「你以為員警不要錢嗎？員警比地皮流氓還黑。這錢是我倆撿的，不偷不搶，又找不到失主，我倆到那邊小巷去平分，沒事的。」牛五神秘地說。

「我不要這樣的錢。」中年人說。

「那就給你五張吧，你不要去報警。」牛五說。

「我一張也不要，也不去報警，你拿去吧。」中年人說。那中年人心裡在說：「我的良心不能要這種錢。」他又想：「莫不是設下圈套來敲詐我呀？快脫身走開。」那中年人揚手攔了輛「的士」，走了。

牛五悻悻地站著，望著載著中年人的「的士」。

這時，柯天任、李建樹等人走來了，毛仲義也轉回來了。

「碰上了這個死心眼的好心人，沒上鉤。」牛五搖著頭說。

「你知道那個中年人是誰嗎？是柯和貴。」李建樹說，「我遠遠地看見了，不敢上前。」

「那他為什麼不說永安話？」牛五問。

「傻瓜，他出門在外，你們又互不認識，不說普通話還說永安話嗎？」李建樹說。

「李建樹，你設法去弄清柯和貴的住址。」柯天任說。他對毛仲義、牛五說：「你倆去理個髮，換件衣服，改變一下外形，不要讓柯和貴認出來了。」

不知柯天任要找柯和貴是凶是吉，且聽下回分解。

第七十五回　柯天任熱鬧交易會　柯和貴冷落展覽廳

卻說李建樹遵照柯天任指示，跑了大半天，在一個小巷的個體旅社裡找到了柯和貴。柯和貴睡的是統鋪，每天十元。李建樹說，柯天任等人住在白雲賓館，每個床位每天五十元，勸柯和貴與他們住在一起，安全些，也好照顧些。柯和貴謝絕了。李建樹問柯和貴什麼時候從家裡動身起程，乘多少次列車來的。柯和貴說了。柯和貴還說了安全擺脫撿錢青年的糾纏。李建樹說：「那肯定是設圈套坑人的。柯老師，你記不記得那兩個青年的外貌特徵，老子要狠狠地揍他們。」柯和貴說：「我只看見丟錢的穿藍襯衫，撿錢包的長髮遮了臉面，現在見面也認不出來了。我們出門在外，不要招惹是非。算了吧。」李建樹聽了，知道柯和貴只在濟南轉火車時與他們同火車，不知道他們一路上幹的事，也認不出毛仲義和牛五，就放心了。李建樹和柯和貴聊了這些，就告辭走了。李建樹回到白雲賓館，向柯天任作了彙報。柯天任也就不擔心柯和貴會干擾他們了。

煙臺是個中等城市，背靠山，面臨海。原來只有一條主街道，縱橫交錯著一些子街和巷子。改革開放後，老街正在拆除，高樓大廈正在豎起。一條新的寬闊的大道正在向東南越過山嶺，傍山依海，伸展過去。在新大道兩旁，一些高大的建築物零星地崛起，許多空基地，推土機、挖掘機和建築工人正在忙碌著。煙臺市展覽館建在新大道西邊半山腰中，是一片嶄新的建築群。全國百貨五金家電交易會就在展覽館內召開。

這個交易會，使煙臺市一下子增加了五、六萬人，熱鬧起來。旅社、餐館、娛樂城、美容美髮等地，顧客盈門，生意興隆。商品價格猛漲，遍地是金，正是煙臺人大撈一把的商機。煙臺市黨委特別重視這次交易會，火車站、汽車站，高大的建築物，繁華地段，都張燈結綵，掛滿了豎的橫的「歡迎」、「慶祝」之類的大幅標語。全國各地聚來的公司、廠家也不惜重金，大做廣告。有的把大型看板豎在街旁路邊，有的把巨幅廣告布條從十幾層樓上垂下來，有的用大卡車裝著巨大的商品模型沿街吹吹打打，有的用飛機撒廣告紙，有的用高音喇叭滿街叫喊自己品牌的優越性……把一個小小的煙臺市搞得沸反盈天，五彩繽紛。

最熱鬧的還是市展覽館，供需雙方都用氣球懸起條幅到高空。千萬個氣球和條幅有大有小，有高有矮，各式各樣，五顏六色，在陽光下閃爍，在微風中飄飛。從高處鳥瞰，像是一片光彩奪目的肥皂泡，又像一大片怒放的百花點綴在山谷的綠翠叢中；從低處仰視，紅的、藍的布條氣球，黑的、黃的大字，五光十色。數不盡的小轎車，停在廣場四周和各條路旁；人流從三條大道湧來。內場已是萬頭攢動，摩肩接踵，場外還有成千上萬的人往內擁進。最嘈雜混亂的在展覽館兩側出售入場券處，叫罵聲，打架聲，盜包的，狂笑的，嘶喊的，哭泣的，人聲鼎沸，員警忙碌得不可開交。

柯天任一夥上午八點乘中巴車來到展覽館。這時正在舉行開幕儀式，市委書記在致祝賀詞。客商們最關心的是自己的生意，最討厭的是這種浪費大半天時間的形式，都不去參加開幕式。開幕式結束了，展館大門打開，開始檢票入場。聽說開始入場了，萬人向展館大門處擁擠過去。入場進行了一個多小時，大門外還人山人海。柯天任一夥只買四張入場券，在人群中左沖右突，享受著人擠人的樂趣。他們擠到在離大門十幾米的臺階上。

劉會猛叫罵起來：「他媽的！這樣入場不要一個月才怪。你們組織個什麼雞巴毛的交易會？我們不是來看熱鬧的！」

接著，柯天任等人一起叫罵起來。這一叫罵，正合了商客的心意，萬人吶喊，一陣陣人浪，排山倒海般撲向大門。檢票員和員警擋不住了，被擠到了門內一側。人們蜂擁而進。有的人衣服被撕破了，有的人鞋子被脫落了，有的人腳被踩傷了，有的人包被盜走了，有的人錢和入場券被掏去了……熱火朝天，沸沸騰騰。不上二十多分鐘，廣場上一下子空了，只剩下四周一些擺地攤的個體戶。

那些個體戶很會精打細算，不去館內趕熱鬧。在館內擺一個攤位要交上萬元，在館外擺攤只需交一、二百元，有的只擺臨時地攤不交錢，但經常遭到員警的驅趕。

展覽館內，有四層樓設滿展廳，分為東、西、南、北四大廳，按省分配展區。凡國營大企業，占廳面積最大，佈置最豪華，氣勢壓人，業務洽談處明白地寫著：全民客商，貨到付款；個體客戶，款到發貨。但是，展出的商品都是老貨貼上新標籤，標價高出市場幾倍。

柯天任一夥由秦擁軍領著，在展廳轉了一圈，來到一個休息廳開會。

秦擁軍對眾人作現場指導說：「你們看到了吧。凡是私有、合資、承包企業，產品隨市場需求更新，價格合理，薄利多銷，佔領市場，對客戶平等，款到發貨，也就不會輕易上當受騙。這才是真正的市場經濟，自由競爭。那些國有大中型企業，不看市場生產，產品八年十年一個樣，歧視個體商戶，只向全民客商傾銷，趁機抬高價格，吹噓全國銷售第一，根本不懂市場經濟，不願自由競爭，總想靠黨政計劃經濟的扶植。他們看似聲勢顯赫，實則不堪一擊，是全國欠賒第一，即將崩潰的企業。我們的執照是全民所有制，拿他們的貨容易，大家專攻他們。」

秦擁軍說完，就領著眾人去北邊一家大型鋁製品國有企業訂合同，作現場示範表演，很成功。

李建樹就把人員分成兩人一組，分頭去訂合同。

李建樹和鄧頌雄一組，上三樓，到上海廳。

上海廳內有家華東電器公司，占了四個小廳。外廳各種音響轟鳴，大小電視機放映，服務小姐一色紅的高級西裝，苗條高雅。內廳，兩張高級黑漆辦公桌，旋轉把手椅子，棕色真皮沙發，總經理、副總經理按序就座，接待賓客像中央首長會見外賓那樣氣氛威嚴。中間兩個小廳，每個小廳擺了兩張桌子，端正地坐著兩個業務人員，一張桌子豎著一塊小牌，上書：一律款到發貨。還有一疊價目表，一本合同書，給人一種不可侵犯的氣勢。來往賓客只到外廳看看電視，不去裡面洽談業務。

李建樹、鄧頌雄在外廳走著、看著，陳列的商品都是老牌貨，標出的價格比市場零售價還高。兩人交換一下意見，就到業務廳一張長沙發上坐下。

「先生，想要些什麼貨？」一位年輕業務員側身問。

「給一張價目表吧。」李建樹淡淡地說。

青年業務員給了李建樹一張價目表，雙方交換了名片。青年業務員叫隋根生，坐在內桌上的是業務科長，叫甄武用。那甄武用科長四十多歲，半躺在沙發上，雙腿交叉，顛悠著，向李建樹、鄧頌雄微笑著點了一下頭。李建樹和鄧頌雄商量著，在價目表上勾出所需的品種、數量，把價目表遞給隋根生。隋根生把價目表送到甄武用的桌上。

甄武用把價目表瞄了一眼，說：「小隋，客人已選了貨，把合同給他們填寫簽字吧。我方要兩份。」隋根生就把合同送給李建樹填寫。

李建樹翻開合同一看，需要洽談的欄目已印上了字，供方公章也蓋好，只留下品名、數量、金額、到站、發貨時間、需方名稱等空格。

李建樹嗤笑著，說：「甄科長，這是交易會，合同是雙方洽談而成的，貴方不允許需方有洽談的餘地，這不合市場經濟吧？我們到市場上買米買菜，也要在價格、品質、斤兩上爭論一番。」

「在市場上買米買菜，是與個體戶做買賣，質量、價格有問題，會缺斤短兩，當然要比較，要爭論。我們是國營大型企業，每生產一件產品，都替黨替人民負責，有嚴格的質量檢查，用戶儘管放心地拿錢買貨就行了。」甄武用說。

「只要是人造的東西，就不能保證絕對沒有問題吧。火箭也會出故障哩。」鄧頌雄說。

「質量有問題，我們包換包維修。」甄武用說。

「怎樣『三包』呢？」鄧頌雄問。

「把有質量問題的貨送到我單位檢驗後再決定。」

「我們把款付清了，買了質量不合格的貨，用戶找我們分分鐘，我們送貨到上海，你們今天研究研究，明天研究研究，業務科推到生產科，生產科推到質檢科，還要找副總、正總，沒有八月一年也解決不了問題，我們的費用早超過了貨物的金額了。」鄧頌雄說。

「前年，我方花錢買了廣東無線電廠一批貨，買給用戶後才發現是劣質貨。我們去找供方，供方硬說他們的貨不存在質量不合格問題，把我方人員趕出來。找當地工商和法院，工商和法院搞地方保護主義，騙了我方調解費和受理費，卻偏袒供方，害得我方又白花二萬多元。我方再不敢先付款後發貨，只能貨到驗收後付款。」李建樹說。

「廣東是最早開放的地方，也是最早受精神污染的地方，廣東人只講賺錢，不講道德，喜歡坑人。我們上海人講信譽第一、質量第一、我方的銷售全國第一，還出口，全國佈滿了銷售網站，沒發生過你說的事件。」

「你方既然有三個『第一』，為什麼還來開交易會呢？為什麼還有積壓的老牌貨呢？」鄧頌雄說。

「來爭取市場呀。現在市場被個體戶、私人企業、合資企業、外資企業搞亂了，造成國有企業產品積壓，民族工業危機，中國人愚昧自私，不愛黨愛國了，見到私有企業的貨時髦些，便宜就買，見到洋貨好就要，破壞了國家的生產和銷售計畫。凡是有民族氣節、有全域觀念的中國人，應該抵制洋貨，不買私人企業不正規的貨！」甄武用忿忿不平，正氣浩然。

「現在像甄科長這樣的民族英雄和堅強的無產階級戰士不多了，人們都向錢看，成了市場經濟的惟利是圖者。我縣原百貨公司、紡織品公司的領導也是甄科長這樣的民族英雄和革命者，後來使兩個公司都連年虧本，合成我方現在的外貿公司。在清理原兩個公司的財務時，發現那些老領導都是貪汙犯，他們熱愛國有企業是為了中飽私囊，並不是為了愛國，為了無產階級利益。我公司現在總經理柯天任是個年輕有為的具有開拓精神領導，教導我們說：企業的生命就是在市場經濟競爭中賺錢，競爭失敗了，就應該破產死亡。請問甄科長，你家裡有洋貨嗎？有價廉物美的私人企業產品嗎？」李建樹說。

甄武用被搶白得無言以對。

「甄科長，你們的貨雖然在城市不時髦，但在農村還有市場。我公司是面向農村市場的，把你們的滯銷產品給我方，打開農村市場，不失為是上等銷售策略。」鄧頌雄乘機說。

「我正是看中了你們這一點，才花時間與你們談。」甄武用見機下臺，說。

「你們的老牌貨只能代銷，或貨到驗收付部份款，餘款半年後再結清。」李建樹說。

「這不行！貨到了，你們不付款，或拖欠賴帳怎麼辦？」甄武用說。

「我們公司也是信譽第一的全民所有制單位，不會因為區區幾十萬貨款不付而損壞公司名譽。」李建樹說。

「甄科長，你們總不能要客戶百分之百信任你們，你們卻百分之百的懷疑客戶吧？」鄧頌雄說。

「先貨後款，我當不了家，我帶你們去見總經理。」甄武用說。

甄武用領這李建樹、鄧頌雄進了內廳，彎腰向總經理作了彙報。總經理聽了，正襟危坐，微笑，示意李建樹、鄧頌雄坐下，服務小姐忙倒茶，遞煙，削梨。

「我公司規定，新客戶一律款到發貨。武漢商場到我公司訂貨，也是先款後貨。哪有買東西不先付款呢？二位應該懂得這個道理的。」總經理說。

「我公司也規定，新供方一律貨到付款。不少供方爭相把新產品、老產品給我方代銷。但是，也有例外，比如鑽石牌電風扇，供方一時資金匱乏，我方先付款，再提貨。貴方的貨是老牌滯銷品，更應該先貨後款。我希望貴方能打開農村市場，早點把老牌貨銷出去。」鄧頌雄針鋒相對。

「價格可以優惠，款到發貨這條不能變動。」總經理態度堅決。

「我們今日在這裡浪費了不少時間了，不能再閑誇了。總經理，你們的貨自己留著用吧。我們告辭了。」李建樹不耐煩了，起身就走。

鄧頌雄和總經理握了手才走。

「這家看似鋼鐵堡壁，實乃一垛朽牆。我們再來敲打幾次，定能弄到他們的貨。」李建樹說。

鄧頌雄點了點頭。

第二天上午，李建樹、鄧頌雄又到上海交響廳轉了一下，與甄武用打了個招呼，進到總經理辦公室。

「總經理，訂了多少合同呀？」李建樹問。

總經理訕笑著，沒作回答，用手示意兩人坐下。

「總經理，現在國有企業只管計畫生產，不管銷售可不行吧。」鄧頌雄沒坐下，說。

「我們昨晚討論了如何打開農村市場的問題。」總經理說。

「貨到付款，或者代銷，總比貨放在倉庫裡變成廢品好些吧。至少貨銷售出去了，你當總經理的責任輕點，向上級好交代些吧。」鄧頌雄說。

「走吧，那邊幾家在等我們去簽合同，不要在這裡耽誤時間了。」李建樹故意表現出煩躁，拉著鄧頌雄就走。

第三天下午，李建樹、鄧頌雄又來到上海音響廳門口，隋根生喊住他們。甄武用走過來對兩人說：

「總經理的思想有些活動了，你們再去談談吧。」

李建樹、鄧頌雄跟著甄武用又來到總經理辦公室。

「歡迎兩位，請坐。」總經理很客氣，說，「兩位三次登門，說明我們雙方有緣分。」

「是的。」鄧頌雄說，「你們這些貨在農村確實有市場，並且，上海牌比武漢牌好。」

「這樣吧，你們預付百分之六十貨款，餘款在半年內結清。」總經理讓步了。

「我們要請示我方總經理。」鄧頌雄說，「總經理，我方訂貨任務快完了。你看，這些都是貨到付款合同。」鄧頌雄從包裡拿出三份給總經理。

總經理認真看著一份合同。

「總經理，生意不成仁義在，這次不成下次來。我方明天要回家了，向你告別一聲。」鄧頌雄說。

「慢點。」總經理抬頭說。「我方明天去遊蓬萊仙島，請你倆的客。」

「不行呀，總經理。我方總經理是新上任的年輕改革家，管得嚴。」李建樹說。

「你去把你們總經理請來，我要與他談談。」總經理說。

李建樹出去約半個小時，帶著柯天任，秦擁軍來了。

兩位總經理握手言歡，交換名片。供方總經理叫胡南山，中年人，黨員，區黨委委員。需方總經理叫柯天任，青年人，黨員，縣人大常委。業務洽談事宜由甄武用、隋根生與李建樹、鄧頌雄完成。雙方成交十七萬三百二十七元，貨到需方驗收入庫後付款百分之六十，餘款在六個月內結清。需方若再要貨，憑電報為證，供方如數發給。兩位總經理都在合同上簽字。供方總經理邀請需方遊蓬萊島，需方總經理愉快地接受了。需方總經理邀請供方總經理到永安縣作客，供方總經理也接受了邀請。隋根生立即送給需方二十二張旅遊卡票。供方招待了需方晚餐，雙方直喝到晚上八點才散去。

李建樹回賓館後，發給每人一張旅遊卡票。共有十八人，另有瀋陽姑娘一名，四川姑娘兩名，還剩一張。李建樹徵求柯天任同意，把剩下的一張送給柯和貴。誰知柯和貴說：「不想團體旅遊，只想一個人觀海。」

卻說柯和貴，在大會開幕那天上午八點也來到展覽館廣場。他花了六十元錢買了一張會外代表證和三天入場券，避過人流高峰時才進入館內。

柯和貴第一次從窮酸的校園來到這豪華的商業世界，看到的是：不惜金錢，相互競爭，各家爭氣派，鬥奢侈，各人爭穿戴，鬥富貴。他顧影自憐，一身藍色半舊的卡機布中山服，實在與那鋪張揚厲的場景格格不入。但是，柯和貴是經歷過文化大革命的人，見過大世面、大人物，精神充實，沒有自卑感。他走到深圳展廳，兩位濃妝豔服的小姐謝絕他入內。他上到展館二樓，來到上海展區音響廳，在人叢中看了一會兒電視，看了音響的型號、價格，心想：「這些收音機之類，學校師生正需要。」他就決定訂一些貨。他從桌上拿了一張價目單，分別在九種收音機上打了記號。

「先生，能降點價嗎？」柯和貴問。

「可以降三點。」隋根生答道。

「不下浮八點，我就沒有利潤了。」柯和貴說。

「我這裡一律款到發貨，你看清楚了嗎？」半躺在沙發上的甄武用因為剛和李建樹、鄧頌雄扯談了一陣，有些疲勞。他看到柯和貴寒酸樣子，有點厭惡，沒好口氣地告誡說。

「買東西當然需付錢。問題是要質量過關。」柯和貴爭辯說。

「那好，下浮八點。」甄武用說，「小隋，讓他簽合同。」

柯和貴認真地填寫合同，又在運費上爭論一番，就加蓋了「鳳凰中學經營部合同專用章」。隋根生把合同書送給甄武用審閱。

甄武用看到「鳳凰中學經營部」和「總金額二千六百五十八元六角整」，鼻孔裡嗤了一聲，說：「先生，你這不是拿人開玩笑嗎？囉嗦了一個多小時，只訂二千多元的貨。」

「二千多元還少嗎？」柯和貴吃驚地問。他說：「做生意呀，百萬元要做，一分錢也應做。」

「你看我們是什麼單位？上海國營大型企業，不是個體戶擺小攤子，一合火柴、一包香煙地賣。你不訂十萬八萬，也要訂兩萬、三萬吧。」甄武用教訓說。

「我要考慮到承付能力呀。總不能訂多了拖欠貨款坑人吧？」柯和貴說。

「算了吧，先生。你單位本不具備法人資格，訂合同犯法。我看你有點斯文，不然，叫保安把你攆走了。這合同無效，你走吧。」甄武用從合同書上撕下柯和貴填寫的幾頁合同紙，揉成團子，丟到廢紙簍裡，點了煙，仰面抽起來。

柯和貴的耳朵嗡地一聲響，自尊性受到很大一擊。柯和貴一直心寬膽壯，能言善辯，此時卻難置一詞。他能說什麼呢？人家不願和他做生意。柯和貴垂頭傷氣地走出上海廳。他第一次感到膽怯了，遇上豪華的大展廳就走過去。一個上午過了，柯和貴沒有訂到一份合同。人的精神一頹唐，四肢也就疲軟了。他餓了，去買盒飯。誰知三元錢的盒飯，在展館內要十元。他不買盒飯，去買了一個一元錢的大麵包和五角錢一瓶的汽水，走到樓梯階臺上，用一張廣告紙墊屁股，靠牆坐下。他吃喝完了，就雙手抱膝，額頭垂落在膝蓋上，瞌睡起來。

柯和貴不知瞌睡了多久，被二樓的吵鬧驚醒。他站起身，伸了個懶腰，用濕毛巾擦了擦臉，向吵鬧處走去。在瀋陽廳門前，人們圍得水泄不通，有的踮起腳跟觀望，有的搬來東西墊高望，有的向人縫裡瞧，有的拼命向裡擠……

中國人最愛欣賞別人叫罵打鬧，就像西歐人愛看鬥牛和中國皇帝顯貴愛看鬥雞一樣，津津樂道。因為有人欣賞評價，強者有了炫耀成功的時機，越打越起勁，越打越淒慘；因為觀賞的人築起了人牆，弱者無路可逃，只好求饒，慘叫，流血，死亡。看客們圖的是在驚險的歐鬥中一飽眼福，在事後享受向人講述親眼目睹的驚險故事的樂趣，所以，沒有人勸架，沒有人報案，更沒有人去法律部門做證人。

柯和貴則與眾人不同。他看見鬥毆就心悲，看見逞兇打人的人就憎惡，看見挨打的弱者就同情，所以喜歡勸架，愛管閒事。不了解他的人，認為他瘦弱老實，呆頭呆腦，無甚本領，去勸架是自不量力。了解他的人，知道他有一種特殊的勸架能力，能很快分析出雙方的心理狀態，是為了爭一個理或爭一點利，還是故意尋釁滋事。他馬上能作出是勸還是不勸，是說理還是威懾。他能說得使雙方理通情順，能使雙方暫且受到感動而罷手。他曾向朋友吹噓說：「我碰上地痞流氓，除非對方不讓我有說話的機會，一刀捅了我，我就沒法子。如果對方讓我開口，我定能使對方冷靜下來，縮手不劫我。」

此時，柯和貴站在人群週邊，看不到裡面的情況，只聽到叫罵得很凶，打得乒乒乓乓地響，又進不去，心裡很急。他急了一會，心生一計，裝腔作勢地叫喊：「讓開！讓開！」

看客們不知道來了什麼大人物，驚慌地讓開一條人縫，讓柯和貴擠進去。柯和貴進到裡面，跨過一張倒在地上的桌子，坐在一張空著的單人沙發上，點著煙，抽著，冷靜地聽著，分析著。

地上，貨物紙張一片狼籍，兩夥人面對面地對罵賭狠，打東西。

「江上揚子鱷，岸上江南佬。老子們是不好惹的。」一個青年指著另一方喊。

「關東大漢從不怕人，連日本鬼子也不放在眼下，還怕你們嗎？」另一方一個青年不甘示弱。

「把滿州韃子的攤位掀掉！」人群中有人煽風點火。

「江南流子不堪一擊。」又有人助威。

雙方劍拔弩張，到將要動手打架了。

柯和貴很快知道雙方都是開交易會的代表，不是煙臺的地痞流氓，就決定勸解，先用威鎮住雙方，再用理曉之雙方。柯和貴脫去舊卡機外衣，跳上一張辦公桌上，大聲喝道：

「我看誰敢先動手，就把誰抓到大會保安處去！」

眾人驚愕地一齊向柯和貴望去，是一個瘦弱的穿著棕色毛線衣的中年人。

「你算老幾?敢來逞英雄!」那個江南青年回過神來，喝問柯和貴。

「我把你處理了，你就會知道我算老幾!」柯和貴厲聲喝斥，「你給我後退兩步，這邊的小夥子也後退兩步。誰不後退，我就抓誰!」柯和貴又煞有介事地向人群背後的樓口處望著，喊道:「餵，你們準備過來抓人。」

「這人有來頭。」人群中有人說。

「沒兩下子，誰敢管閒事。」又有人說。

那兩個對峙的青年被鎮住了，真的向後退步。

柯和貴跳下桌子，批評供方說:「你們應該有優質的服務態度，不然，誰買你們的貨呢?」

「先生，我們雙方訂了合同，你看。」供方一個中年人拿出一份合同給柯和貴看。

柯和貴一看合同，知道供方是瀋陽灶具公司，需方是江南永安外貿公司，品種七個高壓鍋，總金額為十五萬多元，品質檢收方式是「小樣對大樣」。柯和貴心裡更有把握平息這場吵鬧了。

「你們做的這樁生意不小呀，應該好好合作。」柯和貴對需方說。

「合同上寫著「小樣對大樣」，他們卻不給小樣，我們以後怎麼去驗收大批貨?這種轉臉就背信棄義的單位，還有資格參加全國交易會嗎?」需方青年說。

「不是不給樣品，而是會議剛開始，我們帶的樣品不多，等到大會結束時再給。他們卻強要，這不是打劫嗎?」供方青年說。

「雙方說話都放文明一些。」柯和貴說。他問需方:「你方想做成這樁生意嗎?」

「訂了合同，當然想做成。」需方青年說。

「人家不是不給樣品，只是時間問題。為了一點小利，卻丟了一樁大生意，值得嗎?」柯和貴說。

他心裡明白需方是為了借訂合同拿樣品，故意尋釁滋事。他又說：「你方總經理叫柯天任，我認識，你去把他叫來。」

需方青年見機關被人識破，不作聲了。

「聽這位先生的勸解，我們走。」需方青年背後有人說。

需方幾個青年走了，供方也開始清場，圍觀的人索然無味地散去。

柯和貴正要走，被供方那個中年人拉住，說：「請先生坐。請問貴姓。」

「不敢，免貴，姓柯。」柯和貴出示了名片。他說：「我也是顧客，看到吵架，就多管閑了。」

中年人看了柯和貴名片，說：「先生是位老師，我敬佩你的品質和氣魄。」中年人說著，也出示了名片。

柯和貴一看，中年人叫艾奇，是經營廠長。

「柯老師，要不要我們的貨？」艾奇問。

「高壓鍋在我們那裡真暢銷，當然想要。只是我要量不多，是小單位，你們這樣的大公司願與我們做生意嗎？」柯和貴自卑地說。

「做生意不論單位大小和數額多少。你單位是勤工儉學的文明單位，我們與你做生意。」艾奇說。他說著，給了柯和貴一張價目表。

柯和貴很高興，就在價目表上選了三個品種，總金額三千三百六十五，款到發貨。艾奇又破例把價格下浮十點，並說先發貨，一個月後他到江南做一筆生意，順便到柯和貴處帶走貨款。

柯和貴無意中訂成了一份合同，得到了安慰。他決定還訂一些暢銷貨，也不枉跑了這一趟。

欲知柯和貴運氣如何，且聽下回分解。

第七十六回 觀滄海觸景抒情懷 坐高樓設計收貨財

卻說柯和貴善有善報，無意中與國營大企業瀋陽灶具公司訂了一份合同，精神為之一振。

柯和貴意識到自己這身貧窮書生裝束實在與交易會盛況不相配，讓人齒冷，就決定去把自己包裝一下。柯和貴回到旅社，狠心拿了一百元錢，去買了一套廉價的西服、領帶，一雙人造革黑皮鞋，一副十元錢的淺黃色變色眼鏡，又去理了個髮。俗話說：「三分人材，七分打扮。」柯和貴如此一打扮，加上他的知識、膽略和口才，就成了真正的風度翩翩的儒商了。第二天上午，柯和貴煥然一新地進了展館，徑直向上海音響廳走去，不理會甄武用，與總經理胡南山洽談，訂了二千多元的收音機，令甄武用十分難堪。柯和貴又訂了十台蜜蜂牌縫紉機，才出展館。他在廣場內外的私人企業攤地上訂貨。私人企業與國營企業不大一樣，人員的服務態度熱情和藹，商品的樣式時髦新穎，價格便宜，交易方式靈活。柯和貴訂了一些貨。柯和貴在兩天內訂了一萬二千多元的貨，感到資金周轉有限，就不打算訂合同了，準備第三天晚上乘火車回家。

第三天早上，柯和貴去買了火車票，是晚上六點三十四分的。他就上午到展館轉轉，聯繫一些廠方，以待來年。吃過午飯，他就離開展館去觀海。

柯和貴在海邊小徑上悠閒地散步。他是第一次見到大海，感到十分新奇，近瞧遠望，拾海貝，摸海蟄，撈海帶，撫礁石……像個剛出世見到天地的小孩子一般快活。

那渤海有一大片海水伸入煙臺市兩山間，形成一個海灣。海灣裡，人們忙碌著，用圍網把海水分隔成一塊塊的，有養海參的，有養海蟄的，有植海帶的，有育紫菜的……

海岸線繞山彎曲，一條小徑順著海邊，九曲回腸。海灘路上，沙土潔淨，怪石、海貝，五顏六色，清潔光滑；時常有斷碎的海帶隨海浪蕩上岸邊，又隨海浪蕩回海裡。柯和貴走了四、五里路，在一個山腳下停住。這山腳下，有一處隆起的青色岩山，伸向海裡，像大魚脊背露出水面。在入水兩、三丈遠的地方突起幾塊礁石，出水一丈多高，有平頂岩峰。柯和貴被這一景致吸引住了，脫下鞋襪，卷起褲腿下水，探石走去。一些海蝦之類的小動物，在石上、岩縫蠕動，鑽穿。柯和貴用手去捕捉。那些小傢夥很機靈，抓不著。柯和貴登上礁石，坐在一快平頂石上。

這裡，人跡罕至，十分幽靜。柯和貴脫離了那繁華喧鬧之地，擺掉了那憂愁煩惱之苦，呼吸著新鮮空氣，迎著清涼海風，頓覺渾身清爽，心情暢快。他，成了一個自由人。

柯和貴放眼望去，尋覓柯天任等人去遊玩的那八仙過海的蓬萊仙島，但是蒼茫一片，什麼也看不到。柯和貴不相信人生輪迴，也不相信人在死後會成鬼成神，更不相信三姑六婆的裝神弄鬼。但是，他不反對宗教信仰。他對朋友說：「如果信仰專制獨裁的精神領袖，不如無信仰；如其無信仰，不如信仰迷信；如其信仰迷信，不如信仰某宗教。信仰專制獨裁的精神領袖，則心狠手毒，權慾膨脹；無信仰則作惡造孽無驚無恐；信仰迷信，雖然愚昧無知，自戕身心，但害怕鬼神，惡人有恐懼，善人有安慰；信仰某一宗教，雖然玄妙難解，但淨除惡念，心有天良，怯邪衛正，性善愛人。」柯和貴對那八仙過海的故事，主觀臆斷為：一批善良而堅強的人，在苦難中破風過海，又勝利返回，受到世人的敬愛，就演義成神話故事。

柯和貴的思想翩翔一番，專心觀賞山色海景。

海的西岸，一座青山連一座青山。山上是四季常青的樹林，樹叢中偶爾露出青黛色的山崖。太陽西斜了，山影投到海邊，海水映出參差山影。海潮有節奏地拍打著海岸，山影變幻著。近處，海水透澈明亮，波光點點晶瑩；白浪一條趕著一條，像寬闊的藍色絲布鑲上了銀邊；那銀色布邊在均勻波動，在岸邊卷起三尺來高的白色水花。稍遠，碧綠湛藍，映著藍天白日；碧波一層一層，一起一伏，像人的胸脯在呼吸。海上沒有肆虐的颱風，沒有驚濤駭浪，有幾隻海輪浮在碧波上，好象一動不動。有白色海鳥在海面上展翅點水；有只大鷹盤旋在高空，絲紋不動，悠忽間，雙翅收成，像只戰鬥機衝刺海面，又升起，腹下多了一條在彈動的銀魚。漸遠，碧藍成了紫藍，黛色，以至黑黝黝一片。那在陸地上炫耀自己毒熱的陽光，在海面上顯得軟弱無力了，留下點點鱗光，照不亮海面。極遠處，天水相連，浩瀚渺茫，無邊無際，平平靜靜，神奇安謐。忽然，不知從哪裡傳來呼嘯聲，海面又無動靜。

這大海與溪流、江河完全不一樣。溪流，淙淙作響，轉彎抹角，忽忽衝擊，清澈見底。江河渾濁奔騰，時漲時落，時緩時急。這大海，平靜平穩，寬廣博大，無渾濁，無清澈，加之不見暴漲，減之不見陡落，百川污水衝進來，它不喜不怒，冷靜收納，默默淨化，不受污染，保持本色。

柯和貴腦裡油然蹦出一個詞：「海量」。沒見過大海和見過大海而感觸不深的人是不會創造出「海量」這個詞的，也難以理解「海量」這個詞的真實含義。柯和貴由此而想到人。人也是自然之物，稟自然之氣之性。人的品性、胸懷也有溪流、江河、大海之分。淙淙作響，急急衝擊，一眼看到底，此為溪流之狹隘；昏昏庸庸，時而靜悲，時而暴怒，靜悲時一落千丈，暴怒時奮勇搏殺，此為江河之脾氣；無辜加之而不忿，失之而不悲，浩瀚而不濫，處驚而不變，心平氣和，淌淌洋洋，此為大海之胸懷，即「海量」也。

柯和貴觀那海景，觸這情懷，感慨萬分，隨口吟出一首詩來：

一望無邊莽蒼蒼，平平靜靜性慈悲。
浪花拍岸湧三尺，海嘯揚波震百巍。
附首晶瑩沙潔淨，抬頭藍黑色迷離。
千條濁流皆容納，大海胸襟我與誰？

柯和貴吟了一遍又一遍，聲音由低而高，興奮得掌拍石面，腳擊海浪，大聲朗誦起來。

漸漸地，山影越來越長了，罩住了柯和貴和礁石。海潮來了，海風微微吹起，海浪越來越高，一陣陣拍打在礁石上，掀起一圈水霧，水珠飛濺在柯和貴身上。四周顯得有點陰森。柯和貴感到了寒意，連忙爬下礁石，淌水到岸上，抹乾手腳，穿好鞋襪，往回走。

柯和貴回到旅社，離火車開出時間不到一個小時，連忙收拾行李，按時上火車，與柯天任一夥隔著三個車廂。

卻說柯天任一夥，到泰安下了鄧頌雄等四人，去開全國文化用品交易會，在徐州下了秦擁軍等四人，去無錫開全國鞋帽交易會，在鄭州下了十人，柯天任帶四人在鄭州開全國農副產品交易會，李建樹帶六人轉車去成都開全國糖酒交易會。這些人在外面熱鬧了半個月，才陸續回到永安縣貿易公司。

柯天任召集了公司全體工作人員會議，指示大家不能休息，要忙業務。秦擁軍作了指導，李建樹作了具體安排，鄧頌雄設計出一個將合同和收集來的廣告材料有序登記表，由劉會猛、石義氣負責填表登記。

柯天任親自起草了業務公函。公函全文如下：

先生：您好！

在交易會上，我方有幸認識了您，有幸與貴方結成了生意夥伴。我方堅信，雙方會合作成功，會由新夥伴變為老朋友，為了表達我方的誠意和信用，特向貴方致函。

永安縣地處江南，四方都與城市相毗。長江傍縣而過，國道貫穿全境，鐵路直達縣城，是江南的交通樞紐，貿易中心。為了促進改革開放，為了國民經濟發展，為了向國家作貢獻，為了提高我公司職工生活水準，我公司在縣委直接領導和關懷下，將原縣百貨公司、副食品公司、紡織公司合併為縣貿易公司，成為我縣最大的綜合型貿易中心。我公司屬全民所有制，多次獲省、市、縣「信譽第一」的稱號。貴方與我公司打交道，實踐會證明，這是明知而正確的選擇。

目前，中國市場經濟還處於初級階段，體制還不完善，法制還不健全，地方保護主義還存在，管理比較混亂，不少不法之徒乘機挖國營公司牆角。比如，前年，河南確山縣騙取我方貨款二萬元，福建晉江市騙取我方款到後卻發劣質荔枝罐頭，廣東東莞騙我方款到後卻少發貨……如此種種，我方再不願與對方對簿公堂，只好作出決定：凡與我方發生業務關係的供方，只能貨到驗收後付款。敬請貴方諒解。這種受騙上當的情況，貴方肯定也遇到過，也必須吸取教訓，謹慎從事。這樣一來，供需雙方都失去了起碼的誠信，生意會僵持下來。為了解凍這種局面，我方建議：第一，貴方來我方考察諮詢，考察我方的經濟實體，諮詢我方承付貨款能力。第二，貴方貨物可發到雙方合同所指定的火車站，然後貴方派人持鐵運小票，雙方到火車站驗收，貨款兩迄。第三，貴方運來貨物，與我方聯營銷售，利潤平分。第四，貴方可將貨物運來，我方協助找倉庫，設銷售點，打開我地的市場，適當給我方人員一些報酬。

以上建議由貴方選擇。如果貴方有更好的辦法，敬請提出。時間是金錢，這個季節是旺季，敬請貴方絕勿誤失商機，早作決定。我方翹首期盼佳音。

祝我們雙方共同致富！

江南省永安縣貿易公司業務科

聯繫人：李建樹，翠翠小姐，露露小姐

電話、傳真、電掛見名片

——年——月——日

趙光耀、張開二、董新軍負責組織人員列印公函，書寫信封，郵寄信件。

柯天任要招聘三位小姐，協助洽談業務。他從煙臺帶回兩個四川小姐，一個叫翠翠，一個叫露露，還差一個。一天，有個叫鄢豔的小姐來應聘。鄢豔是本縣城關人，原縣副食品公司推銷員。柯天任看了鄢豔的外表和氣質，同意了。柯天任對三位小姐說：「你們的月工資暫是三百元，還有高出工資許多倍的獎金和小費收入。公關小姐要思想開放，性格活潑，不擇手段地攻下供方來人的心理關，使他們向我方發貨。你們作成每筆生意，我按百分之二點給獎金，你們向對方收取的小費歸己。小姐們，跟著我好好幹吧，你們定會成為富婆！」

柯天任派鄢豔到縣電視臺天氣預報前兩分鐘作了公司廣告，還獨家點播了電視劇《射雕英雄傳》，柯天任在電視上第一次露面。

李建樹把業務洽談分為四輪：第一輪，公關小姐接待周旋；第二輪，合同簽訂者或董新軍洽談；第三輪，業務經理李建樹洽談；第四輪，總經理柯天任拍板。洽談者必須熟悉合同登記表和來往信件、電話的內容。

一切就緒了，幾排餌鉤已放入水中，只等魚兒來吞餌上鉤。

十來天，供方來件雪片似地飛來，電話一個接一個響起，前來諮詢的人員絡繹不絕，整個公司急速運轉起來。

一日上午，業務辦公室收到三份特快傳遞，內裝鐵運貨單小票和業務貴方箋信，信中說的內容大同小異，說相信貴方，我方不派人來考察了，希望貴方驗收後把貨款迅速匯來，以便繼續下次生意。三份傳遞分別是：黑龍江的二十一萬多元的奶粉，北京的十二萬多元的文化用品，昆明的六萬多的鳳梨罐頭。李建樹將這三份傳遞故意明擺在辦公桌上，讓前來考察的供方人員看，堅定他們發貨的決心。

一日下午，有五家供方人員來考察諮詢，分別是：上海華東電器公司，重慶麻辣醬廠，徐州造紙廠，煙臺罐頭廠，瀋陽灶具公司。李建樹聽到董新軍彙報，分析到華東電器公司最大，所訂貨款最大，決定先把它拿下，其餘四家會跟著入殼。李建樹叫董新軍把五家人員一起請進業務經理辦公室洽談。

李建樹十分熱情地接待甄武用、隋根生，故意把其他四家人員冷落在沙發上。李建樹問到胡南山總經理，甄武用表示了謝意。甄武用問到柯總和鄧科長，李建樹說柯總去縣人大開會了，鄧科長出差到廣州去了。李建樹再次向甄武用簡介縣貿易公司情況，建議甄武用、隋根生每到一個需方處，多住兩天，詳細考察，以防受騙。李建樹把三份特快傳遞給甄武用、隋根生看，並說這三家供方是老關係，雙方建立了誠信。雙方談了半個來小時，李建樹叫鄢豔帶甄武用、隋根生去住賓館，說等柯總回了，再去拜訪他倆。甄武用、隋根生跟著鄢豔走了。

李建樹在與甄武用洽談時，觀察到其他人員的神色，看到了他們警惕性鬆懈下來了。李建樹又選擇了重慶麻辣醬廠的林成天洽談。林成天問到訂合同的業務副科長田小慶時，李建樹說田小慶去內蒙了。林成天詢問的很詳細，李建樹對答如流。李建樹看到林成天難纏，又是私人股份制企業公司，訂貨總金額只一萬二千多元，打算放棄，就說：「林廠長不遠千里來跑業務，可佩可敬。如果你對我方還有疑慮，就多住幾天，仔細察訪，以後再說。」林成天聽到了甄武用的談話，看了那三份傳遞，看了牆上「信譽第一」、「信得過單位」的獎匾，心裡已定下了發貨的決心，就說：「我信得過貴方，打個電話回去，叫我廠如數發貨。」林成天拿起桌上電話，吩咐廠裡發貨。接著，徐州、煙臺兩家也如林成天一樣做了生意。這三家走了，只剩下瀋陽灶具公司了。

李建樹看了瀋陽灶具公司的合同，是劉會猛、鄧志強、田小慶三人訂的，七個品種，十七萬多元。灶具公司來的兩個人，一個是中年人，經營廠長艾奇；一個青年人，叫文生，大學畢業生，銷售科副科長。

「高壓鍋是暢銷貨，數額又大，一定要弄到手。」李建樹心想。他已連勝四局，信心百倍。說：「艾先生，你看到了，各家搶時間爭市場，提前給我方發貨。可見現在找到了一個可靠的生意夥伴難呀。你能否也打個電話叫總公司發貨呢？」

「劉會猛科長呢？」艾奇問。

「劉科長出差到廣西購白糖去了。我是業務經理，與我洽談是一個樣的。」李建樹說。

「我方知道高壓鍋已銷到農村，貴方是面向農村市場的公司，很樂意與貴方做成生意。煙臺交易會所訂的合同是有效合同，具有法律性。我方希望貴方履行合同。」文生說話斯文，語音中柔中寓剛。

「在目前法律不健全的情況下，交易會上訂的合同只能起資訊作用，雙方要再洽談，變更某些條款。兩位先生之所以千里迢迢地到永安縣來，就是這個原因。」李建樹說的有理有節。

「李先生認為哪些條款要變更呢？」艾奇問。

「結算方式。合同上訂的是預付百分之五十貨款後發貨，我方寄給貴方的公函說的是貨到驗收後付款。艾先生是否看到我方公函呢？」李建樹說。

「已經收閱。貴方所憂慮的是款到後不發貨、少發貨、發偽劣產品。我方也是重合同、守信用單位，不會發生這些情況。萬一貴方信不過我方，可以擕匯票到我方，車板交貨。」艾奇說。

「貴方不能保證自己的產品品質百分之百沒問題吧。如果貨款付了，高壓鍋出了事故，千里瀋陽，我們難去呀。車板交貨，我們也搞過，看著貨從倉庫裡出來，汽車轉了一圈又回到倉庫裡去了，不發給需方了。看著貨上了大車皮，等需方走後，貨又被卸下來了，或者發到了別地方去了。中國怪事太多了！」李建樹盡在放煙霧彈。

「為了解除雙方疑慮，我提個建議：我方在江南省省城設有辦事處，貴方可用自己汽車去辦事處提貨，留下百分之五的貨款不付，作為換貨的保證金。如果發現高壓鍋有問題，掛個電話，向我方辦事處聯繫，我方人員會立即前來退賠。」艾奇又殺來一槍。

「好精明！」李建樹心裡在叫。他沉吟一下，開始退卻，說：「貴方的貨發到省城，為什麼不節省運費直接給我方呢？這是貴方對我方不信任。兩位既然來了，不妨多花點時間查訪查訪我方，以後再談。」

「對方的情況我們已略知一、二。貴方說貿易公司是由百貨、副食、紡織、外貿四大家合併的，可是，百貨公司、副食公司、紡織公司仍在開門營業，不知何故？」文生劈頭砍殺一刀。

「你們可查詢工商局嘛。」李建樹被砍得頭暈目眩，勉強辯解，「那三個公司是一部份原下崗職工在合股經營，老牌子未摘掉。」

雙方在唇槍舌戰，難分難解時，柯天任、劉會猛闖進來了。

「劉科長出差回來了呀？」艾奇認識劉會猛，連忙打招呼，握手。

「我沒出差，與柯總一起辦點小事。」劉會猛沒遮攔，立即失口回答。

「瞎說！出亂子了！」李建樹低頭用方言告誡劉會猛。

「我去過百貨、副食公司，它們跟你們不是一家嗎？」艾奇向劉會猛點死穴。

「是的。他們是老字型大小，負債累累，快垮臺了。我公司是縣紀委主辦的新公司，不欠外債……」劉會猛一個勁地捅漏子。他說了一半，被李建樹打斷了。

李建樹用方言對柯天任說了幾句，看到劉會猛被人家點了死穴，還麻木不仁，胡言八道，就截住劉會猛的話說：「艾先生，這位是我方總經理，叫柯天任，你們跟他談談吧。」

柯天任出示了名片。

「柯總好忙呀。」艾奇笑著說。

「哎，共產黨的會多嘛，剛開完人代會，還要去開政協會。」柯天任擺著架式說，「聽李經理說，貴方堅持合同上的預付款付後才發貨，說明貴方不信任我方。兩位可能去諮詢了我方一些情況，如果被諮詢的對方是我方同行，就難免聽到謊言，同行是冤家嘛。如果貴方給我方發貨，我表態，驗收後一天之內就付清貨款。我用我個人的職務、身份、名譽擔保。」

「作為一個總經理，賭咒發誓，有失體面。」文生見狀就擊。

艾奇的腦子裡在急速打轉：「柯天任這類人我見過。岳陽市有個指天發誓的青年經理，騙到貨後，就人去樓空，原來是個詐騙公司。這位柯經理，臉裝笑容，眼含凶光，表情陰冷，心藏奸詐，可見這永安縣貿易公司不是個好單位。此地不可久留。」艾奇有了這個看法，就連忙接過文生的話，說：「柯總說得好，我們既然來了，就應多諮詢一些情況。生意不成仁義在呀，我們明天再來談。」艾奇站起身，和柯天任等人一一握手，告辭。

文生跟在後面走了。

兩人出了貿易公司大門，文生說：「這公司是個提包公司。」

「我倆昨天諮詢工商局只說有這個公司，銀行只說帳上有錢，縣百貨公司、副食公司在正正規規地營業，那劉會猛科長已捅了底子，那柯總不是個好人，在中國大地上，什麼怪事怪人都會有。騙子就敢說好人是騙子，流氓就敢誣善士不仁。這公司肯定是個提包公司，還有可能是黑社會窩點。遇上了黑道上的人，善良人是三十六計走為上策。我倆快離開這個黑窩，去鳳凰中學經營部找柯和貴老師。」

艾奇、文生走後，李建樹把做成的幾家生意說了。他又說：「艾奇老奸巨滑，劉會猛說話漏了底子，這家生意肯定做不成了。」

「我漏了什麼底呀？生意做不成，可不要把責任推給我。」劉會猛不服氣。

「會猛呀，你就是冒冒失失的。你來時不應該亂插話，應該問問我先說了些什麼。」李建樹說，「現在派人去跟蹤艾奇、文生，不要讓他們和那三家住在一起，砸了那三家的生意。必要時，把那兩個傢夥打走。」

「你這草包，再不要來插嘴談業務了。」柯天任罵道，「你去趕走那兩個狗雜種。」

劉會猛一肚子委屈，走了。

鄢豔來了，對李建樹、柯天任說：「上海華東電器公司甄武用、隋根生住在桃源賓館 306 號房。」

下午五點，柯天任、李建樹帶著翠翠、露露去拜訪甄武用、隋根生，在賓館招待兩人。在翠翠、露露的相陪下，甄武用、隋根生喝得酩酊大醉。

「柯總，我想吃只雞，能行嗎？」甄武用失態了，紅著眼睛問。

「甄科長，我公司規定，不能嫖賭。你的這個要求，我不能答應。你醉了，回房睡去吧。」柯天任嚴肅地說，裝著不高興的樣子走了。

「甄科長，我們柯總是共產黨員，人大代表，看不慣吃喝嫖賭的，你不應該對他說這些。現在，一切由我安排，保你快活。」李建樹說。

「李經理，我倆才是知音呀。」甄武用噴著酒氣，語音不清地說。

「甄科長，我不能拿我的工資給你做小費啦，只保證沒人敢宰你。」李建樹說。

「這個自然。」甄武用說。

李建樹向翠翠、露露使個眼神。兩個女子每人攙了一個回房去了。

第二天上午，翠翠、露露回到柯天任辦公室，彙報了「公關」情況，說甄武用向他的總經理胡南山打了電話，叫火速發貨。

「不會騙你們吧？」柯天任問。

「電話按了免持，大家都聽見了。」露露說。

「翠翠，是那個玩你的？」柯天任摟著翠翠的細腰問。

「老的。」翠翠說。

「老的有耐力，能持久，你受用夠了吧？」柯天任把手插進翠翠胯間，說。他又一手去摸露露的豐乳，調謔著對露露說：「你玩少的，少的勁頭足，連續了四、五次吧？」

這時，劉會猛在咚咚敲門，叫喊有要緊事相告。

欲知有何要緊事，且聽下回分解。

第七十七回 困迫漢生惡綁人質 呆書生持善化怨恨

卻說柯天任正在和兩女子諧謔，劉會猛在敲門叫喊。翠翠去開了門。

「有個什麼鳥事？」柯天任很掃興，睜眼大聲問。

「艾奇與柯和貴做成了生意，把高壓鍋給柯和貴代銷。」劉會猛說。

「柯和貴那傢夥跟老子作對。肯定是他說了我們的壞話，害得老子丟了十幾萬的貨財。」柯天任一聽，怒氣衝天，說，「老子不會放過柯和貴的！」

這時，李建樹、周華床也進來了。

「這段時間的開支太大了，只剩下一萬四千元。」周華床說。

「說鬼話，錢用到哪裡去了？」柯天任跳了起來，質問。

「共計三萬九千多元，列印，做廣告，發函，提貨，吃喝，就用去了一萬五千多元。你一個人拿了一萬元去了。這帳目是清楚，不信，就查帳。」周華床說著，把腋下挾著的帳本放在桌上。

「我愁跟你查帳，相信你不敢搞鬼。以後要節省，伙食標準降低。」柯天任說。他對李建樹說：「你發個電報給河南項城張家法，叫他汽運腐竹來。腐竹是這個季節的銷貨，一轉手就是現金。那份合同是我親自與張家法簽定的，是為了整柯和貴作準備的。」

李建樹回到業務辦公室，翻開合同一看，貨款為二萬六千多元，汽車到需方車上交貨付款，在送達地上寫著：「由鳳凰中學經營部柯和貴經理轉送。」李建樹心想：「柯天任太狠毒，想栽贓給親叔父。」但他不知道柯天任怎樣個栽贓法，就向張家法打了個電話叫發貨，又擬了份催發貨的電報，叫毛仲義去發。

卻說張家法接到電報後，叫朋友小魏的汽車，裝了腐竹，揣上合同，把車徑直開到永安縣鳳凰中學經營部門前，找柯和貴經理。柯和貴出外打貨去了。李秀雲看了合同，說：「張先生，我這裡很忙，脫不開身，你把車子直接開到縣城去，貿易公司很好找。」

「嬸子，合同上注明你經營部代收，我那麼遠來，再轉幾圈，運費受不了呀。」張家法說。

「我不能代收，我不做腐竹生意，也付不起這二萬多元貨款。」李秀雲說。

「那柯天任為什麼注明要你單位轉送呢？」張家法問。

「這我就弄不明白。我這經營部與柯天任公司沒有關係，你自己去問他吧。」李秀雲說。

「嬸子，你就行行好，帶我們去一下吧，免得我走彎路。」張家法說，他急於要銷貨。

「柯天任講了叔侄情，借了我家一千元開營費。這張家法這般求助我，不帶去，誤了人家生意，就對不住人了。」李秀雲這樣一想，就答應了張家法。她關了門面，上了張家法的車子，引導張家法到了貿易公司的大院內。李秀雲下了車，又上樓去叫來了柯天任、李建樹，就走了。

柯天任看到運腐竹的車子，就指揮人下貨。張家法不同意，說合同上寫的是「車上驗收付款後再卸貨。」

「不把貨卸下來，一件件地驗收，我們知道你紙箱裡裝的是什麼呢？」李建樹說。

「你這車貨只六百件腐竹，價值二萬多元，我這大公司，少得了你的貨款嗎？會因為你這點貨款不要公司名譽嗎？天又要下雨了，卸下貨立即付款。」柯天任說。

張家法遲疑不決。

「卸貨吧，我的車子還要去南昌拖貨。我看這公司大，不要緊。即使不付款，跑得了和尚跑不了廟。」小魏小聲對張家法說。

張家法沒主張了，讓柯天任的人卸貨。

貨卸完了，柯天任叫劉會猛、趙光耀陪張家法、小魏去吃飯。在張家法、小魏走後，柯天任吩咐李建樹迅速把腐竹運到鄉鎮去賣，只要有現金，可以降價。柯天任叫周華床、鐘月把公司大門鎖上，全體人員離開公司，等張家法的車子走後再開門營業。他又吩咐毛仲義跟蹤張家法。柯天任把這些佈置完畢後，帶著翠翠、露露去江州市遊玩去了。

卻說張家法、小魏吃完飯，來到貿易公司院裡。院裡只有一輛空車，大門鎖了，不見人影。張家法慌了，連忙轉跑到餐館找劉會猛、趙光耀，也不見了。張家法知道受騙上當了。小魏要開車去南昌，張家法哭著求小魏不要走，願陪誤車費。兩人開著大卡車在縣城轉著找人，始終找不著。天黑了，張家法、小魏只好住旅社。小魏一上床，就呼嚕大睡。張家法卻睡不著，摸黑又去貿易公司偵察。貿易公司裡沒有燈光，沒有人。張家法一直等到下半夜，又冷又疲勞，只好回旅社躺在被裡。天一濛亮，張家法又去貿易公司，等到上午十點，仍不見人影。張家法痛哭起來。

「不要緊，去找鳳凰中學經營部幫忙。」小魏安慰張家法說。

兩人驅車到鳳凰中學經營部，柯和貴仍不在家，只有李秀雲在忙碌。張家法把腐竹受騙的經過對李秀雲說了。李秀雲很同情張家法，告訴張家法到集貿市場、南柯村、南柯武館去找人。張家法和小魏按著李秀雲指定的地點又去找，仍找不著人。

已是第四天了，張家法心急如焚。俗話說：狗急跳牆，人急生智。張家法想到了一個挽救方案，對小魏說：「柯天任和柯和貴都不見了，他倆是親叔侄關係。我看柯和貴是隻老狐狸，這事是他背後策劃的。現在只有一個辦法：綁人質。」

「從李秀雲的態度看，不像與柯天任是一夥的。」小魏說。

「我看李秀雲處處都像與柯天任是一夥。」張家法說。

「你打算綁誰呢？」小魏問。

「李秀雲。」

「不行。女的不好辦。」小魏說。

「綁柯天任的父親。」

「也不行。六十多歲的人了，弄死了，我們就犯了人命案。」小魏反對。

「綁柯和貴上學的小女孩。」

「更不行。那會引起學校、社會來營救人質。只能綁柯天任那些人。」小魏說。

「現在找不著柯天任那夥人。再說，他們身強力壯，又有武功，綁不著，反遭打。」張家法說。

他想了一會，說：「在這裡等柯和貴出現，綁他。他是書生，肯定力小。」

「綁架無辜的人是犯法的，你有事實證明柯和貴與騙腐竹的事有關嗎？」

「有。第一，合同上寫著由鳳凰中學經營部轉送，電報上寫著由鳳凰中學經營部代收。第二，貨是李秀雲出面送給柯天任的。第三，騙我腐竹後，柯天任一夥不見了，柯和貴也不見了，肯定是同夥。現在，我失去了二萬多元，腐竹是村裡人的，我回去交不了差，傾家蕩產也還不了這筆債。我破產了，活不成了。我知道綁人質是犯法的，在我去坐牢前，我綁了人去，能向村裡人證明我沒騙他們，還有挽回損失的一線希望。魏老弟，你就幫這個忙吧。」張家法哭著說。

小魏被感動了。兩人商量如何綁架柯和貴。

這真是：欺軟怕硬，欺善怕惡。

天黑了，張家法、小魏把車子開到鳳凰中學經營部大門前。

柯和貴回家了，一家人正在吃晚飯。

小魏留在駕駛室上，張家法進屋去。李秀雲見了張家法，連忙讓坐。張家法坐下了。

「小張，找到人了嗎？」李秀雲問。

「找到了。柯天任說先給一半，餘款下個月付清。」張家法說。

「恭喜你。」李秀雲說。她向柯和貴講述了情況。

「哪有這種事？你是個個體戶，二萬元承受得了嗎？明天，我去幫你討帳。」柯和貴忿忿不平。

在張家法看來，柯和貴的忿忿不平是裝樣子穩住自己，吃了飯會逃跑的。他就說：「柯老師，柯天任的公今晚開會，我想麻煩你今晚坐我的車子去一趟，勸柯天任給我結清貨款。我在這裡待的時間太長了，汽車的滯留費也付不起了，連吃喝錢也沒有了。」他遞給柯和貴一支煙。

「好，吃了飯再走吧。」柯和貴說。

「我吃不下飯。」張家法看到李秀雲給自己盛飯，拉住她說。

「秀雲，那就給小張五十元吃飯錢。出門人，困難多著哩。」柯和貴邊說，邊加快吃飯速度。他吃了飯，漱了口，點了煙，跟著張家法走了。

張家法讓柯和貴坐在中間，自己坐在車門。這樣，柯和貴被夾在張家法和小魏中間。汽車向縣城方向跑了三里來路，突然一個一百八十度，狂奔起來。

「方向錯了。」柯和貴說。

「沒錯。」小魏說。他加大油門，汽車駛過鳳凰中學經營部門口，呼嘯而去。

柯和貴見勢頭不對，叫停車。張家法猛地騎在柯和貴身上，雙手卡住柯和貴喉嚨管。

「小張，我幫你討錢，你怎麼在綁架我？」柯和貴並沒有哀求，而是質問。

「你這只老狐狸，能安好心嗎？分明是搞陰謀與你侄兒合夥詐騙我，又想把我騙到柯天任那裡，把我幹掉。兩萬多元錢，要了我的命，我要你們也死一個。」張家法突然由可憐兮兮的病老鼠變成了張牙舞爪的老虎。

「不准叫喊！」小魏低聲喝道。他抓了一把抹車的棉紗，塞進柯和貴的嘴裡。張家法用力將棉紗往柯和貴的喉嚨裡堵，又用繩子把柯和貴雙手手腕捆住，繩頭繫在座位靠背上；把柯和貴兩腳捆住，繫在座前一個鋼筋頭上，一屁股坐在柯和貴下腹上。

柯和貴喉嚨裡毛茸茸的，脹鼓鼓的，喘不過氣來，只有絲絲氣息，頭腦裡一片空白，暈過去了。

汽車出了永安縣地界，小魏說：「這傢夥沒作聲，是不是死了？」

「不會吧。」張家法說著，用手去鼻孔試氣，有微微鼻息。

「把棉紗拉出來，不要坐在他身上。死了人，我可不負責呀。」小魏說。

張家法從柯和貴嘴裡掏出棉紗，坐在車門邊。

柯和貴呼吸正常了，思維恢復了。他胸中充滿怨恨，怨張家法愚蠢，恨柯天任狠毒。他知道自己身處險境，即使張家法不在路上殺死自己，到了張家法的家，那些做腐竹的野蠻、無知的農民也會打死自己。他知道反抗無力，解釋無用，就窺視著脫身的時機。他思索著，到了張家法的家，如何說服張家法的家人，如何向農民們解釋清楚，如何向公安報案，使自己化險為夷。

汽車駛進了河南地界，在一個無人煙的地段停下。小魏下車小便，打水。

「給柯和貴鬆綁，讓他下車小便。」小魏說。

張家法解開了捆住柯和貴手腳的繩索。柯和貴的手腳都腫了，麻木了，下不了車。小魏身材高大，把柯和貴抱下車來。柯和貴在地上蹲了一會，望著黑乎乎的山，想逃跑。但他立即想起自己體力不如人，跑不掉，就打消了逃跑的念頭。

「柯老師，張家法綁你是出於無奈。他的腐竹是從村裡各家各戶收集來的。現在被你侄兒騙了，他賠不起。請你到他家後，向村裡人證明他確實是受了詐騙，同時，讓你叫柯天任早日拿錢來消災。」小魏說。

柯和貴初次探到了張家法綁架自己的動機。他說：「張家法錯了。如果不綁架我，在我的幫助下，貸款會回來得快些。現在綁架了我，正中了柯天任的一箭雙雕的計策：既整了我，又不會還張家法的帳。柯天任是不會拿錢來救我的。我這話，你們現在是聽不進去的，到了一定時候，你們就清楚了。走吧，我不會跑的，我暗裡來，要明裡去。」

張家法真的聽不進柯天任的話，認為柯和貴在耍花招。

汽車跑了十五個小時，到了許昌傅家莊稻場停下，三人來到張家法岳母家。張家法岳母端了熱水給三人洗，又煮了麵條讓三人吃。

「張家法，我當著柯老師的面把話說清楚。我可以斷定，柯老師和師娘都是好人，與柯天任詐騙腐竹無掛牽。你可以把柯老師留在你家住幾天，如果柯天任不帶錢來，你就要放柯老師回家。如果柯老師有個三長兩短，我就到市公安局去告發你，以洗清我幫你綁架柯老師的罪責。」小魏說完，又安慰了柯和貴幾句，與柯和貴握手告別了。小魏畢竟不是普通農民，在外面跑車，見過世面。

張家法的大舅邢宏元是村支書，四十多歲，聽了小魏的話，想了一下，說：「柯老師，這事是不是與你有關，怎麼處理，我們一起到派出所去，就有個結果。」

柯和貴點頭同意了。

邢宏元、柯和貴、張家法三人就到河界鎮派出所去。所長和一個員警受理案件。

「柯和貴，你是如何密謀詐騙張家法腐竹的？交代清楚。」所長嚴厲地說。

「所長，先由張家法把事情經過說一遍，我再交代。」柯和貴不害怕了，從容地說。

「張家法先說。」所長說。

張家法就從鄭州農副產品交易會說起，說到了綁架柯和貴。

「所長，我作為一個教師，說話要負責任。我想先向張家法先生澄清幾個主要事實，行嗎？」

「可以。」所長說。

「張家法先生，在你與柯天任訂合同時，我在不在場？在你綁架我之前我倆認識不認識？」

「張家法，要講實話。」所長說。

「訂合同時，柯老師不在場。我原來並不認識柯老師。」張家法說。

「我愛人開始時不願代收腐竹，是不是在你的請求下才帶你去找柯天任的？」

「是的。」

「你的腐竹被柯天任一夥騙走了，你找我愛人幫忙，我愛人告訴你好幾個地址去找柯天任一夥，又同情你，給了五十元錢。我昨晚回家，並不知道你的事，是你到我家去請我幫忙時，我才聽我愛人說的。我很氣憤，答應幫你去討帳，毫無戒備地上了你的車，就被你綁架了。我說的有假嗎？」

「不假。」

「所長，你是執法人員，就請你處置我吧。」柯和貴說。

「根據以上事實，柯和貴與事件無關，張家法綁架柯和貴是違法的。」所長說。

「柯和貴，你有什麼個人要求？」

「所長，柯天任是蓄意詐騙張家法腐竹，並加害於我。柯天任雖是我親侄兒，卻是與我有怨恨的惡毒的人，應該受到法律的制裁。張家法非法綁架我，本應受到法律制裁，但我不怨恨他，他是受害者，在困迫、情急時，做錯了事。我是無辜的受害者。應該立即釋放我回家。」柯和貴說。

張家法的臉色變成了豬肝色。所長沒作聲，進了內房。邢宏元拉著張家法一起去找所長。過了十幾分鐘，三人出來了。

「柯老師，你受委屈了。今天，你到張家法家歇息，明早，由張家法替你買火車票回去。」所長說。

「所長，我既然到了派出所，就不願離開這裡，我不願到任何私人家裡去。」柯和貴猜到所長在搞地方保護主義，教張家法私自軟禁自己，而所長又無法律責任，就拒絕到張家法家裡去。

「派出所沒地方住呀。」所長說。

「就住一天牢吧，我還從沒進牢房。」柯和貴說。

「我不能違法拘禁你呀。」所長說。

「那就請所長派人送我上火車，我要回家。」柯和貴說。

「不要囉嗦了，跟張家法走吧，我保證你平安無事。」所長不耐煩了。

「我堅決不離開派出所。」柯和貴坐著不肯動。

「你這傢夥，所長還從沒對犯人說過好話。你不識好歹，老子就讓你嘗一嘗當犯人的苦頭。」那個青年員警火了，抓起柯和貴衣領，扇了柯和貴幾個耳光。

所長把那個員警拉開，張家法、邢宏元挾住柯和貴走。柯和貴失去了人身自由了。

柯和貴來到張家法家。張家法有六十多歲的父母，愛人，女兒，一個哥哥已分家。一家六口人擠在一棟連三間矮屋。廚房很小，露天廁所，一個豬圈雞圈，一個院子。院裡一間烤燒腐竹的棚子，一匹驢子，一輛木車。總家產不足兩萬元。聽說張家法一車腐竹被詐騙了，一家人痛哭起來。柯和貴被感動了，對張家法的怨氣一下子消散了，也陪著出了淚水，勸慰起張家法父母來。張家法的父母痛哭了一陣後，就打掃房子，搬到大兒子家去住，退出房子給柯和貴住。張家法的愛人給柯和貴鋪床，煮飯。張家法去借了一台十四英寸的彩電和一些書籍、紙張、鋼筆給柯和貴用，還去買了十五斤大米，怕柯和貴吃不慣小米和燒餅。下午，村裡人聽說張家法腐竹被騙，騙子被捉來了，就擁到張家法家，要毆打江南騙子。張家法的父親把柯和貴藏在烘房裡。張家法一家堵住大門，不讓村裡人進去。村裡人鬧得很凶，有人指責張家法和江南騙子合謀黑大家的錢。張家法極力辯解，說腐竹被騙與柯老師無關，他綁錯了人。張家法發誓破產也要還大家的錢。鬧了兩、三個小時，眾人才散去。

柯和貴被軟禁在張家法家裡，外人只能個別到房裡與柯和貴談話。好奇的村民們就分別來看江南詐騙犯。柯和貴趁機與村民談話，解釋。漸漸地，村民了解了柯和貴，認為柯和貴是個好人，不是詐騙犯，受了冤枉。柯和貴也了解到村民們生活困苦。各家在農業生產之餘做腐竹，交給張家法去買。二萬多元的腐竹款丟了，不但張家法一家破產，五十多戶的腐竹生產周轉金也沒了，要停產了。柯和貴十分同情張家法和村民們，在張家法的監控下，不斷給柯天任打電話，發電報，催柯天任還腐竹款或退回腐竹。但是，柯天任不接電話，也不回電報和信。

儘管張家法一家人和村民們都了解柯和貴，對柯和貴很好，儘管柯和貴同情張家法和村民們，但是，他畢竟人在異鄉，身陷囹圄，又與張家法和村民們商量不通解決問題的方案。他想到家裡人知道他被綁架後痛苦到什麼程度；想到兒女們失去了父親的教導和保護，不知道會遭到什麼不測的危險；想到家鄉人、親戚朋友、同事學生都會指責他是窮急了就詐騙人家錢財……他心亂如嘛，煩躁不安，無心看電視和寫東西。他一個小時，一個小時地數著時間。他挨到第三十三天，事情依然如故，張家法也束手無策。柯和貴就向張家法提出兩個行動方案：一，向項城市公安局報案，拘捕柯天任；二，張家法和他的父親陪柯和貴回永安縣，共同向柯天任討債。張家法不同意柯和貴的方案，認為市公安局知道了案情，就會追究自己的綁架罪；送柯和貴回家，柯和貴雖是好人，但不會不報復自己，不相信世界上真有以德報怨的人。張家法自己想出一個方案，組織一夥青年農民，暗藏利器，乘兩輛大卡車，襲擊柯天任一夥，抓來柯天任。柯和貴勸阻張家法說：「這是製造暴力事件，即使你抓來了柯天任等人，也會被判刑。況且，柯天任一夥武功高強，你反受其害。」張家法被勸阻了，但拿不出其他方法來。

一天上午，柯和貴聽到屋外有熟悉的帶永安口音的說普通話的聲音，連忙出門。原來是李秀雲、陳從天。李秀雲見到柯和貴就痛哭起來。柯和貴強忍住悲痛，勸慰李秀雲，院子裡很快圍滿了村民。李秀雲當眾指責張家法不識好歹，嘆息柯和貴好心得不到好報。張家法啞口無言。李秀雲說了柯天任幸災樂禍、毫無人性的言行。陳從天也幫著向眾人作了一番解釋。陳從天是民辦教師，曾受過柯和貴的教誨和幫助。

「小張，我說出一個法子，你肯定聽不進去。」陳從天對張家法說。

「你說吧。」張家法說。

「柯天任這個人心狠手辣，是不會拿一分錢來救柯老師的，他恨不得你與柯老師鬥得死去活來，他從中漁利，得錢財快活。柯天任誰都不怕，只有柯老師能對付。你和柯老師一起到永安縣，柯老師有法子幫你討回貨款。我們那裡人都是信任柯老師的。如果你擔心柯老師回去會報復你，不幫你，我願替柯老師留在你家，等事情辦好了，再放我回去。」陳從天說。

張家法沉默了一會，說：「讓我與人商量一下。你們好好歇息吧。」

李秀雲、陳從天跟著柯和貴先回到屋裡。

「我帶了三千元錢來，能不能救你回家？」李秀雲小聲說。

「不能。」柯和貴懇切地說，「子龍是惡人，張家法是蠢人，我被挾在中間了，是說不通情理的。我們不能替惡人還債。那張家法得了錢，認為扣押我有用，就不斷敲詐我們，還會認為我與子龍真的是一夥，會恨我，嚴管我。你快把錢給我藏起來，以防張家法搜你的身。明天，你再把錢帶回去。我在這裡很安全，你不用擔心。你回去，把門面關了，好好看孩子，要接送小女兒上學，我最擔心孩子的安全。你不要去找子龍。」

晚上，張家法說：「我們商量了，誰也替不了柯老師，我們再另想法子。」

張家法把李秀雲、陳從天帶走，逼問是否帶錢來了。兩人說沒帶錢。張家法和愛人就搜了兩人的身體，把兩人分開住宿。第二天一早，張家法允許兩人與柯和貴見面，李秀雲就把三千元拿走了。張家法送兩人出門時，叫兩人立即帶錢來救人，不然柯和貴性命難保。李秀雲哭叫了一陣，心裡敬佩柯和貴臨危不懼，料事如神。

到了第四十二天中午，張家法的院子裡響起了摩托車聲，進來一男一女。

「我的老弟在哪裡？」男的在叫。

「在這裡。」柯和貴出門一看，是柯和丁。

「老弟，我和小燕來看你了。」柯和丁快步向前，握住柯和貴的手，說：「聽弟媳說，你被綁架到了張家法家裡。」

那位叫小燕的也上前與柯和貴握手，親熱地叫「柯老師」。柯和貴並不認識小燕，感到其中蹊蹺，就裝著對小燕很熟的樣子，打招呼。小燕大塊頭，身著警服，很威武。後來，柯和貴才知道，小燕是柯和丁在鄭州做生意時結識的情婦。

張家法的院子很快圍滿了人。

「你叫張家法嗎？」小燕指著張家法厲聲地問。

「是的。」張家法有些驚慌。

「我叫曾小燕，原籍江南省永安縣人，是柯老師的學生。隨父親到鄭州公安局工作。我父親叫曾松青，河南省公安廳刑事處處長。」小燕雙手背扣，嗓門大，說，「我前天才知道柯老師被非法綁架。柯老師沒拿你一件腐竹，還幫你討債。你無情無理無法無天，我本應嚴厲懲罰，但念你是個老實農民，同情你被騙，家庭貧困，就不計較你了。你必須立即釋放柯老師回家。」

「如果我不放柯老師回家，你拿我怎麼樣？」張家法懷疑曾小燕身份，同時感到絕望，就擺出破釜沉舟的架式，反抗說。

「我現在就抓你走！」曾小燕吼道。她拿出證件，在張家法面前晃了晃，又拔出手槍。

柯和丁也拔出手槍。

「不要吵鬧了！」柯和貴連忙上前，隔在張家法面前。他對柯和丁、曾小燕說：「如果你倆要傷害張家法，我的事就不用你管了，你倆讓張家法好好想一想。」他又對張家法使了個眼色，說，「還不快點招待客人？」

「快弄飯，站著幹什嗎？」張家法被嚇住了，呵斥站在身旁的愛人。

「我倆不在這裡吃飯，到項城市公安局吃飯，回頭再來。」曾小燕說。

「你倆不必去驚動項城市公安局，回鄭州吧。我會與張家法商量解決問題的。」柯和貴說。

「柯老師，你太善良了。人善被人欺。」曾小燕說，「張家法，今天我就聽柯老師勸一回，再過五天，我再來。」

曾小燕和柯和丁一起騎著標明「公安」兩個字的摩托車走了。

「小張，你要儘快想法子了結事情，夜長夢多。或者你把我轉移一下，我不願看到你發生不幸的事了。」柯和貴說。

「柯老師真是個好人。」眾人議論。

張家法低頭，默不作聲。

柯和貴回到房裡，躺在床上，心想：「柯和丁、曾小燕這幕戲演得真好，事情快要結束了。」

傍晚，司機小魏來看望柯和貴，說了許多好話。小魏對張家法說：「一個多月了，你還沒放柯老師回去，要是省、市、公安局真的來管這案子，你就沒好下場了。儘快想好法子，讓柯老師早點回家。」

第二天早飯後，張家法一家人和小魏都圍著柯和貴說話。

「柯老師，我們商量好了，這事就按你說的法子辦。我、我愛人、小孩和父親，今晚陪你上火車回你那邊去。」張家法說。

「張家法，柯天任是個惡人，希望你我殊死鬥爭，他在一旁安全得利。你我都是受害人，應該相互信任，共同對付柯天任。」柯和貴說。

「柯老師，我們全村人都相信你。我一家人到那邊有沒有危險？」張家法父親問。

「大伯，在永安縣只有我吃了張家法的虧，我不害張家法，還有誰害張家法呢？為了你們的安全著想，你們和我都說我是自願來你家學做腐竹生意，準備開腐竹廠。向柯天任討債，我不能百分之百地保證討回現金，卻能保證討回一批抵債的貨。張家法把握准貨的價格，不要讓柯天任抬價。」柯和貴說。

「張家法，你再不相信柯老師，就不是人了。」小魏說。

「好吧，就這樣定下來，吃了晚飯出發。」張家法說。

傍晚，張家法夫婦、女兒和父親跟著柯和貴走。張家法的母親、哥嫂、侄兒、岳父母、大小舅子和全村人，懷著沉痛的心情送行，哭聲一片，像送葬一樣。

「柯老師，你是我家和全村人的救星呀，全托拜你了。」張家法的母親拉著柯和貴的手，老淚縱橫。

「大娘，放心吧，我不會讓張家法吃苦頭的。」柯和貴流出了眼淚。柯和貴被這場面感動了，和送行的人一一握手。他慢慢向後退走著步子，不斷與眾人招手告別。

小魏一直跟在柯和貴身旁，護衛著，生怕發生意外，一直送柯和貴上了火車，才與柯和貴握手告別。

欲知柯和貴一行回家後如何，且看下回分解。

第七十八回　江城裡兄弟狂肉慾　商場上叔侄爭利義

卻說柯和貴一行人到了鳳凰中學經營部，李秀雲熱情地招待了張家法一家人。張家法愛人送給李秀雲十斤小米和二十斤花生。

安穩了張家法一家人，柯和貴就去找柯天任算帳了。

回頭話說柯天任。那日，柯天任騙了張家法腐竹後，派毛仲義、田小慶跟蹤張家法。得到張家法綁架了柯和貴的消息，十分得意，立即召回公司人員開展業務。

柯和貴被綁架的第三天上午，李秀雲拿著柯和貴發來的電報來找柯天任。

柯天任正在總經理辦公室裡跟翠翠、露露、鄢豔說笑，接過李秀雲的電報，瞟了一眼，丟在桌上，故作驚訝地問：「這是怎麼回事？」

李秀雲就把事情的經過說了一遍。她哭著說：「我接到你叔父的電話，又收到這份電報，知道他被張家法綁架了。他身子虛弱，受得了這大折磨嗎？子龍，你叔父可是替你頂罪，你可要救他呀！」

「張家法為什麼不綁架我們的人，不綁架我父親，偏去綁架柯和貴呢？是不是你拿了張家法的腐竹也沒給錢呢？如果你拿了，就把腐竹交給我，我去解決問題。」柯天任冷冷地說。

「我帶車到你公司來，車蓬蓋得嚴嚴的，我怎能拿腐竹呢？」李秀雲聽到冤枉她的話，就申辯著。她想了一下，又說：「可能是因為我給張家法帶車，你在合同和電報上寫「鳳凰中學經營部代收」的字，張家法才懷疑你叔父和你是一夥人。反正，你心裡清楚。現在事情到了這一步，你總得憑良心去救你叔父。」

「要我平白無辜的花大錢去救柯和貴嗎？沒門！柯和貴那鬼板眼我還不知道嗎？他能上當受騙

嗎？他為什麼要上張家法的車？為什麼要幫張家法向我討債？他是在和張家法一起設圈套來敲我的錢！」柯天任惱羞成怒，吼道。

「你說這種話，是幫張家法把你叔父逼死嗎？」李秀雲激動起來。

「柯和貴死了就有好戲了，老子就要張家法償命！」柯天任惡狠狠地說。

「天呀，原來你子龍是這樣沒良心的惡毒人，為了錢，坑害起自家人來！」李秀雲對著窗外的青天，叫起來。

「放你娘的狗屁！你這個潑婦，給老子滾出去！老子要把你捶成肉餅！」柯天任用手指著李秀雲的額頭，嘶叫。

李秀雲遭到這突如其來的侮辱和打擊，本能地後退。她本是個老實忠厚的婦女，雖然平常為點小事和柯和貴吵鬧，但在與外人打交道時，很顧面子，從不爭吵。她從沒與地痞流氓打過交道，更不認識地痞流氓的本性。她認為柯天任壞，但不致於壞到打罵親嬸娘的程度。她認為把電報給柯天任看了，柯天任雖不肯出錢救人，但總會想法子，跑路救人。她沒有與柯天任鬧翻的心理準備。沒想到眼前的親侄子子龍，竟是戲臺上最壞最惡的黑臉強盜的樣子：怒紅眼珠，鐵青臉色，牙齒格格，唾沫四濺，卷了袖子，伸出缽大的拳頭，向自己打來。在這瞬間中，李秀雲恐懼了，像被驚嚇住的小孩子，向門後退，準備逃跑。對面，翠翠、露露架住了柯天任，只有鄢豔坐著沒動，而面帶微笑地觀看著。

這時，李建樹、劉會猛、周華床趕過來了，兩人攔住了如怒獅般的柯天任，一人勸送李秀雲。李秀雲在下樓梯時背後還傳來柯天任的叫罵聲：「柯和貴那傢夥，是我父母養大的，讓他讀書的。他工作了，照顧了我父親嗎？老子早就想整死他。李秀雲那婊子還想老子去救她老公，想得美！讓他去死吧！」

眾人又勸了一番，柯天任才坐下，喘著粗氣，抽起煙來。

「大哥，現在不提柯老師以前的事了。我想，柯老師畢竟是你的親叔父，又是被我們的事所連累，不救他，名聲不大好。」李建樹說。

「誰救，誰出錢，誰就滾出這個門！名聲？名聲能值幾個錢？」柯天任怒吼。

「就依你不救柯老師，但我們應該拿些錢給你弟妹讀書，不能讓小孩子失學，這也在良心上過得去。」劉會猛說。劉會猛是個鐵石心腸的人，也感到過意不去。

「放你娘你狗屁！良心能當飯吃嗎？幹大事業的人就是要狠毒。柯和貴一家人是老子前途上的障礙，老子正要他們家破人亡哩。」柯天任吼著，一掌拍在桌上，桌面板破裂了。

「好啦，好啦，不提柯和貴的事了。」李建樹圓場著，說，「來談我們的生意吧。」

「腐竹買得怎麼樣了？」柯天任問。

「賣得一萬七千元的現金，還剩三十二箱。」周華床說。

「剩下的不賣了，分給職員。周華床留下八千元提貨費，給李建樹一萬元，我們三人要去江州市辦大事。」柯天任說。

柯天任、李建樹、劉會猛三人包了一輛小轎車去江州，住在銀廈賓館。晚上，他們到老會賓去玩，包了三個座，叫了三個小姐。柯天任不是嫌胖了，就是嫌瘦了，謝絕了。三人點了幾個歌唱了，跳了一回舞，付了一千二百元，出門了。他們又來到娛樂美物城，上到二樓，選了三個包廂，叫服務員請三個陪坐小姐。

服務員說：「先生，價有高有低的。」

柯天任不耐煩地說：「囉嗦什麼，叫高價的。」

服務員叫了六個小姐，李建樹、劉會猛每人選了一個。

「一個也不中我的意。有腰細臀豐兩乳高的嗎？」柯天任說。

「我去叫鳳姐來。」服務員笑吟吟地走了。

一會兒，鳳姐來了，走到柯天任面前，露出兩奶，謔笑說：「我的兒呀，夠你吃幾天了吧。」

柯天任饞著臉，抓住兩隻大奶，用臉蛋去偎，用嘴去吸。他又摟腰，又是捏屁股。他嬉笑著說：「把屁股翹給我瞧瞧。」

鳳姐連忙擰起裙子，捏了捏屁股，說：「夠大的吧。」

柯天任要鳳姐彎腰，把屁股向著光亮。他拉下那三角帶，瞧著那渾深的肉溝裡突出的一朵肉花，用嘴去舔得嘖嘖有聲。

慢音樂響起了，人們成雙結隊地去跳舞。跳了十幾分鐘，明燈熄了，暗燈放著綠光，天藍色的帳圍落下，罩住舞廳。帳外的人只能看到內面剪影在晃動。內面卻熱鬧了，有的把女人放在兩跨間抖動，有的把女人按在牆邊抖動，有的讓女人四肢撐在地上抖動，有的把女人貼面打轉……過了二十分鐘，明燈亮起。

「媽的，這麼快就收場了，不過癮。」柯天任叫罵。

「不要胡鬧，回到包廂繼續玩呀。」鳳姐嬌嬌地說。

回到包廂，柯天任和鳳姐繼續動作。左右包廂裡，李建樹、劉會猛在喘氣。

柯天任正在興致勃勃的時候，一個小巧玲瓏的小姐走到柯天任面前，笑眯眯地看。

「你也來湊熱鬧吧。」柯天任一邊大動，一邊把右手插進玲瓏的褲衩內，笑著說。

玲瓏脫光了衣服，坐在柯天任的一條腿上。

「好小，不知道能不能裝下我的雞巴？」柯天任用手指扣掛著玲瓏胯間，說。

玲瓏不服氣，就叉開大腿，坐在鳳姐的下腹部。那人體下面就像兩塊白丸疊在一起，一上一下有兩個洞穴。柯天任就把自己的硬棒一上一下地用，累得個精疲力竭，被兩個女人揉成一堆軟綿綿的牛肉一般。

「你們玩夠了沒有?走呀。」柯天任對左右包廂喊。

三個小姐，每人得了五百元，玲瓏只得了兩百元。

「大老闆，你好不公平呀，應該一樣呀。」玲瓏噘著小嘴對柯天任說。

「和你只玩了一會，按勞取酬嘛。」柯天任笑著說。

「你弄一次，要抵別人幾次呀。你是個大財主，豪爽男子漢，不會為幾個小費與我這種可憐女人計較吧。」玲瓏說話也玲瓏，裝出一副可憐可愛的模樣。

「好好，加你兩百。你總應比大奶苞少一點吧。」柯天任憐花惜玉，經不住獻媚奉承，笑著說，叫李建樹給了玲瓏兩百元。

李建樹到收銀台又付了二千四百元。

柯天任三人回到銀廈賓館，感到肚餓，找了個雅座。李建樹拎起菜譜單要點菜，柯天任說：「點菜就小氣出醜，叫服務員上五、六道好菜就是了。」

菜酒上桌了，柯天任舉筷用餐。冷不防，兩片柔嫩嫩的肉貼在柯天任左腮上。柯天任扭頭一看，是洋仙窟的安娜。他忙摟住安娜的腰說：「寶貝，我想死你了，快坐下。」

「不行的，那邊有人包了我。」安娜咬著生硬的中國話說。

「有我在，誰也包不了你。」柯天任妒大生起，摟住安娜不放。

「餵，安娜，快進來!」那邊有人喊。

安娜被柯天任摟緊，掙不脫身子。

一會兒，進來兩個人，一個三十出頭，矮敦敦的；一個二十五、六，高個子。那矮子向柯天任說：「你怎麼中途搶人？」

「放你娘的狗屁！安娜是我的情婦，誰也不能包！」柯天任怒吼。

「窮鬼，你為什麼不養著呢？鄉巴佬，你的骨頭縫發癢了嗎？想鬆一鬆嗎？」矮子眼露凶光，牙縫裡擠出話來。

「你敢上前一步，老子就教訓你！」柯天任左手摟著安娜，右手握了拳頭。他的骨頭正在發癢，想鬆一鬆。

柯天任一語未了，那高個子從側面箭步上前，雙手卡住柯天任的脖子。柯天任沒防著，放下安娜，雙手來掰脖子上的手，一時施展不開手腳。那矮子拳腳並到。李建樹連忙去接矮子，劉會猛一拳打在高個子的左太陽穴上。柯天任脖上的雙手鬆開了。這時門外又衝進五、六個青年，一場混戰開始了。柯天任從柯慶如練過板凳功，搶起一把高背椅，運用自如，指東打西，無人抵擋，打得那群地痞流氓抱頭鼠竄。

「大哥，我們離開這裡吧，他們會來很多人的。」一場結束後，劉會猛說。

「在江州，除了羅駱駝，我還怕誰？快吃，吃飽了再戰。」柯天任說。他放眼找安娜，不見了。

「上飯菜。」劉會猛叫。

「先生，我們的東西被打壞了，要賠呀。」躲在房裡的一個男服務員出來了，指著橫七豎八的滿地破碎碗碟說。

「賠你娘的屁！」柯天任右掌叉開五指，蓋打在服務員臉上。

「前面的飯菜錢先付款，再上飯菜。」服務員鼻孔出血，堅持著討錢。

「那當然。上飯菜吧，一起付帳。」李建樹拉開柯天任說。

又上了飯菜。柯天任三人吃了一半，樓梯上傳來了雜亂的腳步聲，很快，過來了二十多個男青年，手裡操著小錘、刀子。

「是那幾隻野狗咬了我兄弟？」走在前頭的一個大塊頭叫罵。

「是老子！」柯天任放下碗筷，搶著椅子，介面道。

那大塊頭操著尖刀刺來。柯天任側身讓開。一群人湧上來。

「慢著！」正要混戰，從樓梯口走來一個人，高聲叫喊。

眾人一看，是秦擁軍。

「柯天任，你們來了怎麼不事先打個招呼？害得我五、六個兄弟白挨打。」秦擁軍走到中間說。他對眾人說：「這位是我常對你們說的永安縣英雄柯天任，是羅兄的拜把兄弟，你們認識一下。」

「你就是柯天任呀？對不起，誤會了。」大塊頭說。

「這幾天你們不要去怡紅院了，讓柯天任他們玩玩。大家走吧。」秦擁軍說。

「秦大哥，我們這裡的損失……」那男服務員躬腰對秦擁軍說。

「損失和他們三人的吃喝都記在我帳上。」秦擁軍說。

秦擁軍陪柯天任三人喝了兩杯酒，問了一些生意情況，就走了。

柯天任三人吃喝一頓後，向怡紅院走去。柯天任進了安娜的房，李建樹、劉會猛各進了一間房。

安娜半躺在床上，在生氣。她見柯天任來了，說：「柯天任，你不要把他們引到這裡來打架，我害怕。」

「不會的。他們都是羅駱駝手下的人，秦擁軍領著他們向我賠禮道歉了。我們放心玩吧。」柯天任說。

「這一次，我的生意被你攪了，損失不少。」安娜說。

「寶貝，我都賠你。」柯天任吻了一下安娜。

這安娜的身材正合柯天任的審美標準：鵝蛋臉，鼻尖泛光，兩乳肥突，腰細臀鼓，兩臀如白藕，兩腿似冰桶，藍眼睛，棕色頭髮，大腿和屁股上的棕色毫毛煞是迷人。

柯天任的手指一根一根地撚著那棕色毫毛，舌頭舔著那白肉，擰拔揉搓，玩個不厭，與安娜消魂了一個通宵。

柯天任三人在江州城玩了五、六天，一萬元用完了，又向秦擁軍借了兩萬元，玩了近一個月，才回公司。

柯天任三人回到公司時，已接了兩百六十萬元的貨物，變賣出二十三萬元的現金。柯天任非常高興。

柯天任正在得意忘形的時候，沒想到他的剋星柯和貴沒有死，從天而降，來到他的面前。

一天上午，柯和貴來到柯天任的辦公室。柯天任、李建樹、劉會猛正在數錢清帳，見到柯和貴突然來了，大吃一驚。柯天任連忙起身，裝笑臉，遞香煙，用身子擋住桌上的錢。李建樹、劉會猛連忙把錢和帳本放進抽屜裡，來和柯和貴打招呼。

「你們先辦事吧，辦完事再談話。我今天有時間。」柯和貴說著，坐在長沙發上。

「柯老師來了，先談你的事吧。」李建樹笑著說。

「我給你打電話，你為什麼不接？」柯和貴質問柯天任。

「我不能接呀。我猜你身不由己，肯定受到了張家法監控。如果我接了，說什麼都不好。說不管你嘛，你會傷心，誤會。說拿錢來救你嘛，張家法會認為你是我的同夥，拿你出氣折磨你。我乾脆不理你和張家法，讓張家法失去希望，讓你看勢行事。」柯天任說。柯天任有一種特殊本領，能隨機應變，見人說人話，見鬼說鬼話，編出一套謊言來。

「你嬸娘拿電報來找你，你為什麼要打罵她？」柯和貴繼續質問。

「老天在上，我發誓，沒打罵嬸娘，還有李建樹、劉會猛作證，那天，嬸娘心情太急，逼著我立即拿錢去救你。我說讓我想想。嬸娘就罵我狼心狗肺，沒良心。我火了，感到與嬸娘說不清大道理，就叫她回去，說我叔父的事，我會處理的。嬸娘就氣憤地走了。」柯天任指天劃地，說。

李建樹、劉會猛從中作證，說柯天任說的是實話。

「叔父，你是因為我公司的事遭難的，我背地裡不知流了多少眼淚，心中日夜不安。我在簽合同時寫上「鳳凰中學經營部轉送」，當時認為腐竹在鄉鎮好買些，讓你轉買，也賺點錢。沒想到反而連累你，我正後悔不該寫那幾個臭字。我對不起你。你今日來了，就萬事大吉了。我給你一千元，作為補償。」柯天任裝著悲痛的樣子，狠擠眼皮，想擠出淚水來。

「好，過去的事就過去了，不提了。」柯和貴說。柯和貴看到柯天任那副有點感情的樣子，一肚子氣忿全沒了。

像柯和貴那樣正義凜然、智慧超群的人，是真偽能辨，不易受蒙蔽的。但是，柯和貴畢竟是有血有肉、有情有義的中國人，在是非善惡面前，仍然受著兩種情況的干擾：其一，斬不斷的血緣情感。柯天任畢竟是養育過柯和貴的哥哥柯和仁的獨生子，儘管壞，柯和貴認為不會壞到處心積慮地置自己於死地的地步。其二，以己之善心來度測惡人的惡心。他認為人皆有惻隱之心，柯天任也應該有，不然，怎麼會在他困難時借給一千元呢？所以，柯和貴覺得柯天任的謊言有道理，裝出的樣子有真情，就看不到柯天任的惡的本性了，諒解了柯天任。

「現在，張家法一家都陪著我來討帳了，你打算怎麼辦？」柯和貴軟下口氣問。

「那好，把張家法送到派出所去，以雪我恨。」柯天任說。

「你有什麼恨？」柯和貴又質問了。

「他綁架我的叔父，就是我的仇人。叔父，現在你不用出頭露面，讓我來處理這件事。」柯天任裝著很富感情的樣子說。其實，他嘴上光亮，心裡陰暗：「老子只要把張家法送進牢裡，債就沒了，淨得二萬元錢。張家法那蠢貨就誤認為柯和貴在設計陷害他，出牢後就要殺死柯和貴。真是一箭三雕！」

「不行！我決不允許你那樣幹！」柯和貴很堅決地反對說，「張家法綁架我是出於無奈和誤會，二萬多元錢的損失把他逼上了絕路，才出此下策。我擔心你會胡來，才讓張家法住在我家，我一個人找你談。如果你要加害張家法，就是加害我，我就與張家法一起對付你。」柯和貴雖然沒看出柯天任的陰謀，但正氣良心使他這樣說。

「哎喲，叔父呀，你心太軟了，怎麼能做生意賺錢呢？經商不是講學，商場就是戰場。有道是：義不載財，慈不用兵。利義兼顧是苦行者墨子，是蠢人宋襄公。」柯天任說。柯天任對歷史人物是很熟悉的，也有研究。

「商場是戰場，這句話很多人說，你現在也揀來說。其實這個比喻是不正確的。這兩者有相似之處，但本質上不同。商場是要按市場經濟規律辦事的，生意人雖然以賺錢為目的，不講情義，但是，講商業道德，要求公平競爭，講誠信，守合同，守條約，守法律，就是俗話所說的：『君子愛財，取之有道。』利義兼顧。在這些原則上，你再去運用智慧，再去辛苦賺錢。戰場則不同。為了勝利，不擇手段，充滿陰謀、陷阱、殺戮、血腥、慘無人道……就是俗話所說的『兵不厭詐』。現在有些人把商場比著戰場，運用兵法來做生意，像中國的皇帝、強盜打天下，占山頭來做生意。他們不要市場規律，不講商業道德，為了錢，什麼壞事都幹。有權的就利用手中的權力去拿，去占，去貪，去依仗權勢霸佔市場；無權的就智慧和力氣去騙，去偷，去盜，去搶。這些人稱得上是商人嗎？這種局面稱得上是商場嗎？你把張家法的腐竹騙來了，搶走了，是做生意嗎？現在，還一知半解的說起商場是戰場這句屁話來為自己狡辯，行嗎？子龍呀，做生意就是要有點宋襄公的仁，有點墨子精神。詐騙，搶劫都不是做生意，是兔子尾巴長不了的。」柯和貴教訓說。

「講理，我說不過你，我只講現實。要我虧七千多元與張家法結帳，不可能！」柯天任橫起來了。

「不想還債了？」

「債是要還的，但現在還不起。」柯天任說，「你暫時勸張家法回去，或者我把他接到我這裡來，我與他當面談。你就不要插手了。」

「不行！我是向張家法全家人作了保證才平安回來的。我不能一回家就失信於那些可憐的貧困村民。我要把你們雙方的債務處理好。」

「左也不行，右也不行，要我折財，你才行了。」柯天任的陰謀一個又一個地被挫敗，惱怒起來，氣呼呼地說，「我還沒見到像你這樣傻到以敵為友的人！你為什麼死心塌地地為張家法辦事呢？是不是和張家法串通好了來敲詐我呢？」

柯天任這話是憑心而說的，因為柯天任度測不著柯和貴的善心，正如柯和貴度測不著柯天任的惡心那樣。

「胡說！我一生學不會那套搗鬼術！」柯和貴受了柯天任的污蔑，氣得臉色發紫，「你是財迷心竅了，要橫蠻了，是嗎？我今天就要攀下你的牛角！」柯和貴站起身，揚手要去打柯天任。李建樹、劉會猛趕忙勸住。

「你來打。我讓你打三下，第四下堅決還手。這是你和柯和義教的。」柯天任向後退，口中這麼說，心中有點怕。

說也怪，柯和貴這個極其善軟的人，在柯天任這個極其兇惡的人的潛意識中卻成了「可怕可恨叔父」的形象。這種現象，真值得心理學家去研究。

柯和貴猛吸了兩口煙，大聲說：「我告訴你，在是非善惡面前，我是認理不認親的。我還告訴你，張家法是個轉業軍人，初中畢業，有勇有謀。他買了手槍，準備雇傭一百個青年來襲擊你，是我不願看到慘景，擔了討帳的責任，才勸住他。好吧，我說理，你不通，就讓張家法來對付你。我是站在張家法一邊的。」

「……」柯天任啞了，更怕了。柯天任雖然敢拼敢殺，把別人的生命當豬狗，卻把自己的生命看得金貴，不敢玩命。他在與人拼殺時，要看對方的力量，他鬥得過敢殺，鬥不過則讓。現在，他發了點小財，過上了奢侈享受的生活，更是怕死。他想到，張家法年輕勇猛，又會火器，逼急了，就會玩命。他在明處，張家法在暗處，又加上柯和貴幫著張家法，說不定哪天他會人財兩空，不由得不害怕。柯天任心裡害怕，口上不示弱：「張家法那傢夥算個雞巴，我不怕他。」

「我走了，看你這次玩得過誰！」柯和貴起身，憤憤地走了。

「柯和貴那傢夥不死，我就沒得安寧。」柯天任咬牙切齒。他頓了一下，說：「李建樹，送兩千元給公安局打經隊隊長柯赤兵，把張家法抓起來。張家法就誤認為柯和貴在搗鬼，會報復柯和貴。我們就坐山觀虎鬥。」

「這法子行不通。」李建樹說，「你想想，柯和貴在張家法家被軟禁四十多天，沒傷一根毫毛，張家法一家人還跟他一起來了，說明柯和貴獲得了那邊人的很大信任。我實在敬佩柯老師制服人的本領。如果我們把張家法抓起來，柯老師是不怕官的，既懂法，活動能量又大，幾下子會把張家法救出來。到那時，我們反而會被公安局抓去，甚至會被解押到項城去，後果不堪設想。我看，這次就依了柯老師，求個平安。在還債中，我們力爭少賠些。」

柯天任一想到公安局要抓自己，心中恐懼了。他沉了沉，說：「我是不去與柯和貴談判的，你和劉會猛去處理這件事吧。記住，盡可能少給些現金，用貨去抵債。」

李建樹、劉會猛就趕到鳳凰中學經營部，在柯和貴調解下，雙方談妥了：給張家法五千元現金，其餘貨款用瀏陽鞭炮抵債。因為快春節了，張家法把鞭炮拖回去，會賣出一些現金來。

在這次經濟糾紛中，張家法虧了八百多元，柯天任賺了六千多元，損失最大的是柯和貴：身心受摧殘，聲譽受損害，誤了四十七天生意，李秀雲救柯和貴跑路送禮用了一千三百多元。但是，怨恨最大的是柯天任，賺得少，下決心要報復柯和貴。心情最舒暢的是柯和貴，因為經了一事，作了一件好事。柯和貴又若無其事地忙起生意來。

柯和貴對做生意有詞曰：

金錢花——詠生意二首

其一

「商場就是戰場」，戰場：謀財害命人亡，人亡。

求暴利，勾官商；力強搶，智行佯；殃社會，自身傷。

其二

「商場就是道場」，道場：競爭獲利共贏，共贏。

言信譽，有盈餘；算平衡，計遠長；祥社會，自身康。

注：金錢花，詞牌名，中呂宮，平韻。格式：二句重複一句末尾兩個字，四句重複三句末尾兩個字。

一日，柯和貴購回一批年貨，正在和李秀雲一起清理，台外有人喊他。他抬頭一看，是南柯村的柯和義、柯慶如、柯和數、柯法善等人，人人臉上陰沉沉的。柯和貴猜到有重大事情。

欲知柯和義等人有何事，且聽下回分解。

第七十九回　李信群仗權勢行暴　柯和貴依法紀護民

卻說柯和貴見到柯和義等人臉色陰沉，似有大事，連忙放下手中活兒，向李秀雲交代幾句，領著柯和義等人到房裡。李秀雲給了每人一包京果和一杯開水，做事去了。

「你們找我有什麼事，就照直說吧。」柯和貴說。

「家鄉人遭難了，柯和定、柯珍穩、柯善春三人被抓去坐牢了。」柯和義說。

「黑了天了！農民沒活路走了。好凶煞呀，又是放搶，又是砸船，又是捉人。誰要說個『不』字，李信群、瞿思危就指揮員警、民兵打誰。柯業章和他的兒子柯赤兵不認家鄉了，幫著捉人。柯天任帶了武館十幾個人做幫兇。真氣人！」柯和樹氣得渾身顫抖。

「沒想到先祖死了那麼多人爭來的湖權，經幾個朝代，過了六百多年，到我們這一代人手裡失去了。南柯人沒法活了！」柯慶如老人哭訴著。

眾人說了一個多小時，柯和貴聽出了事情緣由和梗概。

原來，李信群一派在與劉耀武、陳繼烈一派爭權奪利中失敗了。劉耀武當了縣委書記，陳繼烈當了縣委第一副書記兼縣長，柯業章當了副縣長，鄧河流當了組織部長，尹苦海當了縣人大副主任，瞿思危升為縣公安局刑偵大隊隊長，柯業章的兒子柯赤兵當了縣公安局打經隊隊長。劉耀武、陳繼烈抓住原縣委副書記李信群與縣戲劇團女明星通姦一事，記了李信群一個黨內警告處分，降了級，調到紅石鎮當鎮委書記。

李信群來到紅石鎮後，滿腹牢騷，什麼雞巴毛的黨委會也懶得開，只憑自己的情緒好壞變化來發指示辦事。一中午，李信群看到鎮食堂只有兩葷兩素一湯，一時革命的同志感情來了，要關心群眾生活，要提高幹部待遇。他指令主管企業的副書記張興旺和鎮經委主任馬長輝到南湖捕點魚，改善食堂。

馬長輝問：「李書記，捕多少？」

「有多少捕多少。你問這個幹啥？」李信群說。

「如果是少量捕來吃，我就叫漁場職工下水一隻船捕，如果是大量撈捕，我就通知南柯村六十五隻船一齊下水。百分之六十歸南柯村人。」馬長輝說。

「你胡說什嗎？土地、礦產、山林、湖泊是國家所有權，是黨的，哪能歸一姓一族所有？給我把湖權收回到鎮黨委來！」李信群火了，命令說。

「那恐怕不行吧。南柯人歷來參加了南湖漁業生產，鎮政府還與南柯人訂了合同，張書記和我都在合同上簽了字。單方違約……」

「你們與南柯人簽什麼雞巴毛的合同？把一級黨政機關降到一姓一族的地位上去了，簡直是胡鬧！你是黨員嗎？是幹部嗎？那合同是無效的，廢紙！」

「是不是今年按合同辦，明年再來。我怕……」

「你怕什嗎？怕大姓大族把你吃了，就不怕損害黨和國家的利益，是嗎？」李信群再次打斷馬長輝的解釋，訓斥道，「那大的南湖，四周住著一百多個村莊，都不敢下湖，就那南柯人敢獨霸湖權。這是反動的宗族霸權主義，不能縱容，要打擊！」

「我擁護李書記的英明決斷。」張興旺附和著，「我張家村住在南湖邊，連小孩子也不敢下湖捉條泥鰍。南柯人確實是搞反動的宗族霸權主義，應該打擊，把湖權收回到鎮黨委來，既可以多安排些鎮幹部家屬，又能增加鎮政府收入。南柯人像其他村村民一樣，做農民。」

「張書記，這事你親自去督辦。馬長輝不懂經濟，不適合搞經委主任工作，調換一下。」李信群說。

馬長輝當即被撤職了，下到鎮水泥廠當副廠長，鎮經委主任由張興旺兼著。

張興旺全權主管南湖捕撈工作，指揮鎮徵收執法隊到南湖維護捕魚秩序。

南柯人看到鎮裡捕魚，開始只二、三隻漁船，以為是鎮裡開大會或招待上級來人，習以為常，沒說什麼。第三天，十幾隻漁船下水了，四、五張大拉網落水了，知道是大捕撈，卻沒通知南柯村人。南柯村人既慌張，又憤怒。

這天中午，南柯村柯慶如、柯珍穩幾個老人，在祖宗堂放了鞭炮，燒了香燭，面對落業祖神龕，跪下，痛哭起來：「祖人呀，南湖到了我們這一代人手裡失業了，對不住祖人呀！南柯子弟沒法活了，祖人保佑呀！」

不一會兒，一些中老年人陸陸續續地來到祖宗堂，跪在柯慶如等人後面痛哭。約莫一個小時，全村男女老少來到大堂前跪下，六重都跪滿了人，一片哀泣聲。

這種集會，是中國農民被一種無聲的命運所召喚，自覺地聚集一堂，是一種神聖的、神奇的、莊嚴的會合。它雖是無組織的，卻蘊藏著一種巨大的力量，一旦爆發出來，就可以天翻地覆，足可以摧毀一個強大的政權。

在共產黨掌權之前，這種集會，是不論官位身份，只要是族中人，都要自覺參加。若事後發現族中有人不參加，就要受到族規的懲罰。

可是，今日南柯人的集會，卻沒有南柯人的主職幹部參加。村主職幹部躲起來了，因為他們意識到自己被夾在兩股強大的敵對勢力夾縫中：一股是執政黨的力量，一股是族人的力量。他們如果參加了民眾的集會，就是目無黨紀國法，是反動分子，會被撤職坐牢；他們如果不參加集會，將受到傳統族規的懲罰，一家人在南柯村住不下去了。同時，他們也有宗族思想、鄉情，不願看到父老兄弟走投無路，留離失所。所以，他們採取了中立態度，既不參加，也不向上級黨組織秘報，看著事態的發展。

南柯人就那樣跪著，哭著，誰也不說話，誰也不起身，乞求神明來拯救他們。

「父老兄弟們，我們總不能只跪著等死吧！沒有人敢站出來，我就出頭。我不要那個組長的官了，不要那共產黨員的名銜了。大家站起來，去與那不要我們活的人作鬥爭！」九組組長、共產黨員柯和定站在第二重高臺上，叫喊。

柯和定，三十五、六歲，身軀魁偉，長方臉，粗眉大眼，留個平頭，一身藍卡機衣服，初中畢業，有智有勇，明大理，有俠氣，辦事公正廉潔，只是脾氣暴躁些。他在南柯村威信很高，多次被村民選為組長，村支書柯善合也有些懼怕他，就拉他入了黨。

眾人聽到柯和定的召喚，一起站起身，來到柯和定面前。柯和定自然成為中心。

「上天有眼，祖宗有靈，柯必夏有後，南柯有英雄。叔侄們，我們就拜柯和定為領頭人吧！」柯慶如說。

眾人歡呼起來。

「孤掌難鳴！還有誰不怕坐牢殺頭的，就站到我身邊來！」柯和定說。

「我來！」

「我來！」

……

一下子，站出來二十多條男子漢、五個婦女。

「叔侄兄弟們，南柯人到了生死時刻了，大家要服從柯和定指揮。要人有人，要物有物，團結一條心，與貪官汙吏作鬥爭！」柯珍穩呼喚。

「殺死李信群！絞死張興旺！誓死保湖權！」柯善春一時激動，呼起口號來。

眾人高呼，滿堂同仇敵愾。

柯和定組織了二十八人領導班子，每個房頭兩人，分為四班。第一個領導班子由柯和定、柯珍穩、柯慶如、柯和義、柯善春、柯和數、柯成功七人組成。第一個領導班子遭到不測，第二個領導班子接上來繼續作鬥爭，直鬥到全族人死光。領導班子訂出幾條規則，其中有一條說：「凡因爭湖權而傷亡、坐牢，其家屬歸南柯族中公養，按族中中等生活水準供給；其子女歸南柯族中供讀，直讀到大學。」領導班子裡又作了分工：柯和定主持全局，柯珍穩、柯善春出頭露面，柯成功做文書，柯和義管帳目，柯慶如管財錢，柯和數管聯絡。領導班作了鬥爭部署：第一步，談判解決。柯和定、柯善春去漁場找張興旺，支書柯善合去鎮委找李信群，條件是雙方遵守合同。第二步，談判不成，強行放船下湖捕撈。捕起來的魚由漁場職工和村幹部過稱記帳，六成給漁場，四成歸族人。第三步，鎮政府來鎮壓捕人，就請族中在外工作人員前來出謀劃策，營救被捕人員。第四步，營救無效，另組織暗殺團，殺死李信群、張興旺，一命填一命；老人、小孩、婦女到鎮政府院內絕食靜坐，死在政府裡。柯和定把規則和部署講給族人聽，族人齊聲呼喊：

「湖權不回，死不甘休！」

第一步談判失敗了。李信群打了支書柯善合幾巴掌，喝道：「南柯人敢鬧事，老子以瀆職罪先抓你去坐牢，再槍斃鬧事的頭目。」李信群逼著柯善合交出合同和鬧事的頭目。柯善合不願幹傷天害理的事，回答不知道，還寫了辭職書。漁場那邊，張興旺橫蠻地打柯善春，柯善春反擊，兩人打了一架。柯和定說：「我告訴你，鎮政府逼得南柯人無路可走了，我們明天放船下湖，你派人來稱魚。我們按合同拿四成。」

柯和定在太堂前召開了全族人大會，採取第二步。會上作出幾條紀律：第一，按常規，四戶共一隻船下湖打魚，起岸過稱，不准私自挑魚回家。第二，如果鎮政府派人來鎮壓捕人，罵不還口，打不還手，照常捕魚。第三，婦女們在關帝路口守護，手挽手，擋住鎮政府來抓人，保護男子安全回家。柯和定指派八個人稱魚記帳；指派柯善春帶二十條漢子趕走漁場的漁船，收起漁場的網。第二天天濛亮，全村八十只漁船下湖了，六百多中青年婦女在柯珍穩帶領下到路口集合，柯善春帶二十條漢子趕走漁場的漁船，抓來漁場的會計和兩個職工，強迫稱魚，記帳。

上午十點，張興旺帶了一百多執法人員和幾名員警向南湖來鎮壓捕人，一路上鳴槍示威。他們走到關帝廟時，被南柯婦女扭攔住，動彈不得。這時，湖壢槍聲大作，原來李信群帶了員警、民兵、機關幹部三百多人繞路到了湖壢。柯珍穩連忙帶四百多個婦女趕過去，圍住李信群的人馬。李信群氣得嗷嗷嘶叫，毆打婦女。婦女們不還手，只是死死纏住李信群等人，救出柯和定等五個稱魚的人。柯和定叫鳴鑼，湖上八十只船有條不紊地向關帝廟駛來，上岸，起魚，過稱，記帳，拿走了四成，留下六成給漁場的人。眾人簇擁著柯和定、柯珍穩等人回到太堂前。李信群氣急敗壞，指揮執法隊把南柯的漁船砸碎，放火燒了。

南柯人集到太堂前，滿堂鳧趨雀躍，唧唧喳喳。柯和定等在上重祖宗堂前商議，估計到李信群、張興旺要向上級謊報軍情，調動大批軍警前來鎮壓捕人。他們就決定：把魚賣掉，作為活動經費、安撫費、治療費；柯和定、柯珍穩、柯善春三人自報是頭子，讓民警抓去坐牢；其餘族人不能與民警發生衝突，避免流血；補充柯法善、柯正喜、柯和數並以柯和樹為首的領導班子，進行下一步鬥爭。柯和定向族人宣佈決定，叫族人回家休息，五天內不要外出，聽到鑼聲，就到太堂前集合。

卻說李信群垂頭喪氣地回到鎮委。他惱羞成怒，暴跳如雷，指使張興旺立即去向縣委書記劉耀武、縣長陳繼烈彙報，調動員警鎮壓南柯的反革命暴亂。

劉耀武、陳繼烈聽了張興旺彙報後，叫張興旺去休息，兩人就商討起來。

「南柯是個反革命黑窩，要用武力徹底掃蕩一下。」劉耀武說。

「南柯是塊硬骨頭，在揭露「四人幫」那樣的浩大聲勢下，我們沒啃動，拿不著柯和貴，現在更不能大動干戈。今非昔比，胡耀邦總書記內緊外鬆，對黨內幹部抓得嚴，對黨外群眾放得鬆。我們把握不住時局和事件變化。弄急了，南柯人上告到中央，你我就不好交差了。」陳繼烈說。

「這麼說，那就不作處理了？」劉耀武說，「我們雖然與李信群不和，但在這一點上應該與李信群保持一致。」

「當然要處理。不然，黨的威信到哪裡去了？黨的工作怎麼開展？」陳繼烈說，「事情不能鬧大了，人不能抓多了，抓他一兩個頭子。農民沒頭子了，也就鬧不起事來了。幹這種事，你我都不能出面，要留有餘地。南柯村有三個縣級幹部，尹苦海老頭就不動他了。柯業章是管公、檢、法的副縣長，瞿思危是公安局刑偵大隊隊長，還有一個叫柯赤兵的打經隊隊長，可以派去與李信群配合。你我坐看事件發展。如果抓了南柯村鬧事頭子，南柯人沒再鬧事，就重重地判處頭子；如果南柯人告到上面去了，上面批文下來，我倆就來糾錯，處理李信群瀆職、張興旺謊報軍情。」

「你不愧是智多星，就這麼辦。」劉耀武說。

劉耀武就召來了柯業章、瞿思危、柯赤兵、張興旺，指示說：「張興旺同志向我彙報南柯村發生了反革命暴亂，哄搶南湖的魚，毆打革命幹部。你們都是南柯人，對那裡的情況很熟悉，就到紅石鎮配合李信群同志處理。對反革命頭目要抓捕，對受蒙蔽的群眾要教育。你們全權處理，用不著向我請示。」

三人跟著張興旺走了。

卻說李信群派張興旺去請示劉耀武、陳繼烈後，憂心如焚。他想：「我是被劉、陳二人打壓下來的。如果兩人計較個人恩怨，不顧黨的大業，不同意鎮壓南柯人，我在紅石區就威風掃地了，這鎮委書記還有個什麼做頭？不如解甲歸田。如果兩人以黨的大業為重，幫自己鎮壓南柯人，使自己過了這一關，我在紅石區咳嗽一聲就有人怕，東山再起還有指望。」

李信群正在憂慮之中，秘書來報，說南柯武館的柯天任自願來助李書記一臂之力。李信群早就聞柯天任的名字，聽了很高興，接見了柯天任。

那柯天任的志向一直是入政界做官，直升上去。他目睹了整個南柯事件，認為這是個入政的好時機，就打算來拉李信群的關係，與李建樹、劉會猛一起自覺登門了。

「李書記，我雖然是個白身，不在朝，卻是個共產黨員。我不能眼看著黨組織受到反革命的攻擊而坐視不管。南柯村是反革命份子的窩，柯和定、柯珍穩都是聽從柯和貴的，是浮在水面上的魚，柯和貴才是沉到水底的魚，是總頭目。只要把柯和貴抓起來了，南柯村就安定團結了。」柯天任進諫說。

「這次，柯和貴沒到會，不好抓。等抓了柯和定那些人後，才能審出幕後的柯和貴。」李信群雖然心中煩亂，也恨柯和貴，但是頭腦還沒有發昏，不敢無憑無據抓人。

「南柯村是武術之鄉，柯和定這些人都武功高強，你千萬不要離他們太近了，我擔心他們狗急跳牆，傻氣發作，傷了李書記。」柯天任說。

「你跟在我身邊吧。」李信群對南柯人心有餘悸，聽柯天任一說，更害怕了。

「我當然要誓死保衛黨的領導。」柯天任說，「僅我一個人不行，我從武館裡調出二、三十人保護李書記。幫你抓人，保證有准。」

「很好。柯天任同志，你真不愧是個共產黨員，大俠士。黨不會忘記你的。有機會，我會調你到區委來，推薦你上去。」李信群站起身，雙手握住柯天任。他說，「你去召集人吧，等縣委派人來，一起幹。」

李信群和柯天任正在談話，張興旺滿面春風地來了，後面跟著柯業章、瞿思危、柯赤兵。柯天任見了，要告辭，李信群留住了柯天任，一起參加討論。五個人開了個小會，決定：第一，抓捕柯和定、柯珍穩、柯善春；第二，為了鎮壓南柯村人反抗，鎮武裝部長帶五百民兵包圍村子，瞿思危、柯赤兵帶三百民警進行搜捕，柯天任帶三十個武館人員保護領導；第三，遇到武力抵抗，可以當場擊斃。今天準備，明早八點行動。

這天早上，柯和樹向柯和定報告，李信群帶大隊人馬來了。柯和定早有思想準備，不作慌。他只考慮關鍵一點：不讓鄉親流血。他叫柯和樹打鑼集合族人。一會兒，族人擠滿了大堂前。柯和定、柯珍穩、柯善春三人站在祖宗堂前，叫柯和樹、柯慶如、柯和義、柯成功四人躲進人群中，不能出頭露面。柯和定對族人說：「父老鄉親們，南柯人今日大難臨頭了，李信群帶了員警、民兵一千多人圍攻來了。我們怎麼辦呢？第一，我、柯珍穩、柯善春是頭子，讓他們抓住，其他人都是受蒙蔽群眾；第二，他們打人抓人時，任何人不要起哄，不要武力反抗，避免他們開槍打人；第三，我三人坐牢後，大家服從柯和樹等人領導，繼續作鬥爭。湖權不回，死不甘休！」

「湖權不回，死不甘休！」眾人高呼。

這時，李信群的人馬如臨大敵，按佈置，緊張地進南柯村。他們發現條條巷道死寂，家家鎖門空屋，人都集合到太堂前，默默地擠站著。民兵們縮小了包圍圈，民警們長驅直入太堂前。

「這些反革命份子，看見黨的大軍來了，沒氣焰了，都成了縮頭烏龜了。」張興旺趾高氣揚地對李信群說。

「可見黨的偉大，黨的威信比天高！」李信群顧左右而言笑，充滿喜悅。

「只要南柯人不反抗，就不能亂打、亂捉、亂殺。」柯業章來到這養育他成人的熟悉的家鄉，突然有一種鄉情襲上心頭，使他這只一生咬人的狗，也情不自禁說出一句人話來。

柯赤兵帶著一群民警沖上祖宗堂，圍住柯和定、柯珍穩、柯善春三人。瞿思危指揮民警把堂前大門、側門和各路口守住。柯業章、李信群、張興旺在柯天任帶的武士護衛下邁上祖宗堂。

「這個傢夥就是反革命頭子！」張興旺衝到柯善春面前，充滿仇恨，打起柯善春來。

柯善春火了，出手反抗，被柯天任一腳踢翻，兩個民警上前，把柯善春拷起來。

「不要反抗，讓他們抓。」柯和定看到柯善春還在反抗，喝道。他又對李信群說：「我就是這次事件的頭子，柯善春、柯珍穩是我叫來幫忙的，就抓我一人吧。」

「當反革命頭子，還要逞英雄嗎？」柯天任說著，向柯和定胸部揮拳打去。

柯和定避開柯天任的拳頭，提腳向柯天任的胯間踢去，叫道：「關你這個地痞流氓什麼事？也來猖狂！」

柯天任一側身，左肢上挨了一腳，火了，轉身要去打柯和定，被柯業章喝住：「住手！你不要造事。」

兩個民警擋住柯天任。

「姓李的，我警告你，如果你利用地痞流氓打人，南柯人就拼死一戰。」柯和定指著李信群喝道，「南柯人不是軟弱好欺，是想合理合法地解決問題。」

「不准打人！」

「老子們拼了！」

……

太堂前人群中有人叫喊。這一叫喊，群情憤怒，人群向上重湧去。十幾個民警用棍棒、槍支堵在上重大門口上，向天鳴槍示威。

柯業章連忙喊話：「父老鄉親們，安靜下來，安靜下來！」

人們不聽，繼續前進，不斷叫喊：「打倒李信群、張興旺！驅逐地痞流氓柯天任！」

李信群、張興旺、柯天任嚇得向後溜。

「鄉親們，不要吵了。」柯和定躍上門檻，喊，「我們不好欺負，我們不願鬧事，還沒到與李信群這個惡霸決死的時候。我們相信共產黨會通情達理，相信法律是公正的。大家退下，讓他們抓人。」

聽到柯和定發話，騷亂刹時平靜了，眾人退下了，空出了上重大門的巷道。

「鄉親們，我來說幾句。」柯業章也站在門檻上，說，「你們都是老實守本分的農民，不要受反革命柯和定的蒙蔽。李書記是來為人民服務的，你們……」

「放狗屁！」有人叫罵。

「去做你的官吧，你不要來蒙蔽我們！」有人諷刺。

「家要敗，出妖怪！」有人鄙視。

……

柯業章講不下去了，訕訕跳下門檻，對瞿思危說：「快把犯人帶走，這裡不能久留。」

柯和定、柯珍穩、柯善春被帶走了。南柯人望著柯和定三人的身影，一直送到村口。

南柯人又回到太堂前，柯和樹說了下一步行動計畫，叫大家散去，等待召喚。

柯和樹等七人新領導班子按第三步行動了，分頭去通知在外地工作的族人回來，解救柯和定三人，誰知吃皇糧的人都推脫原因，不願回家。柯和樹等人只好把希望寄託在柯和貴身上了。

柯和貴了解了情況後說：「家鄉人遇難，我肯定要搭救。你們先回去，我明天下午趕到。我提醒你們一下，外地工作人員回家出謀劃策，要對外保密，以防李信群先下手抓外地工作人員，斷了我們路子。」

柯和樹等人走了。

「你是個多災多難的人，不要去插手那種事了，讓家裡過安寧日子吧。」李秀雲反對柯和貴多管事。

「想到柯和定三人為家鄉父老去坐牢，家鄉人沒法活下去，我能安寧嗎？能忍心袖手旁觀嗎？」

「天下有多少不平事，你打得平嗎？」李秀雲反問。

「我打不平天下，但決不容許惡人在我眼皮下幹壞事，在我家鄉作威作福。」

「你這是與共產黨做對頭呀，你鬥得過嗎？」李秀雲說出厲害來。

「我要利用共產黨訂的冠冕堂皇的黨紀國法和製造的局勢，與共產黨鬥法。這次，我要把李信群當作反對改革開放的保守派從共產黨中分化出來，把柯和定下湖捕魚說成維護《合同法》的改革家，定能成功。李信群不是我的對手。」

「不要吹牛呀，要小心。」李秀雲不放心。

「我是濟公，會見機行事，逢凶化吉。」柯和貴笑著說。他充滿了信心。

柯和貴幫李秀雲清理了年貨，又去找了幾個買主，到外面貼了幾張廣告。他如約秘密回到南柯村。

柯和貴帶了一些年貨給母親、柯和仁、柯和義。柯和貴叫柯和樹等人去弄來三張土改時發給南柯人的漁民證和與鎮經委簽定的三年來的三份合同書。柯和貴對照鄧小平理論、中央有關檔、《合同法》和《刑法》，寫了一份《訴訟狀》。《訴訟狀》的原告是南柯村全體漁民，被告是紅石鎮黨委書記李信群和主管企業的黨委副書記張興旺。主要事由是：1）被告嚴重破壞改革開放的「聯產承包責任制」、「政企分開、權貴分明」、「三個有利於」等重大政策，無視《中華人民共和國合同法》，公然以權代法，撕毀與原告簽定的《南湖生產管理經營合同書》，單方違約下湖撈捕，剝奪原告生產、經營、生存權利，侵犯原告應得的權益。2）被告以個人意志代替黨的領導，耍權威，無視《中華人民共和國刑法》，動用民警三百人、民兵五百人、以柯天任為首的地痞流氓三十余人，用暴力多次鎮壓維護《合同法》、和要求履行《合同法》的原告，毆打原告，砸碎原告船隻，污蔑原告是反革命份子，非法拘捕原告代表柯和定、柯珍穩、柯善春三人。原告要求是：1）立即釋放被非法拘捕的柯和定、柯珍穩、柯善春三人。2）依照《中華人民共和國刑法》第二十二、一百二十八、一百二十九、一百四十三、一百四十四、一百四十六、一百五十、一百五十八、一百七十八、一百八十八條，追究數罪並犯的重大刑事犯罪李信群、張興旺的刑事責任。3）依據黨的有關政策和《中華人民共和國合共法》第四、五、六、二十七、三十二、三十五條，歸還原告的合法權益，並由被告向原告賠償違約金五萬元、經濟損失二十萬、醫療費二萬元、誤工費五千元及投資款四十二萬元，合計六十九萬五千元。《訴訟狀》敘述了事件的發生原因、經過和結果，列舉了大量的人證、物證，並表示了原告擁護黨的改革開放政策，維護法律尊嚴，與要破壞改革開放政策和違法亂紀的李信群、張興旺鬥爭到底，堅決收回自己的合法權益。

柯和貴寫好了《訴訟狀》，主持召開了南柯村族中領導人會議，講解了《訴訟狀》和當前的局勢，鼓勵族人進行有理有節有利地進行鬥爭，鼓舞族人取勝的鬥志。他對工作作了具體安排：第一件事，將《訴訟狀》列印一百份，分別派人向縣、市、省一、二把手、紀委、司法機關和李信群當事人遞送，不要郵遞，郵遞是寄不出去的。第二件事，柯成功帶柯和定、柯珍穩、柯善春家屬到省公安廳、檢查院、法院和紀委哭訴。第三件事，派柯慶如帶一百壯漢砸掉南柯武館，驅逐柯天任一夥，以絕內患。第四件事，如果以上鬥爭還不能取勝，柯和貴親自出面去找劉耀武、陳繼烈談判。第五件事，第四步不成，就組織請願團和中央控告團，四百人到鎮大院，二百人到縣政府大院，絕食靜坐。

柯和貴佈置完畢，就離開南柯村，去找辛龍水。柯和貴分別給省紀委辦公室主任董新彬和省公安廳法制處副處長方臣惠寫了信，叫辛龍水帶柯和樹拿了《訴訟狀》，一起去省城。

兩人正在談論南柯村的事，李代仁急匆匆地來了。李代仁一見到柯和貴，就說：「老弟呀，你讓我找得好苦。我跑到你的經營部，弟媳說你回南柯村了。我又趕到南柯村，柯和義說你回經營部了。我又轉去經營部，說你沒回去。我就找到黃豐盛的廟，還是沒找著。我就跟黃豐盛說了我的想法，他不贊成。我只好來找辛龍水，沒想到你在這裡。」

「你這麼急急地找我，有什麼重大的事呀？」柯和貴問。

「先坐下喝杯水。」辛龍水讓了坐，端了一杯茶水。

「是我們革命的大事呀。你南柯村發生了那大的事，哪一個農民不同情、不氣憤呢？我看時機到了，我們借此擴大事態，舉行農民起義，一舉攻下永安城，全國農民響應，革命之火熊熊燃起，一舉打垮共產黨政權，掃平天下。」李代仁說。

「老哥，你還是那個激烈的起義觀點。而我，也還是那個進行和平抗議的觀點。」柯和貴說，「事情不是你想的那麼簡單，民主革命不會一舉成功。農民起義，時礦日久，要死多少人，流多少血呀？」

「中國歷史更換朝代都是靠農民起義，城市人靠不住的。對中國共產黨這樣野蠻腐朽的政權，你說得通道理嗎？和平抗議要等到什麼時候？」李代仁說。

「我給你和共產黨獨裁算了個陽壽，你今年五十一歲，還活三十歲，說短一點，活二十歲吧。共產黨獨裁政權的時日不長了，活不到你那高陽壽，你能看到獨裁政權垮臺和民主政權誕生。」柯和貴笑著說。

「我活到那時，成了耄耋的老人了，能作什麼貢獻呀？」

「老哥是想作戰鬥英雄，在歷史上留個名，可不願平庸無為地老死在病塌上。」辛龍水笑著說。

「老哥，我歷來蔑視關公那樣的靠殺人起家的英雄。你能正自己，向熟悉人宣傳獨裁壞，民主好，就是行善，就為民主政治工作做了貢獻。」柯和貴說，「老哥，南柯村的事我已經作好了安排，漁民定會勝利，李信群定會失敗。我們利用共產黨的黨紀國法，一部份一部份地啃掉他們，以小勝積大勝，不造成民眾的大流血，那就是做善事。」

「老哥，就聽柯老師的，你耐下性子等待吧，不要個人胡來呀。」辛龍水說。

李代仁痛苦搖頭，嘆息：「俗話說：『秀才造反，三年不成。』我看三十年不成。」

柯和貴沒回答，把話題叉開，說了一些閒話，走了。

柯和貴回到經營部，幫李秀雲做了兩天生意，又去購了一批年貨。

到了第五天，柯和樹來報：縣公安局政委李相才和瞿思危一起到紅石鎮，說李信群拘捕漁民是非法的，南柯人告到省裡去了，要李信群主動放人。如果李信群不放人，縣公安局不支持李信群了，要紅石鎮派出所放人。李信群不知如何是好。柯和貴聽了，認為自己找陳繼烈面談的時候到了，就帶著柯和樹、老黨員柯善柱和村支書柯善合等人一起去找陳繼烈。

一路上，柯和貴教柯善柱怎麼說，叮囑他不要說亂了，不要說長了。

平民找縣太爺可真難。縣政府辦公室有人擋抵，縣長秘書不肯告訴陳繼烈住址和電話。柯和貴找到了一個當一般秘書的學生許美煥，才得知陳繼烈在桃源賓館開會。柯和貴四人就趕到桃源賓館。賓館大門有武警守著，不准進。他們就在大門外等候。傍晚了，散會了，館裡的人往外走，開出了幾輛小車，卻不見陳繼烈的影子。原來陳繼烈聽到秘書說有農民找他，就從側門乘小車走了。柯和貴正在焦急，有人喊他。柯和貴一看，是初中時的同學邢百煉。邢百煉說自己當了縣鋁廠廠長，今天來參加企業大會。邢百煉告訴了陳繼烈的家庭住址和電話。

柯和貴想：不能給陳繼烈打電話聯繫，不然就進不了他家門。他想了一個進陳繼烈家門的法子，帶著柯善柱、柯善合直奔陳繼烈的家。

陳繼烈家的保險門、木門都關得死死的，沒透出光亮來。柯和貴就按響門鈴。

屋裡傳來腳步聲，一個年輕的保姆開了門縫，拉亮了門燈，問：「你們找誰呀？」

「找陳縣長，我是他同學。」柯和貴說。

柯和貴正準備進去，裡面奔過來一個三十出頭的女人，喝斥道：「不准進來！陳縣長剛回來，還沒吃飯。你真會盯梢哩，跟得那緊！」

「我來向陳縣長報告，要死人了！」柯和貴把早就想好的話說出來。他擔心門被關上，急忙一隻腳插進門縫，用身子擋住門。

「誰想找死，就去死，不要死在我家門前。」裡面傳來陳繼烈的叫聲。

「有二千多人想死，都想死在縣長門前。」柯和貴大聲答道。

「是誰這麼大的膽子在胡鬧？讓我瞧瞧。」陳繼烈端著飯碗走來。他一看是柯和貴，語氣軟下來了，風趣地說：「原來是膽大包天的柯先生。稀客，請進。」

四人進了屋裡，坐在一個長沙發上。陳繼烈坐在對面單人轉椅上，面前有張漂亮的長方桌，把碗放在桌上，邊吃麵條，邊風趣地說：「柯先生，難得你屈身來找我，是為民請命吧？」

「是的，是為民請命。我不會因私事找你。等縣長吃完後再說吧。」柯和貴說。

這時，從巷道上探出一個白髮老婦人的頭，又縮了回去。接著，從裡房傳出咒罵柯和貴的聲音：「天殺的賊！」

陳繼烈站起身，進了內房，小聲說了話，又出來。裡房沒聲音了。柯和貴猜到老婦人是趙來鳳。

「柯老師，我吃了飯還有事，現在你說吧。」陳繼烈吃著，說著。

「這位是南柯村老黨員柯善柱，這位是六組組長柯和樹，這位是村支書柯善合。現在讓柯善柱說給你聽。」柯和貴說。

柯善柱就說了起來了。柯善柱開始時還按著柯和貴教他的內容說，到後來，卻說起題外話了。柯和貴不斷把話題拉回來。陳繼烈聽了五、六分鐘，就心不在焉了。他吃完了，去漱口，用牙籤剔牙，又蹲在地上和兩歲多的小孫子戲玩。

柯和貴看到陳繼烈這副模樣，心中惱火，但忍著；聽到柯善柱說不著邊際的話，心中煩躁，也忍著。他勸阻了柯善柱的話，說：「陳縣長，你大概知道李信群鎮壓南柯漁民的事了。」

「聽說過，看了你的《訴訟狀》，知道一些，不清楚詳情。」陳繼烈回到坐位上，端正身子。他說：

「你找過李信群嗎？你倆也熟呀。」

「沒找過。我認為李信群還不配和我論理。」柯和貴說。

「這麼說，你來找我，是抬舉我呀？。」陳繼烈挖苦說。

「你我雖然老是坐在對立的位子上，但我還是佩服你有智慧，有理論，不是李信群那種野蠻角色。」柯和貴說，「我想聽聽陳縣長對南柯事件的看法。」

「你已經把南柯村事寫成了《訴訟狀》，這屬於司法方面的事了，黨委和政府不能干擾司法工作嘛。」陳繼烈繞過去了，說。

「黨是領導核心，這方面還沒有改革吧。南柯人找你，沒找錯廟門呀。」柯和貴說。

「李信群是黨的一級主要領導人，受到黨紀約束。你找我，應該有份舉報李信群的違紀材料呀。」

「我就在這裡寫份舉報材料，證人都在。」柯和貴反擊說。

「不用啦，再寫也與《訴訟狀》內容一樣。」陳繼烈收回進攻的棋子，說，「對李信群是否有違紀行為，縣委還要作調查。兼聽則明嘛。你相信我會公正嗎？」

「不相信，就不會來找你。」柯和貴說。

「黨員幹部本來就是為人民服務的嘛，處事辦事都應站在人民一邊。」陳繼烈說。

「感謝陳縣長的一片愛民之心。」柯和貴說，「對不起，我們打擾你休息了，希望陳縣長早點處理好南柯村的事。」

柯和貴說著，站起來，示意其他三人走。陳繼烈送到門邊，與柯和貴握手送別了。

「你說陳繼烈靠得住嗎？他並沒有表態呀。」柯和樹問柯和貴。

「靠得住。明天柯和定三人就回家。」柯和貴滿有把握地說。柯和貴知道陳繼烈會利用這個機會打擊李信群，又表白自己愛民之心，更不願在自己新上任後永安縣出現鬧亂子事件。柯和貴卻不願把這一點向柯和樹等人說明白。柯和貴又對柯和樹等人說：「柯和定三人回家後，你們就不要再鬧了，一心一意放船下湖捕魚，按《合同書》辦事。」

「陳繼烈比以前變得斯文多了，比李信群愛民多了，是個好領導。」柯善柱還有一股見到縣太爺的光榮感在衝動，說。

「陳繼烈沒變，這個你就不懂了。」柯和貴笑著對柯善柱講。

第二天中午，柯和定三人被放回來了。同時，上省城告狀的柯成功等人也回來了。南柯人歡聚在太堂前，有笑的，有哭的。柯善柱一個勁的吹噓自己見到縣長的情景，胡吹陳繼烈是個青天。柯和貴就去急忙給董新文、方臣惠打電話，說南柯事件已得到合理處理，不用管了。

卻說柯天任因投靠李信群，激怒了族人，被柯慶如帶人打傷了，武館被砸了。他去找李信群，李信群受了黨內處分，降職到縣政協當一般委員去了，張興旺降職到飛燕鎮當林業站站長。柯天任這次抓雞不著，反蝕一把米。他對李建樹說：「這次進不了政界了。我們還是把生意做好，賺了大錢，再找時機。」

欲知柯天任以後的生意做得怎麼樣，且聽下回分解。

第八十回　黑吃黑真龍困省城　硬碰硬駱駝逛永安

卻說柯天任禍不單行，在腐竹生意受了柯和貴的氣，趁南柯事件想去投靠李信群不著，反而被柯和貴的《訴訟狀》斥為地痞流氓，武館被砸了，人受了傷。他對柯和貴恨之入骨，就決定一心一意把生意做好，賺了大錢，報復柯和貴。

柯天任回到貿易公司，佈置了工作，就去住醫院療傷休養。他在醫院吃喝玩樂，專吃補藥，花費了三萬多。柯天任急需大錢花，就指示李建樹等人說：「迅速把貨降價變買成現金，要找大老闆買賣，哪怕賣出百分之二十的現金也行。」

主子吩咐了，幫手和奴才就一個勁地跑銷路，使永安縣市場百貨、副食大降價。柯天任給了周華床一萬元維持生計，把大錢都揣在自己包裡。

一日上午，秦擁軍打來電話，說省城有個叫王天馬的大老闆，一次可付現金一百萬元。柯天任一聽，喜上眉梢，與李建樹、劉會猛一起，帶了貨物樣品，到江州城約秦擁軍一起赴省城。他們在省城紫陽賓館五樓A座內廳找到大老闆王天馬。

王天馬，三十五、六歲，渾身穿金戴銀，腰撇大哥大、BP機，架子大。他見了秦擁軍、柯天任等人來了也坐著不動，只是微微點頭。秦擁軍作了自我介紹，又介紹了柯天任等人。李建樹連忙拿出紅塔山香煙遞給王天馬一支。王天馬卻不接煙，自己打開精緻的金煙盒，抽出一支大中華牌香煙，獨自抽著。

「把樣品拿出來看看。」王天馬慢條斯理地說。

劉會猛打開大提包，把樣品一件件擺在大理石地板上。

王天馬瞥了一眼，就打手機叫：「小劉，過來驗一下樣品。」

一會兒，從大辦公室裡面走來個男青年小劉。小劉二十五、六歲，穿著華麗。小劉拿著劉會猛給的價目單，對著樣品一一檢驗。他問了各種貨的供量後，說：「你們要折價多少肯賣？」

李建樹一一作了說明。

「太麻煩了。賣這種貨，一把鐮砍斷，好算帳。」王天馬一揮手，說。

「統賣統買，百分之七十。」李建樹說。

「那不行。我們拿現金買這種滯銷品，太貴了。」小劉說。

「那就百分之五十吧。」李建樹作了讓步。

「頂多百分之二十。」小劉說。

「我們太虧了，做不成算了。」李建樹強硬起來，叫劉會猛收起樣品。

「那就聽便吧。」小劉不讓步。

這時，王天馬手機響了。王天馬邊聽邊「恩」了幾聲，說：「百分之三十嗎？好，一百萬付你三十萬，成交。」王天馬關了手機，對秦擁軍說：「我有的是生意。失陪了，我要走了。」

「慢著。」柯天任對王天馬說，「就按百分之三十吧，一次性付清貨款。」柯天任視錢如命，視貨物如土，就作了大讓步。

「王老闆，柯老闆作了大讓步，就這樣吧。」秦擁軍作為仲介人，說。

王天馬沉了一下，說：「好吧。小劉，他們都是鄉下來的，照顧一下，就按百分之三十成交。你帶他們去看一下倉庫，選個倉庫。我有事要去辦。」王天馬說完就走了，也不與柯天任等人打招呼。

小劉帶著柯天任等人乘小轎車到沿河大道。王天馬的門面並不大，可倉庫大得嚇人。兩輛大卡車並排著進出，汽車要排隊，十幾個驗貨員和一百多個專業搬運工人忙個不停。這樣的倉庫連著五個。在付款處，比銀行還忙，成萬成萬的鈔票，一堆堆遞上，又一疊疊地出來。柯天任看得發呆了。

「我們的貨什麼時候拖來?」柯天任心中疑慮沒了，急著問小劉。

「明天吧。早點來排隊，我給你們開個後門，讓你們早點回家。」小劉說。

柯天任就叫劉會猛租用小車回去，明早押六十萬元的貨來。小劉吩咐柯天任、秦擁軍、李建樹就乘「的士」去火車站下旅社，火車站附近很開放，可以揮金如土，盡情玩樂，員警不來幹擾。

第二天十點，柯天任三人來到王天馬門面前，看見王天馬坐在裡面一間房裡，拒絕接見柯天任等人。小劉在倉庫裡跑來跑去，指手畫腳，忙個不停，沒工夫來理會柯天任等人。柯天任三人就到河堤邊散步，坐在草地上等劉會猛的貨車。

下午兩點，劉會猛押著載滿貨物的六輛大卡車來了。李建樹連忙找小劉聯繫。小劉帶李建樹去找王天馬，王天馬看了看金色懷錶，埋怨來遲了，吩咐小劉去安排插隊提前。誰知顧客們不讓插隊，起哄。小劉只好作罷，叫李建樹去排隊。這一排隊，就一直到半夜，才輪到柯天任的貨驗收入庫。共計六十萬貨款，折成現金二十五萬六千多元，小劉去了零頭，整二十五萬六千元。小劉說會計出納都休息了，只能在明天上午十點結帳付款。六個司機吵著要車費回家。小劉就找到倉庫保管員，借支六千元給李建樹付車費和零用，又給李建樹打了二十五萬欠條。

江風冽冽，寒霜似雪，冷得柯天任等人淚涕直流。已是凌晨兩點了，柯天任等人吃了夜宵，叫李建樹住在沿河大道一個小旅社，等明天十點領款。柯天任、秦擁軍、劉會猛去火車站旅社休息。

李建樹一覺睡到九點多，連忙起身去領款。李建樹在門市和倉庫找不著王天馬和小劉，就把條遞給正在忙的出納員。出納員接了李建樹欠條一看，說:「我的老闆姓何，不姓王。我這裡也沒有叫劉輝的。」

「不會吧。昨天王天馬還坐在裡面那間辦公室，劉輝在倉庫裡指揮下車。」李建樹說。他向出納員講了生意經過，描繪了王天馬和劉輝的模樣。

「那間小房是接待室，顧客都隨便出入。倉庫裡忙著的人多。我可以肯定，你受騙了。」出納員說著，把欠條還給李建樹。

李建樹被驚呆了，向旁邊讓了一下，站著。

出納員忙了一陣業務，看到李建樹那副呆傻的樣子，產生了同情，說：「看你怪可憐的，我打個電話叫我老闆出來幫你。」

一會兒，裡面出來一個六十來歲的老頭，柱著拐杖，牽著一隻狼犬。

「這就是我的老闆，你去跟他談吧，不要站框台邊影響我的工作。」出納員說。

李建樹跟著何老闆進了接待室，說了情況，出示了欠條。

「小夥子，我就是這裡的老闆。我不知道王天馬這個人。前天，有個姓李的兄弟來租用我的倉庫轉貨，付了六百元租金。我剛才去倉庫，保管說姓李的昨夜進了貨，天不亮又把貨轉走了。那個姓李的兄弟跟你說的王天馬、劉輝的模樣差不多。你被人詐騙了。」何老闆說。

「那是六十四萬元的貨呀！何大伯，我給你下跪了，請幫忙查一下。」李建樹說著，就跪下了。

「孩子，起來吧。我這裡經常有人來租用臨時倉庫。我們只做生意，不認人。你做生意，怎麼不弄清對方的真實單位和身份呢？省城每月發生詐騙、搶劫的案子，來往的人千千萬萬，我到哪裡去幫你查呢？再說，我的家在這裡，我怎敢去得罪黑心騙子和地痞流氓呢？你快點去公安局報案，我提供證據。」何老闆說得很誠懇。

李建樹把欠條折好，放進內袋，又去倉庫找王天馬、劉輝和貨物，都找不著。他聽到保管、搬運工人說的情況與何老闆說的一致。李建樹連忙乘車去紫陽賓館五樓A座找人，人去樓空。服務員說，十天前，有個叫陳秋水的租了這間寫字樓，昨晚退房了。李建樹徹底醒悟了：「我們碰上了高級大騙子！」

李建樹又回到何老闆門市面前，吃了碗麵條，等柯天任三人來。李建樹等到下午兩點了，還不見柯天任三人。他一摸口袋，只有三十八元了，大錢都在柯天任身上。李建樹急忙乘車去火車站旅社。

旅社的小姐聽到李建樹說找柯天任等人，擠眉弄眼，神色異樣，迴避開去。李建樹感到迷惘，就去找老闆。老闆是個女的，姓徐，三十二、三歲，告訴李建樹，凌晨六點時，有六個員警衝進房裡，說柯天任一夥是詐騙犯，抓住三人和三個小姐，連累徐老闆被罰一萬元，才留住了三個小姐。李建樹請求徐老闆打聽一下三人被關在哪裡。徐老闆打電話、拔BP機，弄了十幾分鐘，才知道三人被抓到離火車站十幾里遠的西街派出所。徐老闆提醒李建樹小心點，不要也被抓進去，連個報信的人也沒有了。

李建樹說：「徐老闆，感謝你。我現在身上只有三十八元錢了，柯天任寄存在你這裡的錢就讓我拿走吧。」

「被公安人員拿著柯天任寫的信提取走了，共是六萬五千三百元，我沒要你們一分錢。」徐老闆把公安局的罰沒單給李建樹看。她說：「看你可憐的，我給你一百元，不用還，算是積點陰德。」

李建樹接了錢，離開旅社。李建樹在火車站廣場花壇邊坐著，盤算著行動方向，決定去找羅駱駝。

羅駱駝聽了李建樹的敘述，說：「省城那邊的事我去管，你立即回去，穩住公司人員，不要讓人趁火打劫，把貨拖走了。用得著你時，我打電話通知你。」

李建樹回到公司，沒向人透露柯天任等人在省城出的事。

卻說柯天任三人與李建樹分別後回到旅社，每人抱了一個小姐，溫柔一陣，就酣然入夢。突然，公安人把在夢中的三人赤條條地拉起來，檢查了身份證後，連著銬起，命令穿上衣服，押上兩輛警車，帶到西街派出所，分別突擊審訊。審訊的主要問題是：有人舉報柯天任一夥詐騙了六、七十萬元貨物到省城銷贓。秦擁軍怕打，第一個交代了問題。劉會猛也在拷打和引誘下交代了問題。柯天任頑固，遭到毒打。一個公安人員把柯天任放翻在水泥地上，一個公安人員用皮鞋踩住柯天任的脖子，兩個公安人員輪番打。皮條打斷了，用竹片；竹片打折了，用鋼條。在對門關的劉會猛聽到柯天任慘痛的「哎喲」聲，就大叫：「大哥，秦擁軍和我都交代了，你就交代吧，不然會被打死的。」柯天任這才交代了。公安人員把柯天任三人送到江南第二看守所關押。幸虧三人都沒交代出李建樹，不然，真的沒人報信了。

柯天任三人被分別關在不同的號房裡。

秦擁軍坐過牢，懂得規矩，知道厲害，一進號房，就坐在號尾，向號頭哭訴：「大哥和兄弟們，我有心臟病，過關時手腳輕些，我願退出三天的飯食。」號頭笑著說：「看來是熟門熟路上的人，識相，兄弟們隨便了了情吧。」號犯們就輪流把秦擁軍輕輕敲了一下，算過關了。秦擁軍當天就讓出了飯菜，第二天有人送飯菜來，第三天就出牢房了。

劉會猛不知道坐牢的滋味，有些好奇，坐在空地上，亂瞄亂瞧。冷不防號犯們湧上來，按倒劉會猛。五個號犯拉頭，拉腳，拉手，小聲喊著「嘿喲」的打夯聲，一齊用力，把劉會猛拋起，落地，又拋起，落地，號房裡充滿笑聲。這叫「五馬分屍」。這時，從門孔傳來幹警的聲音：「不要弄死啦。」幹警說了一聲，走了。接著，打靶。兩個號犯把劉會猛按貼在牆上，拉開四肢，眾號犯輪流打拳踢腳。劉會猛被打得疼痛不過，哀求說：「兄弟，我們都是難友呀，何必相殘呢？」眾人並不理會。其三，過刀山。地上鋪著尖瓦碎石，按劉會猛跪在上面，跪著走一遍。其四，下苦海。把劉會猛衣服剝光，在這冬天裡，站在糞桶裡，用糞尿從頭上潑下，又用冷水潑洗。其五，吃香蕉。號犯們輪流把陰莖塞在劉會猛口中，讓他吮吸，直至射精。大家玩累了，才躺著休息。吃飯時，劉會猛頭兩三天吃「水上漂」，兩片菜浮在半碗湯汁上，乾飯被號頭吃了。第三天吃「月亮彎」，把劉會猛的一塊方形飯劃下一角彎頭，留在盒上，大塊的挑起給號頭吃。

在牢獄裡，人性不見了，道德淪喪了，只有動物的本能需求和刺激。劉會猛所說的「都是難友呀」才是句人話，可是號犯和員警都被異化了，反祖了，成了畜生，成了禽獸，聽不進人話。

再說柯天任，也沒坐過牢，只聽說過新犯人進號房要挨打下飯。如果有武功，能打贏就當號頭了。柯天任熱衷於當頭子。他一進號房，就大大咧咧地坐在房門方孔邊號頭的位子上。那方孔是用來接飯菜的，號頭坐在這裡，先吃飽了，再按順序向後吃飯。柯天任剛坐定，五、六個號犯瘋狂地撲來。柯天任霍地站起身就打，幾下子把號犯打倒在地上。號犯們齊聲哭喊：「救命！」幹警打開門。號犯又齊聲指訴柯天任打人，幾個號犯故意躺在地上呻吟不已。柯天任有口難辨，被幹警帶走了。在一個黑幽的房裡，四個槍兵站在四角。一個槍兵用槍托猛擊在柯天任屁股上。柯天任向前一竄，到了對面那個槍兵的面前。對面那個槍兵沒等柯天任站穩，朝右腹一腳，踢向左側。左側槍兵當胸一拳，打向對面。對面槍兵攔腰一掌，抛向右側。這樣，來回輪打，打得柯天任不能動彈了，就拖到石膏床上，鎖住手腳。那石膏床又冷又硬，寒氣入骨，像鋼板夾住全身。第二天下午，柯天任才被槍兵拖到號房裡，已癱瘓不省人事了。當柯天任甦醒過來、四肢彈動時，一床被單包住了他，包紮結實，號犯又輪流打，打得柯天任沒聲息了才罷手。這叫「包餃子」。

可憐柯天任英雄蓋世，不想遭到人渣手裡。這真是：虎落平原被犬欺，龍遊淺灘遭蝦戲。

柯天任在奄奄一息中，萬念俱灰，只想求生。

「誰能救我？父親無能，親人朋友絕了關係。」柯天任在想，「叔父，只有叔父能救我，叔父心地善良，不記怨恨，有智有謀，樂於助人。」柯天任在迷迷糊糊中喃喃念起來：「叔父，叔父，快來救我！」

柯天任在幻覺中看到了柯和貴：慈祥的面孔，深邃的眼睛，輕輕撫摸自己，給自己灌仙水。他極力地砸嘴，那仙水如蜜汁甘露，潤澤他火辣辣的喉嚨。他心裡在說：「叔父，叔父，我向你懺悔，我聽你的教導，我再不做惡事了！」

沒想到柯天任如此狼心狗肺的專作惡事的歹徒，當死神來臨時，也悔惡思善。這真是：「鳥之將死，其鳴也哀；人之將亡，其言也善。」

柯天任漸漸甦醒過來了。他發覺自己不是躺在水泥地上，而是睡在鋪板上，身上蓋了棉被。原來號頭怕他死了，不好交差，親自給他接骨推拿，散了淤血，灌了半碗熱菜湯。

柯天任不敢作聲，打量這牢房：約十五平方米，十三個犯人擠著，個個臉上煞白，像從棺材裡爬出來的僵屍一樣，陰森可怕；牆上沒有繩索，毛巾卻在牆上貼成一排；兩尺來寬的過道，尿屎桶占去半個平方米。

柯天任決定放棄反抗，向號頭求助。他哀聲說：「大哥，我受這般磨難，不怪兄弟們。如果有機會，請你替我傳個訊出去，叫我叔父柯和貴來救我。我沒齒不忘你的大恩大德。」柯天任把柯和貴的住址、電話號碼告訴了號頭。

過了四天，柯天任的號房裡有個打劫傷人犯，家裡花了三萬元錢買通了公安局，要出牢。號頭就交代他去通知柯和貴。

打劫犯出獄的第二天，幹警叫柯天任的名字，說是家人送來食物。號頭接了一大塑膠袋麵包、肉包。號頭拿了兩個，叫大家分著吃。食物對於餓得皮包骨的犯人是第一需要。號犯們沒命地啃，撒落在地上的麵包屑也用手指抹饞蘸起來吃了。大家對柯天任有好感了。又過了一天的中午，幹警叫柯天任出門，上了銬，帶到大門外。

柯天任看到劉會猛也出來了。在大牢外場上，有兩輛警車，一輛有省城編號，一輛有永安縣編號。車旁站著柯和貴和兩個警官、四個民警。柯和貴去交了錢，辦了柯天任、劉會猛出獄手續。兩個操永安縣口音普通話的民警，給柯天任、劉會猛換了手銬，帶上了永安縣的警車。

兩輛警車開出看守所大門，向永安縣方向駛去。警車在郊區一個偏僻處停下，省城的警車上走下柯和貴和一個矮胖警官。矮胖警官對永安縣警官說：「把他們的手銬取下。」他又對柯天任說：「你叔父為了救你，第一次向人求情說好話，花了兩千多元。」他與柯和貴握了手，看著柯和貴上了永安縣警車，才回到省警車裡，掉轉車頭走了。

下了手銬，柯天任心裡輕鬆了，知道沒事了。柯天任瞧著坐在身旁的柯和貴，瞧得特別仔細，就像觀賞一座藝術塑像：寬寬的額頭，尖尖的下巴，俊俏臉側，高高的鼻樑，智慧的目光，和善的面容，威嚴的神情……柯天任不禁肅然起敬，第一次從心裡感到：多麼可敬可愛的叔父，純樸高尚的人，精神偉大的人，靈魂完美的人。他第一次為自己不理解叔父而痛恨自己，為自己曾陷害、記恨叔父而羞愧。柯天任哭了，倒在柯和貴的肩頭抽泣起來。

劉會猛對柯和貴產生感激之情。他問柯和貴是怎麼救他倆出來的。柯和貴告訴劉會猛：「那個矮胖的警官叫方臣惠，是省廳法制處處長。坐在前面的警官是縣公安局打經隊隊長柯赤兵，是他們營救了你們。」

警車到了永安縣岔路口石佛鎮，柯和貴下了車，轉車回自己的經營部去了。柯天任、劉會猛被帶到縣公安局打經隊辦公室，柯赤兵叫柯天任交警務費兩千元。柯天任打電話叫周華床送來了，才回到貿易公司。

柯天任、劉會猛回到公司後，與李建樹抱頭痛哭一場。柯天任叫李建樹主持公司工作，繼續做生意，自己與劉會猛一起去醫院療傷。

過了一個星期的一天中午，周華床跑到醫院，告訴柯天任說：「羅駱駝、秦擁軍帶了不少人到公司來結帳，要開倉選貨。」

柯天任一聽，氣得咬牙切齒地說：「我懷疑在省城遭人暗算是他們搗的鬼，今日又乘人之危來搞死老子。老子正想找他們算帳哩，他們倒送上門來了。走，去碰碰他們。」

柯天任已經恢復了健康，體內積蓄了怨恨，跳起來，直奔公司。

公司內外被羅駱駝的人占住了。柯天任來到經理辦公室，看見羅駱駝正坐在他的旋轉椅上，悠然自得。

羅駱駝看見怒氣衝衝的柯天任進來了，也不起身，吹了一口煙，緩緩地說：「老弟，你受驚了。我為你盡心盡力了，花了錢。不然，你要坐十幾年牢呀。」

「你是來討債的？我欠你幾多錢？用得著你這樣興師動眾嗎？」柯天任牙縫裡擠出話來質問。

「我是來逛逛這永安城，順便來你這裡結帳。」羅駱駝輕飄飄地笑著說，「老弟，不管欠多少錢，債務要還的。秦擁軍，把帳說給柯總聽一下。區區小錢，是難不倒財大氣粗的柯總的。」

秦擁軍打開一本活頁檔夾，念起來：「借支五萬二千元，在銀廈賓館打架損壞東西和玩樂三萬零七百元，去省城救人和嫖娼罰款五萬六千元，這次來永安縣討帳花用一萬零三百元，如果以貨抵債折價百分之四十，應還貨物五十九萬六千元。」秦擁軍唸完，把帳單影本抽出兩張給柯天任。

柯天任聽了，氣得七孔生焰，狠不得把眼前那個畸形人捏成齏粉。但他不敢動。他嘗過羅駱駝的苦味，看到羅駱駝有准而來，來者不善，就忍住了。他說：「借支的五萬二千元立即以貨抵債，餘款在明春生意做好時結清。」

「老弟，我知道你不愛還帳，只知道一個勁地花錢玩樂。我也知道你無父無母，無親無友，六親不認。柯和貴那個大傻瓜被你利用多次，我可沒傻到柯和貴那個程度。如果你還願意交我這個朋友，那就一年一個清。這次結清了帳，明春我再幫你。」

「我倉庫裡的貨不多了，有一些討債的供方也要多少給一點。這次無法與你結清。」柯天任想混過眼前，忍著，解釋。

「嘿嘿。」羅駱駝冷笑兩聲，說，「老弟，你真是不說假話成不了偉人。我也說假話，但我看對象，所以我有父有母，有親有朋。這大概是我倆不同點之一吧。你倉庫裡的貨和欠供方的債，我比你清楚。你倉庫裡還有六十四萬三千多元的貨，你不打算還供方一分錢。你可不能把我當供方，我也不會像供方那樣容易受騙上當。我不能等你無衣無食、窮得光溜溜的時候來討帳。你必須在這次與我結清帳，決不能拖到下次。」

「你這不是強討惡要嗎？」

「欠債還錢，天經地義。強討又怎麼樣？」

「我提醒你，這裡不是江州城，而是永安城。老哥，硬起來，你會丟面子的。」

「若硬起來，恐怕丟面子的是你。」羅駱駝並沒有動怒，譏諷地說，「你在永安縣只有一百五十四人，在城關只有六十七人，而我在永安縣有二百四十六人，在城關有八十五人。我的人每一個都是我的，說不定你的人有些也是我的。老弟要來硬的，我坐著不動，就分勝負。」

「我能借法律保護。」

「法律是建立在情理道德之上的。你不通情理，不講道德，法律不會保護你。不信，你試試看。」羅駱駝侃侃而談。

柯天任氣糊了，連忙拿起手機，說：「柯隊長吧，有一群江州強人到我公司搗亂，防礙工作秩序，請來維護一下。」

羅駱駝也拿起手機，說了幾句。

羅駱駝冷靜地坐著，柯天任煩躁地等著。

二十多分鐘後，全城警笛亂鳴，「哇哇哇」都集到了貿易公司大門外街道上。

「老弟，我們下去觀陣吧。」羅駱駝笑著，下樓去。

柯天任也跟著下樓去。

在公司大門口，江州警車四輛，法院車一輛，永安縣法院車一輛，十個民警荷槍實彈，趕往大門。在大門外街道上，永安縣警車四輛，八個員警也荷槍實彈，柯赤兵站在前面。兩方對峙著。很快，圍觀的人聚集了上千。大事件要發生了。

「你們越境辦案，不通過當地公安部門，是違法的。」柯赤兵向對方叫道。

「我們在強制執法，已通過你縣法院。這不是永安縣法院同志嗎？」江州市法院小車前一個法官說。

「柯隊長，難道法院執法要通過你經濟隊批准嗎？」縣法院經濟庭副庭長潘貴生說。這潘貴生就是本書第四十八回所記的被推薦上大學的東胡大隊的潘貴生。

柯赤兵滿臉羞惱，轉身一揮手，跳上車。永安縣兩輛警車鳴笛走了。

「哈，哈哈哈……」羅駱駝一陣狂笑。

「哎——」柯天任一聲長籲。

「天任，留得青山在，不愁無柴燒。不就是一點貨嗎？讓羅駱駝拖走。」站在柯天任身旁的鄢豔小聲勸說。

柯天任點了點頭。

「李建樹，你怎麼沒主張了？去開倉點貨呀。」鄢豔對呆站著的李建樹說。

李建樹附身對秦擁軍說了幾句。秦擁軍走過去請示了羅駱駝。羅駱駝一揮手，警車全退，人群散去。

這場鬧劇結束了。清倉點貨進行了三個多小時，羅駱駝等人走了。

李建樹、鄢豔拿著清單到柯天任辦公室。柯天任一看，只剩下五萬四千多元的貨了，都是滯銷品，外欠供方二百七十多萬的債一分沒還，公司又沒錢用了。柯天任急在心裡。

這時，劉會猛來報，說八家供方討債人在業務室起哄；周華床來報，說郵局催要五千多元的電話費，不給就停機了；鐘月來報，說外貿局逼交房租，不交就封門了。翠翠、露露吵著要工資回家過年……各種噩耗傳來，許多煩惱聚集，柯天任黔驢技窮，一下子癱在椅上，無精打采。

欲知柯天任如何過這一關，且聽下回分解。

第八十一回　柯大俠大騙債權人　鄢小姐小惠眾職員

卻說不幸的事像六月的冰雹一樣沒頭沒腦地向柯天任打來，打得他昏頭昏腦的。

「大哥，你必須暫且迴避一下。」李建樹建議說。

「不行，兩軍對陣，勇者勝。已經敗了一陣了，士氣低落，柯總一走，職員們就散夥了，不徹底失敗了嗎？柯總必須面對債權人，鼓舞士氣。」鄢豔說。

柯天任沉思一會，認為鄢豔說得對，就叫大家研究一下對策。對策研究好後，柯天任重整衣履，強打精神，帶著李建樹、鄢豔、劉會猛走進業務辦公室。

在業務辦公室，討債雖只八家，人員卻滿了一室，鬧鬧哄哄。有的坐在辦公桌上，交腿蹺足；有的坐在椅把上，搖搖晃晃；有的坐在沙發上，垂頭喪氣；有的踱來踱去，低頭默想……趙光耀在和一家爭吵，周華床在跟一家說好話。

柯天任一進來，眾人目光一齊投來，滿座寂然。

柯天任正襟危坐，從容點煙，舉目環視，尋找突破口。他對債權人說：「夥計們，大家看到了剛才一幕，心裡就作慌了，認為我公司一蹶不振，還不起你們的債了。我公司創辦還只四個月、是一株新苗，應該茁壯成長。今日，卻受狂風暴雨洗禮，遭強盜土匪搶劫，受了挫折，但不會夭折。這是壞事，卻又是好事。我們決不會屈服惡劣勢力，我們的職工在照常上班工作。做生意是有風險的，外來的打擊會振作新的精神。人為的事在人為，公司的興衰在於人的運作。我公司由縣四大家的支持，有全體幹部職工的努力，定會反敗為勝，復興起來。明年今日，各位將會看到一個升了級別的永安縣貿易集團公司雄立在永安城最高處，看到一株參天的永安縣貿易集團大樹！現在，各位不用作慌，把自己的想法說出來，雙方坦誠交換，協商解決。」

柯天任誦出了一篇豪言壯語，拿出看家本領。這一點，是柯天任的同齡同學歷的李建樹等人所不及的。

「柯總，我們雙方合同上寫著：需方大車站車板交貨付款，我的貨現在到了六、七天了，貴方不去驗貨付款。我要求貴方付給我運輸費、停貨費和違約金。」說話的是陝西販茅臺酒的張老闆。張老闆五十多歲了，牽著一個男孩，一副富商風度。

柯天任已聽劉會猛介紹了張先生，心想：「這人沒給貨，還要錢，看來是生意場上的老無賴，是今日討債的領頭羊，必須先扳倒他。」他就說，「請問張先生來這裡多久了？」

「七、八天前，我乘飛機到貴省城，租小車到貴公司。在這些天中，貴公司只今天早上請我吃了兩碗麵條，沒人理我。二十多年來，我走南闖北，從沒有見貴方這麼不講信譽的商家，也從沒見過來貴方有這麼多討債的人。現在不敢把貨給貴方了，只要損失費。」張先生說話很激動，嗓門很粗，語帶煽動性。

「啊，原來張先生是大款，老前輩。乘飛機，坐小車，帶愛子旅遊，順手牽羊做倒爺，到處賺損失費，吃招待飯，既騙大錢，又占小便宜。可敬可佩！」柯天任幽默諷刺，擊頭痛擊。他又嚴肅地說：「張先生心中清楚，茅臺酒產於貴州，不產於陝西。張先生拿陝西火車站的鐵運小票來我公司誘騙，我方人員當然心有疑慮：這茅臺酒是真是假？我方已向貴州茅臺酒廠方發電報和信函聯繫去了，估計還有三、四天時間會得到證實。張先生想走我方也不讓走，等證實了你的茅臺酒是真是假再說。是真的，我們按合同辦；是假的，張先生要陪我方損失費，還要負詐騙的法律責任。保安，帶張先生和他的愛子去安頓好，看管好。」

「你們非法拘禁我！我告你們！」張先生大聲抗議。

「不，是送你去公安局打經隊。」柯天任回答說。

張先生被石義氣、田小慶押走了。眾債權人目瞪口呆。

「我一眼就看出，這老傢夥是老詐騙犯。」柯天任指著出門的張先生對大家說。隨機應變，謊言脫口成章，這又是柯天任高出李建樹等人的一種本領。

「甄科長。」柯天任轉頭喊甄武用。

「啊——」甄武用望著出門去的張先生出神，聽到柯天任的叫喊，才回過神來。

「甄科長，我太忙了，沒有像上次那樣招待你，很抱歉。」柯天任語帶威脅。他頓了一下，又說：「我們是老朋友了，無奈我方遇上了不可抗拒的災難，貨款要推遲一個季度還清。敬請你給胡大哥——胡總打個電話，我相信胡總的為人，會諒解我方的，不會落井下石。你可以玩幾天，不管我方怎麼窮，給你零用的錢還有。」

「那就簽個補充協議說明一下。」甄武用說。

「可以。」柯天任說。

李建樹立即與甄武用簽了還貨款協議。甄武用要柯天任在《協議書》上簽字，柯天任簽了。甄武用和隋根生走了。

一硬一軟的兩家被拿下了，其餘六家就有榜樣了。

這時，董新軍進來，對柯天任說：「柯總，人大委員開會的時間到了。」

柯天任站起來，對債權人說：「各位，我不能作陪了。各位討債辛苦了，快春節了，可以或多或少地拿點業務費回家過年。虧公不虧私嘛。具體事宜由李經理、鄢出納處理。」

柯天任很適時地退出戰場。這都是事先安排好的。

柯總定了調，各家再不逼李建樹等人了。李建樹等人將各家分開來談判，出現了三種情況：第一，同意明春結帳，補簽個協議書。鄢豔立即付了供方人員業務費，送出門去。第二，同意以貨抵債，立即結清。李建樹組織人開倉給貨，把貨價抬高五十倍，用二萬多元的貨還了近百萬的債務。鄢豔又給了供方業務員的業務費。供方業務員了結了自己一筆外欠，又得了業務費，虧的是國家，又何樂而不為呢？第三，是一家集體企業和一家私人企業，不要貨，要現金，要立即結帳，不然就報案和起訴。李建樹就讓劉會猛、趙光耀對付，趕出公司。李建樹、鄢豔等人一鼓作氣，忙到半夜，將債權人打發走。

卻說柯天任，一出公司大門，長呼了兩口氣，跑到秘密租用的宿舍休息。這些日子，柯天任的肉體和精神都受了重傷。肉體得到了治癒，打發了債權人也使他精神負擔輕了好些，他就感到疲勞了。他倒在床上，一會兒就呼嚕起來，一覺睡到第二天早飯後。房門響起咚咚聲，他才醒來。他去開了門。門外走進鄧頌雄、鄢豔、李建樹。

「鄧老師找你有事。」鄢豔說。

「鄧老師，你說吧。」柯天任說，遞給鄧頌雄一支煙。

「我聽說過你們處境困難。我本不想在這個時候開口的，但我家的事逼來了。我女兒出嫁，需要七、八千元錢。我那工資只夠買口糧，指望你們給我解難了。」鄧頌雄說。

「啊——」柯天任故作驚訝。柯天任最煩別人向他討錢，最喜別人把錢給他。若別人欠他的錢，他逼出人命也要討回。他欠別人的錢，從不放心上，容易忘記。他從不知道還帳，別人向他討帳，他輕則臭罵，重則拳打腳踢。對鄧老師，他不好發牛脾氣，就耐著性子說：「我眼下很困難，你一下子借那麼多錢，難呀。」

「我不是向你借錢，是你們欠我的錢。」鄧頌雄聽了柯天任的話，很氣惱，急促地說：「我訂的合同回貨二十二萬三千五百元，按公司規定應給十點，我應得二萬二千三百五十元的貨。本應每次回貨就結清的，你說等統一買了給現金。快春節了，卻沒給我一分錢。」

「啊——」柯天任嘆了一聲。他頭腦飛速打轉，如何把可惡的鄧頌雄攆走。他說：「老師，現在確實沒錢，我打個欠條給你，明春一次付清。你暫且找別處借著用。」

「我是個窮教師，別人怕我還不起，不敢借。」鄧頌雄十分沮喪，極力眨著眼皮，不讓淚水流出來。鄧頌雄原以為跟柯天任一起做生意的路子走對了，他運氣不錯，經手的生意回了那麼多貨，能賺到二萬多元，借錢墊付一千五百元的旅差費值得。他把柯天任這邊的錢早納入了家庭開支計畫內，帳能還清了，嫁女兒不用愁了，能過個安寧愉快的春節。他還打算明年脫產下海呢。他沒想到，柯天任這邊的錢泡湯了，反而背了一千五百元的債，女兒嫁不出去，要出大醜了。他怎能不心焦呢？他思忖一下，作出讓步，說：「你們就解決一半吧，讓我度過難關。」

「一半？一萬多元，按百分之四十算現金，有四千多元。我沒法子了。」柯天任斷然拒絕。

「按你說，一分錢也不能給我？」鄧頌雄發急了，氣憤憤地說：「天任，天任呀！你騙國家，騙外人，就不說了。你騙自己人、騙父母老師，可不行呀。」

柯天任也氣惱了，橫蠻地說：「鄧老師，你今天把我割成肉塊去買，我也沒有錢！」

大家沉默了，室內靜悄悄的。

「我沒法子回去了，只有和你一起被人剁成肉醬。」沉默了一陣，鄧頌雄流著眼淚說。

「鄧老師，我來協調一下。你嫁女兒，最大的開支是電器、傢俱類，我來想辦法。其他開支，你就去想法子。」鄢豔說。她想打開僵局。

「臘月二十四日前就需要的。鄢豔，你不會像柯天任、李建樹這兩個傢夥一樣誤事吧？」鄧頌雄說。

「不會的。鄧老師，你嫁女兒，看定的時辰，我們還要來賀喜哩。」鄢豔說。

「真是鬚眉不如裙衩。」鄧頌雄感嘆著。他對柯天任說：「你打欠條吧。」

「要打欠條，這時打不准數字呀。等把電器給你了，再算帳打條子吧。」柯天任是不願意輕易有字據被人拿著的。

鄧頌雄只好走了。

「鄢豔真機靈，一句話把那瘟神送走了。」柯天任笑著說。

「天任，我是認真的，不是騙鄧老師。你想想，日子時辰到了，嫁妝沒辦，不是要鄧老師出大醜、傷透心嗎？他不痛恨我們嗎？」鄢豔嚴肅地說。

「你真的給他買電器？這是婦人之道。日子時辰到了，沒電器，他女兒照樣嫁。出醜算什嗎？面子不能當飯吃。鄧頌雄和柯和貴一樣是書呆子，傷心一陣，恨我一陣，過些日子，我要用他，去求個情，他又寬恕我了。」柯天任露出無賴的笑容。他又嚴肅地說：「誰也別想從我口袋裡掏錢去。」

「你太狹隘了。俗話說：量小非君子。你胸懷大志，就要善於識人用人。我看你這一輩子，柯和貴、鄧頌雄是永遠起好作用的人，你要能容他們，用他們。再說，我並不拿現金去買電器呀，只是用貨去換。既出手了爛貨，還保持與鄧老師的關係，這樣一舉三得的好事你為什麼不幹呢？」鄢豔說得頭頭是道。

「拿倉庫裡的貨去換？」柯天任問著。他身上像被蠍子螫了一口，手腳抽搐一下。他問著，咀嚼著鄢豔的話，心裡權衡了一陣，說，「就依你。但要保證我有五千元過春節，還要保證明春有錢開業。公司不能死掉。」

這時，劉會猛、翠翠、露露推門進來。翠翠、露露面帶慍色。

「混帳！你們到這裡來幹什嗎？」柯天任喝問劉會猛。

「我被她們吵不過，就帶來了。」劉會猛說。

「你真會鑽老鼠洞，鑽進這死胡同裡的黑洞來了。」翠翠挖苦說，「我告訴你，躲著自己的人不是好漢。我倆要回家過春節了，不能乞討回家吧。」

「你倆怎會乞討呢？每人都有個肉皮夾，打開就是錢。」柯天任戲謔著。

「老娘沒興趣跟你開玩笑。你不要死皮賴臉，只說給不給錢？」露露罵道。

「你這臭婊子，敢跟老子這樣講話嗎？」柯天任認為受到了下賤人的侮辱，憤怒了，「老子揍死你！」

「你過來。老娘不怕揍。」露露可不比李秀雲，一點也不怕，一手叉腰，一手指著柯天任叫罵，「沒良心的色狼，喪天害理的歹徒，天打雷霹，死了沒人收屍！」

這真是：鐵錘碰著鐵砧，硬碰硬，噹噹響。

鄢豔、李建樹、劉會猛連忙插到中間，攔著。

「柯大俠想動武嗎？我倆見過大場面、大人物，你這點架式嚇不倒人。」翠翠語輕意重。

「什麼大人物？想用秦擁軍、穆國慶來嚇老子嗎？呸！我把那兩個猴子當個雞巴！」柯天任嚎叫起來，「他們甩了你倆，是老子收留了。不然，你倆不乞討嗎？不以為恩，反以為仇，臭婊子！」

柯天任說這話是有緣由的。翠翠、露露是川妹，是同學。她倆高中畢業後外出打工，轉悠了兩、三年，找不到合適的工作。一年初冬，全國糖酒交易會在成都召開，她倆去逛會場，撿樣品，找小費，認識了江日集團公司的副總經理秦擁軍、穆國慶，幫秦、穆訂了合同。認為秦、穆是大公司的幹部，年輕有為，就跟上了，跟到江州城。玩了大半年後，她倆發現秦、穆都有家室，就哭鬧起來了。恰好這時，柯天任成立了公司，要去煙臺開交易會，秦擁軍就叫翠翠、露露先到煙臺，設法讓柯天任喜歡她倆。翠翠豐腴，蘋果臉，大乳房，寬屁股，典型的川妹。露露腰細苗條，棗子骨臉，棕色毛髮，藍色眼睛，人都笑她是洋妞。柯天任果然喜歡她倆，收為公關小姐。她倆發現柯天任未婚，人才一表，學才高過秦、穆，都想抓住柯天任，一左一右地拼命為柯天任公關。她倆有文化，有見識，膽子大，玩世不恭，迷官員和供方男人，使工商稅務費少交，使供方發貨。後來，她倆發現柯天任是個歹徒，比秦、穆不如。秦、穆在錢財上沒虧待她倆，柯天任只是玩弄和利用自己，分文不給。她倆感到吃了大虧，就商量著找柯天任結帳回家過年，永遠離開柯天任。柯天任卻翻臉不認人，還說是她倆的恩人，這真是上游的老狼吃下游的羊羔找藉口的強盜邏輯。

「笑話！不是被你拐騙來了，我倆到福州一家公司去，早賺了大錢。」露露說。

「好大的救星呀。柯總，我倆今生來世真要變牛變馬報答你的大恩大德了。但是，牛要耕地，馬要跑路，總得餵草料呀。我倆還不想現在就鞠躬盡瘁、死而後已，還想活些日子，多為柯總耕地跑路，請給些草料吧。」翠翠詼諧地說。

柯天任被數落的哭笑不得。

鄖豔見了，想解圍，說：「兩個妹子，吵也不是個法子，把帳拿出來，心平氣和地商量解決。」

「得皇帝寵信的女人才會心平氣和。」翠翠譏諷著，說，「我心裡有兩本帳，清清楚楚。」

翠翠說這話也是有緣由的。翠翠、露露夾持著柯天任，雖不能與柯天任成婚，但在生活上能得到好處。鄖豔闖了進來後，事情就發生了變化。鄖豔的父親是瀋陽人，南下幹部，在縣糧食局當過局長，現在任縣副食品公司工會主席。鄖豔是典型的東北女人，鵝蛋臉，皮肉細嫩，身材高大，兩腿修長，工於心計。鄖豔上高一時，成績很優秀，在高二下時被一個教師誘姦，思緒亂了，高考時落榜。她托父親的福，是國家戶口，就到副食品公司工作。後來，副食品公司不景氣，發不出工資，她就離職到街上遊蕩。她認識了劉會猛，介紹到貿易公司，應聘攻關小姐，搞收發工作。李建樹看中了她，提為經理助理。柯天任又賞識她，就提為總經理助理，兼做出納。劉會猛、李建樹都追求過鄖豔，鄖豔認為劉會猛太粗太剛，沒心計；李建樹太柔太刁，沒剛氣，就沒讓他們沾邊，只保持同事和朋友關係。鄖豔擇偶標準是：

一表人才，能文能武，有雄心壯志，又有實際本領，寧可性惡欺人，不可性善遭人欺。漸漸地，鄢豔認為柯天任才是她心目中的白馬王子。俗話說：「三個女人一台戲。」翠翠、露露、鄢豔是三個同齡段的女子，相處在一起，能不唱戲嗎？在翠翠、露露眼裡，鄢豔外表文雅淑靜，無所他求，內裡卻歹毒險惡，心比天高。兩人就輪流在柯天任面前吹枕頭風，說鄢豔壞話。在鄢豔眼裡，翠翠、露露是放蕩女人，膽大妄為，沒有定向，作不了貴夫人，不值得與之計較，就讓著她們，一心去工作。柯天任是個見了女人就像見了鮮屎臭一樣的蒼蠅，要叮上幾嘴。他並不理會翠翠、露露的挑唆，嬉皮笑臉地去調戲鄢豔。鄢豔卻舉止莊重，不讓柯天任沾上身子，只與柯天任談雙方感興趣的文學、歷史、工作。柯天任心裡在說：「是個鐵女子，羅剎女。」他就收了邪念，產生了解雇鄢豔的念頭。但是，鄢豔在工作和處事待人上表現出的智慧、能力、沉著、膽略，使柯天任驚奇。特別是在柯天任處境不同時，三個女人的表現也不同。在柯天任賺錢順利時，翠翠、露露百依百順；鄢豔則居安思危，經常提醒柯天任「人無遠慮，必有近憂」，並且時時預料到發生的不測事故。在柯天任受挫時，翠翠、露露就閒事不管，閑飯三碗，經常外出找小費。鄢豔則安慰和鼓勵柯天任，主動化險為夷。柯天任對鄢豔既佩服，又仰慕。柯天任對三個女子的認識分明了：翠翠、露露是用來玩樂解悶的，鄢豔才是成家立業的賢內助。此時，翠翠、露露也完成了對柯天任和鄢豔的認識：柯天任並不是什麼事業有成的英雄，而是一隻毫無出息的癩皮狗；鄢豔是助紂為虐的妲己。所以鄢豔來調解，翠翠就回答了那一句，刺激鄢豔。

「翠翠，鄢豔的話並無惡意，結帳是要帳單呀。」李建樹說。

「好，我念，柯總聽著。」翠翠從衣袋掏出一張紙來，念道：「每月工資每人三百元，六個月兩人合計三千六百元。訂合同回貨十五萬四千元，按百分之十算，一萬五千四百元。使甄武用發貨二十五萬元，按百分之三算，七千五百元。與工商稅務人員談判，從上交五萬元減到五千元，按百分之十算，四千五百元。還有一些小成功忽略不計，應該給我倆三萬一千一百元。」

「我給你倆買衣服、化妝品、零用錢，每人至少有四千元，應該退減吧。」柯天任說。

「那我就來和你算算青春損失費……」翠翠說。

「不要說得那麼文雅。」露露打斷翠翠的話，說，「老娘來算你嫖娼費，每次一百元，僅老娘一人就有八十多次，有八千多元，你給不給？」

「好好好，我服了你倆了。」柯天任感到難纏，就笑著說，「我們總算好了一場，不是夫妻，也是情人吧。一日夫妻百日恩，同船過渡前世修。我現在很困難，你倆總不能推老牛下坑吧。現在，給足路費，你們回家。餘款，明春我到成都開糖酒會送給你們。如果你倆不嫌棄我，還是跟我一起幹，明春第一批貨來給你倆結清帳。」

「柯天任，你挖政府的牆腳，騙國有企業的錢，我們不反對，因為當官的在挖在騙。俗話說：兔兒不吃窩邊草，老鴉不打尻下食。你挖騙親人朋友的錢，就不是英雄好漢，是連兔兒老鴉都不如的小動物。我看透了你的那一套，不會相信你說的明春，也不會再與你共事了。你如果講點道理和感情，現在就和我倆結清帳目。我知道你困難，但你倉庫裡的貨還了我倆的帳還有餘的。」翠翠說。

「倉庫裡的貨不多了，在公司工作的人都應該給一點。一視同仁嘛。」李建樹說。

「你們都是本地人，可以到明春處理。我倆遠隔千里，應先還。」翠翠說。

「我倆的錢不能拖欠。不還，老娘就鬧給你看。」露露指著柯天任的額頭叫。

「去你娘的臭婊子！」柯天任發怒了，揚手一巴掌，打在露露臉上，吼道，「老子一分錢也不給，你要鬧，老子就先宰了你。老子是不怕坐牢殺頭的。」

「你這狼心狗肺的傢夥。你有膽子玩命，老娘就奉陪。你不宰了老娘，就不是人！」露露像一頭母狼，嘶叫著一頭撞過去，與柯天任拼命。

劉會猛連忙架住露露，鄢豔、李建樹擋住柯天任。

正鬧得不可開交時候，周華床慌慌張張地推門進來，說：「大哥，不好了，法院經濟庭副庭長潘貴生坐在辦公室，叫你去。不然，就查封公司。還有……」

「你坐下來，冷靜些，說清楚。」鄢豔拉過小凳，讓周華床坐下。

「還有公安局打經隊也來人，叫大哥立即去打經隊。」

「蠢貨！你告訴他們我在這裡嗎？你後面有人跟蹤嗎？」柯天任喝問。

「沒有呀。我說大哥去江州了，近兩天回不來。我來時注意了後背，沒人盯哨。」

「很好。」鄢豔說，「周華床，你先去，穩住潘貴生。我和李建樹等一下來。」

周華床走後，鄢豔對李建樹說：「以防查封倉庫，我倆去把貨物轉移一下。」李建樹贊成。兩人忙了一個多小時，轉了貨物。兩人到公司，送潘貴生一條好煙，好話說了幾籮，才支走潘貴生。鄢豔對李建樹說：「你先去對翠翠、露露等人說，潘庭長一定要見柯總。等柯總出門後，叫他溜走，迴避幾天。」李建樹去了。

鄢豔、周華床等人直到傍晚六點才離開公司，回到柯天任的宿舍。宿舍裡擠滿了人，大家沒吃飯。

「李建樹，你帶大家去吃飯呀。」鄢豔說。

「我口袋裡沒一分錢呀。只有到外貿餐廳去記帳。」李建樹說。他口袋裡僅有的三十二元錢已給了柯天任了，叫柯天任逃跑了。

「外貿餐館再不能去了，我們欠了八千多元飯錢，餐館老闆正在找柯總結帳。」鐘月說。

「那就去副食的公司餐館，那家餐館的老闆我熟悉。」鄢豔說。

鄢豔帶著眾人去吃飯。吃了飯，已是夜晚九點多了，大家打算回公司招待所睡覺。李建樹叫大家等一下，吩咐毛仲義去公司探望一下，看有什麼情況變化。毛仲義去了半個多小時，回來報告說：「公司大門被外貿局封了，進不去了。」眾人一片叫苦聲。

「不用慌，今夜就在副食品公司招待所睡。明天，各自逃生。」鄢豔說。

眾人到了副食品公司招待所，怨聲載道：

「我不能回家過年了，五年前借給武館的錢，大哥一直不肯還。」周華床說。

「口袋裡一分錢也沒有，我也無臉回家過年了。」董新軍說。

「今年不是白幹一場嗎？」一個徒弟說。

「開始時說給百分之十，到頭來搞得這樣一團遭。」鐘月說。

「有錢時，大把大把地花，現在連過年也沒一分錢。」張開二說。

「大師傅還是劃得來的，各種快樂都玩盡了。」牛五說。

……

鄢豔聽了，說：「大家都是一家人，明春又在一起，用不著把責任推到柯天任一個人身上。你們為什麼不平時極力勸勸他呢？」

「勸得住嗎？大哥只能一個人說了算。」周華床說。

「要是我們合力勸阻他，情況就會好得多了。」李建樹說。

「你才會放馬後炮哩。都是你和劉會猛擁著大哥去吃喝嫖賭。」趙光耀說。

「不要吵了。明天我去借點錢分給大家，李建樹給大家發點年貨。不管柯總同不同意，就這樣幹。但大家要合力擔擔子，行不行？」鄢豔說。

「行。」眾人異口同聲。

「要是鄢豔姐能作我們的大嫂就好了，大哥會收斂一些。」周華床笑著說。

「明年，我們一定會喝喜酒。」李建樹笑著附和。

「好。」眾人鼓掌。

「我好意幫大家，大家還拿我取樂，是你李建樹的壞點子。」鄢豔趕過去，拉著李建樹的耳朵，笑著說。

李建樹順勢摟住鄢豔的腰，扭頭去親鄢豔的腮幫。鄢豔順手一個耳光，打在李建樹臉上，掙脫了身子，笑著。

「翠翠，我可沒閒心笑得起來。走，去找那王八蛋。」露露說。

翠翠、露露走了。鄢豔和李建樹隨後護送。到了柯天任宿舍，門鎖著。李建樹打開了鎖，四人進去。鄢豔拿了水桶，找房東打熱水去了。

「這王八蛋，要是跑了怎麼辦？」露露說。

「跑得和尚跑不了廟。我倆明天到他家去找。」翠翠說。

「我猜，柯天任不是迴避你們，而是躲過法院、公安局，肯定躲得遠。他孤身一人，沒有廟，到哪裡去找呀？」李建樹說。

「我家裡來電報，說我母親病重，馬上要回去。現在連路費也沒有，那魔頭害死人了。」翠翠說。

屋裡一陣沉默。

鄢豔打來了熱水，叫露露洗。露露撅著嘴，不理鄢豔。翠翠去拿臉盆倒水洗。

「鄢豔，你就陪她倆睡。我走了。」李建樹說著，出門去了。

「露露，鄢豔又不欠我們的，不能生她的氣。」翠翠洗著，說，「快洗吧。」

露露也拿了盆倒水洗。鄢豔最後洗。

「鄢豔，你有沒有法子幫我倆從柯天任那里弄點錢來嗎？」翠翠問。

「我同情你們，但愛莫能助。」鄢豔故作為難地說。她沉吟一下，又說：「李建樹、劉會猛也是公司股東，你倆明天纏住他倆要錢。我出面調解弄到兩、三千元來。

「呸！只給兩、三千元！」露露睜著藍眼珠看著鄢豔。

「你又來了。鄢豔是在替我倆想法子呀。」翠翠說。

「你倆如果要多了，他倆就無法了。」鄢豔說，「實際上，他倆連二、三百元錢也拿不出來。你倆纏得他倆團團轉，他倆就要求我。我就去借兩、三千元錢，當著他倆的面給你們，要他倆打張借條。我是城關人，我父親還是個小官，不怕柯天任明春不還。」

「鄢豔，我對不住你。到了這個境地，只好依你的法子辦了。」露露說。

「我倆算是敗在柯天任手裡了。」翠翠說，「不過，我又認識了一種人。柯天任這種人，心最毒，手最辣，恨不得天下人都做他奴僕，恨不得天下美女都供他玩。他對任何人、任何事都不負任何責任。」

鄢豔聽了，沒作聲。

「鄢豔，你不作聲，我能猜到你在想什麼。你認為柯天任智勇雙全，是英雄，有大作為。跟了他，不說作皇娘，也能作壓寨夫人。」翠翠說，「你雖然聰明，有水準，但畢竟沒逛出這個小縣城，思想還在傳統牢籠裡，看人是傳統標準，羨慕的是傳統英雄。可是時代變了呀。現在是市場經濟，講民主法制。柯天任那種人成不了什麼大氣候。即使僥倖成功，也不會長久。你也看到了，柯天任對他父親十分冷酷，對他叔父嬸娘十分殘忍，對朋友徒弟十分惡劣，對女人十分絕情。我倆敗在他手裡是小敗，你如果與他結婚，就會大敗。」

「即使你作了皇娘，稍不如，也會被打如冷宮；作了壓寨夫人，山寨破了就慘了。」露露也笑著，誠懇地說。

鄢豔心裡為之一震，但仍沒作聲。

「也許你想改變他，那就錯了。在我看到的人中，柯和貴老師是最善良的賢人，他也沒扭轉柯天任的惡性子，反而屢屢遭柯天任的陷害。你駕馭不了柯天任。」翠翠說，「鄢豔，我們要分別了，也不爭什麼，你要相信我說的肺腑之言。我們都是女人，我要提醒你一下。」

「我一看到你真心實意地為柯天任服務就反感。今天，你關心我，我也擔心你。」露露說。

鄢豔表面上裝著風和日麗的樣子，而腦海裡雷電大作。她沒想到翠翠竟然有如此高的知識水準，沒想到露露這樣潑悍的女人在臨別時有這般真摯的感情。對柯天任，鄢豔有自己的想法，那看法是如此的堅固，並不是翠翠一席話所能破碎的。過了一會，鄢豔說：「感謝兩位姐妹的忠告。不過，我沒有嫁給他呀。我只是忠於主人呀。好啦，我們不要談柯天任了，睡吧。」

第二天早飯後，翠翠、露露就纏住李建樹、劉會猛不放，鬧得他倆團團轉。一切都按鄢豔導演的進行。到了晚上七點，鄢豔、李建樹、劉會猛等人送翠翠、露露上了火車，這場鬧劇演完了。

送走翠翠、露露，眾人又鬧著要錢回家過年，鄢豔和李建樹早有安排，在轉貨時，倉庫裡留下了兩千多元的貨，分給了大家一千多元，留下一千多元讓法院、公安查封。鄢豔又去借了些錢，每人發一百元。眾人散夥了。

鄢豔、李建樹、劉會猛就去南柯村向柯天任彙報情況。

柯天任聽後，大發雷霆，指著李建樹罵道：「別人說你智多星，我看你是豬多腥！瞞著我，給了那兩個婊子三千元，給那些臭蟲那麼多錢和貨。你的豬心到哪裡去了？鄢豔的錢，你和劉會猛去還。快把貨拖來，我保管。」

李建樹、劉會猛見到柯天任發火了，不敢吭聲。

鄢豔聽著，看著，一點也不怕柯天任。她並不認為柯天任威猛專橫是缺點，中國歷史上的帝王、英雄不都是這樣的嗎？她卻認為柯天任沒度量，沒深謀遠慮才是缺點。鄢豔想著，對柯天任說：「你這人心胸太狹窄了，目光太短淺了。沒有翠翠、露露和眾人的努力，你能掙回那麼多貨財嗎？給他們一些都是應該的，是安撫人心。若是分文不給，翠翠、露露都不回家過年，鬧得天翻地覆，加上公安、法院等，內外夾攻，你躲得安寧嗎？李建樹、劉會猛為你擋風浪，把事情擺平了，你還責怪他們，誰還敢與你合作呢？歷來成就偉業的英雄，身邊都有一群謀士猛將。你難道只過這個春節就孤單一人去生活嗎？」

鄢豔一連串斥問，像一瓢瓢冷水潑來，潑熄了柯天任的怒火，使柯天任低下了頭。柯天任想了一會，用力瞧著鄢豔說：「總是你有理。」他又轉為笑臉地向李、劉道歉：「我剛才太煩了，說急了。兄弟不要見怪。你們辛苦了。現在，你們再辛苦一下，去把剩下的貨物拖來，你們分一些去。」

「大哥，我不要貨了。只要求把鄢豔的錢還了。請你打個欠條。」李建樹說，「我不做生意了。」

「我也和李建樹一樣。」劉會猛說。

「你大哥剛轉彎，你倆又強起來了。我告訴你們，你們三人只有扭成一股繩才有力量，否則各人單幹，就一事無成。」鄢豔批評說，「我看，貨不再轉了，轉到這裡太顯眼了，不保險，我的錢不用還了。我把欠條撕掉。我要的是與你們一起創事業。我們把貨去賣掉，大家拿些去過年，餘錢留在明春開業。」

「照鄢豔說的辦。」柯天任同意了。

李建樹、劉會猛也沒說什麼。

鄢豔三人去賣了貨，得現金兩萬四千餘元，給了柯天任二千元，李建樹、劉會猛、鄢豔各拿一千元，餘款由鄢豔保存。

欲知後事如何，且聽下回分解。

第八十二回　蠻隊長敲詐一而三　狡庭長巧索千又萬

卻說春節是中國人最神聖的日子，一切怨恨在這時候都雪融冰解，冤家對頭見了面都要互相拜個年，問個好。

大年初一，鄢豔把柯天任、李建樹、劉會猛三人約到家中。鄢豔說：「我們要趁這個喜慶的日子，分別給公安、法院、外貿局、外貿餐館、工商、稅務、郵局的有關領導拜個年，送些年禮，以便開春好開業，趕上三月十五號的成都糖酒會。」三人贊同。他們就一起去了有關幾家的門，一一安慰好了。年初四，在外貿餐館請了兩桌客，和好了關係。邢忠恕和柯赤兵都對柯天任說出一個腔調的話：「改革開放嘛，大膽解放思想，放開手腳發財，也要為我單位依法制創收作出貢獻。犯了事，由我來處理擺平。」

柯天任等人又來勁了，元宵節後，全體人員重上陣，照著原來樣子又幹了起來。開了全國糖酒會交易會後一個月，新的供方不斷發貨，去年的舊債主不斷上門討帳，柯天任的公司忙碌起來。與此同時，法院、經濟庭和打經隊也忙碌起來。

柯天任的公司接連提了四批貨，共四十多萬元，其中有兩個十噸廂名牌白酒，降價百分之二十買得七萬元。柯天任轉進口袋三萬元，餘款給鄢豔開支。柯天任當眾宣佈鄢豔為他的全權代理人，還下了委託書。鄢豔借此機會還了自己的借款。

自從去冬到現在半年了，柯天任一直處在經濟拮据和精神緊張中，現在有錢了，安定了，肉體和精神復蘇了，振作起來，需要發洩，需要放鬆。一天吃了早飯，柯天任就約劉會猛一起去江州瀟灑。鄢豔、李建樹聽說了，一起連忙去車站阻攔，想卡下一些錢來。

鄢豔、李建樹趕到長途汽車站大門時，看見柯天任被兩個員警架著，從候車室出來，上了手銬，押上了邊三輪公安摩托車走了。

「折財的時候又到了。」鄢豔望著遠去的摩托車，搖頭嘆氣。

這時，劉會猛從車站側門賊頭賊腦地溜出來。李建樹招呼他，問發生了什麼事。

「我們買好車票，坐在候車室。兩個員警就來了，抓住大哥。我乘機溜了。我懷疑我們內部有內奸，不然民警怎麼跟得那麼准？」劉會猛說。

「經濟庭和打經隊時刻派人監視我們公司的收入情況和大哥行動。不要疑神疑鬼的，搞得內部不團結。」李建樹說。

「他們還會來抓我們的，我們躲一下吧。」劉會猛驚魂未定。

「既然你和柯天任沒犯別的事，他們抓人純粹是搞錢，叫依法創收，不會抓其他人了。我們回去等電話通知。三萬元送給鬼用了。」鄢豔說。

鄢豔三人回到公司半個來小時，打經隊來電話了，說柯天任犯了重案，迅速帶錢來取人，不然就丟進大牢去了。鄢豔約李建樹、劉會猛去打經隊。劉會猛怕公安局，不敢去。鄢豔、李建樹就去了。

鄢豔、李建樹來到打經隊。柯天任正和三個公安員在打撲克賭錢。柯天任大把大把地輸錢。

「這是李森木隊長。」柯天任向鄢豔介紹一個大塊頭民警。其實李森木是個隊副，犯人只敢稱他隊長。

李森木看都沒看鄢豔、李建樹一眼，逼著柯天任出牌。鄢豔、李建樹只好站在一旁看。他們一直打到中午十二點吃午飯，柯天任輸了兩千多元錢。李森木帶著眾人一起去公安家屬的餐館吃飯，每人兩包紅塔山。開始時只七、八人，一桌。後來，公安人員不斷進來，李森木不斷招呼上桌，坐了三桌。吃完飯一結帳，共計一千七百四十六元。李森木開了張發票給柯天任，柯天任轉手給鄢豔。

「你這傢夥，害得老子中午不能休息，要加班。走，到辦公室去。」李森木已有七、八分醉，把柯天任腦殼打了一把掌，噴著酒氣喝道。

到了打經隊辦公室，李森木叫人把柯天任銬起來，問李建樹：「帶了多少錢來？」

「沒帶錢。我們還不清楚案情。」李建樹說。

「老子還要向你彙報案情嗎？」李森木發火了，說，「詐騙犯，至少罰十萬。」

「我們證件齊全，只不過欠債，怎麼能定為詐騙犯呢？」李建樹申辯著。他沒進過公安局，不知厲害。

「真是法盲！」李森木站起來，向李建樹當胸一拳，又踢一腳尖。

李建樹倒在地上，大聲叫：「不讓人分說就打人，你知法犯法。」

「好人不打，壞人也不打嗎？你這傢夥還敢抗法？」李森木怒吼著，「這傢夥也是股東，主犯，把他銬起來，讓他嘗嘗法律的厲害。」

兩個民警把李建樹銬起來了。李森木抓起掛在牆上的一根粗繩，跳上桌子，把繩子穿在屋頂的鋼筋掛鈎上，一頭繫在李建樹的手銬上，一頭抓在手上，跳下桌子，將繩一拉，李建樹被吊起來了。那手銬陷入手腕肉中，脫了一圈皮，向手背皺去。李建樹痛得殺豬似地嘶叫。李森木才放手。李建樹倒在地上成了一攤肉，只有呻吟聲，沒有申辯聲，嘗到了法律的厲害了，服法了。

柯天任被嚇得縮成一團，鄢豔被驚得張口結舌。

「你這蠢豬，犯法不知法。現在老子講給你聽。」李森木點支煙抽著，進行普法宣傳，「你們執照的註冊資金二百萬元，你們有那麼多錢嗎？執照是行賄辦的，假的。你們拿著假執照去騙了三百多萬元的國家財產，賴著不還債，就是犯詐騙罪。還有，柯天任和你，還有一個叫劉會猛的，多次去江州嫖賭，也是犯罪。按照《刑法》第九十條第八款，第一百條第十款，你們為首的要判死刑，至少是無期徒刑，主犯判二十年以上徒刑，協從犯判五年徒刑，都要罰款。老子看到柯天任是柯隊長的房侄，才按《治安條例》來處理。罰你七萬元，你還不服，真是法盲，不識好歹！」

從李森木這段話可知，李森木才是真正的法盲。他所說的法律條文是信口胡謅的。當時的《刑法》沒有經濟合同詐騙罪這個概念，也沒有註冊資金虛假罪。凡是辦理全民所有制的執照都有主辦單位，審計、工商是根據主辦單位的流動資金和固定資產來註冊的，這是普遍現象。柯天任的公司的主辦單位是外貿局，外貿局的資金何止三百萬。柯天任的公司執照是真實的。在當時，「三角債」也是普遍現象，不存在詐騙。李建樹的申辯才是合理的。李森木所說的《刑法》第九十條是定反革命罪，根本沒有第八款；第一百條是為反革命罪幾種情況量刑，也無第十款。李森木像當時所有辦案的公安人員一樣，根本不學法律條文，也無需懂法律，只管亂按主觀意志抓人，依法審判是法院的事。李森木為什麼要說得條條是道呢？一是顯示自己的權威，二是恐嚇被抓的人，達到服從他處理的目的。中國的民眾也是沒有法律常識的。柯天任、李建樹、鄢豔雖是高中畢業生，也是法盲。三人的心裡還敬佩李森木對法律熟悉，信口背出法律條文。三人都把李森木的胡說八道當成法律依據，認為自己犯了大法。所以，李森木與柯天任三人的較量，不是法律與罪犯的較量，不是正義與邪惡的較量，不是道義是非、知識高低的較量，而是兩種野蠻法盲的較量，是兩種罪犯的較量，是兩種邪惡勢力的較量，是有權的邪惡者與無權的邪惡者的較量。

「李隊長，聽了你的話，我上了一堂普法課，知道犯了大罪。」柯天任顫抖著身子說。他接著哀求：「你不要把李建樹丟進大牢，和我一起在辦公室，鄢豔回去拿錢。」

「不行！」李森木說，「柯天任坦白從寬，罰款到了就放。李建樹抗拒從嚴，不要他的罰款了，老子要判他死刑。」

「李隊長，兩個頭子都被抓了，一個跑了，公司就亂了，職員會乘機搶盜，我就弄不來錢了。你就讓李建樹同我一起回公司，交罰款就快些。」鄢豔請求著說。

「說得有些道理。」門外傳來了聲音，隨著，柯赤兵隊長進來了。

李森木連忙退出主座，站到一旁。

在公安局裡，局長就是司令員，其他人只能聽命令。在隊裡、所裡，隊長、所長就是司令員，其他成員只能聽命令。打經隊是柯赤兵說了算，隊副李森木只是個打手。

柯赤兵沒有坐，用腳踢了李建樹一下，喝道：「起來，不要裝死。」

李建樹掙扎著爬來，坐在地板上。

「李建樹和鄢豔回去，三天內交十萬元來。不然，逮捕你們所有的人，把案子上交局裡，不關我的事了。」柯赤兵威脅著說。

李森木給李建樹下了手銬。鄢豔連忙扶起李建樹走了。

鄢豔送李建樹到醫院治傷，自己回到公司，和劉會猛、周華床等人忙著買貨搞錢。在這三天內，李森木不斷打來電話，說：「到時候就把柯天任丟進大牢，來查封公司。」柯天任也打電話，一次比一次說得急，說把公司買了，也要救他出來，不能讓他進牢房。鄢豔等人忙得團團轉。到了第三天中午還只弄到九萬元。鄢豔就決定，送給柯赤兵一萬元，把柯天任口袋裡被搜去的三萬元算在十萬內。柯赤兵接了錢，同意鄢豔的意見，就給李森木打電話，把案子了了。

鄢豔帶了八萬元到打經隊。李森木把柯天任的生活費、輸錢一算，共是八千三百七十五元。鄢豔一次付清了。鄢豔要李森木給張發票，李森木說抽屜鎖了，以後補給發票。柯天任催著鄢豔走，說要不要發票無所謂。李森木送柯天任出門，笑著說：「柯天任，你為打經隊創收立了功。出去後把生意做好，做大些。回了貨，先通知我一聲，讓我有個準備，保護你不要被供方那邊抓去了。」李森木還把家址住址電話號碼給了柯天任。柯天任不斷點頭，打躬，道謝。

柯天任回到公司，職員們都來安慰、慶賀。柯天任把劉會猛罵了個狗血淋頭。眾人也指責劉會猛沒用，讚揚李建樹勇敢。

柯天任像是個凱旋而歸的元帥一樣，意氣風發，揚手演說：「兄弟們，這次被抓被罰，看來是件壞事，其實是件好事。混熟了打經隊所有的員警。他們畢竟是本鄉本土的人，對我很客氣，還鼓勵我大膽幹，再不會抓我們了。我們損失了九萬元，要拿回百萬元。」

貿易公司又正常運轉了，一個多月進了五十萬元的貨。柯天任又作了三點指示：一、只要是人造的東西，土巴石頭都要，賣不出去，抬價抵債。二、只要能賣出去的，賣一元錢也要賣。三、一分錢的帳也不能還，公安、法院的錢要給。他還說，為了避免財務混亂和大家的風險，現金收入和支出由他一個人統管，風險由他一個人擔。柯天任說這些話，是他有一種怪癖：愛錢如命，又揮金如土。他把錢裝自己口袋裡。心裡就踏實，恨不得把天下的錢都裝進自己的口袋裡；把錢給別人保存，他就有失落感，不安定，不准別人花自己一分錢，從不知道什麼是憐憫慈善。但有四種情況，他願大把大把地花錢：一是玩女人，二是吃喝，三是被公安抓住了要救自己，四是為了做官進行賄賂。他用錢從不計畫，隨心所欲，柯和貴批評他說：「你口袋裡一萬元錢等於一元錢，一元錢還用得一天，一萬元只用得一個上午。」

正在柯天任大收錢和大花錢時，法院經濟庭的傳票雪片似地飛來。柯天任不敢去法庭，準備逃跑。鄢豔告訴他：「經濟庭不比打經隊，不會亂抓人關人的，是解決經濟糾紛。你不去，他有權缺席仲裁，到時候就強制執行，那就會抓人了。法院處理了的案子，公安不敢來管。你必須去法庭處理債務。」鄢豔就陪著柯天任一同去經濟庭庭長邢忠恕的家，送了五千錢的見面禮。

邢忠恕與李森木大不同，斯文和藹，講理講法。他向柯天任講了一通《合同法》，告訴柯天任如何處理債務：「有十一家起訴你，共一百二十萬元的債務。法院第一步是調解。第二步是仲裁。你在出庭爭辯時，要抓住對方的商品和違背合同的問題，無中生有，亂辯強爭，把水攪混，但不能喧嘩，不能打人。在調解和仲裁時，你要叫苦不迭，謊報自己災害造成損失。在法庭強制執行前，你租一間倉庫，放七、八萬元滯銷貨，讓我去查封。各債權人在無可奈何之中，就服從法庭了，拿些貨回去。這樣，一下子就還了一百二十萬元的債務。」

柯天任聽了，心裡就踏實了，就回公司作爭辯準備。鄢豔、李建樹、劉會猛去轉貨，只留五萬元的滯銷貨在倉庫裡。

一天上午，柯天任、李建樹、鄢豔出庭了。經濟庭坐滿了十一家債權人。邢忠恕當堂而坐，一身法官服裝，十分威嚴。邢忠恕身旁坐著副庭長潘貴生和一個記錄員。邢忠恕按照法律程式進行了一般問題後，宣佈雙方辯論。十一家債權人都控訴起來。有的叫苦，說收不回債務，工作籍就靠不住了；有的指責柯天任利用合同詐騙，故意拖欠貨款；有一家私人企業哭訴，說他本錢不大，被柯天任騙了兩萬多元，企業就停閉了。柯天任從中橫扯亂拉，庭內哄亂一片。爭辯了兩個小時，邢忠恕宣佈停止辯論，嚴厲而公正地說：「柯天任，欠債還錢，你必須立即結清債務。」

柯天任辯解說：「我是想立即結清債務，但無力償還。第一，我公司在去年底被省城黑社會詐騙了一百二十餘萬元，還遭到江州市羅駱駝搶劫，外地廠家騙了我公司預付款五十萬元。第二，我公司倉庫遭到突發洪水淹沒，損失一百五十多萬元。第三，供方貨物有品質問題，不少偽劣產品，我這裡有工商部門的驗質表和罰沒單。如果諸位能讓我方延長時日還債，在兩年後，我方就與諸位和和氣氣地結清債務。」

「這不行。貿易公司與我方簽了三次還債協議，至今沒還一分錢。合同、協議對於柯天任是廢紙一張。我方在無奈中才告上法庭，不願再延長時間了。」甄武用說。

「照你甄科長說，天下就只我公司欠債了？」柯天任反駁說，「你方發給江州市日江集團五十萬元的貨，討回了一分錢嗎？人家還不招待你，趕你出門。我方對你夠客氣了。你胡總說欠銀行八百萬元，還沒還？全國各大小企業有哪家不欠債的？中國欠外國，外國欠中國，這是「三角債」。要還，大家都還債，要找我一家還，那不成！」

「你欠債不還，還有理嗎？我告訴你，我是不搞地方保護主義的，要秉公執法。本庭這次只清理永安縣貿易公司的債務，不要去扯什麼「三角債」！邢忠恕嚴肅公正。

「我方相信邢庭長，請求庭長裁決。」甄武用說。

「請求法庭裁決。」眾口一詞。

「大家聽著，我宣佈：永安縣貿易公司在三天內與各家協商結清債務。協商不成，本庭就作出仲裁，強制執行。現在休庭，三天後再來這裡。」邢忠恕說。

「要我立即結清債務，那我就破產了。這太不公正了。」柯天任裝著樣子悲傷起來，還埋頭抽泣。

柯天任、鄢豔、李建樹很高興地回到公司，準備應付強制執行。

晚上，邢忠恕撥了柯天任手機，說他家中有急事，請假半個月，不能理案，準備把案子交給副庭長潘貴生去辦。

柯天任聽到這個消息，馬上召來李建樹、鄢豔、劉會猛，急得抓首搔耳，說：「剛剛拉上關係，就斷了。怎麼辦呢？」

「我們今晚再上邢忠饒恕的家，不能把案子交給潘貴生。」李建樹說。

「再帶五千元去。」柯天任一揮手，作出決定。

柯天任、鄢豔、李建樹、劉會猛四人當晚就去邢忠恕家。李建樹把裝有五千元錢的棕色信封送到邢忠恕面前的茶几上。邢忠恕憑眼力和經驗，估摸到信封裡的錢是千字數，又想到來了四個人，收這錢不安全，就說：「你們想收買我嗎？要知道我是法官，不能知法犯法。把錢拿回去。」邢忠恕很不高興地把信封丟回李建樹懷裡。

「老邢，對客人要客氣呀，你怎麼發火了？」這時，從內房走出邢忠恕的愛人，說，「你們少不更事。我告訴你們，可不能行賄老邢呀。」

「大娘，我們是請求邢庭長親自給我們結案。大家賺錢大家用，一碗水不能一個人喝乾，沒有行賄的意思。」柯天任說。

「不是他不辦你們的案子。我家在城關做了一棟房子，開始計算好的，沒想到地皮材料日日漲價，做了一半，還欠兩萬元。老邢要請假去找親戚朋友借錢。既然你們信任他，那就讓他結了你們的案子，再去弄自己的房子。」邢忠恕的愛人說。

「大娘，兩萬元錢我公司借給你，過兩年你再還。這不是行賄吧。」鄢豔說。

「我不能借你們的錢，說不清楚的。」邢忠恕說，「那就先辦了你們的案子再請假。」

「要庭長關照了。」柯天任說。

「小柯，你今天上午在法庭表現還好。我還要告訴你：第一，你要懂得法院管轄權，要在我庭辦案。現在地方保護主義嚴重，法庭搶著搞經濟案，供需雙方爭著在有利於自己的本地法庭辦案。如果你的案子在對方法庭，你千萬別去應訴，不然就吃大虧。第二，你要小心，不能被對方的法警和公安人員抓去，不然就慘了。第三，你要躲避公安局打經隊處理債務。你們欠債屬《合同法》中的經濟糾紛，不在《刑法》範圍內。現在，法制不健全，打經隊亂抓生意人罰款，把法院經濟庭弄得沒事幹了。如果打經隊抓你，你就跑到我這裡來，他們就沒法了。」邢忠恕說。

「哎呀，我上月就被打經隊敲去一大筆。」柯天任叫屈起來。

「這還了得！你到我這裡告打經隊。」邢忠恕義憤填膺。

「我聽邢庭長的。」柯天任說。

「不早了，讓邢庭長休息。」鄢豔說。

四人出了邢忠恕的門，走到路上。

「邢庭長真是包青天。」劉會猛說。

「嘿！」柯天任嗤笑一聲。

「入他娘的！好貪！」李建樹叫罵起來。

劉會猛丈二和尚摸不著頭腦。

「不要議論了。要知道人家在處理一百二十萬元的債務呀，得點應該。」鄢豔說。

第二天，柯天任忍痛給了鄢豔兩萬元，讓鄢豔一個人送去。邢忠恕的愛人接了錢，要打借條。鄢豔說：「你向親戚借錢也打條子嗎？大娘，不用啦。」

三天後，柯天任並沒有與債權人協商還債，債權人又湧向法庭。邢忠恕作出了仲裁，大義凜然地宣佈：「強制執行！」邢忠恕召來法警，領著債權人去永安縣貿易公司，抓住李建樹領路，清理了倉庫貨物，查封了倉庫。倉庫大門貼上長長的兩個封條，上蓋威嚴的「永安縣人民法院」印章。邢忠恕又去查封貿易公司，柯天任、李建樹據法力爭，鄢豔說好話，邢忠恕才甘休。

邢忠恕領這債權人回到了經濟庭，經過合議，將四萬六千五百四十六元八角的貨物，按比例還了十一家債務，了結了案子。債權人叫罵著各自散去。

柯天任的公司又運轉起來了。

雖然過了公安、法院兩關，眾職員卻心有餘悸，擔心還有更大的災難到來，就吵著要得到應得的部份。特別是周華床鬧得凶，要柯天任歸還六年前他姐夫經手借的銀行貸款。柯天任打了周華床。周華床拼死討帳，說：「你現在有錢不還帳，到了沒錢吃飯時，就還不成了，我姐夫就被開除工職了。你現在打死我，我還有副棺材入土，以後打死我，我的屍體就餵狗了。」周華床的話說得使眾人同情，也鼓舞了眾人討錢的膽子，紛紛指責柯天任。鄢豔擔心內部爆炸，就勸柯天任清理內部債務。柯天任看到也不是勢頭，心如刀割地拿出一部份錢給鄢豔處理。鄢豔還了周華床本息，退回了李建樹、劉會猛的本金，補發了眾職員去年的大部份所得和今年的全部所得。眾人才高高興興地幹起來了。

果然，眾人擔心的事發生了，打經隊通知鄢豔，柯天任被抓了，是在江州市銀廈賓館拿獲的，罪行有二：嫖娼、詐騙，罰款二十萬。鄢豔和李建樹一起去找邢忠恕，邢忠恕說：「嫖娼是公安管的，法院不能管。」鄢豔約李建樹去柯赤兵、李森木家送禮，李建樹死活不肯去。鄢豔只好一個人去，送了柯赤兵一萬元，李森木二千元，罰款降到二萬元，柯天任才出了打經隊辦公室。這次，柯天任損失了八萬多元。

柯天任一回到公司，又振作精神，領導眾職工幹起來了。

卻說打經隊隊長柯赤兵，連連抓捕內地外地的生意人，創收了大批錢財。自己發財了，使公安局也發財了。柯赤兵在全域隊長、所長表彰會上，洋洋自得地大吹一通，在說到柯天任案件時，胡編一番話：「柯天任是我的房侄，族中父老兄弟不斷來說情，柯天任還向我行賄。我想到自己是執法人員，不能徇私枉法，辱沒國徽，照樣抓罰不誤。這是柯天任向我行賄的兩千元，我上交局黨委。」柯赤兵說完，向局長粟播國交了二千元錢。

大會在頒獎時，政法書記瞿思危親自把「人民的好警官」的鏡框獎狀發給柯赤兵，並當眾宣佈提升柯赤兵為刑偵大隊大隊長，兼任打經隊隊長，號召全體幹警向柯赤兵學習。

局長粟播國在總結報告中說：「今年，縣委給全域上交罰沒款任務是五百萬元。現在只半年交了三百五十萬，看來超額完成任務沒問題。全域裡任務最重、完成最好的是打經隊。我要批評指出的是，有些隊所只會拔小蘿蔔，小蘿蔔拔多了，經濟效益不好，告狀喊冤的卻多。大家要學習柯赤兵同志，抓住柯天任這樣的大戶不放，必要時，把柯天任這樣的大戶由罰款上升為重大刑事案件，既創大收，又創大政績。各隊所在完成局黨委下達的罰沒款指標後，再自己創收。誰創收多，誰先富，誰光榮！」

柯赤兵把大鏡框獎狀掛在客廳正牆上，望著獎狀想：「能把柯天任的經濟案上升為重大刑事案件，就有轟動效應了，立了大功，升為副局、局長就有希望了。」

柯赤兵這樣想，就行動起來了，召開打經隊全體人員會議，傳達了粟局長指示，決定把柯天任等人定為詐騙團夥，立案和拘捕詐騙團夥人員，抄沒詐騙團夥資產和家產。

柯赤兵喜形於色地說：「這是一個重大刑事案件，具有雙重意義：一、我隊政績巨大，聲名遠揚，可以上報紙、電視臺，每個隊員都有政績。二、經濟效益巨大。估計罰沒在三百萬元以上。抄沒的貨物有兩百萬元，首犯柯天任罰款五十萬元，三個主犯罰款二十萬元，二十三個協從犯每人罰款十萬元，上交了全年任務，本隊可得三十多萬元獎金。這是個利國利民、利單位的大好事。這是一場大戰，全體人員要發揚『一不怕苦，二不怕死』的戰鬥精神，不漏網一個罪犯，不丟失一件貨物。」

柯赤兵的講話鼓舞士氣，隊員們個個摩拳擦掌，鬥志昂揚。隊員們心裡十分清楚：破經濟案件，罪犯是在明處的有錢人，最好對付，並不需要什麼「一不怕苦，二不怕死」的戰鬥精神，卻是有吃有喝有拿有利的便宜事。員警們最害怕的是抓捕打劫犯、殺人犯，這類罪犯是在暗處的亡命之徒，持有利刀槍支，弄不好要受傷亡命，並且還留下遭罪犯報復的隱患。那才真需「一不怕苦，二不怕死」的戰鬥精神。生命是最寶貴的，誰願意去丟了生命當那個烈士呢？只有在與罪犯遭遇時，為了保住自己的生命和飯碗，才不得不與罪犯拼鬥，或受傷，或犧牲。

「隊長，今晚就出發吧。」李森木副隊長帶頭請戰。

「不行！我們要一舉成功，大獲全勝，必須全面準確地掌握敵情，才能行動。先派偵察員去偵探出罪犯的活動規律和貨物窩藏點，再行動。」柯赤兵說。

三個偵察員出發了。

打經隊正在厲兵秣馬，中間卻殺出個程咬金，邢忠恕攔中砍了一刀。

邢忠恕並不知道打經隊要抓捕柯天任，只是根據自己的打算在行動。一日上午，邢忠恕告訴柯天任：「你公司已經債臺高築，再不能開展業務活動了，要宣佈破產。等到處理完了債務後，再去重新辦理執照，再做生意。」柯天任採納了邢忠恕的建議，就請了個律師為全權代表，處理破產還債事宜。柯天任把公司人員遣散，只留下鄢豔、李建樹、劉會猛轉移貨物，在倉庫裡留下了六萬元的貨。邢忠恕帶領法警，再次查封貿易公司倉庫，還查封了貿易公司辦公樓。邢忠恕又向各債權人發出通告：「各債權人，永安縣貿易公司宣告破產，你們必須在半個月內到永安縣法院經濟庭處理債務。逾期不到者，視為自動放棄債權論處。」

打經隊偵察員把邢忠恕的情況報告給柯赤兵。柯赤兵氣得跳起來罵人：「我入你娘的十八代！邢忠恕這只老狐狸！」

「媽的！這明明是經濟詐騙案，邢忠恕卻定為經濟糾紛的民事案。法盲！」李森木也罵起來。他不甘心，對柯赤兵說：「隊長，不管他，我們繼續行動！」

「我去請示一下局長，你繼續派人偵察。我估計，邢忠恕與柯天任有密謀，查封是小批貨，大批貨被轉移了。抓到了贓物，就不怕柯天任一夥飛上天上。」柯赤兵說。

欲知柯天任能否躲過此劫難，且聽下回分解。

第八十三回　鐵女子鐵心嫁英雄　惡警官惡行無法度

卻說柯天任並不知道打經隊要對他下毒手，與李建樹、劉會猛都在鄢豔家裡，等待邢忠恕處理完債務後，去辦理新執照，重新做詐騙生意。柯天任等人認為公安局奈何不得法院，打經隊再也插不上手了。柯天任給了李建樹、劉會猛一些錢，叫他們去江州市玩耍，自己留在鄢豔家，隨時應酬邢忠恕。這樣，柯天任等人在無意中躲過了打經隊的抓捕。

柯天任住在鄢豔家，還有一個目的：愛上了鄢豔，想趁機會把婚事定下來。柯天任並不是個大傻瓜，在大事上並不糊塗，有主見。他玩過很多女人，連洋妞也泡過，但那是發洩性慾，沒有真情實愛。在柯天任眼裡，鄢豔不僅漂亮，還聰明能幹；鄢豔足智多謀，審時度勢，處險不驚，通權達變，胸懷虛谷，八面玲瓏，有呂雉、武則天之才，有長孫無忌、馬大腳之賢，是女中英傑，巾幗英雄，是自己的戰友，可作賢內助。柯天任曾調戲過鄢豔，卻不能得逞。柯天任認為這是貞潔，具有中國傳統女人從一而忠的品質，倒合了柯天任的獨佔性。

鄢豔確實愛上了柯天任，而翠翠、露露在臨別時向她吐了肺腑之言，曾使她的心動搖過。但鄢豔過後一思量，認為翠翠、露露對柯天任的評價雖然中肯，但那觀點太浪漫了，太超前了，不合中國的國情和傳統觀念。中國還是個傳統國家，中國人絕大多數還是傳統觀念的人，在中國的現今，只有具有傳統英雄主義的人才能當權執政，毛澤東、周恩來、劉少奇、華國鋒、鄧小平、李先念、王震、陳雲都是傳統意義上的帝王將相。所以，翠翠、露露所攻擊的柯天任的缺點恰恰是中國大英雄所具有的優秀品質。柯天任，體格健壯，精明勇猛，壯志凌雲，膽大妄為，先聲奪人，威風凜凜，精通政史，善於演說鼓動，對人心狠手辣，無情無愛，把女人當工具，不為女人所累……都是成就偉業的偉大優秀品質，是鄢豔所能接受、容忍、欣賞的。鄢豔認為柯天任的缺點是：不能老謀深算和瞻前顧後，胸懷不開朗，不能容人用人。鄢豔由此上溯歷史人物：紂王丟天下，不是無道，而是不計深遠，不能容人；二世失權，不是暴政，而是不辯忠奸；曹操專權而不登基，不是奸，而是多謀多慮；隋煬帝失政，不是荒淫，而是不能識破李淵父子野心……都是智謀不足，不能知人善用。如果柯天任身邊有張良、魏征，室內有呂雉、長孫無忌，則不足就有所補，事業有所成。鄢豔認為自己能補柯天任之不足，助柯天任創偉業。

由此看來，柯天任、鄢豔結婚，就是天地之合，陰陽之交，剛柔兼併，龍鳳相配，要麼成就帝王霸業，要麼鬧個天翻地覆。

說也怪，一直懶惰成性的柯天任，在鄢豔家裡做起家務事來，拖地洗衣，什麼都幹；一向打母罵父的柯天任，對鄢豔父母溫雅恭謙，買這買那，竭盡孝順之能事。

一天晚飯後，鄢豔在客廳陪父母看電視，柯天任獨自在房裡看《孫子兵法》。他看了一回《孫子兵法》，有些疲倦，就從包裡拿出一本《燈草和尚》小說。《燈草和尚》裡專寫性交情節的，他百看不厭。柯天任翻開自己所喜愛的難忘情節，一邊看，一邊回味著與不同女人性交的情景，兩跨間在起動，慾火焚燒，恨不得抱起一個女人動作起來。正在這時，看完電視的鄢豔推門進來，想與柯天任閒聊。正是穿單衣的季節。鄢豔下穿綠色超短裙，裸露出修長圓滾的小腿；上身罩著黑紗圓領衫，白色乳罩的黑衫緊綁；白嫩的鵝蛋臉腮上，片片紅霞，光彩照人。柯天任的目光在鄢豔身上掃了遍，集中到胸脯和兩跨間。他想著《燈草和尚》裡的一節，周道士爬起身來，挺起陽具，一下子插入女主人陰部半截。他也正想站起來，掀起眼前這個女人的裙子，一下子插入半截。鄢豔瞧著柯天任迷癡癡的樣子，知道他正想幹什麼。

其實，鄢豔並非李建樹、劉會猛所罵的石女、鐵女人，而是發育健全、性慾旺興、對男女之事早有感染的少女。鄢豔每次看到柯天任不顧場合，公開與翠翠、露露調情時，就低頭斜目，品味著男女之情，那女性部份就顫動起來，兩跨間濕漉漉的，慾火炙烈，同時爐火如焚。但她極力克制著自己，裝著冷漠的樣子。鄢豔為什麼對男人產生那副冷漠的一本正經的樣子呢？因為她不願做水性揚花的女人，不願做男人泄慾的工具，要做一個有尊嚴的女人，她要做皇娘。她瞧不起李建樹、劉會猛這些平庸的男人，更鄙視那些亂談與自己性交過女人姓名的臭男人。俗話說：「莫問女人肯不肯，就怕男人嘴不穩。」男女偷情是隱私，女人懂得這一點，大部份男人卻不懂；與不懂得這一點的男人交往，是女人的大不幸。她允許柯天任與別的女人胡來，但不允許柯天任愛別的女人。所以，鄢豔有意讓柯天任留在自己家裡，以使有成功的機會。

今晚，鄢豔在看電視時，有一種不可名狀的驅動力使她看得心煩，要去與柯天任閒聊。她一進門，看著柯天任赤著上身，胸脯起伏，臀肌鼓鼓，棕色的皮膚泛著光點，兩腿粗壯，兩跨藍色褲衩隆起一個篷，兩眼朦朧，目光呆直。她預感到將發生什麼事，心跳加快，渾身麻酥。

「鄢豔，我和你開個玩笑，你不介意吧。」柯天任色迷迷地說。

鄢豔沒作聲，點了點頭，隨手把門關鎖了。

柯天任見狀，霍地站起來，捧起鄢豔的臉蛋，喘著粗氣，猛吻起來。鄢豔扭捏兩下，也微啟朱唇，接住柯天任的嘴巴。兩張嘴熱烈地嘶咬起來，兩雙手急劇地動作起來。鄢豔體內蘊藏的熾熱滾動的岩漿破土裂石，滾滾而出，全身瘋狂地震動，比柯天任兇猛十倍。健壯有力的柯天任按捺不住鄢豔了，掙扎著，大汗淋漓，疲軟下來。兩人分開了，揩汗，穿衣，坐位。

「我失身了。」鄢豔佯裝後悔地說。

「沒有失身，我們馬上結婚。」柯天任說。

「你父母、叔父同意嗎？」鄢豔問。

「我的命運我主宰，我從來是一個人說了算。」柯天任說，「你呢？」

「我的命運當然也是自己主宰。但具體到婚姻事，必須經過父母同意。」

「我們時間很緊，要立即辦事。明天下午，你要給我一個明確答覆。」柯天任說。

「好。」鄢豔應著，走了。

鄢豔的父親叫鄢忠軍，遼寧四平人，十八歲參加遼沈戰役，二十二南下，轉入永安縣地方工作，當過區長。現在縣副食品公司掛個工會主席名銜，在家休息。鄢豔母親是個土改根子的女兒，當過公社婦聯主任。兩個老人有兩男一女。改革開放了，國營企業經濟不景氣，工資發不全。兩個兒子工作的縣企業破產了，一個出外打工，一個在縣批發市場擺小攤。鄢忠軍最疼愛鄢豔。鄢豔從副食品公司下崗後，找到貿易工作，每月工資五百元，他為鄢豔高興。鄢忠軍後來發現貿易是詐騙公司，又為鄢豔擔憂。

鄢忠軍由於自己情況如此，兒女情況如此，就煩躁起來，脾氣暴躁起來，對改革開放憤恨不滿起來，經常一個人關起房門怒吼：「媽的，真的變色了，全是國民黨那一套。地富反壞右又神氣起來了，少數人又富起來了，多數人又窮了。什麼改革開放？改掉了毛澤東思想，改掉了社會主義，放進了日本鬼子，放進了美帝國主義，三座大山又壓來了，老子們打的天下沒了！」

鄢忠軍從不看坦胸露臍、旗袍開到大腿根的電視鏡頭，從不看舞手舞腳、男女貼面的舞蹈，從不聽嘭嘭嗵嗵、瘋狂嘶喊的唱聲，從不聽咿咿呀呀、像說話一樣的歌曲……他忿忿不平地念著革命詩人寫的一首打油詩：「走過二萬五，不如扭屁股。」

鄢忠軍每天早晚自覺地對著毛主席的肖像三鞠躬，像和尚定時打坐誦經那樣虔誠。他對老伴說：「毛主席料事如神，知道右派要奪權，資本主義要復辟，所以就搞肅反、反右、四清、文化大革命運動。現在右派就利用毛主席的一些話奪權了。毛主席又預料左派和廣大人民群眾，會揀起他的另一些話起來造右派的反。我看右派政權是長不了的。」

「文化大革命有什麼好的？我們吃的苦頭還少嗎？」老伴反駁說。

「我寧可要『四人幫』，也不要右派份子。『四人幫』搞的畢竟是毛澤東一套，是社會主義。右派份子搞的是什嗎？」鄢忠軍對老伴吼起來。

鄢忠軍教育兒女，寧可作苦力，也不要去當奸商。兩個兒子不聽他的。鄢忠軍教育鄢豔，去學做縫紉，找個教師結婚，不要去弄電腦一類的怪物，不要與奸商為伍。鄢豔不聽他的，偏偏去學玩電腦，與奸商柯天任一起鬼混。

鄢豔知道父親會反對這樁婚事，但她是個孝女，不能惹父親生氣，要說服父親同意。第二天早飯後，鄢豔就找父母說起來了。

「爸，我已經二十四歲了，應該成婚了。」鄢豔說。

「對呀。」老頭子很高興，「男青年是誰？」

「是柯天任嗎？」老婆子心細，有所覺察。

「是呀。」鄢豔說。

「不行！」老頭子堅決反對，「柯天任，小小年紀，搞詐騙，是奸商中最壞的奸商。」

「爸，你不能把商人說得那麼壞。奸商，多難聽呀。商人作用可大哩，把產品變成商品，促進工農業生產發展。」鄢豔說。

「我只認定『血汗錢，萬萬年』。商人倒來販去，賺黑心錢，是不勞而獲的剝削階級。怎麼會促進工農業生產發展？」老頭子說出階級理論來。

「爸，我們不談空洞理論，就看眼前事實。原來只有國營供銷社、食品、副食品、糧店，沒商人，沒市場，糧食、食品，憑票供應，緊缺時，有票證也買不到東西，要走後門。工農業老是上不去。現在有了商人市場，商品就豐富了，要舍買舍，工農業生產大大發展起來。雖然有貧富不均，但吃穿沒問題了。商人賺錢也很辛苦，要出力，要花心血。商人可難當呀，要有很高的學問。爸，我們不能單憑一種主義，就否定商人的作用。」鄢豔耐心地和氣地說。

老頭子聽了，感到女兒是知識份子，說得既有理論，又有實踐，駁不倒。但是，他憑直覺對柯天任看法不好。他說：「不管你怎麼說，柯天任坐過牢，名聲不好。」

「坐牢的不一定都是壞人，也有受冤枉的。爸，你在文化大革命中不也挨過批判嗎？」

「我是受人陷害，心是紅的，是忠於毛主席的。」老頭子說。

「柯天任也是回應現在中央改革開放的政策，被陷害去坐牢的。你倆坐牢的性質一樣。」

「好了，別爭了。」老婆子說，「你爸說一句，你就說一串，不孝順的丫頭。青年人和老年人看事情總是有些不同。有個流行的詞，叫什麼「溝」的……」

「叫代溝。」鄢豔笑著說，「是說上一代人和下一代人對事情看法不一樣，中間有條溝橫著。」

「是的。這代溝也不是你和你爸才有的，你爸和你祖父時就有過。你爸年輕時要去投解放軍，你祖父就反對，說解放軍是從山溝裡走出來的土匪兵，不正規，打不過政府軍，弄不好一家人遭殃。你爸不聽，悄悄地跑去投解放軍了，結果贏了。我認定了一條：一代比一代強。老頭子呀，鄢豔有知識，比我們強，她的終身大事，讓她作主。」

「鄢豔，你是不是要鐵心嫁柯天任？」老頭子口氣軟下來了，詢問著。

「是。」鄢豔回答很堅定。

「那我就不多說了，婚姻自由嘛。」老頭子讓步了。但他不放心，警告女兒說：「我要提醒你。老人的經驗還是有用的。憑我的經驗看，柯天任是個惡性人。聽說他不孝父母，陷害叔父。他現在對你好，將來發跡了，說不定喜新厭舊，甩了你。你可要防著點。」

「爸，誰能保證白頭偕老呢?毛主席見了江青後不也甩了賀子珍嗎?」

「胡說!毛主席是偉人，那是江青壞。」鄢忠軍誓死捍衛自己的偉大統帥。

「怎麼老是女人壞呢?如果柯天任甩了我，那不又是我壞嗎?」鄢豔爭辯著。

「好吧，你的事，你作主，我不管。」老頭子虧了理，不耐煩了，說完，起身走了。

下午，鄢豔答覆了柯天任。兩人商量結婚日期和有關事宜。

柯天任的婚事辦得緊急簡單，在柯赤兵還未決定動手抓人和邢忠恕未開庭前舉行了婚禮，接著，兩人旅行度蜜月。

卻說邢忠恕向債權人發出《通告》後半個月就開庭了，二十四家債權人只來了十三家，未來的視為自動放棄債權論處。永安縣貿易公司出庭的有委託律師和李建樹、劉會猛。邢忠恕宣讀了有關破產的政策檔，宣告了永安縣貿易公司破產，宣佈了所查封的貿易公司的貨物。辦公設施的數位和價值清單，按所欠債務的數字比例，把貨物，辦公設施等物件分給各債權人。

李建樹辦完案後，就到南柯村向柯天任、鄢豔彙報情況。柯天任、鄢豔旅遊還沒回來，李建樹就在柯天任結婚的新房住下來了。

卻說柯赤兵得知了邢忠恕處理柯天任經濟糾紛的結果，又得知偵察員探到的柯天任貨物窩藏點、柯天任結婚和所有人員住址的情報，就請示了粟播國局長，決定採取突襲行動。將貨物和柯天任詐騙團夥一網打盡。

六月的天氣說變就變。

一個傍晚，紅豔豔的太陽下山了，亮光光的月亮升起了，晚霞余光，星星閃爍。疲勞了一天的南柯人吃了晚飯後，就出門，在屋前，在稻場，在樹林，在石碑……東一夥，西一群，乘涼閑侃。有的人家把電視機搬到大門外放映，有個別人家把結婚的卡拉 OK 架在場地上，一大群青年唱呀跳呀。突然，西南角山後冒出一團濃黑的雲，變換著，像蘑菇，像山羊，像水牛，像奔馬，壯大，升高，奔駛，擴張。一會兒，黑雲鋪天蓋地，遮了星星月亮，吞了光亮。雷聲炸開，惡電燃起，狂風大作，幾顆大雨點打在人們的肩背上又冷又重。人們慌亂了，叫喊，吆喝，奔跑，搬東西。一陣忙亂過後，外面黑漆漆，靜悄悄了。大雨乒乒乒乓，轉而嘩嘩啦啦。

「起龍了！」「黑煞神來了！」「天翻地覆了！」「天要收人了！」多神的南柯人在惶恐地喊，龜縮在屋裡，不敢點燈，摸黑坐著，等待著天災人禍的到來。

與此同時，在公安局打經隊辦公室裡，柯赤兵召開全體隊員會議，作出周密的作戰部署，他說：「粟局長指示我們，柯天任案件不是民事經濟糾紛案，而是特大詐騙案。今晚大風大雨，正是對敵作戰的好時機，是考驗每個戰士的時刻。現在是十點四十一分，十二點準時出發，各人穿好雨衣，帶好器械。三個小組，既要獨立作戰，又要相互配合。」

午夜十二點，十五個隊員頂風冒雨，集合在公安局院內，一色藍雨衣，每人長手電筒一盞，每組輕機槍一架，組長帶手槍和對講機，隊員拿電棒警棍，每組警車一輛。柯赤兵一聲令下：「出發！」警車發出「哇哇」聲，駛進滂沱大雨的公路上。警車到了紅石鎮，停息警笛。到了南柯村路口，兩輛警車拐進南柯村去捉拿柯天任、鄢豔，一輛警車繼續前進，去捉拿其他罪犯。

駛進南柯村的兩輛警車，在一個水泥稻場上停下，柯赤兵、李森木各帶一個小組分別向柯天任的老屋和新屋奔去。十幾條強烈的手電筒光柱，撕裂了漆黑的夜幔，雨絲在電光中晶亮，嗒嗒嗒的腳步聲，打破了村莊的沉寂，使驚駭的人們在屋裡龜縮得更緊了。

柯赤兵小組來到柯天任的新屋，兩人守住後門，三人來到大門。兩個隊員各用一隻腳，一起用力，「劈」一聲，門閂斷了，大門開了。柯赤兵守住大門。兩個員警衝進去，先在第一層搜索，沒見到人，又上第二層。民警踢開柯天任新婚房門，在紅羅帳內睡著赤條條的一條漢子。那漢子側身向外，刺眼的白光射在身上。他揉著眼睛正要坐起，面部遭到重重一拳，胸部被一隻水淋淋的硬皮鞋踏住，雙手被扭轉，上了手銬，拖下床來。

「叫什麼名字？」

「李建樹。」李建樹答應著。他清醒了，是民警在抓他。

「柯天任夫婦呢？」

「不知道。」

「入你娘的！你還講義氣，對員警說謊！」一個隊員罵著，狠狠地踢著李建樹的屁股。

後門的兩個隊員也衝進來了，在平臺、走廊、樓梯間、廚房、衛生間搜了一遍，沒有人。他們又在房裡翻箱倒櫃，拿走了貴重物品和可疑的資料。

李森木小組來到柯天任的老屋，兩人守住後門，三人踢開大門而進，在堂屋裡照了一遍，踢開一個房門。

「誰呀？」柯和仁問，接著，一陣老咳。

「老傢夥，柯天任呢？」李森木的手電筒罩住柯和仁，喝問。

柯和仁睡在一張舊床上，沒蚊帳，床單藍一塊，黑一塊，床沿露出灰黃爛棉絮。柯和仁看見來的是員警，側身坐起，說：「同志，他一直不到我這裡來。」

「扯謊！」李森木一巴掌打在柯和仁左腮上。

柯和仁左腮腫起，鼻孔流血，說：「不信？你搜索！」

「還敢強辯？」李森木又一巴掌打在柯和仁右腮上。

柯和仁右腮又腫起，兩腮算是對稱地腫大了。他說：「他一結婚，夫婦就外出了。」

「走！」李森木把柯和仁提起，丟在地上，銬住柯和仁雙手。

民警用電光在床下、角落掃視一遍。

「和仁，是誰在叫喊？」對面房裡傳來了老太婆的聲音。

柯和仁要回答，被機警的李森木的手掌捂住了嘴巴。李森木衝向對面房，正撞著開門出來的老太婆。老太婆被撞倒在地。李森木在老太婆房裡搜了一遍，又爬上樓去，把罎罎罐罐打開，沒人影子，也沒有什麼值錢的東西。

「你是柯天任的祖母嗎？」李森木喝問。

「是呀。」老太婆坐在地上。

「柯天任到哪裡去了？」

「子龍從不到我這裡來。我也……」

「又是一個老混蛋！」李森木不容老太婆分說，用電棒頭戳在老太婆額頭上。老太婆額頭起了個大烏包，那八十一歲的老太婆軟綿綿地倒在地上了。

「隊長，不會出人命吧？」一個年輕隊員扶住老太婆，問。他是剛從警校畢業的。

「別理她！她防礙公務，出事也沒事。走！」李森木跨步出門。

兩個隊員押著柯和仁走。

柯和仁五十七歲了，穿著一條長短褲，又有病，又受傷，在大雨泥濘中走不過青年人，被架拖了一陣，倒在地上不動了。

「媽的！裝蒜！」李森木轉身，踢著柯和仁地膝蓋，發現柯和仁的短褲掉到膝彎處，光著屁股。原來，柯和仁的褲帶是爛布搓成的，在員警的一陣扯拉急走中，褲帶斷了。

「站起來！提著褲子走！」李森木命令道。

柯和仁掙扎起來，提著褲子，走到警車旁。

「把柯和仁放回去！」柯赤兵坐在一輛警車車頭，命令李森木。

「隊長，去年我們抓住一個罪犯的父親作人質，那罪犯才來自首。現在我們抓走柯天任父親，引柯天任出現。」李森木說。他心裡懷疑柯赤兵徇私枉法。

「你知道個屁！」柯赤兵發火了，說，「去年那個罪犯是孝子，抓他父親有效果。柯天任是個不孝的傢夥，巴不得我們整死他父親。別囉嗦，放了柯和仁！」

李森木叫一個隊員下了柯和仁的手銬，仍下柯和仁。兩輛警車走了。

三輛警車在高速公路上，在泥濘路上，穿村走鄉，連續飛奔了二十多個小時，共抓獲罪犯十七人，收繳贓物六十五萬元。還有六名罪犯漏網：首犯柯天任，主犯鄢豔，從犯牛五、毛仲義、鄒月鐘、田小慶。

柯赤兵命令隊員連續作戰，派四名隊員偵探漏網罪犯，其餘隊員每兩人一組，突擊審訊罪犯。在審訊中，鄧頌雄書呆氣十足，學習許雲峰與員警論理論法，被打得皮破骨碎。周華床也硬朗，弄得鼻青臉腫，膝蓋骨脫臼。劉會猛、李建樹都吃過民警的苦頭，曉得厲害，就全交代了。但在民警看來，劉會猛、李建樹是主犯，不可能全交代，還有重要的沒交代，直打得兩人皮開肉綻、胡說八道為止。突擊審訊後，一干犯人的罪行記錄在案，簽了名，按了手印，被送進牢房，等待家屬送錢救人。幹警們辛苦了兩天兩夜，才被批准休息。

粟播國局長為打經隊偵破了特大詐騙集團案召開全域幹警大會。柯赤兵在大會上作了破案經過彙報。粟局長說：「打經隊已經超額完成了上交任務，為全局作出了榜樣。現在，首犯柯天任還未歸案，通風報信者獎二千元，抓獲扭送者獎一萬元。預審科立即組織人員進行預審，迅速將案子送交檢案院報捕上訴。我請示了瞿思危同志，打經隊的英雄事蹟要拍成記錄片，上電視臺。打經隊同志們做好表演準備。」

會後，為拍成記錄片，又選在一個大雨滂沱的夜晚，打經隊全體人員又辛苦了一天一夜。記錄片在縣電視臺專題播出，有隊員追捕罪犯，在泥濘灘上打滾，在密林裡與罪犯搏鬥，表現出「一不怕苦，二不怕死」的精神。記錄片中還記錄了粟局長等公安局領導親自指揮，冒雨步行的模範事蹟，表現了黨的領導幹部英明偉大和戰鬥在前線的崇高品質。

欲知柯天任夫婦能否逃過這一劫，且聽下回分解。

第八十四回　絕情漢無路投善人　行善人有意化惡性

卻說柯天任、鄢豔到外旅遊一個多月，二萬多元錢花光了，才回家。兩人商定，一回家就把六十多萬元貨物變成現金，送給邢忠恕一萬元，重新辦執照，組織精幹人員再幹。他倆在一天天濛亮時從永安縣火車站下車，顧了輛「的士」回到鄢豔家門。鄢豔母親聽到女兒敲門叫喊聲，喜出望外，忙起身開門，讓女兒和女婿進屋，又趕緊把門關上。

「孩子，你們犯事了，民警上門幾次了，是你爸擋著。」老婆子緊張小聲地說。

「犯什麼事？還不是做生意欠債。法院結案了，與公安屁事。」柯天任不以為然。

「公安到處懸賞捉拿你們！」老頭子嚴肅地說。

鄢豔一怔，向父母詢問了詳細情況。

「我不怕。柯赤兵是我的房侄，得了我兩萬多元。粟局長進新房子，我也送了一萬元。他們抓人，無非還是想敲錢，我給他們一、兩萬就沒事了。」柯天任說。

「就是那個粟局長把你們公司定為特大詐騙案，就是那個柯赤兵帶人抓人抄貨。公安人員是一邊毛臉，一邊肉臉，講什麼情義理法？你們快躲避！」老頭子激動地說。

「天任，這不是一般的敲詐錢財，是把我們當大案要案的典型，粟播國、柯赤兵想從中建立大功升官，不能麻痹大意。」鄢豔說。

「讓我先給邢忠恕打個電話問一下，看他有什麼辦法。」柯天任說。他拿起手機，拔了邢忠恕手機，對起話來：「餵，邢庭長嗎？」「恩。」「我是柯天任。」「恭喜你平安無事。你還欠訴訟費兩萬五千元，想法子送來。」「這個好說。邢庭長，我公司的案子不是你審結了嗎？公安怎麼又抓人抄貨？怎麼有兩種不同的法律依據呢？你能幹預一下嗎？」「現在法制不健全，各有各的依據，各有各的一套。這事很麻煩，一下子說不清楚，我無法插手公安的事。你躲過這個風頭吧，等到案子到了法院刑庭，我再想法子。你可千萬把訴訟費托人送來，不要拖累我。」「好，我聽你的。你……餵，餵，餵……」對方掛機了。

「入他娘的！黑了天了！」柯天任罵著，在屋裡打起轉來。

「三十六計，走為上策。快走吧。」鄢豔當機立斷。

「沒一分錢，走不動呀！」柯天任說。

「我有六十多元錢，全給你們。」老婆子說。

「這次要躲遠些，躲長些，沒千萬元，躲不成。」柯天任說。

「找叔父柯和貴，他有辦法的。」鄢豔說。

「這——？」柯天任犯難了。想到柯和貴救他出省城花的兩千多元沒還，心裡發怵。

「不能顧慮那麼多了，叔父會諒解的。」鄢豔說。她接了母親的六十三元錢。

「只有找他了。」柯天任無可奈何地說，「鄢豔，見了叔父嬸娘，你要多說話。」

兩人連忙擰起旅行包，出門。老婆子去雇了一輛麻木車，送兩人上車走了。麻木車向鳳凰鎮方向開去。在離鳳凰鎮十多里遠的地方，柯天任要麻木車停下，下了車。兩人又乘了一輛三輪車到鳳凰鎮下車，從三河堤彎走了兩里路，饒到鳳凰中學經營部後門，進到後房。

「嬸娘。」鄢豔走到中門，喊著正在門市賣貨的李秀雲。

李秀雲扭頭一看，見是鄢豔，就笑著說：「鄢豔，你來了，在房裡坐一下，我就來。」

李秀雲打發走了顧客，進房來，看見柯天任，就板起面孔，沒打招呼。

「嬸娘，以前的事對不起你。你不要計較晚輩吧！」柯天任羞愧著，低聲說。

「我這種蠢人容易忘記事。」李秀雲沒好氣息地說。她早知道公安局在抓柯天任，猝然見面，心中惱火。但她一看到柯天任那副可憐相，心軟了大半截，對鄢豔說：「你們肯定有急事，等你叔父下課回來再說。你們坐著不要出門。」

「我叔父不是下海經商了嗎？怎麼又去上課了？」鄢豔問。

「學校那邊不准他脫產，只能抽空幫我打貨。」李秀雲說。

「嬸娘，不少人一有災難就來找叔父和你，馬安、周平、樂凡要不是叔父和你解救，早坐牢去了。」鄢豔說。鄢豔說這話有好幾層意思，既奉承柯和貴、李秀雲，又暗示說別人你們也救，親侄兒侄媳能不救嗎？

「救了他們不但得不到報恩，為他們花用的錢至今不還，上門討，還不高興。真是俗話說的：竹無鑽底根，人無過後恩。」李秀雲嘆息著說，「你叔父是個書呆子，說救人不能圖報，圖報就是圖利；救人就是行善，自己心安理得就行了。」

「叔父真是個聖賢人。」鄢豔說，「嬸娘，你聽說過子龍的事嗎？」

「知道。」李秀雲說，「你可不知道你祖母、你父親被員警打傷的事吧？是我和你叔父去給兩位老人治傷，安頓生活的。近些天，員警經常到我這裡來暗查你們。」

正說著，柯和貴夾著課本回來了。

「叔父。」柯天任、鄢豔一齊親切地叫。

「坐下。」柯和貴說。他放下課本，洗了手，對李秀雲說：「鄢豔初次來，你去買點葷菜來。」

「你自己去，我要在門面望風呀。」李秀雲說。

「這也是。」柯和貴說。他就上街買了些魚肉蔬菜來，叫鄢豔洗切做飯，自己坐下，威嚴地面對柯天任。

柯天任一下子跪在地上，低聲哭泣，說：「叔父，我害了祖母、父親，對不起列祖列宗！」

「你這畜生，你還知道有父母祖人嗎？你發財時，家人親戚得不到一點好處，闖禍了，就連累家人親戚遭殃。蠢，蠻，惡，畜，毒，五個字被你攬上了。你幾時能改掉一個字？」柯和貴正色厲聲。他頓了一下，問：「你現在怎麼辦？」

「我去自首服法。」柯天任用謊言來試探。

「你去自首，為何跑到我這裡來？事到如今，還對親人說謊。你這種人，確實應該受到法律制裁。」柯和貴說了這兩句話，心潮起伏，思緒萬千。他點了支煙，起身，走到窗前，望著外面。外面，藍天白雲，青山翠巒，田畈蔥綠，河水清澈，大自然如此和諧美好，人類為什麼如此兇殘醜惡呢？

「難道真的讓子龍服法嗎？服什麼法？向何人服法？中國現今的法能讓子龍改惡從善嗎？」柯和貴頭腦一片混亂。

說到「法」，柯和貴想起黃豐盛的一段議論來：

「人類為了自己的生存秩序合乎天道，每個人權利各有所讓，就創造出『法』來。『法』是全民參與制定而又共同遵守的契約條文，執法者也是全民推選出的代理人，是維護全民基本權利的手段，是維護人的基本情理的道德準則，是以強制手段抑制強者的過分欲望，保護弱者的合理欲望，使惡強者作惡時產生恐懼而有所收斂，使弱善者行善時有依恃而平安生活，使人類社會關係文明和諧起來，一言以蔽之：治官護民。這種『法』與自然同道。用俗話來說，叫『懲惡揚善』，『去邪衛正』，『天人合一』，『道法自然』。如果『法』的制訂和使用權為少數強惡者所專有，那制出來的『法』就是『邪法』，執法者就是『邪惡的人』。這種『邪法』執法者都為少數強惡服務，使強惡者產生過分的邪惡欲望，有法可依地侵犯多數人的基本生存權利，破壞人的基本情理道德，不斷產生帝王將相、貪官汙吏、地痞流氓、盜頭匪首；使強惡者令人敬畏，使善弱遭人欺負唾棄，一言以蔽之：治民護官。此種邪惡就與自然異道。

用俗話說，叫做『以言代法』，『以權代法』，『法而不法』，『無法無天』。」

柯和貴想到這裡，思緒順了：現今的「法」是「法而無法」，執法者是「無法無天」。柯天任心中還有「法」，作惡時還心有餘悸，而瞿思危、粟播國、柯赤兵、邢忠恕心中只有「我即是法」，作惡時肆無忌憚。瞿思危、柯赤兵等人是比柯天任更為邪惡的人。柯天任向他們服法，不但不能懲前毖後，改惡從善，反而會怙惡不悛，變本加厲。沙威不是使本性善良誠實的冉阿讓服法後反而暴惡起來了嗎？

「不能讓子龍去服法！」柯和貴心裡在說，「感化，拯救那人的靈魂！」

柯和貴想到《悲慘世界》裡的故事，卞汝福主教用慈善的心腸，博大的胸懷，感化了企圖殺人打劫、道德淪喪的冉阿讓，淨化了冉阿讓的靈魂，使冉阿讓變成了拯救善弱和人的靈魂的馬德蘭市長。

「冉阿讓性善，柯天任性惡，天良、理性能拯救德納第式的柯天任嗎？」柯和貴在問自己。他又想：「我無制法權，又無執法權，只有用卞汝福的法子了：寬恕他，給他指出一條生路，也許他會有罪惡感，會幡然改悔。試一試吧。」

「起來。」柯和貴從窗前轉過身來，對柯天任說，「你說去自首是假，我也不會讓你從我這裡去服法。」

柯天任起來了，低頭坐著。

「叔父，你再給柯天任一次機會吧，救救他。」鄢豔看到柯和貴臉色變溫和了，連忙說。

「我給你指出一條生路，你要痛苦地改掉蠢、蠻、惡、畜、毒五個字。你若依然如故，我也奈何不得你，你也再不必來找我了。」柯和貴說。

「只要叔父能再救我一次，我決不會像原來一樣。」柯天任又乞求，又發誓。

「我有個學生叫趙善勝，大學畢業，憑知識和誠實在廣東江門市當了一家大公司的副總經理，他公司屬下有工廠，你們可以到他那裡去打工，靠自己的能力謀生。」柯和貴說。他說著，去給趙善勝寫了一封短信，又把趙善勝的名片拿出一張，放進信封裡，給了柯天任。

柯天任雙手接過信封，兩眼注視著叔父。此時的柯天任心情與從省城監牢裡被柯和貴救出的柯天任心情一樣，被柯和貴偉大的人格所吸引：天生一種傑傲的性格，卻藏著一副慈善心腸；身材矮小，四肢不壯，卻鐵骨錚錚，不可侮犯。柯天任對叔父又生起肅然起敬心情來，將生的希望寄託於叔父。

「你們吃了飯就走，此地不可久留。」柯和貴說。

「我去廣東身無分文。」柯天任低聲說。

「啊，原來你是找我借錢的，是學劉備韜晦之計吧。」柯和貴說。

「我家沒有錢可借。」一直在門面望風的李秀雲，在側耳細聽房裡的談話，聽到「借錢」二字，連忙插話，「你弟妹兩個在高中，一個在初中，一個在小學，一年學費就要五千多元。那次為張家法的事虧了三千多元，為到省城救你，用了兩千多元，一千元是高利貸，利息已有兩千多元了。」

「嬸娘，我可以向你保證：我倆去廣東後，在明春弟妹開學時，一定寄還。」鄢豔聽到李秀雲插話，怕砸了事，就搶著說。

「那就讓你叔父去借，鄢豔跟著去看利息多少。不然，你們還以為我在說謊。」李秀雲說。李秀雲還信任鄢豔，她只是說明錢是借的，連本帶利要還的，自己不能吃虧。

「你嬸娘說的是實情，她不會說謊。」柯和貴說，「你們出遠門要多帶些錢，我去給你們借兩千元，鄢豔可以跟著去了解實情。」

「叔父，我不必跟著去。不相信你，還能相信誰呢？」鄢豔說的也是實話。

柯和貴讓柯天任、鄢豔提前吃飯，他去借錢。在柯天任、鄢豔吃完飯時，柯和貴借錢回來了，數給鄢豔。鄢豔打了借據，注明利息。柯和貴看護著柯天任、鄢豔上了三碼車，回到屋裡。

柯和貴坐著想了一會，擔心民警的暗線看到了柯天任夫婦，會來找麻煩，就想了個脫身之計。他到學校辦公室給方臣惠夫婦打了個電話，說了柯天任夫妻的事，說民警來查問他時，要方臣惠說自己夫婦今天中午來過柯和貴門市。柯和貴回家吃飯時，對李秀雲說了與方臣惠通話的內容。

晚上八點，李秀雲在門市清點貨物，準備關門。柯和貴在房裡批改作業。突然，從前後門同時衝進四個員警。

「同志，請坐。」柯和貴認得李森木，一邊改本子，一邊打招呼。

「不要裝蒜，給老子站起來！不許動，不許叫喊！」李森木喝道。

柯和貴泰然自若地坐著，沒理睬李森木。這時，李秀雲被兩個民警押進房來。李森木用一副手銬把柯和貴和李秀雲連著銬起來，交給一個員警看管。

三支手電筒將每個角落照射一遍，靠牆的貨櫃、貨箱被推倒。那些分門別類地堆放的貨物乒乒乓乓、砰砰啦啦地響了一陣，倒在地上的瓊漿四溢，亂糟一地。屋裡所有的縫隙都搜尋了，連一隻蚊子也逃不過員警的火眼金睛。罪犯到哪裡去了？難道真的變成了兩隻蚊子飛走了嗎？

李森木等人累了一陣，進到裡房。李森木坐在柯和貴批改作業的硬木椅上，叫兩個員警去守住前後門，他與一個員警審訊柯和貴夫婦。

「把柯天任夫婦藏到哪裡去了？」李森木喝問。

「你是什麼人？為什麼非法闖入民宅？為什麼非法侵犯公民人身？」柯和貴厲聲反問。

「你瞎了狗眼！不認得與你一起去省城救柯天任的李隊長？」李森木氣得眼裡冒焰。

「穿警服的假員警到處都有，是真員警就知道執法值勤，出示證件。你去省城是一年前的事，一年後，鳳凰派出所所長成了罪犯。」柯和貴說。

「好個利嘴，敢污蔑我？」李森木伸出兩個手指去撬柯和貴的下巴。

「一下。」柯和貴很風趣而嚴肅地數著。

「你還敢數？」李森木又撬了一下。

「兩下。」柯和貴仍在數著。他說：「我看你敢撬幾下。」

「你不要以為我們隊長是你同宗，他可鐵面無私。這次，是他命令我來的。」李森木口中這樣說，心中不解柯和貴數數有什麼訣竅。

「我與柯赤兵毫無關係。我知道公安有個法制科，黨委有個紀檢科，從中央到地方，級級都有。你知道嗎？」

「你去告老子，老子給你一百個膽你也不敢去告，也告不發。」李森木嘴硬，心虛了一截。

「我本來就有一百個膽子，你卻只有一個膽子。你那一個膽子給了我就沒了。」柯和貴說，「我告訴你，你這一套只能去嚇唬法盲，對我無效。你敢胡來，我就要你變成罪犯。不信嗎？試一試。」

「我是在執行公務，你窩藏罪犯！」李森木大聲音，氣焰卻矮了一截，不敢動手打人了。

「有何證據？」

「有人報了案。」

「我現在向你報案，被你救過的罪犯柯天任，又藏到你老家去了，你去抄你家，審你父親。」

「不要油嘴滑舌，有人看到一對年輕夫妻到你門市來了，不是柯天任夫婦是誰？」

「到我家來的年輕夫婦不少，比如省廳方巨惠夫婦今天到我這裡吃過飯走了，你去抓。」

「方處長？」李森木自語，心中作慌。他這才回憶起方巨惠是柯和貴的學生。

「隔壁有公用電話，你自己去問方巨惠。」柯和貴說。

李森木押著柯和貴夫婦到隔壁電話亭，柯和貴告訴了方巨惠電話號碼，李森木按了免提，撥通了。「是方處長嗎？」「是，你是誰？」「我是永安縣公安局打經隊的李森木呀。請問處長今天到柯和貴這裡來了嗎？」「去了呀，關你什麼事？」「我在柯和貴這裡，我想……」「我跟你沒什麼說的，請柯老師接電話。」「好，好。」

李森木示意柯和貴接話：「巨惠嗎？我是柯和貴。」「柯老師，你好，剛才發生了什麼事？」「今天中午，你夫婦來我這裡，驚動了李隊長，說你夫婦是罪犯，帶人抄了我的家，還銬著我和你師娘哩。你回來向李隊長自首吧，不要連累我。」「柯老師，對不起你了。你就跟那個姓李的去縣公安局，我馬上趕到。法律處正在找執法違法的典型案例。」

李森木聽了，推開柯和貴，慌忙答話：「餵，方處長，對不起，這是誤會，你……」「搞到我頭上來了，是老粟叫你幹的吧，你把柯老師帶走。」

「餵，巨惠，不用你來了，李隊長在給我下手銬。他是執行命令的，就算了吧。」李森木叫柯和貴接話，邊給柯和貴下手銬。

對話完了。李森木對柯和貴道歉說：「對不起，柯老師。我也知道你是個善良守法的好人。我沒法子了，要執行公務呀。」

「李隊長，你以後出勤時，要出示證件，依法執法。」柯和貴教訓說。

「這次差點捅大亂子了。」李森木自言自語。他轉身對員警大聲說：「愣著幹什嗎？快去幫柯老師收拾屋子。」

「不用啦。你們去吧。」柯和貴說。

「我家損失可大了，打壞了那麼多貨物。」李秀雲哭了。

「都是柯天任那個壞蛋造成的。師娘，等抓住了柯天任，我要他加倍賠你。」李森木說。

李森木一夥走了。

柯和貴夫婦開始收拾東西，打掃屋子。柯和貴收拾大件，李秀雲收拾小件。中年婦女痛惜糟蹋東西，看到被打破的罐頭撒了一地，就拿個瓷盆，用一雙竹筷，一點點夾起荔枝、桔子、鳳梨等碎片。

「子龍那傢夥是個惡煞神，惹不得，一惹就被粘住了，有災難了。我活到四十歲，還沒戴過手銬，今晚被他害得戴上了。你還給他那麼多錢，不是給鬼用了嗎？他打條子有什麼用？牛皮上寫的字也沒用。天生的惡性子，改得了嗎？」李秀雲一邊哭泣，一邊喋喋不休。

柯和貴沒作聲，他能理解李秀雲的心情。但柯和貴並不後悔自己所做的事，這是李秀雲所不能理解的。

卻說柯天任夫婦乘了三碼車，離開鳳凰鎮二十多里了，在一個山邊路口上下了車。夫婦走進路口深處，商量著到哪裡去安宿。

欲知柯天任能否脫險，且聽下回分解。

第八十五回　逞智勇困龍脫險境　行孤膽富翁喪黃泉

卻說柯天任夫婦在一個偏僻處下了三碼車，商量著投宿的去處。

「回南柯村去，越危險的地方越安全。」柯天任說。

「不行。南柯人都認識你，對你有怨恨。現在懸賞捉你，錢財無良心。你仔細想想，有沒有一個心腹，他家周圍的人都不認識你。」鄢豔說。

柯天任想了一陣子說：「鄧志強靠得住，他沒參加公司做生意，我也從沒去他家。」

鄧志強被李建樹騙到沿海市打工，吃不得苦，犯了偷盜，跑回家。他向柯天任借了五百元錢，在家裡辦了個打場謀生。

柯天任知道鄧志強家在黃沙鎮楓樹村，就乘三碼車回頭跑了三、四里，又轉租三碼車跑了四十多里，在離楓樹村五里遠的地方下車，租麻木跑了三、四里路，步行小路兩里，找到了鄧志強家。鄧志強很高興，要叫柯師傅，被柯天任搖手阻止了。來到房裡，柯天任向鄧志強說明了自己的情況，教鄧志強說他夫婦是購木材的，柯天任改名馬天行，鄢豔改名朱麗。

鄧志強家裡很貧窮，一棟老式土木結構的連三間，堂屋裡塞滿了柴草農具，兩間房子，鄧志強和弟弟住了一間，另一間用土磚隔成兩個半間，裡間住著妹妹，外間住著父母，三個姐姐出嫁了。父母都六十多歲了。鄧志強的父母見到來了穿著這樣時髦整潔的貴客很高興，就連忙弄晚飯。

在吃晚飯時，鄧志強的母親對柯天任說：「志強二十四了，還沒有結婚。家窮了，結婚要一萬多元，接不起媳婦。」

鄧志強的父親滿腹牢騷，罵這朝天子真昏，養了那麼多閒人，不三不四的人活得好，辛苦儉節的人沒法活，從古以來，沒有聽說做農虧本的。他希望馬同志能提攜鄧志強。

「老人家，我在全國各地亂跑，志強跟了我就要出遠門，你兩老放心嗎？」柯天任說。

「有什麼不放心的？男子四海為家。現在大姑娘也到千裡外打工哩。」老頭子說。

夜晚，鄧志強和弟弟在堂屋里弄了個臨時床位，讓柯天任夫婦睡在房裡。柯天任、鄢豔、鄧志強在房裡商量起事來。

「志強，我目前處境很艱難，但我壯志不減。古人云：天降大任於斯人也，必先苦其心志，勞其筋骨，空乏其身，增益其所不能也。我們不能像你父母一樣當牛作馬，任人宰割，要有冒險精神，幹出一番事業來。我此次想去廣東闖天下，賺些錢，再殺回永安縣，救出李建樹等人，大幹一場。你願跟我一起去嗎？」柯天任說。

「我聽大師傅的。」鄧志強說。

「你從沿海市來，聽說那裡有永安人一條街，真的嗎？」柯天任問。

「真的。朱丹就在那裡闖開了，在揚子鱷幫當了個頭目。我在那裡有些熟人。」鄧志強說。

「好，去沿海市。」柯天任說。

「不去江門市了嗎？」鄢豔問。

「去江門市是寄人籬下，擺不脫柯和貴的手心，我的性格適宜獨創天下，憑我的智慧和武功，定會成功。」

「那就要帶一班人馬去。」鄢豔說。

「是的。我想好了。明天志強去找那些還沒有被公安局抓去的人，約到這裡來，湊合十幾人就行了。志強去找人要特別小心，不要被人跟蹤了。為了以防萬一，我去找個地方住兩、三天。鄢豔留在這裡，幫志強組織人馬。」柯天任說。

「志強，凡是願去的，每人想法子帶上兩百元路費錢。你的錢我墊上。」鄢豔說。

商量完了，鄧志強睡去了。鄢豔問柯天任去哪裡居住。柯天任說去李森木老家。柯天任告訴鄢豔，他從省城監牢出來時，認識了李森木。為了拉上李森木的關係，他買了一些東西去過李森木老家，與李森木老婆、老父熟了。現在，李森木在公安局家屬院買了商品房，老婆和大女兒住進了縣城，老父親和小兒子住在老屋。他去李森木老家住幾天，是誰也估計不到的。他對鄢豔說：「你必須在三天內把人馬組織好，第四天傍晚我趕回來。如果我沒回來，說明我被抓去了。命運安排我坐牢幾年。你絕對不能出面救我，不要賠進去了。我明天一大早就走，你給我五百元錢，其餘你保存著。」

鄢豔聽了，十分敬佩柯天任的膽略和謀略。她說：「你要作好有危險的準備。」

天濛亮，鄢豔叫醒柯天任。柯天任起床，梳洗完後，把鄧志強的武術大刀放進一個白色化肥袋裝好，提著，出門了。

柯天任轉了幾趟車，跑了六十多里，在大峽鎮下車，到市場上買了魚肉蔬菜、水果糖果，步行五、六里山路，到了李家灣。他繞村轉了一周，察看了地形和進退路徑。

李家灣有三十多戶，李森木家在東頭。從李森木家向東，隔一條窄壟畈是陳倉莊，有一裡多長的機耕路連著兩村。陳倉莊有一百多戶，背靠大山。從陳倉莊後北山翻過去，是金馬縣。在歷史上，李陳兩姓為爭山林權經常發生宗派械鬥，至今不通婚姻。

柯天任了解了這些後，才進李森木家。李森木家是一棟明三暗六的青磚瓦房，很寬敞。柯天任進屋，看到李森木六十多歲老爸正在編竹籃，就喊「乾爹。」老頭子瞧了瞧柯天任，感到有些面熟，叫不出名字來。

「乾爹，我是前年到你家來的小柯呀，是森木結拜的兄弟。」柯天任說。

「啊，記得，記得。小柯，我人老眼花呀。」老頭子說。

「我到金馬縣購竹子，那邊要準備幾天，我就過來陪你住兩天。」柯天任說。

「這就好。森木半年沒回家了，你陪我幾天，說說話。老人就圖個不寂寞。」老頭子說。他放下手中活兒，去做飯。

柯天任擔心老人不衛生，就讓老人生火，自己切菜炒菜。

李森木六歲的兒子回來了，看見有客人，有水果糖食，就高興地跟著柯天任打轉。

柯天任住下了，三人共睡一張大床。

第三天下半夜，村上的狗吠起來，越吠越凶。柯天任被驚醒了，打算起床。可是，屋外有強烈的手電筒光在晃動，前後門有撬門聲，堂屋有了亮光。柯天任見勢不好，連忙將身子插在老頭和小孩中間，把放在枕下的鞋子穿好，右手握著枕在頭上的武術大刀，腦裡在閃動著脫身的法子。他推醒了老頭和小孩。

房門開了，兩柱強光照在床上，老頭子用手背遮住光，問：「幹什麼的？」

「爸，你不要動。我們是來抓柯天任的。」李森木說。和李森木並肩站著一個員警。

「森木，小柯是你兄弟，你為什麼要抓他？」老頭子火了，坐起來。

「他是罪犯，不是我兄弟。好狡猾的傢夥，鑽到我家裡來躲藏了。」李森木牙齒咯咯響。

「爸，你不能抓叔叔，叔叔是好人。」小男孩叫著，要爬起來，被柯天任按住。

「小侄，乾爹，不用護我。」柯天任躺著說，「李隊長，你不講情義要抓我，總不能傷害我小侄和乾爹吧。你們屋裡屋外都是人，持槍拿刀的，我跑不了，也不想跑。你就讓我穿了衣服跟你們走吧。」

李森木正想撲上去卡住柯天任的脖子，但是，老爸在外，兒子在內，不好動手。他就嗤笑著說：「嘿，柯天任，你是真龍，也休想飛出這屋子。好，我退一步，讓你穿好衣服下床。」

手電筒光照得如同白晝。柯天任躺著，結好力士鞋鞋帶，穿上衣服，順手把小男孩的屁股狠掐一爪。那男孩哇的一聲哭了。屋裡人一驚。就在這一剎那間，柯天任猛然躍起，從床上旋轉下來，兩道白光繞著身子轉。李森木和那個隊員一時被弄糊了，又分心去瞧床上的一老一少，就蹲身縮頭，躲那兩道白光。守著房門的兩個隊員看到一道白光向自己襲來，忙去躲閃。柯天任就出了房門，到大門，揮刀大喊：「閃開！」守大門的兩個隊員還分不清是什麼，遲疑一下，柯天任就出了大門，向壟畈機耕路跑去。

李森木在這一剎那間過後，看到那飛轉的東西落在地上，是一條白色化肥袋，悟到另一條白色是武術刀，又看到兒子沒有被劫去，就急忙大喊：「快追！」

七個隊員同時向壟畈追去，守在大門外的一個隊員追在最前頭。強烈的手電筒光射向機耕路。柯天任提刀飛奔。「砰，砰」李森木氣得向柯天任開了兩槍。槍聲在山谷迴響，在夜空裡轟鳴。一顆子彈從柯天任右肩呼嘯過去。柯天任心裡一驚，靈機一動，連忙放慢腳步，讓那個追上的隊員和自己拉近距離。柯天任是個武功高強的人，能自如地控制住兩人的距離，使李森木一開槍就會打中那個隊員。李森木幾次瞄準，都無法開槍，氣得向那個隊員叫罵：「蠢豬！蠢豬！」柯天任跑到陳倉莊村口，加快速度衝進村去。

這時，陳倉莊的人被槍聲、叫喊聲、腳步聲驚醒，跑到門外，集在巷裡、場地上。

柯天任向早已選擇好的路徑跑，一邊跑，一邊高叫：「我姓陳，兄弟叔侄，李森木帶員警來抓陳家人了！」

陳家的人不約而同地默默讓過柯天任，堵住李森木等人。李森木急得亂蹦亂叫，朝天鳴槍示威。槍聲嚇散了人群，而柯天任跑得無影無蹤了。

「柯天任不熟地形，跑不了。迅速封住村口，搜查！」李森木命令隊員。

搜查開始了。李森木在陳倉莊沿巷叫喊：「剛才跑進村的是大罪犯柯天任。有人窩藏，與犯人同罪；有人舉報，賞錢一千。」

員警們挨家挨戶地搜，直到天明，沒捉到柯天任，把堵路的人抓走了幾個。

卻說柯天任，在陳倉莊穿了幾條巷子，出了北村口，躍過一條溪溝，上北山，翻過山頸，逃到金馬縣境內。他趁著星光，步行十幾里路，到了一個集鎮，天已大亮。他吃了早點，乘中巴車到了金馬縣縣城，又幾轉幾折，中午到了鄧志強家。

鄢豔十分欣慰。鄧志強聽到柯天任講述的脫險經歷，敬佩得五首投地。

「大師傅，毛仲義、牛五、田小慶、邵月鐘、洪九大等人沒被打經隊抓去，我都通知了，再加上我的四個心腹學徒，共有十人。他們都發誓跟著大師傅闖天下。今天下午四點，黃沙鎮有去金華的長途客車，我們就出發吧。」鄧志強說。

「志強，你通知田小慶到沿河村等我倆上車，你帶其他人從黃沙鎮上車，到了金華下車，轉火車去廣東。」鄢豔佈置說。

「都帶路費了嗎？」柯天任問。

「每人帶一百、二百不等。毛仲義說在客車上搞錢。師傅、師娘、田小慶坐著不用管。」

「在永安境內不能節外生枝。」柯天任說。

鄧志強掩護柯天任、鄢豔走後，自己去收拾了一下行李，約人去了。

柯天任、鄢豔來到高速公路旁的沿河小鎮的杉林中，等田小慶。一會兒，田小慶到了。下午四點半，去金華長途客車在沿河小鎮停下，柯天任、鄢豔、田小慶三人上了車。車上，鄧志強、毛仲義等人已坐好，互相沒有打招呼，心照不宣。

這輛客車有兩層臥鋪，一百個鋪位，都坐滿了。旅客大都是生意人。晚上，客車被路旁一家飯店攔下，強行要旅客吃飯，不吃飯的也要給錢。柯天任最先下車，站在車旁，心中默數著下車的人，記著每個人的外貌衣著。吃了飯，柯天任最後上車，數著上車的人，對照著下車人的外貌衣著，相符了，他才上車。

客車駛進了兩省交界地段。這段路有三十多公里，沿山谷劈開，兩旁崇山峻嶺，樹高草長，人煙稀少。旅客們都懨懨欲睡。猛然間，車子急剎，車燈亮了，有人叫喊：

「大家不許動！」

旅客們驚醒了。只見四個身材高大的青年，用匕首分別頂著兩個保鏢的脖子、背心，兩個青年握匕首挾住司機，一個青年拿著電棒站在司機和保鏢之間，一個青年手持武術刀站在車門扶手上，看著第二層旅客，兩個青年持彈簧刀上到了第二層，從後向前，逼旅客交錢。

「我是教師，只有三百元錢。」柯天任乞求著。

一個青年搜了柯天任的身子，拿走了三百元錢，給了柯天任一耳光，罵道：「窮鬼！」

「他中途上車的，油水不厚，算了。」另一個青年說。他對旅客叫喊：「老子並不願殺人，太窮了，弄幾個錢用。你們自覺交錢，不要惹惱老子們！」

旅客們很聽話，誰也不敢惹惱劫匪，自覺交錢。交錢少的，就遭到搜身。不過五、六分鐘，劫匪把旅客們洗了一遍，叫司機開了車門，押著司機、保鏢下了車，扭傷了保鏢的手腳，揚長而去，消失在黑夜中。司機扶著保鏢上了車，客車繼續行駛。車內旅客紛紛議論起來，有的憤怒叫罵，有的哭泣叫苦，有的未卜先知教訓人，有的吹牛沒丟大錢。

柯天任鄰座的客人操著廣東普通話對柯天任說：「老師，這是常見的事，沒什麼大驚小怪的。」

柯天任借著暗淡的燈光看那個廣東佬，五十出頭，矮胖，衣著華貴，風度翩翩，就裝著書呆口氣說：

「我從來沒見過這陣式，好嚇人呀！」

廣東佬就向柯天任傳起經驗來：「有經驗的出門人，把錢分成三部份，外衣口袋放幾張伍元幣、拾元幣，讓小偷摸，這叫安全錢。內衣口袋裡放一兩張伍十幣、百子幣，讓劫匪搶，這叫保命錢。千元、萬元放在身上隱秘處，千萬不要放在密碼箱、包子裡。」

「我看你是有知識有經驗的人，剛才劫匪來時，你左手從外衣口袋拿出三十元錢給他們，右手故意捂著內衣口袋，讓劫匪搜去兩百元錢。劫匪就不再搜別處了。」柯天任稱頌著廣東佬。

「幾個毛孩子，算什嗎？」廣東佬表現出不屑一顧的神態。

「我是去廣東中山大學開學術研究會的。這車子再有劫匪洗一次，我就去不成了。」柯天任說。

「這輛車再沒事了。」廣東佬表現出很有智慧的樣子，肯定地說，「老師出門少，你如果怕，跟著我就好了。我也是從金華下車轉火車回廣東的。」

「謝謝你了。」柯天任表示感謝。

客車到金華時，已是第二天晚上十一點多了。下車時，柯天任對鄢豔低語幾聲，提了小黑包，跟上了廣東佬，有說有笑地走了。

廣東佬帶著柯天任來到一家豪華賓館大門。柯天任不肯進去，用吝嗇的口氣說：「我住不起高級賓館。」

廣東佬笑了，說：「人們都說老師小氣，今日果然不錯。進去吧，我出錢。」

來到登記台，柯天任從內衣袋翻到外衣袋，又去翻包子，驚慌地說：「我的身份證沒了，住不成店了，要露宿街頭了。」他把在車上遭劫匪的事對服務員說了。

「先生，不用慌，去保安科講明情況，開張說明來，我給你登記。」服務員說。

「不用啦，我倆一起乘車來的，他是教師，我擔保。」廣東佬一片同情心。

服務員接過廣東佬證件和錢，給兩人開了個雙人間。

廣東佬熱情地請柯天任一起吃了夜宵，乘電梯到五樓十一號房。兩人洗沐了，感到旅行的疲勞，上床睡了。

柯天任上床躺了一會，故意打起鼾聲來。他把右手臂架在額上，遮住眼睛，借著窗外射來的暗淡的燈光，從臂彎處窺視對床的廣東佬。廣東佬側身向外，睡得像死豬一樣，鼾聲大作。

「這人肯定帶了鉅款。錢在哪裡呢？」柯天任觀察著，分析著。廣東佬的小型密碼箱放在桌子上，黃色小皮包擱在枕頭邊。廣東佬說過，千元萬元不要放進密碼箱或皮包裡，柯天任也注意到皮包裡只有幾百元零用錢，那裡面肯定沒有放大錢，是用來擺迷魂陣的。那套西裝搭在高椅背上，也不會有大錢。「他說大錢要放在身上隱秘處，那隱秘在哪裡呢？」柯天任心裡在說，目光在廣東佬身上搜巡。廣東佬只穿一件白背心，一條花褲衩，褲衩在兩胯間鼓起，那裡是生殖器，不是錢。柯天任百思不解，後悔不該來浪費時間，誤了和鄢豔的一場快樂。

柯天任不甘心，目光繼續搜巡。突然，他眼睛一亮，心中一怦，差點叫出聲來：「在黑襪裡！」廣東佬穿了一雙黑色長統棉線襪，一直拉到膝彎處。廣東佬雖然肥胖，但那雙腳不會胖得上下一樣粗，沒了腳肚了，腳蹼也厚得異樣，像浮腫一般。柯天任極力讓情緒平靜下來，思考如何下手。他想了一個又一個方案，最後定下先軟後硬的方案：不知不覺地拿了就走，不傷害他；他若醒過來叫喊反抗，就殺人打劫，反正要把錢弄到手。他悄悄地穿了衣服，從黑皮包裡拿出黑色薄手套戴上，拿出彈簧刀，右手擰包，左手握彈簧刀，躡手躡腳，走到對面床邊下，把黑包放在床後頭，輕輕地去拉開廣東佬黑襪子的口，往下翻剝。襪子裡露出了黑色薄綁帶，解開綁帶，出現了「百子邊」。柯天任先把已攤在上面那一隻腳的襪子綁帶，弄掉了一大半，又去弄壓在下面的那隻腳。

「呵——」廣東佬發出長吁聲，身子動了。

柯天任連忙蹲下身子，瞧著床上。廣東佬翻了個身，仰面躺著，嘴裡「嗒嗒」幾聲，又睡著了。柯天任等到廣東佬打起鼾聲，轉到廣東佬腳後那端，一下一下地剝拉。綁帶繞到腳肚上，被壓緊了，拉不動。柯天任就輕輕地端廣東佬的腳跟，想讓廣東佬的腳拱起來。那腳漸漸地被拱起了。柯天任就一隻手阻住腳跟，一隻手去剝拉。突然，那只腳猛地向後彈去，腳板踹在柯天任胸部，很重，把柯天任踢了個趔趄，手在床杠上抓住，床晃動了。

「幹什嗎？」廣東佬叫了一聲，坐起身。

「一切敗露了！」柯天任腦子裡閃了一下，就毫不猶豫地撲上去，幾個武打動作一齊來：右掌叉開五指罩在廣東佬面部，把廣東佬壓在床上；一屁股坐在廣東佬胸口上；左手拉了被單捂住廣東佬的嘴鼻。一個五十多歲的胖子怎經得起武功高強的大俠同時三擊呢？廣東佬暈了，出不了聲了，手腳亂彈。柯天任左掌一個勁地把被單往廣東佬喉嚨裡塞，右手緊捂廣東佬的鼻子。廣東佬鼻孔出血了。白淨面皮泛出了烏紫色，沒氣息了，手腳攤軟在床上。柯天任騰出右手，從褥下摸出彈簧刀，向那肥脖子右側切割下去，左手將廣東佬的頭向外扭，讓脖上噴出的血向床裡流，不讓血濺到自己身上。廣東佬脖上出血處冒著汽泡，漸漸，那汽泡也沒了。

柯天任迅速將廣東佬的襪子脫下，把綁帶解下，把床上的錢裝進襪子裡，用綁帶纏紮在自己的腰裡。他去衛生間沖洗了自己，用拖把把地上血擦乾淨。將屍體用床單包了。蓋上另一張被單，像睡了一樣。

柯天任弄好這一些，看看手錶，只三點多，不敢出門太早，就把門內鎖了，點了支煙抽著，不敢睡著。柯天任等到凌晨四點半，提包出門，把房關鎖上，也不去招呼服務員，乘電梯下樓，徑直走了。

柯天任乘計程車向相反方向走了幾站路，再租車到火車站旅社找到鄢豔、田小慶，連忙乘長途汽車到珠州市，轉火車到廣州。柯天任三人在廣州一家茶館住下，派田小慶去火車站找鄧志強等人。

卻說鄧志強、毛仲義等九人洗劫了長途客車後，在黑夜中走了一程，強攔了一輛貨車回頭走，又轉車到江南省城，轉乘火車到廣州，等柯天任等人。這日，鄧志強到火車站留言牌前看自己寫的留言。

「別動，終於抓到你了！」鄧志強背後有一雙手攀住肩頭，大聲喝道。他在驚慌中，本能地頭、手、腳一起向後擊去。背後那人下巴遭到頭擊，左右肋遭到肘擊，右腳背遭到腳踩，「哎喲」一聲倒地。

鄧志強趁機逃跑。他跑了一丈多遠，聽到身後有人用永安縣土話喊：「志強，大師傅在等你們。」鄧志強忙回頭，看見倒在地上的是田小慶，趕過去扶起，說，「人嚇人，嚇死人。我能不動手腳嗎？」

鄧志強、田小慶來到茶館，接柯天任、鄢豔到旅社。十二人會在一間房裡。毛仲義把劫到的一萬二千元錢交給鄢豔。鄢豔當即發給每人二百元作零用。

柯天任講話了：「兄弟們，我們要到沿海市去發財，每人不弄到三、五萬元，就無顏回家。大家要扭成一股繩，要有個組織領導。現在，我把人員暫時作個分工：行動組，正組長鄧志強，副組長田小慶，組員潘複生、蕭俊傑、楊從武；探子組，組長毛仲義，組員牛五；會計邵月鐘，出納鄢豔，事務潘複生，外交洪大九。有幾條紀律：第一，服從領導，聽從指揮，不能獨自闖禍；第二，共同決定了什麼行動，大家要同心協力，不怕犧牲；第三，如果有人受傷，要給予治療，撫養家屬。大家看看有什麼意見？」

「聽從大師傅的。」眾人齊聲說。

「我補充一點意見。」鄢豔說，「搞到了錢，不能分光用光，百分之二十給大家零用，百分之八十公存，等回家了，再分給大家。」

「我同意。」邵月鐘說，「我還補充一點，不能搞平均主義，要分等級，有獎有懲。」

「很好。」柯天任說，「大家就擬個財務制度。」

眾人七嘴八舌，邵月鐘作了整理，分出等級，訂出十一條制度。

「今天睡一覺，明早出發到沿海市。」柯天任說。

柯天任、鄢豔住一間房子。柯天任向鄢豔敘述了弄到廣東佬大錢的事，說是不知不覺地拿到手了，略去了殺人一節。柯天任把腰帶解下，叫鄢豔數錢，共是十萬元整。夫妻很高興，商量這筆錢不能歸公。鄢豔提出給柯和貴匯去二千五百元。柯天任反對，說容易出危險，等安全了，站穩腳跟了，再還柯和貴的錢。

第二天早飯後，柯天任一夥去火車站乘車到沿海市。可是，火車站內外擠了成千上萬的大學生，鐵路被阻了。大學生們舉著大橫幅，散發傳單。橫幅上寫著：「聲援北京大學生！」「反腐敗，爭民主！」……

柯天任對同夥說：「鬧學潮了，天下要大亂了。我們正好亂中發財，亂中起事。我們不要去參加什麼運動，快改乘汽車去沿海市創事業。」

柯天任一夥乘了大客車去沿海了。

柯天任不關心學潮，柯和貴恰恰相反，十分關注學潮。

卻說柯和貴看到北京鬧起學朝，很快波及全國，就忙碌起來。

不知柯和貴在學潮中有何作為，且聽下回分解。

第八十六回　癡教師溫語軟硬漢　大學生真情激老將

卻說柯和貴看到學潮從北京鬧起，很快波及全國，就關注起來。他每天要閱讀幾種報刊，定時看三次電視新聞，又和黃豐盛、辛龍水、張志成經常討論。柯和貴四人看到四月二十六日《人民日報》發表的社論《旗幟鮮明地反對動亂》，激起了學生、市民的憤慨，學潮發展到了聲勢浩大的民主運動，就決定提前召開「中國公民黨第三次全國議事會」，討論如何支持和參與民主運動。

在這之前，中國公民黨在武漢已開過第二次全國議事會。到現在，中國公民黨已有黨員一萬六千四百三十六人，除內蒙、新疆、西藏、臺灣省外，各省均有地方組織。黨外組織有：武館、氣功協會、職業介紹所、農民打工介紹所、學雷鋒服務站、復員軍人安置介紹所、排難解憂諮詢公司、律師事務所、科學技術諮詢所等等，成員有三萬四千七百多人，其中復員軍人五百多人，個體工商戶八十三人，教師和在校大學生一百十三人，入伍軍人五百多人，北京市民六十五人，形成了一股強大的有生民主力量。

中國公民黨第三次全國議事會於五月八日在南昌市召開，與會者七十三人，各省都有議員。柯和貴作了《關於當前時局和我們的任務的報告》。報告主要內容如下：

「世界民主大潮流洶湧澎湃，社會主義陣營內的民主潮流日益壯大。蘇共總書記戈巴契夫的『新思維』逐漸與世界民主大潮流相交融，莫斯科市委書記葉利欽公開主張廢除民主集中制，採用民主普選制；東歐各共產黨國家出現了民主政治組織，公開活動和宣傳民主思想。我國自從改革開放以來，民主浪潮一浪高過一浪：西單民主牆，八六年『一二．九運動』，八八年元月六集電視劇《河殤》播出，現在的大規模學潮，民主運動。

「這種民主浪潮在衝擊著中國共產黨獨裁政權，分化著中央高層領導集團。以胡耀邦、趙紫陽、萬裡為首的改革派，在經濟改革開放後，看到了獨裁制的阻力，主張政體實行漸次的改革，適應經濟改革。胡耀邦公開表態：『防止反汙擴大化』，『寬容、寬鬆、民主』，讓新聞言論有了一些自由的空間。趙紫陽對這次學潮也是抱同情、支持的態度的。但是，中國的皇帝是甯死也不放棄獨裁權力的，毛澤東在奄奄一息時還發出最高指示『批鄧，反擊右傾翻案風』。當今，以陳雲、王震、胡喬木為首的老帥、老將、重臣們和以李鵬為首的太子黨們，是死硬保守派。他們一開始就反對經濟上的改革開放，但『胳膊扭不過大腿』，只好依了鄧小平。後來，他們在經濟改革開放中又得到極大的好處，才贊成了經濟改革開放。他們決不允許觸動他們既得的獨裁制度一根毫毛，誓死捍衛一黨獨裁制。他們對自由民主特別敏感，特別恐懼，一發現有民主的苗頭，就企圖把它踏死。他們是實權派，掌有軍權、警權、監獄權，隨時可以向學生、民主人士實行國家暴力鎮壓。在改革派和保守派中，鄧小平是個兩面人物，又是個有力量平衡兩方面的人物。從近十年的歷史事實看來，鄧小平是慈禧，只主張進行「洋務運動」般的經濟改革，反對政治體制改革，死保『祖宗之法』。他提出了『四項基本原則』、『中國特色』，他在四月十五日說學潮是『動亂』。

「這樣一分析，這次學潮民主的命運就只有兩種可能：一種，學生、民主人士只是停留在宣傳、遊行、靜坐、甚至絕食等和平形式上，沒有堅強的民主政治組織，沒有鮮明的政治綱領和目標，鬧到一定的時候，遭到獨裁者的血腥鎮壓，變成『慘案』而失敗；另一種，有堅強的民主組織在領導，有明確的政治目標和鬥爭策略，越鬧越徹底，將馬列主義、毛澤東思想的反人民性、反民主性暴露在天下人眼前，將共產黨的醜惡嘴臉原形畢露，喚醒了市民，取得了全國民眾的同情、支持和參與，造成了一個機遇，一個偶然性——市民起義，一舉奪取首都，號令四方，建立民主政權。

「中國改革開放到了緊要關頭，中華民族到了危急時刻，凡是有救國救民思想的人都不能袖手旁觀，都要表明態度，有所行動。我們中國公民黨更應該投入到民主運動中去，聯合一切民主勢力，採取重大行動，看準時機，奪取中國民主鬥爭的偉大勝利！」

柯和貴的《報告》鼓舞了與會者，群情激奮，熱烈討論起來。

會議在討論如何支持和參與的行動方案時，出現了兩個重大提案。

一個是辛龍水、李代仁等九人的提案：「趁著學潮混亂的時候，與金門、馬祖連成一塊，建成革命根據地，迎接臺灣國民黨軍隊登陸，最後舉行第二次國民革命軍北伐，定會得到大學生、民主人士、市民和全國民眾的支援，奪取全國民主革命的勝利。」辛龍水在解釋這個提案時說：「和平演變是文人的良好願望。獨裁者是不會讓出半點權力的，是不會讓人去搞和平演變的。對暴君，只能用戰爭。農民雖然不懂什麼是自由民主，但是，他們仍占全國人口的百分之八十，仍是最下層的受苦受難者，革命性最強，打仗要靠農民。在戰爭中向農民宣傳民主思想。」辛龍水列舉了從陳勝吳廣起義到毛澤東井岡山鬥爭，證明自己提案的正確性。

另一個是張志成、黃豐盛等十五人的提案：「集中力量到首都北京城活動。首先，與學運、民運領袖取得聯繫，成立民主統一戰線，制定明確的政治綱領，指導和組織學運、民運，支持中共高層內的改革派，揭露保守派，迫使中共高層進行和平演變。其次，和平演變不成功，保守派鬥垮了改革派，調動軍警鎮壓學運、民運，在軍隊未入城時，舉行市民起義，一舉奪取北京城，逮捕保守派頭目，請出改革派領袖，成立民主政權，號令天下。要實行這兩個行動方案，關鍵的是能否與學運、民運領袖一起建立統一戰線。如果建立不成民主統一戰線，我黨不能單獨行動，在軍隊部份入城時，全體撤出。」黃豐盛在解釋這個提案時，重申了中國公民黨第一次、第二次大會確定的民主綱領和《報告》，提醒與會者不要去搞時曠日久的農民起義、建立根據地。

大會對這兩個提案進行了一天半時間的爭論，最後進行投票表決。表決結果是：辛龍水、李代仁的提案，以二十四票贊成，四十五票反對，四票棄權，被否決。張志成、黃豐盛的提案，以五十一票贊成，十九票反對，三票棄權，被通過，成了決議案。

這本是民主制度的正常現象，可是，李代仁暴跳起來，指著黃豐盛的鼻子怒吼：「你是奸臣！天下的事就是壞在你們這些文人身上。斯斯文文，唯唯諾諾，見惡就怕，見死就躲，沒有一點男子漢的英雄氣魄！」

「老李呀，你冷靜一點，不能憑匹夫之勇去行事。」張志成說。

「兩軍對陣，勇者勝。大丈夫戰死沙場！」李代仁大喊，「是時候了！怕死的就鑽進老鼠洞裡去，不怕死的跟我去作戰。我有兩百人馬，就能打下永安城。」

李代仁說罷，一腳踢翻了椅子，揚起右手一招，跨步就走。這時，有三、四條好漢站起來，跟著李代仁。

「你給我站住！」柯和貴猛地一拍桌子，喝道，「李代仁，你再向前走一步，就不要回來見我。」

那李代仁還沒走到門口，吃了一驚，把跨出去的左腳收回，站住。

「老李，這是研究大事，你怎麼能撒小孩子脾氣呢？聽柯老師的。」辛龍水上前拉回李代仁，按在座位上。

李代仁是個烈性漢子，忠心照日月，義氣重如山，對柯和貴最敬佩，認為投了明主。現在，他看到平日和和氣氣的柯和貴突然大發雷霆，知道自己犯了大錯。他坐在位上，像小孩子一樣哭了，表白心跡說：「老柯，我對你，心是忠的，血是紅的。我今年五十八了，要早在有生之年，殺貪官，除暴君。我等不得了。」

「老李——」柯和貴拖長語音，親切地叫。他的心也平靜下來了，溫和地說：「你的心情，大家能理解，你與黃豐盛有意見分歧，大家能諒解。但是，你的態度，大家不能接受。你目無紀律，分裂組織的行為，大家不能接受。你說別人怕死，你是敢流血犧牲的英雄，這話不對。現在，我就來與你論一論『勇氣』的問題。」

「古人根據人們對仁義的深淺不同，把『勇』分為三種：大勇，中勇，小勇。大勇者，懂仁義，『上不循於亂世之君，下不俗於亂世之民』，『重死，持義而不朽，是君子之勇也』。就是說，大勇的人，懂得大道理，重視生命，不輕易作犧牲，願為民主事業捨生取義，不是憑一時血氣之勇去拚命。這就是孫中山先生所稱讚的『先知先覺者』。中勇者，重視忠信，輕視財物，結交好人，疾惡如仇，抱打不平，勇於犧牲，對具體的人和事認識清楚，但對民主政治、國計民生的大事認識不透，就是我們平常所稱讚的忠義英雄，是孫中山所指的『後知後覺者』。小勇者，無情無義，漠視生命，重視財物，不顧災禍，為爭衣食財物，殺人劫貨，是我們平常所說的『匹夫之勇』，『小人之勇』，是孫中山先生所指的『不知不覺者』。我看黃豐盛就屬於大勇者。改革開放後，第一次民主運動是北京西單民主牆運動，黃豐盛就第一次敢去演講，宣傳民主思想。員警來抓他，他跑到永安縣來避難，不是怕死，而是認識到為民主事業作犧牲的時候沒到，應該珍惜生命，以圖一逞。你李代仁就只算得上中勇者。你為人正派，有正義感，不屈服於暴君強權，願為民主事業犧牲拚殺。但是，你不能把忠君、行義與民主事業分開來，不懂得鬥爭策略，不把生命當一回事，急於成為英雄。」

「在座的各位是中國公民黨的高層領導者，對照一下，自己對自由民主思想認識多少，屬於那一種『勇』。我們不應該把自己降低到『小勇』的『亂世之民』行列中去。我們應該對自己要求高一些，應該成為先知先覺者、大勇者，才能指導、領導民主事業。

「現在，我提議，給李代仁的行為以『黨內警告』的處分。」

大會對柯和貴的提案投票表決通過，給李代仁「黨內警告」的處分。李代仁作了檢討。

大會主持人張志成說：「剛才是個小插曲，是個思想覺悟問題，需要大家今後花長時間去認真學習，提高認識。現在休會兩個小時，等全國總部提出執行大會決議案的行動方案，再來開會。」

過了兩個小時，柯和貴代表全國總部提出了《參加一九八九年民主運動的行動方案》的議案。主要內容是：組織一萬一千個指戰人員，分為十個戰鬥總隊。每總隊一千人，下屬三個大隊；每大隊三百二十人，下屬三個中隊；每中隊一百二十人，下屬三個小隊；每小隊三十三人，下屬三個戰鬥組。江南總部為第一總隊，雲南、貴州兩總部合為第二總隊，四川總部為第三總隊，陝西、山西總部合為第四總隊，北京、河北兩總部合為第五總隊，東北三省總部合為第六總隊，山東、江西、安徽合為第七總隊，浙江、福建為第八總隊，兩廣為第九總隊，江西、湖北為第十總隊。全國總部直屬六個中隊，計一千二百人。全國總部直屬隊於五月十一日、十二日到達北京，由北京總部安排食宿。十個總隊原地待命，如果接到命令，必須在三天之內進到北京城所指定的地方駐紮下來；如果沒有接到命令，不准擅自行動或進京。

《行動方案》中附有《行動紀律》：一、服從命令，聽從指揮，不准任何隊或個人自私行動。凡不聽命令私自行動而破壞整體部署者，全國總部的監軍中隊查實後給予軍紀嚴懲。二、絕對保密。此次行動在勝利前為絕密行動，不准擅自打出我黨我軍旗號。凡洩密者，軍監中隊給予嚴懲。三、在戰鬥無勝利希望時，各隊或個人為保全生命和保存實力可以降敵，被捕者可以自首。但是，不准降敵時反戈襲擊我方，不准向敵人洩密我方組織和人員。如有後者，我方任何人有權處置，甚至槍決。四、在戰鬥中，被打散者，自由行動。英勇殺敵者，授予「民主戰士」稱號，視情況給予軍功：特等功、甲等功、乙等功、丙等功，並提拔軍銜。受傷者，授予「民主鬥士」稱號，給予療傷、撫養。犧牲者，授予「民主英烈」稱號，安撫家屬。各隊要有戰鬥人員登記冊，以便獎懲。

大會經過討論，全票通過《行動方案》，並授予全國總部執行《行動方案》的權力，授予全國總部總裁柯和貴「因形勢變化作應變決策和指揮之權力」。

柯和貴、辛龍水、張志成、黃豐盛等人又提出《成立臨時政府後的政令草案》：

如果市民起義取得成功，就成立臨時政府，由參與起義的各政治組織派代表選舉臨時總統、內閣總理、立法協會、軍事協會會長，等等機構。在憲法沒有出來之前，由立法協會草擬、臨時總統簽字，發佈各種政令來維護民主法治國家的安全。

中華民主聯邦國臨時政府總統第一號政令

在正式憲法沒有出來時，臨時政府總統的政令就是法律條文，全體國民必須遵守。如果憲法出來了，臨時政府總統政令自行失效，但是在政令施行期懲罰犯罪的案件，不能翻案。

中華民主聯邦國臨時政府總統第二號政令

原來的中共所有國有宣傳機構一律取締，報紙、電臺、出版等等宣傳機構只能由民間舉辦。宣傳內容除去不能宣傳共產主義和恐怖主義外，其他一切內容均可以宣傳。

中華民主聯邦國臨時政府總統第三號政令

軍隊屬於國家，任何黨派不能有武裝組織。現有的國家軍隊在原地待命，不能干涉國家的任何政務。如果出現軍隊異動和干涉政務事件，視為叛亂罪處置。

中華民主聯邦國臨時政府總統第四號政令

中共村長級以上官員暫時不能出境，各邊境關口必須嚴密卡關。如果出現官員私自出境或者關口人員放出，都視為叛國罪處置。

中華民主聯邦國臨時政府總統第五號政令

凡是中共黨員不准有任何組織活動，等待憲法出來後，到有關機構註冊登記後，才能有活動權利。

中華民主聯邦國臨時政府總統第七號政令

國家機構只設立中央、自治省、自治縣三級機構，實行「三權分立」制度。

司法機構的法院、監察院、員警司由各地方律師事務所所組成的律師協會選舉官員臨時接管，維護當地社會秩序，釋放政治犯，打擊黑惡勢力。

原有的各地方黨政機構一律解散，原官員和一般有財政編制的公務員領取原有的工資休閒，或者謀取新的工作單位，謀取了新的工作後，必須向員警司通報，取消原有工資待遇。原有國家機構的沒有財政編制的臨時工一律解散，每人發放三萬元失業費。官員、公務員和臨時工由員警司登記造冊，法院發放工資和失業費。

各地必須在三個月內成立臨時政府機構。臨時政府由各種派別的民主政治組織代表選舉產生官員。如果各地方在三個月內沒有成立臨時機構，就由中央臨時政府派遣官員成立臨時機構。凡是共產黨員，必需有書面退黨聲明交當地律師協會存檔，才能有被選舉權。各種部門機構的多少設立由地方臨時政府決定。教育機構和財稅機構必須獨立，暫時由監察院監察管理。

中華民主聯邦國臨時政府總統第八號政令

各種國有銀行一律由新法院接管，原有銀行官員領取原有工資休閒，原有銀行職員繼續工作，只能辦理取款和追回貸款，不能放貸。凡是原來村長級以上官員及其親屬不能取款，等到財務清理後再取款。現有的私有銀行繼續工作，鼓勵私人創辦銀行。

以下是政局一旦穩定的六個月後的政令。

中華民主聯邦國臨時政府總統第九號政令

軍隊改革。空軍、海軍、邊防軍、原有的新疆、西藏、內蒙古、寧夏軍隊和核武軍隊，維持原有編制不動。陸軍和武警軍隊實行裁軍：凡是現役軍人，團級以下（不包含團級）的軍人，以及在團、師、軍、軍區和各種軍事部門的相當於營長級以下（含營級）的軍人，一律退役。退役金為：班長和士兵每人十萬元，排長每人十五萬元，連長每人二十萬元，營長每人二十五萬元。團級以上（含團級）軍官自願退役者的退役金：團長每人三十萬元，旅長每人三十五萬元，師長每人四十萬元，軍長每人五十萬元，各軍區司令員和各兵種司令員、部長、中央軍事委員會成員，退役金為一百萬元。凡是在規定退役的而不願退役的軍人，取消其軍人待遇。凡是不願意退役的團級以上軍官，一律集中到指定地方學習民主法治理論，以便再次服務於國家。

退役軍人領取退役金，憑本人有效證件在所在地的法院領取，不能由別人代領。各地方員警司負責登記造冊，交由地方法院發放退役金。兵器由地方員警司登記造冊，地方監察院收集存放。

此令在兩個月內執行完畢。如果出現不執行此令的軍人或者有抗拒行為的，視為叛亂罪處置。

中華民主聯邦國臨時政府總統第十號政令

取締邪惡的中國共產黨組織，如果有共產黨組織活動和宣傳共產主義行為，視為恐怖活動罪處置。共產黨村長以上官員一律接受當地司法審查，審查其是否有刑事案件。凡是經過審查而沒有刑事犯罪的共產黨官員，是合法公民。審查細則另行規定。

凡是各種政治組織官員，都不是國家官員，沒有國家財政編制，不能領取國家工資。

中華民主聯邦國臨時政府總統第十一號政令

解散各種國有銀行和職員，強行追討貸款。已經攜款外逃的經濟罪犯，能夠自覺回國而又自願還款的，免於重刑懲罰。

全會一致通過《成立臨時政府後的政令草案》。

五月十一日下午，全國總部指揮人員和後勤大隊進了北京城，其他直屬大隊在十二晚陸續進京。

柯和貴的學生在北京城內讀書的有北大的方中華、清華大學的屈效原、北師大的柯成德，北航的塗玉貞，地質大學的萬珍愛。柯和貴很快與那些學生取得了聯繫，把指揮所安置在北大和清華的學生宿舍內，把伍金釵的後勤大隊人員安置在北師大學生宿舍內，黃豐盛大隊住在中央民族音樂學院內。其餘大隊人員由北京總部安置。

五月十二日，天剛蒙亮，柯和貴、辛龍水等人被驚醒。北京大學已經鬧哄哄，高音喇叭在播放著《緊急建議》：

「鑒於目前的嚴峻形勢，我們建議破釜沉舟，採取如下緊急措施：A.集體絕食，具體時間地點商量；B.竭盡北京高校之氣力，於戈氏訪華之日遊行進駐天安門，作最後拼搏，成敗在此一舉。同志們一起努力！」

柯和貴、辛龍水等人趕緊起床，早餐後，在校園內蹓踏。

校園內，到處是大字報，大標語，舊紙脫落，新紙又貼上去了。人們在奔走呼號，在演說，在談論，中外記者在採訪拍照。上午，北京大學二百名大學生頭纏白布，騎自行車去國務院參加袁木舉行的新聞發佈會。下午，許多高校到北京大學簽名絕食，在賽凡提斯像前舉行第十二屆民主沙龍，包遵信作了民主人權演講。

柯和貴、辛龍水隨著大學生絕食團到了天安門。一批批的大學生絕食團陸續地來了，還有上海等外地高校來的絕食團。蘇曉康作了演講。這一夜，柯和貴、辛龍水等人就與絕食團學生一起在天安門廣場上。

五月十三日，天安門護城河天橋旁聚集有一大群人，有人在教歌。柯和貴被那旋律吸引去了，就走過去。

那旋律，像千丈瀑布直下，像氾濫洪水怒吼，像萬炮齊發，像戰馬嘶鳴，像急雷轟轟，像震電燁燁。開始，幾個大學生唱，後來，百人，千人，萬人合唱：

中國民主鬥士歌

1=G4/4

△△△△△△△△△△（

• • • •　　　　• • • • • • • • • •

777〇｜111111〇‖：111222｜3343—｜111222｜

誰誰誰　我們我們我們　我們是中國　覺醒的一群　我們是中華帝國

我們是中國　合法的公民　我們是民主自由

）△△　）△△

• • • • • • • • • • • • • • • • • •

3323｜222 2 1｜222 2 2 1｜333 〇｜44444〇：‖｜

叛逆子孫　反對專制　鏟鋤王權　誰誰誰　我們我們我們

勇敢鬥士創　建　法治　爭　我民權

）　）

• • • • • • • • • • • • • • •

111 2 21｜33 43 —｜111 2 22｜33 24—｜

我們是中國　覺醒的一群　我們是　自由　民主的鬥士

歌聲此伏，口號彼起：
要民主，反獨裁！
「四項原則」是禍國之源，民主自由是興邦之本！
鄧小平是當代慈禧！
打倒封建專制主義！
同胞們，聯合起來，炮打中南海！
……
在華表柱擠著一堆人，有幾個大學生在朗誦詩歌。柯和貴、辛龍水走過去，聽那詩歌：

我們的自白

有人說我們狂熱，
他們卻從未看到：
我們沉思深邃的目光，
在無數個黑夜裡流動。
有人說我們好事，
他們卻無法理解：
我們在多少個寒窗前探索，
心靈已冰潮般碰撞。
有人說我們徒勞，
我的青春熱情，生命火花，
將化為熊熊烈火，
把這舊世界毀滅。

我們不忍心看見——
母親在鐵幕重壓下痛苦捲縮；
我們不忍心看見——
同胞的生氣耗盡，到頭來
卻去承受外來的欺凌和侮辱。

我們不能容忍——
兩腳直立的中國人，
五首投地在兇惡的獨裁者腳下；
我們不能容忍——
十億同胞的生命，

去讓殘暴的獨裁者恣意殺戮。

我們不是狂熱之徒，
我們不是好事之群，
我們的鬥爭不會徒勞，
我們懂得珍惜寶貴的生命，

我們知道——
自己是能生活好的大學生，
我們理解——
鬥爭的艱難曲折。

正因為我們是大學生，
才能成為覺醒好事之群；
正因為我們懂得鬥爭的反覆，
才不畏勞苦，帶頭奔走呼號；
正因為我們是熱血青年，
才猛烈地去冒彈雨槍林。

為了爭取同胞的基本權利，
為了向祖國獻出一片真情，
我們心甘情願地
去流血，
去犧牲，
去喚醒昏睡的中國。

我們不下地獄，
誰下地獄？
這——
就是我們的自白！

多麼震撼人心的詩句！那飽含憂患的意識，那推心腹、見情素的坦誠，那勇往直前的大無畏精神，那悲憤昂揚的激情，在喚醒著圍觀的人群，在激勵著圍觀的人群。

人群中，有人沉痛地哭喊：

「同學們，人民理解你們！你們除了良心，一無所有！」

有人激動地高呼：

「愛國，愛國，不愛獨裁政權！」

「聲援大學生！」

「大學生萬歲！」

「大學生運動萬歲！」

「中國民主運動萬歲！」

……

在紀念碑那邊，高聲喇叭在播放著一首詩：

致母親

——寫在我們出發前

媽媽，
我知道在這些日夜，你時時
在替遠方的兒子擔心受怕。
而我這個在遠方的兒子，
也常常想起遠方的媽媽：
你替我遮風避雨的身影，
你教我唱歌時慈祥的面容。

媽媽，
我知道——
你在擔心兒子的時候，
淚珠一直掛在善良的眼角；
你在想念兒子的時候，
胸中蓄滿了憤怒的火花。

媽媽，
這是為什麼呀為什嗎？
一個個長大的兒子，
一個個叫你擔心受怕。

媽媽，
這是為什麼呀為什麼？
你心靈上增加的傷痕，
比你的白髮和皺紋還深還多。

因為你的兒子們長大了，才發現——
在這塊冰冷黑暗的國土上，
必然需要我們去拋灑熱血；
天下並不太平，
無恥的主義居高臨下，
強迫人民去為一個暴君唱讚歌；
歷史並未前進，
頑固的封建帝王在垂死掙扎，
對自由民主切齒咬牙。

媽媽，
你這一生都處在擔心受怕之中：
七〇年炎夏，
你擔心住進「牛棚」的爸爸；
七六年寒春，
你擔心在天安門廣場上激情的大哥；
八四年嚴冬，
你擔心在西單牆下呼喊的二哥；
如今，
你擔心的是我——
在天安門廣場上你最小的兒子。
媽媽，請你忍受——
在為我們受驚受怕的日子裡，
在勝利沒有到來的日子裡。
媽媽，請你忍受——
當儈子手如狼似虎的時候，
我也許會犧牲；
當戰友擦拭我滿身鮮血之後，
你再也看不見你最小兒子的身影。

媽媽，
請你忍受這痛苦、驚恐，
請你默默地拭去眼淚，
在擔心受怕的痛苦中，
等待著兒子為之獻身的
——新生活的到來！

（注：以上詩歌均由我的族弟和學生武漢水利電力學院學生柯山林在天安門廣場摘抄後提供給我。）

這詩，如泣如訴，催人淚下，悲壯慘烈，有「壯士一去不復返」的氣概，勵人鬥志。

學運如火如荼，日盛一日。沉穩的教師們也壯起膽來，為學生們吶喊；慎微的首都知識界也打破了沉默，為學生們遊行助威；圍觀的市民覺醒起來，變成了參與者；打工的青年農民激憤起來，轉為支持者。天安門廣場聚集著百萬之眾，北京城日夜沸騰。每天有爆炸性新聞在傳播，有震撼人心的事件發生。廣場上，有鳴冤叫屈的控訴，有義憤填膺的怒吼，有慷慨激昂的演說，有肝膽相照的傾吐，有以身殉國的誓言，有情深意篤的表演，有額手稱快的愉悅，有一吐為快的舒暢，有雄姿英發的隊伍，有雪片紛揚的傳單，有雲蒸霞蔚的條幅，有感天動地、泣鬼神的絕食帳篷……天怒人怨，令魔頭、人王膽顫心驚；天理昭昭，使鬼魅魍魎無處藏身；光明正大，使奸詐陰謀難以施展；明鏡高懸，使冤民枉魂揚眉吐氣；群情激憤，使知士人仁鬥志昂揚；旭日東昇，使苦難的國民看到前途似錦……幾千年昏睡的猛獅甦醒了，幾千年濃縮液化的積憤傾瀉出來了，爆發出久蓄禁閉的巨大能量，要將這座帝王古城沖沒，要把那中南海皇宮淹沒。啊！真是一場波瀾壯闊、亙古未有的中國偉大的民主運動！

身處此情此景，柯和貴回憶起二十三年前天安門廣場上的「紅海洋」。那時也有百萬青年學生，也是呼喊震天。但是，那時是幹什嗎？那時是百萬紅衛兵手搖《毛主席語錄》，瞻仰城樓上那位君臨天下、令人迷信的人王；那時是百萬紅衛兵隨著那人王的手臂擺動而晃來蕩去，高呼「萬歲，萬萬歲」，叫喊「偉大，最偉大」，宣誓「忠於，三忠於」。那時的百萬之眾是人嗎？不是！城樓上的是狼是虎，城牆下是五首投地的豬牛馬羊。如今，同是大學生，同是百萬之眾，同是聲勢浩大的運動，卻是直立的中國人，向城樓高呼：「打倒獨裁！鏟鋤專制！」向大地宣誓：「為自由民主而鬥爭！」內容截然相反，覺悟迥然不同。柯和貴怎能不感慨萬分呢？

二十三年前的柯和貴是一個紅衛兵，二十三年後的柯和貴變成了一個民主鬥士，從忠義主義變為民主思想，從忠君轉為爭取自由民主。柯和貴的思想意識發生了翻天覆地的變化，中國大地也在發生翻天覆地的變化。

柯和貴一陣心酸，淚水盈眶；一陣憤慨，精神振奮。他望著莘莘學子，暗下決心：「我還留著這半截殘生幹什嗎？我決不能看著大學生們玉損香散，倩女魂銷！我一定要和大學生們一起，趁機率眾拼殺，使國民的覆盆宿冤得以昭雪，使大學生的素願宿志得以實現！」

欲知柯和貴怎樣活動，且聽下回分解。

第八十七回　眾夫子錯失好時機　智秀士評講大慘案

卻說柯和貴受著大學生們民主狂熱的感染和激勵，暗下決心：在北京推動民主運動，乘機舉行民主起義，一舉推翻獨裁專制政府，建立民主政權。

現在的柯和貴，不是二十三年前的熱血青年學生了，已過「不惑之年」、接近「知天命」年段，是個性情沉靜、老謀深算的民主人士。對舉行市民起義這樣重大的行動，是不會憑一時心血來潮而貿然舉事的。柯和貴一邊沉浸在狂熱的民主浪潮裡，一邊也冷靜地窺測思考。他對辛龍水說：「舉行市民起義必須得到大學生、民主人士、市民的支援和參與，否則，成不了事。看來，大學生、民主人士對獨裁者政權的憤恨和對民主制度的渴望和我們是一致的。不知道他們的鬥爭策略、行動綱領是否也與我們一樣。我們必須找到他們的民主政治組織，與他們的領導人商談，儘快成立民主聯盟組織，有目的有步驟地進行民主鬥爭。」

五月十六日上午，柯和貴、辛龍水在方中華、屈效原、塗玉貞的引導下，拜會了學運領袖和知名的民主人士。在會談中，柯和貴了解到，民主人士的活動，是單個人、或幾個人、或本單位臨時組合來聲援大學生運動的，根本沒有民主組織。學運也只有一個臨時組成的「高自聯」，組織鬆散，各自口號、目標、行動也不一致。這就是說，這次學運、民運完全是自發性的。柯和貴向學運領袖、民主人士簡介了中國公民黨和這次來京的行動綱領，建議立即成立秘密的民主聯盟組織，制定統一的政治綱領、行動綱領，統一領導，協調指揮，有機會時舉行市民起義。柯和貴的建議遭到民主人士和學運領袖的拒絕和指責。一位民主人士批評柯和貴說：「你們是在搞秘密的反革命活動，搞政治陰謀。這是很危險的，我們不會那樣幹。我們是搞光明正大的民主運動。」一位學運領袖說：「我們搞絕食鬥爭，是迫使黨中央決策人來坦誠對話。我們不反對共產黨，不反對政府，因為共產黨內有改革派，改革派會支持我們，會使獨裁制和平演變為民主制。」一位學運領袖指責辛龍水說：「我警告你們，你們不可製造真正的動亂，給保守派抓住口實，鎮壓學運民運。」一位民主人士勸解說：「我們要沉得住氣，要有韌性，要有理性。理性鬥爭是反對暴力流血鬥爭的。」柯和貴無可奈何，悻悻而退。

柯和貴第一次在學運、民運中碰壁了。事後，他對辛龍水說：「我想起了蘇曉康十二日的演說詞中的一段話，他說：『同學們，你們已經取得了非常偉大的勝利。你們第一次在中國教會、正在教會人民和政府如何進行現代政治運動、現代民主運動。你們比政府、比官員、比文化精英聰明得多。四月十五日以來，學生運動最值得稱讚的就是你們的理性精神。現在，政府和執政黨，還是對民主政治表現得非常無能。我還想說，正因為如此，你們大家要講理性，要教會他們。我們還有沒有理性？（學生們高喊：「有！」）那好，如果政府作出讓步之後，我們能用我們的理性回答他們。』你看，蘇曉康已經把話說得很明確了：這次學運、民運的唯一鬥爭方式是『非暴力的理性的和平抗爭』。所以，他們不願組織民主政黨，他們想學印度人甘地。但是，他們錯了，甘地的鬥爭對像是懂得民主的英國人，能感動的英國人。學運民運面對的是窮兇極惡的中國共產黨獨裁政權，必然招來血腥屠殺和慘敗。就說理性吧。理性鬥爭並不排除必要的適時的革命手段。你和平鬥爭到了勝利在即時，獨裁者作最後掙扎來砍你一刀時，理性的鬥爭就要求反擊，實現勝利，而不是要求不反抗而放棄勝利的可能。你栽了果樹，培育了，果樹開花結果了，果子成熟了，你卻不敢去摘果子，讓果子爛掉；或者不敢用武力保護果子，讓強人把果樹砍了。這是『理性』嗎？這是反理性的。蘇曉康的所謂『理性』是片面的說教。對兇惡的獨裁者會使用暴力鎮壓毫無思想和組織的準備，勢必慘敗。」

辛龍水說：「何只蘇曉康一人如此。四月二十日，金觀濤就說：堅持採取非暴力行動。這些書癡們太善良迂腐了，不會搞政治鬥爭，要錯過這次民主革命的大好時機了。」

「我們再看看，盡可能地說服他們。」柯和貴說。

十六日下午，黃豐盛、李代仁在廣場上找到了柯和貴、辛龍水。

「柯老師，你看，中外記者在拍照、攝像，就是沒有我們的旗號，沒有我們的人。亮相吧，不然就沒機會了。」李代仁心急火燎，摩拳擦掌。

「李老哥，這一亮相，就把我們亮給公安部、安全部了，要坐牢殺頭的。」辛龍水說。

「我正想坐牢殺頭，留名青史。」李代仁叫起來。

「柯老師，多好的形勢，多好的時機，是決戰的時候了。共產黨幾百萬軍隊算什麼，人民起來了，就垮臺了，勝利屬於民主！」黃豐盛豪情滿懷地說。

「你的頭腦也熱得發昏了嗎？依我看這次學運民運要失敗。我們不能單獨作戰。」辛龍水說。

「何以見得？」黃豐盛問。

辛龍水就把拜訪學運領袖和知民人士的情況說了。

「我知道那些書生是怕死鬼，不敢為人先。我們打起來了，他們會跟著來的。」李代仁說。

「大學生和民主人士可不是跟著起哄衝殺的農民，得不到他們的明確支持，我們不能讓自己人白白送死。」柯和貴說。他嚴厲地對李代仁說：「我警告你，你不要胡來。你一個人死了不足惜，可不能讓我黨也死了。」

「這一次，我和黃豐盛是代表多數人來請戰的。你要聽多數人的意見，不能獨裁。不信？我們來投票表決。」李代仁對著柯和貴發火了。

「我告訴你，這是戰場，是搞軍事行動。政治上講民主，軍事上講命令。我是全國議事會的軍事行動統帥，你們是我的下級軍官，只能服從我的命令。如果不服從，我就按軍紀第一、二條來處罰你們。」

「老李，柯老師言之有理。」黃豐盛笑著說，「我服從命令。」

「總是他有理。」李代仁不服。

「不是總是柯老師有理，而是我們懂得的道理太少了。」辛龍水說。

「那你什麼時候下命令讓十個總隊進京幹一仗呢？」李代仁問柯和貴。

「傳達我的命令：十個總隊原地待命，不能擅自進京，違者嚴懲。」柯和貴威嚴地說。

李代仁只好去傳達命令了。

五月十七日，傳出了消息：中共中央政治局常委召開緊急會議，李鵬主張堅決制止動亂，趙紫陽主張向學運讓步。接著，趙紫陽發表書面講話，希望同學們保持冷靜、理智、克制、秩序，顧全大局，停止絕食。

五月十八日早，傳出消息：早就退出了政治局的鄧小平、王震、陳雲、薄一波等人召開趙紫陽、李鵬等政治常委，指示調遣軍隊進京城實行戒嚴。趙紫陽拒不執行。中午，李鵬在人民大會堂接見絕食學生代表王丹、吾爾開希等，李鵬態度強硬。這說明鄧小平、王震等人搞垂簾聽政，無視黨紀國法，向趙紫陽逼宮，搞軍事政變了。

五月十九日早，趙紫陽、李鵬到天安門看望絕食學生。趙紫陽借此機會向學生暗示自己岌岌可危和準備鎮壓的資訊，勸學生停止絕食，趕快撤退。十九日晚，李鵬主持召開首都黨政軍機關幹部大會，趙紫陽沒有出席，傳說趙紫陽被軟禁了。會上，李鵬宣佈實行戒嚴。

五月二十日上午，李鵬簽署《中華人民共和國國務院關於在北京部份地區實行戒嚴命令》，接著，北京市市長陳希同也簽署了《北京市人民政府令》。當日下午，又傳出消息：萬里、張愛萍、徐向前、聶榮政、反對戒嚴。

五月十八、十九、二十這三天，京城遊行示威更是浩大，首都百萬工人遊行聲援大學生，各民主黨派紛紛脫離共產黨發表聲明支援大學生，中共中央直屬機關也打出旗號遊行聲援大學生。遊行隊伍焚燒鄧小平、李鵬畫像，高喊：「打倒垂簾聽政的鄧小平！」「打倒李鵬偽政府！」「打倒腐敗的軍政府！」首都市民自發組織「飛虎隊」、「糾察隊」，設置路障，保護大學生，抵抗戒嚴軍隊入城。全國各大中城市都舉行遊行示威，反對戒嚴。上海王若望在遊行隊伍中胸前背心寫字：「鐵石心腸可嘆可悲」，「救國救民先救孩心「。

柯和貴看到了：兩個陣線已經分明，兩軍已經對壘，保守派和改革派已經決裂，保守獨裁政權已經天人共憤，不堪一擊，民主勢力已經巨大，勝利在即，戰事一觸即發，正是舉行民主起義的千年難逢的大好時機。

柯和貴、辛龍水、黃豐盛就急急地去廣場絕食區再次拜會學運領袖和民主人士。在會談中，柯和貴嚴肅地談了大好形勢的特點後，提出三個建議：「第一，上策。迅速組建民主聯盟，統一指揮，制定綱領，作出行動方案，作好建立民主政權的籌備工作。現在，戒嚴部隊未到，李鵬腳跟未穩，趙紫陽還有號喚力，高層惶惶不安，軍隊人心浮動，趁機攻佔中南海，捉拿政變決策人鄧小平、李鵬、楊尚昆、陳雲、王震、李先念、薄一波等。奪取中央電視臺、《人民日報》，向全國宣佈搞軍事政變的罪行。與趙紫陽、芮杏文、胡啟立等改革派聯合，宣佈中華民主政府成立。號召各省宣佈獨立，脫離中共中央領導。號令人民解放軍不得幹預政治，擺脫共產黨指揮，歸民主國家指揮，組織民軍平亂敢於以武力抵抗的軍隊。第二，中策。中國公民黨獨自舉行起義，學運民運如果擔心傷亡，就採取中立態度，不反對、不支持，等到佔領北京城時，建立民主聯合政權；失敗了，就能推銷責任，把罪行歸到中國公民黨身上。第三，下策。如果以上兩策都不贊成，就立即自動停止絕食，撤出天安門廣場，作戰略轉移。定時遊行示威，口號是：擁護趙紫陽，打倒李鵬，反對戒嚴，反對鎮壓學生運動，但不提打倒鄧小平口號。這樣，表明學生運動是理性的、秩序的、顧全大局的，使戒嚴失去意義，鎮壓失去對象，證明鄧小平、李鵬的決策錯了，趙紫陽的意見正確，給趙紫陽、鄧小平一個旋回餘地，等到鄧小平死後，再幹。」柯和貴最後說：「已經到了最危急時刻了，學運、民運領袖們不能對局勢抱有過大的善良的幻想，只有採用必要的革命手段，狠狠地打擊頑固的保守勢力，才能使改革派膽壯起來，使騎牆派倒向民主勢力一方。如果優柔寡斷，那怕是誤了一夜時間，局勢就會發生逆轉，運動就要遭到鎮壓，流血就會更多。到了武昌起義時刻，你們作出決定吧！」

柯和貴的建議和意見立即遭到民主人士、學運領袖強烈的反對。他們說：

「我們堅決反對暴力，反對暴民運動，反對流血，反對戰爭！我只主張非暴力的、理性的和平鬥爭！」

「毛主席說：『凡是鎮壓運動的人，決沒有好下場。』我們堅信他們不敢鎮壓學生運動。」

「人民解放軍是人民的子弟兵，不會向人民開槍。我們不能與解放軍相殺，要勸阻解放軍。」

「我們要堅持到軍隊進城後才停止絕食。即使與軍隊發生衝突，我們也不還手，要有理智地秩序地撤退。」

「我們就派代表去找人大常委，強烈要求召開人大常委會，彈劾李鵬、楊尚昆。還要派代表去找徐向前、聶榮政、鄧超穎，要求他們發表說話，反對軍隊戒嚴。」

有位學運領袖警告柯和貴等人說：「你們是搞暴力活動的野蠻人，根本不懂和平演變，不懂學運民運。如果你們要趁機舉行暴民起義，我們就堅決站在中央政府一邊，協助軍隊平亂。你們不要在絕食區胡鬧了，立即走開，不然，我們就把你們扭送到公安機關。」

柯和貴等人垂頭喪氣地離開絕食區。

柯和貴望著那大學生絕食的帳篷，傷心地說：「豎子不足與為謀，大好運動被斷送了。孩子們，你們的血光之災臨頭了！」

最令柯和貴痛心的是發生在五月二十三中午的一件事。

在天安門城樓下，湖南省瀏陽縣官渡中學教師裕鳴飛、瀏陽縣美術館編輯俞冬嶽、瀏陽湘運車隊工人魯德成，把調製好的顏料灌到空雞蛋殼內，擲向天安門城樓上毛澤東畫像上。這本是一件向獨裁者表示強烈憤怒、進行示威的民主壯舉，應該得到學運民運的同情和支援。可是，學運執勤隊抓住了三人，並且把三人扭送到公安機關。學運民運的領導人是何其的天真愚昧呀！當時，李代仁帶著四個人抱打不平，去解救裕鳴飛三人，也被執勤隊協助公安抓去了。

柯和貴、辛龍水、黃豐盛立即去絕食區找學運負責人。

辛龍水質問說：「都是參加民運的人，你們執勤人員為什麼要抓人，還扭送公安局去呢？」

一位學運領袖義正嚴詞地回答：「他們三人玷污毛主席畫像，就是玷污祖國的尊嚴，就是反革命暴徒行為，應該繩之以法。我們要維護廣場秩序，有責任抓他們。」

黃豐盛聽了，諷刺地說：「你們好愛國呀，好愛毛主席呀！你們為什麼要在首都鬧學運給祖國抹黑呢？我真弄不懂，你們一邊喊打倒獨裁，一邊對最大的獨裁者敬畏如神；一邊喊要民主，一邊對憤恨獨裁者的民主人士打壓。」

「你當然不懂，這是鬥爭策略，這是我們的部署。現在李鵬偽政府污蔑我們搞動亂，找鎮壓學運的藉口。我們就要有理性，不讓他們找到藉口。」一個學運領袖說。

「同學，你們真是只有一顆純真的童心呀。偽政府要鎮壓你們，已經有了『莫須有』的罪名在手上了，還要找什麼藉口？你們扭送聲援和參與學運民運的人士給偽政府，是不會討好偽政府的，倒冷了自己人的心，幹了件仇者快、親者痛的事。」辛龍水說。

「你這話有點道理。但我們要顧全大局呀。」一個學生負責人說。

「你們願不願幫忙去救出被你們扭送的人？」黃豐盛質問。

「不可能。」一個執勤負責人說，「你們不要在這裡胡鬧，立刻離開這裡，不然我就不客氣了！」

「不用吵了。」幾個大學生勸解，「你們去吧，好自為之。」

柯和貴三人離開絕食區指揮部，又去找方中華、屈效原、塗玉貞、柯成德、萬珍愛等永安籍大學生，以老鄉名義去救出李代仁四人。黃豐盛帶了一隊人去助威。方中華等人到了派出所，證明李代仁四人是老鄉，在北京打工。派出所放出了李代仁四人。湖南裕鳴飛等人被羈押著，不肯放出來。

從裕鳴飛三人被抓這件事上，柯和貴對這次學運民運失去了信心，在五月三十日晚，命令中國公民黨在京人員全部撤離，命令十個總隊解散人員，不要集結活動了。

接踵而來的情況是：徐向前、聶榮政、鄧穎超、萬里相繼發表書面講話，支持軍隊戒嚴；人大常委會開會不但沒彈劾李鵬，還支持戒嚴；鄧小平、王震、李鵬等人根本不顧什麼「沒有好下場」的結果，命令軍隊進城鎮壓；英雄的中國人民解放軍是共產黨的軍隊，根本不把「人民」放在眼裡，鳴槍放炮，坦克轟轟，沖決路段，所向無敵，血洗天安門廣場；偽政府並不因為大學生們扭送了裕鳴飛三人而寬恕學運民運領袖，並不因為絕食學生理性地秩序地撤離廣場而諒解大學生，而是一道通緝令、又一道通緝令地追捕逃亡的學運民運負責人。全國各地大規模鎮壓逮捕展開。在大學生中，出賣靈魂的有，賣友求榮的有，投敵自保的有，反戈一擊的有。在學運民運高潮時，被嚇破膽的奴才、工賊一下子又神氣起來了，高呼「中國共產黨萬歲」、「人民解放軍好」，叫喊「支持鎮壓反革命暴亂」、「殺得好，殺少了」……「六四運動」變成了「六四慘案」。這真是：正義被剁碎，民主被蹂躪，十里長安街，十里血水海。

「六四慘案」後，黃豐盛悲痛，憤怒，寫了一首詩，發洩情緒：

你們還是人嗎？

——致鄧小平、王震、李鵬諸君

你們還是人嗎？
如果你們還是人，
應該有正常人的思維：
「我在位四十年，
用盡了權威，
享盡了天子福，
應該滿足了。
現在老朽了，
應該退下來了，
把權利還給國民。」

如果你們還是人，
應該有正常人的惻隱：
「我做賤民的時候，
也憎恨暴君貪官，
也憎恨為富不仁者；
也渴望說話自由，
渴望民主平等。
現在學生遊行了，
民眾抗議了，
我不應該貪得無厭，
應該放棄獨裁，
應該放下屠刀。」

你們還是人嗎？
已經不是人了！
你們長著人的模樣，
卻失去了人的本性。
在你們的頭腦裡，
沒有人的潔白活動的腦髓，
只有——
秦始皇的化石，
史達林的骨灰，
毛澤東的殘骸。
你們的五臟六腑，
被「革命烈火」鍛鑄成了——

鐵的心，鈣的肝，
銅的肺，鋼筋的肚腸。
你們還是人嗎？
已經不是人了！

「六四慘案」後，中國公民黨舉行了第四次全國黨務會議。會上，辛龍水作了《北京之行的情況彙報》，詳細敘述了總部的工作情況。柯和貴作了《關於六四慘案的意義和總結報告》。

柯和貴的《總結報告》說：

「『六四慘案』的意義何在？」

「『六四運動』是繼辛亥革命後規模最大、影響最深遠的一次民主思想宣傳、普及的運動，雖然失敗了，但其主要意義有：第一，它第一次用民主思想在帝王統治的古老土地上進行了一次大面積的耕耘，播下了民主思想的種子。第二，它第一次培養和鍛練出一大批民主鬥士，播下了民主鬥爭的種子。第三，它第一次使瘋狂作惡、肆無忌憚的中國共產黨恐懼過，並且使劊子手們心有餘悸，不得不在今後的獨裁統治中小心翼翼，有時向民眾作出一些政治讓步。第四，它第一次使世界民主勢力看到了中國人的覺悟、民主鬥爭精神，支援中國的民主力量。第五，它第一次向中國和世界宣告：列寧史達林主義、毛澤東思想是一股反民主潮流的逆流，用這股逆流武裝起來的中共一夥是無惡不作的盜匪，用這股逆流建造的社會主義制度是復辟了的反動的封建帝王獨裁專制制度。第六，它第一次用血淋淋的事實剝去了中國共產黨的全部偽裝，露出奸詐兇惡的嘴臉，把中國共產黨永遠釘在人類歷史的恥辱柱上。第七，它第一次在社會主義陣營中動搖了各國共產黨的統治地位，宣告用毛澤東思想武裝起來的各國共產黨游擊隊的恐怖活動將會徹底失敗，鼓舞了其他共產黨國家的民主鬥爭人士。

「『六四運動』變成『六四慘案』的原因何在？」

「第一，最大的最直接的原因是民主運動本身，是民主運動的鼓動者和組織者的天真、善良的性格和缺乏政治鬥爭的經驗造成的。運動自始自終處於自發階段，沒有建立健全的民主政治組織，沒有形成統一的領導集團，沒有建立民主政權的明確目標、思想準備、心理準備，沒有與窮兇極惡的獨裁者作鬥爭的政治權謀、策略。運動的鼓吹者和組織者是兩批人：民主人士和大學生領袖。運動的民主人士是一群民主思想的先知先覺者，道義家。他們有獨立的人格，正直的品質，善良的心地，淵博的知識，憂國憂民的意識，崇高學術的威望，鼓舞人心的演說才華，獲取高層資訊的管道，希望用不流血的、理性的和平抗爭鬧出個民主新天地。但是，他們書生氣十足，幻想爛漫，以君子之心去度小人之腹，就認不清對手的奸詐惡毒、喪心病狂，認不清殘酷的政治鬥爭的變化莫測，不能權變，死守一法，不能抓住時機，採用民主革命的方式打擊獨裁者。他們只能算是民主鬥士、異議人士，稱不上有建立民主政權的雄心勃勃的民主政治家，致使運動失敗。學運領袖都是年輕的在校大學生，有一顆純潔的童心，一腔救國救民的熱血，一種伸張大義的勇氣，有知識，有政治敏感力。但是，他們沒有政治鬥爭經驗，更沒有坐天下的政治壯志。在政治鬥爭上，民主人士和學運領袖比不上康有為、梁啟超、譚嗣同等人，後者還有個保國會，在緊急時刻還秘密串通袁世凱舉兵勤王，捕捉慈禧、祿榮。

「第二，中國共產黨頑固保守派勢力的強大和改革派的軟弱。

「第三，幾千條中國傳統思想文化的深層次的影響。一提起中國傳統文化，不少民主人士就嗤之以鼻，有恥辱感，採取全盤否定的態度，否認自己受了影響。其實，傳統文化在潛移默化地影響著每個國民的思想性格。這種影響有正面的，也有負面的。

「中國傳統思想文化分為兩大部份：一是帝王專制思想和惡性道德觀念的文化，是強流，是糟粕；二是老子『民四自』和善性道德觀念的文化，是弱流，是精華。出現這種現象，主要是由它的創始人、繼承人、使用人造成的。

老天爺是公正的，多次把人類社會的民主改革機遇在同一世紀分別降給人類生活的不同地方。第一次是在西元前5世紀，分別降給古希臘雅典和古中國鎬京（西安），即西元前594年雅典的梭倫政體民主改革和西元前544年鎬京的周景王、老子、文子的「宣佈哲人（即老子）之令德」的政體民主改革。第二次是西元19世紀分別降給中國和日本，即1844年的《中美望廈條約》和1854年的《日美親善條約》。可是，雅典人和日本人都抓住了機遇，實現了古希臘梭倫改革和日本明治維新；而中國人失去了機遇，出現了「單氏取周」和抗擊殖民的政治事件。這大概是所謂的海洋藍色文明（工商文明）與內陸黃色文明（農耕文明）的差異吧。

西元前594年，梭倫當雅典第一執政，進行改革。主要內容有：頒佈「解員令」，取消農民債務，廢除債務奴隸制，按財產多少把公民分為四等級，各級的政治權利依其財力大小而定，恢復公民議會，創立四百人議事會，設立陪審法庭，鼓勵工商業和對外貿易，限制土地集中。梭倫改革把貴族王國變革為民主法治國家。梭倫改革是人類社會第一次放出民主法治的光芒，使雅典民主文明像北斗星那樣，一直指引著和照耀著人類社會前進的方向。

歷史上的日本比中國落後，日本的主流文化是從中國輸入的儒學、道教與本土文化相融合形成的，這說明日本傳統文化有很大的接納性。日本的天皇制下有權力獨立的幕府，這說明日本的獨裁制度不完善堅固，有容納性。1854年的《日美親善條約》比1844年的《中美望廈條約》晚了整十年，日本人卻沒有抗外侮，沒有出現抗擊殖民者的『民族英雄』，沒人罵改革家是『崇洋媚外』的『日奸』，後來也沒有人罵下令日本兵投降的裕仁天皇是『投降派』。日本天皇和改革派承認自己落後，進行『民治維新』，制定『文明開化』、『殖產興業』、『富國強兵』、『強制普及教育』等國策，使小日本不但沒有被列強外侮而亡國，反而成了外侮中國的列強。從這個例子可以反觀中國民主制的難產原因了。

且看中國的古今思想文化和政治體制狀況。

「在孔子之前，中國文人具有獨立人格，有思想言論自由；政治制度是民選制到禪讓制到家天下的貴族共和制；君王不能一人獨裁，文人不是君王的思想奴才。周公制周禮，搞思想統一，但是仍然沒有君王獨裁，甚至出現了『共和』，教育內容也比較廣泛。老子的貢獻在於：總結了以前的思想文化，提取了善道思想，拋棄了『天命論』、『仁義論』等等巫術迷信糟粕，創造了涵蓋哲學基本成分（形而上學、倫理學（政治學）、認識論的理性哲學體系；吸收古老的『民選』制，定格為『民四自』民主法治制度和「小邦寡民」理想國。所以出現了周景王政治改革。但是，周景王改革失敗了，出現了『單氏取周』政變。

「『單氏取周』：西元前544年中國歷史上發生了一起決定中國人千百年生存命運和思想文化命運的重大政治事件：『單氏取周』。東周太子晉、周景王、賓起、老子等人，『修義經』、『鑄無射』、撰《周書》（即《道德經》）、『宣佈哲人（即老子）之令德』，準備進行民主法治的政治改革。但是遭到保守派單穆公、魯國士大夫的反對，說：『有狂悖之言，有眩惑之明，有過慝之度……三年之中而有離民之器二焉，國其危哉！』改革派與保守派的思想鬥爭最終發展為兵戎相見。西元前520年6月，周景王在遊獵中被害死。6月11日在周景王葬禮中，單穆公發動軍事政變：殺死了儒子王大夫賓起（即老子的學生文子），立了在政變中有功的孔子為儒子王大夫；又殺死周景王八個兒子，並暗殺了周景王立的逃亡到楚國的改革家繼承人王子朝，留下一個聽話的小兒子丐繼了王位，稱為周敬王。老子跟隨王子期被迫逃亡。儒家史學稱這次政變為『王朝交魯』，韓非子稱為『人臣之弑君者的』單氏取周。『孔子得勢後，在思想文化方面做了兩件大事：其一，刪詩斷史，著《春秋》——追抄和燒毀周王室收藏的絕大部份傳統圖書，連太子晉說的「厲始革典」建立共和的「民之憲言」和誇讚「古之遺愛」的子產刑鼎文都沒給留下。據《漢・緯書》記載，孔子在『單氏取周』後『修春秋』，將中國古文獻3240篇燒掉2689篇，剩下的不足4/100。『刪書斷自唐、虞，則唐虞以前孔子得而燒之。《詩》3000篇存311篇，則2689篇孔子亦得而燒之矣。』用『春秋』筆法，依據自己的愛憎著《春秋》，虛構歷史。其二，獨尊儒術，毀滅老子理論——1.用魯國儒家的《十二經》取代老子理論；2.用『禮樂詩書易春秋《六經》』取代周禮『樂射御書數《六藝》』。但是，孔子無法毀滅被『鑄無射』和各諸侯國抄寫去了的《道德經》。從此，中國再也沒有出現過類似古希臘的『梭倫改革』的制度變化，一直是帝王專制政體。春秋戰國五霸七雄之亂，暴秦朝經過血腥屠殺統一中國，秦漢兩晉、隋唐宋元明清，王朝更迭，昏君明君輪換，中國人生活在水深火熱之中，淪為奴才和奴隸。同時，在帝王的個人意志強迫下，使『儒家』、『法家』思想理論成為傳統思想文化，遮蔽著『老子體系』的光輝，中國儒生喪失了獨立人格，成為帝王思想奴才——附庸；也喪失了理智之光，對證明藝術一無所知，心地黑暗無明。到了『辛亥革命』和『五四運動』，中國的有識之士雖然高喊『打倒孔家店』，但是仍然不認識『老子體系』，去『拿來』西方的文化垃圾——辯證唯物主義和馬列主義。時至21世紀，中國學界仍然不認識「老子體系」，仍然在黑暗中摸索。

老子創立的善道體系和『民四自』的『太上』社會是中國百家的思想淵源。孔子取老子之一義，創立『三綱五常』的帝王文化。墨家創始人墨翟主張『兼愛』，『非攻』，反對為了一人一姓的一統天下去攻打別國別民。韓非子、李斯以荀子的性惡論為主，吸收申商法術和道家『以刑為主體者，綽於其殺也』而創立法家學說，被秦始皇接受。西漢時儒生叔孫通、公孫弘、董仲舒對儒學進行了全面篡改，抽去了『民本』、『仁愛』，改為『三綱』，順序被顛倒為：君主、國家、人民。國家為君主而立，人民為國盡忠、忠於君主。『善』、『愛』的道德改為『五常』，為『三綱』的附屬思想，『忠』為首『常』，儒生修身是為了『忠君』。董仲舒為了迎合漢武帝求長生不老的心願，吸收了災異說。這樣一改，就合了窮兵黷武的漢武帝心意，下詔『廢黜百家，獨尊儒術』。儒學就成了皇帝打天下、坐天下的『術』了。到了宋朝二程、朱熹手裡，『三綱五常』在理論上發展到頂峰；到了明朝劉伯溫制『八股』，『三綱五常』在實踐上登上了頂峰。儒學完全帝王化了，走進了死胡同。

「在中國文化史上，有幾股外來的文化思潮沖來。佛教，初來與老莊學說相融，得到傳播。可是到了明末蓮池和尚，淨土宗成了儒學附庸。列寧、史達林主義，產生於落後野蠻的沙皇帝國，是列寧、史達林從馬克思學說中斷章取義出一部份，與沙皇文化相結合，成為專一的殘酷鬥爭和領袖獨裁的暴力思想文化。現代中國想做皇帝的政治野心家，為了抵抗三民主義，就把列寧史達林主義『拿來』了，把階級鬥爭學說與中國的盜頭匪首造反、各路諸侯爭皇帝位的鬥爭、戰爭結合起來，把無產階級專政學說與帝王專制文化結合起來，形成毛澤東思想。中國老百姓受了幾千年帝王專制思想和忠義思想薰陶，容易接受列寧史達林主義、毛澤東思想，不容易接受三民主義，使毛澤東圓了皇帝夢。還有基督教傳人中國，但由於核心部份是主張『自由、平等、博愛』的，與中國的儒學和毛澤東思想相反，又沒有與老子體系相融，就很難傳播，遭到中國皇帝和毛澤東的打壓，不允許存在和宣傳。

「說到這裡，也許有人會質問：既然中國的民主思想在兩千年前就產生了，在孫中山那裡得了系統化，那麼為什麼中國民主政體如此受盡折磨而難產呢？為什麼在孫中山後帝王專制又以新的面目出現了一個前所未有強大的領袖獨裁政權呢？這是一個重大的理論課題，一下子很難說清楚，大概有如下三個大原因：（一）中國傳統思想文化中的維護帝王專制的儒家和法家思想是主流，十分完整、龐雜，沉澱得很深厚堅固；帝王獨裁制度完備、堅實，統治術很全面、五花八門。所有浩瀚中國的史資都是記載、宣傳、弘揚帝王思想和帝王打天下、坐天下、失天下的經驗和教訓的。中國文學作品主流也是如此，以弘揚忠義思想為主要內容。皇帝要樹起一個武聖形象，在宋徽宗以前武聖是姜子牙，宋徽宗根據自己的統治需要，認為姜子牙不夠典型，就封關雲長為武聖，建武聖關帝廟。明初人羅貫中在《三國演義》就把關雲長寫成忠義的典型，致使關雲長成了關公、武聖，至今為幫會崇拜的偶像。皇帝對宗教的利用也是各取所需，進行封賜名稱。這個法術，毛澤東運用自如，在各個時期都要樹起一個榜樣，如劉胡蘭、黃繼光、雷鋒等等。再說禁錮言論思想自由，從秦始皇時就興起文字獄，到毛澤東時加入了個言論獄，以各種「莫須有」的罪名來關押、屠殺政治思想上的異議人士。以前有離經叛道、犯上欺君之罪，現在有反革命、顛覆政府之罪。不准讓外國的聲音傳來。等等，言之不盡。（二）帝王獨裁專制賴以生存的土壤——小農經濟制度、家長制度很完善，很頑固。離開了小農經濟、家長制，帝王獨裁就沒基礎了，就崩潰了，離開了愚弄和利用農民，他們的偉業就成了泡影。所以，帝王不斷加固小農制、家長制，推行以農為本、壓抑商賈、揚本抑末的政策，把商人斥為『奸商』。到毛澤東時，提出『農業是基礎的基礎』口號，乾脆取締市場經濟，搞計劃經濟。把市場經濟斥為資本主義，把工商業老闆斥為資產階級，把經濟發達國家斥為帝國主義，高喊打倒美帝國主義極其走狗，關門鎖國，『獨立自主，自力更生』，以維護領袖獨裁。（三）中國的地緣關係也是一個原因。歷史上中國的四周都是比中國落後野蠻的民族，在民族戰爭和交往中，不能帶來先進的思想文化，只帶來更加落後野蠻的思想文化和大破壞，比如沙皇的侵略，血腥的列寧史達林主義。雅典文明、基督教、西歐文明只在近代才傳入，還遭到中國獨裁者的封殺和中國農民的暴力抵制（如義和團運動）。所以，中國的民主政體倍受磨難挫折，難以產生。

「現在來看看近現代民主勢力與獨裁勢力進行鬥爭的長期性、複雜性、艱難性的狀況。在明朝中葉，即十五世紀初，荷蘭、葡萄牙、西班牙船隊到了印度、菲力賓、中國南海，與明朝尋找商業貿易，遭到打擊。1559年葡萄牙就強佔澳門，1624年荷蘭占臺灣。中國皇帝和士大夫仍然把外人斥為蠻夷，進行抗侮鬥爭，至今被獨裁者所歌頌的民族英雄鄭成功只知收復臺灣、抗清，不懂商業、工業，更不懂什麼自由民主思想。那時竇瑪利已到了中國，只有徐光啟、李贄才看到『三綱五常』的危害，痛恨皇帝獨裁制，宣傳民主、人權思想，遭到殺害。中國失去了與西歐商貿和西歐文明交流的機會。到了清乾隆，以『中央天朝』的傲慢與海外進行很小的官方通商，稱『十三行』。到了道光、咸豐，以英國為首的列強，用武力打開中國封鎖的國門，強行貿易。清皇帝為了獨裁天下的穩定，保住『祖宗之法』，打不勝也打，用民族主義號召國人抗侮。一時間，民族英雄輩出，民間幫會蜂起，教案屢屢發生，議和派被斥為投降派、賣國賊，屈辱條約接踵而來，皇室威風掃地。同時，民主思潮隨之湧入，有識之士憂國憂民，著書立說，開展維新、主張民主，卻不斷遭到關押、殺戮。到了慈禧時代，被迫開國門，搞洋務運動，光緒贊同君主立憲，卻遭到失敗，清朝獨裁政權也隨著覆滅。如果道光皇帝學日本天皇，主張『殖產興國』，『文明開化』，中國則早就興盛了。可見在中國，帝王思想文化之頑強腐敗，不打不垮。到了孫中山創立三民主義，看到清政權和平演變無望，就採取民主革命手段，有了黃花崗、武昌起義等後，才把清朝推翻，建立民國。後又出現了復辟帝制的袁世凱、張勳，出現了爭皇帝的軍閥混戰，被國民革命軍北伐摧毀，才建起了中華民國。可是，史達林手插手中國內政，建立共產國際遠東支部，即中國共產黨，撤銷有民主科學思想的陳獨秀，指使莫斯科留學生瞿秋白等人搞武裝奪權鬥爭，扶植毛澤東的盜匪游擊隊，加之日本入侵，使史達林、毛澤東在中國以『蘇維埃』政權的形式復辟了帝王獨裁制度，對歐美重新實行鎖國關門政策，大興文字獄、言論獄，使中國民主遭到前所未有的挫折。在毛澤東獨裁時代，中國民主人士並未屈服，進行艱難的鬥爭，出現了梁漱溟和反右運動中的大批民主人士，文化大革命中的遭到迫害的平民造反紅衛兵和汪仁船等民主鬥士。在後毛澤東時代——鄧小平時代，經濟改革開放了，政體仍是帝王獨裁制度。民主人士乘國門打開之機，進行民主宣傳，有了西單民主牆、八二、八四、八六大學生民主學潮，直至現今的『六四民主大運動』。後毛澤東的獨裁制繼續鎮壓民主運動，致使中國民主又大受挫折。

「由此看來，『六四運動』中的民主人士、大學生們怎會不受到傳統思想文化的影響呢？老莊的自由民主思想影響著他們，使他們接受了西方民主思想，發動了『六四運動』；儒家的『三綱五常』和『民本』、『仁政』的傳統思想影響著他們，使他們認不清獨裁者的兇殘，使他們像康有為對待光緒那樣，對中共高層領導藕斷絲連，抱有幻想，不願與之徹底決裂，錯失時機；儒家的尊卑等級、君子與小人之分的思想影響著他們，使他們清高、孤芳自賞、文人相輕，使他們各自為戰，不能組織起來，不能與別的民主組織結盟，反而扭送裕鳴飛等人；等等。這都說明『六四運動』失敗是具有深層次的文化淵源和背景的。

「『六四慘案』後，中國政局將怎樣呢？」

「『六四慘案』後，中共頑固保守勢力得勢於一時，改革派遭受失敗，民主勢力遭到挫折，政局出現三種可能：（一）經濟、政治全面倒退到毛澤東時代，但這種可能性小。一方面，頑固的保守派想保住自己的特權，死守祖宗之法，打著毛澤東旗幟，進行倒退活動。他們有雄厚的社會基礎——下崗失業工人，崇拜英明天子、清官的農民，懷念昔日輝煌的老基層幹部、老模、老土改根子，受過洗腦的中下層知識份子，等等。另一方面，經濟改革上的倒退，會有很大的阻力。在高層中，在經濟改革開放獲得巨大經濟財富的老帥、老將、老幹部和太子黨們會反對，地位和待遇得到改善的知識份子會反對，等等。（二），堅持經濟上的改革開放，加固政治上的獨裁統治，可能性很大。一方面，堅持經濟改革開放，讓官吏繼續大發不義之財，拿了『公』，再侵『私』，加強剝奪農民、工人、中下層知識份子；又同時搞一些收買人的小恩小惠動作，如扶貧、救助等，愚弄農民、工人、知識份子。另一方面，他們在政治上害怕再出現『六四運動』，加強集權制，加強控制言論新聞自由，加強迫害民主人士、異議人士，同時，繼續愚弄農民、工人、知識份子，進行洗腦運動，讓國人淡忘『六四運動』。中華民族的健忘、不知懺悔症，都是中國皇帝、領袖們用洗腦方法製造出來的。他們需要國民忘記有人道價值的思想和事件，譬如老子思想、三民主義、五四精神等；他們需要國民去理解被他們曲解的歷史事件，如『五四運動』、反右運動、文化大革命等；他們需要國民去記憶、宣揚與他們思想相一致的歷史事件，如秦皇漢武、唐宗宋祖、成吉思汗、陳勝吳廣、李自成、洪秀全、義和團等。這樣，他們就有了獨裁思想的歷史根源和社會基礎。（三）民主政體的逐漸形成或突然建立。這是歷史的必然，但在近十幾年的可能性小。在經濟改革開放走進死胡同時，中共高層內的要求漸次進行政體改革的改革派又起來了，對政體進行修繕工作，漸次，越修越大，使新的民主政體出現。民主鬥爭更艱難，但民主人士會前仆後繼，不斷活動，積蓄到一定的力量，就會吸取『六四運動』教訓，爆發出市民起義，一舉成功。

「『六四慘案』的啟示、教訓和我黨今後的鬥爭任務

「『六四慘案』的意義是偉大的，影響是深遠的，教訓是深刻的，目標是明確的。我黨必須進行認真總結，明確鬥爭任務，改變鬥爭策略。我黨今後在思想上、組織上、具體活動上都要明確起來。（一）學習、明確民主思想、民主原則，與獨裁思想進行對比認識。宣傳部門要把民主常識印成小冊子發下去。（二）挖掘中國傳統思想文化中的民主思想和善愛的道德倫理，使之與世界民主思想相融合。在信仰危機中我們要信仰老子的《道德經》，只有老子思想，才能與西方哲學淵源蘇格拉底、柏拉圖體系融合，才能摧毀儒家帝王思想。我們不能一提起民主思想，就說是外來的，就全盤否定中國傳統思想文化，這就得不到國民的支持和接受。我們要把中國傳統思想文化分出精華和糟粕。宣傳部門要寫文章，讓共產黨的報紙能發表，不能發表的印成傳單。（三）不斷宣傳『六四運動』精神，紀念『六四運動』，使國人和後代不忘『六四』。我們要秘密調查『六四慘案』的幕後真相，查清死難的民主鬥士和被捕人員的姓名、家庭住址，給以安慰。（四）密切注意國內外民主人士的活動情況，與之聯繫，組織聯盟，使他們有市民起義的思想和心理準備。如果我們在『六四運動』剛開始時就做這項工作，也許『六四運動』中的民主人士和學運領袖就不會拒絕我們了。（五）支持中共內的改革派，與之交朋友，堅決揭露、打擊保守派和貪官汙吏。（六）支持個體戶、私人企業主反不平等對待，爭取競爭權利平等。我們下面的

企業全部轉賣為私有化，股份化，不能以黨的名義主辦了。（七）支持農民抗交，支持農民進城打工，擴大眼界；支持田地暴荒，打破小塊田地責任制，爭取田地私有化、商業化，讓農民從傳統農業上爭脫出來；組織農民社團，使農民參加團體活動，擺脫家庭制、宗族制影響。（八）要一部份一部份、一點一點地爭取民主。先爭言論、新聞自由和人身權利，再爭基層選舉；對獨裁的鬥爭，也一點一點地蠶食，以打垮某個貪官汙吏、某個權力機關為對象，明裡不提打倒獨裁、打倒共產黨口號。（九）支持教師爭工資，學生反亂收費，爭取中下層知識份子的支持。

「結論：經過『六四慘案』，中國獨裁專制受到了巨大內傷，活不長了！民主政體不久的將來會在中國黃土地上誕生、成長、天長地久！」

大會聽了柯和貴《總結報告》後，對今後工作進行討論。柯和貴、李代仁、辛龍水、黃豐盛等二十人提出一個議案，主要內容是：在柯和貴《總結報告》中的「鬥爭任務」中九條，增加三條內容：（十）暫停集體活動，黨小組或黨員個人進行活動，謹慎發展黨員，嚴禁以黨的名義進行公開活動。（十一）凡黨組織開辦的企業，全部轉為個體企業或股東企業，以歸還本利資金方式用於黨組織活動經費。（十二）各週邊組織與黨組織脫鉤，為組織者私人所有。大會以全票贊成通過提案，形成「決議案」。

會後，黃豐盛對柯和貴說，中央民族音樂學院有兩位元教師已被通緝，到李衡權廟躲藏，他要與那兩位教師一起出國避難。他還說，李衡權廟是個好地方，建議黨組織派一個同道去接替他。柯和貴就與辛龍水商量，辛龍水答應去李衡權廟。

柯和貴外出二十多天，回到鳳凰中學經營部。他看到經營部門前冷冷靜靜，李秀雲木雞般坐在櫃檯前，兩眼看著街面。

「你辛苦了。」柯和貴笑著與李秀雲打招呼。

李秀雲不理睬柯和貴，木然的臉上起了烏雲，眼裡射出兩股怨恨的光來。柯和貴愁了國民大事，又來愁家中的事了。

欲知後事如何，且聽下回分解。

國家圖書館出版品預行編目資料

湖村裡的夢幻（卷四） / 柯美淮著
-- 初版 -- 臺北市：博客思出版事業網：2016.7
ISBN：978-986-5789-95-4（全套：平裝）

857.7 105001476

現代文學 25

湖村裡的夢幻（卷三）

作　　者：柯美淮
編　　輯：高雅婷
美　　編：林育雯
封面設計：塗宇樵
出 版 者：博客思出版事業網
發　　行：博客思出版事業網
地　　址：台北市中正區重慶南路 1 段 121 號 8 樓之 14
電　　話：(02)2331-1675 或 (02)2331-1691
傳　　真：(02)2382-6225
E—MAIL：books5w@yahoo.com.tw 或 books5w@gmail.com
網路書店：http://bookstv.com.tw/ http://store.pchome.com.tw/yesbooks/
http://www.5w.com.tw、華文網路書店、三民書局
博客來網路書店 http://www.books.com.tw
總 經 銷：成信文化事業股份有限公司
電　　話：02-2219-2080　傳 真：02-2219-2180
劃撥戶名：蘭臺出版社　帳號：18995335
香港代理：香港聯合零售有限公司
地　　址：香港新界大蒲汀麗路 36 號中華商務印刷大樓
C&C Building, 36,Ting, Lai, Road, Tai,Po, New,Territories
電　　話：852-2150-2100　傳真：852-2356-0735
總 經 銷：廈門外圖集團有限公司
地　　址：廈門市湖裡區悅華路 8 號 4 樓
電　　話：86-592-2230177　傳 真：86-592-5365089
出版日期：2016 年 7 月 初版
定　　價：共四冊，新臺幣 2400 元整（平裝，套書不零售）
ISBN：978-986-5789-95-4